Monrepos
oder Die Kälte der Macht

Manfred Zach

MONREPOS

oder

Die Kälte der Macht

Klöpfer & Meyer

Die Deutsche Bibliothek – CIP-Einheitsaufnahme

Zach, Manfred: Monrepos oder Die Kälte der Macht : Roman /
Manfred Zach. – Tübingen : Klöpfer und Meyer, 1996
ISBN 3-931402-05-3

3. Auflage 1996
© 1996. Klöpfer, Meyer & Co GmbH. Alle Rechte vorbehalten.
Lektorat: Hubert Klöpfer, Tübingen. Satz: Klaus Meyer, Tübingen.
Umschlaggestaltung unter Verwendung einer Photographie von
Burghard Hüdig, Stuttgart. Druck: Gulde Druck, Tübingen.

Für Christel,
Matthias und Peter

Eine Vorbemerkung

Wohlmeinende haben mir geraten, diesem Buch, das weithin von Politik handelt, einige erläuternde Worte voranzustellen. Da Politik, zumal in Deutschland, eine ernste Sache ist, halte ich es für angezeigt, dem Rat zu folgen.

Der Roman ›Monrepos‹ vermischt zwei Wirklichkeiten, die publizistisch meist getrennt werden: die historisch-reale eines in den siebziger und achtziger Jahren angesiedelten politischen Umfelds und die fiktive eines erzählerischen Prozesses, der mit vielen Charakteren und Stilelementen verknüpft ist. Der französischen und angloamerikanischen Literatur ist dies geläufig, der deutschen nicht. Hier gilt Sach- und Tagespolitik als Domäne der Leitartikler, während Literaten die Nähe zur Politik meist für so gefährlich halten, daß sie ihnen nur in der Übersteigerung einer dämonisierenden Irrealität erträglich erscheint.

Ich habe mich entschieden, weder das eine noch das andere als zwangsläufig anzuerkennen. Die politischen Strukturen, in die der junge Bernhard Gundelach, die Hauptfigur des Buchs, eingebunden ist, haben einen erkennbaren landes- und bundespolitischen Hintergrund. Wer Machtmechanismen typisierend beschreiben will, kann sie nicht im Wolkenkuckucksheim ansiedeln. Gleichwohl handelt es sich um einen Roman, und das heißt, daß den Personen keine Authentizität im Sinne historischer Genauigkeit zukommt. Deswegen ist ›Monrepos‹ auch kein politischer Schlüsselroman; wohl aber ist die Politik, als wesentlicher Teil des Geschehens, auch für das Verständnis der Akteure konstitutiv. »Erst wenn die Sprache auf Politik kam, schien es lohnend, ihm zuzuhören«, heißt es an einer Stelle über Bernhard Gundelach. »Politik war der Schlüssel, mit dem man sein Uhrwerk aufziehen konnte.« Das gilt, pars pro toto, für alle, die dem politischen Spiel des Romans zugeordnet sind.

Was er für wahr hält und was für erfunden, muß deshalb in letzter Instanz der Leser für sich entscheiden. Er ist damit in keiner besseren oder schlechteren Lage als im ›wirklichen‹ Leben.

In Georg Büchners unvergleichlicher Staats-Komödie ›Leonce und Lena‹ philosophiert der Regent: »Ich bin ich. – Was halten Sie davon, Präsident?«

Präsident und Staatsrat antworten im Chor: »Ja, vielleicht ist es so, vielleicht ist es aber auch nicht so.« Darauf der König, voll Rührung: »O meine Weisen!«

Ich denke, das trifft den Kern. *Manfred Zach*

Erstes Kapitel

Vor dem von Säulen umrundeten Eingangsportal

Den Hang hinauf, die schmal gewundene Serpentine zwischen Rhododendronstauden und Tulpenbeeten entlang, Höhe gewinnend, nicht viel, vierzig oder fünfzig Meter nur, doch genug, um den Atem schneller, gepreßter gehen und den Blick unsicher zwischen unten und oben schweifen zu lassen, wo sich, eben noch sichtbar, schiefergrau eingedeckte Häuschen duckten, Bedienstetenwohnungen mit schmucklosen Fassaden, während gegenüber das Fundament des Schloßgebäudes emporwuchs, von wildem Laub überwuchert, als gehörte es der Erde zu, ein ernster und strenger Körper, zu dem die lehmgelben Sandsteinquader in poröser Weichheit auffällig kontrastierten, um dann, endlich oben angekommen, mit einem einzigen Blick alles aufzusaugen – die herrisch vorspringenden Seitenflügel, das von Säulen umrundete Eingangsportal, die ebenmäßige Reihe zimmerhoher Fenster mit weißlackierten Rahmen, das weit heruntergezogene, von winzigen Gauben unterteilte Dach und in einsamer, stolzer Mitte zuoberst die große Kuppel mit Aussichtsplateau, zierlichem Messinggeländer und fahnenlosem Fahnenmast: so begann Bernhard Gundelach, siebenundzwanzigjährig, an einem Frühlingsmorgen des Jahres 1976 seinen Dienst in der obersten Behörde des Landes.

Man war im ›Olymp‹, wie das mächtige Ministerium nicht nur seiner landschaftlich dominierenden Lage hoch über der Hauptstadt wegen oft genannt wurde, durch Zufall auf den jungen Assessor aufmerksam geworden. In einem dringenden Versetzungsgesuch an die übergeordnete Dienststelle hatte er neben diversen Gründen, die ihm ein Verbleiben im Landratsamt nach seiner Überzeugung unmöglich machten, beiläufig die Tatsache erwähnt, daß er einen Teil seines Studiums mit freier journalistischer Tätigkeit finanziert habe. Gelegenheitsarbeiten waren es gewesen, Abfallprodukte der Unlust wohlbestallter Redakteure, sich ihren freien Samstag oder einen Abend, an dem es andernorts opulente Essenseinladungen gab, mit Nichtigkeiten um die Ohren zu schlagen. Die Bezahlung war dürftig, aber sie reichte aus, um ein autoähnliches Gefährt der Marke Jagst 770 zu unterhalten. Mit ihm ließ sich an regnerischen Tagen zu langweiligen Seminaren über Straf- und Schuldrecht in Heidelbergs Universität, an lauen Sommerabenden den Neckar entlang in eine der zahllosen Vorstadtkneipen kutschieren.

Nur en passant hatte er dieses frühen Seitentriebs seines beruflichen Werdegangs gedacht, aus Furcht, das Andersartige, von der Norm Abweichende daran, könnte ungünstig aufgenommen werden. Denn die Regierung, der er sich mit seinem Eintritt in den Staatsdienst unterstellt hatte, war bis in die Knochen konservativ und duldete nach der eben erst überstandenen studentischen Revolution keine Extratouren ihrer Beamtenschaft. Und doch ebnete gerade dieser kleine, listige Hinweis auf eine lose Betätigung jenseits der erfolgreich absolvierten juristischen Examina – mit denen man weiß Gott nicht alleine stand – Bernhard Gundelach den Weg in den innersten Tempelbezirk der Administration.

Das Land nämlich rüstete sich zu den Feierlichkeiten seines fünfundzwanzigjährigen Bestehens; und weil dieses Ereignis nur wenige Wochen getrennt lag von dem noch weit wichtigeren Wahltermin, bei dem es galt, das Land und die absolute Mehrheit der CDU gegen den Sozialismus zu verteidigen, beschloß die Regierung, die Vorbereitungen für beide Schicksalsfügungen frühzeitig zu verquicken. Durch volksnahe Aktionen an vielen Orten sollten die Bürger so heimatbewußt-heiter gestimmt werden, daß sich die Festesfreude eines selbstgewissen Wir-Gefühls wie von ungefähr in den Wahlkabinen als staatstragendes Stimmverhalten niederschlug. Dazu brauchte man junge Leute, die einfallsreich waren, ohne widerborstig zu sein. Die öffentlichen Personalverwaltungen waren angewiesen, solchen positiven Erscheinungen, die im Staatsdienst nicht eben häufig anzutreffen sind, nachzuspüren.

Gundelach erhielt also postwendend Antwort und das in einem Tone, der den Unterschied von weit oben zu tief unten mit sozusagen herzhafter Freundlichkeit aus der Welt zu schreiben suchte.

Sehr geehrter Herr Gundelach, hieß es in dem Brief, den das große Landeswappen zierte, mit Interesse und Aufmerksamkeit haben wir Ihr Versetzungsgesuch vom 20. März ds. Js. zur Kenntnis genommen. Angesichts Ihrer erst kurzen Zugehörigkeit zum Landratsamt und im Hinblick darauf, daß Ihr Beamtenverhältnis auf Probe noch andauert, kann einer bereits jetzt erfolgenden Versetzung bzw. Abordnung zu einer anderen Landesbehörde an und für sich nicht nähergetreten werden. Auch bitten wir um Verständnis, daß Ihre Begründung, soweit sie die dienstliche Haltung Ihres Referatsleiters Regierungsdirektor Dr. Mauler betrifft, von uns ungeprüft und ohne Anhörung des Betroffenen nicht unbesehen übernommen werden kann. Trotzdem legt Ihr Hinweis auf mehrere Jahre offenbar erfolgreicher Tätigkeit als freier Mitarbeiter bei verschiedenen Zeitungen den Schluß nahe, daß Ihr jetziger Aufgabenbereich im Referat I/4 (Wasserrecht, Wasserwirtschaft) möglicherweise nicht Ihren spezifischen Befähigungen entspricht. In der Staatskanzlei ist in Kürze die Stelle eines Referenten für Presse- und Öffentlichkeitsarbeit zu besetzen. Wir schlagen Ihnen daher vor, mit dem Leiter der dortigen Presseabteilung, Herrn Ministerialdirigent Bertsch, ein unverbindliches Vorstellungsgespräch zu führen. Bitte geben Sie uns baldmöglichst telefonisch Bescheid, ob Sie an einer derartigen Verwendung interessiert sind. Das Personalreferat der Staatskanzlei wird sich dann bezüglich einer Terminabsprache direkt mit Ihnen in Verbindung setzen.

Unterzeichnet war der Brief von einem veritablen Ministerialrat Dr. Keller, der es sich überdies nicht nehmen ließ, dem jungen Assessor freundliche Grüße zu entbieten.

Noch zur selben Stunde, da er das ministerielle Schreiben in seiner Eingangspost vorfand, telefonierte Bernhard Gundelach mit dem leutseligen Absender; und schon zwei Wochen später fand er sich in die Staatskanzlei einbestellt.

Er nahm zur Sicherheit ein Taxi. Der Gedanke, sein von dritter Hand erstandener und dem Rostfraß fast schon erlegener Wagen könnte ausgerechnet in diesem historischen Moment den Dienst quittieren, war zu schreckenerregend. Auch genoß es der junge Mann, sich in den Fond eines Mercedes zu setzen und dem Fahrer als Bestimmungsort jene Adresse zu nennen, bei deren bloßer Erwähnung, wie er meinte, jedem rechtschaffenen Landeskind ehrfürchtige Schauer den Rücken herunterrieseln mußten.

Der Taxichauffeur indes war ein mürrischer, vierschrötiger Kerl, der Schloß Monrepos, wenn überhaupt, nur vom Hörensagen kannte. Umständlich entfaltete er eine speckige Stadtkarte, fragte nach Straße und Hausnummer (als ob Fürsten- und Königssitze, auch wenn sie mittlerweile republikanisiert waren, postalischem Fußvolk wie dem Kaufladen um die Ecke gleichzustellen wären) und setzte sich endlich brummend in Bewegung. Abwechselnd warf er einen zweifelnden Blick auf den neben ihm ausgebreiteten Plan und in den Rückspiegel, wo sich Gundelachs Gesicht, je näher sie dem Ziel kamen, mit einer fiebrigen Röte überzog.

Wie sie den Bestimmungsort schließlich erreichten, wußte er im nachhinein kaum mehr zu sagen. Alle Konzentration war dem bevorstehenden

Gespräch gewidmet, das er sich als röntgenähnliches Rigorosum dachte, in dessen Verlauf seine gesamte geistige und physische Existenz unerbittlich, Schicht für Schicht, durchleuchtet werden würde. Und es gab da durchaus Jahre seines noch jungen Lebens, die er zwar auf Befragen nicht verschweigen wollte, deren freiwillige Entdeckung aber auch nicht unbedingt ratsam erschien.

Man studiert nicht jahrelang als engagierter, wach beobachtender Mensch inmitten eines säkularen Umbruchs, in dem sich die akademische Jugend Amerikas und Westeuropas machtvoll erhebt, und steht dabei bloß teilnahmslos abseits oder brütet in einer Heidelberger Gelehrtenstube über Kunkels Römischer Rechtsgeschichte. Nein, man ergreift Partei, ist selbst Partei, um das verrottete Monopol der alten, sich staatsidentisch gebärdenden Politikerkaste zu erschüttern... Und wie sie sich zum Erstaunen aller erschüttern ließ – von dröhnenden Demonstrationen und spottgetränkten Sprechchören, von Hörsaalbesetzungen, Straßenbahnblockaden, sit-ins, go-ins, Transparenten, Wandzeitungen und roten Fahnen! Wie sie sich Leit-und Kultfiguren aufzwingen ließ, einen Dutschke, einen Cohn-Bendit, einen Horkheimer, einen Adorno, einen Habermas, einen Sartre, einen Marcuse, wie sie sprach- und argumentationslos wurde vor der respektlosen Reanimation längst erledigt geglaubter Ideologien! Wie sie in Angst erbleichte vor der tatarischen Fremdartigkeit eines Ho Tschi Minh, eines Mao Tse-tung, deren suggestiver Bann zehntausend Kilometer zu überwinden mühelos imstande war, während von Bonn, von München oder Stuttgart aus nichts zu vernehmen war als Gezänk, Platituden und polizeiliche Einsatzbefehle!

Ach, ja.

Das hatte etwas Mitreißendes, Befreiendes, man war, einfach durch die Zugehörigkeit zur neuen Generation, Teil eines Machtfaktors geworden, den es nach dem Willen der herrschenden Machtelite gar nicht hätte geben dürfen.

Gundelach freilich, das wollen wir hier doch festhalten, überschritt an keiner Stelle und zu keinem Zeitpunkt die Grenze zur aktiven Gewalt, und er trat nirgends agitatorisch hervor. Gewiß saß er einige Male vor Türen und Treppenaufgängen, einer von vielen – aber auch ohne ihn hätte es für die geängstigten Professoren und ihre gehetzten Oberassistenten kein Durchkommen gegeben. Er saß wohl auch ein paar Mal auf Straßenbahnschienen am Bismarckplatz, doch die Straßenbahnen erreichten ohnehin kaum mehr die Innenstadt, weil sie sich schon in den Außenbezirken an blockierenden Stoßtrupps festfuhren.

Wurde man dann von der in paramilitärischer Schlachtordnung anrükkenden Bereitschaftspolizei in Richtung Amerikahaus abgedrängt, ließ sich eine Teilnahme an den Kundgebungen gegen die USA und den Vietnamkrieg rein physisch gar nicht mehr vermeiden. Und von dort drückte der Pulk hinüber zum Juristischen Seminar, das sich leider zu einem Hort reaktionärer Kräfte entwickelt hatte und deshalb ständig von progressiven Jurastudenten belagert war, die den Ruf nach sozialistischer Erneuerung praktischerweise mit Resolutionen zur Abschaffung des Prüfungsterrors und der freien Wahl von Lehrkräften verbanden.

Alles hing mit einer gewissen Zwangsläufigkeit zusammen.

Trotzdem war sich Gundelach bewußt, daß solche Aktionen nicht gerade eine vorzeigbare Referenz für die Berufung in eine christdemokratische Regierungszentrale bedeuteten. Und die Frage, wie weit das Wissen der von einer Aura der Allmacht und Allwissenheit umgebenen Schloßherren reichte, quälte ihn, bis er nach halbstündigem Warten im Foyer ins Amtszimmer des Ministerialdirigenten Bertsch gerufen wurde.

Der empfing ihn an der Tür und geleitete ihn freundlich und federnden Schrittes zu einem Ledersofa, das einer schwarz gepolsterten Sitzgruppe zugehörte, deren Mitte ein stählern blinkender Tisch mit schwerer Marmorplatte bildete. Unwillkürlich dachte Gundelach an die kieferfurnierten Aktenschränke seines Landratsamts, und eine tiefe Befriedigung, der wohl auch ein Schuß Schadenfreude beigemischt war, überkam ihn. Ja, es hatte schon seine Ordnung damit!

Bertsch war nicht allein. Ein schmaler, elegant gekleideter Herr, um etliches älter als der Leiter der Presseabteilung, deutete eine leichte Verbeugung an, ohne sich aus dem Sessel zu erheben. Gundelach verstand vor Aufregung seinen Namen nicht, aber Bertsch war ohnehin dabei, die Anwesenden vorzustellen: Ministerialdirigent Dr. Brendel, Leiter der Personalabteilung, Herr Wickinger, Personalreferent, Herr Bauer, Mitarbeiter meiner Abteilung. Bitte nehmen Sie Platz.

Gundelach sank ins Sofa. Endlos schien es ihn hinunterzuziehen. Alle anderen dagegen saßen erhöht auf ihren Sesseln. Rechts und links von ihm war nichts als Leere. Er hatte, das war klar, schon jetzt verloren.

Sie interessieren sich also für die Stelle in meiner Abteilung, begann Bertsch. Die ist in der Tat neu zu besetzen. Aus Ihren Personalunterlagen ergibt sich, daß Sie während Ihres Studiums nebenbei journalistisch gearbeitet haben. Wie lange?

Ungefähr drei Jahre. Danach ließen mir die Examensvorbereitungen keine Zeit mehr dafür.

Es handelte sich sozusagen um Extratouren, warf der feingliedrige Dr. Brendel mit sanfter Ironie ein. Sein Personalreferent schmunzelte bewundernd auf eine Akte herab, die er zu Beginn der Vernehmung aufgeschlagen hatte.

So könnte man es nennen, flüsterte Gundelach verlegen.

Geschadet hat es Ihnen aber offensichtlich nicht, ergänzte Dr. Brendel. Beide Examina mit Prädikat abgeschlossen, das kann sich doch sehen lassen. Es klang, als wollte er sagen: Kopf hoch, Junge, alles halb so schlimm.

Und was haben Sie so geschrieben? fragte Bertsch sachlich.

Oh, alles, was anlag ... Berichte über Jahreshauptversammlungen von Vereinen. Reportagen, mit denen man die Sauregurkenzeit überbrückte, vom Blutspendetermin bis zum Rundflug über der Stadt. Ab und zu eine Rezension über eine Theateraufführung oder eine Vernissage, wenn der Feuilletonredakteur verhindert war ...

Gundelach schämte sich der Provinzialität seiner Antworten.

In einer Zeitung oder in mehreren?

Hauptsächlich in der Rheinpfalz. Aber manchmal konnte ich denselben Artikel etwas abgewandelt auch im Konkurrenzblatt unterbringen – das brachte dann doppeltes Zeilenhonorar.

Die Herren lächelten anerkennend.

Wir haben uns natürlich ein wenig erkundigt, sagte Bertsch. So lange ist das ja noch nicht her. Man war mit Ihnen offenbar zufrieden und hat Ihren Weggang bedauert. Warum sind Sie eigentlich nicht beim Journalismus geblieben?

Gundelach war alarmiert. Nachforschungen hatte man betrieben, also doch. Bei wem? Und worüber? Gewiß nicht nur über seine Fähigkeit, mit der Sprache umzugehen. Sollte er jetzt die Flucht nach vorne antreten, die Umstände zu erklären suchen, Jugendsünden beichten, den Zeitgeist bemühen? Oder hatten sie es nur darauf abgesehen, ihn zu verunsichern, weil sie nichts beweisen konnten, aber mißtrauisch waren?

Er beschloß, sich nicht aus der Reserve locken zu lassen. Ich wollte in den Staatsdienst, erklärte er mit Nachdruck und drückte das Kreuz durch. Ich komme aus einer alten Beamtenfamilie. Das klang, wie er selbst spürte, arg pathetisch. Als verweise jemand auf den Stammbaum eines alten Adelsgeschlechts, das sich, verarmt zwar, doch einen Haufen preußischer Offiziere zugute halten konnte.

Aha, sagte Dr. Brendel.

Aber Sie haben nach wie vor Lust am Schreiben? fragte Bertsch geduldig. Flüssig formulieren zu können, ist für die Pressearbeit unerläßlich. Natürlich müssen auch Wissen und Disziplin hinzukommen, sehr viel Wissen und sehr viel Disziplin sogar. Pressestellen sind das Sprachrohr der Politik, durch sie wird Politik transparent und bürgernah. Aber am Anfang steht, so will ich es mal nennen, ein gewisser schriftstellerischer Eros... Mit einem Wort, Sie sind diktatsicher?

Ich denke, ja.

Die Hektik in unserem Beruf ist groß. Jeden Dienstag morgen zum Beispiel tagt das Kabinett. Gleich darauf, um elf Uhr, ist Pressekonferenz des Ministerpräsidenten. Die Pressemitteilungen müssen deshalb schon am Montag abend anhand der Kabinettsakten gefertigt werden. Aber es kommt mal immer wieder vor, daß der Ministerrat von den schriftlichen Unterlagen abweicht –.

Obwohl er das nicht tun sollte, unterbrach mit maliziösem Lächeln Dr. Brendel. Minister kommen und gehen, aber eine Verwaltung besteht ewig, wie die Katholische Kirche. Und Institutionen solch zäher Konsistenz sind, wie wir wissen, fast unfehlbar!

Gundelach stimmte in die sich ausbreitende Heiterkeit befreit ein. Er war froh, den biografischen Nachforschungen vorerst entronnen zu sein.

Na jedenfalls, Sie verstehen, man muß immer zackzack reagieren können, sagte Bertsch mit verdrießlichem Unterton. Nach der gelungenen Pointe seines Kollegen schien er an dem Thema keine rechte Freude mehr zu haben. Eine ungemütliche Pause entstand.

Gundelach überlegte angestrengt, ob man nun von ihm, dem Kandidaten, eine Probe seiner Fähigkeit, die Initiative zu ergreifen und eine geistvolle Konversation anzuzetteln, erwartete; was, jedenfalls nach seinem laienhaften Verständnis, zu einem politischen Amt (und in diesen ehrfurchtgebietenden Räumen roch einfach alles nach Politik!) unbedingt dazugehörte. Ebensogut war es aber auch vorstellbar, daß das genaue Gegenteil ergründet werden sollte: sein Vermögen, eine Situation wie diese mannhaft durchzustehen und selbst gegen starkes Mitteilungsverlangen zu schweigen. Und wer wollte bestreiten, daß auch dies unverzichtbare Eigenschaften eines jeden politisch beschlagenen Menschen waren?

Immerfort, dachte er betäubt, gerate ich hier in Zwickmühlen ... Wie einfach geht es demgegenüber in einer kleinen Landesbehörde zu!

Die Entscheidung wurde ihm abgenommen. In die Stille hinein flog krachend die Tür auf und mit zwei, drei stampfenden Schritten stürmte ein untersetzter, bemerkenswert nachlässig gekleideter Mann ins Zimmer, unter dessen offenem Hemdkragen eine breite, zitronengelbe Krawatte wie ein Pendel hin- und herschwang.

Günter, ich brauch dich eben mal dringend! Grußlos, wie er hereingepoltert war, machte der Kraftmensch wieder kehrt und ließ die Tür praktischerweise gleich offen. Bertsch stand unverzüglich auf, zuckte bedauernd mit den Schultern und sagte im Hinausgehen zu seinem Mitarbeiter Bauer: Sie können ja in der Zwischenzeit Herrn Gundelach schon mal über das Landesjubiläum informieren.

Dr. Brendel begutachtete versonnen seine Fingernägel.

Typisch Müller-Prellwitz, flüsterte Bauer, wobei die mißbilligend hochgezogenen Augenbrauen nicht recht zur Devotion seiner Stimmlage passen wollten. Als er die Ratlosigkeit seines Gegenüber bemerkte, fügte er in silbenverschluckendem Stakkato hinzu: Müller-Prellwitz, Grundsatzabteilungsleiter, rechte Hand des Ministerpräsidenten, gewissermaßen der kleine MP neben dem großen ...

Dr. Brendel interessierte sich für die knospenden Bäume im Park.

Nun begann Bauer, ein Mittdreißiger mit elegischen Mundwinkeln, dem es offensichtlich schwerfiel, Sätze zu Ende zu sprechen und Menschen gerade ins Gesicht zu blicken, von der Konzeption des großen Jubiläums zu berichten – eines Bürgerfestes grandiosen Zuschnitts, welches im kommenden Jahr dem ganzen Land zu frischem Glanz verhelfen –, das aber, weil bekanntlich nichts von alleine wächst, schon jetzt präzise vorbereitet und koordiniert –, generalstabsmäßig sozusagen und laut Kabinettsbeschluß durch die Pressabteilung der Staatskanzlei, genauer gesagt durch das Referat Öffentlichkeitsarbeit, dessen Leiter, nebenbei, er selbst war, eine Aufgabe, um die, wie man sich denken konnte, niemand unbedingt zu beneiden –. Bunt sollte es jedenfalls werden, das Fest, fröhlich, aber keinesfalls protzig, eben der Mentalität der Leute entsprechend. Tradition und Fortschritt, bodenständig und doch weltoffen und so weiter, weshalb die Vereine zum Beispiel eine zentrale Rolle – und natürlich auch die Kommunen, die mittelständischen Unternehmen, das Handwerk, überhaupt alles, was dieses Land auszeichnete, die Menschen halt. Und die Medien brauchte man natürlich auch dazu, aber nicht nur die großen, professionellen, die kleinen waren mindestens genauso wichtig, Gemeindeblätter, Vereinspostillen, sogar Schülerzeitungen mußten positiv eingestimmt –, was verdammt schwer sein würde, das ganze, man kannte ja den Dünkel ideologischer Verblendung, der in vielen Redaktionsstuben –. Und dann, ganz wichtig, würde es eine große, eine einmalige Ausstellung in der Landeshauptstadt geben, der Bundespräsident hatte sein Kommen bereits fest –, eine Ausstellung über die stolze Geschichte des Landes, bis zu den staufischen Kaisern zurück, der Vatikan, die Eremitage, die Tate Galery, alle hatten Exponate versprochen, den berühmten Purpurmantel Friedrichs zum Beispiel, das Falkenbuch von zwölfachtundfünfzig, aber das brauchte Gundelach sich jetzt noch nicht zu merken, denn es betraf federführend die Abteilung Pullendorfs, wie auch die Jubiläumsfeier in der Hauptstadt selbst, die sowieso in erster Linie von der Protokollabteilung – mit Ausnahme der Festansprache Breisingers ... die würde praktisch von allen Abteilungen –. Denn es sollte eine große, historische Rede werden, da war Breisinger ... ganz scharf drauf –.

Monoton wie ein Rinnsal plätscherten Bauers Erläuterungen über den Marmortisch. Gundelach mußte sich zwingen, dem gewundenen Gedankenfluß zu folgen, und verstohlene Blicke aus den Augenwinkeln zeigten ihm, daß es den Herren der Personalabteilung nicht anders erging. Dr. Brendel hatte wohl das Gefühl, nunmehr fehl am Platze zu sein. Schließlich nutzte er die Verwendung des Namens Breisinger, die Bauer immer mit einer respektvollen Atempause verband, und rief: Gut, gut, wir wollen den jungen Mann nicht überfordern, vielleicht braucht er das ja alles gar nicht zu lernen. Und wenn, wird er sich schnell in die Materie hineinfinden.

Bauer verstummte auf der Stelle. Als erwachte er aus einem langen Traum, sah er von einem zum anderen, erstmals überhaupt in dieser ungeschützten Geradheit; dann sank er nach hinten und wußte fortan nicht mehr, wohin mit den Händen.

Sie sind nicht verheiratet? schaltete sich der Personalreferent Wickinger ein. Gundelach verneinte.

Dann dürfte es also auch keine familiären Probleme mit den Arbeitszeiten hier geben. Es wird nämlich meistens ziemlich spät bei uns. Den Achtstundentag – Wickinger machte eine verächtliche Handbewegung – kennen wir nur vom Hörensagen!

Das war eine deutliche Aufforderung an den Probanden, allem sozialen Firlefanz entschieden abzuschwören, und Gundelach beeilte sich, dem nachzukommen. Seinen Arbeitseifer, sagte er, stelle er gerne unter Beweis, man möge ihm nur Gelegenheit dazu geben. Dr. Brendel lächelte wohlwollend und meinte, er schätze schlagfertige Menschen.

Die Tür öffnete sich, diesmal ohne Brachialgeräusch. Ministerialdirigent Bertsch eilte mit einer gemurmelten Entschuldigung zu seinem Platz, fragte

Dr. Brendel nach dem Stand der Dinge, nickte, mehr automatisch als interessiert, fuhr sich dabei mit der Hand über Stirn und Augen, als müßte er unliebsame Gedanken verscheuchen und schlug nervös die Beine übereinander ...

Gundelach spürte, wie Angst in ihm aufstieg. Jetzt war es endgültig soweit. Vielleicht hatte man gerade erst ein Fernschreiben des Landeskriminalamts oder ein Dossier des Verfassungsschutzes auf den Tisch bekommen, in dem minutiös diverse Besetzungen und Blockaden aufgelistet waren, an denen er teilgenommen hatte? War nicht immer von Spitzeln die Rede gewesen, die der Verfassungsschutz in die studentische Szene eingeschleust hatte? Verfügte nicht die Polizei gerade in Heidelberg, der Keimzelle späterer terroristischer Umtriebe, über belastendes Film- und Fotomaterial? Und dann der ungestüme, keinen Aufschub duldende Auftritt des Herrn Müller-Prellwitz! In der Grundsatzabteilung liefen mit Sicherheit alle parteipolitischen Fäden, alle geheimnisträchtigen Informationsströme zusammen!

Er war, es konnte nicht anders sein, entdeckt. Und das würde Folgen haben, die weit über den Tag hinausreichten. Ach, es ging ja schon gar nicht mehr um seine verwegene, jeder hierarchischen Ordnung hohnsprechende Bewerbung an die oberste Behörde des Landes. Die war abgehakt, schmählich verworfen. Weit Ernsteres stand auf dem Spiel: seine ganze, noch gar nicht richtig aufs Laufbahngleis gestellte Beamtenexistenz. In keinem Land, Bayern vielleicht ausgenommen, wurde der Radikalenerlaß so unnachsichtig exekutiert wie im hiesigen. Gab es nicht Beispiele genug, bei denen sogar schwächere Indizien als in seinem Fall für eine Einstellungsverweigerung ausgereicht hatten? Daß man ihn als Assessor akzeptiert hatte, besagte wenig. Es handelte sich immer noch um ein Probeverhältnis, bei dem die Überprüfung pauschal und formal vorgenommen wurde. Im nächsten Jahr aber war über seine Ernennung zum Beamten auf Lebenszeit zu befinden. Ein Blatt nur, ein einziges, in dem ihm verfassungsfeindliches Handeln angeheftet wurde, konnte seinen Lebensweg zerstören ...

Ich glaube, begann er mit belegter Stimme, ich sollte Ihnen erklären oder zu erklären versuchen, warum ich seinerzeit –.

Er hörte sich reden, und ein zweites Ich, dem er nie zuvor begegnet war, sagte mit spöttischer Verwunderung: Warum unternimmst du nur so etwas Sinnloses!

Es tut mir leid, unterbrach ihn Bertsch, aber wir müssen das Gespräch jetzt beenden. Der Ministerpräsident hat ad hoc eine Besprechung angesetzt. Ich denke, wir konnten uns trotzdem ein ungefähres Bild von Ihnen und Ihren Fähigkeiten machen, und ich hoffe, Sie haben einen gewissen Eindruck von unserer Arbeit gewonnen. Wir werden in Kürze eine Entscheidung treffen. Sie bekommen dann umgehend Bescheid.

Bertsch sprach schnell und präzise, als wollte er niemanden mehr zu Wort kommen lassen. Noch während des Schlußsatzes erhob er sich. Beim Hinausgehen drückte er Gundelach kräftig die Hand. Matt erwiderte Gundelach den Gruß, mechanisch verabschiedete er sich von den anderen. Die Herren blieben sitzen. Ehe er die Tür schloß, kehrte Bertsch dem Assessor noch einmal sein Gesicht zu: es war straff, braungebrannt, mit einem metallisch grauen Augenpaar und schmalen Lippen, die unmerklich nach innen zu lächeln schienen.

Der Pförtner bestellte ein Taxi. Es hielt genau vor dem säulenumrundeten Eingangsportal. Gundelach nannte als Ziel seine Zweizimmerwohnung im Westen der Stadt. Er wollte nach Hause. Nichts wie weg. Abwesend starrte er in den Park. Runter geht's schneller, sagte er. Der Fahrer blickte verständnislos in den Rückspiegel.

Eine Woche später teilte besagter Ministerialrat Keller dem im Landratsamt zerstreut eine wasserwirtschaftliche Genehmigung ausfertigenden Assessor telefonisch mit, er möge seinen Dienst am 2. Mai in der Staatskanzlei antreten.

Die Nachricht war knapp und endete mit kollegialen Glückwünschen.

Besichtigung des Olymp

Wir fangen am besten unten an und arbeiten uns systematisch nach oben!

Andreas Kurz, beauftragt, dem Neuankömmling im Schloß Monrepos eine erste Orientierungshilfe zu geben, empfing Gundelach schon am Eingang. Ohne zu zögern, überquerte er ein mit gelben und roten Tulpen umgrenztes Rasenrondell, das sich dem Rund des Säulenportals wie eine spiegelbildliche Ellipse entgegenwölbte. Dann nahm er in der Manier eines Fremdenführers Aufstellung und bedeutete Gundelach, er möge sich nicht scheuen, das Gras gleichfalls zu betreten.

Von hier aus haben Sie den besten Blick, sagte er. Ich will Ihnen erst mal erzählen, in was für einem Schuppen Sie gelandet sind.

Schuppen ist gut, dachte Gundelach. Schon bei der Begrüßung war ihm die unkonventionelle Art aufgefallen, mit der Andreas Kurz sich vorgestellt hatte. Kein Titel, keine Funktion, einfach Vor- und Nachname. Instinktiv faßte er Vertrauen zu dem etwa Gleichaltrigen, der sich mit beneidenswerter Nonchalance vor der steinernen Kulisse bewegte, während der Assessor eckig herumstand.

Schloß Monrepos, sagte Kurz, ist jünger als Sie vermuten werden. Es wurde zwischen 1893 und 1897 von einer Nichte des damaligen Königs Wilhelm erbaut, und zwar mit Absicht an diesem Platz hoch über der Stadt. Friederike, so hieß die Dame, war bei Hof in Ungnade gefallen, weil sie es mit der Gattin ihres Onkels nicht konnte. So was soll ja auch in besseren Kreisen vorkommen. Um Tantchen zu ärgern, kaufte sie den halben Hügel hier auf, von dem man damals direkt auf das Schloß der königlichen Familie im Talkessel herabsehen konnte, und baute sich selbst ein Schloß, kleiner zwar, dafür obendrüber. Als sie fertig war, besaß sie zwei Millionen Goldmark weniger und wurde erst recht nicht mehr nach unten eingeladen. Ob aus diesen oder anderen Gründen weiß ich nicht, jedenfalls starb sie bald darauf und vermachte den Besitz ihrer Tochter, die praktischerweise einen adeligen Industriellen geheiratet hatte. Das Testament enthielt übrigens die Auflage, auf Monrepos immer dann die Fahne des Herrn von Mammon zu hissen, wenn im Tal bei Königs Staatsempfänge, Geburtstagsfeiern oder sonstige Lustbarkeiten angesagt waren – deshalb der Riesenspargel auf dem Dach. Das muß ein Rauf und Runter gewesen sein! Dann kamen Krieg, Revolution und Inflation, und plötzlich war das Ding zu teuer, sogar für blaublütige Fabrikanten. Und eine Familie König, die man ärgern konnte, gab's auch nicht mehr. Folge: Der Staat kaufte das Schloß für ein Nasenwasser und machte es zum Regierungssitz, weil auch Republikaner gerne jemand haben, auf den sie runtersehen können. Nur halt jetzt aufs ganze Volk statt auf ein paar Dekadente, das ist der Vorzug der Demokratie. 1933 zog dann der Reichsgauleiter mit seinen Mannen ein, und wenn die Herrschaften gut drauf waren, schossen sie schon mal sämtliche Spiegel zu Bruch, was man damals für vornehme Lebensart hielt. Nach dem Krieg kamen die Franzosen, die zum Abschied alle Wasserhähne aufdrehten, so daß aus Monrepos fast ein Wasserschloß geworden wäre. Als die neue Demokratie dann halbwegs trockenlag, wurde Monrepos die neue Heimat der Ministerpräsidenten, und daran wird sich wohl auch nichts mehr ändern. Von der Stadt unten ist heute nicht mehr so viel zu sehen wie früher, weil die Bäume im Park zu hoch geworden sind. Ist wohl auch besser so.

Kurz hat viel Sinn für Ironie, dachte Gundelach und bedauerte, sich nicht auf gleiche Weise revanchieren zu können.

Sie kehrten zum Eingang zurück, drückten die schwere messingbeschlagene Tür auf und blieben in der Halle stehen. Wände und Decke waren weiß getüncht, ein hartes kalkiges Weiß, das sich erst entlang der sparsam aufgetragenen Stuckreliefs verschattete.

So geräumig das Entree auf den ersten Blick wirkte, bot es in Wahrheit nicht allzuviel Platz. Die zum Obergeschoß führende Treppe nahm die Mitte des Raumes ein, ihre ausladenden Granitstufen stießen an einen wuchtigen, die Decke stützenden Pfeiler. Rechts vom Eingang hatte man, vermutlich in neuerer Zeit, eine offene, mit weißgeschliffenen Platten verkleidete Loge installiert. Einzig ein vom Alter ausgebleichter Gobelin unterbrach die schwarzweiße Monotonie: freudlose, in stumpfem Braun gewebte Jagd- und Schäferszenen. Ein hinter dem Treppenabsatz verlaufender Gang verzweigte sich zu beiden Seiten einer hohen weißen Flügeltür und schloß die Rückseite des Foyers ab.

Als wollte er das Unbehagen des Neulings an der statischen und wenig einladenden Gliederung mildern, deutete Andreas Kurz auf eine im Treppenbogen stehende, halb verdeckte Marmorstatue. Eine Nymphe oder Göttin in klassizistischer Pose verbarg, freilich nicht eben um Vollkommenheit bemüht, mit dem linken Arm ihre Brüste. Der rechte hielt ein zu Boden sinkendes, faltenreiches Gewand vor den Schoß, knapp über der Scham.

Von vorn ist sie nix, sagte Kurz. Aber sie hat einen hübschen Hintern!

Um das zu erkennen, muß man sich aber ziemlich dicht an sie herandrücken! Gundelach stellte sich unmittelbar neben die Figur. Zwischen ihrer Rückseite und der Wand waren nur wenige Handbreit Platz.

Na und? fragte Kurz ungerührt. Es gibt ungemütlichere Orte. Beinahe jeder von uns hat sich schon mal vergewissert. Außer dem MP natürlich. Dem genügt seine klassische Bildung.

Gundelach lachte verschämt und senkte den Blick. Er brachte es nicht fertig, seine Befangenheit abzuschütteln. Um der Verlegenheit Herr zu werden, versuchte er, die allegorische Bedeutung grau-weißer Mosaikbildnisse zu entschlüsseln, die den Steinfußboden zierten. Schlangenähnlich gelockte Knaben lenkten zweirädrige antike Streitwagen, die von himmelwärts stürmenden Rossen mit wilden Mähnen und Schweifen gezogen wurden. Kurz deutete sein Interesse anders und sagte:

Ja, direkt unter uns beginnt die Unterwelt! Das ganze Schloß ist unterkellert. Alles fensterlos und muffig. Die Haustechnik ist dort untergebracht, die Druckerei und ein Zimmer für Fahrer und Putzfrauen. Scheußlich. Wer nicht muß, geht da nicht runter. Früher war das aber wohl anders. Die Nazis haben extra einen Fluchtstollen graben lassen, vom Keller durch den halben

Berg bis zu einem heute zugemauerten Felsenloch oberhalb der Stadt. Sogar eine geheime Falltür gab's dafür. Romantisch, wie?

Sie standen nun auf dem roten Läufer, der den rückwärtigen Flur bedeckte. Mehrere Türen, alle geschlossen, durchbrachen das Mauerwerk. Machte schon der vordere Teil der Halle einen kühl-abweisenden Eindruck, so war die leblose Architektur des Korridors noch mehr dazu angetan, ein Gefühl der Verlassenheit hervorzurufen.

Überhaupt, dachte Gundelach, bin ich bisher außer Andreas Kurz noch keiner Menschenseele begegnet. Als wäre das Schloß ausgestorben oder verzaubert. Aber er dachte auch, daß diese Stille etwas außerordentlich Vornehmes hätte. Im Landratsamt rannte dauernd einer rum.

Kurz erklärte, dies sei der Trakt mit den sogenannten Repräsentationsräumen. Dabei stieß er forsch die weißlackierte Mitteltür auf.

Sie betraten ein helles ovales Zimmer ohne irgendwelches Mobiliar. Nur ein übergroßer Perserteppich bedeckte das Parkett. An der Decke, die mehr ornamentalen Schmuck aufwies als im Foyer, entfaltete sich ein üppiger Kristalleuchter. Die Leere des Raumes lenkte die Aufmerksamkeit jedes Eintretenden sofort auf die gegenüberliegende Glastür, hinter der eine Sandsteinbalustrade mit niedrigen Säulen die Terrasse von dem überwältigend weiten, zum Horizont hin abfallenden Parkgelände trennte. Zwei raumhohe Fenster zu beiden Seiten des gläsernen Durchgangs vollendeten das Szenarium eines bühnenartigen Landschaftspanoramas.

Raffiniert! entfuhr es Gundelach.

Ja, die verblichene Gräfin hatte schon was auf dem Kasten, stimmte Andreas Kurz zu. Die Anordnung dieses Ausgucks stammt von ihr selbst. Genau von hier aus konnte man, als die Bäume noch klein waren, bis zu Onkel Wilhelm runterschauen. Um ihren Gästen dieses Schauspiel zu bieten, veranstaltete Friederike regelrechte Partys, oder wie das damals geheißen haben mag. Mit dem riesigen Park im Vordergrund sah das untere Schloß nämlich richtig mickrig aus – wie ein Einfamilienhaus mit Dachausbau, denke ich mir. Und da hat die Gräfin jeden lustvoll mit der Nase draufgestoßen. War aber wohl auch so ziemlich das einzige Vergnügen der alten Dame. Sogar ein Gemälde hat sie in Auftrag gegeben, das die perspektivische Majestätsbeleidigung festhielt.

Zwei Millionen Goldmark war ihr der Spaß wert? fragte Gundelach. Allerhand!

Es gibt aber noch eine schöne Pointe, die Friederike freilich nicht ahnen konnte. Kommen Sie mal mit!

Kurz öffnete die Flügel der Glastür und trat auf die Terrasse hinaus.

Sehen Sie die hohe Baumgruppe? Jetzt schauen Sie mal etwas seitlich davon nach links, durch die Öffnung der äußersten Tanne. Wissen Sie, was das ist?

Alles was Gundelach erkennen konnte, war ein ziemlich großes Loch im dunklen Geäst, mit einem länglichen braunen Fleck darin.

Ein Gebäude? Der Bahnhof vielleicht?

Der junge Mann kicherte entzückt.

Der Bahnhof? Nein, viel besser ... Der Landtag ist das, mein Lieber, der Landtag! Da liegt es, das Hohe Haus, genauso klein und mickrig wie einstmals die monarchistische Behausung. Auf dem Präsentierteller!

So ein Zufall! staunte der Assessor.

Zufall? Jetzt wollte sich Gundelachs Führer vor Lachen ausschütten. Hier oben ist nichts Zufall. Die Gärtner haben Anweisung, jedes Jahr an dieser Stelle die nachwachsenden Äste abzuschneiden. Sie wissen bloß nicht, warum. Und die Abgeordneten unserer Fraktion, die wir jeweils im Sommer zum Gartenfest auf Monrepos einladen, können es nicht fassen, daß das verdammte Loch immer noch nicht zugewachsen ist. Genial, nicht?

Gundelach schüttelte ungläubig den Kopf. Ich werde noch viel lernen müssen, dachte er.

Die Landschaft zu ihren Füßen lockte mit einem verschwenderischen Farbenspiel. Von der Terrasse führte eine geschwungene Freitreppe zu einer sorgfältig geharkten Kiesrabatte, in der das moosige Wasser eines alten, verwitterten Bassins wie ein blinder Spiegel ruhte und keine Notiz nahm vom prall aufbrechenden Leben ringsum. Gestutzte Platanen säumten die Wege. Fremdartige, kegelförmige Gehölze wechselten mit Buchen, Kastanien und Eiben. Einige Araukarien ragten herrisch heraus. Wie eine dünne silberne Schlange schimmerte die Serpentine von unten hoch. Irgendwo an ihrem nadelfeinen Ende mußten auch die vergoldeten Lanzettspitzen des hohen Eisenzauns beginnen, der das riesige Gelände einfriedete.

Von fern drang das gleichförmige Summen der Stadt herauf.

Wozu dient dieser Raum jetzt? fragte Gundelach, als sie ins Haus zurückkehrten.

Stehempfänge, Verdienstkreuzverleihungen, Begrüßungszeremonien für ausländische Delegationen, ehe man sich zum Essen zurückzieht, antwortete Andreas Kurz abwesend. Kennen Sie übrigens diese Herren?

Erst jetzt bemerkte Gundelach die beiden Gemälde neben der Tür, durch die sie hereingekommen waren – Porträts zweier Ministerpräsidenten, in ihrer handwerklichen Ausführung wie in der Charakterisierung grundverschieden. Das eine war elegant und effektvoll komponiert, in breiten Strichen aufgetragen, und verwendete viel Raffinesse, die an Koketterie heranreichte, auf die optische Wirkung eines taubenblauen Anzugs, aus dem ein scharfgeschnittenes Haupt mit rosigfrischem Teint und silbriger Haarpracht sich würdevoll über den Betrachter erhob. Das andere kam demgegenüber bieder, ja bäuerisch daher. Vor dem schon etwas speckig glänzenden Firnis eines dunklen, erdenschweren Hintergrunds blinzelte ein beeindruckender Dickschädel mißbilligend auf den protzigen Teppich und vergrub seine Hand in der Tasche eines Kleidungsstücks, das im heimischen Sprachgebrauch bestenfalls als ›Aziegle‹ durchgegangen wäre. Aus der Weste aber lugte eine massivgoldene Uhrkette hervor. Gundelach dachte mit einer gewissen Ehrfurcht daran, daß der erste demokratische Landesvater – denn um jenen handelte es sich – seinerzeit mit Hilfe dieser Uhr die Geburtsstunde des neuen Bundeslandes vor der Parlamentarischen Versammlung buchhalterisch genau zu Protokoll gegeben hatte.

Der dritte hängt in der Bibliothek, sagte Andreas Kurz. Und da wird wohl auch der jetzige mal landen, wenn seine Zeit vorüber ist.

Aber, wer denkt schon an sowas! entrüstete sich der Assessor. Bei Breisingers beispielloser Popularität! Es gibt doch überhaupt keine Alternative zu ihm. Oder glauben Sie, die Leute wählen den Griesgram Meppens, der ihnen dauernd vorhält, daß sie im Überfluß leben, Energie verschwenden und die Natur zerstören? Meppens macht sich doch nur lächerlich, selbst bei der Arbeiterschaft, die eigentlich seine Klientel sein müßte! Nein, nein, Breisinger macht noch zwei, drei Legislaturperioden, da bin ich absolut sicher.

Kurz schaute seinen neuen Kollegen nachdenklich an. Als trüge er schon wieder eine despektierliche Bemerkung auf der Zunge, öffnete er die Lippen, schloß sie wieder, schluckte und sagte leichthin: Trau, schau wem. Warten wir's ab.

Damit nahm die Führung durch den Olymp ihren Fortgang. Gundelach war verwirrt, daß sein patriotisches Credo so wenig Begeisterung ausgelöst hatte. Wo, wenn nicht hier, hätte er es anbringen sollen?

Rechts des ovalen Empfangszimmers lag ein holzgetäfelter Saal, der siebzig oder achtzig Personen Platz für festliche Anlässe bot. In gerader Reihe waren Tische und Stühle aufgestellt, vor den Fenstern bauschten sich damastene Chabraquen, Messingleuchter hingen von der wuchtigen Kassettendecke bis zur halben Saalhöhe herab, und zwei marmorne Säulen an der Längsseite mochten den Ort bezeichnen, an dem der Gastgeber seine illustre

Gästeschar zu begrüßen pflegte. Eine schmale Seitentür führte zum Küchengelaß, das sie jedoch ausließen.

Das ist nicht unsere Welt, sagte Andreas Kurz bestimmt. Gehen wir lieber rüber in den Blauen Salon.

Der war nun von ganz anderer Art, klein und quirlig-verspielt, ein intimes Kabinett mit aquamarinfarbenen Seidentapeten, goldumrahmten Barockspiegeln, zierlichen, um einen intarsiengeschmückten Tisch gruppierten Stühlchen und einem falschen Kamin.

Hier, sagte Kurz, wird weniger gefressen als drüben, dafür um so mehr Politik gemacht. Konspiriert statt diniert, sozusagen.

Gundelach beschlich allmählich das unbehagliche Gefühl, daß es dem Gefährten der ersten Stunde am nötigen Ernst oder an der eigentlich zu erwartenden, unbedingten Loyalität seinem Dienstherrn gegenüber mangeln könnte. Doch war solches überhaupt denkbar in einer Gemeinschaft, die der öffentlichen Meinung als stramme Prätorianergarde galt, welche der amtierende Regierungschef sorgsam ausgesucht und auf sich eingeschworen hatte? Oder, dachte er beklommen, ist das alles ein abgekartetes Spiel? Legt Kurz es darauf an, mich aus der Reserve zu locken? Soll auf diese Weise meine wahre Gesinnung geprüft werden? Bei einem Vorstellungsgespräch ist man auf der Hut, aber so ein angenehmer Rundgang verleitet zum Plaudern ... Wenn dem so war, hatte er vorhin, ohne es zu wollen, klug reagiert. Und womöglich hatte Andreas Kurz sich durchschaut gefühlt und war nahe daran gewesen, die Maske fallen zu lassen?

Schweigend verließen sie das kleine blaue Kabinett.

Im Erdgeschoß stand nur noch eine Räumlichkeit zur Besichtigung an, die sogenannte Bibliothek. Was Gundelach aus Studienzeiten (die es nach dem Abklingen der Sturm- und Drangperiode ja schließlich und endlich auch gegeben hatte!) mit diesem Begriff verband – Weihestätten des Intellekts, turmhohe Leitern vor schwindelerregenden Bücherregalen, karge Arbeitstische, an denen der reinen Wissenschaft stumm geopfert wurde –, war allerdings weit entfernt von der Interpretation geistigen Strebens, mit der er sich in dieser Machtzentrale gegenübersah. Nein, die Monrepos'sche Bibliothek war das gerade Gegenteil wahrheitssuchender Askese: ein behaglich-üppiger Salon, an dessen rotbraunen Wandpaneelen leichtgeschürzte Römerinnen aus schimmerndem Schildpatt damit beschäftigt waren, der heutigen, vielleicht gerade aufs quellende Polster niedersinkenden Lebewelt Rosen vors Cognacglas zu streuen. Die biedermeierlichen Sessel – nannte man sie nicht sogar Fauteuils? – riefen Gundelach unwillkürlich eine Filmszene aus Jules Vernes ›In achtzig Tagen um die Welt‹ ins Gedächtnis, die sich ihm als Bub, der mit heißen Ohren neben dem Vater im Kino saß, eingeprägt hatte. In solchen Sesseln, in einem ungemein distinguierten Club, war die Idee, die Welt in atemberaubendem Tempo zu umrunden, geboren worden – aus einer spielerischen Laune heraus, aus Langeweile wohl gar ... Ach, heute reiste man ungleich schneller im Düsenjet zu allen Erdteilen hin und machte davon kein Aufhebens mehr. Aber der Gegensatz zwischen wollüstiger Erschlaffung, zu der das Interieur einzuladen schien, und der hektischen Betriebsamkeit, die Verwegene damit einzutauschen bereit waren, faszinierte Gundelach noch immer.

Unmittelbar neben der Tür zur Bibliothek führte eine Wendeltreppe mit mäandrisch verflochtenem Geländer zu einer niedrigen Galerie empor. Dort hätte man sich nun in der Tat aus ein paar Regalen mit Lesestoff versorgen können, wenn er denn vorhanden gewesen wäre. Es standen aber nur altersgraue verstaubte Folianten darin, Sammlungen von Gesetzen und Erlassen aus vor- und frührepublikanischer Epoche.

In der Bibliothek finden vertrauliche Unterredungen statt, beispielsweise mit Journalisten oder Wirtschaftsverbänden, erläuterte Kurz. Das Ambiente ist dafür sehr günstig. Kaum einer traut sich, hier aufmüpfig zu werden. Übrigens – er schlug den Teppich zurück –, da ist die Falltür!

Gundelach, inzwischen an einem der schmalen Fenster angelangt, die nur wenig Licht einließen, wandte sich höflich um, deutete dann aber nach draußen und fragte mit einem Anflug von Entsetzen: Was ist denn das?

Nur wenige Meter vom Schloß entfernt ragte ein zweistöckiger Flachbau mit Betonwänden, Stahlstreben und Aluminiumfenstern in den Park.

Ach, das ... Das ist der Anbau, den wir vor wenigen Jahren bekommen haben. Im Erdgeschoß ist die Kantine untergebracht, drüber die Haushalts- und Personalabteilung, und im zweiten Stock hat Pullendorfs Landespolitische Abteilung ihr Reich.

Schrecklich, sagte Gundelach. Wer genehmigt denn sowas?

Wir, antwortete Kurz. Wer sonst? Tradition und Fortschritt, verstehen Sie? Die CDU ist eine moderne Partei, jedenfalls hintenraus. Und von außen sieht man das architektonische Schmuckstück ja nicht. – Kommen Sie, wir müssen uns etwas beeilen.

Im Hinausgehen entdeckte der Assessor das Bildnis des dritten Ministerpräsidenten, der nur für kurze Zeit Regierungschef gewesen und dann zum Präsidenten des Bundesverfassungsgerichts berufen worden war. Streng und, so kam es Gundelach vor, strafend musterte der hohe Jurist die beiden Greenhorns unter sich.

Eilends marschierten sie an ihm vorbei.

Für die Erkundung des repräsentativen Parterres hatte sich Andreas Kurz viel Zeit genommen. Um so drängender verfuhr er nun im eigentlichen Arbeitszentrum des Hauses, im Obergeschoß. Vielleicht fürchtete er, dem Ministerpräsidenten, einem Minister oder Staatssekretär über den Weg zu laufen. Und wirklich begegneten sie hier zum ersten Mal lebendigen Menschen und nicht bloß Möbeln, Bildern oder Schattengestalten. Ein Aktenbote schob gemächlich ein Wägelchen mit grünen und roten Pappdeckeln – ›Wegweiser‹ hießen sie, wie Gundelach aus den Augenwinkeln entzifferte; im Landratsamt hatte man sie schlicht Laufmappe genannt –; eine Sekretärin entschwand hoheitsvollen Ganges, Kaffeekanne in der Hand, hinter der Tür der Damentoilette; ein drahtiger blonder Mann sprang, flüchtig grüßend, die Treppe hinunter – ein Persönlicher Referent des MP, wie Kurz, der gar nicht erst den Versuch einer Vorstellung unternahm, dem Enteilten nachraunte.

Alles auf diesem Stockwerk atmete Bedeutsamkeit. Hinter der weißlackierten Mitteltür, die es auch hier gab, lag der Kabinettssaal. Kurz rührte den schweren Messinggriff nicht an, sondern beschied Gundelach mit dem Hinweis, der Saal sei groß und oval und die Mitglieder der Regierung versammelten sich jeden Dienstag in ihm um einen Tisch, dessen Dimensionen man sich ebenso beeindruckend vorzustellen hätte wie den Rang der Örtlichkeit selbst. Linkerhand schloß sich das Sekretariat des Ministerpräsidenten an, das in Breisingers Amtszimmer überleitete – vollgestopft mit Empirekram und einem Schreibtisch, der statt Füßen Säulen hatte, wie Kurz zu berichten wußte. Gundelach meinte, ein derartiges imperiales Machtsymbol schon einmal gesehen zu haben, bei einem Klassenausflug nach Versailles. Er hatte es aufgeblasen und lächerlich gefunden und wollte das seinem Begleiter nicht vorenthalten – nicht zuletzt, um dessen Reaktion zu beobachten. Würde irgendein Anzeichen von Befriedigung darauf hindeuten, daß Kurz sich dem Ziel nahe wähnte, ihm doch noch auf die Schliche gekommen zu sein?

Gleich darauf schämte er sich.

Andreas Kurz aber eilte in seiner Beschreibung schon weiter, wobei er sich nicht mehr vom Fleck rührte. Nur der ausgestreckte Arm und leichte, ruckartige Drehungen des Oberkörpers wiesen die Richtungen, in denen man sich die kleinen und großen Herrscher des metairdischen Götterberges vorzustellen hatte: Dort, gegenüber der selbstverständlich stets verschlossenen Tür, hinter der Dr. Breisinger residiert, die Zimmer seiner zwei Persönlichen nebst deren Sekretärinnen. – Dort, wo der Flur in rechtem Winkel abbiegt, die Büros des Staatssekretärs und seines Mitarbeiters. – Am anderen Ende das Refugium des Ministerialdirektors, der sich mittags auf die Chaiselongue zu einem Schläfchen zurückzuziehen pflegt. – Durch den Fahrstuhlschacht verdeckt, Müller-Prellwitz' meist unaufgeräumte Stube, drapiert mit einer Deutschlandfahne und einigen Militaria, die von der Passion des Hauptmanns der Reserve für die Bundeswehr künden. – Zwischendrin, nicht zu vergessen, der sogenannte Kleine Kabinettssaal, in dem die Amtsspitze mit den Herren Abteilungsleitern konferiert. – Und hier, direkt neben uns, nun ja, die Toiletten.

Im ganzen war die Etage nicht eben ausgedehnt. Die Türen lagen enger beieinander als im Erdgeschoß. Gundelach wunderte sich, daß ihm das Schloß von außen so imposant erschienen war. Aber das mochte mit der Perspektive zusammenhängen, wenn man von unten heraufstieg. Andererseits trug gerade die konzentrierte Umlagerung der Amtsräume des Ministerpräsidenten zur Aura einer Wagenburg bei, in der eine verschworene Kampftruppe allen Eroberungsversuchen Schulter an Schulter Paroli bot. Wenn selbst den sonst mit ironischen Anmerkungen nicht geizenden Andreas Kurz vor soviel Machtballung der Mut verließ und er sich damit begnügte, wie ein vom Sturm gezauster Wetterhahn mal hierhin mal dorthin zu zeigen und dabei mit den Augen das jeweils entgegengesetzte Terrain zu sichern – wie mochte es dann Normalsterblichen, einfachen Bürgern etwa, ergehen?

Der Assessor freilich besaß neben seinem immer wieder aufflackernden Mißtrauen auch die Gabe kindlicher Neugier. Das Leben als Spiel mißzuverstehen, hatte er noch nicht gänzlich abgelegt. Und so hätte er gern, allen Gefahren zum Trotz – denn was wäre ihm wohl eingefallen, wenn der Ministerpräsident des Landes, sein oberster Dienstherr, plötzlich aus der Tür tretend ihn nach seinem Begehr gefragt hätte? –, noch etwas länger ausgeharrt und sich vorwitzig nach diesem und jenem erkundigt. Allein, Andreas Kurz packte ihn, jetzt ganz Amtsperson, an der Schulter und erklärte den Rundgang für beendet.

Wo befindet sich eigentlich das Zimmer von Herrn Bertsch? fragte Gundelach, während sie dem Ausgang zustrebten. Erst in diesem Moment war ihm bewußt geworden, daß er bei seinem ersten, der Vorstellung dienenden Besuch nichts von dem gesehen hatte, was ihm in der vergangenen Stunde gezeigt worden war. Oder war er nur zu aufgeregt gewesen, es zu bemerken?

Wenigstens die Marmorstatue, auf deren reizvolle Rundungen sein Blick jetzt wieder fiel, hätte sich ihm doch einprägen müssen!

Im linken Seitenflügel, antwortete Kurz, der mit jeder Stufe abwärts ein Stück Sicherheit zurückgewann. Es gibt einen eigenen Eingang dafür. Die Protokollabteilung und ein Teil der Pressestelle sind dort untergebracht.

Sie verließen Schloß Monrepos auf demselben Weg wie sie gekommen waren, verschonten jedoch diesmal den Rasen. Dann bog Kurz auf einen schmalen Kiesweg ein, der seitlich des Hauses ins Dickicht des Parks führte.

Da gehts zu Ihrem Abteilungsleiter, sagte er.

Der Nebeneingang war durch eine Hecke halb verdeckt. Gundelach konnte sich beim besten Willen nicht erklären, wie er ihn auf Anhieb gefunden haben sollte. Seltsamerweise fehlte ihm jede Erinnerung an die äußeren Umstände seiner erstmaligen Annäherung an Schloß Monrepos, bis zu dem Zeitpunkt, da er sich im Besucherfoyer wiedergefunden hatte. Es ist wie verhext, dachte er. Als wäre ich damals in Trance gewesen. Er wollte das kleine Seitenportal öffnen, doch zu seiner Verblüffung ging Andreas Kurz geradeaus weiter.

Wo bringen Sie mich hin? fragte er. Da war es wieder, das Mißtrauen.

Zu Ihrem Arbeitsplatz. Was dachten Sie?

Stumm durchquerten sie einen Ausschnitt jenes Geländes, das sie vom Panoramazimmer aus hatten einsehen können. Unter den Platanen hindurch, am zeitlos schweigenden Bassin vorbei, ausgetretenen Steinstufen folgend, einem von verwilderten Büschen gesäumten Sandweg entlang.

Vor ihnen duckte sich eine flache Holzbaracke.

Wir sind da, sagte Andreas Kurz.

Die Tür stand offen. Das Geräusch eines ratternden Fernschreibers empfing sie.

Gespräche der einen und der anderen Art

Zwei Wochen war er nun schon auf Monrepos, wie es im Kollegendeutsch hieß. Den Schock, in einem Provisorium mit beständig knarrenden Dielen statt im Schloß untergebracht zu sein, hatte Gundelach rasch überwunden. In den verschlagartigen Zimmern, durch die jedes Niesen ungedämpft drang und vielstimmig mit Prost! Gesundheit! oder Gott schütz dich, Herzchen! beantwortet wurde, in denen man zum Hörer griff, wenn nebenan das Telefon läutete, wo die Türen aus Prinzip offenstanden und irgendwer immer nach Kaffee schrie, fiel es leicht, sich einzugewöhnen.

Hier konnten, hier durften nur Pressemenschen arbeiten, die morgens als erstes die Krawatten in den Schrank schmissen, die Füße auf den Schreibtisch lümmelten und Zeitung lasen. Morgens? Sie trudelten frühestens um neun, viertelzehn ein, fragten mit schlafgeröteten Augen, wo der Pressespiegel bleibe, bedauerten pflichtschuldig denjenigen, der dran war, ihn fertigzustellen und deshalb seit acht Uhr mißgelaunt mit Schere und Uhu vor Zeitungsstapeln hockte, pilgerten, um das Eintauchen in den Büroalltag hinauszuschieben, zum Ticker und verlasen Nachtmeldungen über Schlachtmarktpreise, die kein Schwein interessierten, orderten bei den Sekretärinnen Kaffee und nochmals Kaffee und seufzten, daß es gestern wieder unchristlich spät geworden sei.

Nach wenigen Tagen hatte Gundelach seine Befangenheit abgestreift. Die erste Pressemitteilung, die er schrieb, reichte ihm Bertsch fast unverändert zurück; nur die Überschrift hatte er gestrafft. Man merkt, daß Sie journalistisch tätig gewesen sind, sagte er anerkennend. Das wichtigste vornweg, die facts sauber dargestellt, keine zu langen Sätze. Und gottseidank beherrschen Sie den Konjunktiv. Wenn Sie mit der politischen Linie besser vertraut sind, können Sie dem Chef ruhig auch wörtliche Zitate in den Mund legen. Das macht's noch lebendiger.

Muß Dr. Breisinger das nicht vorher sehen und genehmigen? fragte Gundelach. Iwo, sagte Bertsch. Dazu hat er doch gar keine Zeit. Bei wichtigen Sachen ist es natürlich was anderes, aber da passe ich schon auf. Hier – lesen Sie sich in diese Unterlagen möglichst schnell ein!

Er nahm einige Broschüren aus seinem Wandschrank und drückte sie dem Assessor einzeln in die Hand.

Das ist die Regierungserklärung von '73. Das die Halbzeitbilanz von '75. Der dicke Wälzer enthält das Arbeitsprogramm der Landesregierung mit allen Kabinettsvorlagen dieser Legislaturperiode. Dann noch einige Regierungserklärungen zu speziellen Themen – Hochschulpolitik – Mut zur Erziehung – Innere Sicherheit – Radikalenerlaß –.

Bertsch hielt inne und sah Gundelach prüfend an.

Sie brauchen übrigens nicht jedem auf die Nase zu binden, wie Sie studiert haben oder auch nicht. Schon gar nicht dem Ministerialdirektor. Er will Sie morgen sehen. Wenn es sich einrichten läßt, werde ich Sie begleiten.

Gundelach bemühte sich, die ausgestreckte Hand nicht zittern zu lassen. Sie tat es trotzdem.

Und hier das Grundsatzprogramm der CDU. Werfen Sie bei Gelegenheit einen Blick drauf. Sie sind nicht Mitglied, nein?

Der junge Mann schüttelte den Kopf.

Sie sollten sich's überlegen. Hat aber Zeit bis nach der Wahl. Bertsch kehrte zu seinem Sessel zurück. Bringen Sie Ihre Pressemitteilung gleich in die Fernschreibstelle, sagte er. Rundsender. Die Damen wissen dann schon Bescheid. Wiedersehen.

Am nächsten Morgen traf Bernhard Gundelach fast so bald in der Baracke ein wie der Kollege, der in dieser Woche Frühdienst hatte. Die Unruhe, wie die Zeitungen sein Erstlingswerk aufgenommen hatten, trieb ihn her. Und Regierungsrat Schieborn, mit offenem kariertem Hemd und zerbeulten Jeans vor einem Berg von Zeitungsschnipseln werkelnd, schien Verständnis für die Ungeduld des Novizen zu haben.

Er winkte ihn zu sich und sagte: Wollen doch mal sehen, ob die Journaille ihren neuen Informanten zu würdigen weiß. Momentmal ... Einführung der Gesamtschule von Breisinger erneut abgelehnt, nein, das isses nicht ... Bürgerprotest gegen Kernkraftwerk Weihl, auch nicht. Da kommt was auf uns zu, das kann ich Ihnen sagen! ... Halt, hier: Mittel für Straßenbau des Landes deutlich erhöht, jawoll! Ein bildschöner Zweispalter, und das auch noch in der BZ. Die einzig positive Meldung des Tages stammt von Ihnen. Gratuliere!

Obwohl der gutmütige Spott in Schieborns Stimme nicht zu überhören war, wurde Gundelach rot vor Freude. Er las den Artikel mehrfach durch, als wäre ihm der Inhalt völlig fremd. Später verglich er ihn mit den Fassungen in anderen Presseorganen. Meist fehlte das verkehrspolitische Selbstlob, auf das er, damit es nicht zu aufdringlich wirkte, viel Mühe verwandt hatte. Trotzdem durfte er mit dem Erfolg zufrieden sein, und jeder, der an diesem Tag in die Baracke kam, bestätigte es ihm.

Schieborn zog das Thema im Pressespiegel weit nach vorn und widmete ihm drei volle Seiten. Man hätte meinen können, eine neue Ära des Straßenbaues wäre übers Land hereingebrochen.

Kurz vor elf Uhr wurde Gundelach zum Amtschef der Staatskanzlei, Ministerialdirektor Renft, ins Schloß gerufen. Bertsch war verhindert mitzukommen; ein Gespräch mit Rundfunkjournalisten zog sich in die Länge. So nahm sich Bertschs Stellvertreter, der Leitende Ministerialrat Dr. Zwiesel, des Assessors an. Zwiesel verfügte wie Bertsch über ein Zimmer im Schloß. Wohl deshalb erschien er als einziger neben dem Abteilungsleiter stets mit Anzug und Krawatte zum Dienst. Er hatte ein glattes Gesicht, hohe Wangenknochen und wasserhelle Augen, die immer auf das Ende einer hohen Leiter zu zielen schienen. Bei Besprechungen gefiel er sich darin, bedenklich den Kopf zu wiegen und mit gespitzten Lippen zu lächeln.

Daß Zwiesel selbst Bernhard Gundelach zum Vorstellungstermin abholte, erregte Aufmerksamkeit. Der Leitende Ministerialrat galt gemeinhin nicht als jemand, der Rangniederen einen Schritt entgegenkam. Während sie durch den Park gingen, der sich täglich dichter um die Baracke schloß, erfuhr Gundelach den Grund für seinen Großmut. Er müsse, sagte er ohne Umschweife, Gundelach mit einigen psychologischen Feinheiten der Führungsspitze vertraut machen, damit der junge Kollege nicht arglos in Fettnäpfchen trete, deren es, wie er versicherte, hier oben viele gäbe.

Gundelach bedankte sich beklommen.

Sie müssen wissen, begann Zwiesel, die Arme auf dem Rücken verschränkt und irgendwo hinter den Platanen eine besonders hohe Leiter ins Visier nehmend, es ist nicht ganz leicht, in unserem Hause Ministerialdirektor zu sein. Jedes andere Ministerium hat seine klaren Hierarchien, an die sich alle Sachbearbeiter, Referenten, Referats- und Abteilungsleiter zu halten haben: Der Minister ist die politische, sein Ministerialdirektor die verwaltungsmäßige Spitze des Ressorts. Nun, das ist Ihnen ja schon geläufig, nehme ich an. Der Staatssekretär, sofern einer vorhanden ist, spielt in der Regel keine große Rolle. Er vertritt den Minister bei weniger bedeutsamen Anlässen, sagt Grüß Gott und hält die Rede, die man ihm aufgeschrieben hat.

Da war es wieder, das mokante spitzmäulige Lächeln.

Bei uns, fuhr Zwiesel fort, ist alles etwas komplizierter. Der Ministerpräsident hat zwei Vertraute, mit denen er schon als Innenminister eng zusammenarbeitete. Wolf Müller-Prellwitz war Breisingers erster Persönlicher Referent, Günter Bertsch sein erster Pressereferent. Als er Regierungschef wurde, hat er beide natürlich mitgenommen und sie in kürzester Zeit zu Abteilungsleitern gemacht. Da waren sie noch nicht einmal vierzig Jahre alt. Allerhand, wie?

Gundelach bestätigte es, indem er etwas wie: Donnerwetter! murmelte.

Den Ministerialdirektor dagegen fand Breisinger auf Monrepos vor, denn Herr Renft diente schon unter Breisingers Vorgänger – der, nebenbei, seinen Nachfolger nicht übermäßig schätzte. Doch das ist eine andere Geschichte. Renft jedenfalls war und ist ein untadeliger, gewissenhafter Verwaltungschef, keine Frage. Welchen Grund hätte es also für den neuen MP geben sollen, ihn abzulösen? Zumal Renft damals schon Anfang fünfzig war und der CDU seit jungen Jahren angehörte?

Zwiesel machte eine wirkungsvolle Pause und kehrte sein Gesicht dem Assessor zu. Der Gipfelblick senkte sich zu Tal. Gundelach zuckte hilflos mit den Schultern. Wenn sogar Breisinger keinen Rat gewußt hatte, fiel ihm ganz sicher auch keiner ein!

Breisinger beließ Renft also auf dem Posten – Zwiesel bestieg wieder seinen Feldherrnhügel –, aber er machte schnell klar, von wem er politisch beraten zu werden wünschte und von wem nicht. Die Sache hatte jedoch einen Haken: Auch der Ministerialdirektor besaß einen Vertrauten, Ministerialdirigent Pullendorf, der Leiter der Landespolitischen Abteilung. Der hatte, zusammen mit Renft, unter Breisingers Vorgänger die Fäden in der Hand gehalten – und zwar eisern. Sie wissen, die Landespolitische Abteilung koordiniert die Arbeit der Ministerien. Pullendorf, ein exzellenter Fachmann, zudem durchsetzungsfähig bis zur Brutalität, tat noch weit mehr als das – er steuerte die Ministerien nahezu nach Belieben. Breisinger hätte es sich also gar nicht erlauben dürfen, ihn auszutauschen. Sie können sich vorstellen, was die Folge war.

Gundelach nickte, obgleich er allenfalls ahnte, welche Konflikte sich da aufgehäuft haben mochten. Zwiesel schien's zufrieden.

Es bildeten sich also zwei ministerielle Machtzentren heraus: auf der einen Seite Breisinger, Müller-Prellwitz und Bertsch, die das Regieren in erster Linie parteipolitisch betrieben, auf der anderen Renft und Pullendorf als, sagen wir, klassische Sachpolitiker. Schnell kam es zu erbitterten Machtkämpfen hinter den Kulissen, und in der ersten Zeit war durchaus noch nicht entschieden, wer sich durchsetzen würde! Doch je mehr Breisinger an Statur gewann, um so größer wurde der Einfluß der parteipolitischen Fronde gegenüber der administrativen. Schließlich schwenkte auch Pullendorf langsam um, weil er fürchten mußte, sonst kaltgestellt zu werden. Immer öfter suchte er den direkten Weg zum Ministerpräsidenten, und der ließ ihn gewähren. Sein Sachverstand, wie gesagt, ist unübertroffen ... Außerdem – hier zögerte Zwiesel – hat es in letzter Zeit zuweilen den Anschein, als agiere Müller-Prellwitz für Breisingers Geschmack schon etwas zu selbstherrlich. Davon machen Sie aber, bitte, gegenüber niemandem Gebrauch!

Gundelach beeilte sich, es zu versprechen. Wenig fehlte, und er hätte die Hand zum Schwur erhoben. Mit einer gewissen Heiterkeit, deren Anlaß unklar blieb, schnürte der Leitende Ministerialrat den Sack rhetorisch vollends zu.

Auf der Strecke, sagte er, blieb der Ministerialdirektor. Man mag es ungerecht, ja tragisch finden, aber so ist es nun mal. Je dünner die Luft, um so härter der Überlebenskampf. Und Renft hat sich inzwischen wohl damit abgefunden. Er hält die Grundsätze des Berufsbeamtentums hoch und betont das besonders gerne gegenüber neuen Mitarbeitern. – Sie sollten ihm also die Freude bereiten und sich möglichst fügsam und unpolitisch geben!

Das Ende von Zwiesels ministeriellem Psychogramm erfolgte so plötzlich, daß Gundelach es fast versäumt hätte, sein Wohlverhalten erneut zu beteuern. Auch war seine Aufmerksamkeit durch den Gedanken abgelenkt, daß sein Begleiter all dies wohl kaum aus eigenem Antrieb erzählt, sondern auf Weisung Bertschs gehandelt haben mochte. Also gelte ich doch als unsicherer Kantonist! dachte er bitter und fühlte die Freude über die gelungene erste Pressearbeit gekränktem Stolz weichen. Renft soll keine Gelegenheit erhalten, sich mit einer Beschwerde oder mit Bedenken an den Ministerpräsidenten zu wenden. Bertsch zieht mich wie eine Schachfigur.

Sie betraten das Schloß durch den vorderen Eingang. Die Göttin im Treppenschatten bemerkte sie nicht. Die Innentüren waren, wie immer, verschlossen. Gundelach wünschte sich Andreas Kurz an seine Seite, den er seit ihrem gemeinsamen Rundgang nicht mehr zu Gesicht bekommen hatte. In Renfts Sekretariat öffnete ihnen eine scheue ältere Dame. Sie huschte an die Verbindungstür zum Chefzimmer, öffnete sie gerade so weit, daß der Kopf mit den grauen, kurzgeschnittenen Haaren hindurch paßte und hauchte: Die Herren sind da – worauf ein sonores: Ich lasse bitten! antwortete.

Dr. Zwiesel ging voraus, blieb aber auf halbem Weg zum Schreibtisch stehen. Gundelach folgte ihm, die Hände ineinander geflochten. So aufgeregt er war, entgingen ihm doch die vergoldeten Beschläge und die moosgrüne Lederplatte des Empiremöbels nicht, in dessen Mitte ein schmaler ›Wegweiser‹ – ohne Zweifel seine Personalakte – aufgeschlagen lag.

Erst als sie nebeneinander standen und warteten, erhob sich der Ministerialdirektor. Förmlich begrüßte er Dr. Zwiesel, danach den Assessor und deutete, zurückkehrend, auf die beiden Stühle an der Frontseite des Tischs.

Wie geht es Ihnen, wie haben Sie sich eingelebt?

Renft trug einen dunkelblauen Nadelstreifenanzug mit hochgeknöpfter Weste. Neben dem Revers prangte ein weißes Spitzentaschentuch. Die bordeauxrote Krawatte war exakt in der Mitte des hohen, steifen Hemdkragens zu einem länglichen Knoten gebunden. Der Kopf darüber, von bläulichem Geäder durchzogen, verriet Neigung zu Bluthochdruck.

Danke, ich fühle mich sehr wohl!

Sie werden, sagte Renft, solange Sie in der Pressestelle arbeiten, wenig Gelegenheit haben, sich juristisch auf dem laufenden zu halten. Ich würde

Ihnen trotzdem raten, niemals Ihre eigentliche Ausbildung aus dem Blickfeld zu lassen, denn irgendwann werden Sie wieder daran anknüpfen müssen – und auch wollen. Damit – er deutete eine geringfügige Verbeugung gegenüber Zwiesel an – will ich nichts gegen die Notwendigkeit einer guten Pressearbeit gesagt haben.

Bertschs Stellvertreter lächelte unergründlich.

Ich bin mir dessen durchaus bewußt, sagte Gundelach folgsam. Deshalb beziehe ich auch weiterhin die Neue Juristische Wochenschrift und achte darauf, daß meine Gesetzessammlungen Schönfelder und Sartorius immer auf aktuellem Stand sind.

Mein Gott, dachte er. Hoffentlich kann ich nur halb so gut schauspielern wie Zwiesel.

Das gilt, will ich hoffen, auch für die Vorschriften des Landes?! Schelmisch hob Renft den rechten Zeigefinger.

Auch die halte ich in Ordnung, bestätigte Gundelach.

Nun, das freut mich zu hören. Es bedeutet, menschlich wie volkswirtschaftlich, immer eine gewisse Ressourcenverschwendung, sich nach einem langen und schwierigen Universitätsstudium auf einem Gebiet zu tummeln, das keiner akademischen Qualifikation bedarf. Das kann man eine Weile machen, aber auf Dauer wäre es schade. Sie haben übrigens – er tippte auf die Akte – ein sehr gutes Abitur abgelegt!

Ach ja, es geht, sagte Gundelach verlegen.

Doch, doch! Ich finde das beachtlich in einer Zeit, da immer mehr Leistungsschwache in die Jurisprudenz ausweichen, weil ihnen der Numerus clausus den Weg zu naturwissenschaftlichen und medizinischen Fächern verbaut. Unser Berufstand sollte durchaus mehr Elitebewußtsein an den Tag legen. Wir tun uns gewiß keinen Gefallen damit, als Sammelbecken für Minderbegabte zu gelten, habe ich Recht?

Zwiesel kam Gundelach mit Nicken zuvor. Unerhört! dachte Gundelach ärgerlich. Ist es sein Abitur oder meins, von dem hier die Rede ist?

Der Ministerialdirektor blätterte in dem schmalen Ordner. Gundelach wappnete sich, über seine Heidelberger Zeit Rede und Antwort stehen zu müssen. Doch Renft klappte den Deckel schon wieder zu und sagte: Vom Landratsamt zur Staatskanzlei ist ein großer, ein sehr großer Sprung. Den klassischen Laufbahnregeln gemäß hätten Sie erst noch einige Jahre in einem Fachministerium oder wenigstens im Regierungspräsidium verbringen müssen. Sie sollten sich, dies als gutgemeinter Rat, den Blick auf die Realitäten trotzdem nicht trüben lassen. Wir sind Beamte, keine Politiker! Auch in einer Staatskanzlei wird in erster Linie Verwaltung verlangt, solide, ehrliche Verwaltung. Darauf beruht letztlich auch der Erfolg der Politik!

Gundelach meinte, auf Renfts Gesicht eine gesteigerte Röte feststellen zu müssen. Die geplatzten Adern schwammen wie dünne Tangfäden auf der Haut.

Sind Sie denn schon dem Ministerpräsidenten vorgestellt worden? Nein? Nun, das könnte ich arrangieren. Ich habe ohnehin einige Rücksprachen bei Dr. Breisinger wahrzunehmen – es könnte dann in einem gehen! Ich werde also – Renft schickte sich an, die Ruftaste seiner Telefonanlage zu drücken – Frau Biehler bitten, einen Termin zu vereinbaren.

Zwiesel räusperte sich.

Eigentlich, sagte er, wollte das Herr Bertsch selbst ... Es müßte auch recht schnell gehen, denn wir wollen Herrn Gundelach schon in der nächsten Woche dem Ministerpräsidenten zu einer Kreisbereisung beiordnen. Damit er möglichst rasch Erfahrungen sammeln und Kontakte knüpfen kann. Insofern –

Der Oberkörper des Ministerialdirektors straffte sich. Gundelach starrte gebannt auf die weiß hervortretenden Knöchel, als Renft seine Handrücken gegen die Schreibtischkante preßte. Gleich passiert's, dachte er, und seine Sympathie gehörte uneingeschränkt dem Amtschef, der als nächstes ohne Zweifel seinen Untergebenen in die Schranken weisen würde.

Es passierte jedoch weiter nichts, als daß die eben noch kerzengerade Gestalt, die für Sekunden den ganzen Raum zu beherrschen schien, wieder in sich zusammensank. Die Schultern fielen nach vorn, die Nasenspitze näherte sich dem weinroten Binder und das schüttere weiße Haar wurde in all seiner Greisenhaftigkeit sichtbar. Als Renft wieder aufschaute, waren seine Augen stumpf und interesselos geworden.

Kreisbereisungen. Sososo. Das ist interessant. Man lernt sicher eine Menge Leute kennen ... Ist das Ihre Hauptaufgabe, die Kreisbereisungen, meine ich, zu organisieren?

Zwiesel verneinte entspannt. Herr Gundelach soll vor allem bei der Vorbereitung des Landesjubiläums helfen, sagte er. Aber da wir auch die Gemeinden mit ins Boot nehmen wollen, ist es sicher kein Fehler, wenn er vor Ort Erfahrungen sammelt und –

– und Kontakte knüpft. Jaja, ich weiß. Renfts Stimme senkte sich in müdem Spott. Nun denn, junger Freund, sammeln und knüpfen Sie, immer frisch drauf los! Die Welt steht Ihnen offen, denn Sie sind jung und tatendurstig, und das sind die besten Voraussetzungen, um in ihr bestehen zu können. Vielleicht führt Sie Ihr Weg weit nach oben, ich wünsche es Ihnen jedenfalls – er erhob sich und knöpfte mechanisch die Jacke zu –, vielleicht sitzen Sie eines Tages sogar auf diesem Stuhl hier, was ich Ihnen nicht unbedingt wünsche, und sehen sich wie ich dem Ansturm der Jugend ausgesetzt –, dann mag Ihnen das eine oder andere aus Ihrer ersten Begegnung mit dem alten Ministerialdirektor wieder einfallen. Frau Biehler, würden Sie die Herren bitte hinausbegleiten. Auf Wiedersehen, meine Herren. – Die Akte, Frau Biehler, können Sie gleich mitnehmen.

Von der unterwürfigen Liebenswürdigkeit der alten Dame begleitet, durchquerten sie das Vorzimmer und schwiegen, bis sie das Säulenportal hinter sich gelassen hatten.

Irgendwie, sagte Zwiesel, lebt er in einer anderen Welt. Aber man darf sich nicht täuschen lassen: Wenn er einem schaden will, hat er dazu immer noch die Möglichkeit.

Vor dem Seiteneingang angekommen, nahm Zwiesel die Klinke in die Hand und verabschiedete sich. Seine Aufgabe war beendet.

Immerhin, fügte er maliziös an, werden Sie jetzt zu einem schnellen Vorstellungstermin beim MP kommen. Und auch für die Kreisbereisung in der nächsten Woche werde ich Sie wohl anständigerweise anmelden müssen. Sonst laufen Sie ausgerechnet an dem Tag Renft in die Arme.

Ich denke, das war so vorgesehen?

Nichts war so vorgesehen. Aber mir fiel gerade keine bessere Ausrede ein, um den MD davon abzuhalten, Sie ins Schlepptau zu nehmen.

Und was wäre daran so schlimm gewesen? fragte Gundelach leise.

Zwiesel sah ausdruckslos über ihn hinweg.

Es ist nicht sein Job, sagte er schließlich gedehnt. Eine Regierungszentrale funktioniert nur, wenn alle die Spielregeln einhalten. Alle. Im übrigen, seien Sie froh, daß ich interveniert habe. Ich bezweifle, daß Renft seinen Rücksprachetermin bei Breisinger vor der nächsten Personalversammlung kriegt.

Wann ist die? fragte Gundelach.

Im Dezember. Immer im Dezember.

Wenn es Abend wurde, versammelte sich die Barackenmannschaft meistens im Zimmer eines Kollegen. Auf mitgebrachten Stühlen flezend, ließ man die Ereignisse des Tages, ob Nichtigkeiten oder Staatsaktionen, Revue passieren. Glossierte und polemisierte, hechelte Beziehungen und Beförderungen durch, fand immer irgendwo einen Vorrat Schwarzriesling oder Trollinger, wärmte sich im Abglanz eines bedeutsamen Gesprächs mit Bertsch oder Müller-Prellwitz, plante den nächsten publizistischen Schlag und lauschte, während es vor den Fenstern dämmerte, den politisch-philosophischen Einlassungen des ältesten Barackenbewohners Dr. Dankwart Weis, eines ehemaligen Redakteures, der als oberster Redenschreiber Breisingers für besinnliche Tagesausklänge zuständig war.

Während Gundelach noch halb dem bedrückenden Vorstellungsgespräch beim Ministerialdirektor nachhing, setzte Weis der Runde auseinander, daß in einer politischen Debatte jeder Erfolg auf der Kunst beruhe, die Banalität gegnerischer Anwürfe zu entlarven.

Leider, sagte er und griff mit leicht zitternder Hand nach einer Flasche Eberfürst, mangelt es der Union entschieden an dieser Fähigkeit. Nicht nur, daß sie der törichten linken Begriffsnomenklatur auf den Leim geht – sie hat ihr auch nichts Gleichwertiges entgegenzusetzen. Es ist das Elend konservativer Politik, daß sie die Banalität ideologischer Auseinandersetzungen um Begrifflichkeiten scheut und sich statt dessen sofort aufs Handeln verlegt. Konservative haben in der Sache meistens Recht, aber sie wissen kaum je zu sagen, warum.

Dabei gibt es in der Politik, wie schon die alten Chinesen lehrten, nichts Wichtigeres als frühzeitig Begriffe zu besetzen, warf Gundelach zum eigenen Erstaunen ein. Eigentlich wollte er nur Renfts zusammengesunkene Gestalt aus der Erinnerung verscheuchen.

Dr. Weis hob seine verquollenen Augen, unter denen die Tränensäcke aufgepolstert wie Fensterkissen lagen, wohlgefällig dem Assessor entgegen.

Sieh an, sagte er anerkennend, mir scheint, die Personalabteilung hat endlich mal wieder einen guten Griff getan. Willkommen, junger Freund, in der kleinen, verlorenen Schar öffentlich bediensteter Philosophen! Prost.

Und ich fürchtete schon, Sie würden mich mit: Si tacuisses ... zum Schweigen bringen, erwiderte Gundelach. Erleichtert trank er sein Glas leer. Der Ältere schenkte ihm nach.

Wieso denn? fragte er, der reichlich verschütteten Tropfen nicht achtend. Nein, der Intellektuelle muß reden, das sagte ich doch gerade. Etwas anderes kann er im übrigen auch gar nicht. Doch das ist eine Erkenntnis, die Verwaltungsjuristen gemeinhin abgeht. Sie denken nicht, sie planen ... Sie argumentieren nicht, sondern erlassen Vorschriften –.

Oha! Jetzt schlägt Dankwart wieder zu! rief Schieborn. Bauer nuschelte, silbenverschluckend, etwas von der Freiheit eines Christenmenschen, die eine christliche Partei halt nun mal auszuhalten hätte. Dabei blickte er unsicher lächelnd unter sich.

Dr. Weis fühlte sich gefordert.

Es ist nicht die Freiheit im lutherischen Sinne, die ich mir nehme, replizierte er mit würdevoller Überlegenheit, und die, nebenbei, gerade das Gegenteil dessen wäre, was Sie meinen, lieber Rolf Bauer – es ist die aussterbende Freiheit philosophisch geschulter Hofnarren, die keine Kritik zu fürchten und keine Beförderungen zu hoffen haben. – Schauen Sie sich an, was gegenwärtig bei uns mit der Bildung passiert. Seit Jahren warnen wir in jeder bildungspolitischen Rede vor den Gefahren der Akademisierung, vor dem Wahn, daß diese Gesellschaft Politologen und Lehrer dringender brauche als Ingenieure und Handwerksmeister. Und was, in Wahrheit, tun wir? Wir stellen jedes Jahr Tausende neuer Lehrer ein und lassen Pullendorfs entsetzlich produktive Abteilung einen Schulentwicklungsplan nach dem anderen ausbrüten. Wir reformieren unsere Schulen zu Tode und liefern die ältesten Stätten unabhängigen Denkens – denn seit Philosophie betrieben wird, gibt es auch Schulen – ihren Zerstörern aus. Und warum? Weil sich bis heute niemand im konservativen Lager die Mühe macht, den Begriff Bildungsreform in seiner ganzen Banalität zu entlarven.

Er unterbrach sich und schlürfte den Wein in langen Zügen zum Magen hinunter, von wo die mitverschluckte Luft unter heftigem Rülpsen wieder nach oben gepreßt wurde. Die Sekretärinnen kicherten und warfen sich verstohlene Blicke zu.

Gundelach wagte einen Einwand.

Gerade unser Kultusminister Professor Baltus stemmt sich doch am entschiedensten gegen die Entwicklung, die Sie beschrieben haben, sagte er. Baltus ist ganz sicher der konservativste Bildungspolitiker im ganzen Bundesgebiet! Er bemühte sich, nicht an die Spottverse zu denken, mit denen sie, auf dem Boden des Heidelberger Audimax hockend, den Kultusminister mehr als einmal skandierend bedacht hatten. Haut dem Baltus auf die Nuß – Baltus, Baltus, bald ist Schluß – und so ...

Dr. Weis gestattete sich noch einen befreienden Rülpser, bevor er mit schwer gewordener Zunge antwortete.

Baltus ist im Kern immer das geblieben, was er die längste Zeit seines Berufslebens war, nämlich Hochschullehrer. Das ist seine Crux. Er kann nur in institutionellen Bildungskategorien denken. Darum begreift er nicht, daß Bildung in erster Linie ein anthropologischer Wert ist – ein vorkulturelles Element, das der einzelne für sich erst kultivieren muß. Es gibt keine Institutionen, die Bildung vermitteln könnten, das ist Quatsch. Es gibt die Vermittlung von mehr oder weniger nützlichem Wissen auf verschiedenen Stufen und bestimmte pädagogische Kniffe, wie das entwicklungsgerecht zu geschehen hat. Das ist alles. Bildungsreform ist ein ideologisches Banalitum, ein antibürgerlicher Kampfbegriff, und wer sich darauf einläßt, egal ob er die Reform verhindern oder, was noch idiotischer ist, durch andere Reformen überholen will, handelt nicht weniger ideologisch als die Protagonisten dieser angeblichen Reform, von Picht bis Adorno. Aber das hat die Union nie begriffen, weil niemand in ihren Reihen im Umgang mit Begriffen philosophisch geschult ist – wie ich schon zu erklären versuchte. –

Dr. Weis verstummte. Die Mädchen hatten begonnen, sich laut und ungeniert zu unterhalten. Politische Gespräche nach Dienstschluß liebten sie nicht. Es genügte, daß man ihnen tagsüber jede Menge Erfolgsmeldungen diktierte, die immer mit dem Namen des Ministerpräsidenten verbunden waren.

Wann geben Sie eigentlich Ihren Einstand? fragte eine der Stenotypistinnen, die in der Fernschreibstelle arbeiteten, und sah Gundelach herausfordernd an. Wenn Sie glauben, daß Sie sich davor drücken können, sind Sie schief gewickelt!

Gundelach schaffte es nicht, dem Blick standzuhalten. Schon bei der Abgabe seiner ersten Pressemitteilung waren ihm das keck erhobene Gesicht und eine aufstachelnde Art, ungefragt Meinungen zu äußern, an Fräulein Blank aufgefallen. Ich will mich keinesfalls drücken, sagte er lahm. Ich habe bisher einfach nicht daran gedacht. Wie macht man das hier – üblicherweise?

Üblicherweise sorgt man dafür, daß keiner verhungern und verdursten muß, auch nach Mitternacht nicht, wenn die Gefahr besonders groß ist! rief Inspektor Bertram und wölbte seinen Bauch noch stärker vor, als es der beachtliche Leibesumfang ohnehin erzwang. Bertram war für das spröde Geschäft des Grußwortschreibens zuständig. Doch hatte er es dank jahrelanger Übung geschafft, mit wenigen verbalen Versatzstücken Taubenzüchter wie Sportkanuten gleichermaßen zufriedenstellen zu können, wenn sie ihr Vereinsjubiläum landesväterlich beglänzen wollten. So blieb ihm genügend Zeit, sich seinen eigentlichen Neigungen zu widmen, wozu neben der bonvivanten Lebensweise eine heftige Liebe zur Kommunalpolitik gehörte, der er in zahlreichen Ausschüssen des hauptstädtischen Gemeinderats aufopfernd nachkam.

Gut, dann lassen Sie uns gleich einen Termin festlegen. Wann ist es am geschicktesten? Gundelach vermied es auch jetzt, Fräulein Blank direkt anzusprechen. Sie musterte ihn mit spöttisch gekräuselten Lippen.

Nach längerer Diskussion einigte man sich auf den Freitag der übernächsten Woche, das Einverständnis des Abteilungsleiters vorausgesetzt. Bauer wollte sich um die Abstimmung mit Bertschs Vorzimmer kümmern, Bertram erbot sich, beim Kantinenpächter Wein, Bier und belegte Brötchen zu bestellen. Das übliche eben. Das Ausschmücken des Raumes, in dem das Fest steigen sollte, war Sache der Sekretärinnen.

Mit Tischdecken auss Papier und Kerssen darauf wird es gemütlich wie bei einer Weihnachssfeier, sagte Annemarie Markovic, eine kleinwüchsige, mit der Zunge anstoßende Jugoslawin.

Oje, erinneret me no net dodra! Bertram verfiel in breiten Dialekt. Han i 's letscht Mol en Rausch beinander ghett, ond immerzu han i denke miasse: wenns no scho kotzt wär!

Du bist und bleibst ein Prolet, Paul, sagte Fräulein Blank, ohne in das allgemeine Gelächter einzustimmen. Habe ich recht, Herr Gundelach?

Ich weiß nicht. Ich glaube, man sollte es nicht zu streng beurteilen –.

Der Assessor hätte sich am liebsten unter seinem Stuhl verkrochen. Ein verächtliches Lächeln nistete sich in Fräulein Blanks Mundwinkeln ein – oder ließ sie es, ursprünglich auf Paul Bertram gemünzt, einfach stehen?

Was, Prolet! Ich bin hier einer der wenigen, die noch wissen, was das Volk sagt und denkt, davon hast du keine Ahnung, Heike! Oder hast du schon mal im Winter Plakate für die CDU geklebt, bis dir der Arsch eingefroren ist?

Unvermutet, zwischen zwei geräuschvollen Schlucken, meldete sich Dr. Weis zurück. Minutenlang hatte er vor sich hingestarrt und auf die konvulsivischen Zuckungen seines Magens gelauert, als offenbare sich in ihnen ein eigenes, bedeutungsvolles Zeitmaß. Das sicher nicht, sagte er mit schwerer Zunge. Aber im Unterschied zu deinem, Paul, wäre es um ihren auch ausgesprochen schade gewesen.

Jetzt brach ungestüme Heiterkeit los, an der sich die mit kräftigem Lippenrot geschminkte Heike Blank jedoch wiederum nicht beteiligte. Unverwandt sah sie zu Gundelach herüber. Der hätte gern mit einem locker hingeworfenen Bonmot gezeigt, daß er nicht nur über philosophische Begriffe zu plaudern, sondern zum Schutze gedemütigter Mädchen auch Handfesteres auszuteilen verstand – allein, ihm fiel nichts Gescheites ein. So tat er, was in seinem Verständnis immerhin politisch gehandelt hieß: er lenkte vom eigenen Unvermögen ab, indem er das Thema wechselte.

Ich möchte mal wissen, sagte er, wie wir es eigentlich schaffen sollen, Wahlkampf und Landesjubiläum unter einen Hut zu bringen. Konfrontation auf der einen Seite, Harmonie auf der anderen – ob das die Menschen nicht mehr verwirrt als motiviert? Darüber entspann sich nun in der Tat eine alkoholisch erhitzte Diskussion. Mehrheitlich wurde die Meinung vertreten, gerade in dieser Diskrepanz liege der große Schachzug der Parteistrategen um Breisinger: Verweigere sich die Opposition den Festlichkeiten, stehe sie als bürgerferner Miesepeter da, wozu das sauertöpfische Profil des SPD-Landesvorsitzenden Meppens augenfällig passe. Ziehe sie aber, der Not gehorchend, mit, müsse sie zugleich die dominierende Rolle der CDU als heimatverbundener ›Wir-Partei‹ anerkennen. Bei allen Veranstaltungen vor Ort werde ein Minister, ein Staatssekretär oder doch wenigstens ein Abgeordneter der Union das Wort ergreifen und die kulturelle, wirtschaftliche und weißderteufelnochwas Spitzenstellung des Landes beschwören. Und die Sozis könnten nicht wagen, dagegen anzustinken, weil sie sonst als nestbeschmutzende Störenfriede gelten würden. Die CDU-Ortsverbände müßten dann nur noch den Hammer rausholen und bei jedem politischen Früh- und Dämmerschoppen davor warnen, daß durch Meppen's sozialistische Experimente und Schmidts Schuldenpolitik all die schönen Erfolge aufs Spiel gesetzt würden – und schon hätte man die Roten im Sack. Von einer genialen Doppelstrategie war die Rede, vom Wettlauf zwischen Hase und Igel, bei dem der Verlierer schon feststünde, und daß, wenn es um Wahlkampf ging, niemand der Union etwas vormachte –.

Einzig Rolf Bauer warnte mit seiner weichen nuschelnden Stimme davor, den Bogen zu überspannen. Aus Gesprächen wisse er, daß nicht wenige Bürgermeister und Verbandsobere sich Sorgen machten, für Parteizwecke instrumentalisiert zu werden. Deshalb ist es gar nicht so einfach, sagte er und duckte sich noch tiefer als gewöhnlich, für gemeinsame Aktionen zum Landesjubiläum schon jetzt konkrete Zusagen zu erhalten.

Gundelach gab vor, Bauers Bedenken zu teilen. In Wahrheit aber dachte er, daß Bauer mit seiner defensiven Einstellung einfach nicht der richtige Mann sei, um Menschen von einer Idee zu begeistern.

Bei mir werden sie spuren! schwor er sich. Der Eberfürst brachte sein Blut in Wallung. Das Doppelbödige seines Verhaltens schreckte ihn kaum noch. War nicht auch die große politische Linie von einer raffinierten Doppelstrategie gekennzeichnet? Strategie und Taktik mußten ineinandergreifen, in der Politik und überhaupt.

Die Mädchen gingen unzufrieden nach Hause. Heike Blank, ohne sich umzudrehen, als letzte. Die Herren nahmen kaum mehr Notiz davon. Irgendwann kam Dr. Weis schwankend aus der Toilette.

Dankwart, es zieht! rief Paul Bertram. Der Philosoph sah an sich herunter und schmunzelte.

Als König Wilhelm einmal mit einer Jagdgesellschaft ausritt und ihn ein menschliches Bedürfnis überkam, passierte ihm dasselbe, sagte er heiter. Ringsum peinliche Betroffenheit, vor allem natürlich bei den Damen. Da tritt ein Kammerherr vor und sagt: Majestät, bevor wir aufsitzen, wollen wir noch mal die Korrektheit unserer Kleidung überprüfen. Das, mein Lieber, ist Stil!

Nach Mitternacht brachen sie auf. Die Tische zu säubern, überließen sie der Sekretärin, die morgen als erste am Platz sein würde.

Ein vorgreifendes Ereignis

Hätte Assessor Gundelach ernstlich vorgehabt, seines zwar noch verborgenen, aber doch schon an die Oberfläche drängenden Ehrgeizes wegen bußfertig in sich zu gehen (um der Wahrheit willen: er hatte es nicht – alles, was er zuwege brachte, war ein diffuses schlechtes Gewissen, das von Blank bis Bauer reichte und schnell durch heftig rumorendes Schädelbrummen übertönt wurde), so hätte er sich damit jedenfalls beeilen müssen, was bei Anwandlungen von Selbsterkenntnis wohl ohnehin das Beste ist. Denn schon in der folgenden Woche stürmten Ereignisse auf ihn ein, die zwar den Ministerpräsidenten zum selbstverständlichen Mittelpunkt hatten, an denen er, der Anfänger, aber schon mit kleinen Handreichungen teilhaben durfte; oder, wie es ihm später, wenn er an jene Zeit zurückdachte, einmal in den Sinn kam: es war die Woche, da er erstmals im Orchester mitspielte und mit ein paar Solotönen – sagen wir, als ob jemand in eine Fermate hinein die Triangel schlüge – auf sich aufmerksam machte.

Daß dies der pure Alltag war auf Monrepos, verstand er, dem alles gleich neu und bedeutend erschien, noch nicht. Und weit mehr Erfahrung bedurfte es, um zu begreifen, daß in diesem gelegentlich herausklingenden Triangelspiel ein Gutteil der Anziehungskraft des zehrenden Dienstes im politischen Olymp begründet lag; und daß jene, die im Orchester ganz vorne saßen, sich vielfältiger Mittel zu bedienen wußten, um ihren Mitspielern die Illusion von Unentbehrlichkeit zu suggerieren und sie dadurch zu Höchstleistungen anzuspornen. Als Gundelach dessen gewahr wurde, saß er aber dem Dirigenten schon viel zu nahe, als daß er noch ernstlich dagegen hätte opponieren wollen. – Doch greifen wir weit voraus...

Es begann gleich montags, indem er zusammen mit seinem Abteilungsleiter zum Ministerpräsidenten einbestellt wurde. Dr. Zwiesel hatte gute Vorarbeit geleistet. Bertsch war, für ihn ein leichtes, in Breisingers Vorzimmer eines baldigen Termins beim Chef wegen vorstellig geworden und hatte ihn erhalten. Andere – wenn sie sich überhaupt bis dorthin vorgewagt hätten – wären an der Gralshüterin des präsidentialen Terminkalenders, Annerose Seyfried, kläglich gescheitert. Die Chefsekretärin war Instanz und ließ es wissen. Müller-Prellwitz und Bertsch jedoch, die mit ihr im Innenministerium begonnen hatten, sagten: Rösle, gib mir gschwind mal einen Termin beim Alten! und bekamen ihn.

Gundelach war immerhin schon so weit eingeweiht, daß er der resoluten Dame artig seine Aufwartung machte. Wie eine Fanfare dröhnte das obligate Grüß Gott! zurück.

Breisinger selbst öffnete dann die Tür und bat die Herren herein. Er war schlank und groß, größer als Gundelach ihn sich vorgestellt hatte, und ging ein wenig nach vorne gebeugt. Die rechte Schulter fiel deutlich ab. Ein altes Kriegsleiden sei das, hörte Gundelach später einmal Breisingers Frau sagen, und ein teures dazu. Kein Konfektionsanzug passe ihrem Mann, er brauche immer einen Schneider.

Herr Ministerpräsident, ich darf Ihnen zunächst unseren neuen Mitarbeiter, Herrn Gundelach, vorstellen, sagte Ministerialdirigent Bertsch sehr förmlich. Seit drei Wochen ist er bei uns.

Ah ja. Dr. Breisinger zeigte zwei kräftige weiße Zahnreihen. Willkommen an Bord, ich freue mich, Sie zu sehen. Setzen Sie sich doch.

Andreas Kurz hatte nicht übertrieben: Breisingers Schreibtisch ruhte tatsächlich auf Säulen. Paarweise angeordnet, trugen sie die wuchtige Platte wie Schäfte eines kleinen ionischen Tempels. Darüber thronte Breisingers straffe Zeusgestalt. Das antikisierende Interieur des Zimmers schien sich ihm unterzuordnen. Er beherrschte es, als wäre er damit aufgewachsen. Dabei entstammte er, wie Gundelach sich zu erinnern meinte, kleinbürgerlichen Verhältnissen – so nannte man das wohl (früher hätte er ihn, weniger feinfühlig, als typisches Produkt reaktionärer Bourgeoisie bezeichnet). Nun saß er ihm gegenüber, der junge Beamte auf Probe dem mächtigen Regierungschef, und dachte mit einem Anflug von Euphorie: Er gehört einfach hierher, es stimmt alles zusammen!

Breisinger erkundigte sich nach Gundelachs Aufgaben, und Bertsch schilderte sie in groben Zügen. Mehr Sorgfalt verwandte er darauf mitzuteilen, wie er Gundelach in dieser Woche einzusetzen gedenke: Dienstags beobachtende Teilnahme an der Kabinettssitzung und der anschließenden Pressekonferenz, donnerstags ganztägige Begleitung des Herrn Ministerpräsidenten beim Besuch eines Landkreises, freitags pressemäßige Betreuung eines Haustermins mit Lokaljournalisten. Am Wochenende könne der Assessor erstmals den Bereitschaftsdienst übernehmen. Außerdem sei vorgesehen, ihn zur Verstärkung der Redengruppe heranzuziehen.

Bertsch sprach wie immer schnell und präzise. Während er das Landesjubiläum eingangs nur mit einigen allgemeinen Wendungen gestreift hatte, schnitt er die aktuellen Pressetermine wie mit einem Seziermesser auf. Breisinger nickte jedesmal zustimmend und sagte: Einverstanden. Das verschafft Ihnen einen guten Einblick und gibt Ihnen die Möglichkeit, gleich medias in res zu gehen.

Damit war das Thema erledigt. Gundelach erwartete die Aufforderung, sich zu entfernen. Da sie nicht erging, blieb er sitzen. Verstohlen wanderte sein Blick zu einer Ansammlung großformatiger Fotografien, die Breisinger mit dem Papst, dem Bundespräsidenten und mehreren gekrönten Häuptern zeigte. Wie Gemälde waren sie von breiten Passepartouts umrahmt. Jedes Foto trug eine schwungvolle handschriftliche Widmung. Kein Zweifel, der Ministerpräsident stand auf vertrautem Fuß mit den Großen der Welt. Auf dem schmalen, granitgrauen Sims einer verblendeten Kaminattrappe waren sie aufgereiht und lächelten.

Breisinger räusperte sich und nestelte seine Lesebrille hervor. Umständlich setzte er sie auf, nahm von einem kleinen Stapel Post ein Schreiben zur Hand und sagte:

Der Intendant Bosch hat mir geantwortet. Ich bin mit seinem Brief aber ganz und gar nicht zufrieden. Er will uns wieder ausweichen, so ist mein Eindruck. Zwar bestätigt er die Unterredung mit Ihnen und dem Chefredakteur des Hörfunks, doch über konkrete Konsequenzen schweigt er sich auch diesmal aus. Ich dachte, der Fall Fabian wäre entschieden?

Mit spitzen Fingern reichte er das Schriftstück an Bertsch weiter. Der nahm es ohne Hast in Empfang und las den Brief konzentriert durch.

Unglaublich, sagte er endlich und legte ihn beiseite, es ist wirklich unglaublich. Ein klarer Bruch unserer Vereinbarung! Hänsler hat mir sein Wort darauf gegeben, Fabian auf den vakanten Korrespondentenposten in Johannesburg abzuschieben. Das war eindeutig so besprochen. Es kann in der ARD gar keine Differenzen darüber geben, denn dieser Korrespondentenplatz steht unserem Sender seit jeher zu. Nein, die Sache liegt anders. Die SPD hat Wind davon bekommen und versucht mit allen Mitteln, den Juso Fabian im Land zu halten. Wahrscheinlich haben sich einige SPD-Rundfunkräte an Bosch gewandt und ihn unter Druck gesetzt. Und da steht er halt nicht hin, der Herr Intendant!

Sie kennen meine Meinung über ihn, sagte Breisinger. Das Ärgerliche ist nur, daß wir ihn als CDU-Mann uns zurechnen lassen müssen. Das macht die Sache erst recht schwierig. Aber was den Fabian betrifft, da weichen wir nicht! Der Kerl ist ein Ideologe schlimmster Provenienz, der unterwandert mir noch die ganze landespolitische Redaktion. Seine Kommentare zur Hochschulpolitik und zum Kernkraftwerk Weihl sind geradezu haßerfüllt. – Soll ich selbst mal mit Bosch reden?

Damit würden Sie ihm zuviel Ehre antun, Herr Ministerpräsident. Bertsch griff erneut zu dem inkriminierten Schriftstück, als wolle er prüfen, ob er etwas Wichtiges übersehen habe.

Natürlich, hier: Bosch regt ein klärendes Gespräch mit Ihnen an, wie er das nennt. Er will sich rückversichern, das ist alles! Er wird Ihnen seine Schwierigkeiten schildern, vage Versprechungen machen und Sie im übrigen auf die Zeit nach der Landtagswahl vertrösten. Aber bis dahin ist die Stelle in Johannesburg längst anderweitig besetzt. Und vorher streut er, daß Sie persönlich versucht hätten, auf seine Personalpolitik Einfluß zu nehmen und er dem heldenhaft widerstanden hat. Dann wird es für Hänsler noch schwerer, eine vernünftige Linie in seiner Redaktion durchzusetzen.

Breisinger zögerte. Hinter seiner hohen, kegelförmig zugespitzten Stirn arbeitete es. Die schräggeschnittenen Augenlider bedeckten die Pupillen. Der Mund lag breit und schmal unter der Nase, die sich zum Ende hin wie ein Schiffsbug wölbte. Sekundenlang war das Gesicht in eine maskenhafte Starre verfallen, aus der es nur langsam, wie aus einer Umklammerung, wieder herausfand; die Augen zuletzt.

Na gut, sagte er nicht sehr überzeugt. Dann reden Sie noch einmal mit Bosch und Hänsler. Aber machen Sie den Herren klar, daß es mir ernst ist. Ich will den Fabian in der Landespressekonferenz nicht mehr sehen, ich werde ihm auch keine Interviews mehr geben. Wenn Bosch auf stur schaltet – ich kann es auch. Er soll sich's gut überlegen, ob ihm der Lausbub einen Pyrrhussieg wert ist.

Eine lange, Frösteln erzeugende Pause trat ein. Der Ärger trieb Breisinger um. Gundelach wagte nicht, sich auf seinem Stuhl zu rühren. Bertsch blickte versonnen auf eine venezianische Szene hinter Breisingers Haupt – graugekräuseltes Wasser, bleichschattige Paläste, geschäftig rudernde Menschen ohne erkennbare Gesichter, ein freudlos verhangener Himmel. Ein schwerer Goldrahmen fing das Gewimmel ein. Venedig im Alltag bei der Arbeit. Der Glanz des Reichtums und der Macht verbarg sich hinter undurchdringlichen Mauern.

Wir müssen aufpassen, daß das nicht Schule macht, fing Breisinger wieder an. Ich beobachte mit Sorge, wie da eine neue Journalistengeneration heranwächst, die mit den Regeln eines fairen und anständigen Journalismus nicht mehr viel im Sinn hat. Eine ausgewogene Berichterstattung gilt als reaktionär, Meldungen und Meinungen werden nach Belieben vermengt. Auf linke Gesinnung kommt es an, auf sonst gar nichts. Wer ein anderes Weltbild hat, wird hemmungslos niedergeschrieben. Ist es nicht so?

Bertsch ließ sich mit der Antwort Zeit. Es war, wie Gundelach noch öfter festzustellen Gelegenheit hatte, seine Art, Unabhängigkeit zu demonstrieren. Niemand, auch kein Ministerpräsident, sollte das Gefühl haben, einen wie ihn zum Kopfnicker degradieren zu können.

Sicher gibt es bedenkliche Tendenzen, sagte er schließlich. Aber ich wüßte keinen, der entschiedener dagegen vorgeht als wir. Jeder unserer Journalisten kennt das Risiko, das er eingeht, wenn er das Geschäft der Opposition betreibt. Das eigentliche Problem – hier nahm Bertschs Stimme einen schneidenden Klang an – liegt woanders, Herr Ministerpräsident. Manche Verleger und Chefredakteure werden weich, wenn sie sehen, daß auch unsere Abgeordneten und sogar einige Regierungsmitglieder in den Rundfunkgremien immer seltener Flagge zeigen.

So? fragte Breisinger unangenehm berührt. Gundelach hatte den Eindruck, daß er das Thema jetzt am liebsten fallengelassen hätte.

Sie bleiben Sitzungen fern, fuhr Bertsch unbeirrt fort, oder melden sich nicht zu Wort, wenn Sendungen, die wir kritisieren, auf der Tagesordnung stehen. Sie kungeln und kuschen, statt auch einmal deutlich nein zu sagen. Und die CDU-Fraktion, vor allem der Herr Fraktionsvorsitzende, gefällt sich in der Rolle des angeblich liberalen Korrektivs. Da brauchen wir uns nicht zu wundern, wenn draußen die Front langsam abbröckelt.

Wie ein kalter Schatten flog die maskenhafte Erstarrung erneut über Breisingers Gesicht; doch genauso schnell verschwand sie wieder.

Nun, was den Herrn Specht betrifft, brauchen wir uns wohl keine allzu großen Sorgen zu machen. Er ist jung und wird sich mit der Zeit die Hörner schon noch abstoßen. Man muß ihm ein wenig Leine lassen. Aber schreiben

Sie mir mal ein paar Fälle auf, ich werde sie in der nächsten Fraktionsklausur ansprechen. – In einer Partei ist es wie in einem Zirkus: Ab und zu muß man die Peitsche schwingen und zeigen, wer Herr im Ring ist!

Mit erhobenem Zeigefinger hatte Breisinger den letzten Satz begleitet und sich dabei dem Assessor zugewandt.

Sie sehen, lieber Herr Gundelach, wenn man oben steht, kommen die Pfeile von allen Seiten, nicht nur vom politischen Gegner. Aber das war schon immer so und es lohnt nicht, sich darüber aufzuregen. Viel wichtiger ist, daß wir die Bürger auf unserer Seite haben. Ja! rief er emphatisch und breitete die Arme aus, als beabsichtige er, den Schreibtisch zu segnen, der Schulterschluß mit den braven Männern und Frauen unseres schönen Landes, das ist das allerwichtigste! – ein Wort übrigens, Herr Bertsch, das wir uns für den Wahlkampf merken sollten. Es trifft, glaube ich, den Kern ... Sagen Sie, Herr Gundelach, Sie sind doch auch mit den Vorbereitungen für unser Landesjubiläum befaßt – berichten Sie noch kurz darüber. Läuft alles nach Plan?

Welche Frage! Was für eine Chance!

Gundelach schluckte und beglückwünschte sich im stillen, daß er sich nicht auf Bauers fragmentarische Schilderungen verlassen, sondern selbst ein intensives Aktenstudium betrieben hatte. So war ihm die seitherige Korrespondenz mit Heimat- und Sportverbänden, mit Wirtschaftskreisen und kulturellen Zirkeln wohlbekannt. Freilich, da hatte Bauer schon recht: die Begeisterung hielt sich in Grenzen. Hinter vielen Höflichkeitsfloskeln war eine verhaltene Skepsis spürbar, ein zögerliches Ja, aber –. Alle hatten sie ihre Gremien, die noch befragt und überzeugt werden mußten. Niemand war mit so vielen Befugnissen ausgestattet, wie Titel und Unterschrift vermuten ließen. Das Bemühen, sich nicht vor den parteipolitischen Karren spannen zu lassen, ohne es, andererseits, mit der allmächtigen CDU zu verderben, führte die Feder ... Bauers Duldsamkeit war groß, sein Drang, sich vorbeugend durch Aktenvermerke zu exkulpieren, auch. Seltsamerweise hatte Bertsch die wenig ermutigenden Sachstandsmeldungen meist kommentarlos abgezeichnet. Wahrscheinlich war ihm das geplante Spektakel im Innern suspekt; lag das biedere heimattümelnde Geschehen weit jenseits jener klassisch-strengen Pressepolitik, auf die sich sein nüchternes machtpolitisches Interesse konzentrierte ... Neidvoll hatte Gundelach dagegen die Vorbereitungen zur großen Kaiserausstellung verfolgt, über die Pullendorf Regie führte. Hier besaß alles feste Konturen. Wie ein Schnellzug strebte das ehrgeizige Vorhaben seiner Vollendung entgegen. Es gab interministerielle Arbeitsgruppen, einen Beraterstab, dem Museumsdirektoren aus ganz Deutschland angehörten, exakte Zeitpläne und penible Sitzungsprotokolle. Eisern hielt er die Fäden in der Hand. Dr. Zwiesel, das mußte man ihm lassen, hatte mit seiner Charakterisierung nicht übertrieben. Doch was nützte das jetzt?

Läuft alles nach Plan? fragte Breisinger. Sollte Gundelach gleich die erste Bewährungsprobe mit dem Eingeständnis eröffnen, einen richtigen Plan gäbe es eigentlich gar nicht? Bertsch würde nicht zögern, ihn zurück zum Landratsamt zu beordern, dorthin, wo man Leute, die ehrlich waren und sonst nichts, vielleicht gebrauchen konnte.

Nein, er war auf bessere Weise präpariert. Eine komplizierte Mischung aus ziellosem Ehrgeiz und dem furchtsamem Bestreben, sich nicht noch einmal wie beim Einstellungsgespräch durch eine unklare Gefechtslage überraschen zu lassen, hatte ihn geheißen, im fahlen Schein der nächtlichen Barackenbeleuchtung nach Lösungen zu suchen. Breisingers aufmunterndes Posterlächeln auf einem Wahlplakat, das irgendein Vorgänger Gundelachs ins Zimmer gehängt hatte, schien es zu bestätigen: Nur zu! Und tatsächlich war ihm das eine oder andere eingefallen, das, wenn man ganz genau hinsah, wohl ein wenig Ähnlichkeit mit Pullendorfs administrativem Meisterstück hatte ... aber eben doch nur ein wenig, so daß es, sagte er sich, noch als eigenständige Arbeit durchgehen konnte.

Und nun wurde er danach befragt! Von Breisinger höchstpersönlich, nicht von dessen auf gebräunte Sommerfrische koloriertem Konterfei!

Gundelach holte Luft und antwortete mit fester Stimme.

Insgesamt, Herr Ministerpräsident, können wir zufrieden sein, sagte er. Die Resonanz ist durchweg positiv. Allerdings kommen wir jetzt in ein Stadium, wo es nötig sein wird, die einzelnen Aktivitäten zu bündeln, sie sozusagen unter einem gemeinsamen Dach zusammenzufassen. Ich nehme an, Herr Bauer, der die Dinge in unserer Abteilung federführend bearbeitet, wollte Sie ohnehin demnächst in diesem Sinne unterrichten. Ich weiß nicht, ob ich ihm – vorgreifen soll?

Tun Sie's, sagte Breisinger und blickte Bertsch an. Unbesorgt.

Ich denke, wir sollten für den Bereich der Öffentlichkeitsarbeit eine ›Kommission Landesjubiläum‹ bilden, ähnlich derjenigen, die Herr Pullendorf zur Vorbereitung der Kaiserausstellung einberufen hat. Nur daß wir uns von vornherein aufs Land beschränken und den Schwerpunkt auf die Kommunen und Verbände legen. Sie selbst sind in der konstituierenden Sitzung zugegen und bitten alle Beteiligten um aktive Mitwirkung. Um den überparteilichen Charakter der Zusammenkunft zu unterstreichen – denn da scheint es hie und da gewisse Befürchtungen zu geben –, könnte es sich empfehlen, den Fraktionen von SPD und FDP die Entsendung eines Beobachters in die Arbeitsgruppe anzubieten. Doch ist das eine politische Frage, die ich nur mal zu bedenken geben möchte. Ist der Grundsatzbeschluß gefaßt, erteilen Sie den Auftrag, ein landesweites Veranstaltungsprogramm zu erstellen, auf der Basis eines Rohkonzepts, das wir Ihnen zur ersten Sitzung bereits vorlegen würden. Die Koordinierung übernimmt eine Geschäftsstelle, die zweckmäßigerweise wohl bei der Pressestelle anzusiedeln wäre. Dann kann die Arbeit beginnen –.

Gundelach mußte eine Pause einlegen. Der Mund war ihm trocken geworden.

Gut, sagte Breisinger. Weiter.

Es fragt sich natürlich, womit wir die Verbände, die ja ganz unterschiedliche Interessen haben, locken können. Meiner Meinung nach müssen wir ihnen etwas anbieten, das über den eigentlichen Anlaß hinaus Bestand hat. Das bedarf gewiß noch sorgfältiger Überlegungen. Für die Heimat- und Brauchtumsverbände – um nur einmal ein Beispiel zu nennen – wäre es sicherlich von hohem Reiz, wenn die Landesregierung die jährliche Durchführung eines Heimattages in Aussicht stellen würde. Ich habe mich erkundigt, in Hessen gibt es so etwas seit langem. Aber man muß das jetzt noch gar nicht im einzelnen festlegen. Entscheidend ist, daß jeder Verbandsvertreter den Eindruck gewinnt, seine Organisation versäumt etwas, wenn sie beim Landesjubiläum nicht an vorderster Stelle mitmacht. Je mehr Leute darauf spekulieren, daß es auch nach dem Jubiläumsjahr offizielle Anlässe geben wird, bei denen sie sich profilieren können, um so größer ist der Kreis derer, die schon zuvor unsere Sache zu ihrer eigenen machen werden. So wird Eigennutz gemeinnützig – gewissermaßen.

Jetzt war es mit der Beherrschung des Assessors denn doch vorbei. Heftiger Schluckreiz überfiel ihn. Die Hände wollten wieder einmal zittern. Er verbarg sie, konnte aber nicht mehr weiterreden. Wer zum Teufel war er, daß er sich so aufzuspielen wagte? In Bertschs Schläfen pulsierte das Blut. Draußen, noch auf dem Gang, würde er explodieren – falls Breisinger es nicht vor ihm tat. Breisinger schaute nämlich auch nicht mehr so gefällig drein wie auf dem Poster. Kraftvoll in die Zukunft! rief er dort und bleckte die Zähne. Hier saß er steif wie eine Statue, verschränkte die langen knochigen Finger und starrte sphinxhaft an Gundelach vorbei, etwa dorthin, wo Papst, Präsident und Persiens Schah würdevoll herübergrüßten. Was hast du bloß wieder angerichtet, dachte Gundelach. Esel, blöder.

Das hört sich recht überzeugend an, sagte Breisinger endlich. Wo waren Sie vorher, Herr Gundelach?

Beim Landratsamt, flüsterte Gundelach. Wasserwirtschaftsabteilung.

Sie haben sich dort, scheint mir, eine erstaunlich gute Menschenkenntnis angeeignet. Also, wir verfahren so, wie Sie es vorgeschlagen haben. Vor allem der Gedanke mit dem Heimattag gefällt mir sehr gut. Das ist etwas, was der Mentalität unserer Bürger entspricht. Klären Sie die Einzelheiten mit Herrn Bertsch und fertigen Sie dann eine Kabinettsvorlage, die wir in spätestens vier Wochen beraten können. Vergessen Sie nicht, das Finanzministerium zu beteiligen. Notfalls brauchen wir überplanmäßige Haushaltsmittel. – Im übrigen: ich freue mich auf unsere Zusammenarbeit!

Er stand auf und gab Gundelach die Hand. Benommen strebte der Assessor zur Tür. Bertsch wurde durch ein: Moment noch! zurückgehalten. Warten Sie draußen auf mich! hörte Gundelach seinen Abteilungsleiter rufen. Er nickte, gegen die bereits geschlossene Tür.

Das Warten zog sich hin. Annerose Seyfried nahm von dem blassen, Brille tragenden Jüngling, der vor ihrem Schreibtisch von einem Fuß auf den anderen trat, nur kurz Notiz. Gibt's was zom sehe? fragte sie, ohne von der Schreibmaschine aufzublicken.

Nein.

Sehetse.

Endlich kam Bertsch. Wortlos ging er an seinem Mitarbeiter vorbei auf den Flur und schritt energisch den roten Teppich entlang, ohne sich umzudrehen. Gundelach folgte ihm wie ein begossener Pudel. Erst auf dem Treppenabsatz hielt Bertsch inne und sagte mit deutlicher Schärfe: Es wäre nett, wenn Sie mich künftig an Ihren gedanklichen Höhenflügen teilhaben lassen würden, bevor Sie den Ministerpräsidenten damit konfrontieren!

Jawohl, sagte Gundelach und hielt den Kopf gesenkt.

Informieren Sie Bauer und formulieren Sie mit ihm zusammen die Vorlage. Nächste Woche will ich sie auf dem Tisch haben.

Bertsch wandte sich zum Gehen, in Richtung des Zimmers seines Duzfreundes Müller-Prellwitz.

Daß ich's nicht vergesse, rief er über die Schulter, der Ministerpräsident will, daß *Sie* die Geschäftsstelle der Kommission übernehmen. Wie Sie das dem Kollegen Bauer beibringen, ist Ihre Sache. Ich will Ihnen da – nicht vorgreifen ...

Menschen im Kabinett

Kabinettssitzung auf Monrepos! Das gibt, obgleich oft und oft exerziert, doch immer wieder Anlaß zur Aufregung, selbst bei Altgedienten. Der Leiter des Hausdienstes zum Beispiel, ein kleiner wendiger Mensch mit silbernen Löckchen, weiß seiner Nervosität kaum Herr zu werden. Immer wieder korrigiert er an der Kleidung der beiden Kellnerinnen, die dienstags vom ersten Hotel der Hauptstadt ausgeliehen werden, zählt Kaffeekannen, versichert sich der Vollständigkeit des Getränkeangebots, prüft den Glanz spiegelnder Wassergläser und verändert die Anordnung marmorner Aschenbecher. Die große weiße Flügeltür ist weit geöffnet, nur an diesem Tag und nur zwischen viertel vor neun und neun Uhr. Die Herren Minister und Staatssekretäre, so sie denn zu mehreren die Treppe heraufkommen, sollen nicht der Entscheidungsnot unterworfen sein, wer wem den Vortritt zu lassen hat. Die hohen gelbbraunen Lederstühle halten akkurat gleichen Abstand voneinander, und eine würfelförmige Uhr mit vier goldenen Zifferblättern bezeichnet die Mitte des ovalen Kabinettstischs und läßt niemanden im unklaren darüber, was die Stunde geschlagen hat. Überhaupt, dieser Tisch: ihn zu verrücken wie ein gewöhnliches Möbel, wäre ein Ding der Unmöglichkeit. Gut und gern acht Meter mißt er in der Länge und drei an seiner größten Breite und ruht so selbstsicher in sich wie das Haus selbst. Will man ihm zu Leibe rücken, muß man die Nußbaumplatte aufschneiden und das ganze Konstrukt zerlegen, als wäre es ein in die Gegenwart überkommenes unförmiges Fossil. Später, in den achtziger Jahren, wenn sich immer mehr Staatssekretäre an ihm tummeln, wird es mehr als einmal nötig werden, den Holzkörper mittels Zwischenstücken in die Länge zu ziehen, um ihn der Hydra des Regierungskörpers kunstgerecht anzupassen.

Dann der Auftrieb der Mercedeslimousinen. Im Nu füllt sich der verschlafene Vorhof des Schlosses mit schwarzen Karossen, welche die Herren Minister und Staatssekretäre direkt vor die Säulen des Eingangsportals befördern, damit sie, an der kleinen Göttin vorbei, dem Heiligsten ihres eigenen Olymp zustreben können. Längst vergessen ist die Anmutung des ersten Ministerpräsidenten – jenes erdverwachsenen, mit der nachmals historischen Taschenuhr bewaffneten Herrn aus der Bildergalerie –, der seine Handvoll Minister reihum mit einem altertümlichen Fahrzeug zur Kabinettsrunde einsammeln ließ. Auch auf Monrepos staut sich der Fortschritt jetzt chromglänzend, und die Fahrer liefern sich beim Kampf um die besten Parkplätze hingebungsvolle Prestigeduelle.

Gundelach darf nicht am Kabinettstisch Platz nehmen, woher auch. Er erhält einen schmalen Stuhl direkt an der Wand zugewiesen, gleich neben dem Seiteneingang, der zum Vorraum des Saales führt. Auch das hat seine Ordnung so. Denn der Haupteingang wird, wie die Himmelspforte, nur von Auserwählten betreten. Und die andere Seitentür ist überhaupt niemandem zugänglich als dem Ministerpräsidenten, der durch sie aus dem Requisitenfundus seiner Amtsräume die Szene betritt. Müller-Prellwitz hat man allerdings auch schon auf diese Weise hereinkommen sehen. Er nimmt sich eben grundsätzlich mehr heraus als andere; aber statthaft ist es eigentlich nicht.

Die Abteilungsleiter sitzen unten am Ende des Tisches, den ›echten‹ Beamteneingang im Rücken. Zwischen ihnen der Ministerialdirektor, der dem Ministerpräsidenten gerade ins Auge blicken kann, aber auch die größte räumliche Distanz zu ihm hat. Seitlich der Ministerialdirigenten schließen die Staatssekretäre auf, erst die Vertreter der für weniger wichtig erachteten Ressorts, dann die Herren der klassischen Ministerien für Inneres, Finanzen und Justiz. Dieselbe Reihenfolge ist den Ministern vorgegeben: je näher am Herrn, desto größer ihr politisches Gewicht. Professor Baltus allerdings durchbricht die Hierarchie, weil er zwar ›nur‹ Kultusminister, zugleich aber auch stellvertretender Ministerpräsident ist. Als solcher hat er das Recht, zu Breisingers Rechten zu sitzen. Jeder Zoll ein akademischer Aristokrat, füllt er den Platz mit einer Würde aus, die Breisinger manchmal Unbehagen zu bereiten scheint. Ihr Verhältnis zueinander ist nicht herzlich. Aber weil Baltus seinerzeit Breisinger nur knapp unterlegen war, als der Vorgänger nach Bonn wechselte und ein neuer Ministerpräsident gekürt werden mußte, war es ein Akt politischer Klugheit, ihm das zweithöchste Amt anzutragen.

Wenn wir denn schon dabei sind, gleich dem jungen Gundelach die Ankunft der Landesgrößen im Kabinettssaal zu verfolgen, so wollen wir es doch auch vollständig tun: Zur Linken des Regierungschefs wird sich Finanzminister Hohberg niederlassen, ein gelernter Mechaniker mit einer erstaunlichen Karriere. Wenn er, leider selten mit Erfolg, vor neuen Kreditaufnahmen warnt, rollt seine Stimme wie das Echo aus den Bergen, zwischen denen er aufgewachsen ist. Neben Hohberg hat der Innenminister sein Revier – ein lebensfroher Jäger, der nichts dagegen einzuwenden hat, wenn mit seinem Namen Schindluder getrieben wird. Er heißt nun mal Gwähr. Über seinen Trachtenanzug mit den Hirschhornknöpfen und der Ehrennadel der Landesjägervereinigung am Revers dürfte man jedoch keinen Spott treiben – da geht es an die inneren Werte. Von denen wiederum hat Justizminister

Dr. Rentschler, Baltus' anderer Nachbar, eine ganz eigene Auffassung. Er ist praktizierender evangelischer Christ und hebt sich durch sein redliches, aber etwas nach innen gekehrtes intellektuelles Wesen deutlich von der katholisch-barocken Fürstenmehrheit ab. Ein Jahr etwa, nachdem der Assessor ihn zum ersten Mal – und das ebenso fasziniert wie ungebührlich lange – beobachtet hat, wird er zu Gundelach sagen: Es kotzt mich alles an, am liebsten würde ich zurücktreten – und es kurz darauf, ohne die Spur eines Bedauerns, tun; der einzige Rücktritt im übrigen, der Gundelach jemals wirklich imponieren sollte.

Es folgen, linksseitig, der Wirtschaftsminister und der Landwirtschaftsminister; gegenüber, durch des Tisches breiteste Wölbung von ihnen getrennt, der Sozialminister und der Minister für Bundesangelegenheiten. Der Sozialminister? Ohne Zweifel ist es eine Frau, eine nach allen Seiten frohgemute Mütterlichkeit verströmende zumal, die gerade lebhaft plaudernd auf ihren Platz zusteuert. Aber als Amtsinhaber ist sie ›Der Minister für Arbeit, Gesundheit und Soziales‹, so steht es auf allen Schriftstücken, die sie unterzeichnet, und als Amtsinhaber ist sie schließlich hier. Auch die Partei wird noch lange darauf achten, daß Geschlecht und Funktion nicht ungebührlich vermischt werden.

Einen hätten wir fast übersehen, obwohl der, mit eingezogenem Genick und angewiderter Miene seinen Stuhl requirierend, ohne sich am allgemeinen Hallo! und Wie geht's? zu beteiligen, alles tut, um hervorzustechen – eine bemerkenswert isolierte und ruppige Person, die den foliantenschweren Kabinettsordner achtlos auf den Tisch schmeißt und sich sogleich hinter der neuesten Ausgabe des Handelsblatts vergräbt, so daß Nebensitzer Pullendorf einen Meter weit abrücken muß ... Einmal, am ersten Tag schon, hat Bernhard Gundelach einen Fingerzeig auf diesen seltsamen und unglücklichen Menschen erhalten, ohne sich weiter darum zu bekümmern: Dort, wo der Flur im rechten Winkel abbiegt, hatte Andreas Kurz gesagt und schnell weitergesprochen, liegen die Büros des Staatssekretärs und seines Mitarbeiters. Danach war nie mehr die Rede gewesen von diesem Staatssekretär. Jetzt aber sitzt er hier, wie aus der Versenkung aufgetaucht, und würdigt kaum jemanden eines Blickes.

Erst nach und nach, unwillig und widerstrebend, wird man dem Assessor Auskunft darüber geben, was es mit dem exzessiven Zeitungsleser auf sich hat – daß er, als er vor Jahren aufzog, draußen im Land vielen als Hoffnung galt: ein erfolgreicher Unternehmer, der sich mit der Politik einließ, obwohl es da für ihn nichts zu verdienen gab und er wahrscheinlich nicht einmal wußte, was B II, die Gehaltsstufe eines Staatssekretärs, in Mark und Pfennigen bedeutet. So jemand, dachte man und schrieb es in den Zeitungen, wird den Amtsschimmel galoppieren lehren und frischen Wind in muffige Stuben blasen! Erst recht dachte es der Staatssekretär und legte gleich richtig los. Es wimmelte Aufträge, Rücksprachen, Nachfragen und Neuerungen. – Ach, er kannte die Verwaltung nicht! Die Aufträge behandelte sie dilatorisch, die Rücksprachen blieben liegen, die Nachfragen wurden nicht beantwortet, die Neuerungen verstaubten. Ein Staatssekretär ist kein Dienstvorgesetzter, er hat zu bitten, nicht zu befehlen. Der politisierende Mittelständler hingegen war es von seinem Betrieb her umgekehrt gewohnt. Breisinger, des ewigen Zanks bald überdrüssig, versuchte ein paarmal zu vermitteln, dann schlug er sich auf die Seite derer, die er wirklich brauchte. Müller-Prellwitz, Bertsch und Pullendorf behandelten den Eindringling fortan als quantité negligeable, das Haus schloß sich freudig an. Mehrfach machte das Wort die Runde, der Herr Staatssekretär habe Dritten gegenüber von ›Beamtenarschlöchern‹ gesprochen, mit denen er sich herumschlagen müsse. Schlechte Manieren hatte er demnach auch noch! Als in der Presse die ersten Meldungen auftauchten, die von einem zerrütteten Verhältnis zwischen der Staatskanzlei und ihrem Staatssekretär wissen wollten, fühlte sich niemand für ein Dementi zuständig. Der Betroffene selbst mußte erklären: alles Unsinn. Danach wurde es still um ihn. Auch in den Kabinettssitzungen, die er unregelmäßig besuchte, sagte er wenig bis nichts. Statt dessen begann er, ostentativ das Handelsblatt und die Financial Times zu lesen – wie jetzt wieder, als Gundelach schüchtern Dr. Zwiesel befragt, wer denn der stumm und verbissen Lesende, der wie auf einer Insel Gestrandete eigentlich sei. Dank Zwiesels Bereitschaft, nach längerem mokanten Lächeln doch noch zu antworten, wissen wir es endlich: er heißt Kahlein. Herbert Kahlein.

Bertschs Stellvertreter hat es auch übernommen, den Assessor vorzustellen. Nicht allen Anwesenden, Gott bewahre. Die Minister und Staatssekretäre (Kahlein, wie gesagt, ausgenommen) kümmern sich um ihresgleichen und um den einen oder anderen Abteilungsleiter, den sie zu kurzer, intensiver Beratung auf die Seite ziehen. Müller-Prellwitz ist geradezu umlagert, Günter Bertsch ebenso. Aber Gundelach lernt auf diese Weise doch Pullendorf kennen, der ihm kernig die Hand drückt und anschließend nochmals nach seinem Namen fragt. Dazu den Protokollchef Schwarzenbeck und den Leiter der Bundesratsabteilung Dr. Reck. Der erkundigt sich immerhin, woher er komme und wie es ihm in seiner neuen Position gefalle. Sehr gut! strahlt Gundelach und denkt an seine erste Begegnung mit Breisinger.

Selbstverständlich versäumt Zwiesel nicht, jedesmal darauf hinzuweisen, daß Gundelach nur ausnahmsweise der Kabinettssitzung beiwohne, um einen Eindruck von dem Geschehen zu gewinnen. Die Herren nehmen es befriedigt zur Kenntnis. Außer ihnen und ihren Stellvertretern, die aufgereiht im Hintergrund sitzen, hat niemand Zutrittsrecht zum Kabinett, es sei denn, er werde herbeizitiert, was meist nichts Gutes verheißt.

Als der Ministerpräsident eintritt, verstummt das Geraune. Wie in einer Schulklasse flüchtet alles auf die Plätze. Sogar Kahlein nimmt von seiner Lektüre Abschied, wenn auch betont langsam und geräuschvoll. Dann lehnt er sich zurück, schlägt die Beine übereinander und wippt mit den Schuhspitzen. Wieder zwei unproduktive, mit Politikergeschwätz und Beamtenpalaver angefüllte Stunden, die es zu überstehen gilt.

Breisinger scheint gut gelaunt, er berichtet von einem Gespräch der Ministerpräsidenten mit dem Bundeskanzler. Der Herr Schmidt schätzt diese Treffen bekanntlich überhaupt nicht. Aber seit die Union die Mehrheit hat im Bundesrat, muß er sich öfter dazu herablassen, als ihm lieb ist.

Wahrscheinlich, denkt Gundelach, sitzt er dann auch so da wie Kahlein. Bloß raucht er noch und kann seine Geringschätzung mit jedem ausblasenden Atemzug demonstrieren.

Die Konjunktur, erklärt Breisinger, zeigt schwache Erholungstendenzen. Aber kein Mensch ist derzeit in der Lage vorherzusagen, ob damit auch schon das tiefe Rezessionstal durchschritten ist. Auch der Weltökonom weiß es nicht. Die B-Länder, das sind die unionsregierten, haben ihm mächtig eingeheizt, die Stimmung war entsprechend. Die Konjunkturprogramme greifen nicht, die Investitionszulage ist ein Schlag ins Wasser – man hat es ja so kommen sehen. Von wegen Nachwirkungen der Ölkrise! Die wirklichen Gründe, warum die Pferde immer noch nicht saufen, sind hausgemacht, und niemand anderer als die Bundesregierung hat sie zu verantworten. Dieser ungezügelte soziale Reformeifer, die fatale Neigung, erst Wohltaten zu verteilen und dann zu rechnen: da liegt der Hund begraben! Dazu das törichte Gerede über investitionslenkende Maßnahmen, das neue Mitbestimmungsmodell, diese ganze wirtschaftsfeindliche Ideologie! Breisinger hat es dem Herrn Schmidt deutlich gesagt, Goppel übrigens auch. Der Schulterschluß mit Bayern war wieder mal vorbildlich. Statt den Unternehmen durch die Vermögenssteuerreform neue Lasten aufzubürden, hätte der Bund lieber der Initiative des Landes folgen und Verlustrücklagen zulassen sollen –.

Der Wirtschaftsminister korrigiert: Verlustrückträge! Es heißt Verlustrückträge. Auf Breisingers Blick hin beeilt er sich anzufügen: Ist ja egal. Sehr gut, sehr gut!

Kahlein schnaubt verächtlich.

Das Haushaltsdefizit von Bund, Ländern und Gemeinden, sagt Breisinger energisch, wird in diesem Jahr auf sechzig Milliarden Mark anwachsen. Man kann sich ausmalen, was das für die Inflation bedeutet.

Über fünf Prozent, sagt der Finanzminister rollend. Sozis können nicht mit Geld umgehen, das war schon immer so.

Der Innenminister: Die machen doch Schulden wie die Säutreiber, das muß man dem Volk endlich mal sagen!

Breisinger hält inne, läßt das allgemeine Jawohl! und So ist es! verebben, wiederholt den Spruch mit den Säutreibern genießerisch und sagt: Herr Bertsch, das müssen wir uns für den Wahlkampf merken. Das sitzt. Bertsch hat schon mitgeschrieben, nickt: Herr Innenminister, Sie kommen in unser Redaktionsteam, wenn es soweit ist!

Jedenfalls, fährt Breisinger fort, wird sich der Herr Bundeskanzler an den Ländern, und zwar an allen, die Zähne ausbeißen, wenn er versuchen sollte, zu ihren Lasten an der Umsatzsteuerschraube zu drehen. Und überhaupt muß erst das böse Wort vom Bundesrat als außerparlamentarischer Opposition vom Tisch.

Eine Unverschämtheit ist das! ruft der weibliche Sozialminister. Eine Frechheit! Der Mann, sagt Breisinger, hat eben kein Verhältnis zum Föderalismus. Und keine Manieren, ergänzt Frau Minister. So ist das nämlich.

Es fällt nicht schwer, den Übergang zur Landespolitik zu finden. Ein Schattenboxen, bei dem der Sieger von vornherein feststeht, ist stets reizvoll: Man braucht nur Schmidt durch Meppens zu ersetzen und kann gleich weitermachen. Im Vergleich zu Meppens ist Schmidt nämlich noch gold. Der weiß wenigstens ungefähr, wovon er redet. Meppens dagegen: der reine Theoretiker. Für den kommt der Strom aus der Steckdose, deswegen kann er von alternativer Sonnen- und Windenergie faseln und die Agitation gegen das geplante Kernkraftwerk Weihl unterstützen.

Unverantwortlich ist das! ereifert sich Gwähr. Leider gelingt ihm nicht noch einmal solch ein schöner Spruch wie zum Schuldenmachen. Und gefährlich! warnt Breisinger und schlenkert den erhobenen rechten Zeigefinger: Die linke Journaille hofiert Meppens, wo sie kann, und leider hat er auch in der evangelischen Kirche einen starken Rückhalt.

Dr. Rentschler schaut versonnen durch seine starken Brillengläser und schweigt. Dafür meldet sich Müller-Prellwitz zu Wort.

Wir lassen Meppens viel zu viel Spielraum, erklärt er. Sein moralisches Gehabe zielt doch genau auf die Jugend und die Achtundsechziger-Generation, die man jetzt überall als Lehrer auf die Kinder losläßt!

Der Kultusminister schüttelt den Kopf, als wollte er sagen: Ganz so einfach ist das nicht. Doch Müller-Prellwitz redet sich in Fahrt. Die Union, sagt er, muß endlich auch *geistig* in die Offensive gehen und sich nicht immer nur über die Verteilung von Steuern aufregen, was für den Normalbürger sowieso ein Buch mit sieben Siegeln ist. Viel wichtiger wäre es, einmal die ideologischen Wurzeln von Sozialismus, Kommunismus und Terrorismus aufzuzeigen und zu belegen.

Mehrere Kabinettsmitglieder nicken: sehr richtig!

Wenn sich aber ein Politiker an das Thema heranwage, fährt der ›kleine MP‹ zornig fort, werde er von der Presse zusammenkartätscht. Deswegen bräuchte man konservative Professoren an den Hochschulen, die den Mut hätten, Zusammenhänge beim Namen zu nennen. Und die gäbe es auch, wenn man sie nur politisch unterstützen würde. In Regensburg beispielsweise lehre ein Professor Mohrbrunner, der sich als engagierter Kritiker von Adorno und Habermas einen guten Ruf erworben hätte. Der wäre sofort bereit, ins Land zu kommen, wenn man ihm eine C4-Professur anböte.

Und warum tun wir das nicht? fragt Breisinger. Das ist doch genau der Mann, den wir brauchen!

Weil, antwortet Müller-Prellwitz mit schneidender Schärfe, das Kultusministerium der Auffassung ist, Mohrbrunners wissenschaftliche Reputation reiche nicht aus, um ihn notfalls auch gegen den Widerstand einer Universität auf Platz eins der Vorschlagsliste zu setzen. Darum!

Aller Augen sind auf Professor Baltus gerichtet. Dessen kantiges Kinn springt noch mehr vor, als er, nach kurzem Zögern, erwidert, er kenne den Vorgang nicht, zum ersten Mal höre er davon. Auch von dem Professor Mohrbrunner höre er allerdings zum ersten Mal. Und ihm sei gleichfalls nicht geläufig, daß an einer Universität des Landes ein Lehrstuhl für Philosophie vakant wäre. Der Herr Kollege sei doch Philosoph, oder?

Sozialphilosoph, sagt Müller-Prellwitz.

Ach so, sagt Professor Baltus gedehnt, – Sozialphilosoph. Das gibt es bei uns in der Tat noch nicht. Offenbar hat man dafür bislang auch keinen Bedarf gesehen. Obwohl doch die Hochschulen sonst recht erfinderisch darin sind, akademische Versorgungslücken aufzuspüren.

Breisinger wird ungehalten: Wir haben den Professoren in schwieriger Zeit weiß Gott oft genug die Stange gehalten, Herr Kultusminister. Kein anderes Land ist so mannhaft hingestanden, als es darum ging, Flagge zu zeigen. Uns sind dafür Tomaten und Eier um die Ohren geflogen. Ich denke, es ist nur recht und billig, jetzt auch einmal eine Gegenleistung einzufordern! Breisinger hat mit anschwellender Lautstärke gesprochen. In das aufflakkernde So ist es! Jawohl! hinein verkündet er: Ich werde selbst mit Professor Mohrbrunner ein Gespräch führen. Wenn ich den Eindruck habe, daß er ein Gewinn für uns ist, dann schaffen wir eine Stelle für ihn und finden eine Universität, die ihn beruft. Das wäre doch gelacht!

Der Kultusminister schweigt vergrätzt. Der Schwung der Debatte ist fürs erste dahin, sogar das Thema Meppens verfängt nicht mehr. Zwar zwitschert die Frau Sozialminister noch: Macht doch den Meppens auch zum Professor, dann schlagen wir zwei Fliegen mit einer Klappe! – doch die Antwort ist nur ein halblautes: O Gerlinde, verheb's!

Breisinger hat es jetzt eilig, die Tagesordnung abzuhandeln. Bundesratsangelegenheiten: darüber hat er schon berichtet, im übrigen wie Vorlage. Fortschreibung der agrarstrukturellen Rahmenplanung: können wir, Herr Landwirtschaftsminister, so beschließen. Zwischenbericht zur Arbeit der Regionalverbände: nehmen wir hiermit zur Kenntnis.

Nur einmal noch verhakt man sich in Diskussionen. Die Novellierung des Polizeigesetzes, von Gwähr in leutseligem Plauderton vorgetragen, geht Müller-Prellwitz nicht weit genug. Mehr polizeiliche Befugnisse zur Personenkontrolle und zur Durchsuchung von Wohnungen – ob das alles wäre, was dem Innenministerium eingefallen sei? fragt er. Jeder wisse doch, daß die RAF jederzeit wieder zuschlagen könne, weil die Kommandostruktur zwischen den einsitzenden Baader, Raspe, Meins, Ensslin und den noch in Freiheit befindlichen Bandenmitgliedern nach wie vor funktioniere. Die würden gewiß ungeheuer beeindruckt sein, wenn sie erführen, daß die Polizei künftig ganze Gebäudekomplexe statt einzelner Wohnungen filzen dürfe. Ob man den Überfall auf die deutsche Botschaft in Stockholm, die Ermordung zweier unschuldiger Geiseln denn schon wieder aus dem Gedächtnis gestrichen habe?

Darauf der Innenminister, matt beschwichtigend: Mir gefällt's auch nicht, Wolf, aber mehr ist einfach nicht drin! Die Innenministerkonferenz legt sich jetzt schon quer, und das Gutachten des Justizministeriums besagt eindeutig, daß –.

Das Justizministerium, fährt Müller-Prellwitz dazwischen, täte besser daran, für eine schärfere Überwachung des Besucherverkehrs zwischen den

Terroristen und ihren Anwälten zu sorgen, statt Gutachten zu pinseln, die der Polizei die Arbeit erschweren! Dr. Rentschler wehrt sich mit Entschiedenheit. Solange kein Mißbrauch nachgewiesen werde, sei niemand befugt, in die gesetzlichen Rechte der Verteidiger einzugreifen. Man lebe schließlich in einem Rechtsstaat und dürfe sich gerade deswegen nicht zu rechtswidrigem Handeln provozieren lassen, weil dies von den Häftlingen und ihren Helfern pausenlos versucht werde. Er erinnere nur an den Auftritt von Jean-Paul Sartre vor anderthalb Jahren, nach dessen Besuch im Terroristengefängnis, und an das Medienecho, als der französische Philosoph von ›unmenschlicher Isolationsfolter‹ gesprochen habe. Den Schuh, ruft Dr. Rentschler erregt, ziehe ich mir nicht an! Im übrigen warteten die Anwälte nur darauf, Revisionsgründe geliefert zu bekommen.

Pullendorf ergreift das Wort und berichtet von einem vertraulichen Gespräch mit dem Gerichtspräsidenten, in dem dieser ähnliche Befürchtungen geäußert habe. Renft schweigt. Breisinger blickt auf die Uhr mit den goldenen Zifferblättern.

Sartre, sagt Müller-Prellwitz giftig, ist doch auch einer jener Sozialphilosophen, von denen der Herr Kultusminister so wenig hält. Was machen Sie denn, Herr Minister, wenn es einer Hochschule einfallen sollte, ihn auf Platz eins der Vorschlagsliste zu setzen? Professor Baltus giftet zurück: Auf unsachliche Anwürfe lasse ich mich nicht ein! Meine Herren, sagt der Ministerpräsident, wir können das jetzt nicht ausdiskutieren, in einer halben Stunde ist Pressekonferenz. Ich werde die Sache im Auge behalten.

Jede Kabinettssitzung schließt mit denselben Tagesordnungspunkten: Einladungen, Ehrungen, Personalsachen, Pressekonferenz, Verschiedenes.

Einladungen gibt es reichlich, meist werden sie den Staatssekretären zugeteilt, die deshalb schon ihre Terminkalender aufgeschlagen haben. Auch Ehrungen werden ein Jahr vor der Landtagswahl freigiebig gewährt, vor allem Bundesverdienstkreuze. Personalsachen sind immer spannend, es geht um Beförderungen. Die Pressekonferenz hat Bertschs Abteilung vorbereitet, die Pressemitteilungen liegen vor, nichts muß verändert werden. Punkt Verschiedenes: Der Wirtschaftsminister informiert in einer vertraulichen Tischvorlage über den bevorstehenden Konkurs einer Maschinenbaufirma. Die Banken halten nur noch wenige Tage still, sechshundert Arbeitsplätze sind in Gefahr. Das Land soll Bürgschaften übernehmen und fünf Millionen aus dem Liquiditätshilfeprogramm zuschießen.

Der Finanzminister warnt mit rollendem Groll: Das Geld sehen wir nie wieder! Wer selbst nichts hat, sollte nicht den reichen Onkel spielen.

Er wird überstimmt. Man muß an die Arbeitsplätze denken, und auch an die Wahl. Der Wirtschaftsminister erhält den Auftrag, mit der Geschäftsführung und den Banken zu verhandeln und ein schlüssiges Sanierungskonzept zu verlangen.

Breisinger schließt die Sitzung und bittet Bertsch zu sich ins Arbeitszimmer.

Gundelach erhebt sich wie betäubt. Was er gesehen und gehört hat, macht ihn schwindlig. Mit welcher Präzision alles abgelaufen ist, wie perfekt Breisinger und seine Vertrauten sich die Bälle zugespielt haben! Und in dieses kunstvolle Räderwerk ist er mit seinem Geplapper übers Landesjubiläum hineingestolpert, unbekümmert und voller Stolz, dem Ministerpräsidenten die Richtung weisen zu können! Schlimmer noch: In wenigen Wochen schon muß er seine Gedankenblasen dem Ministerrat zur Begutachtung vorlegen! Wenn er dürfte, er ginge stehenden Fußes zu Breisinger und bäte ihn, den Auftrag zurückzunehmen. Es geht aber nicht, er hat den Mund gespitzt, jetzt muß er pfeifen. So elend, wie ihm zumute ist, wird es ein klägliches Pfeifen werden...

Erst die Pressekonferenz bringt ihn wieder zu sich. Da ist auch Rudolf Breisinger nur Mensch, kreuzt die Füße nervös, um gleich darauf die Schuhspitzen gegen das Parkett zu stemmen – was Gundelach, der schräg hinter ihm sitzt, so ablenkt, daß er Mühe hat, den Themen zu folgen. Das Land hat eine Milliarde Mark Steuerausfälle zu beklagen, der Bund gleicht nichts aus, und Breisingers Schuhsohlen sind in einem beklagenswerten Zustand. Die Brandsohle ist fast durchgelaufen, und mit Willy Brandts ›Wir fangen erst richtig an!‹ hat alles angefangen.

Gundelach ruft sich zur Ordnung.

Vielleicht ist er auch nur froh, daß der Druck, dem eingespielten Ritus der Kabinettssitzung nicht gewachsen zu sein, langsam weicht. Die Journalisten sitzen auf denselben Stühlen an demselben ausladenden Tisch wie eine halbe Stunde zuvor die Minister, Staatssekretäre und Abteilungsleiter. Aber schon das stimmt nicht: sie sitzen nicht, sie hocken. Lümmeln mit dem Arm auf der Tischplatte, kritzeln Unleserliches in ihre zerfledderten Kladden, stellen respektlose Fragen und unterhalten sich ungeniert, während Breisinger antwortet. Und der muß weiterreden. Zwar könnte Gundelach wetten, daß Gunter Bertsch, links neben Breisinger plaziert, grimmig dreinschaut; doch Pressefreiheit heißt, sich das Maul nicht verbieten zu lassen.

Dort, wo Gundelach stocksteif auf seinem Stühlchen gesessen hat, ist jetzt eine Fernsehkamera aufgebaut. Der Kameramann trägt schulterlange

Haare und Jeans, die aussehen, als legte er sich in ihnen schlafen. Der Tontechniker kniet neben dem Aufnahmegerät, und als ihm warm wird, schmeißt er seine Lederjacke neben sich auf den Boden.

Breisingers Stimme klingt wie in Öl gewendet, als er den Vorwurf, das Land stelle zuwenig Lehrer ein, zurückweist.

Lieber Herr Fendrich, sagt er, das ist so sicher nicht richtig. Die Übernahmequote liegt bei über achtzig Prozent, und das in einer Zeit, da wir in der allgemeinen Verwaltung fünftausend Stellen gesperrt haben! Das sind Fakten, lieber Herr Fendrich!

Dr. Zwiesel, die Arme wie ein Feldherr vor der Brust verschränkt, beugt sich zu Gundelach herüber und flüstert: Wenn er nicht dauernd ›Lieber Herr Fendrich‹ sagen würde, hätte er gute Chancen, mit diesen knackigen Sätzen in die Landesschau zu kommen. Schade! – Gundelach nickt und wird den Eindruck nicht los, daß selbst Zwiesel schon von der journalistischen Libertinage ringsum angesteckt worden ist.

Am Ende der Pressekonferenz bittet Bertsch noch um einen Moment Gehör und stellt den neuen Mitarbeiter der Pressestelle vor. Gundelach erhebt sich linkisch und will schnell wieder Platz nehmen. Doch da steht Breisinger, der sich schon zum Gehen gewandt hatte, neben ihm, ergreift seine Hand und schüttelt sie, als hätte er nach Jahren der Trennung einen alten Freund wiedergetroffen.

Ein ganz vorzüglicher junger Mann, meine Herren! ruft er den aufbrechenden Journalisten zu und überläßt den verdutzten Gundelach, ins Vorzimmer entschwindend, einem verhalten aufflackernden Gelächter.

Drinnen und Draußen

Der Bus, der den holprigen Fahrweg entlangrollte, war älteren Datums. In den Kurven schaukelte er wie ein Kamel, die ermüdeten Stahlfedern gaben, wenn wieder ein Stoß aufzufangen war, ächzende Geräusche von sich. Das Gelände war wellig, nach jedem Hügel hatte man, eben noch an der Rückenlehne klebend, das unangenehme Gefühl, in ein Luftloch zu fallen.

Der Landrat selbst hatte den Bus bestellt, es war sein Verschulden. Er wußte es auch und bemühte sich nach Kräften, den Ministerpräsidenten abzulenken, indem er die kärgliche Landschaft ringsum als Hort der Harmonie und des unerschütterlichen Festhaltens an christdemokratischen Tugenden pries.

Breisinger nickte und forderte seinen bleichen, angespannten Gesichtszügen ein gezwungenes Lächeln ab: Unerschütterlichkeit, Herr Landrat, braucht man hier wohl auch.

Der Abgeordnete Rebhuhn, in der Reihe vor Breisinger wie ein Gummiball auf und nieder hüpfend, drehte sich um und meinte entschuldigend: 's isch halt bloß e Vizinalsträßle, Herr Minischderpräsident, gell! Mr hends scho lang ausbaua wella, abers Regierungspräsidium macht it mit!

Das wird sich jetzt wohl ändern, ihr Schlitzohren, dachte Gundelach und krakelte, Rebhuhns flinke Äuglein im Nacken, vorsorglich in den Notizblock: L 412 zwischen Birkingen und Bollderdingen in saumäßigem Zustand!

Wie bei Kreisbereisungen üblich, legten sie den größten Teil der Strecke in einem Omnibus zurück, der den örtlichen und überörtlichen Honoratioren Gelegenheit bot, sich mit dem Regierungschef zu zeigen. Denn das war ein unvergleichlicher Augenblick – einzubiegen in den fahnengeschmückten Marktplatz eines Fleckens, der von Alten, Frauen und Kindern dicht umsäumt war, den schmetternden Einsatz der Trachtenkapelle zu vernehmen, die Menge erwartungsfroh nach oben gerichteter Köpfe zu mustern, dicht hinter Breisinger ins Freie zu drängen, Hände zu schütteln und beim Empfang so zu posieren, daß der Fotograf gar nicht anders konnte als einen mit abzulichten. Anderntags war man in der Lokalzeitung zu sehen und wurde noch tagelang auf das Großereignis angesprochen: Karle, i han dich in dr Zeitong gseha! Direkt nebem Breisinger bisch gschtanda. Wie wars, verzehl … Um dann, achselzuckend, zu erwidern: Ach, eigentlich nix bsonders. Aber politisch, des muß i saga, hatr was drauf!

Breisinger genoß das Schauspiel nicht minder, das sich in jeder Gemeinde wiederholte, die der Ehre des ›hohen Besuchs‹ teilhaftig wurde.

In keiner Rede fehlte die Floskel. Der Bürgermeister gebrauchte sie, wenn er den Gast am Fuß der Rathaustreppe begrüßte und ihn anschließend bat, sich ins Goldene Buch, das meist in Schweinsleder gebunden war, einzutragen. Die oft schon etwas ältlichen Jungfern, die den Willkommenstrunk reichten und nervös an ihren Häubchen und Brusttüchern zupften, sagten sie auf. Der CDU-Ortsvorsitzende ließ es sich nicht nehmen, dem hohen Besuch, der gleichzeitig sein Landesvorsitzender war, davon Meldung zu machen, daß man bei der letzten Kommunalwahl wiederum über achtzig Prozent geholt hatte – trotz Gemeindereform!

Manchmal sagte einer, ergänzend: Ond dia paar Triepel, die ons net gwählt hend, dia kennet mr scho!

Zwetschgen- und Kirschwasser, Schinken, Würste, Brotlaibe, Stadt- und Dorfchroniken, Weinkörbe, Bierkrüge und Wappenteller wurden dem hohen Besuch zum Geschenk gereicht, manchmal auch eine geschnitzte Fasnachtsmaske. Die gab Breisinger, der sonst das meiste seinem Fahrer und den Polizisten überließ, nicht her. Fast überall trat auch ein Lokalpoet auf, der mit bebender Stimme und Reimen, die der L 412 glichen, die Ortschronik vortrug und versicherte, daß der heutige Tag ein Festtag für alle Bürger sei, allenfalls vergleichbar jenem, an dem der Bundesverkehrsminister in den Mauern geweilt hatte.

Aber das war schon sehr lang her.

Und Breisinger wußte, was dann von ihm erwartet wurde! Erhöht auf einem Treppenabsatz, einem Podest oder Alkoven stehend, breitete er die Arme aus und umfaßte mit warmen Worten die fleißigen Bürger der schmucken Gemeinde. Treu seien sie, heimatverbunden und weltoffen. Ein blühendes Gemeinwesen hätten sie geschaffen, Tradition und Fortschritt aufs glücklichste miteinander vereint, das Erbe der Väter bewahrt und gemehrt. Stolz könnten sie auf sich sein, und die Landesregierung sei stolz auf sie. Kein schöner Land, wie es so wahr im Lied heiße ... Aber - und hier umwölkte sich sein heiterer Tonfall: es gelte, auf der Hut zu sein. Ehrlose Fanatiker versuchten zu zerstören, was in dreißig Jahren mühsam aufgebaut wurde. Blinde Ideologen machten sich zu ihren Helfershelfern - wissentlich oder nicht, das spiele keine Rolle. Denn nicht der sei liberal, der Verfassungsfeinde gewähren lasse, und nicht der sozial, der alles verspreche und nichts halte. Sondern es komme darauf an, die christlichen Grundwerte entschlossen zu verteidigen und Systemveränderern entschieden die Stirn zu bieten. Der Rechtsstaat müsse stark und die Demokratie wehrhaft sein. Das habe man aus der Geschichte gelernt. Doch auch jenes wisse man: die Wurzeln unseres gottgesegneten Landes reichten tiefer und seien stärker als alle Anfeindungen von außen, und sie legten sichtbar Zeugnis ab vom Mut und Gemeinsinn tatkräftiger Bürger. Und aus dieser lebendigen Tradition - hier schwang sich Breisingers Stimme wieder zu lichten Höhen empor - schöpfe man die Kraft zur Bewältigung der Zukunft ... Das größte Kapital unseres schönen Landes und seiner blühenden Städte und Dörfer, rief Breisinger, sind Sie selbst, meine lieben Landsleute! Und deutete, stellvertretend für alle, auf die Bürger Birkingens, Bollderdingens oder wo sonst man gerade aus dem Bus gekrabbelt war, in den aufbrausenden Jubel hinein.

Derweil parkten am Rande der Menge die begleitenden Mercedeslimousinen und hatten den Kofferraum geöffnet. Assistiert von den Fahrern, verteilte Inspektor Bertram Papierfähnchen in den Landesfarben, Autogrammkarten mit Breisingers Signatur, Bildbroschüren und Kugelschreiber, auf denen der Namenszug des Ministerpräsidenten eingraviert war. Nicht nur die Kinder drängten herbei. Der Persönliche Referent eilte zwischendurch zum Chefwagen, telefonierte, ehrfürchtig bestaunt, mit seinem Büro, ob etwas Wichtiges anliege, suchte aus der Terminmappe die Unterlagen für den nächsten Auftritt heraus und trug sie zum Bus, um sie gegen die vorigen, die Breisinger auf dem Sitz hatte liegen lassen, auszutauschen. Wenn der Ministerpräsident wollte, konnte er sie auf dem Weg zum nächsten Ort lesen und die Leute nicht nur mit volltönender Rhetorik, sondern auch noch mit Detailkenntnissen über die jeweilige Ortschaft verblüffen.

Sobald Breisingers Rede geendet hatte, setzte als erstes die Kapelle wieder ein, blies was das Zeug hielt, die Kinder schwenkten ihre Fähnchen, und der Landesvater winkte, daß die Anzugnähte krachten. Es waren ansteckend schöne Szenen. Landrat, Bürgermeister, Abgeordnete, alle winkten. Von der Bedeutung der historischen Stunde übermannt, schneuzte der geschichtskundige Verseschmied in ein tischtuchgroßes kariertes Taschentuch.

Breisinger teilte die Menge wie Moses die Fluten, und wie ein Sämann schwenkte er den rechten Arm, Schriftzüge in geöffnete Handfurchen streuend, die sein Porträt gleich einer Devotionalie hochhielten. Auch versäumte er nirgends, dem Dirigenten der Blasmusik herzlich die Hand zu schütteln und ihm mit der anderen ein Kuvert zuzustecken, in dem unschwer eine Geldspende vermutet werden konnte; woraufhin dieser, gerührt und verlegen, dem Ministerpräsidenten den Taktstock reichte und um ein paar zünftige Schläge bat. Das erhöhte die Lautstärke der Darbietung, entkrampfte aber auch Breisingers schmerzende Schultern.

Die Herren der Begleitdelegation hatten bereits wieder Platz genommen, erregt und erhitzt auch sie. Breisinger, endlich eintreffend, blieb stehen, bis der Bus anfuhr, winkte dem wie ein Ährenfeld wogenden Publikum mit großer Geste zu und murmelte entrückt:

Großartig, wirklich ganz großartig!

Assessor Gundelach blickte derweil verträumt aus dem Fenster auf die kleiner und gesichtslos werdende Schar zurück und dachte: So ist das – ihr seid draußen, ich bin drinnen. Ein Gefühl tiefer Befriedigung durchströmte ihn.

Lehrstunden

Woher das Gerücht kam – der Himmel mochte es wissen. Jedenfalls war es in der Welt. Breisinger, hieß es, habe den Herrn Gundelach als ›große Hoffnung‹ bezeichnet. Das kam nicht oft vor und machte schnell die Runde. Gundelach selbst erfuhr es von Andreas Kurz, der ihn, als sie in der Kantine hintereinander anstanden, darauf ansprach:
Die Sonne des Herrn ruht ja jetzt voll auf Ihnen!
Wieso?
Ach, fragen Sie doch nicht so scheinheilig!
Dann kam es, das mit der großen Hoffnung. Gundelach weigerte sich, es zu glauben. Ein Ministerpräsident, sagte er, hat gar nicht die Zeit, sich über derartige Quisquilien Gedanken zu machen. Im nächsten Moment wunderte er sich über den geschraubten Ausdruck, den er gebraucht hatte.
Ivanka, die Küchenhilfe, klatschte mit dem großen Schöpflöffel das Essen auf seinen Teller und sagte: Müssen sich bei Chef beschweren, wenn Ihnen Speisplan nicht paßt!
Das einfache Volk versteht Sie schon nicht mehr, bemerkte Amtmann Kurz. Da haben Sie's.
Auch wenn Gundelach, weniger aus Bescheidenheit denn aus Furcht, gute Nachrichten könnten schlechte nach sich ziehen, das Lob nicht zu stark in sich aufzusaugen trachtete – los wurde er es fortan nicht mehr. Es stak in seinem Kopf und wirkte unablässig als Ansporn, sich politisch gründlicher zu bilden als andere. Wenn man denn wirklich ›ganz oben‹ besondere Erwartungen in ihn setzte, so wollte er keinesfalls dahinter zurückbleiben. Deshalb versah er sich allabendlich mit Lektüre, deren Kenntnis ihm unerläßlich schien, um politische Diskussionen mit Bravour bestehen zu können.
Der Lesestoff, den er sich beim Schein der Schreibtischlampe zuführte, war abenteuerlich bunt gemischt. Das vierjährige Arbeitsprogramm der Landesregierung mit über tausend Einzelmaßnahmen gehörte ebenso dazu wie Entwicklungs- und Förderprogramme, Strukturberichte, Zielplanungen und was ihm sonst bedeutsam erschien. Durch unendlich zähe, über Jahre hinweg fast wortgleiche parteipolitische Grundsatzprogramme wühlte er sich und ahnte – was ihm später zur leidvoll erlebten Gewißheit wurde –, daß der Auftrag, Wegweisungen fürs Parteivolk zu schreiben, meist fleißigen jungen Referenten der Staatskanzlei übertragen wird, die sich dieser Fron schnellstmöglich dadurch entledigen, daß sie Parteiprogramme früherer Jahre, an die sich niemand mehr erinnert, abschreiben.

Aus der Bücherei beschaffte er sich, was an philosophischen Texten verfügbar war: Platons ›Der Staat‹, Kants ›Kritik der reinen Vernunft‹ und merkwürdigerweise auch Heideggers ›Holzwege‹. Professor Mohrbrunners Schriften dagegen fehlten, und die Verwalterin fahndete in allen Nachschlagewerken vergebens nach ihnen. Dr. Weis behauptete, Mohrbrunner sei bisher nur mit wissenschaftlichen Veröffentlichungen in Fachzeitschriften hervorgetreten. Doch arbeitete er an einem großen, zusammenfassenden Werk über ›Das Elend der negativen Dialektik‹. Gundelach wagte nicht zu fragen, woher Weis sein Wissen bezog. Der einstige Redakteur und Leitartikler, der immer mal wieder durchblicken ließ, ein Angebot der Frankfurter Allgemeinen zugunsten der Staatskanzlei ausgeschlagen zu haben, galt als enzyklopädisch gebildet, und es verbot sich, daran zu zweifeln. Weis war es auch, der dem jungen Kollegen aus seiner privaten Bibliothek weitere klassische politische Literatur borgte, Tocquevilles ›Erinnerungen‹ etwa und, augenzwinkernd, die ›Discorsi‹ von Machiavelli.

Die Mischung, sagte er, macht's.

Das häufte sich, auf dem Schreibtisch und im Kopf. Aber es bewirkte auch, daß Gundelach in der Referentenrunde, die sich in regelmäßigen Abständen traf, um Redeentwürfen der Fachabteilungen den letzten Schliff zu geben, leidlich passende Zitate beisteuern konnte – was stets dankbar begrüßt wurde, da Breisinger für Festansprachen vorzeigbares Bildungsgut schätzte. Sogar Regierungserklärungen pflegte er mitunter literarisch zu würzen, und als er in einer Haushaltsrede vom Bund mehr Geld wollte, tat er es mit Schiller: ›Da strömet herbei die unendliche Gabe ...‹ Er erreichte nichts, doch das Bonmot stand in allen Zeitungen.

Als unübertroffene Meisterleistung freilich galt Dr. Weis' Bibelfund Jesaja 6, Vers 8. Bei einer Feierstunde des Rundfunks ließ er Breisinger zitieren: ›Die Stimme des Herrn sprach: Wen soll ich senden? Ich aber sprach: Hier bin ich, Herr, sende mich!‹ Man munkelte, die kurz darauf erfolgte übertarifliche Eingruppierung des Ghostwriters rühre von nichts anderem her als von diesem glücklichen Griff.

Sich in bildungsbürgerlichen Gefilden zu bewegen, fiel Gundelach leicht. Es paßte zu seiner Neigung, Politik idealistisch zu überhöhen, um ihr den stumpfen, alltäglichen Geruch zu nehmen. Seiner Meinung nach war Politik eine Kunstgattung, weder die unwichtigste noch die einfachste, und somit gehörte sie in den Olymp der Musen. Auch der steingewordene Geist des Schlosses Monrepos, von den wagenlenkenden Mosaikidolen bis zur kleinen, kühlen Göttin, an der er selten vorbeikam, ohne sie verstohlen mit den

Augen zu streicheln, erschien ihm als sicherer Beleg für seine schwärmerische Auffassung. Da hatte Politik etwas von der Würde personifizierter Ideen, wie er sie in den zeitlosen Schriften Platons, Kants oder Hegels zu verspüren meinte; deren gänzliches Fehlen in vielen plumpen Parteiprogrammen er, andererseits, um so schmerzhafter empfand.

Doch ließ man ihn nicht lang so träumen. Bertsch wollte die Kabinettsvorlage sehen. Bauer hatte sich krank gemeldet, seine Ausbootung in Sachen Landesjubiläum spielte wohl eine Rolle dabei. Niemand half dem Assessor; der Apparat zeigte seine Krallen. Mit Himmelsstürmern hatte man Erfahrung – früher oder später landeten sie doch auf dem Bauch.

Den ersten, schwungvoll aufgesetzten Entwurf strich Bertsch kommentarlos Seite für Seite durch. Dann ließ er Gundelach kommen und fragte ihn, ob er von allen guten Geistern verlassen wäre. Ob er sich überhaupt erkundigt hätte, wie eine solche Vorlage zu fertigen sei. Da könne nicht jeder daherfantasieren, wie es ihm gerade in den Sinn komme. Es gebe strenge formale Regeln, an die sich auch ein Herr Gundelach zu halten habe. Vorweg der Beschlußvorschlag. Eine Regierung sei kein Debattierclub, auch wenn es manchmal so scheine, eine Regierung sei ein Beschlußorgan, jedenfalls eine christdemokratische. Dann wolle man wissen, in aller Kürze, worum es gehe. Und was es koste. Und ob die Vorlage mit allen berührten Ressorts abgestimmt sei. Ein formgerechtes Anschreiben an die Minister, in dreizehnfacher Ausfertigung, gehöre auch dazu. Gundelach möge schleunigst Dr. Zwiesel aufsuchen und sich beraten lassen. Und mit der Haushaltsabteilung die Frage klären, ob das Finanzministerium um Bewilligung überplanmäßiger Mittel gebeten werden müsse. Und die Landespolitische Abteilung und die Grundsatzabteilung um Mitzeichnung bitten. Und übermorgen um zwölf habe er, Bertsch, eine korrekte Fassung der Kabinettsvorlage auf dem Tisch oder er werde äußerst ungemütlich.

Zerschmettert schlich Gundelach aus dem Zimmer. Das schmale, zufriedene Lächeln seines Abteilungsleiters sah er nicht mehr.

Die nächsten sechsunddreißig Stunden waren ein einziges Spießrutenlaufen. Überall mußte Gundelach um Hilfe bitten, um schnelle, unverzügliche Hilfe. Die bekam er, aber nicht umsonst. Dr. Zwiesel wollte partout den mit Pauken und Trompeten durchgefallenen Entwurf sehen, angeblich um zu retten, was zu retten wäre. Dann blätterte er aber nur in dem Skript herum, schmunzelte belustigt und mit spitzem Mäulchen wie ein Hamster und zog anschließend eine ›Allgemeine Verwaltungsanordnung zur Erstellung von

Kabinettsvorlagen‹ aus der Schublade. Da stehe alles Notwendige drin, sagte er. Mehr könne er auch nicht tun.

Der Haushaltsreferent Gonsdahl, Gundelachs nächste Anlaufstation, schlug die Hände überm Kopf zusammen. An Verrücktheiten der Pressefritzen sei er ja gewöhnt, meinte er, aber das hier setze allem die Krone auf. Ob Gundelach die Millionen lieber im Koffer oder in der Tüte wolle. Und ob er eigentlich wisse, was ein Haushaltsplan wäre und daß für 1977 die Verhandlungen zwischen dem Finanzministerium und den Ressorts längst gelaufen seien.

Da erwachte in Gundelach ein wilder, verzweifelter Zorn, er schrie: Breisinger will es aber so! – und plötzlich zeigte Gonsdahl sportlichen Ehrgeiz, das Unmögliche doch noch möglich zu machen. Nach zwei Stunden Hin- und Hertelefonierens hatte er die Zusage des Finanzministeriums, daß Gundelachs künftige Aktivitäten, in vernünftigem Rahmen natürlich, notfalls auch aus Pullendorfs Kulturetat bezahlt werden konnten. Beinahe väterlich sagte er: Das beichten wir dem Pullendorf aber erst, wenn Sie seine Mitzeichnung im Sack haben, sonst kriegen Sie die nie!

In der Nacht diktierte Gundelach die neue Fassung auf Band, bestach morgens das sanftmütige Fräulein Markovic mit einem Frühlingsstrauß, das Manuskript sofort in die Maschine zu schreiben, holte sich nachmittags die erforderlichen Mitzeichnungen, indem er wiederum vorgab, direkt im Auftrag des Ministerpräsidenten zu handeln, überwand sich, Zwiesel Korrektur lesen zu lassen und legte das Werk abends, einen halben Tag früher als gefordert, seinem Abteilungsleiter vor. Der las es flüchtig durch, nickte und unterschrieb.

An der Sitzung, auf der die veränderte Konzeption des fünfundzwanzigjährigen Staatsjubiläums beraten wurde, durfte er nicht teilnehmen. Hinterher hörte er, daß Breisinger selbst deren Grundzüge vorgetragen und sich das Kabinett seiner Wertung, jetzt weise die Sache eine klare Struktur auf, angeschlossen habe.

Gundelach beantragte einen Tag Urlaub und verschlief ihn in seiner Zweizimmerwohnung im Dämmer zugezogener Vorhänge.

Spaziergang im Park

Juni war es mittlerweile geworden, ein milder, wässriger Juni, der die Vegetation zu heftiger, berstender Entfaltung brachte. Der Park um Monrepos füllte sich mit fremdartigen Düften. Sie strömten aus ungezählten blühenden Sträuchern, mischten sich mit dem Rinden- und Harzgeruch von Kiefern, Fichten und Eiben, tropften herab von den rahmweißen Blütentrauben der Robinien, umhüllten bittersüß den Weißdorn, überwölbten die Laubengänge der Platanen, rankten sich um die Rispen der Eschen, hingen wie ein Schleier im Geäst von Buchen und Akazien, und wenn der Regen zu Boden troff, dampfte und roch es nach Erde, Efeu und hohem dichtem Gras.

Die Baracke stand in diesem Dickicht wie eine Hütte im Urwald. Das einfallende Licht war dunkler als im Winter und hatte einen moosigen Schimmer.

Erst daran und an den wechselvollen Duftschwaden, die durch das geöffnete Fenster hereintrieben, bemerkte Gundelach die Veränderung in der Natur. Denn daheim, in der Umgebung seiner Mansarde, gab es keine Bäume, und außerdem war es, wenn er dort anlangte, trotz der frühsommerlich hellen Tage schon dunkel. Morgens entstieg er der Straßenbahn, die hundert Meter von dem lanzettbewehrten Haupteingang entfernt hielt, eilte zur Pforte, strebte auf kürzestem Weg zum Arbeitsplatz und hatte den Kopf voller Pressemitteilungen, Vermerke und Telefonate. Wurde er aber zu einer Besprechung ins Schloß gerufen, registrierte er allenfalls zerstreut, daß Gärtner irgendwo eine frische Blumenrabatte pflanzten und der Springbrunnen im großen Bassin jetzt leise plätscherte.

Nach der Kabinettssitzung jedoch, für die er so reichlich Lehrgeld bezahlt hatte, und im Bewußtsein, als Geschäftsführer eines vom Ministerpräsidenten eingesetzten Arbeitskreises im Kollegenkreis nun doch schon ein wenig mehr zu gelten, gönnte er sich ein kurzes, entspanntes Zurücklehnen. Und als er die Augen öffnete und nach draußen blickte, gewahrte er verblüfft den grünschimmernden Glanz vor seinem Fenster. Er beschloß, das Kantinenessen ausfallen zu lassen und statt dessen im Park spazieren zu gehen. Obwohl täglich von ihm umgeben, kannte er ihn nicht, und es hatte ihn bisher auch nicht danach verlangt. Nun wollte er es nachholen.

Der kiesbestreute Weg, den er entlang der Baracke nahm, hörte bereits nach wenigen Schritten auf. Gundelach lief auf einer weichen, von Erde, Nadeln und vorjährigen Blättern gepolsterten Matte. Die Luft war kühl, das Licht trotz der Mittagszeit gedämpft. Wilde Brombeerranken umschlangen das Gebüsch seitlich des Weges, einige Sträucher, deren Namen er nicht kannte, trugen bereits Früchte. Über ihm, im Wipfel einer Kiefer, zeterte ein Vogel. Darüber trieben Wolken.

Alsbald teilte sich der Pfad. Bergauf schien es in Richtung des stählernen Neubaus zu gehen – eine nützliche Abkürzung vielleicht, wenn Mitarbeiter der Pressestelle bei Pullendorfs oder Brendels Abteilung Dringendes zu erledigen hatten. Gundelach aber hatte es ausnahmsweise nicht eilig. Den Faltenwurf des Waldes, in den er gerade erst begonnen hatte sich einzuhüllen, wollte er nicht schon wieder loslassen. Also lief er geradeaus weiter, einer kaum mehr wahrnehmbaren Spur folgend, in sachter Neigung den Hang hinab; Zweige und Rankenwerk niedertretend, um nicht stecken zu bleiben. Die Helligkeit des Tages verlor sich. Obwohl er wußte, daß er sich auf einem umzäunten Flecken Erde am Rand eines übervölkerten Menschenkessels befand, fühlte er sich wie ausgesetzt.

Undeutliche Erinnerungen an seine Kindheit befielen ihn. War er nicht zwischen Wäldern aufgewachsen? Hätte ihm nicht das dunkle, wirre Geflecht vertraut sein müssen, statt ihn zu ängstigen? Er stand still und starrte zu Boden. Die schwarzen Tannengründe des Harzes ... Aus tiefen, menschenleeren Tälern himmelwärts aufsteigende Berge. Abhänge voll Blaubeergesträuch, die wir mit großen Körben abernteten, trockenes Reisig, das die Erwachsenen zusammenbanden. Die Not des Krieges war noch nicht verwunden. Was wußte ich davon? Nichts. Wir gingen in die Wälder, weil sie ein Teil von uns waren. Ihre Gaben, ihre Geheimnisse, ihre Tücken und Sagen. Das Dröhnen der Hirsche im Herbst, das leise Pochen und Klopfen im Berginnern, wenn man das Ohr auf den Boden preßte. Es kam aus verlassenen Gruben und Stollen, die Silber bargen. Der Kampf zwischen Menschen- und Zwergengeschlecht war noch nicht entschieden, der dunkle Geist der Berge allgegenwärtig. Am Hübichenstein herrschte der Zwergenkönig, zum Tanzplatz am Brocken ritten die Hexen, nicht nur in der Walpurgisnacht. Da aber, wenn die Feuer brannten und die Burschen und Mädchen mit wildem Sprung über die Flammen ihren Mut bewiesen, war die Luft erfüllt von Kreischen und Kichern, vom Sausen des Sturms, der den Berg umtoste. Die Moore lockten den Wanderer mit wehmütigen Seufzern und gaukelnden Lichtern ins Verderben. Die Wälder besaßen Magie und Macht; sie zogen an und machten grausen ...

Warum beschäftigte ihn das jetzt? Er konnte sich keinen Reim darauf machen. An seine Kindheit hatte er lange nicht mehr zurückgedacht. Immer war es sein Bestreben gewesen, schnell voranzukommen. Was war, blieb zurück; Gegenwärtiges taugte nur als Zwischenstufe. Doch plötzlich war er eingekreist von Vergangenem.

Der Park bekam ihm nicht. Gut, es wurde Sommer, er hatte es gesehen und gespürt. Das genügte. Es würde noch viele Sommer geben. Gundelach wandte sich um.

Wie aus dem Boden gewachsen, stand Fräulein Blank vor ihm. Kein Rascheln hatte sie angekündigt. Hatte sie ihn beobachtet, als er versunken innehielt?

Guten Tag, sagte Gundelach ungehalten.

Sie versperrte den Weg und rührte sich nicht.

Was soll das? fragte er, immer noch ärgerlich. Die Mittagspause geht zu Ende.

Sie trat einen Schritt zur Seite.

Rennen Sie doch nicht gleich wieder weg. Ich tu Ihnen schon nichts.

Nun mußte er natürlich bleiben. Trotzig steckte er die Hände in die Taschen.

Daß Sie sich mal Zeit nehmen für einen Spaziergang! Ist Ihnen die Arbeit ausgegangen?

Das sollte wohl, wie gewöhnlich, scharfzüngig klingen. Aber dann kam es doch unvermutet weich, fast mitfühlend über ihre Lippen.

Nein, sagte Gundelach. Ich wollte nur den Park etwas erkunden, das ist alles.

Gefällt er Ihnen?

Doch, ja. Er ist – beeindruckend.

Immer noch standen sie sich gegenüber und suchten ihre Verlegenheit zu verbergen. Die Stille ringsum war so groß, daß die Worte, obwohl zögernd und leise gesprochen, wie unter einer Kuppel nachhallten.

Auf der Bluse der jungen Frau lagen weiße, zitternde Sonnenflecken.

Beeindruckend? Na, so kann man es vielleicht auch nennen. Ich finde, der Park ist das einzig Schöne an Monrepos. Besonders hier, wo er nicht dauernd zurechtgestutzt wird.

Gundelach gab sich einen Ruck. Sie konnten nicht ewig wie angewurzelt dastehen; es wurde langsam lächerlich.

Drehen wir eine Runde, schlug er vor. Bestimmen Sie die Richtung, Sie kennen sich hier besser aus als ich.

Heike Blank lächelte. In der Baracke, in Gegenwart anderer, hätte sie wahrscheinlich etwas über Männer zu lästern gewußt, die sich in Kleinigkeiten großzügig geben. Jetzt deutete sie nur nach vorn und sagte: Gut. Dann dort entlang.

Sie ging voran, trat niederes Buschwerk zu Boden, drückte Zweige beiseite und achtete darauf, daß sie nicht auf Gundelach zurückschlugen. Zuweilen berührten sich ihre Hände.

Waren Sie schon einmal beim Teich? fragte sie, über die Schulter gewandt.

Meinen Sie den Springbrunnen?

Nein, natürlich nicht. Der ist langweilig. Den wilden meine ich, mit Fröschen und Seerosen.

Kenn ich nicht, sagte Gundelach. Ich wußte nicht, daß es auf Monrepos auch Wildes gibt.

Sie lachte und blieb unvermittelt stehen, so daß er mit ihr zusammenstieß.

Auch das werden Sie noch lernen, sagte sie. Sie sind doch lernbegierig, oder? Selbst bei uns besteht die Welt nicht nur aus Akten und Ministerialräten.

Der Wald öffnete sich. Sie konnten nebeneinander gehen. Birken und vereinzelte Lärchen lösten die dunklen Kiefern ab. Der Park leuchtete in hellstem Grün. Hohes Gras umspielte die Knie.

Dann war es Gundelach, der überrascht stehen blieb. Hinter einer Gruppe weißschimmernder Birken erhob sich ein zierlicher Tempel. Die schlanken Säulen waren nicht breiter als die Stämme ringsum, und auch die Farbe des Steins, gelblichweiß mit einer feinen, bräunlichen Äderung, schien der umgebenden Natur angepaßt. Die Kapitelle entfalteten sich wie Blätter; ihre gebogenen Spitzen zeigten trotz leichter Verwitterung zart gemeißelte Rispen. Sie hatten kein Dach zu tragen, nur einen einfachen Kranz, der nach einer Seite hin offenstand.

Direkt gegenüber lag der Teich.

Eine steinerne Bank verband das Halbrund der Säulen. Dort konnte man, aufs Wasser schauend, von Arkadien oder anderem träumen; das, offenbar, war der Sinn der Anlage.

Wir nennen ihn den Liebestempel! sagte Fräulein Blank unbefangen. Wer hier angetroffen wird, kommt ins Gerede.

Haben Sie mich deswegen hergeführt? Damit wir ins Gerede kommen?

Sie setzte sich auf die Bank und zog die Beine an.

Ach, bei Ihnen läßt sich das schwer vorstellen. Sie sind so furchtbar brav und fleißig. Da reicht die Fantasie kaum aus, um in Ihnen etwas anderes als einen Beamten zu sehen.

Jetzt streckte sie die Beine auf der Bank aus und badete das Gesicht in der Sonne.

Wissen Sie, wie man Sie nennt? Das Primusle. So heißen Sie. Wie finden Sie das?

Sie lachte glucksend, die Augen geschlossen.

Ziemlich doof! Soll ich vielleicht den ganzen Tag auf der faulen Haut liegen oder mit Sekretärinnen flirten?

Und schon ist er beleidigt! rief sie vergnügt. Aber Sie müssen doch zugeben, daß Sie sich wie ein Maulwurf in Ihrem Zimmer vergraben und den lieben langen Tag von nichts anderem als von Politik reden. Sogar Ihren Einstand haben Sie versäumt, obwohl wir den Tag dafür extra festgelegt hatten. Aber nichts war's – der Herr hatte wie üblich zu arbeiten.

Der Einstand! Gundelach hatte ihn vollkommen vergessen. Am Tag nach der Kreisbereisung wäre er fällig gewesen, Niemand hatte ihn daran erinnert. Das kränkte ihn fast mehr als der Spitzname, von dem er jetzt erfuhr.

Ich hab's einfach verschwitzt, sagte er kleinlaut. Es geschah ohne Absicht. Meinen Sie, das läßt sich noch nachholen?

Heike Blank blinzelte ihn belustigt und mitleidig an.

Sicher läßt sich das nachholen, sagte sie. Man soll die Hoffnung nie aufgeben. Immerhin gehen Sie ja schon mit mir im Park spazieren, wo Sie doch längst wieder am Schreibtisch sitzen und Lobeshymnen auf Breisinger dichten sollten.

Am liebsten hätte er sie an den Schultern gepackt und durchgeschüttelt. Aber er traute sich nicht. Hier, in dieser üppig überwucherten, fast lasziv anmutenden Abgeschiedenheit hatte er nichts zu melden.

So setzte er sich endlich neben sie und fragte mißmutig:

Warum nur spotten Sie immer über mich?

Heike Blank ließ sich mit der Antwort Zeit. Die Sonne schien ihr wichtiger. Doch als Gundelach gerade die Frage voll Schärfe wiederholen wollte, schwang sie plötzlich mit den Beinen herüber, blickte ihn kurz und prüfend an, nahm sein verdutztes Gesicht in die Hände und sagte eindringlich: Warum? Wahrscheinlich, weil ich der einzige Mensch hier bin, der Sie ernst nimmt!

Dann gab sie ihm einen Kuß auf die Nasenspitze, einen gerade eben so hingehauchten, versetzte ihm einen Stoß gegen die Brust und lief davon. Ehe sie ins Dickicht des Waldes eintauchte, drehte sie sich noch einmal um, winkte, lachte und verschwand.

Was war ihm geschehen? Bernhard Gundelach schüttelte ungläubig den Kopf. Befühlte die Nasenspitze. Starrte auf den leeren Platz an seiner Seite.

Endlich stand er auf, ging zum Teich und tat so, als begutachtete er die Seerosen, den Hahnenfuß, die Entengrütze und das unmerklich zitternde Schilfgras.

In Wahrheit sah er von alldem nichts.

Auch die Frösche hielten ihn für harmlos und schwammen weiter ihre trägen Kreise.

Das Fest

Gewöhnlich wurde der Raum von denen genutzt, die den Pressespiegel erstellten. Man brauchte Platz, um Zeitungen auszubreiten, Artikel auszuschneiden und sie auf Kopierpapier zu kleben. Nebenher wurde auf einer klapprigen Schreibmaschine die rundfunkpolitische Übersicht getippt. Alles mußte schnell gehen, Breisinger und Bertsch warteten schon. Referent und Sekretärin taten gut daran, frühmorgens einen Sicherheitskordon zwischen sich zu legen, unausgeschlafener Übellaunigkeiten wegen. Auch dafür war der Raum groß genug.

Die Tür zum Nebenzimmer stand immer offen. Dort befand sich der Fernschreiber. Ihn mußte im Auge behalten, wer Bereitschaftsdienst hatte. In bewegten Zeiten wie diesen waren Eilmeldungen der Deutschen Presseagentur keine Seltenheit. Terroristische Anschläge, prominente Tote, Rücktritte von Politikern waren die häufigsten Anlässe für das dreifach repetierte Unwort der Nachrichtenagentur: *eil! eil! eil!*

Meist löste es hektische Aktivitäten aus, wie das Heulen einer Sirene in der Feuerwehrzentrale. Die Meinhof hatte sich erhängt. *eil! eil! eil!* Obduktionsbefunde, Anschuldigungen, Verdächtigungen, Warnungen des Bundeskriminalamts vor Racheakten, höchste Sicherheitsstufe. Die Nachrichtenstränge der Pressestelle traten hervor wie Venen unter gespannter Haut. Martin Heidegger starb. Auch das war *eil*würdig, führte freilich zu anderen Konsequenzen. Breisingers tiefgründiger Nachruf trug deutlich die Handschrift des Hausphilosophen Dankwart Weis. Heideggers schönes Bekenntnis, ›daß alles Wesentliche und Große nur daraus entstanden ist, daß der Mensch eine Heimat hatte und in einer Überlieferung verwurzelt war‹, paßte ins Konzept. Terroristen haben keine Heimat. Jürgen Bartsch, der Kindsmörder, hatte auch keine. Sein Tod, obzwar *eil!*, löste nichts aus. Allenfalls klammheimliches Aufatmen. Es gibt gute und und es gibt schlechte Tode. Die Wertung oblag anderen, Höhergestellten. Anfänger wie Gundelach hatten genug damit zu tun, die Frist zur Ablieferung des Pressespiegels einzuhalten und den Ticker zu überwachen.

Jetzt aber war der Raum aller Hektik entkleidet. Auf den Tischen lagen nicht Zeitungsstapel, sondern buntbedruckte Papierbahnen. Große Körbe voller Brezeln, Literflaschen samtroten Trollingerweins, Kerzen, deren Flakkern das Licht des ausgehenden Tages zu überstrahlen begann: Bernhard Gundelach feierte, endlich, seinen Einstand.

Und es kamen mehr Gäste, als er zu hoffen gewagt hatte. Schon bald wurde der Platz zu eng, man mußte Stühle auch in den Fernschreibraum und sogar in den Flur hinaustragen. Der Stimmung tat das keinen Abbruch. Es ging laut und ungeniert zu, alles redete durcheinander, und Gundelach lief erhitzten Gesichts durch die Reihen. Das Rattern des Tickers mischte sich in die Lärmkulisse. Dr. Weis erläuterte mit wässrigen Augen die Vorzüge der Botticellischen Venus vor allen anderen Venusdarstellungen der Kunstgeschichte. Seine Ausführungen waren hocherotisch und dennoch zu fein gesponnen für das fröhliche Getöse, das Gundelach mit dem glücklichen Lachen dessen, der sich nun endgültig in die Monreposgemeinschaft aufgenommen wußte, verstärkte.

Abends gegen neun Uhr betraten Günter Bertsch und Wolf Müller-Prellwitz die Baracke. Das war eine echte Sensation. Kaum jemand hatte damit gerechnet, daß sich die mächtigsten Abteilungsleiter des Hauses herablassen würden, der Einladung eines Assessors zu folgen. Gundelach warf vor Aufregung ein Glas um, der Rotwein ergoß sich auf Bertrams Hose. Bertram rief freundlich: Alte Sau! und forderte die neben ihm sitzende Anita Strelitz auf, ihm den Fleck am Körper auszuwaschen. Als Antwort erhielt er eine mittlere Ohrfeige, und Müller-Prellwitz konstatierte: Eine schlagkräftige Truppe hast du, Günter!

Die Abteilungsleiter bestimmten fortan die Richtung der Unterhaltung. Nur kurz verweilten sie noch bei Dienstlichem; dann ließen sie sich anstekken vom heiteren Sinn, den sie vorgefunden hatten. Ja, je länger sie im Kreise der Mitarbeiter beisammensaßen, die Krawatten gelockert und die Anzugjacken achtlos über die Stuhllehne geworfen, um so größer wurde offensichtlich ihr Verlangen, selbst den Takt anzugeben. Immer häufiger streuten sie Anekdoten ein, die sie an Breisingers Seite erlebt hatten; immer öfter zerbarsten Lachsalven als Dank für gelungene Pointen.

Genaubesehen, waren es ziemlich respektlose Geschichten. Fast immer zog Breisinger dabei den kürzeren. Wenn der Apparat, über den zu verfügen er gewohnt war, nicht funktionierte oder sich verselbständigte, war Breisinger ein armer Mann. Er zeigte menschliche Blößen, man sah des Kaisers neue Kleider. Das Gefälle zwischen oben und unten wurde eingeebnet, im Lachen schwand die Distanz.

Gundelach verfolgte die Wendung, die sein Fest nahm, zunächst mit einiger Beklommenheit. War soviel Freimut statthaft? Gab es nicht irgendwo Schranken, Schranken des Amtes und seiner Würde? Durfte Breisinger, der auch in diesem Raum plakatstolz herniederlächelte, von seiner eigenen Umgebung als Landes-Übervater suspendiert werden? Er durfte.

Mehr noch: Im Sinne einer ausbalancierenden Gerechtigkeit zwischen der einen, stets im Vordergrund stehenden Gestalt und den vielen, die ihr das solitäre Dasein ermöglichen, muß solches von Zeit zu Zeit geschehen. Es ist ein Akt innerdemokratischer Hygiene, der Platz schafft für neue Loyalität. Doch das begriff Gundelach erst viel später.

Vorerst genügte es ihm, daß Bertsch und Müller-Prellwitz, trink- und fabulierdurstig, sich mancher Streiche erinnerten und sie zum besten gaben ... Auf seinem Fest! Welche Auszeichnung! Und so schenkte er ihnen wieder und wieder nach, rauschhaft befeuert, und hoffte, daß der beseligende Übermut einer Sommernacht, die mit betörenden Düften durch geöffnete Fenster hereinwehte, so bald nicht enden werde.

Müller-Prellwitz vor allem tat ihm den Gefallen.

Erinnerst du dich noch an die Reise nach Jugoslawien, Günter? Als zu Hause die Demonstrationen tobten? Los, erzähl! Na gut, dann mach's ich. Also, wir waren zu Besuch in Belgrad, bei Tito. Breisinger voller Unruhe, es war die Zeit der Studentenkrawalle. Gundelach, hör gut zu, du Schlawiner. Jeden Morgen wollte der Alte Berichte haben über die Lage in der Heimat. Es gab aber keine, denn die telefonische Verbindung nach Deutschland war eine einzige Katastrophe, und wir hatten keine Lust, uns die Finger wund zu wählen. So beschränkten wir uns darauf, morgens das Kofferradio abzuhören, das Günter mitgenommen hatte. Wenn man es aufs Fensterbrett des Hotelzimmers stellte, bekam man einen Kurzwellensender rein – leider einen hessischen. Da wurde dann mal von einer kleinen Demonstration in Weinheim berichtet, eine völlig unbedeutende, lokale Sache. Wir zu Breisinger: Herr Ministerpräsident, in Weinheim braut sich etwas zusammen. Demonstrationen, Unruhen, die Lage ist unübersichtlich. Der Chef: So, in Weinheim? Geht das jetzt schon in den kleinen Städten los? Bertsch, halten Sie mich auf dem laufenden! Das taten wir, weiß Gott. Jeden Morgen hielten wir im Hotel eine Weinheimer Krisensitzung ab. Der Ort war in Aufruhr, Breisinger auch. Erst am vorletzten Tag gaben wir Entwarnung: alles wieder unter Kontrolle! Breisinger war erleichtert und voll des Lobes über unsere Informationspolitik. – Nur, daß weder der Kultus- noch der Innenminister nach seiner Rückkehr etwas mit der Frage anfangen konnten, ob es neue Erkenntnisse über Weinheim gäbe, hat ihn doch sehr verwundert. Da sehen Sie mal wieder, hat er zu uns gesagt, was das für Schlafmützen sind!

Ach ja, seufzte Bertsch wehmütig, Jugoslawien! Du hast im Hotel so großzügig mit Trinkgeld um dich geworfen und so oft Champagner bestellt, daß die Kellner dich für den großen Zampano gehalten und jedesmal die

Tür vor dir aufgerissen haben. Um Breisinger hat sich kein Mensch mehr gekümmert, was ihn in seiner Meinung, daß alle Sozialisten schlechte Manieren haben, natürlich sehr bestärkt hat ...

Wo der Chef recht hat, hat er recht, lachte Müller-Prellwitz. Aber mit dem Personal ist es schon ein Kreuz! Kennt ihr die Geschichte vom Staatsbesuch in Neu Dehli? Nein? Da ging so ziemlich alles schief, von Anfang an. Das Flugzeug hatte Verspätung, der erste Empfang war gleich nach der Ankunft geplant, und weit und breit kein Mensch von der Deutschen Botschaft, der uns abgeholt hätte. Vor der Passkontrolle eine riesige Schlange von Wartenden, unsere Delegation, ein Haufen Unternehmer darunter, vom langen Flug knatschig und nervös. Der PR schnappt sich einen Zöllner - ein ganz kleiner war es, er reichte Breisinger kaum über den Bauchnabel - und erklärt ihm, daß wir eine offizielle Delegation aus Deutschland wären und bitteschön ohne weitere Formalitäten durchgelassen werden wollten. Der Inder strahlt: All Germans are good friends! Aber es fällt ihm im Traum nicht ein, uns durchzulassen. So sehr ihn unser Mann auch zu beschwatzen versucht - er antwortet stereotyp: All germans are good friends - but you have to wait there! und deutet aufs Ende der Warteschlange. Da reißt Breisinger der Geduldsfaden - schließlich steht auch seine Autorität auf dem Spiel -, er baut sich vor dem Zwerg auf und donnert im besten Sonntagsenglisch: Listen, my dear, I - am - a - very important person!! Ich hör's noch wie heut. - Was macht der Zöllner? Er steht stramm, salutiert und sagt: Yes, Sir, indeed, Sir. But you have to wait there, Sir!

Breisingers Persönlicher Referent Gärtner rief in den Jubel hinein: Ich lege Wert auf die Feststellung, daß ich damals nicht PR gewesen bin! Und, kühn geworden, schob er nach: Aber was mir der Spitzer, unser Cheffahrer, neulich erzählt hat, das schlägt dem Faß wirklich den Boden aus! Vor Jahren setzte sich der Chef mal an einem Wochenende selbst ans Steuer seines VW, um mit der Familie einen Ausflug ins Grüne zu machen. Nach zwei Stunden hatte er sich so granatenmäßig verfahren, daß er nicht mehr aus noch ein wußte. Doch wozu hat man schließlich sein Personal? Breisinger steuerte also das nächste Dorf an, hielt vor einer Telefonzelle, wählte Spitzers Privatnummer und sagte würdevoll: Herr Spitzer, ich stehe hier an einer Telefonzelle und kenne mich nicht recht aus. Bitte holen Sie mich ab ... Sprach's und legte auf! Könnt ihr euch vorstellen, wie lange der gewartet hat?

So ging es fort und fort ... Der Schein der Kerzen beglänzte gerötete Gesichter. Schwarz stand der Park vor den Fenstern der Baracke, die wie ein lustiges Narrenschifflein auf den Wogen der Dunkelheit tanzte.

Singen! Jetzt wollte man singen. Bertsch bedauerte, seine Gitarre nicht dabei zu haben. Er war, außer Gundelach wußten es alle, ein guter Spieler. Aber auch ein textsicherer Sänger mit einer klaren, leicht metallischen Stimme. Ein ums andere Lied intonierte er, Müller-Prellwitz fiel kratzig-baritonal ein, die anderen summten und brummten begeistert mit. Wenn wir erklimmen schwindelnde Höhen ... Jenseits des Tales standen ihre Zelte ... Wir lagen vor Madagaskar ... Zurufe, immer neue Vorschläge. Gundelach mußte passen, er kannte keins der Fahrtenlieder; irgend etwas mußte er in seiner Jugend versäumt haben. Bertram schmetterte, einen halben Ton zu tief: Frag doch das Meer, ob es Liiieeebe kann scheiden! und beugte sich so weit über Anita Strelitz, daß beide von den Stühlen fielen. Getümmel, Geschrei. Gundelach sah Heike Blank an, zum ersten Mal an diesem Abend wagte er es. Sie starrte auf die am Boden Liegenden, ein leichtes Zittern durchlief ihren Körper, als wäre eine Saite in ihr in Schwingungen versetzt worden. Als sie sich abwandte, trafen sich ihre Blicke. Und wieder konnte Gundelach den forschend auf ihn gerichteten Augen nicht standhalten; bis in sein Innerstes bohrten sie sich.

Einzelne standen auf und gingen, ob nach Hause oder in den Park, wer fragte danach. Dr. Weis wankte zum Klo und prallte gegen einen Türpfosten. Wie einen Mehlsack schleppte man ihn in sein Zimmer und legte ihn auf die Holzdielen. Den mächtigen, vor Übelkeit wächsern verfärbten Schädel zur Seite gedreht, stammelte er *mihi est propositum in taberna mori*, schlief ein und schnarchte. Müller-Prellwitz aber, der so lange für Ausgelassenheit gesorgt hatte, befand sich plötzlich in einem Zustand kalter, nüchterner Aggressivität. Gundelach, durch den Sturz abgelenkt, fragte sich, was den elementaren Zorn des Leiters der Grundsatzabteilung herausgefordert haben mochte. Flüsternd erkundigte er sich bei Schieborn.

Ach, sagte der Regierungsrat, es geht um die Fraktion. Specht hat offenbar den Finanzminister aufs Kreuz gelegt.

Wieso das?

Er hat ein paar hundert Millionen stiller Reserven im Haushaltsentwurf entdeckt. Sozusagen unter der Matratze. Breisinger wollte damit im Wahljahr die Neuverschuldung drücken. Aber nun macht ihm die Fraktion einen Strich durch die Rechnung. Sie will verschiedene Förderprogramme aufstocken und wird das natürlich als ihren Erfolg verkaufen.

Dieser Inspektor! donnerte Müller-Prellwitz und hieb mit der flachen Hand auf den Tisch, daß die Gläser klirrten. Was bildet er sich eigentlich ein?!

Wen meint er denn jetzt wieder? Gundelach wagte kaum zu atmen. Der Schreck über die unvermutete Wendung seines Festes saß ihm in den Knochen.

Den Specht natürlich, Mann, murmelte Schieborn. Der hat doch mal als Verwaltungsinspektor auf dem Rathaus angefangen. Wußten Sie das nicht?

Nein. Ich dachte, er sei Jurist.

Quatsch. Specht ist kein Akademiker. Aber clever für zwei, das können Sie mir glauben. Und in Haushaltsfragen kennen sich die Leute vom gehobenen Verwaltungsdienst verdammt gut aus. Das haben sie von der Pike auf gelernt.

Und der Finanzminister?

Der dreht fast durch, weil er sich vorgeführt und blamiert fühlt. Vor allem aber wirft er der Staatskanzlei vor, daß sie den Coup hätte verhindern müssen. Schließlich sind wir für die Koordination von Regierung und Fraktion zuständig. Müller-Prellwitz, um genau zu sein.

Ach so, raunte Gundelach. Darum betrachtet er das als persönliche Niederlage.

Sie merken auch alles, Sie Schlauberger, kicherte Schieborn.

Es war vorüber. Die Tische übersät mit Weinlachen und Bierpfützen, auf dem Boden zerknüllte Servietten und Scherben umgeworfener Gläser. In der Ecke ein zerborstener Stuhl. Pelzige Nachtfalter taumelten im Schein der letzten heruntergebrannten Kerzenstümpfe.

Gundelach hatte mehrere Taxen bestellt. Sie waren durchs untere Tor gekommen, mit suchenden Lichtkegeln die Serpentine heraufgefahren und auf halbem Weg von den wartenden, vor Müdigkeit fröstelnden Gästen angehalten worden. Als erstes hatte man Dr. Weis verfrachtet und dem Fahrer die Adresse seiner Wohnung zugerufen. Der Fahrer wollte das Geld sofort. Gundelach gab es ihm. Dann kamen Müller-Prellwitz und Bertsch an die Reihe. Die Ernüchterung im kühlen Nachtwind sorgte dafür, daß der Sinn für Ordnung und Hierarchie schnell zurückkehrte.

Nur Betram brummte: Frauen, Besoffene und höhere Beamte zuerst in die Rettungsboote ... Aber er tat es leise und erwartete keine Antwort.

Müller-Prellwitz hatte sich wieder beruhigt. Freundlich dankte er Gundelach für die Einladung und klopfte ihm zum Abschied auf die Schulter.

Zur Feier Ihrer nächsten Beförderung komme ich wieder! sagte er.

Gundelach bedankte sich; aber es gelang ihm nicht, Müller-Prellwitz ohne Scheu anzusehen. In der Erinnerung stieß der Kopf des ›kleinen MP‹ wie ein Habicht auf seine Beute herunter. Der hätte Specht, wenn er gekonnt hätte, zerhackt.

Günter Bertsch verabschiedete sich förmlich. Mit distanziertem Händedruck sagte er: Also, bis morgen. Gundelach wußte, was das heißen sollte. Laß es dir nicht einfallen, irgendwelche falschen Schlüsse aus meiner lockeren Stimmung heute nacht zu ziehen! Morgen ist oben wieder oben und unten ist unten.

Er nahm sich vor, seinem Abteilungsleiter in den nächsten Tagen aus dem Wege zu gehen.

Die Autoscheinwerfer erfaßten Schloß Monrepos. Die großen grauen Quader des Sockels wurden in fahle Helligkeit getaucht. Als sich die Fahrzeuge in Bewegung setzten, um oben vor dem Portal zu wenden, glitten ihre Lichtstrahlen wie gespreizte Finger einer Riesenhand übers Mauerwerk. Gitterartig traten die Fugen hervor. Die Fenster waren schwarz und tot. Monrepos glich einer verlassenen Festung.

Nachdem alle Gäste versorgt waren, kehrte Gundelach zur Baracke zurück. Er wollte aufräumen, wenigstens notdürftig; es sollte kein Gerede beim Hausdienst geben. Doch schob er diesen Grund nur vor. In Wahrheit hatte ihm Monrepos, wie es koloßhaft und bar jeden Lebens dalag, Angst gemacht. Eine ungeheure Fremdheit ging von dem Steingebirge aus, auf dem die wandernden Lichtpunkte wie Rufsignale auf der Suche nach Lebenszeichen herumgeirrt und ohne Antwort geblieben waren. Gundelach fühlte sich schlimmer ausgeschlossen als bei seinem ersten Rundgang mit Andreas Kurz.

Vielleicht lag es auch an den Erzählungen, die er gehört hatte. So sehr man über sie lachen konnte – sie zeigten doch, daß im Schloß nur etwas galt, wer eine mit Breisinger verknüpfte Biographie besaß. Gundelach hatte keine. Er würde noch für lange Zeit nicht dazugehören. Darum war es besser, sich wenigstens der Baracke zu vergewissern. Auf ihr lag die Kälte der Macht nicht.

Er stolperte über eine Wurzel, spürte taufeuchtes Gras an den Händen und dachte: Vielleicht bin ich auch nur betrunken.

Die Baracke leuchtete ihm entgegen. Als er eintrat, hörte er klappernde Gerausche. Heike Blank stand in der Damentoilette und spülte Geschirr.

Aber – das geht doch nicht! sagte er. Das ist meine Aufgabe.

Lassen Sie sich's nicht einfallen, hier reinzukommen, antwortete sie ohne aufzuschauen. Wenn Sie helfen wollen, dann holen Sie sich einen Lappen und wischen die Tische sauber. Auch die Scherben können Sie zusammenfegen und die Stühle in die Zimmer zurücktragen. Es gibt genug zu tun.

Sie arbeiteten fast eine Stunde lang. Ihre Unterhaltung erfolgte über den Flur hinweg, unterbrochen vom Lärm, den Gundelachs Aufräumaktion verursachte. Das sparrige Holz der Baracke schrummte und brummte wie ein klobiger Resonanzkörper. Einmal kam ein Polizist auf Patrouillengang vorbei, streckte grüßend den Kopf herein und sagte:

Heut ischts wiedr hoch herganga, wie?

Ja, sagte Gundelach.

Nein, sagte Heike Blank.

Sie lachten sich aus der Entfernung zu.

Fast gleichzeitig wurden sie fertig. Auf dem Gang, vor der Eingangstür, standen sie sich gegenüber.

Gehen wir noch etwas durch den Park? fragte Heike Blank zögernd.

Ja, sagte Bernhard Gundelach. Gehen wir.

Und hatte erstmals keine Mühe, ihren Blick zu erwidern.

Zweites Kapitel

Härtere Zeiten

Sehr geehrter Herr Bamminger,

anbei übersende ich Ihnen wiederum drei Leserbriefe, die Sie bitte von jeweils verschiedenen Parteimitgliedern unterschreiben lassen wollen. Die Zuschriften befassen sich mit Kommentaren zum Kernkraftwerk Weihl, zur Veranstaltung mit dem Ministerpräsidenten in Kiefersbergen und zur Bundestagswahl am 3. Oktober. Sie sind, wie immer, auf unterschiedlichen Schreibmaschinen geschrieben. Achten Sie bitte darauf, daß die Absender die Redaktionsanschrift handschriftlich auf den Briefumschlag setzen. Wir haben Hinweise darauf, daß die Zeitung verstärkt nach ›getürkten‹ Leserbriefen fahndet. Deshalb wäre es auch gut, wenn Sie für die Aktion Personen gewinnen könnten, deren Parteimitgliedschaft nicht öffentlich bekannt ist und die als Leserbriefschreiber noch nicht oft in Erscheinung getreten sind.

Mit freundlichen Grüßen
Bernhard Gundelach

Der Assessor las den Brief nochmals durch, unterzeichnete ihn und steckte die Korrespondenz mit dem CDU-Kreisgeschäftsführer Walter Bamminger in einen Umschlag ohne Absender.

Es war ein rechtes Kreuz, aber was wollte man machen? Offensichtlich gab es in der Partei wenige, die den Antrieb verspürten, zu kritischen Presseartikeln so Stellung zu beziehen, wie Breisinger sich das wünschte; oder die Fähigkeit besaßen, das Richtige zu denken und es dann auch noch richtig zu schreiben. Der schriftstellerische Eros schien beim christdemokratischen Fußvolk nicht eben weit verbreitet. Sogar wie sie sich über linke Meinungsmache aufzuregen hatten, mußte manchen Ortsverbänden vorexerziert werden. Von selbst kam da nichts.

Auf der anderen Seite eignete der Serienproduktion von Leserbriefen durchaus ein stilbildendes Moment, denn jeder Brief mußte ja seinen eigenen Duktus aufweisen. Viele Redaktionen waren mißtrauisch geworden und versuchten, bestellte Unmutsäußerungen herauszufiltern. Auffällige Parallelitäten bei der Wortwahl und identische Argumentationsmuster hieß es also zu vermeiden. Kein ganz einfaches Geschäft, wenn wieder und wieder die Schuldenpolitik der Bonner Sozialisten gegeißelt, der Ausverkauf deutscher Interessen durch die neue Ostpolitik beschworen und die unverzichtbare Kernenergie besungen werden sollte!

Die es gekonnt hätten, die Berufsschreiber, standen leider in der Mehrheit links und indoktrinierten die Leser mit politischen Auffassungen, die man sich auf Monrepos nicht einmal zugeflüstert hätte. Mit am schlimmsten trieb es ausgerechnet jene Postille, die in Breisingers Wahlkreis ein Meinungsmonopol besaß. Statt froh und dankbar zu sein, daß ein großer Sohn der Stadt so hoch hinaufgeklettert war, mäkelte die kleinkarierte Journaille an allem und jedem herum. Da konnte Bertsch noch so viele Briefe an den Chefredakteur schreiben und Breisinger dem Verleger noch so oft sein Mißfallen bekunden – es half nichts. Das Blatt verfügte über ein basisdemokratisches Redaktionsstatut, bei streitigen Fragen entschied die Mehrheit der Schreiberlinge, und die kannte kein Pardon.

Doch Breisinger war nicht gewillt, sich linken Kadern widerspruchslos zu beugen. Immer wieder strich er mit grünem Stift an, was ihm die Morgenlektüre vergällte, beorderte Bertsch zu sich und gab Auftrag, der Ausgewogenheit freier Meinungsbildung nachzuhelfen.

So kam Gundelach zu der Ehre, Volkes Stimme zu verstärken, wo sie sich etwas undeutlich artikulierte, und er tat es mit wachsendem psychologischem Interesse. Die politische Linie kannte er inzwischen ausreichend. Zu jedem Thema gab es genügend Pressemitteilungen. Doch darin bestand ja gerade die handwerkliche Kunst: den Inhalt einer offiziellen Verlautbarung sprachlich so zu verfremden, daß sie wie ein unschuldiges, subjektives Bürgervotum wirkte, welches sich zufälliger- und erfreulicherweise mit der Regierungspolitik deckte. Und hinter jeder Zuschrift mußte ein Mensch stehen, dessen persönliche Eigenart man aus den Zeilen herauszulesen vermeinte. Nur dann würden die Redaktionen keinen Argwohn schöpfen.

Er versuchte, sich in die Seelenlage derer zu versetzen, die vor Ort als Absender firmierten. Das gelang nicht leicht. Wenn Parteimitglieder ihren Namen dafür hergaben, Briefe, die sie nicht verfaßt hatten, zu Themen, die ihnen nicht wichtig genug waren, als daß sich daran ein eigenes Mitteilungsbedürfnis entzündet hätte, an eine Zeitung zu schicken, die sie trotz harscher Schelte ihrer obersten Führung weiter brav abonnierten, so stand zu vermuten, daß es sich in der Regel um biedere Zeitgenossen handelte. Jedenfalls ließen sie wohl jene Kantigkeit vermissen, von denen die vorgeblichen Leserrügen geprägt sein mußten, um Aufmerksamkeit zu erregen und Breisinger zufriedenzustellen.

Der Assessor experimentierte eine Weile; dann behalf er sich mit einer List. Er dachte sich seine Meinungsmarionetten nicht als bemühte Sonntagsschreiber, sondern gruppierte sie, sozusagen zu vorgerückter Stunde, um einen imaginären Stammtisch. Da konnten sie ihre Seele lüften, der Akademiker wie der Handwerker, der ewig Quengelnde und der Spötter, das aufrechte Landvolk neben dem pomadigen Städter.

Und siehe da: sie taten es bild- und gestenreich, je nach Temperament und Geistesgaben. Wie Bierdunst schwebte der gesunde Menschenverstand über ihren Köpfen, und saßen sie nur lange genug beieinander, so kondensierte das Gemisch am Ende sogar zu jener kostbaren Essenz, die Gundelach, der Seelenwirt, von einem zum anderen eilend, als gesundes Volksempfinden einfing, in Wort und Schrift zur vox populi gerinnen ließ und an Menschen weiterreichte, die vorgaben, eine eigene Meinung zu haben.

Diese Beschäftigung, auch wenn er sie nicht unbedingt liebte, bereitete ihm doch ein unverkennbares artistisches Vergnügen. Und daß er immer häufiger und zuletzt ausschließlich damit betraut wurde, bewies, daß sie keinem so gut gelang wie ihm. Auch Dr. Weis nicht, der bereits erste Anzeichen schriftstellerischer Eifersucht erkennen ließ.

Für Breisinger aber waren Gundelachs Traktate eine Art Gesinnungskassiber, die er in linke Redaktionszellen schmuggeln konnte. Es bereitete ihm Genugtuung, unerkannt Breschen in die Mauern feindlich gesonnener Medienbollwerke schlagen zu können, und er dankte Gundelach die kleinen Erfolge, indem er ihn des öfteren zu sich rufen oder durch Bertsch belobigen ließ.

Ja, man kämpfte jetzt mit härteren Bandagen. Die Bundestagswahl stand vor der Tür, und in Bayern war der Slogan ›Freiheit oder Sozialismus‹ geboren worden.

In Bayern? Müller-Prellwitz war der Überzeugung, seiner Grundsatzabteilung komme die Urheberschaft zu und sonst niemandem. Und in der Tat hatte die Abteilung Vier, wie sie auch genannt wurde, dem Ministerpräsidenten vor kurzem erst eine Parteirede ausgearbeitet, in der es zum Schluß hieß, Deutschland müsse sich entscheiden – zwischen Freiheit und Sozialismus.

Die Rede war auch sonst nicht von schlechten Eltern, und sie wurde in einem Ort namens Binslingen vom Stapel gelassen. Meppens, der Oppositionsführer, taufte sie flugs in ›Binshofener Rede‹ um, weil ihre Tiraden, wie er fand, nur noch mit denen eines Franz Josef Strauß beim politischen Aschermittwoch in Vilshofen vergleichbar seien. Damit weckte er freilich erst recht die Aufmerksamkeit der Medien – und das sportive Interesse der bayerischen CSU, welche sich sogleich das Manuskript erbat. Bald danach tauchte in christsozialen Rundumschlägen der Schlachtruf ›Freiheit oder Sozialismus‹ auf. Die Intellektuellen schäumten, die Presse hatte ihr Thema. Müller-Prellwitz tänzelte herum wie ein Boxer und verkündete im kategorischen Imperativ, ›Freiheit statt Sozialismus‹ heiße die Losung, mit der man aufs Schlachtfeld der nächsten Landtagswahl ziehen werde.

Breisinger zögerte zunächst und wartete die innerparteiliche Meinungsbildung ab. In der Landes-CDU war die Zustimmung groß. Der Bundesvorsitzende und Kanzlerkandidat Helmut Kohl dagegen gab sich reserviert. Man mußte schließlich auch an Deutschlands Norden denken, der politisch zarter besaitet war als der Süden. Das wiederum bestärkte Breisinger darin, die totale Konfrontation mit der Opposition zu suchen.

Er war von Kohls Qualitäten nicht sehr überzeugt.

Gundelach stellte unterdessen eine eigenartige Veränderung der Atmosphäre auf Monrepos fest. Bis in den Sommer hinein hatten sie sich mit dem beschäftigt, was der normale Gang der Landespolitik war: Novellierung des Hochschulrechts, bessere berufliche Ausbildung von Jugendlichen, denkmalpflegerische Maßnahmen für Innenstädte, ein Programm zur Verbesserung der regionalen Wirtschaftsstruktur. Die Landespolitische Abteilung spielte bei allem die erste Geige. Oft war die halbe Pressemannschaft im Einsatz, um den Bienenfleiß der Pullendorfschen Referenten zu verarbeiten.

Die Partei trat dabei kaum in Erscheinung. Jedenfalls bemerkte Gundelach nicht viel von ihr. Pullendorf legte Wert darauf, nicht der CDU anzugehören und es trotzdem weit gebracht zu haben. Seine Mitarbeiter mußten erstklassige Juristen sein. Mich interessiert nicht das Parteibuch, sondern das Staatsexamen, pflegte er zu sagen. Besonders gern betonte er das vor Angehörigen der Grundsatz- und der Presseabteilung. Er hielt sie für ›Karrierechristen‹ und behandelte sie mit kaum verhüllter Herablassung.

Doch dann gewann die Kampagne ›Freiheit oder Sozialismus‹ an Boden. Müller-Prellwitz und Bertsch beförderten sie nach Kräften. Aus ihrer Zuneigung zur CSU hatten sie nie ein Hehl gemacht. Ebensowenig verbargen sie, daß Franz Josef Strauß in ihren Augen der weitaus bessere Kanzlerkandidat der Union gewesen wäre als der Pfälzer Helmut Kohl. Die Südschiene dürfe sich nicht auseinanderdividieren lassen, lautete ihr Credo. Breisinger müsse ideologisch Flagge zeigen und als ehernes Bollwerk gegen Sozialismus und Kollektivismus auftreten, und die Konservativen innerhalb und außerhalb der Partei bei der Stange zu halten. Absolute Mehrheiten gewinnt man nur durch Kampf und Polarisierung. Punktum.

Das war die Linie, die Bertsch seinen Leuten ab Sommer 1976 vorgab, und Müller-Prellwitz verfuhr geradeso. Er schaffte es auch, den anfänglich schwankenden Breisinger zu überzeugen. Von da an änderten sich schlagartig die politischen Prioritäten. Pullendorfs Arbeit trat mehr und mehr in den Hintergrund, die Grundsatzabteilung übernahm die Kontrolle. Kaum eine Initiative verließ das Haus, die nicht zuvor den parteipolitischen Filter durchlaufen hatte.

Zu eben dieser Grundsatzabteilung gehörte ein junger, blaßgesichtiger Regierungsrat mit korrekt gescheiteltem Haar und übergroßer Hornbrille, der sich in den nun folgenden Monaten des Aufrüstens und Munitionierens rasch profilierte. Gegenüber differenzierten Sachaussagen schien er ein tiefsitzendes Mißbehagen zu verspüren, dem er als Mitglied der Redengruppe freien Lauf ließ. Das ist zu kompliziert, das versteht niemand, lautete sein Verdikt, wenn Redeentwürfe der Fachabteilungen besprochen wurden. Statt dessen empfahl er, dem Motto ›Streichen, wo möglich, draufschlagen, wo nötig‹ zu folgen.

Von Karl Büscher hieß es allgemein, er sei der Verfasser der Binslinger Rede gewesen. Er selbst schwieg dazu oder lächelte hintergründig. Doch konnte niemandem verborgen bleiben, welch bevorzugter Behandlung sich der Regierungsrat binnen kurzem erfreute. Müller-Prellwitz, den Büscher auf Schritt und Tritt begleitete, versicherte sich seines Rats ebenso wie Günter Bertsch, der ihn häufiger ins Vertrauen zu ziehen schien als die Angehörigen seines eigenen Stabes. Insbesondere Dr. Zwiesel litt darunter.

Auch Gundelach empfand diese unvermutete Wendung als schmerzlichen Einschnitt. Hatte er doch an seinem Vorgesetzten bislang nichts so sehr bewundert wie dessen Vermögen, politische Sachverhalte kühl und rational zu analysieren und mit beherrschter Argumentation andere, bis hin zum Ministerpräsidenten, zu überzeugen. Und jetzt lieh er sein Ohr einem Spund, der außer weiß und schwarz keine anderen Farben unter der Sonne zu kennen schien! Der mit einem Schwerthieb jede Position in gut und böse teilte, so daß ein Dazwischen, ein Möglicherweise bereits wie wankelmütiger Verrat an der heiligen Sache des Willens zum Sieg wirkte!

Es läßt sich nicht leugnen: Gundelach, der Novize, kannte die Gesetze des Wahlkampfs nicht. Naiv und blauäugig hielt er ihn für einen Wettstreit der Ideen. Erst langsam begriff er, daß es nicht auf Köpfe, sondern auf festgezurrte Helme ankam und derjenige den größten Vorteil besaß, der seiner Anhängerschaft frühzeitig das Zweifeln abgewöhnt hatte. Büschers Rigorismus war nichts anderes als die Mobilmachung des Wahns, im Frühjahr nächsten Jahres müsse wirklich zwischen Freiheit und Sozialismus entschieden werden. Und je höher die Wellen der Empörung in den Medien schlugen, um so sicherer konnte man sein, daß die Saat der Polarisierung aufgehen würde.

Müller-Prellwitz und Bertsch, die alten Füchse, wußten es längst. In Karl Büscher hatten sie ihren begabtesten Wadenbeißer gefunden. Gundelach dagegen betrauerte eine Weile trotzig den sinkenden Kurswert des politischen Floretts, das er glaubte, in seinen Leserbriefen trefflich geführt zu haben. Es war nicht länger gefragt. In den Reden, die man Breisinger jetzt vorlegte, triumphierte der Holzschnitt über die fein linierte Zeichnung. Details bleichten aus wie die Gobelins an den Wänden.

Eine Stimmung, die er als *antikulturell* empfand, breitete sich aus. Breisingers ohnehin nicht großes Ansehen bei den Intellektuellen im Land sank auf den Nullpunkt. Doch wurde das nicht nur in Kauf genommen, sondern geradezu als Bestätigung empfunden. Schriftsteller, Journalisten und Studenten hatten Breisinger noch nie gewählt und würden es auch künftig nicht tun. Auf die anderen kam es an.

Folgerichtig zeigte die Staatskanzlei dem renitenten Rundfunkintendanten Bosch so lange die obrigkeitlichen Marterwerkzeuge, bis er weich wurde und den aufmüpfigen Fabian doch noch nach Kapstadt schickte. Und Kultusminister Baltus mußte gegen den geschlossenen Widerstand der Fakultät Professor Mohrbrunner an eine Landesuniversität berufen.

Die Zeit der Schonung war vorbei.

Da ging auch der Assessor Gundelach in sich, dachte an seine Zukunft und trat der CDU bei.

Kurz darauf wurde er in eine Arbeitsgruppe berufen, deren Aufgabe es war, den Wahlkampf vorbereiten zu helfen.

Doppelstrategie

Nun waren es schon zwei Kränzchen, an denen er mitzuwirken hatte, und sie konnten gegensätzlicher nicht sein.

Der ›Arbeitskreis Landesjubiläum‹ war, ganz wie Gundelach es gewollt hatte, Ende Juni von Breisinger persönlich ins Leben gerufen worden, inmitten des stilvollen Ambiente der Bibliothek. Alle, an die auch nur entfernt zu denken war, hatten sie eingeladen: die Heimat-, Musik- und Sportverbände, die Jugendorganisationen, die Wirtschafsvereinigungen, die Gewerkschaften... Man kann es nachlesen bei der Beschreibung von Gundelachs erstem, beherztem Auftreten vor des Höchsten Thron und sich noch zwanzig Vereinigungen dazu denken, um einen ungefähren Eindruck von der erwartungsvollen Enge zu gewinnen, die in dem holzgetäfelten Raum mit den zierlichen Schildpattfiguren herrschte. Keiner wollte fehlen, wenn der Ministerpräsident rief. Dagegen sein könne man später immer noch.

Breisinger aber verstand es meisterhaft, einen milden, wie im Faß der Geschichte gereiften Patriotismus zu verbreiten, der selbst den stumm an einem Ecktisch lauernden Beobachtern von SPD, FDP und DGB den Atem verschlug, so daß sie, als der Ministerpräsident nach der grundsätzlichen Zustimmung zu seinem Konzept fragte, wie alle anderen auch den Arm hoben, ihn dann aber rasch, als schämten sie sich, wieder sinken ließen.

Das Land, wie Breisinger es schilderte, kannte keine Parteien mehr. In stiller Beschaulichkeit wuchs es heran, entfaltete seine Köstlichkeiten in Feld und Flur, zwischen trutzigen Stadtmauern und unter alten Dorflinden, ließ vom Fortschritt gerade soviel an sich heran, daß er den Menschen Wohlbehagen bereitete, und wartete nun darauf, das schönste aller Kleider, das Jubiläumskleid, anlegen zu dürfen. Das aber mochte, Gott bewahre, die Regierung nicht allein entscheiden! Da sollten alle mittun, mithelfen, mitfeiern! Freilich, ein bißchen Geld konnte man schon dazugeben, so daß sich festen ließ, ohne zu prunken, auch eine Geschäftsstelle einrichten, die von einem ganz ungewöhnlich engagierten jungen Mann – Stehen Sie mal auf, Herr Gundelach! – geleitet werden würde. Schon möglich, sagte Breisinger, daß eines Tages aus diesen unscheinbaren Anfängen Größeres erwachsen werde: ein alljährliches Landesfest vielleicht, ausgerichtet von allen Heimatverbänden, Ausstellungen, mit denen für die heimische Wirtschaft geworben, ein Haus der Geschichte gar, in dem der großartige Beitrag aller demokratischen Parteien zum Aufbau des Gemeinwesens dokumentiert werden könnte. Doch sei das Zukunftsmusik und das letzte Wort werde ohnehin das Parlament sprechen. Die Regierung wolle nur werben, nicht überreden, schon gar nicht diktieren...

Als der Ministerpräsident sich nach zwei Stunden empfahl, dringender Geschäfte wegen, tagten schon die Unterarbeitsgruppen, wurden Sitzungstermine bis in den Dezember hinein festgezurrt, und Gundelach hatte, assistiert von der protokollführenden Heike Blank, die zu duzen er sich hier versagte, das Heft fest in der Hand.

Eine Woche später hielt Breisinger dann in Binslingen die Freiheit-oder-Rede. Sie sorgte für lokalen Wellenschlag, der das Ufer der Landespolitik aber noch nicht erreichte; die Sommerferien nahten und lenkten die Aufmerksamkeit auf buntere Themen. Meppens fand erst nach seiner Rückkehr aus dem Urlaub einen Bericht der ›Binslinger Kreiszeitung‹ über das Ereignis vor, erbat sich von der Staatskanzlei das Manuskript und schwenkte es in der ersten Parlamentssitzung, die auf die politische Vakanz folgte, anklagend und mit der Wortschöpfung ›Binshofen‹ viel Beifall und Gelächter erntend vor einem Hohen Haus, das ausgeruht und streitlustig den näher rückenden Wahlkampf ins Visier nahm.

Assessor Gundelach durfte sich derweil in der Kunst üben, beide Seelen, die sich in Breisingers Brust so prächtig vertrugen, die landesväterliche und die ideologische, in seinem schmalen Beamtenthorax nachzuempfinden. Es war eine Seelenwanderung zwischen Neigung und Kalkül, die ihn mehr als einmal ratlos und zerrissen zurückließ. Denn Breisingers Ankündigung, das Jubiläum breit und parteiübergreifend gestalten zu wollen, mußte ja irgendwie in die stramme Unionsregie eingebunden werden, um sich in Wählerstimmen auszuzahlen. Es galt, eine friedliche Koexistenz von Feste feiern und feste Draufhauen zu finden.

Wie leicht hatte sich das, als sie im Mai in nächtlicher Barackenrunde darüber diskutierten, fordern und begründen lassen, und wie sehr hatte er – mit Scham dachte er daran zurück – den Kollegen Bauer für seine nuschelnde Bedenklichkeit verachtet! Jetzt lastete die Verantwortung auf ihm; und da er sich in sie hineingedrängt hatte, konnte er von niemandem Nachsicht erwarten.

Es war Andreas Kurz, der ihm aufs neue den Weg wies. Der locker-ironische Schloßführer seines ersten Tages auf Monrepos war gerade zum Oberamtmann befördert und gleich darauf in die Protokollabteilung versetzt worden, wo er neben anderem für die organisatorische Vorbereitung des Jubiläums-Festakts verantwortlich zeichnete. Ob es eine Hinauf- oder Hinausbeförderung aus der Grundsatzabteilung war, in der Kurz jahrelang als Sachbearbeiter tätig gewesen, ließ sich nicht mit Sicherheit sagen. Feststand, daß er für das jetzt von den Mitarbeitern der politischen Abteilungen eingeforderte Feldgeschrei – Müller-Prellwitz bezeichnete es teutonisierend als ›Gerüfte und auf die Schilde Schlagen‹ – nicht der Geeignetste war; er konnte sich zuweilen das Lachen nicht verkneifen.

Hör zu, erklärte der Oberamtmann dem Assessor beim Mittagessen in der Kantine (seit dem Einstandsfest verkehrten sie auf freundschaftlichem Fuße), du mußt es machen wie der Alte. Hinausgehen zu den Landräten und Bürgermeistern, ihnen Honig ums Maul schmieren und sie ans patriotische Portepee fassen. Du kommst von Monrepos, da nehmen sie innerlich schon Haltung an. Und dich interessiert nur, was die Herrschaften zur Jubelfeier beizutragen gedenken, sonst kümmert dich gar nichts. Von Parteien und Wahlkämpfen hast du so wenig Ahnung wie die Jungfrau vom ... du weißt schon.

Und du glaubst, das nimmt man mir ab? fragte Gundelach zweifelnd.

Dir schon, entgegnete Andreas Kurz süffisant. Im Ernst: Du mußt endlich lernen, zwischen außen und innen zu unterscheiden. Freilich, wenn du immer nur am Schreibtisch hockst, morgens Bittbriefe an SPD-Bürgermeister pinselst und mittags in der Redengruppe den Sozialistenfresser rausläßt, wirst du verrückt. Ich hab aber unsere Doppelstrategie nicht so verstanden, daß wir selbst dabei gaga werden sollen. Also: nicht du als Person teilst dich auf, sondern du ordnest deine Funktionen so, daß du zwischen ihnen bequem hin- und herpendeln und dich unterwegs notfalls noch umkleiden kannst, wie ein Vertreter, der einen weit verstreuten Kundenkreis zu betreuen hat. Lach nicht, ich meine, was ich sage.

Am Ende ist es aber doch ein und dieselbe Firma, der ich diene, wandte Gundelach ein. Und diese Firma fordert, in der einen Hand einen Prügel, in der anderen einen Blumenstrauß zu halten und mit beiden Fäusten den Umsatz zu steigern.

Unsinn! – Kurz versuchte, seiner Stimme einen energischen Klang zu geben, was ihm halb und halb gelang. – Für wen prügelst du? Für die Partei. Für wen richtest du das Jubiläum aus? Fürs Land. Ja, wenn du auf die eigene Propaganda hereinfällst und Land und Partei in eins setzt, dann stimmt dein Vergleich. Bedenklich, daß du schon nach einem halben Jahr Monrepos damit anfängst! Das Land aber sind neun Millionen Bürger, die mit Politik herzlich wenig am Hut haben. Und wenn du sie nicht entsetzlich langweilen willst, dann biete ihnen Unterhaltung, Spaß, Show und möglichst wenig politisches Geplapper!

So argumentierte Andreas Kurz. Er tat es aus Freundschaft, vielleicht auch aus Mitleid. Ob er von seiner Sophisterei im Innersten überzeugt war, behielt er für sich. Aber Bernhard Gundelach half sie, sein Tagwerk zu ordnen, ohne sich jeden Morgen des Verrats an der einen oder der anderen Sache bezichtigen zu müssen.

Er hatte seine Fähigkeit zum politischen Spagat wohl doch überschätzt. Das war tröstlich und auch wieder nicht. Schließlich wollte er trotzdem Karriere machen.

Die Reisen, zu denen ihm sein Freund geraten, packte er unverzüglich an; und wie Andreas Kurz es prophezeit hatte, empfing man ihn allerorten mit ausgesuchter Höflichkeit. Nicht nur die Presse, auch Städte- und Gemeindetag hatten die Nachricht von der konstituierenden Sitzung des ›Arbeitskreises Landesjubiläum‹ verbreitet, so daß er überall bestens annonciert war. Eigens für ihn zusammengestellte Tagesprogramme, in deren Verlauf er zu den schönsten Plätzen und größten Sehenswürdigkeiten geführt und mit Honoratioren des Orts bekanntgemacht wurde, belegten den Rang, der dem Besuch eines Abgesandten der Macht beigemessen wurde. Daß diesem noch nicht einmal der Titel Regierungsrat zustand, überging man taktvoll und in der Gewißheit, daß es sich schnell ändern werde.

Binnen kurzem war ein Netz von acht regionalen und über dreißig lokalen Heimatfesten übers Land geworfen. Jedes Schauspiel folgte einem ebenso simplen wie eingängigen Schema. Fanfarenzüge bliesen den Auftakt, ein Conferencier war für Späße, ein Minister oder Staatssekretär fürs Begrüßen zuständig, Musik- und Tanzgruppen füllten die Pausen. Würstchenbuden und fliegende Händler verwandelten den Festplatz in einen Jahrmarkt, und abends stieg ein Feuerwerk.

Um dieses Standardprogramm herum rankten sich örtlich wechselnde Aktivitäten. Hier zeigte ein Heimatmuseum, was jüngste Forschungen zutage gefördert hatten, dort richtete der Radsportverein einen ›Jubiläums-Triathlon‹ aus, an anderer Stelle traf man Vorbereitungen für Chorwettbewerbe. Nichtigkeiten in den Augen urbaner Spötter, die auch ohne landesväterliche Patronage ihren Lauf genommen hätten. Doch Gundelach bezog sie ein, etikettierte sie als landespolitisch wertvoll und adelte damit ihre Urheber zu Musterbürgern.

Er brauchte keinen großen Arbeitsstab, kein Organisationskomitee. Tausende eifriger Vereinsmitglieder wurden seine treuesten Helfer.

Dringlich benötigte man jedoch ein Erkennungszeichen. Wer mit von der Partie war, wollte und sollte es öffentlich kundtun. Gundelach setzte mehrere Werbeagenturen ins Brot und war mit dem Ergebnis unzufrieden. Statt naiver Freude verbreiteten die Entwürfe hoheitliches Pathos. Da erinnerte er sich seines zerknirschten Gesprächs mit Andreas Kurz und fand in einem Augenblick intuitiver Eingebung die Lösung: Nichts konnte sein Anliegen besser symbolisieren als ein bunter, wie von Kinderhand gepflückter

Blumenstrauß. Eine Schulklasse zeichnete ihn, Grafiker verfeinerten ihn, und dann wurde das Signet hunderttausendfach vervielfältigt, auf T-Shirts, Autoaufkleber und Luftballons gedruckt, in plakativen Übergrößen und filigranem Streichholzschachtelformat an Handel und Gewerbe verteilt, schließlich sogar als Münze und als Anstecknadel geprägt. Breisinger bekam das erste Exemplar überreicht, trug es fortan am Revers und ernannte das glitzernde Nichts zur ›Ehrennadel‹.

Während die kleinen und mittleren Städte leicht zu erobern waren, zierten sich die großen ein Weilchen. Ihr metropolitisches Selbstverständnis verbot allzu rasche Willfährigkeit gegenüber landesherrlichen Wünschen. Auch war ein Assessor zunächst nichts weiter als ein Assessor; deren hatte man selbst genug.

Gundelach war versucht, den Ministerialdirektor um Schützenhilfe zu bitten. Ohne genau zu wissen warum, befiel ihn beim Anblick Renfts immer ein schlechtes Gewissen. Als träfe er unvermutet einen alten Onkel wieder, dessen wehmütige Briefe unbeantwortet geblieben waren. Auch hätte er nicht zu sagen gewußt, was ihn trauriger stimmte: die Müdigkeit in Renfts Augen oder die altmodisch-übertriebene Korrektheit seiner Kleidung. Auf eine scheue, uneingestandene Weise liebte Gundelach seinen Amtschef, und gerne hätte er ihn ein wenig an der überbordenden Betriebsamkeit dieser Tage teilhaben lassen. Doch dann obsiegte die Vernunft: Renfts bürokratische Akuratesse kostete zuviel Zeit, er wußte es selbst. Nun denn, junger Mann, sammeln und knüpfen Sie, hatte er gesagt, immer frisch drauf los ...

So behalf sich der Assessor anders. Er eroberte die stolzen Rathäuser nicht über die breite Vordertreppe, sondern durch den Lieferanteneingang. Mit Kaufhäusern, Konzertagenturen und Sportvereinen führte er Gespräche, bot ihnen das Jubiläumssignet und sogar das Landeswappen zu Werbezwecken an, verhandelte mit Zeitungsredaktionen über Sonderausgaben, mit Fußballclubs über Bandenwerbung und erreichte, was er erreichen wollte: Innerhalb weniger Wochen wurde in den Lokalzeitungen ungeduldig die Frage gestellt, was denn wohl die Stadtverwaltung zum großen Ereignis beizutragen gedenke, dessen Attraktivität die private Wirtschaft längst erkannt hätte, während die Beamten, wie es schien, wieder einmal den Schlaf der Gerechten schliefen ... Daraufhin fielen ihm die Termine wie reife Früchte in den Schoß, manche Oberbürgermeister gaben sich selbst die Ehre. Am Ende hatte er für eine Reihe großer Städte sogenannte Lange Nächte vereinbart – wunderschöne Spektakel mit Fahnenschmuck, Jazzkapellen, europäischer Folklore, Wein- und Bierzelten und einer bis in den frühen Morgen verschobenen Sperrstunde.

Zum Herbst hin stand das Programm. Es war reichhaltig und, wie er fand, einigermaßen anspruchsvoll. Natürlich überwogen Trachtenseligkeit und Dschingdarassabum. Das war er seinen Vasallen im Arbeitskreis, den Brauchtumspflegern und Blasmusikern, die für ihn im Land die Trommel rührten, schuldig. Und Breisinger sollte seinen Spaß haben am biedermeierlichen Gepränge. Aber daneben schleuste er manches ein, was wie ein roter Stoffetzen vom Webteppich abstach – Satire, Karikatur, Pantomime, freche Mundart; widerborstige Kleinkunst, die sich in Nischen wohlfühlte und deren Vertreter dankbar und erstaunt zugriffen, als man ihnen, für ein paar hundert Mark Gage, ein Plätzchen im Halbschatten des offiziellen Veranstaltungsreigens anbot.

Die Staatskanzlei wußte davon nichts. Sie hätte es schwerlich gutgeheißen. Doch Gundelach brauchte das, zum Ausgleich für den stupiden, dröhnenden Hammerschlag, mit dem er in der anderen Arbeitsgruppe auf den Amboß der Parteidemagogie einschlug, angetrieben von Müller-Prellwitz, Bertsch und Büscher, die den Takt vorgaben.

Wegweisungen fürs Parteivolk

Die Bundestagswahl war verloren, auch wenn die Union die mit Abstand stärkste Fraktion geworden war. Knapp vorbei ist auch verfehlt, und die Enttäuschung, dem ersehnten Ziel so nah gewesen zu sein, um es dann wieder entgleiten zu sehen, erzeugt Tantalusqualen. Hoffnungslosigkeit breitet sich aus, der Fels weiterer Oppositionsfron, beinahe schon abgewälzt, drückt doppelt, die Zunge, dem sprudelnden Ämter- und Postenquell nahe, schwillt an in lähmendem Entsetzen.

Die Bonner CDU-Zentrale trug Trauer.

Nicht so die Staatskanzlei, deren Geschichte wir hier erzählen. Dort wurde man nach dem 3. Oktober erst richtig munter. Hatte man nicht, wieder einmal, Recht behalten? Weniger als zwei Prozent trennten die Union von der absoluten Mehrheit, und diese beiden lächerlichen Pünktchen waren im Norden verschenkt worden, wo sonst. Die letzte Entschlossenheit hatte den hanseatischen, holsteinischen und niedersächsischen Weichspülern gefehlt, der Mut zur Polarisierung, der Wille zum Kampf.

›Aus Liebe zu Deutschland – die Freiheit wählen‹ lautete ihr Slogan. Das war nichts Halbes und nichts Ganzes. Es mangelte am Kontrapunkt. Mit Freiheit warben auch SPD und FDP, aufgeschreckt durch den Erfolg der süddeutschen Kampagne. Der Begriff inflationierte zum Katzengold. Erst die Kontrastvokabel Sozialismus gab ihm die rechte Schärfe, trieb den Gegner auf die Barrikaden und die Menschen an die Urnen. Die Tauben, nicht die Falken hatten verloren.

In die Genugtuung mischte sich Erleichterung. Was, im Ernst, hätte man tun sollen, wenn die Bonner Koalition gekippt worden wäre? Nicht auszudenken. Ein Feindbild wäre abhanden gekommen. Kein Helmut Schmidt mehr, der Massenarbeitslosigkeit und Geldentwertung produzierte. Im Gegenteil: Der Winter stand vor der Tür, die ökonomischen Daten würden sich verschlechtern. Das war gleichsam naturgesetzlich, egal ob CDU, SPD oder Caligulas Pferd regierten. Eine schöne Hypothek für die eigene Landtagswahl! Auch die unionsregierte Mehrheit im Bundesrat hätte nicht mehr gegen Bonn in Stellung gebracht werden dürfen. Eher wäre im Volk wohl das Unbehagen an zuviel schwarzer Fläche gewachsen und damit die Versuchung, bei den nächsten Wahlen für Auflockerung zu sorgen. Und den Binshofener Schlachtruf hätte man auch einmotten können. Wie gesagt, nicht auszudenken!

Nein, das Schicksal hatte es gut gemeint mit Breisinger, darin waren sich die Strategen einig. Jetzt hieß es die Gunst der Stunde nutzen. Man wollte einen Wahlkampf hinlegen, wie ihn das Land noch nicht erlebt und ein Ergebnis einfahren, wie es die Union noch nicht gesehen hatte – außer in Bayern natürlich. Stellvertretender Bundesvorsitzender seiner Partei war Breisinger schon. Wer sagte, daß es dabei bleiben mußte?

Als erstes wurde ein genauer Zeitplan erstellt. Fixpunkt war der Wahlsonntag. Zwei Wochen zuvor gedachte man der fünfundzwanzigsten Wiederkehr des Tages der Staatsgründung. Festakt, Bundespräsident, Eröffnung der Kunstausstellung. Breisinger als Staatsmann und Lichtgestalt. Die Plakate mußten Stolz und Wir-Gefühl vermitteln: Stolz auf das Land, Identifikation der Bürger mit ihrer Regierung. Einige Heimatfeste konnten noch vor der Wahl stattfinden; bei milder Witterung im Freien, sonst in großen Gemeindehallen. Das Gros würde freilich danach folgen, im Frühjahr und Sommer, aber das verschlug nichts. Schon zum Jahresbeginn würde man Jubiläumsbroschüren an alle Haushalte verschicken, in denen für das Ereignis geworben wurde und der Ministerpräsident selbst, umrahmt von gemütvollen heimatlichen Schilderungen, den partei- und landespolitischen Zusammenhang aufzeigte.

Dann, im Februar, war Faschingszeit. Da wollen die Leute ihre Sorgen weglachen und wegtanzen, und wenn es überhaupt um Politik geht, sind *sie* am Zug mit Austeilen. Das hat man zu respektieren. Unpolitisch werden die tollen Tage trotzdem nicht sein, die Bundesregierung wird gehörig ihr Fett abbekommen. Karnevalisten sind in der Regel konservative Gesellen, auf die Verlaß ist. Das ist unsere fünfte Kolonne! predigte Müller-Prellwitz. Wir brauchen aber eine genaue Übersicht über die Prunksitzungen und müssen rechtzeitig die Regierungsmitglieder dafür einteilen, sonst rennen sie alle nur dorthin, wo das Fernsehen ist. Und Breisinger macht wieder den närrischen Staatsempfang im Schloß und kriegt vom Protokoll eine bessere Rede als letztes Mal, gereimt und witzig, sonst raucht's!

Die eigentliche Schlacht war demnach im Januar zu schlagen. Bald nach den Weihnachtsferien mußte die erste Plakatierungswelle anrollen, mit einer Massivität, die Freund und Feind überraschen sollte. Textwände mit einer einzigen Botschaft: Freiheit statt Sozialismus! Die Stimmung aufheizen bis Ende Januar, dann Wahlparteitag, danach Kandidatenplakate, zum Schluß wieder Großflächenbelegung. Breisinger taucht erst auf den Großflächen auf, ein Superbild muß das sein, dynamisch, gewinnend, bürgernah.

Die Regie, sagte Bertsch, lautet also folgendermaßen: Wir mobilisieren frühzeitig unsere Leute, besetzen das zentrale Thema und provozieren Gegenreaktionen, die dann aber schon in die Fastnachtszeit und in die Jubiläumsfeierlichkeiten fallen und damit deplaziert wirken. Klar?

Gundelach wagte einen Einwand. Und wie, fragte er, verhindern wir, daß sich unsere Anhänger zu früh zurücklehnen und die Sache für gelaufen halten?

Gute Frage! antwortete Bertsch, und es war seit langem das erste Lob, das er für den Assessor übrig hatte. Das machen wir mit Anzeigen und Testimonials, die wir im März massiv schalten.

Von Testimonials hatte Gundelach noch nie gehört.

Bertsch klärte ihn auf, damit seien öffentliche Bekenntnisse für Politiker gemeint. Bekannte oder unbekannte, auf jeden Fall angesehene Bürger legten Zeugnis davon ab, daß sie ihre Stimme dem Kandidaten Meier oder Schulze zu geben gedächten, und die Begründung dafür lieferten sie in einem kurzen, prägnanten Satz gleich mit. ›Ich wähle Norbert Schulze und die CDU, weil sie Freiheit statt Sozialismus garantieren!‹ Unterschrift: Werner Herzog, Gartenbauarchitekt. Oder so. Der Vorteil sei, daß man dieselbe Botschaft wie in eigenen Anzeigen vermitteln könne, nur in neutraler Verpackung. Das wirke besonders glaubwürdig, weil sich die Bürger selbst zu

Wort melden. Und die allgegenwärtige Breisinger-Plakatierung schaffe die notwendige emotionale Bindung, denn gewählt werde zuallererst mit dem Gemüt.

Bertsch dozierte wie in einem Seminar und Gundelach lauschte andächtig wie ein Schüler. Und wie ein Schüler fragte er wißbegierig-schüchtern, wie denn die vielen aufrechten Bürgerbekenntnisse zustande kämen.

Das steuern wir zentral von hier aus, sagte Bertsch. Die Kreisverbände legen uns Adressenlisten vor und wir texten passende Sätze dazu. Wie bei den Leserbriefen, nur kürzer und prägnanter.

So ins Bild gesetzt, begann die Arbeitsgruppe ihr Werk. Holzfällerarbeit war es, mit dem Schnitzmesser ausgeführt. Man tagte im Kleinen Kabinettssaal, zweimal in der Woche, manchmal öfter, am Spätnachmittag beginnend, bis in die Nacht hinein feilend und feilschend. Der Landesgeschäftsführer der Partei war immer, der Generalsekretär manchmal dabei. Nicht im Traum wäre es den Beamten der Grundsatz- und der Presseabteilung eingefallen, in die Bergheimstraße zu fahren, wo sich die Büros der CDU befanden. Die Partei hatte sich nach der Staatskanzlei zu richten, nicht umgekehrt.

Willi Pörthner, der Geschäftsführer, nahm es zähneknirschend hin. Ihr Sauhunde ruiniert mir noch die ganze Partei! war seine stehende Redewendung. Er war Bayer, stiernackig, cholerisch, aber als ehemaliger Bundeswehr-Spieß ans Gehorchen gewöhnt.

Die strategische Linie also war vorgegeben. Jetzt mußte sie zu ›operativen Einheiten‹ verfeinert werden. Müller-Prellwitz prägte diesen Begriff, Büscher und Pörthner fühlten sich gleich heimisch darin. Die anderen sahen es ziviler und sprachen lieber vom Netzplan, den es zu erstellen galt. Das Ergebnis war dasselbe: In mühevoller Kleinarbeit wurden die Aufgaben auf Beamte und Parteifunktionäre verteilt und in ein nach Kalenderwochen zählendes Zeitraster eingefügt. Nichts durfte mehr unkoordiniert laufen zwischen Regierung und CDU.

Zwischen der vierten und der neunten Kalenderwoche des neuen Jahres, beispielsweise, mußten alle Minister vor der Presse Leistungsbilanzen verkünden. Die Staatskanzlei brauchte das Zahlenmaterial aber schon Ende Oktober, um die Ortsverbände der CDU rechtzeitig mit einem Argumentationshandbuch ausstatten zu können. In einem zweiten Schritt mußten die Projekte, die in jedem Landkreis während der letzten vier Jahre gefördert worden waren, aufgelistet werden. Alle CDU-Abgeordnete bekamen dadurch die Möglichkeit, in Wahlversammlungen sowohl die Gesamtbilanz der Landesregierung als auch die Zuwendungen für ihren Wahlkreis als Erfolg parlamentarischer Tätigkeit zu verkaufen. Spätestens in der dritten Kalenderwoche 1977 hatte das Material bei den Parteigliederungen vorzuliegen. Mit den Leistungsbilanzen waren Ausblicke auf die Arbeitsschwerpunkte der nächsten vier Jahre zu verbinden. Die Grundsatzabteilung konnte sich dadurch einen ersten Überblick verschaffen, welche Akzente in der Regierungserklärung des alten und neuen Ministerpräsidenten Breisinger zu setzen sein würden. Doch zuvor benötigte Gundelach die Unterlagen, um seinen von Breisinger selbst erteilten Auftrag, für die CDU ein Wahlprogramm zu entwerfen, erfüllen zu können. Als ›Wahlplattform‹ sollte es Mitte Januar vom Landesvorstand der CDU beraten und auf dem anschließenden Parteitag, der die heiße Phase des Wahlkampfs einläutete, formell beschlossen werden.

Das waren Haupt- und Staatsaktionen, die bei den Zentralstellenleitern der Ministerien in Auftrag gegeben und am Ende auf Monrepos koordiniert, ausgewertet und in Parteideutsch umgeschrieben wurden. Die Staatskanzlei lieferte die Texte, die CDU den Kopfbogen. So hatte es sich bewährt, und anders ließ es sich auch gar nicht denken. Woher hätten die wenigen hauptamtlichen Mitarbeiter der Landes- und Kreisgeschäftsstellen ihr Wissen beziehen sollen, um auf allen Feldern der Landespolitik Diskussionshilfen anbieten zu können?

Nach dem ›programmatischen Entsaften‹, wie Gundelach das Verfahren nannte, gab es, wie beim Weinkeltern, einen zweiten Preßvorgang, in dem die Maische Tausender Zahlen und Fakten nochmals ausgequetscht wurde. Ein Strom von Musterreden und Artikeln für die periodisch erscheinenden Parteiblätter quoll daraus hervor.

Die griffigsten Schlagworte und empörenswertesten Zitate des SPD-Herausforderers Meppens aber wurden mit dem, was die Bundesratsabteilung an Spitzenpositionen des Landes im Bundesvergleich zusammengetragen hatte, zu einem süffigen Massengetränk verschnitten, an dem sich jeder Ortsverband, der zu sonntäglichen Frühschoppen einlud, Handzettel in Briefkästen einwarf und Informationsstände auf Marktplätzen aufbaute, berauschen konnte.

Beliebte und begehrte Traktate waren es, kurz und fündig, und im Unterschied zu den Gesamtdarstellungen, die man eher ins geistige Regal der guten Parteistube stellte, wurden die Faltblättchen und Prospekte auch gelesen. Denn sie enthielten das Rüstzeug für den politischen Nahkampf – zehn gute Gründe, CDU zu wählen, den Nachweis, daß Sozialisten nicht mit

Steuergroschen umgehen können, und jede Menge beeindruckender Kennziffern, die das Land zum Primus der Schulklasse Deutschland aufrücken ließen.

In der Arbeitsgruppe schälte sich schnell heraus, wer für welche Aufgabe am geeignetsten war. Gundelachs Domäne waren die fachübergreifenden Querschnitte, das Zusammentragen und Verknüpfen vieler Details zu einem Großen und Ganzen. Er schrieb es so, daß der Eindruck entstand, alles sei von Anfang an kompakt, schlüssig und fugenlos geplant worden. Insbesondere die CDU-Wahlplattform geriet, wie Breisinger lobte, zu einer ›Wegweisung aus einem Guß‹.

Dafür, daß ich erst seit wenigen Monaten Parteimitglied bin, ist das doch recht beachtlich, dachte Gundelach.

Dr. Weis dagegen erwies sich als bewundernswürdiger Meister wortgewaltiger Musterreden, in denen christliches Vokabular und stammtischderber Sprachwitz eine innige symbiotische Verbindung eingingen. Seiner Feder entstammte auch die Präambel zur Wahlplattform, deren Feierlichkeit den großen Rechtsschöpfungen der Menschheit kaum nachstand, wohl auch ein wenig von diesen abgekupfert war. Büscher wiederum – getreu seinem Wahlspruch, daß jeder Satz, der über zwei Zeilen hinausreicht, für den normalen Bürger zu kompliziert ist – verkürzte das argumentative Gespinst auf Schlagzeilenlänge, wobei er dem Ausrufungszeichen das größte Gewicht beimaß.

Sie waren kein harmonisches, aber ein sich trefflich ergänzendes Team, dessen heterogenes Wirken handwerkliche Achtung vor den jeweiligen Stärken des anderen nicht ausschloß.

Im November waren sie mit dem Sammeln und Sichten, dem Ausmosten und Eindicken der aus den Ressorts hereingeströmten Informationsflut weitgehend fertig. Mühsame, die Nerven zum Zerreißen anspannende Arbeit war es, der hölzernen Amtssprache nach Menschlichkeit klingende Akzente abzugewinnen. Um Formulierungen wurde gerungen, als gälte es das Leben. Koalitionen bildeten sich, die zwei Sätze später wieder zerbrachen. In manchen Nächten hätten sie einander vergiften mögen.

Inzwischen saßen auch zwei Herren der Werbeagentur, die Müller-Prellwitz und Bertsch ausgesucht hatten, mit am Tisch. Aus München kamen sie und hatten als Referenz den letzten, grandiosen Wahlsieg der CSU vorzuweisen, an dem sie, was es in aller Bescheidenheit festzuhalten galt, maßgeblich beteiligt gewesen waren. Von der hiesigen Landespolitik verstanden sie nichts, wollten es auch gar nicht; das, erklärten sie, befrachte nur. Aufs

Verhauen der ›Sozen‹ und auf Breisinger komme es an, nicht auf irgendwelche Klugscheißereien.

Willi Pörthner lebte auf bei diesen Worten. Seht ihr, ihr Klugscheißer, sagte er frohlockend, so denkt die Partei!

Das ist kein Denken mehr, bellte Gundelach zurück, das ist bloß noch lautes Verdauen!

Weis trank flaschenweise Rotwein und verlor sich in philosophischen Halbsätzen und Anekdoten.

Trotzdem kamen sie voran. Die Konturen eines harten, gnadenlosen Wahlkampfs wurden sichtbar. Das Drehbuch einer Materialschlacht, die Fakten und Verunglimpfungen, Apotheose und Angstmache wie Trommelfeuer einsetzte, wurde Akt für Akt geschrieben.

Die ›Sozen‹ würden ihr blaues Wunder erleben. Gleich nach Weihnachten, dem Fest der Liebe.

Vorher aber erlebten sie es, die Büchsenspanner auf Monrepos.

Gerade, als sie sich am Ziel wähnten oder doch kurz davor, geschah das Unfaßliche von Wildbad-Kreuth. Die CSU kündigte die Fraktionsgemeinschaft mit der CDU im Bundestag auf, im Gegenzug drohte die CDU mit der Gründung eines bayrischen Landesverbandes. Die CSU replizierte, indem sie laut über eine bundesweite Ausdehnung nachdachte. Lang aufgestaute tektonische Spannungen entluden sich in grollendem Beben; an der Bruchzone die CDU des Landes.

Bei Breisinger und seinen Strategen herrschte blankes Entsetzen. Erste Hiobsbotschaften trafen ein: Ortsverbände in ländlichen, erzkonservativen Hochburgen, so hieß es, rüsteten sich geschlossen zum Übertritt, falls die Christsozialen kämen. Wenn man sich denn zwischen Bonn und München entscheiden müsse, liege München näher, geografisch und weltanschaulich.

Hektische Diskussionen durchtobten die Staatskanzlei. Gesetzt den Fall, die Spaltung der Union wäre unaufhaltbar – wie sollte man sich positionieren? Stärker zur Mitte hin, um neue Wählerschichten zu erschließen? Noch weiter nach rechts, obwohl das schwer vorstellbar erschien, um der CSU das Wasser abzugraben? Müller-Prellwitz und Bertsch verfochten die harte Linie, Pullendorf die liberale. Alte Fehden brachen auf, unsichere Kantonisten wurden ausgemacht.

Gundelach duckte sich und schwieg.

Breisinger reiste, konferierte, verlautbarte, beschwichtigte. Geheimtreffen mit Strauß: um ein Stillhalteabkommen bis nach der Landtagswahl sei es gegangen, wurde gemunkelt. Vier-Augen-Gespräch mit Kohl: sogar von einer möglichen Abspaltung des gesamten Landesverbandes sei die Rede gewesen, wußten die Auguren.

Der Schock saß tief, die SPD feixte. Die Unionswelt drohte aus den Fugen zu geraten.

Verloren zwischen den Stürmen hockte das Häuflein bleichwangiger, übernächtigter Wahlkampfhiwis in der Nußschale des Kleinen Kabinettssaales und wußte nicht, wohin die Wellen der aufgepeitschten See es werfen würden.

Freiheit statt Sozialismus? Welche Freiheit denn, bitte schön, die rechte oder die ganz rechte? Also Freiheit statt Freiheit? Schwindlig konnte einem werden. War am Ende alles Schwindel?

Bertsch, die Gefahr witternd, sprach ein Machtwort: Wir machen weiter wie bisher. Nichts wird geändert, die Konzeption ist richtig und bleibt richtig. Büscher assistierte: Wenn die CSU antritt, muß sie sich warm anziehen. Wir sind im Januar mit unseren Themen auf dem Markt, so schnell kommen die gar nicht aus den Startlöchern. Die Münchner Werbeprofis, bemüht, Zweifel an ihrer Loyalität im Keim zu ersticken, nickten eifrig. Franz Josef, sagten sie, liebt den Theaterdonner. Aber im Innersten ist er ein Zauderer. Abenteuer liegen ihm nicht. Die ganze Aktion wird ausgehen wie das Hornberger Schießen.

Zögernd faßte die Partei wieder Tritt. Landesvorstand, Fraktion, Kreisvorsitzendenkonferenz votierten einmütig für die Linie der Bundespartei. Breisinger bleckte die Zähne, gab sich kämpferisch und verhieß Abweichlern kompromißlose Härte.

Am 12. Dezember war der Spuk vorbei. Die CSU stimmte der Fortsetzung der Fraktionsgemeinschaft in Bonn zu.

Ein Steinschlag polterte von Abertausenden verzagter Unionsherzen. Die Stimmung auf Monrepos schlug um in berstenden Übermut: Wieder hatte das Schicksal es gut gemeint mit Breisinger. Jetzt werden wir die Roten pakken und beuteln wie noch nie! Nicht schlagen, vernichten werden wir sie! Bis zur Dreißigprozentgrenze herunterdrücken, auf Jahrzehnte hinaus ins Ghetto einer Drittelpartei einsperren und Meppens politisch erledigen! Mausetot wird er sein, quantitativ auf Null gebracht, der Verkünder des qualitativen Wachstums! Und wir, wir verteidigen nicht die absolute Mehrheit, wir bauen sie aus, 53 Prozent plus X heißt das Ziel, CSU, nimm dich in acht!

So, aufgezogen wie ein Uhrwerk, schnurrte man auch die allfällige Weihnachtsfeier ab. Von nichts weniger als Frieden, innerer Einkehr und Besinnung war die Rede. Gespräche und Gedanken kreisten um die Januaroffensive, um Sieg, Beute und Belohnung. Die Älteren sangen das Heldenepos deutscher Fallschirmjäger, das Kretalied. Kerzen und Tannengrün schmückten die Schützengräben.

Die Werbeagentur hatte sich eine besondere Aufmerksamkeit einfallen lassen: Sie schickte eine wohlproportionierte Blondine, die als CDU-Hostess für den Wahlkampfbus vorgesehen war, im weißen Negligé und mit angeklebten Goldpappflügeln zur Bescherung. Das Mädchen flüchtete, unter Zurücklassung seiner Flügel, noch ehe es sich des letzten Päckchens entledigt hatte. Auf Engels-, nicht auf Landsknechtsdienste war es vorbereitet.

Doch Monrepos war zum Heerlager geworden. Der kalte Wind, der draußen ums Schloß blies, vermochte das Jagdfieber drinnen nicht mehr zu kühlen.

Nachtfalter

Da lag er nun seit Stunden und fand keinen Schlaf.

Das Zimmer, sein Jugendzimmer, umhüllte ihn mit Erinnerungen, deren Konturen so unscharf waren wie die der Bilder an den Wänden. Doch wie er die Abbildungen kannte ohne sie zu sehen – Stilleben und Landschaften, die er als Schüler gezeichnet und aquarelliert hatte –, so wußte er die Ereignisse, die sein ruheloser Geist durchstreifte, einander zuzuordnen, ohne daß sich das schemenhafte Grau ihrer Erscheinung zu kräftigeren, Leben bezeugenden Farben aufgehellt hätte.

Der Schrank dort in der Ecke: ein obskurer Schattenriß mit den Ausmaßen eines unförmigen aufgeschlagenen Mantels. Noch immer barg er zahl- und wahllose Früchte seines ersten Wissensdrangs; Bücher, Muscheln, Steine, getrocknete Pflanzen, aufgespießte Falter. Wie oft hatte er davor gestanden, die Schätze neu geordnet, einzelnes zum Tausch ausgesondert, zweifelnd, ob es wirklich ratsam wäre, sich davon zu trennen!

Daneben der Schreibtisch, auf dem ein schwaches Licht, der Widerschein eines erleuchteten Fensters im Nachbarhaus vielleicht, wie feiner weißer Sand fluoreszierte. Jeden Tag hatte er dort gelernt, gerechnet, geschrieben. Hatte des öfteren bei Nacht, von einer unbestimmten, sich entäußern wollenden Sehnsucht getrieben, wilde Gedichtzeilen aufs Papier geworfen und sie morgens, nach einem flüchtigen Blick auf das beziehungslos Gewordene, schamhaft wieder zerknüllt.

Vom Wohnzimmer herüber konnte er den ruhigen, gleichmäßigen Atem seiner schlafenden Freundin hören. Das war ja nun ein wenig skurril und lächerlich: Hier lag er und dort lag sie, und vielleicht träumte sie gerade, er hätte seine Arme um sie geschlungen und drängte seinen Körper an ihren, wie sie es oft taten, in seiner Wohnung im Westen oder in ihrer Mansarde in einem Vorort der Hauptstadt.

Er liebte diese Mansarde, auch wenn sie winzig war und vollgestopft mit Trödel, an den nur Junggesellinnen ihr Herz verlieren können: alte, halbblinde Spiegel, wurmstichige Kaffee- und Körnermühlen, Puppen mit geblümten Hüten und halsbandtragende Nilpferde. Aber es war ihre Welt, ihr Duft, ihre immer nur mit ein paar Kissen, Decken und Blumenvasen kaschierte Unordnung. Seit sie ihn eingelassen hatte in dieses Versteck, wußte er, daß die Schärfe, mit der sie jemanden überziehen konnte, nur Schutzschild und Fassade war, Attitude einer vorgeblichen Unverwundbarkeit.

Jetzt endlich, zu Weihnachten, hatte er auch seine Eltern von der Existenz Heike Blanks in Kenntnis gesetzt; ein Zeichen, daß es ihm ernst sei mit der Verbindung. Die Aufnahme war herzlich und offen gewesen – nur eben die Frage gemeinsamen oder getrennten Nächtigens: da konnten Mutter und Vater nicht über ihren Schatten springen. Obwohl sie sich, wie es schien, beim Arrangement der separaten Schlafstätten mehr genierten, als wenn sie die Couch im Wohnzimmer mit wenigen Handgriffen zu einem schmalen Doppelbett umgestaltet hätten.

Aber Heike sagte, ihr wäre die vorgesehene Anordnung sowieso lieber, weil Bernhard zuweilen schnarche. Mit diesem Satz, zu dem sie ein spöttisches Blitzen ihrer Augen nicht unterdrücken konnte, hatte sie ihn, den folgsamen Sohn, wieder einmal mattgesetzt – wie damals im Park, wie meistens, wenn Verklemmung ihn hinderte, seinen wahren Wünschen unbefangen zu folgen ...

Da lag er, den Arm aufgestützt, und das Gefühl, sich schon wieder ohne Gegenwehr angepaßt zu haben, brannte in ihm wie am Abend zuvor. Warum ließ er so viel mit sich geschehen? Warum mußte er immer danach streben, es allen recht machen zu wollen? Würde er nie aus der Rolle des fügsamen Jungen herausfinden, dessen zaghafte Versuche aufzubegehren schon ein paar Worte und Gesten, die seine Furcht weckten oder seinen Ehrgeiz aufstachelten, zerstören konnten?

Das öde Füllen von Worthülsen für den Wahlkampf – wie er es haßte!

War das die Berufung, zu schreiben, die er in diesem Zimmer, an diesem Tisch so groß und begeisternd in sich gefühlt hatte? Der Galeerendienst für einen stockkonservativen Kapitän, unter der Knute machthungriger Offiziere – hatte er dafür ein paar Semester lang die freie Luft studentischen Widerstands geatmet, den Glauben an eine neue, bessere Welt genährt, bevor ihn das herannahende Examen wieder in die Studierstube zwang?

Doch es bedurfte nur einiger lobender Worte Breisingers, um ihn mit doppeltem Eifer an seinen Arbeitsplatz in der ideologischen Munitionsfabrik zurückkehren zu lassen. Die Lust, sich durch besondere Leistungen hervorzutun, die Gier nach Anerkennung und Erfolg schien übermächtig. Und es fügte sich ja auch eins zum anderen: Kaum waren die weit über seinen Status hinausreichenden Aufmerksamkeiten vorüber, die ihm Oberbürgermeister, Landräte und Firmenchefs bei den Vorbereitungen fürs Landesjubiläum hatten zukommen lassen, betraute ihn Breisinger mit dem Kernstück der Wahlkampfprogrammatik, mochte sie nun gelesen werden oder nicht. Das zog Gespräche mit Landes- und Bezirksvorständen der Partei nach sich – man wurde, auch hier, auf ihn aufmerksam ...

Trotzdem blieb ein schaler Geschmack zurück. Hier, in diesem Zimmer, verspürte er ihn besonders. Hier hatte vor Jahren die Zukunft anders gefunkelt und geglänzt. Hier waren die Ideen hoch und weit geflogen, hinaus in Abenteuerregionen des Geistes und der Fantasie. Das Leben hatte sich als unbegrenztes Versprechen dargeboten, die Jahre prall gefüllt mit Bedeutungsvollem. Daran gemessen, war das reale Jahr, das erste auf Monrepos, vorbeigezogen wie ein Schatten – gestaltlos und flüchtig. Ein verhocktes, zerredetes, in dicken Mauern eingezwängtes Jahr. Mit einer Ausnahme: einem kleinen, leichtsinnigen Ausflug zu einem unwirklichen Tempel.

Gewiß, an einigen Sonntagen des Sommers und des Herbstes hatte Heike ihn regelrecht entführt. Sie waren zum Spazierengehen in die Weinberge gefahren und abends bei bäuerlichen Wirtschaften eingekehrt, die Wein vom Faß und Vesperteller mit selbstgebackenem Brot anboten. Von einem Urlaub, den sie gemeinsam verbringen wollten, hatten sie geträumt, in Paris, in Nizza, bis nach Griechenland trug sie der milde stimulierende Rausch.

Vielleicht glaubte seine Freundin anderntags noch daran. Er, Bernhard Gundelach, verwarf es schon morgens beim Zähneputzen wieder, wenn er an die Arbeit dachte, die auf ihn – nein, auf die er wartete. Als brächte schon der Gedanke an Urlaub und Müßiggang eine Entfernung von jenem Ziel mit sich, dem alle, die auf Monrepos ›noch etwas werden wollten‹, nachjagten: in den innersten Kreis der Macht vorzustoßen, die kafkaesk sich auftürmenden Hindernisse zu überwinden, die Türhüter, einer mächtiger als der andere, für sich zu gewinnen, selbst einer von denen zu werden, deren Glanz blendete.

›Noch etwas werden wollen‹ – es war eine der Lieblingsvokabeln des mächtigen Müller-Prellwitz. Du bist noch nichts, besagte sie. Aber ich kann dich zu einem Menschen machen, der herausgehoben ist aus der Masse, vorausgesetzt du unterwirfst dich dem unbedingten Dienst an unserer Politik mit derselben Härte und Rücksichtslosigkeit wie wir. Ein elitäres Kastendenken trat da zum Vorschein, der Dünkel einer geheimen Loge, die den Adepten lange dürsten und schmachten ließ, bis sie ihn der Initiation für würdig und des wahren Lebens für wert befand.

Was war das wahre Leben auf Monrepos? Ein Ball, eine Zauberkugel war es, zwischen wenigen Zimmern hin- und hergerollt. Wer in der Nähe, wer gar immer am Ball war, der hatte nicht ein, der hatte viele Leben. Der konnte im Spiel die Rollen wechseln, mal Mensch sein und mal Habicht, der konnte Grundsätze deklamieren und sie lächelnd zertreten, ihm wurde das eine geglaubt wie das andere. Wer aber ausgeschlossen war, an wem die bunte, schillernde Kugel vorbeirollte, der erkaltete und erstarrte wie die kleine nackte Göttin im Foyer. Der gab, bestenfalls, noch eine Bedeutung heischende, allegorische Pose ab wie Renft und durfte darin mit den Fußbodenmosaiken, den Intarsien und Gobelins wetteifern. Für den wurde Monrepos zur eisgrauen, leblosen Schimäre.

Aufrecht saß Gundelach jetzt und schaute in das nächtliche Proszenium wie in einen verwunschenen Spiegel. Die Figuren wie Schatten, und hinter den Schatten andere, die aus weiter Ferne herüberwinkten und dabei immer kleiner und trauriger wurden. Die Gefährten von einst. Die Diskutierer, die Unterhaker, die Plakatemaler, die Jazzcafébummler, die Gauloiseraucher. Sie verabschiedeten sich. Endgültig.

Willst du das wirklich? flüsterte er, und wenig fehlte, er hätte die Arme ausgestreckt. Willst du alles zurücklassen und verraten, was dich einmal befeuert hat? Dein Leben ableiten von denen, die dich zu einem Etwas machen, indem sie dich etwas werden lassen? Dann wirst du bald ein aufgespießter toter Falter sein.

Er zog die Decke hoch, weil ihn fror.

Geh zu Breisinger und bitte ihn, dich von der Wahlkampfarbeit zu befreien. Sag, du kannst die hohlen Sprüche nicht mehr ertragen. Sag wenigstens einmal etwas Widerspenstiges. Tu einmal etwas Unangepaßtes. Danach –.

Aus dem Wohnzimmer hörte er unterdrücktes Husten.

Er stand auf und ging hinüber. Heike lag auf dem Sofa und hatte die Augen geöffnet. Wortlos legte er sich neben sie. Die Wärme ihres Körpers ließ ihn erschauern, so daß er die Schultern krümmte und den Kopf so lang in ihrer Armbeuge vergrub, bis sie ihn zu sich herüberzog.

Am nächsten Tag schmückten sie gemeinsam den Christbaum, auf Wunsch des Vaters wie früher, mit viel silbernem Lametta.

Der Versuch, Widerstand zu leisten

Mittwoch, 12. Januar, fiel der Startschuß. Breisinger hielt braungebrannt eine Pressekonferenz, die ausschließlich Parteithemen gewidmet war. Bertsch saß neben ihm.

Die Bibliothek, die man anstelle des sonst üblichen Kabinettssaales gewählt hatte (ein bißchen symbolische Unterscheidung zwischen Staats- und Parteiangelegenheiten sollte schon sein), war gut besetzt. Das Jahr versprach spannend zu werden; die Journalisten trauten dem Frieden in der Union nicht. An runden Tischen sitzend, Kaffee trinkend und rauchend, versuchten sie, Spuren von Nervosität bei Rudolf Breisinger zu entdecken. Der strahlte wie Luis Trenker persönlich und plauderte zunächst von Crans-Montana, wo er mit seiner Familie Skiurlaub gemacht hatte. Nein, erst nach Weihnachten, beschert wurde bei Breisingers immer zu Hause. Nein, von Wildbad-Kreuth erwarte er keine negativen Auswirkungen auf die Landtagswahl, im Gegenteil: noch nie sei die Geschlossenheit der CDU so groß gewesen wie jetzt.

An jedem Journalistentisch hatte ein Mitarbeiter der Presseabteilung Platz genommen, zum Aufpassen und Kaffee-Einschenken. Dr. Zwiesel saß dem Präsidiumstisch am nächsten, Bauer und Schieborn hielten sich im Mittelfeld auf, Gundelach und Bertram versorgten die Ränder. Müller-Prellwitz war wieder einmal zu spät gekommen, mit Büscher im Schlepptau, und mußte deshalb mit dem entferntesten, nur halb besetzten Tisch vorliebnehmen. Gundelach meinte, bei dem Ministerpräsidenten ein Stirnrunzeln zu erkennen, als die beiden, ohne sich sonderlich zu beeilen, durch den Raum marschierten und für kurze Zeit die Blicke auf sich zogen.

Breisinger fuhr schweres Geschütz auf.

Er nannte Meppens den ›Apostel der Gleichmacherei‹ und einen ›in der Wolle gefärbten Sozialisten‹. Meppens habe sich von keiner der abstrusen Ideen distanziert, die in seiner Partei herumgeisterten. Auch sei von ihm nichts zu hören, wenn Polizisten als Repressionsorgane beschimpft oder in einigen SPD-regierten Ländern Lehrplanänderungen vorgenommen würden, die eindeutig marxistische Tendenzen aufwiesen. Der linke Flügel der SPD, zu dessen wichtigsten Exponenten Meppens zähle, rede einem bevormundenden, freiheitsfeindlichen Kollektivismus das Wort. Leistung und Selbstverantwortung würden planmäßig untergraben.

Deshalb bleibt es bei der zentralen Aussage der CDU: Freiheit statt Sozialismus! rief Breisinger. Das ist keine Verunglimpfung, sondern die Beschreibung der fundamentalen Alternativen, um die es geht. Am Wochenende wird der Landesvorstand ein Wahlprogramm verabschieden, in dem die unterschiedlichen Positionen mit aller Klarheit aufgezeigt werden. Und der Parteitag in drei Wochen wird zu einer großen Demonstration der Einigkeit und des Kampfeswillens unserer Partei werden. Wir haben das bessere Konzept, wir haben das Vertrauen der Menschen, wir können Leistungen vorweisen, und deshalb werden wir am 3. April siegen!

Gundelach konnte nicht umhin, von der harten, präzisen Art, mit der Breisinger seine Losungen vortrug, beeindruckt zu sein. Und er täuschte sich nicht: auch die Journalisten zeigten Wirkung. Schrieben, den Kaffee erkalten lassend, konzentriert mit und stellten eher anpasserische als aufsässige Fragen. Zum Schluß wollten sie wissen, welches Wahlziel sich Breisinger persönlich gesteckt habe.

Mein Ziel ist immer, es noch besser zu machen als beim letzten Mal, antwortete er und legte das Gesicht in tausend Falten.

Nach der Pressekonferenz strebte Gundelach nicht sofort der Baracke zu, sondern folgte in gemessenem Abstand dem Ministerpräsidenten, der sich mit Bertsch und Müller-Prellwitz zur Manöverkritik in die Amtsräume zurückzog. Im Obergeschoß angekommen, bog der Assessor nach links und klopfte an der Tür des Persönlichen Referenten Johannes Gärtner.

Ohne Aufforderung trat er ein. Mittlerweile konnte er sich das leisten. Gärtner telefonierte und bedeutete dem Besucher, sich irgendwo hinzusetzen. Gundelach wehrte stumm ab und blieb stehen.

Wie es schien, unterhielt sich der Leiter des Persönlichen Büros mit einem Rechtsanwalt.

Nein, gelesen haben wir es nirgendwo, sagte er. Aber es gibt zuverlässige Zeugenaussagen ... Ja, ich hab die Adressen, es sind CDU-Mitglieder. Ich schicke sie Ihnen, natürlich. Und Sie übersenden mir bitte eine Kopie Ihres Schriftsatzes, am besten direkt zu meinen Händen ... Ja, werd ich ausrichten, vielen Dank.

Er legte auf, murmelte: Moment noch! und betätigte die Rufanlage fürs Vorzimmer. Fräulein Merkel erschien, eine knochige Blondine, die apfelkauend nach dem Grund der Störung fragte.

Hier, schick diese Adressen an Rechtsanwalt Dr. Furtwängler, sagte Gärtner und reichte ihr einen Zettel. Der oberste Name ist die Gegenpartei, die anderen sind Zeugen. Schreib das zur Sicherheit in Klammern dahinter.

Mach's selber, entgegnete Fräulein Merkel und warf den Apfelbutzen mit Schwung in den Papierkorb unter Gärtners Schreibtisch. Dann ging sie wortlos und ließ die Tür offen.

Eine Laune hat die wieder! seufzte der Persönliche Referent. Da er auf seinem Stuhl sitzenblieb, fühlte sich Gundelach verpflichtet, die Tür zu schließen.

Danke! rief Fräulein Merkel von draußen.

Wieder so ein Spinner, sagte Gärtner und räkelte sich.

Wer? fragte Gundelach irritiert.

Na der – wie heißt er – Huber, Walter Huber. Hat in einer öffentlichen Versammlung behauptet, der Chef wär ein Nazi gewesen. Jetzt kriegt er dafür eins auf die Nuß.

Wie kommt er denn darauf, um Gottes willen?

Weiß ich nicht. Passiert aber gar nicht so selten. Breisinger war doch gegen Ende des Krieges Richter bei der Marine. Hundsnormale Geschichte. Aber manchen genügt es, um ihm ans Bein zu pinkeln.

Und was macht der MP dagegen?

Er macht gar nichts. Was soll er sich jedes Mal aufregen? Ich beauftrage in solchen Fällen unseren Rechtsanwalt, einen Brief zu schreiben und mit Strafverfahren und Schadensersatzforderungen zu drohen. Das genügt meistens.

Und Breisinger weiß davon nichts?

Beim ersten Mal haben wir es durchgesprochen und die Linie festgelegt. Wenn's geht, keine Strafanzeige, sondern Abmahnung durch den Anwalt. Ist ja auch ein Witz, ausgerechnet dem Alten, der dem Kreisauer Kreis nahestand, eine braune Vergangenheit nachzusagen!

Dem Kreisauer Kreis? Gundelachs Stimme belegte sich mit Ehrfurcht. Das ist das erste, was ich höre!

Naja, jedenfalls einer Widerstandsgruppe. Ist ja auch egal, welche. Dichter und Theologiestudenten waren dabei, das Ganze arg katholisch. 'tschuldigung, wenn Sie zu dem Verein gehören, nehm ich's sofort zurück. Was wollen Sie eigentlich?

Gundelach hatte Mühe, in die Gegenwart zurückzufinden. Ein junger, aufopfernd gegen die Greueltaten der Nazis kämpfender Breisinger beschäftigte seine Fantasie.

Das war doch sicher gefährlich für ihn? Ich meine, als Gegner Hitlers riskierte man doch Kopf und Kragen?!

Und ob, sagte Gärtner, und ob! Es klang gönnerhaft und ein wenig ungeduldig.

Das Telefon klingelte. Bis zu sich herüber hörte Gundelach den Marschbefehl, den Annerose Seyfried in die Muschel bellte:

Zum Chef! Sofort!

Gärtner klaubte Akten zusammen.

Wenn Sie was wollen vom Alten, sagen Sie's schnell! Schon war er auf dem Flur.

Einen kurzen Termin bei Breisinger bräuchte ich, rief Gundelach. Wenn's geht, noch heute.

Ein pfeifendes Geräusch, als schnappe einer in höchster Bedrängnis nach Luft, war die Antwort.

Gundelach entschloß sich, auf Gärtners Rückkehr zu warten. Er trat ans Fenster und sah hinaus in den Park, der von Nässe und altem Laub aufgeweicht war. Zwischen den Zweigen bleigrauer Buchen glänzte das Dach der Baracke. Die Platanen standen nackt und bizarr um den moosigen Rand des leeren Bassins. Die ovale Brüstung der Terrasse vor dem Erdgeschoß ragte wie ein ins Korsett gezwängter Walkürenbusen über das abschüssige Gelände.

Von hier oben besaß man einen guten Überblick. Aber den kleinen, narzistisch in sein Tümpelbild versunkenen Tempel sah man nicht. Eine Wand dunkler Fichten stand davor.

Er preßte die Stirn gegen die Scheibe. Wieder und wieder hatte er sich in Gedanken zurechtgelegt, was er Breisinger sagen wollte. Die Doppelbelastung Landesjubiläum und Parteiarbeit überfordere ihn, wollte er sagen. Er hätte auch nicht das Gefühl, für Propagandasprüche sehr geeignet zu sein. Darin wäre Büscher ungleich besser. Ob er wirklich ›Propagandasprüche‹ sagen würde, dessen war er sich noch nicht so sicher. Ein wenig hart klang es schon. ›Wahlkampftexte‹ genügte im Zweifel ja auch. Aber in der Sache wollte er Klartext reden. Das Land, dessen Jubiläum er organisierte, bedeute ihm mehr als die Partei. Das mußte rüberkommen, denn dagegen konnte Breisinger eigentlich nichts einwenden. Und aus dieser positiven Darstellung ließ sich die grundsätzliche Skepsis gegen den Kanonendonner, den sie veranstalteten, immer noch ablesen. Breisinger würde begreifen, daß sich ein Gundelach nicht einfach zum politischen Blechtrommler degradieren ließ. Das genügte.

So hatte er es sich zurechtgelegt. Es war zwar nicht die große Widerstandsaktion, derer er sich, sollte er eines Nachts je seinen schemenhaften Freunden aus freieren Tagen wiederbegegnen, lauthals rühmen durfte – aber doch, bedachte man das Gefälle zwischen einem Ministerpräsidenten und einem Assessor, eine ganze Menge. Genug, um beim Blick in den Spiegel die Augen nicht senken und beim Zähneputzen den schalen Geschmack der Wehrlosigkeit nicht wegspülen zu müssen.

Nun aber die ganz und gar unerwartete Entdeckung: Breisinger selbst war ein Mann des Widerstands gewesen! In einer Zeit, da jeder, der sich darauf einließ, mit dem Leben spielte! Das relativierte sein eigenes Vorhaben zur Banalität. Es war eigentlich gar nichts Besonderes mehr an dem, sich einer Aufgabe zu entziehen, um die man gebeten, die einem nicht einmal befohlen war. Na gut, würde Breisinger sagen, wenn Sie meinen ... Und sich vielleicht an seine Jugend erinnern, in der Neinsagen ein existentielles Wagnis gewesen war. Wie einfach hatten es die Jungen, demgegenüber, heutzutage ...

Gundelach wandte sich vom Fenster ab. Er wollte zurück ins Barackenzimmer und sich die Sache noch einmal reiflich überlegen.

Vor der Tür stieß er mit Gärtner zusammen.

Nicht so hastig, Mensch, sagte Gärtner. Sie sind vielleicht ein Glückspilz! Marschieren Sie gleich rein zum Alten. Er will Sie sowieso sehen.

Gundelach antwortete nicht. Verlegen stand er auf dem Flur, starrte auf den roten Läufer und ließ die Arme hängen.

Na los, sagte Gärtner. Mann, sind Sie ein Langweiler!

Gehorsam trottete der Assessor am Schreibtisch von Frau Seyfried vorbei, erwiderte mechanisch ihr herablassendes Kopfnicken, klopfte und betrat, ohne aufzublicken, das Amtszimmer des Ministerpräsidenten.

Breisinger begrüßte ihn lebhaft und liebenswürdig. Er stand auf, kam auf ihn zu und bot ihm einen der Sessel am Besuchertisch an. Er selbst setzte sich auf das Sofa und schlug die langen Beine übereinander.

Das trifft sich gut, sagte er. Gärtner berichtete mir, daß Sie etwas auf dem Herzen haben. Ich wollte Sie ohnedies rufen lassen.

Es ist so ... Ich dachte eigentlich, daß Herr Bertsch und Herr Müller-Prellwitz noch bei Ihnen wären ... Ich will auch nicht stören, es hat keine Eile –.

Die Herren sind vor wenigen Minuten gegangen. Eine Spur Verwunderung schwang in Breisinger Stimme mit. Meine Pressekonferenz ist doch ganz gut gelaufen, nicht?

Ja, sehr gut, bestätigte Gundelach und schwieg.

Breisinger räusperte sich.

Also, ich habe zwei Anliegen, sagte er schließlich. Ein dienstliches und ein mehr privates. Sie sollten am Samstag, wenn es Ihre Zeit erlaubt, an der Sitzung des Landesvorstands teilnehmen. Wir werden ja dort, wie Sie wissen, die Wahlplattform beraten. Da der Text mehr oder weniger aus Ihrer Feder stammt – und, wie mir auch von anderer Seite bestätigt wurde, sehr gut, kompakt und griffig ist –, also, da ist es am sinnvollsten, Sie hören sich die Diskussion selbst an und arbeiten die Änderungswünsche anschließend gleich ein. Es wird so viel nicht sein. Geht das?

Selbstverständlich, Herr Ministerpräsident.

Wieder trat eine Pause ein. Gundelach betrachtete angestrengt seine Hände. Die Knöchel der ineinander verschlungenen Finger bildeten weiße Höcker.

Die zweite Sache ist, wie gesagt, privater Natur. Sie könnten mir einen großen Gefallen tun, aber ich füge gleich hinzu: Sie müssen es nicht. Ich bin Ihnen keineswegs böse, wenn Sie ablehnen. – Kennen Sie meine Tochter Irmgard?

Gundelach schüttelte überrascht den Kopf.

Irmgard studiert Politische Wissenschaften, und es bereitet ihr viel Freude. Jetzt allerdings sitzt sie an ihrer Magisterarbeit, und das Thema macht ihr zu schaffen. Es geht um den Einfluß der Medien auf die politische Willensbildung – zweifellos ein hochinteressantes Gebiet, zu dem einem auf Anhieb eine Menge einfällt. Aber für ein junges Ding ohne politische Erfahrung ist es eben doch nicht so einfach zu bewältigen. Irmgard meint nun, durch einen Einblick in die Praxis einer Pressestelle könnte sie wertvolle Anregungen gewinnen –.

Breisinger schaute auf den Assessor, als erwarte er auch von ihm Zustimmung. Gundelach deutete ein Nicken an.

Sie können sich schon denken, lieber Herr Gundelach, worauf ich hinaus will, fuhr der Ministerpräsident fort. Es wäre ganz großartig von Ihnen, wenn Sie meiner Tochter ein bißchen zur Seite stehen würden. Sie sind nur wenig älter als Irmgard, gehören gewissermaßen zur selben Generation, und sehen die Dinge noch unbefangener und vielleicht auch differenzierter als wir Älteren. Ich beobachte das mit Sympathie, denn es wäre ja schlimm, wenn die Jugend keine eigenen, neuen Ideen hätte. Auch für die Partei wäre das schlimm!

Gundelach kam es vor, als zwinge sein Schweigen den Ministerpräsidenten zum Weiterreden; es war ihm peinlich. Darum nickte er, diesmal energisch, von neuem und sagte:

Ich helfe Ihrer Tochter, wo ich kann, Herr Ministerpräsident. Allerdings weiß ich nicht, ob ich ihr als Jurist wirklich Ratschläge zu geben vermag, mit denen sich dann auch etwas anfangen läßt. Von Politologie habe ich nämlich keine Ahnung.

Aber von Politik! rief Breisinger erleichtert, und das ist doch das Entscheidende! Wie Sie die Sache mit dem Landesjubiläum aufziehen, die Verbände und Kommunen einbinden, wie Sie ein Wahlprogramm aus dem Ärmel schütteln, obgleich Sie erst ein paar Monate in der CDU sind, das zeigt doch Ihr großes politisches Talent, lieber Herr Gundelach! Also, vielen Dank, und ich werde Irmgard sagen, sie soll sich umgehend mit Ihnen in Verbindung setzen. – Und nun zu Ihnen: Was haben Sie auf dem Herzen?

Entspannt lehnte er sich zurück. Sein ledernes Gesicht strahlte vor väterlicher Freude.

Alles, das wußte Gundelach, konnte er in diesem Moment von Rudolf Breisinger haben. Oder fast alles. Die Weigerung aber, sein ›großes politisches Talent‹ weiter in den Dienst der Partei zu stellen, hätte auf sein Gegenüber wie eine Verhöhnung der Lobrede wirken müssen, die er sich gerade abgerungen hatte.

Wollte er das? Er wollte es nicht.

Es ist eigentlich nichts, murmelte er unbestimmt. Ich ... mache mir nur ein wenig Sorgen, ob meine Abordnung vom Landratsamt an die Staatskanzlei in eine endgültige Versetzung umgewandelt wird. Ich bin jetzt seit einem dreiviertel Jahr hier, und man wird das bald entscheiden müssen.

Es gelang ihm, Breisinger ruhig in die Augen zu sehen, während er sprach.

Aber das ist doch überhaupt gar keine Frage! rief der Ministerpräsident. Sagen Sie Brendel, Sie hätten mit mir gesprochen.

So endete der Versuch des Assessors Gundelach, Widerstand zu leisten. Als er wieder auf den Flur hinaustrat, vermied er es, in den mit vergoldeten Schnitzereien verzierten Spiegel zu blicken, der an der Wand zwischen Breisingers und Gärtners Tür hing und Besuchern die Möglichkeit bot, noch schnell ihr Äußeres zu richten, bevor sie empfangen wurden.

Der Triumph oder: Wie man Wahlen gewinnt

Der Landesvorstand tagte in gediegener Umgebung. Das Gästehaus Schaumberger war eine in den fünfziger Jahren erbaute Fabrikantenvilla, die, auf halber Berghöhe gelegen, den Dunst und die Enge der Talkesselstadt nur als Panorama an sich heranließ. Die CDU hatte das Gebäude angemietet, nachdem ihr Besitzer, des ewiggleichen steinernen Anblicks überdrüssig, sich gänzlich aufs Land zurückgezogen hatte.

Die Parteispitze dagegen genoß es, in den eleganten Salons bis in die Nacht hinein zu debattieren, sich aus der Küche mit einem kalt-warmen Buffet verköstigen zu lassen und dem zu Füßen ausgebreiteten Lichtermeer manch tiefsinnige Bemerkung zu widmen. Auch konnte man in den zahlreichen Fauteuils wunderbar Monte Christo- und Davidoff-Zigarren rauchen, die vom Hausmeisterehepaar stets bereitgehalten wurden, und an den zierlichen Ecktischen ließ sich ein Skat der gehobenen Art klopfen. Sitzungen im Gästehaus galten als exklusiv und litten nie unter mangelnder Teilnahme.

Die Mitglieder des Vorstands, rund zwanzig Personen, versammelten sich um mahagonifarbene Eßtische, die zu einer Reihe zusammengeschoben waren. Die übrigen Anwesenden hatten (auch hier!) mit Stühlen entlang der Wände vorlieb zu nehmen, auf denen es allerdings weniger hart zuging als im Kabinettssaal: Mitarbeiter der Fraktion und der Geschäftsstelle, Müller-Prellwitz, Bertsch, Büscher und Gundelach, die Herren der Münchner Werbeagentur und ein Verleger, der Breisingers Reden publizierte. Willi Pörthner dagegen saß an Breisingers Seite, und die Freude darüber blitzte aus seinen Augen.

Die Wahlplattform wurde als erstes abgehandelt. Gedruckt und geheftet lag sie jedem Teilnehmer vor, und das Deckblatt besagte, daß es sich bei dem schmalen Werk um eine Vorlage des Landesvorstands handelte, die auf dem 9. Parteitag der CDU am 29. Januar 1977 zur Beschlußfassung eingebracht werden sollte.

Breisinger lobte das Papier als gelungenen programmatischen Wurf und eröffnete die Diskussion. Es gab einige Wortmeldungen. Sozialminister Gerlinde Bries schlug vor, im familienpolitischen Kapitel die Rolle der Frau als Mutter und Erzieherin noch stärker zu betonen. Staatssekretär Deusel vom Landwirtschaftsministerium ergänzte, das müsse auch für die kinderreichen Landfrauen gelten, deren aufopferndes Wirken leider gar nicht gewürdigt werde. Es wurde beschlossen, dies mit einem Satz nachzuholen.

Staatssekretär Kahlein – dessen Mitgliedschaft im CDU-Vorstand Gundelach überraschte, weil ihm bislang entgangen war, daß Kahlein auch das Amt eines Bezirksvorsitzenden bekleidete – bemängelte die Aussagen zur Wirtschaftspolitik. Zu allgemein seien sie und praxisfern, um nicht zu sagen: beamtenmäßig. Breisinger erwiderte, er sehe das nicht so. Oskar Specht, der Fraktionsvorsitzende, warf ein, zwar teile er Kahleins Meinung in der Sache, da aber Parteiprogramme sowieso von niemandem gelesen würden, wäre es ziemlich wurscht, was drinstehe. Das aufflackernde Gelächter erstarb unter Breisingers strafendem Blick. Der Wirtschaftsminister regte an, noch den Satz einzufügen: ›Der Mittelstand ist der Motor wirtschaftlichen Wachstums und die Grundlage für Wohlstand und soziale Sicherheit‹. Dem wurde allgemein zugestimmt.

Damit war das Wahlprogramm verabschiedet. Es folgten Anträge, die den bevorstehenden Parteitag betrafen. Die Aussprache war lebhaft, doch wenig diszipliniert. Immer wieder schweiften die Diskussionen ab. Kahlein meldete sich zu jedem Tagesordnungspunkt und teilte beißende Kritik aus. Generalsekretär, Geschäftsführer, Pressereferent, Junge Union bekamen gleichermaßen ihr Fett weg. Irgend jemand hatte immer etwas gesagt, was ihm mißfiel, oder nichts gesagt, wo eine Reaktion angezeigt gewesen wäre. Offenbar sammelte er Zeitungsausschnitte wie Philatelisten Briefmarken. Auch Deusel, den Gundelach bisher nur einmal auf Monrepos getroffen hatte, als der Staatssekretär seinen erkrankten Minister im Kabinett vertrat, tat sich mit Redebeiträgen hervor. Allerdings ging er niemanden direkt an, sondern verlegte sich aufs Mahnen und Warnen. Er mahnte zur Geschlossenheit, warnte davor, den Gegner zu unterschätzen, forderte Grundsatztreue und Glaubwürdigkeit ein und beschwor christliches Gedankengut. Was Deusel mit seinen eindringlichen Worten, denen niemand hätte widersprechen mögen, letztlich bezweckte, blieb Gundelach unklar. Aber die kräftige Sprache beeindruckte ihn.

Am stärksten zog ihn jedoch Oskar Specht in Bann. Der Fraktionsvorsitzende trug einen dunkelblauen Nadelstreifenanzug mit Weste, auf der ein hoher und spitzer Hemdkragen aufstand; dazu eine breite, dezent gemusterte Krawatte, die den Westenausschnitt bedeckte. An den Ärmeln blinkten goldene Manschettenknöpfe. Spechts Kleidung stach vom biederen Äußeren der anderen Politiker ab, als hätte sich ein Wallstreetbänker in den Schaumbergerschen Salon verirrt.

Offenbar interessierte ihn das Geschehen ringsum, die um hehre Grundsätze geführte Debatte, recht wenig. Was er davon hielt, hatte er ja bereits zu Protokoll gegeben. Angeregt plauderte er mit seinen Nachbarn, und im Unterschied zu ihnen bemühte er sich nicht einmal, seine mangelnde Aufmerksamkeit vor Breisinger zu verbergen. Das fröhlich dahinlümmelnde, die Grenze zur Provokation streifende Benehmen paßte ganz und gar nicht zu seinem textilen Habitus; doch selbst diese Ungereimtheit, so schien es, bereitete ihm Vergnügen.

Den größten Widerspruch allerdings stellte Gundelach in Spechts Gesicht fest. Es war großflächig, weich und weiß, und auf jungenhafte Weise unfertig. Specht mochte wirklich, wie Gundelach gehört hatte, nicht älter als Mitte dreißig sein. Eine steil über der Nasenwurzel aufsteigende Falte und der schmallippige, wie mit dem Lineal gezogene Mund zeigten aber schon Lebenslinien, die gemeinhin als Ausdruck von Härte und Ehrgeiz gelten. Das schimmerte durch, wenn Specht schwieg oder abwesend aus dem Fenster starrte; es löste sich auf, verbarg sich zumindest, wenn er sprach.

Gebannt verfolgte Gundelach dieses Wechselspiel. Es zog ihn an und beunruhigte ihn. Erst als Specht ihn unwillig musterte, die Stirn über dem massiven schwarzen Brillengestell furchend, ließ er von der zwanghaften Observation ab. Doch immer wieder schweifte sein Blick hinüber, als hoffte er, in einem günstigen Moment die Auflösung des Paradoxons berechnender Unbekümmertheit in Spechts Mimik zu erhaschen; der tat ihm den Gefallen keineswegs.

Man war nun bei dem angelangt, was wirklich alle beschäftigte: dem bevorstehenden Wahlkampf. Willi Pörthner hatte seine große Stunde. Er durfte ausführlich referieren, wieviele Werbeflächen belegt würden, welche Abnahmepreise die Kreisverbände für christdemokratische Kugelschreiber, Autoaufkleber, Luftballons und Papierfähnchen zu entrichten hätten, wie das Layout für Kandidatenprospekte gestaltet sein müsse, wann die Fototermine der Abgeordneten mit dem Ministerpräsidenten stattfänden und wo der Wahlkampfbus zum Einsatz komme.

Die Luft füllte sich mit Stimmengewirr, Zigarrenqualm und kampfeslustiger Vorfreude. Erste Exemplare von Argumentationsbroschüren und Faltblättern wurden herumgereicht. Das Münchner Team berichtete, die Drehbücher für die Hörfunk- und Fernsehspots, ebenso witzig wie ›hinterfotzig‹, seien bereits fertig. Jemand wollte wissen, die SPD erwäge eine einstweilige Verfügung gegen die Union, wenn sie den Slogan ›Freiheit statt Sozialismus‹ plakatiere. Das löste heiteren Jubel aus. Rotwein wurde geordert.

Da Gundelach seine Aufgabe, als geistiger Zeugwart für Änderungswünsche am Parteitrikot zur Verfügung zu stehen, als beendet ansah, wandte er sich zum Gehen. Es widerstrebte ihm, sich dem lärmenden Kollegium, das nach Art einer Oberprima schon mal die Abiturfeier probte, mit dem Stuhl unterm Hintern zu nähern, wie einige Zaungäste es taten. Er packte seine Unterlagen zusammen und verließ den Salon, ohne sich zu verabschieden.

In der teppichüberladenen Eingangshalle überfiel ihn ein dringendes Bedürfnis; er stellte die Aktentasche beiseite und eilte zur Toilette.

Vor einem der Urinale stand ein Mann, der ein paar Plätze entfernt von ihm gesessen und ab und zu ironische Anmerkungen in Richtung Vorstandschaft ausgestreut hatte, was von Specht grinsend erwidert worden war. Der Mann war kleiner als Gundelach, gedrungen, hatte ein fleischiges, rosiges Gesicht und hellbraune, lockig in die Stirn fallende Haare.

Tachchen, sagte er. Kennen wir uns?

Nicht daß ich wüßte, antwortete Gundelach und nannte seinen Namen.

Ich heiße Wiener, entgegnete der Nebenpinkler. Tom Wiener. Besser, wir geben uns jetzt nicht die Hand.

Gundelach bestätigte es.

Sind Sie der neue Schreibknecht von Breisinger? Scheinen ja gut eingeschlagen zu haben, was man so hört. Stammt die Wahlkampflyrik auch von Ihnen?

Im wesentlichen, ja.

Sind gute Formulierungen drin. Schade, daß keiner sie ernst nimmt, außer Breisinger natürlich. Ich bin übrigens der Pressesprecher der Fraktion. Schon mal von mir gehört?

Nein.

Das ist ein Fehler, sagte Wiener und tropfte ab. An Ihrer Stelle würde ich mich rechtzeitig um die kümmern, die nachkommen. Vivant sequentes, um meinen alten Lateinlehrer zu zitieren. Aber Sie haben den Oskar ja schon ins Visier genommen, stimmt's?

Gundelach wurde rot und schwieg. Wiener verschwand in den Waschraum. Als Gundelach fertig war, stand er noch vor dem Spiegel und kämmte die Haare. Gehen Sie wieder rein? fragte er. Nein? Sie habens gut, Mann. Ich muß mir das Geseiere noch eine Weile anhören. Also, tschüs! Er streckte Gundelach die Hand hin, sie war tropfnaß.

Auf der Türschwelle drehte sich Wiener um, zögerte und sagte leichthin: Wir sollten uns gelegentlich mal treffen. Es braucht ja nicht immer beim Pullern zu sein. Ich werd Sie anrufen, demnächst.

Der Aufschrei war, wie erhofft, gewaltig. Die Sozialdemokraten taten der Union den Gefallen und erklärten, kaum daß die Plakate klebten, warum Freiheit und Sozialismus *keine* Gegensätze seien.

Hektisch und erbittert taten sie es und gerieten dadurch immer mehr in die Defensive. Meppens schrieb Abhandlungen über den demokratischen Sozialismus und die ihm innewohnende Freiheitsidee und kreierte eine neue Sicht des Konservatismus, indem er Leute wie Breisinger, die am Überlebten festhielten, als Strukturkonservative, sich selbst aber, den humanen und ökologischen Bewahrer, als Wertkonservativen bezeichnete. Das war fein und vielleicht sogar trickreich gedacht, doch zu fein gesponnen für den politischen Normalverbrauch. Und die Genossen verwirrte es, plötzlich dem konservativen Lager, wenn auch als dessen edelster Teil, zugeschlagen zu werden.

Die von den Monrepos-Strategen in Gang gesetzte Maschinerie arbeitete dagegen präzise. Das Crescendo bedingungsloser Polarisierung steigerte sich bis zum Parteitag am 29. Januar, auf dem Breisinger eine beispiellos polemische Rede hielt und die Welt in gute und böse, aufbauende und zerstörerische Kräfte schied. Die Gräben, die er zog, waren so breit und tief, daß auch der Gutwilligste sie nicht mehr überspringen konnte. Man mußte sich entscheiden: wer nicht für ihn war, war gegen ihn. Oskar Specht und die Fraktion schwenkten ein, gaben den Kurs begrenzter Konflikte mit der Regierung auf und tuteten wie der Großmeister im Schloß abendländische Erweckungsfanale ins Horn. Jeder wußte jetzt: Das war kein einfacher Wahlkampf mehr, das war ein Kreuzzug christlicher Ritter gegen rote Vandalen, welche im Falle des Sieges das Land brandschatzen, plündern und knechten würden.

Dann aber, als alle politischen Kommentatoren besorgt fragten, wohin der archaische Streit noch führen möge, wenn neun Wochen vorm Wahltag schon solche Töne angestimmt würden – nach dem Parteitag also, auf dem das Wahlprogramm ohne Diskussion und Aufmerksamkeit angenommen wurde, verebbten die Attacken plötzlich, und an ihre Stelle trat eine heitere und positive Geschäftigkeit, die in denkbar größtem Gegensatz zum vorangegangenen Hauen und Stechen stand.

Ein Minister nach dem anderen legte seine Leistungsbilanz vor. Die Zahlen bezeugten Fleiß und Geschick, sie verhießen Wachstum und weiteren Wohlstand. Auf lokaler Ebene setzte es sich fort, indem die Abgeordneten der CDU, verstohlen ihre Unterlagen aus der Staatskanzlei zu Rate ziehend, bei Früh- und Dämmerschoppen Schulen und Schwimmbäder, Kindergärten und Kläranlagen auflisteten, die ihrem rastlosen Einsatz zu verdanken waren. Das verfehlte seinen Eindruck nicht, vier Jahre sind eine lange Zeit, da kommt manches zusammen. Und wer will schon beckmesserisch nachforschen, wie es sich mit Ursache und Wirkung im einzelnen zugetragen hat?

Im übrigen war Fastnacht. Die Hexen und Hansele, die Schantle und Hemdglonker, die Strohbären und Schneggasucher waren los. Sie durchtobten Tage und Nächte. Breisinger ließ, wie Noah in der Arche, von jeder Zunft ein Pärchen zu sich ins Schloß, bereitete ihnen, selbst in heimatliche Tracht gewandet, einen landesfürstlichen Empfang und dichtete ordensgebeugt: Politiker und Narren, wer hat den größten Sparren?

Gerade als die SPD sich vom Schock der ›Schmutzkampagne‹ des Januars zu erholen begann, als Fraktion und Landesvorstand eine neue Strategie des Zurückholzens billigten und Meppens seine Abscheu vor diesem Niveau der Auseinandersetzung halbwegs überwunden hatte, wollte keiner mehr hinhören. Die Bürger machten Politikpause und feierten, die Regierenden tauchten weg, hakten sich unter, zeigten sich volksnah und versöhnlerisch. Wie Knallfrösche zerbarsten die unzeitgemäßen Platitüden der Opposition, wurden Opfer der allgemeinen Spottlust, und diese Niederlage war schlimmer als die erste, denn nun lachte das Volk darüber.

Überdeckt noch vom Trubel der Maskeraden, begann danach das Landesjubiläum in die Zeitungsspalten und Terminkalender vorzudringen. Vorberichte zur großen Kaiserausstellung erschienen, voller Bewunderung für den Glanz, der zu erwarten stand.

Die Welt des Friedrich Barbarossa, des sechsten Heinrich, des sizilianischen Friedrich schimmerte herauf, angefüllt bis zum Rand wie ein edler Goldpokal mit heroischen Kämpfen, gewaltigen Schicksalen, mit Reichtum, Macht und Tod. Das hatte, genaugenommen, nur mikroskopisch feine, genealogische Verbindungen ins Land hinein – wenig mehr, als daß man von manchem amerikanischen Milliardär zu berichten weiß, seine Vorfahren stammten aus irgendeinem vergessenen Weiler im Schwarzwald oder im Spessart. Aber die Kunde von den schwindelnden Höhen, zu denen ein übermächtiger Wille die Geschlechter in der Ferne emporgetragen hatte, kehrte nun zurück ins heimische Revier. Sie war belegt mit Kronen, Zeptern und Schmuck, mit Insignien einer fremden, einschüchternden Herrschergewalt und angeweht vom Atem aufwühlender Geschehnisse, in der Politik ein titanisches Ringen zwischen Kirche und Reich, Orient und Okzident gewesen. Die ewigen Sehnsüchte des Deutschen nach Sonne und Licht, nach

Weltgeltung und Unsterblichkeit entzündeten sich im Brennglas der Geschichte.

Kaum hatte Breisinger das Narrengewand ausgezogen, schlüpfte er in den purpurnen Mantel des fernen, aber legitimen Nachkommen jener statuarischen Idole; korrespondierte und umgab sich mit Geschichte und wurde selbst ein Teil von ihr. Seine Interviews erhoben sich über den kleinlichen Zank der Parteien, zeichneten Zeitläufte nach und voraus, erkannten ›gesamtabendländische‹ Zusammenhänge und Bezüge, vergaßen aber auch selten den Hinweis, daß in einer Demokratie nun mal der Wähler über Glück und Verderben eines Landes zu befinden habe.

›Was der Mensch sei, sagt ihm nur die Geschichte‹, sprach er vor Museumsdirektoren aus aller Herren Länder, welche den heiklen Transport ihrer unschätzbar wertvollen Exponate persönlich überwachten und von der Regierung wie Botschafter hofiert wurden. Und wem Wilhelm Dilthey noch zu wenig war, dem wuchtete er stehenden Fußes Arthur Schopenhauers Diktum: ›Erst durch die Geschichte wird ein Volk sich seiner selbst voll bewußt‹ entgegen. Ohne Unterlaß streute er diese Samenkörner in die Herzen andächtig lauschender Historiker, nobler Stifter, würdiger Kuratoren, ernstgestimmter Altpolitiker. Den allgegenwärtigen Journalisten, auch wenn sie der hohen Gedankenflüge manchmal überdrüssig zu sein schienen, verdeutlichte der rauschende Schlußbeifall doch allezeit, daß hier etwas Unangreifbares geschah, eine Art Verwandlung und Verschmelzung von Einst und Jetzt, deren Inkarnation, dem Zugriff entzogen, leibhaftig und gleichwohl wie entrückt vor ihnen stand. Das machte sie mutlos und gegen ihre sonstige Gewohnheit gefügig. Denn es ist eine Sache, Politiker zu kritisieren, eine andere aber, historische Weihestunden frech zu stören.

Auch das, was Gundelachs Part war, reifte heran. Die ersten Jubiläumsfeste wurden erfolgreich absolviert, Minister und Staatssekretäre hatten in kleinen Gemeinden große Auftritte, und zwei Millionen ›Unser-Land-feiert-Geburtstag-Illustrierte‹ versorgten jeden Haushalt vierfarbig und kostenlos mit Rätseln, Reisetips, Gewinnspielen und *ein bißchen* Regierungspolitik. Schaufensterauslagen wurden in den Landesfarben dekoriert, Trinkgläser und Bierseidel mit Staatswappen tauchten auf, Brauereien machten Werbung für Jubiläumspils und Jubiläumsbock, der Original-Blumenstrauß wurde in vielen Blumengeschäften nachgebunden, Vereinsblätter füllten sich mit Ausschreibungen für Jubiläumswettbewerbe, die Tageszeitungen kündigten Jubiläums-Sonderausgaben an, in allen öffentlichen Gebäuden hingen Jubiläumsplakate.

Anfang März verwendeten die ersten Journalisten, des sprachaufwendigen Trennens von Kaiserausstellung und Jubiläumsjahr müde, den Begriff ›Kaiserjahr 1977‹. Das bürgerte sich rasch ein, es entsprach dem Empfinden vieler, einem exemplarischen, nicht zu wiederholenden Ereignis beiwohnen zu dürfen. Breisinger selbst benutzte die Vokabel zwar sparsam, weil sie aus seinem Mund wie Eigenlob klang. Die Karikaturisten aber krönten ihn ohne Hemmung, und Meinungsumfragen zeigten den Landesvater auf einem nie erreichten, nie für möglich gehaltenen Gipfel der Popularität. Die Identifikation von Staat, Partei und Spitzenkandidat war gelungen.

Während der offizielle CDU-Wahlkampf eher gemächlich dahinplätscherte, die aggressiven Schablonen der Januaroffensive längst gegen freundliche ausgetauscht waren, die Tatkraft versprachen und um Vertrauen warben, mußte die SPD ihre Grundlinie erneut ändern. Sie war, indem sie sich zu derben, aber verspäteten Reaktionen auf die ehrabschneidende Kampagne der Gegenseite hatte hinreißen lassen, in eine Falle geraten. Das Land feierte, es sonnte sich in Vorfreude; nur die Genossen standen grämlich abseits. Alle Vorurteile gegen linke Politik schienen bestätigt – Humorlosigkeit, verbohrter ideologischer Eifer, mangelnder Patriotismus.

An der Basis brodelte es. Ortsvereine weigerten sich, die vom Landesverband übersandten Plakate zu kleben, Mandatsträger warfen Meppens fehlendes landespolitisches Fingerspitzengefühl vor, sozialdemokratische Bürgermeister erklärten öffentlich, das Jubiläum nach Kräften unterstützen zu wollen. Mit einem Schlag war es wieder da: das mühsam kaschierte, nur der Parteidisziplin wegen unterdrückte Unbehagen am Theoretiker Martin Meppens, der um weltweite Visionen, nicht aber um die Stimmungslage vor der Haustür wußte.

Die Parteiführung reagierte gereizt. Sie beschuldigte die CDU, den berechtigten Stolz der Bürger auf die Landesgeschichte zu Wahlkampfzwecken zu mißbrauchen. Die Christdemokraten konterten, nun fange die SPD auch noch an, die Bürger zu beschimpfen. Breisinger schwieg zu dem Streit, ließ aber erklären, er freue sich, daß verdienstvolle Persönlichkeiten wie Carlo Schmid und Alex Möller ihre Teilnahme am Festakt im Schauspielhaus der Landeshauptstadt zugesagt hätten.

Meppens selbst war es, der schließlich Order gab, die Angriffe einzustellen. In aller Eile wurden neue Plakate gedruckt: ›Dem Land zuliebe – SPD!‹

Sie kamen gerade noch rechtzeitig zum 19. März, dem Tag der Feierlichkeiten.

Er begann mit einem ökumenischen Gottesdienst früh morgens in der Sankt-Vincentius-Kathedrale. Schon da war der Bundespräsident zugegen. Zu Fuß begab sich die vielhundertköpfige Prozession danach zum Landtagsgebäude, vorbei an einem ansehnlichen Menschenspalier, begleitet von Winken und Applaus, von Fahnen und Wimpeln umflattert, die kalte Luft voll schimmernden Glockengeläuts.

Im Landtag gedachte man der konstituierenden Sitzung des ersten Nachkriegsparlaments. Noch lebten Mitglieder der Verfassungsgebenden Versammlung; mit fleckigen, nach innen gekehrten Gesichtern saßen sie in den vordersten Reihen und vernahmen unbewegt, was Jüngere zu ihrem Lob zu sagen wußten. Ein kurzer Stehempfang in der Lobby, dann wechselte das illustre Publikum hinüber zum einen Steinwurf weit entfernten Schauspielhaus. Bereitschaftspolizei, berittene Polizei, Polizei mit Schäferhunden riegelte das Gelände ab. Nieselregen setzte ein, die großen schwarzen Protokollschirme reichten knapp für all die Würden- und Bürdenträger.

Im Schauspielhaus sprachen der Bundespräsident, der Ministerpräsident, der Landtagspräsident und ein Professor für neuere Geschichte, der Freiheit und Toleranz als einander bedingende Wesensmerkmale des Landes und seiner Bürger erkannte. Das Orchester spielte Beethovens Leonorenouvertüre und Haydns Kaiserquartett.

Um zwölf Uhr dreißig, mitten im akademischen Festvortrag, ertönte ein Gong – und eine Geisterstimme rief tremolierend:

›Wir gedenken jetzt der Gründung unseres Bundeslandes, welche zu dieser Minute vor fünfundzwanzig Jahren erfolgte!‹

Dann rauschte und knackte es. Im Parkett und auf den Rängen erhob sich die Festversammlung von ihren Plätzen. Auch Breisingers silbermähniger Vorgänger und dessen in greisenhafter Askese erstarrter Wegbereiter, den der Bundespräsident fürsorglich stützte, erhoben sich und lauschten der auf Band konservierten Stimme des allerersten Regierungschefs, der die Geburt des neuen Landes ›... im gegenwärtigen Zeitpunkt, zwölf Uhr und dreißig Minuten!‹ hell und mit krächzender Schärfe verkündete. Worauf ein donnernder Lärm einsetzte, der keineswegs von ungeteilter Zustimmung zeugte, denn die CDU war damals überrumpelt und bei der Kabinettsbildung übergangen worden, und in den grammophonen Tumult hinein, mit überschlagendem Diskant, rief der verblichene Staatsgründer zwiefach: ›Gott schütze das neue Bundesland!‹ – nun endlich auch von Beifall und Bravorufen unterstützt, in den sich, erst zögerlich, dann anhaltend, die Akklamation der Lebenden im Theatersaal mischte.

Das Mittagessen der Spitzengäste wurde in einem Salon des nahegelegenen Hotels serviert. Dort hatte man auch Tageszimmer angemietet, um den höchsten Staatsrepräsentanten eine genau bemessene Ruhepause zu gönnen. Kurz vor siebzehn Uhr rollten dann die schwarzen Limousinen mit aufgesetztem Stander vors Portal des Landesmuseums. Der Andrang der Schaulustigen war noch größer als am Vormittag. Der Bundespräsident, als leutselig bekannt, schüttelte ausgiebig Hände in der ersten Zuschauerreihe, Breisinger, dessen Arme länger waren, bediente die zweite.

Die Ausstellung war beängstigend groß und schön. In frischen, goldumsäumten Farben leuchteten die Miniaturen, die Stoffe und Mäntel, golden prunkten die Kelche und Reliquienschreine, der Zierat der Edelsteine glänzte unwirklich im mystischen Halbdunkel. Übergroße, starre Augen in übergroßen, zur Seite geneigten Häuptern. Ewigkeitsblicke, Distanzgesten, Machtstereotypen. Dazwischen, wie absichtsloses Beiwerk, Vorboten der Individualität: ein Lächeln, ein Schmerz, eine Knollennase. Menschliches im Randfigürlichen.

Stumm beugten sich die Notablen der Demokratie über die Vitrinen, aus denen sie das 13. Jahrhundert kalt und fern fixierte.

Großartig! murmelte der Bundespräsident immer wieder.

Einmalig, pflichtete Breisinger ein ums andere Mal bei.

Der Tag endete mit einem Galadiner, bei dem Smoking und Abendgarderobe Pflicht waren. Das Schloß des Königs Wilhelm glühte in opulentem Lüsterschein. An den langen, damastüberzogenen und silberschweren Tafeln war versammelt, was Rang und Namen hatte. Genugtuung rötete die Gesichter. Gegen zweiundzwanzig Uhr kündete ein zerplatzender Knall das Jubiläumsfeuerwerk an. Man drängte hinaus auf die Balkone, erhitzt und fröstelnd. Der Himmel leuchtete.

Breisingers großer Tag, die übervolle Sternstunde seines Lebens, ging zu Ende.

Die folgende Woche verstrich wie in kollektiver Betäubung. Wenig war von Politik zu sehen und zu hören. Die vorausgegangenen Ereignisse mußten erst verarbeitet werden. Im Blätterwald der öffentlichen Meinung dampfte das Geschehen nach wie aufsteigender Nebel aus regengesättigten Wiesen. Vor dem Museum bildeten sich lange Schlangen Einlaßsuchender; nur zögernd kehrte der Alltag zurück.

Dann aber, exakt sechs Tage vor der Wahl, kündigte die CDU den fast schon klösterlich zu nennenden Frieden abrupt auf – gerade als ihn die Opposition, auf allgemeine Erschlaffung und Wahlträgheit spekulierend, zu schätzen gelernt hatte.

Von Tausenden Großplakaten herab schleuderte ein leidenschaftlicher, die braunen, sehnigen Hände beschwörend öffnender Rudolf Breisinger seine Botschaft ins Volk. Sie bestand aus zwei Worten:
FREIHEIT WÄHLEN!

Kein Lächeln war in seinem harten angespannten Gesicht, kein weicher, zerfließender Hintergrund milderte das kantige Profil. Kompromißlos, nicht bittend, sondern fordernd, verlangte er Gefolgschaft.

Freiheit wählen! Einer weiteren Begründung bedurfte es nicht. Man hatte vor Augen, was auf dem Spiel stand. In den Zeitungen schwoll ein Chor ähnlich lautender Appelle an, kleine, aber auffällige Testimonials, unterzeichnet von rechtschaffenen Bürgern, illustriert mit biederen Paßfotos – Menschen wie du und ich, besorgt um die Früchte ihrer Arbeit, entschlossen, ihr Land, ihr stolzes, im Zenit stehendes Land mit Klauen und Zähnen gegen das drohende Chaos zu verteidigen.

Die SPD hatte keine Kraft mehr zur Gegenwehr. Sie schaltete einige Anzeigen, sprach von Verrat und Manipulation und wartete ergeben aufs Volksurteil am Wahlsonntag.

Am 3. April 1977, gegen zwanzig Uhr, stand fest: Die CDU hatte mit 57 Prozent das beste Ergebnis ihrer Geschichte errungen. Die SPD lag knapp über 30 Prozent. Manch einer meinte, das Debakel für die Opposition hätte noch schlimmer ausfallen können.

Politische Theorien

Bernhard Gundelach saß an seinem Schreibtisch und räumte auf. Stöße von Papier, aus überquellenden Schubladen hervorgekramt, unterzog er einer flüchtigen Prüfung und entschied sich zumeist, sie samt und sonders wegzuwerfen. Zwar sagte ihm sein Instinkt, daß er vieles von dem, was er jetzt dem Reißwolf überantwortete, schmerzlich vermissen werde, wenn der nächste Wahlkampf heranrückte. Doch gerade dies bestärkte seinen Widerwillen gegen die Hinterlassenschaften einer monatelangen, Geist und Seele auszehrenden Anstrengung, deren Resultate nun, da die Schlacht geschlagen war, niemanden mehr interessierten.

Die Leitwölfe haben es gut, dachte er bitter. Wenn das Opfer erlegt ist, können sie sich sofort um ihren Anteil an der Beute streiten. So bleibt ihnen erspart, zur Besinnung zu kommen.

Er selbst hatte, das wußte er, nichts zu erwarten. In kürzestmöglicher Frist war er Regierungsrat und Beamter auf Lebenszeit geworden. Sein Platz auf Monrepos war unumstößlich gesichert – ein Jahr, nachdem er die Anhöhe erstmals mit bangem Herzen erstiegen hatte. Was durfte er darüber hinaus wünschen?

Das Haus aber summte von Gerüchten. Sie betrafen die Bildung der neuen Regierung, für die Breisinger nach seinem triumphalen Erfolg alle erdenklichen Freiheiten besaß, und auch die Zukunft der Abteilungsleiter, denen Abwanderungsgelüste nachgesagt wurden. Wer Anspruch auf welche Belohnung erheben konnte: das galt in diesen äußerlich ereignislosen Tagen als beliebtester Gesprächsstoff in der Kantine.

Dr. Weis hatte seine eigene Theorie. Bei zähem Schnitzel und Flaschenbier, das er in gewaltigen Schlucken jedem Bissen hinterher schwemmte, entwickelte er personalpolitische Szenarien, die zwischen dem, was der Ministerpräsident jetzt tun müßte, und jenem, was er wahrscheinlich tun werde, einen fast schon traurig stimmenden Gegensatz konstruierten. Breisinger erschien demnach als ein vom Schicksal Geschlagener, den just sein überwältigender Sieg daran hinderte, mit diesem Geschenk so zu verfahren, wie es seinem natürlichen Interesse entsprach.

Natürlich, sagte der bejahrte Redenschreiber zu seinem aufstrebenden Kollegen und Konkurrenten, müßte Breisinger jetzt das Kabinett komplett auswechseln und verjüngen, bis auf ein oder zwei Ausnahmen vielleicht. Der Kultusminister? Verbraucht, verschlissen im Kampf gegen Oberstufenreform und Studentenschaft. Weg mit ihm. Der Finanzminister? Vorgeführt, düpiert vom eigenen Fraktionsvorsitzenden, ohne Autorität. Der Innenminister? Nur noch als Jägermeister zu gebrauchen. So geht es fort, einer nach dem anderen. Und die Bürger erwarten entschiedenes Handeln, schließlich haben sie die Position des Regierungschefs ungeheuer gestärkt. Was aber wird passieren?

Ich weiß es nicht, erwiderte Gundelach kauend.

Passieren wird das genaue Gegenteil, antwortete Dr. Weis mit einer Stimme, die klang, als pflüge ein Schiffskiel durch schwere See. Im Ergebnis wird sich so gut wie gar nichts ändern. Das große Revirement kann nur stattfinden, wenn es Breisinger gelingt, Oskar Specht ins Kabinett einzubinden. Er wird ihm wahlweise das Innen- oder das Finanzministerium anbieten. Specht aber weiß, daß und wozu der MP ihn braucht. Und er weiß auch, weil er zwar ungebildet, aber kein Dummkopf ist, daß er als Minister nur noch wenig Profilierungschancen gegen den Ministerpräsidenten besitzt. Also wird er den Preis für seine Domestizierung so hoch schrauben, daß Breisinger ihn schlechterdings nicht bezahlen kann – es sei denn, er wäre bereit, Specht bereits jetzt mit allen Weihen zum Kronprinzen zu küren. Das wiederum würde ihm als Schwäche ausgelegt, für die, nach diesem Wahlergebnis, kein Mensch Verständnis hätte. Breisingers Stärke ist insoweit seine Schwäche, verstehen Sie?

Na ja, sagte der Regierungsrat. So ungefähr.

Wenn Specht aber draußen bleibt, fuhr der andere unerbittlich fort, gibt es für keinen der bisherigen Amtsinhaber einen zwingenden Grund, seinen Stuhl zu räumen. Alle werden Gleichbehandlung verlangen, aus ihrer Sicht zurecht. Die Auswechslung einiger weniger erschiene als Akt der Willkür und der Undankbarkeit. Bleibt als letzte, wenn auch nur theoretische Möglichkeit, daß Breisinger neue Leute beruft und Specht trotzdem nicht berücksichtigt. Dann aber hat er in der Fraktion so viele Altminister als Feinde, daß der Vorsitzende ihn gnadenlos demontieren kann – und es auch tun wird.

Gundelach fühlte sich unbehaglich. Nichts gegen politische Spekulationen, dachte er, man kann's aber auch übertreiben. Wie hier aus einem Triumphator, dem gegenwärtig alle Welt zu Füßen liegt, in Nullkommanichts ein gefesselter Gulliver wird, das ist schon atemberaubend. Er erinnerte sich, von jemandem zugetragen bekommen zu haben, daß Weis Zögling einer Jesuitenschule gewesen sei.

Der enzyklopädische Germanist aber war noch lange nicht fertig. Eine zweite Flasche Bier, die er mit erstaunlicher Behendigkeit vom Tresen geholt und im Gehen entkorkt hatte, spülte weiteres Treibgut seiner analytischen Kunstfertigkeit zutage.

Kurz und gut, sagte er, Breisinger wird mit seiner Altherrenriege noch eine Weile regieren und sich mit dem Vorsatz trösten müssen, zur Halbzeit der Legislaturperiode in zwei Jahren das nachzuholen, was ihm jetzt verwehrt bleibt. Dann nämlich kann er Specht mit der Aussicht locken, ihn aus eigenem Entschluß zum Nachfolger aufzubauen. Er könnte es aber auch mit einem anderen Prätendenten versuchen, und Spechts Chancen, dies zu verhindern, wären nicht allzu groß. Diese zwei Jahre muß er allerdings unbeschadet überstehen – mit abgetakelten Ministern an der Seite und Parteifreunden im Rücken, die auf jeden Fehler lauern werden. Um das zu schaffen, benötigt er die gesamte Führungsmannschaft um sich, die mit ihm aufgestiegen ist, die ihn kennt und der er vertraut. Müller-Prellwitz, Bertsch, Pullendorf, auch Brendel, sogar Reck von der Bundesratsabteilung. Alle, Renft ausgenommen, müssen an Deck bleiben, damit der Übergang reibungslos vonstatten gehen kann. Und jetzt kommt's: In diesem Fall läuft der Hase genau anders herum! Die Herren haben mitgeholfen zu siegen, jetzt wollen sie belohnt werden. Staatssekretär, Regierungspräsident, Ministerialdirektor wollen sie werden. Vorsorgen für die Nach-Breisinger-Ära, ihre Karriere selbst in die Hand nehmen, das ist ihr Ziel! Es ist, wohlgemerkt, ein legitimes Ziel, und Breisinger wird sich dem letztlich nicht verschließen können, weil er jedem einzelnen zu Dank verpflichtet ist.

Gundelach ordnete sein Besteck auf dem Teller.

Finden Sie nicht, sagte er, daß Sie die Zwangsläufigkeit der Entwicklungen ein wenig übertreiben? Wenn man Sie so reden hört, gerät Breisinger in eine geradezu klassisch ausweglose Lage, wie der tragische Held der Antike, der nur die Wahl zwischen zwei Übeln hat.

Weis sah ihn lange aus wässrigen, fahlen Augen an. Seine Backen blähten sich von aufsteigender Magenluft, die er leise zischend entweichen ließ.

Er *ist* eine tragische Figur, sagte er schließlich. Er weiß es nur noch nicht. Jeder große Sieg trägt den Keim der Niederlage in sich. Das ist ein unumstößliches Prinzip der Dialektik oder, wenn Sie es naturwissenschaftlich haben wollen, die notwendige Entropie politischer Systeme. Die dynamischen, erfolgreichen Kräfte wandern ab, verselbständigen sich, die trägen, mittelmäßigen bleiben. Der Reibungsverlust nimmt zu, die politische Energie schwindet, bis endlich ein Zustand maximaler Mediokrität erreicht ist, der innovative Stillstand, die sich selbst genügende Sklerose. Dann implodiert das System, etwas Neues entsteht, und die ganze Chose beginnt von vorne. Am Anfang des Prozesses aber – setzte Weis mit heiterem Lächeln hinzu – sieht es nur so aus, als hätte jemand die falschen Leute behalten und die richtigen ziehen lassen.

So also ist das, murmelte Gundelach, angelte nach seinem Tablett und erhob sich. Und wir zwei bleiben?

Wir bleiben. Es muß auch Chronisten des Niedergangs geben.

Wie tröstlich!

Nach diesem wenig erbaulichen Diskurs empfand es Gundelach beinahe als Akt ausgleichender Gerechtigkeit, in sein Zimmer zurückkehrend die schöne und lebhafte Studentin der Politischen Wissenschaften, Irmgard Breisinger, vorzufinden.

Wie gewöhnlich trug sie ihr grünes Kollegheft mit sich, in das sie, was ihr im Verlauf der plaudernden Unterhaltung festhaltenswert erschien, mit kindlich gerader Schrift eintrug. Und wie sie es gleichfalls als Brauch eingeführt hatte, nahm sie nicht auf einem der unbequemen Stühle Platz, sondern auf dem Fußboden; die Beine gekreuzt, das Heft auf den Knien und den Blick auf Gundelach gerichtet, dem diese Kombination von akademischer Freiheit und scholarer Unterordnung anhaltende Verlegenheit bereitete. Zumal Heike Blank nicht davon abzubringen war, des öfteren und ohne anzuklopfen hereinzustürmen und mit kalter Miene Auskünfte zu erfragen, deren Vordergründigkeit die Grenze zum Boshaften streifte.

Das Thema, dem sie sich widmeten, war schwierig genug. Irmgard, wie Gundelach sie auf ihren Wunsch hin ansprach, wußte viel über Kommunikations- und Wirkungsforschung, zumindest hatte sie sich etliches dazu angelesen. Verstärkerhypothese und Zwei-Stufen-Fluß-Theorie, selektive Wahrnehmung und Persuasionseffekt entsprangen ihren Lippen wie ärztliche Befunde, ausgestreut bei morgendlichen Visitationen. Gundelach staunte und schämte sich seiner Unwissenheit. Eigentlich hätte er als professioneller Medienmensch das Instrumentarium, dessen man sich bediente, besser kennen müssen. Doch Irmgard versicherte glaubhaft, fünfundneunzig Prozent aller Journalisten hätten, wie Untersuchungen zeigten, von den gesellschaftlichen Folgen ihres Tuns auch keinen blassen Schimmer und, schlimmer noch, es interessiere sie auch gar nicht.

Was aber hatte es mit dem Gegenpol der medialen Kommunikationskette, der ›politischen Willensbildung‹, auf sich? Wessen Willensbildung hatte Irmgards Professor mit diesem listig dem Grundgesetz entlehnten, gleichwohl diffusen Begriff überhaupt gemeint – die des Volkes oder nur die der Parteien? Sollte am Ende politische Willensbildung nichts anderes sein als ein Synonym für Politik schlechthin? Das fragte Breisingers Tochter mit erwartungsvollen Blicken den juristisch beschlagenen Öffentlichkeitsarbeiter, der darüber mehr als einmal in, sagen wir, intellektuellen und physiognomischen Erwiderungsnotstand geriet.

Papi sagt, die Dinge liegen ganz einfach. Indem die Medien der Hauptträger öffentlicher Meinung sind, haben sie eine besondere Verantwortung dafür, daß sich politische Willensbildung im Rahmen der freiheitlich-demokratischen Grundordnung vollzieht. An diesem Auftrag, der für den öffentlich-rechtlichen Rundfunk noch verstärkt gilt, findet auch die Pressefreiheit ihre Grenzen.

Und was folgert er daraus, konkret, meine ich? fragte Gundelach vorsichtig.

Zum Beispiel, daß es für Medienorgane eine Pflicht zu ausgewogener Berichterstattung gibt. Einseitige Informationen würden das Abwägen des Für und Wider erschweren, was das Gegenteil von freier Meinungsbildung wäre – sagt Papi.

Hm ... Ich glaube nicht, daß sich das juristisch so halten läßt. Immerhin gehört ja auch Kritik zur politischen Willensbildung, und Kritik enthält wohl immer ein subjektives Moment, sie ist notwendig einseitig, sozusagen.

Das ist gut gesagt, ja, rief Irmgard erfreut und schrieb in ihr Kollegheft. Dann jedoch hielt sie inne.

Könnte also eine Zeitung ohne weiteres behaupten, daß es in Stammheim Isolationsfolter gibt?

Das wohl nicht. Verleumdungen werden durch die Pressefreiheit, die nur im Rahmen der allgemeinen Gesetze gewährleistet ist, nicht gedeckt. Es dürfte ja auch niemand behaupten, daß Ihr Vater im Dritten Reich –

Erschrocken brach Gundelach ab. Breisingers Tochter sah ihn mit großen Augen an.

Daß mein Vater – was?

Nichts, entschuldigen Sie!

Ich will, daß Sie den Satz zu Ende führen! Was wollten Sie sagen?

Nun, daß Ihr Vater zum Beispiel im Dritten Reich irgendwelches Unrecht begangen hätte ...

Wie kommen Sie denn darauf, um Gottes willen?

Ich weiß es nicht, es war ein unpassender, aus der Luft gegriffener Vergleich. Ich wollte durch diese Übersteigerung nur die Grenzen der Pressefreiheit deutlich machen, und es kam mir gerade in den Sinn, weil Gärtner mir neulich erzählte, daß Ihr Vater, ganz im Gegenteil, Widerstandskämpfer war. Verzeihen Sie ...

Er verhaspelte sich, wurde rot und schwieg.

Ach so – sagte Irmgard gedehnt und sah zu Boden. Dann schüttelte sie das brünette, lockige Haar und hob mit emphatischer Geste ihre Hände.

Da sehen Sie, wohin Ihre juristische Argumentiererei führt. Man kommt völlig vom Thema ab. Ich will nicht zum Doctor juris promovieren, sondern eine politisch plausible Erklärung für die Wechselwirkung von veröffentlichter Meinung und öffentlicher Willensbildung finden. Und Sie als Mann der Praxis sollen mir dabei helfen. Klar?

Klar, erwiderte Gundelach gehorsam und dachte: Schöne, schlanke Hände hat sie zudem noch.

Sie stürzten sich nun mit Feuereifer in eine Flut von Definitionen, zerlegten den unförmigen Koloß, der sich auf oft wundersame Weise Ansichten zueignet und Stimmungen aufschäumt, in wissenschaftlich verifizierbare Teilmengen, schichteten eine Meinungspyramide auf, an deren Spitze politische und wirtschaftliche Eliten das Sagen haben, bauten ein Rückkoppelungsmodell, welches den unendlichen Informationsstrom, gefiltert und verändert durch Schichten unterschiedlichster gesellschaftlicher Beeinflussung, wie unterirdisches Grundwasser zu den Medienquellen zurückleitete und teilten nach einer Stunde hitzigen und fröhlichen Diskutierens die Überzeugung, daß niemand imstande wäre zu manipulieren ohne selbst manipuliert zu werden, woraus sich, auf der Ebene höchster Abstraktion, so etwas wie ein allgemeines Wahrheitsdestillat gewinnen ließ, das von keinem wirklich gewollt, gleichwohl real und existent als politische Willensbildung akzeptiert werden müsse.

Dann kam Heike Blank herein und fragte versteinerten Gesichts, wann Herr Gundelach die lange überfällige Pressemitteilung zu diktieren gedenke. Sie sei zwar nur eine Schreibkraft, trotzdem habe sie Anspruch auf einen geregelten Feierabend. Sprach's und empfahl sich.

Natürlich lag keine Anforderung für irgendeine Art Presseverlautbarung vor. Solange Breisinger die neue Regierung nicht gebildet hatte, gab es nichts zu verkünden.

Auch Irmgard wußte das oder schien es zumindest zu ahnen. Aber mehr als ein gespielt-schuldbewußtes: Oha! dann will ich nicht länger stören!, bei dem die Augen belustigt blitzten und die Mundwinkel spöttisch zuckten, ließ sie sich nicht entlocken.

Übrigens: Papi sagt, wir könnten ruhig auch bei uns zu Hause arbeiten. Vielleicht ist das gar keine schlechte Idee. Haben Sie nächste Woche Zeit?

Schon im Hinausgehen, die Kollegmappe fest im Arm, fragte sie es und wartete Gundelachs Nicken gar nicht mehr ab.

Auflösung

Also doch!

Was man vermutet, kombiniert, manch einer neidvoll befürchtet hatte, worüber gerätselt und spekuliert worden war, traf schlußendlich ein: Müller-Prellwitz wurde in den Rang eines Staatssekretärs der Staatskanzlei erhoben. Kahlein, der ungeliebte, mußte weichen.

Die Wirkung solcher Veränderungen in einer kleinen, Tür an Tür hausenden Gemeinschaft läßt sich nicht aufrüttelnd genug denken. Man stelle sich vor: Da ist einer Regierungsrat in einem Landratsamt, Beamter wie du und ich, sicherlich mit einem guten Examen empfohlen, doch das sind andere auch, und eines Tages gelingt ihm der Sprung ins Innenministerium, wo er das Glück hat, einem neuen Minister zu begegnen, dessen Parteibuch das seine ist, und schwupp! darf er sich Persönlicher Referent nennen. Dann wird sein Chef, gerade zur rechten Zeit, Ministerpräsident, weil dessen Vorgänger nach Bonn berufen wurde, der Glückspilz nimmt in der Grundsatzabteilung Platz und hat ihn kaum warmgesessen, als er sich auch schon zu ihrem Leiter bestellt sieht, denn sein Vorgänger wechselt ins Finanzministerium. Durchläuft mit Siebenmeilenstiefeln alle Etappen dienstlicher Beförderungsmöglichkeiten, in deren Gestrüpp neunundneunzig von hundert braven Beamten ermattet hängenbleiben, weitet seinen Einfluß zielstrebig und unaufhörlich aus, bewahrt sich dabei eine aufreizende, jugendliche Chuzpe, läßt den Kragenknopf offen und die Haare über die Ohren wachsen, stellt den Ministerialdirektor kalt und ärgert den Staatssekretär bis zur Weißglut – und als jeder Rechtschaffene glaubt, nun komme aber endlich ein Deckel auf den überkochenden Topf, hält der Mensch mirnichtsdirnichts Einzug in der Staatssekretärs-Suite, läßt dem armen Mittelständler kaum noch Zeit, seine Siebensachen zu packen und hat fortan Anspruch auf Titel, B II-Bezüge, Dienstwagen, Chauffeur und Persönlichen Referenten.

Und das alles vor unseren Augen!

Das war so umwerfend, daß die übrigen Neuigkeiten dagegen verblaßten und des Kommentierens kaum für wert befunden wurden. Viele waren es ohnehin nicht, und Gundelach mußte Dr. Weis ein Kompliment für seine scharfsinnige Prophetie aussprechen, welches er allerdings mit der Hoffnung verband, weitere Treffer, besonders im Hinblick auf die ›sich selbst genügende Sklerose‹ des endgültigen Niedergangs, mögen ihnen erspart bleiben.

Sah man von der krankheitsbedingten Auswechslung des Landwirtschaftsministers und der Zurruhesetzung des Staatssekretärs für Vertriebenenfragen ab, war das neue Kabinett Breisinger das alte – eine Tatsache, die in der Presse kritischen Widerhall fand. Denn die erfolglosen Versuche des Ministerpräsidenten, Oskar Specht durch Verleihung ministerieller Würden zu disziplinieren, waren nicht verborgen geblieben. Dafür sorgten der Umworbene und sein Adlatus Tom Wiener schon selbst.

Wie es schien, wäre Breisinger zu großen Zugeständnissen bereit gewesen. Ein Innenminister Specht hätte Kompetenzen erhalten, von denen der jetzige Amtsinhaber nur träumen konnte. So mußte der junge, ungestüme

Antipode des Alten immer neue Forderungen nachschieben, die Unterstellung der Landesbank und Zuständigkeiten für Verkehrsfragen reklamieren, die Vertretung der Regierung im Ältestenrat beanspruchen (er, der noch nicht Vierzigjährige!), und als alles Taktieren nichts half, sich einen Beschluß der CDU-Fraktion besorgen, der ihn förmlich ersuchte, auf dem Posten des Vorsitzenden zu verbleiben.

Breisinger grollte ihm tief und gab auf. Die Öffentlichkeit aber nahm mit Verwunderung zur Kenntnis, daß ein Mann, der den politischen Gegner bis ins Mark gedemütigt hatte, nicht imstande war, seinen Willen in der eigenen Partei durchzusetzen. Von einer verpaßten Chance war die Rede und davon, daß sich ein Stück Machtverschiebung zugunsten der Fraktion ereignet hätte.

Auch das Zerwürfnis zwischen Kahlein und Breisinger sorgte für Wellenschlag. Nun, da er seinen Stuhl einem Karrierebeamten überlassen mußte – ausgerechnet er, der Beamtenfresser und geradewegs jenem, der mitgeholfen hatte, ihn ins Abseits zu drängen! –, begann man wieder, sich für ihn zu interessieren. Es gibt bekanntlich Konstellationen des Scheiterns, die dem Betroffenen mehr publizistische Anteilnahme verschaffen, als er sie bei ruhigem Fortgang der Dinge je hätte erringen können.

Kahlein also avancierte für eine kurze Spanne zum gesuchten Interviewpartner, und er nutzte die Bühne, um seinen Abgang in eine freiwillige Demission umzudeuten, die er als Protest gegen die wachsende Bevormundung der Politik durch bürokratische Apparate verstanden wissen wollte. Das gab er, soweit es zur Veröffentlichung bestimmt war, auf gemessene, staatstragende Weise zu Protokoll.

In Hintergrundgesprächen, deren er sich mit dem Eifer eines lange Verkannten und Verschmähten bediente, ließ er es freilich an Deutlichkeit nicht fehlen. Breisinger, so lautet seine Diagnose, befinde sich in beklagenswerter Abhängigkeit von Müller-Prellwitz, Bertsch und Pullendorf, die ihn mehr und mehr von der Außenwelt isolierten. Der Realitätsverlust des Ministerpräsidenten schreite erschreckend voran, was von Unternehmern wie Abgeordneten mit Sorge registriert werde. Er, Kahlein, habe über Jahre hinweg versucht, den Kokon zu zerreißen, den der Hofstaat um den Regierungschef gesponnen habe, und er sei dafür bis an den Rand der Selbstverleugnung gegangen. Denn schon vor vier Jahren sei ihm von Breisinger das Amt des Wirtschaftsministers angetragen worden. Dann aber habe sich herausgestellt, daß der um seine Wiederwahl Besorgte Versprechungen dieser Art so freigiebig ausgestreut hätte, daß ihre Einlösung zu einer Doppel- und

Dreifachbesetzung jedes Postens hätte führen müssen. Kahlein, der Getreue, habe nicht weiter insistiert und sei auf Breisingers Bitten in die Staatskanzlei gewechselt, gegen die bindende Zusage freilich, daß seine Ernennung zum Minister mit Beginn der nächsten Legislaturperiode nachgeholt werde. Und nun, Gipfelpunkt der Schurkerei, hätte Breisinger davon nichts mehr wissen, sondern ihn mit dem lächerlichen Posten eines Staatssekretärs im Wirtschaftsministerium abspeisen wollen.

Was er, Kahlein, darauf geantwortet habe?

Rudolf, du kannst mich am ...! habe er geantwortet.

So fäkalisch-fatalistisch gestaltete sich, wenn man den ins Kraut schießenden Gerüchten glauben durfte, der Abgang des Staatssekretärs und Financial-Times-Lesers, der einst als Mann mit großer Zukunft gegolten hatte, ehe ihn der unselige Drang befiel, sich mit der Administration anzulegen. Seiner verbitterten Gemütsverfassung gemäß verbat er sich jede Verabschiedung. Nach wenigen Tagen war er verschwunden.

Da ließ es sein Nachfolger lauter und lustiger angehen! Noch ehe er die Ernennungsurkunde in der Hand hielt, lud er das Haus zu einem rauschenden Fest ein, das sich mit vorrückender Morgenstunde mehr und mehr in den nach Maienblüte duftenden, knospenden und austreibenden Park verlagerte. Als aber die feierliche Zeremonie im Landtag endlich stattgefunden und die neue Regierung ihre vertrauten Ledersessel im frisch getünchten ovalen Saal des Schlosses Monrepos wieder eingenommen hatte, gab Staatssekretär Müller-Prellwitz seiner Abteilung einen Abschied, der von denen, die dabei waren, als ›einmalig und unvergeßlich‹ geschildert, von anderen, die der Spuren des bacchantischen Gelages am nächsten Tag ansichtig wurden, als bis dahin größte Herausforderung des Putzfrauengeschwaders eingestuft wurde.

Ministerialdirektor Renft, so hieß es, sei ungehalten und traurig gewesen, habe aber doch auch ein gewisses Verständnis für die überschäumende Freude der ›jungen Garde‹ gezeigt.

So wollen wir es auch halten.

Regierungserklärung, Parlamentsdebatte, Haushaltsverhandlungen, Arbeitsprogramm – langsam nahm das Staatsschiff wieder Fahrt auf. Soweit der politischen Navigation, die des verläßlichen Kompasses entbehren muß, und den publizistischen Wetterprognosen zu trauen war, lag eine weite, ungefährdete Reise vor Breisinger und seiner Mannschaft. Die Klippen der Wahl waren souverän gemeistert, die kurzen Turbulenzen des Übergangs ohne sichtbaren Schaden überstanden. Die Maschinen des gut eingespielten, auf christdemokratischen Kurs getrimmten Verwaltungsapparats stampften im Takt. Lustlos und verzagt, von Selbstzweifeln geplagt, segelte das Oppositionsfähnlein hinterher.

Breisinger gönnte sich einen zweiwöchigen Besuch der Volksrepublik China und genoß es, von Hua Guo-feng, dem Nachfolger Mao Tse-tungs, zu einem mehrstündigen Gespräch in der Großen Halle des Volkes in Peking empfangen zu werden. Er machte eine staatsmännische Figur und konnte es sich leisten, anschließend zu erklären, daß er *nicht* für das Amt des 1979 zu wählenden Bundespräsidenten zur Verfügung stehen werde. Sein Ziel wäre vielmehr, auch 1981 wieder als Ministerpräsident des Landes bestätigt zu werden. Oskar Specht beeilte sich, diese Ankündigung wärmstens zu begrüßen.

Von außen betrachtet, nahm alles seinen vorgezeichneten Gang. Doch Bernhard Gundelach, nun schon über ein Jahr dabei und spätestens seit seiner Versetzung auch wirklich ›drinnen‹, spurte anderes. Es war, als bildeten sich feine Risse in dem einst so monolithischen Fundament; als kehrte der hochgezüchtete Kampfgeist der Monreposgemeinschaft in Ermangelung ernsthafter Opponenten sich mehr und mehr gegen sich selbst. Vordem hatte zwischen den Abteilungen und ihren selbstbewußten Chefs ein Wettstreit geherrscht, wer den bedeutendsten Anteil zum gemeinsamen Erfolg beisteuere. Jetzt kreiste das Denken um die Frage, welcher Anteil am gemeinsamen Erfolg dem einzelnen billigerweise zustehe.

Der Aufstieg von Müller-Prellwitz war seinen früheren Kollegen ein schwer verdaulicher Brocken. Hatten sie nicht alle Wesentliches für den Sieg geleistet? Bertsch mit seiner harten, aber klugen Pressepolitik, Pullendorf, indem er das Letzte an Leistung aus den Ressorts herausgepreßt und eine fulminante Ausstellung organisiert hatte, deren Glanz bundesweit erstrahlte? Auch Reck konnte für sich verbuchen, dem Ministerpräsidenten reichlich Munition für den Feldzug gegen die sozialliberale Koalition in Bonn geliefert zu haben. Ohne seine präzisen Bundesratsinitiativen, die sogar den Kanzler ärgerten, wäre der Slogan ›Freiheit statt Sozialismus‹ eine großmäulige, aber zahnlose Attacke geblieben. Und selbst der elegant-bescheidene Dr. Brendel durfte sich zugute halten, dank einer weitsichtigen Personalpolitik der Staatskanzlei jenen überdurchschnittlich qualifizierten und motivierten Mitarbeiterstamm herangebildet zu haben, der Breisinger kongenial vorausdachte und doch, wenn es ums Ernten der politischen Früchte ging, loyal wieder ins Glied zurücktrat.

Nun freilich war einer von ihnen aus dem Glied herausgetreten – nein, herausgehoben und politisch geadelt worden vor den Augen der übrigen. Zweifellos stand Müller-Prellwitz dem Regierungschef am nächsten; aber ebenso unbestreitbar war, daß er seine Stellung und die Kraft seiner Abteilung am rücksichtslosesten für die eigene Profilierung genutzt hatte. Wenn solches Tun belohnt wurde – dann war es wohl an der Zeit, verstärkt an sich selbst zu denken. Denn es bedeutete ja nichts anderes, als daß Leistung allein nicht ausreichte, um von Breisinger gleichbehandelnde Gerechtigkeit zu erfahren.

Nicht, daß der kleine, in seiner Baracke werkelnde Regierungsrat diese verdeckten Strömungen zeitgleich mit ihrem Aufkommen und Anschwellen erkannt und ihre innewohnenden Gefahren scharfblickend erfaßt hätte. Breisinger selbst, der ungleich Erfahrenere, vermochte es nicht. Aber einige Abweichungen vom einstmals festgefügten Lauf der Geschäfte, die auf eine gewisse Nachlässigkeit, ja Uninteressiertheit der Oberen hindeuteten, entgingen ihm nicht. Abteilungssitzungen fielen ein ums andere Mal aus, notwendige Weisungen fehlten. Reaktionen auf Angriffe der SPD erfolgten verspätet oder gar nicht. Führende Leute machten sich rar. Nie zuvor hatte man als Referent soviel Freiheit besessen, zu tun oder zu lassen, was man wollte.

Aber was sollte man anfangen mit einer Freiheit, die, allen Parolen zum Trotz, im eigenen Bereich so ungewohnt war, daß sie das Gefühl schnöden Verlassenseins erzeugte? Auch Dr. Zwiesel, der sich sonst gerne den Anschein höchsten, wenn auch in der Brust verschlossenen Eingeweihtseins gab, verbarg seine Ratlosigkeit nicht länger. Nach dem aktuellen Meinungsstand in dieser oder jener Angelegenheit befragt, zuckte er gekränkt und unwillig die Schultern.

Hinzu kam das hierarchisch völlig ungeklärte Verhältnis zum neuen Staatssekretär. Bei Kahlein waren die Dinge logisch und klar gewesen. Er hatte wenig zu sagen und man ließ sich von ihm wenig sagen – eine grausame, aber leicht zu erlernende Regel. Für Müller-Prellwitz konnte sie gewiß nicht gelten. Doch hieß das umgekehrt schon, daß ihm gleich das ganze Haus zu willen sein mußte? Er seinerseits sah es so und forderte durch seinen Persönlichen Referenten – Büscher, wer sonst? – Vermerke, Reden und Pressemitteilungen für sich ein. Das war, von seiner Warte aus, verständlich. Niemand wußte besser als er, wie leicht ein Staatssekretär ins Abseits gerät. Womöglich riet ihm sein ausgeprägter politischer Instinkt, rasch und entschieden zu handeln, um ein Ausscheiden seines Mentors oder eine Entfremdung zu ihm unbeschadet überstehen zu können. Jedenfalls drängte er mit Macht danach, einer breiteren Öffentlichkeit bekannt zu werden. Er übernahm den Vorsitz eines populären Fußballvereins, ließ keine Gelegenheit zu publikumswirksamen Auftritten verstreichen und traf sich mit dem ehedem verpönten Oskar Specht wöchentlich zum Mittagessen, welches in einem verschwiegenen, ›Kabinettchen‹ genannten Hotelsalon abgehalten wurde.

Es waren aber gerade diese Aktivitäten, die unter den wachsam beobachtenden Beamten Zweifel weckten, ob jede fachkundige Beratung des Staatssekretärs auch stets im Interesse ihres Ministerpräsidenten liege. Und die Abteilungsleiter zeigten, wie nicht anders zu erwarten, nur geringe Neigung, nach Kahleins Weggang eine neue Oberhoheit über sich anzuerkennen.

So stellte sich auf Monrepos ein gewisses Laissez-faire ein, das vor der Wahl für undenkbar gegolten hätte – von dem freilich auch kein meßbarer Schaden ausging, weil weit und breit niemand zu sehen war, den zu fürchten gelohnt hätte. Vier Jahre sicheren Regierens vor sich zu wissen, ist eine lange Zeit. Es gibt Raum für vieles, das man für ruhigere Tage aufgespart hat. Sie schienen – wenn nicht jetzt, wann dann? – angebrochen zu sein.

Auch Gundelach nahm das Leben einstweilen von seiner sommerlichheiteren Seite. Er reiste viel und besuchte ein ums andere Stadtfest, welches er mit aus der Taufe gehoben hatte. Und da man ihn überall als einen der Motoren des bunten Jubiläumstreibens kannte, schlug ihm reichlich Dankbarkeit, ja Ehrerbietung entgegen, weit mehr, als einem jungen, unbedarften Regierungsrat zukommt. Namentlich erwähnt wurde er und neben Bürgermeistern und Landräten in vorderster Reihe plaziert. Zuweilen fand er sich gar aufs Podium gebeten, um einige Worte der Begrüßung an ein Publikum zu richten, dem schon die Erwähnung seiner dienstlichen Herkunft Beifallsbezeugungen entlockte. Einmal, an einem wunderbar milden Juniabend, hieß ihn der Kommandant einer Bürgerwehr, die Front seiner trommelnden, pfeifenden und unter hohen Lammfellmützen schwitzenden Männer abzuschreiten, weil sie ohne obrigkeitliche Ehrenbezeugung keine Erlaubnis besäßen, sich aufzulösen und den Biertischen zuzugesellen: Gundelach galt als der ranghöchste Vertreter des Staates am Platz.

Er bemühte sich, dergleichen nicht ernst und wichtig zu nehmen – und tat es doch. Dunkel ahnte er, daß Politik nicht das ist, was gemacht sondern was darin erblickt wird, und daß ihr verzehrender Reiz in nichts anderem begründet liegt als im Gefühl, herausgehoben und gesehen zu werden. Noch geschah es nur in einzelnen, seltenen Momenten und vor einer Kulisse biederster Provinzialität. Doch ließ sich, zweifellos, auch mehr und Größeres denken ... Und wenn er in diesen leichtsinnig stimmenden, von Musik, Tanz und bauernschlauer Devotion erfüllten Sommernächten zu Heike Blank hinüberblickte, die ihn mit einer Art besitzergreifender Selbstverständlichkeit begleitete, dann meinte er, in ihren Augen ein Funkeln zu entdecken, das ihn zugleich aufstachelte und erschreckte. Eine an ihn und an sich selbst gerichtete Anerkennungsbegierde, die sie fremd und auf verschwörerische Weise doch wieder vertraut machte – als spräche sie aus, was er zu denken nicht wagte.

Ja, Heike Blank ... Er lebte nun sogar mit ihr zusammen. Es hatte sich so gefügt, besser gesagt: wohl fügen müssen. Denn anders wäre der Beweis, daß seine Besuche bei Breisingers und die damit verbundenen Hilfeleistungen keineswegs privater Natur waren, kaum überzeugend zu führen gewesen. Zwar lag Irmgards Magisterarbeit inzwischen sauber getippt zur Beurteilung vor, und wie zu hören war, fand ihr Professor sie ›in toto recht gelungen‹. Doch entwickelten die Kinder des Ministerpräsidenten eine nachgerade beachtliche Virtuosität, das Umfeld ihres berühmten Vaters für sich einzuspannen, und Gundelach galt ihnen als fähiges Objekt, Familienfeiern dichterisch zu überhöhen. Hätte er sich dem entziehen sollen? Hatte der Fahrer danach zu fragen, ob es zu einem Staatsempfang oder zum Frisör ging? So reimte er also mit leichter Hand Oden zu Geburtstagsfeiern und ein mit verteilten Rollen zu lesendes Chronistenstück, das dem Silberhochzeitspaar Rudolf und Anne Breisinger humoristische Begebenheiten seines gemeinsamen Lebensweges in Erinnerung rief. Und nach und nach durfte er sich beinahe als Vertrauter der Familie fühlen, was den Umgang mit ihrem Oberhaupt in angenehm entspannte Bahnen lenkte.

Bertsch, zu dem er nur noch selten gerufen wurde, ließ ihn gewähren. Heike war es, nachdem sie zusammen eine kleine, gemütliche Wohnung genommen hatten, zufrieden. Die Tage des Sommers und des durch prächtige Laubfärbung sich ankündigenden Herbstes flossen leicht und harmonisch dahin.

Dann nahm Pullendorf seinen Abschied.
Regierungspräsident der Landeshauptstadt wurde er, und obwohl dieses Amt wenig zu bieten schien, was einen führenden Kopf der Staatskanzlei reizen konnte, setzte er alle Energie ein, es zu erlangen. Mehrmals bedrängte er Breisinger, ihn ziehen zu lassen, und als dieser sich bog und wand und Zeit zu gewinnen suchte, paßte er ihn gar auf der Treppe ab, um ihn weich-

zuklopfen. Schließlich wurde der Ministerpräsident mürbe und gab nach. In einer spärlichen Feierstunde erhielt Pullendorf seine Bestellung. Kurz darauf erschienen erste Interviews mit ihm, in denen er ankündigte, die Verwaltungsebene, der er nun vorstand, stärken und von der Ministerialbürokratie unabhängiger gestalten zu wollen.

Pullendorfs Abgang war kaum vollzogen, da platzte die nächste Bombe: Günter Bertsch wechselte als Ministerialdirektor ins Innenministerium. Nüchtern und ohne Aufhebens, wie es seinem Charakter entsprach, räumte er den Schreibtisch, lud die Presseabteilung ein letztes Mal zu sich und bemühte sich nicht, Trennungsschmerz zu heucheln.

Breisinger gab ihm in der Bibliothek einen Empfang. Auf ihren gemeinsamen Beginn im Innenministerium anspielend, zitierte er ein französisches Sprichwort. On revient toujours à son premier amour, sagte er. Immer kehrt man zu seiner ersten Liebe zurück. Bertsch quittierte es mit nachdenklichem Lächeln.

Monrepos, ohnehin nur noch mit sich selbst beschäftigt, geriet in Aufruhr. Die Spekulationen überschlugen sich. Dr. Zwiesel, allseits mit der Erwartung konfrontiert, von Breisinger zum neuen Pressechef ernannt zu werden, lief bleich und angespannt umher. Zwei Wochen lang geschah nichts. Dann kam die Nachricht: Nicht Bertschs Stellvertreter, sondern ein gänzlich unbekannter Ministerialrat aus dem Finanzministerium namens Bolder habe das Rennen gemacht. Den Grund dafür wußte niemand. Zwiesel erbat seine Versetzung. Man fand eine Position als Vizepräsident eines Regierungspräsidiums im Osten des Landes für ihn.

Die Dämme waren gebrochen, das Weltbild des Olymps verkehrte sich. Fast galt es nun als Makel, nicht fortberufen zu werden. Wer in Ermangelung anderer Angebote bleiben mußte, fühlte sich sitzengelassen. Dr. Brendel betrieb ebenso dezent wie zielstrebig seine Berufung zum Rechnungshofpräsidenten und hatte Erfolg damit. Danach gab es keinen plausiblen Grund mehr, die Bewerbung Recks, der als Amtschef ins Finanzministerium strebte, abzuschlagen.

Binnen weniger Monate hatte die Staatskanzlei ihre gesamte Führungselite eingebüßt. Endzeitstimmung durchzog das Haus.

Warum? Warum hatte Breisinger das zugelassen? Niemand wußte eine schlüssige Antwort darauf. Dr. Weis sagte: Er hat einen Treuekomplex, das ist seine größte politische Schwäche. Tieftraurig sagte er es, ohne jeden Triumph, schon wieder recht behalten zu haben.

Monrepos aber hatte mehr verloren als ein paar fähige Köpfe. Der Nimbus war zerstört, die Aura der Unbesiegbarkeit löste sich auf. Als man wieder zur Besinnung kam, fand man sich zurückgeworfen auf den Status einer Dutzendbehörde, die recht und schlecht versuchte, den Neuanfang zu bewältigen. Die Nachfolger standen im Schatten der Ausgeschiedenen, sie wurden an deren von der Erinnerung verklärten Eigenschaften gemessen. Und wie sich für verwaiste Kinder nicht in kurzer Frist ein Elternersatz finden läßt, der dem Gewesenen den Schmerz nimmt, war auch hier die Empfindung zielloser Leere das vorherrschende Element, das den Alltag bestimmte und seinen Gang lähmte.

Auch Gundelach wurde von der allgemeinen Depression angesteckt, obwohl er sich, bei ruhiger Überlegung, nicht wenig darüber wunderte. Bertsch war beileibe nicht nur sein Freund gewesen. Je ungenierter der junge Emporkömmling, der er in den Augen des Älteren zweifellos war, direkten Umgang mit Breisingers Familie pflegte, um so kälter und abweisender reagierte der Vorgesetzte. Zuletzt schien es, als interessiere ihn des Regierungsrats Schicksal gar nicht mehr. Er hatte ihn wohl, was das gewöhnliche Handwerk einer Pressestelle betraf, abgeschrieben.

Und doch: Jetzt, da Günter Bertsch gegangen war, merkte Gundelach, wie sehr er ihn gebraucht hatte. Seine Strenge und Unnahbarkeit, die kompromißlose Härte, mit der er machtpolitischen Pfaden folgte – sie waren Instanz gewesen; Orientierungspunkte im Treibsand flüchtiger Beziehungen, in dem herumzustapfen Lust bereitete, solange man sicher sein konnte, daß es auch das andere gab: die feste Erde, den schroffen, felsigen Grund, zu dem sich notfalls zurückkehren ließ, selbst wenn die Kantigkeit schmerzte.

Das fehlte nun ... Es fehlte, so schien es, auch den Mitarbeitern Pullendorfs und Recks, die so oft den Druck, der auf sie ausgeübt wurde, beklagt hatten. Und doch hatten sie ihr Übernächtigtsein wie das Erkennungszeichen eines geheimen Ordens stolz zur Schau getragen. Jetzt waren sie ausgeruht und fanden keine Freude daran.

Schneckenhäuser

Am 5. September wurde Hanns-Martin Schleyer entführt. Breisinger, zu Besuch im Schweizer Kanton Thurgau, eilte zurück, berief eine Sondersitzung des Kabinetts ein, kondolierte den Familien der erschossenen Begleitpersonen Schleyers und folgte der Einladung des Bundeskanzlers, am Großen Krisenstab in Bonn teilzunehmen. In Stammheim und anderen Gefängnissen wurde gegen die einsitzenden Mitglieder der ›Rote Armee Fraktion‹ eine Kontaktsperre verfügt.

Noch widerstanden die Parteien der Versuchung, politisches Kapital aus den Ereignissen zu schlagen. Aber Breisinger hatte die Vorwürfe nicht vergessen, die wegen der angeblichen Isolationsfolter, des Abhörens von Verteidigergesprächen und der Zwangsernährungspraktiken gegen ihn und seine Regierung erhoben worden waren. Er bereitete sich darauf vor, bei nächster Gelegenheit abzurechnen.

Alles, was er seit Jahren vergeblich forderte, sollte gegen die laxe Bundesregierung aufgefahren und zum Beweis genommen werden, daß die Eskalation der Gewalt, wie sie mit der Ermordung Siegfried Bubacks und Erich Pontos begonnen und jetzt mit dem Kölner Überfall ihren traurigen Höhepunkt erreicht hatte, bei kompromißloser staatlicher Härte zu vermeiden gewesen wäre. Kontaktsperregesetz, Sicherungsverwahrung für terroristische Gewalttäter, Verschärfung des Demonstrationsstrafrechts, Verbot radikaler kommunistischer Gruppierungen, Auflösung der Allgemeinen Studentenausschüsse, bundesweites Festhalten am Radikalenerlaß – eine stattliche Geschützbatterie war es, die sich in Stellung bringen ließ. Breisinger war von der Überzeugung beseelt, auch diesmal recht behalten zu haben.

Justizminister Dr. Rentschler dagegen, der mit leiser Stimme im Kabinett über die Anweisungen an den Stammheimer Justizvollzugsdienst berichtete, machte einen nervösen, niedergeschlagenen Eindruck.

In der dritten Oktoberwoche hatte Bernhard Gundelach Frühdienst. Anders als sonst nahm er ihn ernst. Schon vor sieben Uhr saß er am Schreibtisch. Die Herausforderung des Staates durch Terroristen war in ein neues Stadium getreten: In Mogadischu stand die gekidnapte Lufthansamaschine, von Hanns-Martin Schleyer gab es wieder Lebens- und Leidenszeichen. Und die selbsternannten Kriegsgefangenen im Hochsicherheitstrakt waren, wie unter der Hand zu hören war, trotz Kontaktsperre gut informiert und aufgekratzt wie vor dem nahenden Ende einer siegreichen Schlacht.

Es galt, wachsam zu sein.

Am 18. Oktober, um sieben Uhr zehn, klingelte in der Baracke das Telefon.

Innenministerium, Lagezentrum, Walz. Guten Morgen. Mit wem spreche ich?

Regierungsrat Gundelach, Staatskanzlei.

Sie sind der Chef vom Dienst?

Sozusagen.

Schleyer ist tot, dachte Gundelach. Aus den Morgennachrichten und den

Eilmeldungen des Tickers wußte er von der gelungenen Erstürmung des Jets in Somalia. Das ist der Preis. Es mußte so kommen.

Drei Terroristen in Stammheim sind tot, sagte der Beamte knapp. Eine vierte Person, Irmgard Möller, ist schwer verletzt. Es handelt sich unzweifelhaft um Selbstmorde.

Gundelach spürte, wie ihm die Luft wegblieb. Der ›Mescalero‹-Brief fiel ihm ein, jenes anonyme, nach dem Schleyer-Attentat an der Göttinger Universität verteilte Pamphlet. War es ähnliches, was er jetzt empfand: klammheimliche Freude?

Wann erfolgten die ... Suizide?

Das wird gegenwärtig untersucht. Die Toten wurden vor etwa einer Stunde beim morgendlichen Kontrollgang gefunden. Es gibt da ein Problem –.

Ein Problem?

Baader und Raspe haben sich erschossen.

Erschossen? Um Gottes willen, womit denn?

So erschrocken war er, daß ihm das Törichte seiner Frage nicht einmal bewußt wurde.

Mit Pistolen. Wir wissen nicht, wie sie in die Zellen gelangt sind.

Das gibt es nicht, dachte Gundelach. Das ist ganz und gar unmöglich. Hochsicherheitstrakt. Kontaktsperre. Pausenlose Überwachung. Da kommt doch keine Maus rein, ohne daß Alarm ausgelöst wird.

Und die Schüsse wurden auch nicht gehört, von niemandem?

Offenbar nicht.

Wieder ertappte sich Gundelach dabei, Befremdliches zu wünschen. Vielleicht hat ein Wärter durchgedreht und geschossen ... Vielleicht war es Notwehr, er hat den Kopf verloren und stellt sich im Lauf des Tages ... Alles wäre erträglicher als diese riesenhafte Blamage. Die bestbewachten Gefangenen Deutschlands erschießen sich im Law-and-order-Land, ausgerechnet nach dem Triumph der GSG 9, den sie fast zeitgleich mitbekommen haben müssen. Ja, lebten die denn in einem Hotel?

Gudrun Ensslin hat sich erhängt, sagte Walz. Es klang, als wollte er den schlechten Nachrichten eine gute folgen lassen.

Und Irmgard Möller?

Die hat sich Messerstiche beigebracht.

Scheint ja ein ganzes Waffenarsenal vorhanden gewesen zu sein. Warum sind die denn nicht ausgebrochen, haben Geiseln genommen, wenn sie derart bewaffnet waren?

Das frage ich mich auch.

Gundelach gab es auf, von dem Polizisten weitere Aufklärung zu erhoffen. Wahrscheinlich war Walz, der Experte, noch ratloser als er selbst.

Ist der Ministerpräsident schon verständigt? fragte er, seine Gedanken ordnend.

Ja, er wurde vor einer Viertelstunde informiert. Sie sollen ihn gleich zu Hause anrufen.

Gundelach legte auf und lief in den Fernschreibraum. Die Papierfahne des dpa-Apparats wand sich in mäandrischen Kurven auf dem Boden. Reaktionen auf die Geiselbefreiung in Mogadischu, Glückwünsche, Dankadressen, Interviews mit den Passagieren, Hintergründe zu den Tätern und ihren Motiven, Ankündigung von Funkfotos.

Nichts über Stammheim.

Er wählte die Geheimnummer, die er auswendig wußte. Breisinger meldete sich sofort.

Ja, das ist eine unerfreuliche Geschichte, sagte er ohne Einleitung. Hat die Presse schon Wind davon bekommen?

Gundelach verneinte, fügte aber hinzu, lang könne es nicht mehr dauern.

Wir geben von uns aus überhaupt keine Informationen. Das wird alles dem Justizminister und der Staatsanwaltschaft überlassen. Ist das klar?

Klar, erwiderte Gundelach und dachte: Na, so einfach werden wir nicht davonkommen! Und weil er dabei das blasse Gesicht Dr. Rentschlers und die müden, manchmal wie angeekelt abschweifenden Augen hinter ihrem dicken Brillenglasversteck vor sich sah, freute und beruhigte ihn der Gedanke. Nicht einmal klammheimlich, sondern offen.

Ja, es war eine gewaltige Schlappe, und danach lief nichts mehr wie gewohnt. Sich zu verteidigen, darin hatte niemand Übung. Plötzlich war man gezwungen, um Verständnis für menschliche Schwächen zu bitten, humanitäre Grenzen des Strafvollzugs herbeizureden, die Unzulänglichkeit staatlicher Kontrollen einzuräumen. Der aufgestaute Zorn des Bundeskanzlers und der SPD entlud sich in wütenden, verletzenden Attacken; die Presse im In- und Ausland stand kopf.

Dr. Rentschler trat noch im Oktober zurück. Gundelach fand ihn erleichtert wie lange nicht mehr. Als die grellen Scheinwerfer im Gobelinsaal endlich ausgeschaltet waren und die letzte Journalistenfrage nach dem Warum? Wie konnte es geschehen? denselben achselzuckenden Verweis auf die laufenden Ermittlungen erbracht hatte wie zu Beginn der Pressekonferenz, löste sich die Anspannung des gewesenen Ministers. Seine Schultern, eben noch rund nach vorne fallend, strafften sich, heitere Gelassenheit glättete die Stirn. Mit einem fast jungenhaften Grinsen verabschiedete sich Dr. Rentschler in einen, wie er sagte, ›langen Urlaub, in dem ich befreit von Politik lesen, nachdenken und wieder zu mir selbst finden kann‹. Es war der erste Rücktritt, den Gundelach erlebte, und der einzige, der ohne beleidigte Anklage oder posenhaftes Selbstmitleid erfolgte.

Der schleichende Verfall auf Monrepos setzte sich während des Winters fort. Breisinger, gewohnt, von seinem Apparat engstens beraten zu werden, sah sich nun einer Beamtenschaft gegenüber, die ergeben seiner Anweisungen harrte. Widerworte hätten den noch jungen Karrieren der Abteilungsleiter geschadet; erst wollten sie ausloten, wie weit man ohne Gefahr gehen konnte. Müller-Prellwitz hielt sich aus der administrativen Tagesarbeit weitgehend heraus. Er trachtete danach, Kabinettsrang zu erhalten und mied alles, was an sein einstiges Beamtendasein hätte erinnern können.

Mit untrüglichem Gespür für das entstandene Vakuum schob sich Oskar Specht in den Vordergrund. Hatte er früher den Part des demokratischen Korrektivs einer machiavellistischen Machtzentrale gespielt, so bereitete es ihm jetzt ein kaum verhülltes Vergnügen, dem bedrängten Regierungschef großmütig zur Seite zu stehen. Anlässe dafür gab es reichlich.

Das Versagen in Stammheim beschäftigte eine Sonderkommission und einen Untersuchungsausschuß. Die Novellierung der Hochschulgesetze, der die Allgemeinen Studentenausschüsse zum Opfer fielen, trieb Tausende von Demonstranten auf die Straße. In Weihl organisierte sich der Protest der Kernkraftgegner zur geschlossenen Bürgerbewegung. Im Parlament geriet die Regierung unter den Dauerbeschuß einer Morgenluft witternden Opposition. Die Medien entdeckten Abnutzungserscheinungen und mahnten die Verjüngung des Kabinetts an. Christdemokratische Gremien, Kaffeekränzchen, so lange die Sonne scheint, begannen zu zischen und zu züngeln. Führungsschwäche wurde geortet, Meinungs- und Popularitätsumfragen machten wie Börsennotierungen die Runde. Die Pressearbeit unter Bertschs Nachfolger Bolder erfuhr heftige Kritik. Früher, hieß es, hätte man auf Monrepos die Journalisten noch im Griff gehabt; jetzt werde nur noch reagiert. Das Stimmungsbarometer zeigte auf Baisse.

Die Delegierten eines Sonderparteitages bestätigten Breisinger zwar unangefochten als Vorsitzenden, wählten aber zugleich Oskar Specht mit satter Mehrheit ins Stellvertreteramt. Nun war er – Chef der Mehrheitsfraktion, zweiter Mann und Hoffnungsträger der Partei – fast so mächtig wie der Ministerpräsident selbst. Wenn er sich jetzt entschloß, ins Kabinett einzutreten, mußte man das als Zeichen von Stärke werten: Hier bereitete sich jemand zielstrebig auf Breisingers Nachfolge vor, indem er die letzte Lücke seiner makellosen politischen Blitzkarriere, die Ausfüllung eines Ministeramts, schloß.

Specht bedachte sich eine Weile, dann griff er zu und formulierte die Bedingungen: Innenminister Gwähr hatte seinen Stuhl freiwillig zu räumen, denn es durfte in der Partei keine Dolchstoßlegende entstehen. Der Wechsel sollte dem größeren, später erfolgenden Revirement vorgezogen werden, um das Außerordentliche dieses Vorgangs zu unterstreichen. Und es mußte ein sachlicher, über alle Zweifel erhabener Grund für die Entscheidung gefunden werden.

Müller-Prellwitz übernahm es, Breisinger die Kautelen nahezubringen. Der sperrte sich und flüchtete in die Weihnachtsferien. Im Engadin erwog er das Für und Wider. Einerseits würde das Regieren mit einem unruhigen, ehrgeizigen Kronprinzen ungleich schwieriger werden als zuvor; man mußte aufpassen, nicht zum Ministerpräsidenten auf Abruf degradiert zu werden. Auf der anderen Seite eröffnete sich die Chance, den jungen Überflieger in die Kabinettsdisziplin einzubinden, die Partei zu besänftigen und auf die Fraktion wieder mehr Einfluß zu gewinnen. Außerdem konnte sich Specht als Polizeiminister bei der Fahndung nach Terroristen die Hörner abstoßen.

Zurückgekehrt aus dem Urlaub, fühlte sich Breisinger stark genug, es auf die Kraftprobe ankommen zu lassen. Gwähr wurde der Amtsverzicht mit dem Versprechen versüßt, der Kultusminister werde seinem Beispiel bald folgen; die Sicherheitslage und der Druck der Öffentlichkeit erforderten jedoch, daß der Posten des Innenministers als erstes neu besetzt werde. Specht erklärte, nach den Vorgängen um die Ermordung seines Freundes Hanns-Martin Schleyers sehe er sich persönlich in der Pflicht, seine ganze Kraft zur Ergreifung der Täter und zur Bekämpfung des Terrorismus einzusetzen. Müller-Prellwitz erhielt Kabinettsrang, was in den Zeitungen als Versuch Breisingers, seinen engsten Vertrauten im Ministerrat zum Gegenspieler Spechts aufzubauen, interpretiert wurde. Specht hatte gegen diese Lesart nichts einzuwenden. Ende Januar 1978 wurde er Innenminister.

An Gundelach glitten die Ereignisse weitgehend ab.

Monrepos hatte seine Faszination eingebüßt, seit dort, wie er es empfand, Mittelmaß eingekehrt war. Seit das Außerordentliche, Bewunderung und Widerspruch Hervorrufende, auf steifen, verlegenen Abschiedsempfängen Stück für Stück aus den Empirezimmern hinausgetragen worden war, so daß es schien, als verkomme das goldblechverzierte Mobiliar zum Requisitenfundus einer Schauspieltruppe, die in ihren besten Zeiten Shakespeare gespielt hatte und sich jetzt mit Boulevardtheater über Wasser halten mußte.

Daß Bolder als Pressechef sich mit dem Formulieren zuweilen schwer tat, war noch eins der kleineren Übel. Bedenklicher schien, wie harmlos alle, die jetzt in den Chefsesseln Platz genommen hatten, agierten – liebenswert und auf anständige Weise harmlos. Renft blühte auf und meldete sich mit doppeltem Eifer zurück; unablässig wurde getagt und geschrieben. Aber die wichtigsten Ressorts hatten jetzt neue Herren, aus dem Innenministerium und dem Finanzministerium wehte ein scharfer Wind.

Gundelach entdeckte in sich das Verlangen, unter diesem Wind, der Frische und Aufbruch verhieß, zu segeln, statt der zutage tretenden Einsamkeit eines alternden Ministerpräsidenten verhaftet zu bleiben, den der eigensüchtige Exodus seiner Geschöpfe in ein Schneckenhaus verbitterten Mißtrauens getrieben hatte.

Knapp zwei Jahre lebte er schon auf Schloß Monrepos, da störte ihn ein Anruf Tom Wieners auf, der sich bis dahin, entgegen seiner Ankündigung im Gästehaus Schaumberger, nie mehr gemeldet hatte.

Wir wollten uns ja mal treffen, sagte Wiener. Bei mir war in der Zwischenzeit ziemlich viel los, deswegen klappte es nicht. Aber jetzt läuft's etwas ruhiger – bei Ihnen auch, hab ich den Eindruck. Wie wär's mit einem Mittagessen im Steigenberger? Gleich morgen? Okay, zwölfuhrdreißig, ich bestell den Tisch. Tschüs, bis morgen.

Gundelach trug den Termin in seinen Kalender ein. Vor den Kollegen verschwieg er die Verabredung.

Obwohl er pünktlich war, wartete der Pressesprecher schon auf ihn. Wiener faltete die Zeitung, die er gerade las, zusammen und legte sie zu fünf, sechs weiteren, die sich auf dem Stuhl neben ihm stapelten.

Die Schneckenrahmsuppe ist gut hier, sagte er. Und Fisch jeder Art. Aber bestellen Sie, was Sie wollen.

Gundelach mochte weder Schnecken noch Fisch. Er wählte Huftsteak vom Angus-Rind mit Sauce Bernaise, davor eine Fasanen-Consommé, und tat es in der Erwartung, daß wer reserviert auch zahlt. Wiener orderte Tartar mit Spiegelei und Bratkartoffeln. Es stand nicht auf der Karte, aber der Kellner nahm den Wunsch entgegen, ohne mit der Wimper zu zucken.

Tja also – sagte Spechts Vertrauter gedehnt, blickte erst auf den leeren Teller und dann ins Gesicht seines Gegenüber –, wie gefällt es Ihnen denn so bei Breisinger? Gegenwärtig, meine ich?

Schon der Ton seiner Stimme verriet, welche Antwort er erwartete. Gundelach befand dennoch, es sei taktisch klüger, sich zunächst bedeckt zu halten.

Gut, erwiderte er knapp. Wieso fragen Sie?

Ach, nur so. Interessehalber. Die Lippen Tom Wieners verzogen sich zu einem etwas angestrengten Lächeln. Aber wenn Sie zufrieden sind mit Ihrem Job, ist ja alles in Ordnung.

Der Kellner bracht das bestellte Pils vom Faß.

Prost, sagte Wiener und ließ Gundelach nicht aus den Augen. Wie alt sind Sie? fragte er plötzlich.

Neunundzwanzig.

Ziemlich jung, wie? In Ihrem Alter, warten Sie mal, fing ich gerade beim Deutschlandfunk an. Vor neun Jahren war das. Mit dem Tonbandgerät bin ich in die Freie Universität marschiert und hab die Demonstrationen, die Prügeleien, das Ho-Ho-Ho Chi Minh-Geschrei aufgenommen. Widerwärtig. Der Haß in den Gesichtern, die geballten Fauste, das fanatische Gebrull – aber journalistisch hochinteressant und ergiebig. Was haben Sie in der Zeit gemacht?

Gundelach gab vor zu überlegen.

Studiert, sagte er schließlich.

Der Kellner servierte die Consommé. Ein Tässchen, ein Löffelchen, zwei Finger breit Goldbraunes.

'nen Guten, sagte Wiener. Fangen Sie an, sonst wird's kalt.

Gundelach fühlte sich wohl beim Löffeln. Mal sehen, wie lange er das Schweigen aushält, dachte er.

Sie haben einen ganz guten Draht zu Breisinger, nicht? Er schätzt Sie sehr.

Ich weiß nicht. Auf jeden Fall schätze ich ihn.

Das glaube ich. Könnten Sie sich trotzdem vorstellen, für jemand anderen zu arbeiten?

Kommt darauf an, als was und für wen!

Als Redenschreiber für den neuen Innenminister. Er verzweifelt fast, wenn er liest, was seine Beamten ihm vorlegen. Das ist nicht sein Stil, verstehen Sie?

Was ist denn sein Stil?

Jetzt war es Wiener, der sich mit der Antwort Zeit ließ.

Eigentlich hat er gar keinen, sagte er endlich mit entwaffnender Offenheit. Wer mit vierzig Minister ist und schon zwei, drei Karrieren hinter sich hat, die andere ihr Leben lang nicht schaffen, bringt wohl nicht die nötige Zeit dafür auf. Vielleicht sollte ich Ihnen das nicht so ungeschützt erzählen. Ich mach's trotzdem, weil ich das Gefühl habe, daß Sie in unser Team passen würden.

Das schmeichelnde Flirren in Wieners Stimme entging Gundelach nicht. Der größere Trick freilich, ihn mit einer Banalität zum scheinbaren Vertrauten zu machen, verfing.

Ich müßte erst mal selbst mit Herrn Specht sprechen, sagte er unsicher. Solange ich nicht wenigstens in Umrissen seine Vorstellungen kenne, läßt sich schwer beurteilen, ob ich der Richtige für ihn bin.

Das ist selbstverständlich, stimmte Wiener zu und lehnte sich befriedigt zurück.

Während des Essens drehte sich die Unterhaltung um Belangloses. Der Abgesandte des neuen Innenministers war gewiß ein passabler Schauspieler, doch jetzt gab er sich wenig Mühe, sein verblassendes Interesse an Gundelach zu verbergen. Er hatte seinen Auftrag ausgeführt, Spechts Vorzimmer würde einen Gesprächstermin mit dem Regierungsrat vereinbaren. Mehr brauchte im Moment nicht arrangiert zu werden. In Gedanken war er wohl schon beim nächsten vertraulichen Plausch mit Journalisten oder bei der Zwiesprache mit einem Abgeordneten in einer der vielen Nischen des Landtagsfoyers. Vielleicht ersann er auch eine neue spektakuläre Aktion seines Meisters, der als Chef von zwanzigtausend Polizisten über ein breites, der fantasievollen Nutzung harrendes Einsatzfeld verfügte.

Doch von alldem wußte Gundelach im Steigenberger nichts. Ihn befremdete nur, daß sein Gesprächspartner so gar keine Neigung zeigte, den Inhalt seiner künftigen Tätigkeit, wenn er denn mit Specht handelseinig werden sollte, näher zu erläutern. Das kommt dann schon von selbst! sagte Wiener. Da machen Sie sich mal keine Sorgen.

Sie gingen mit kurzem Händedruck auseinander.

Die Rechnung wie immer an mein Büro! rief Wiener dem Kellner nach, der die Tür aufhielt.

Gundelach gewann aus dem schalen Geschmack, den das Treffen bei ihm hinterließ, die Überzeugung, daß es besser wäre, den Wechsel nicht zu vollziehen. Da war ihm Breisingers ernste und genaue Art doch lieber als dieses oberflächliche Menschenfischen. Noch weniger als Fischspeise mochte er das Gefühl, selbst eine zu sein.

Die Entscheidung wurde ihm indessen abgenommen, denn von Oskar Specht hörte er nichts.

Im Mai erschien in einer Wochenzeitschrift ein Artikel, den Bauer bei der Zusammenstellung des morgendlichen Pressespiegels glatt übersah, weil das Thema, die Praxis der Kriegsgerichtsbarkeit im Dritten Reich, Feinkostlektüre für Historiker war. Um ihn zu lesen, mußte man viel Zeit haben oder einschlägig interessiert sein. Auch der Autor des umfänglichen Beitrags, ein zeitkritischer Dramatiker mit ausgeprägtem Faible fürs Historische, stand nicht für tagespolitische Relevanz.

Es fand sich aber inmitten der detaillierten Schilderungen nazirichterlicher Kruditäten eine Passage, eigentlich nur ein kompliziert verschachtelter Satz, der Breisinger betraf und ihn beschuldigte, noch nach Kriegsende als Stabsrichter in britischer Gefangenschaft NS-Gesetze gegen einen deutschen Soldaten angewandt zu haben. Und wer diese mit einigen unfreundlichen Wertungen gespickte Behauptung aufspürte und zum Gegenstand eines empörten Briefes an Breisinger machte, war niemand anderes als der gebrechliche, aber geistig noch ungemein rege Altministerpräsident, den man zwar zuweilen stützen, niemals jedoch über die Würde des Amtes, das er einst innegehabt, belehren mußte.

Das Schreiben verpflichtete Breisinger, sich zu wehren, was er auch tat, schon um der Staatsraison willen. Klugerweise unterließ er es, die Sache an die große Glocke zu hängen, sich öffentlich zu äußern und damit schlafende Hunde zu wecken. Bis dahin leitete ihn sein Instinkt richtig, denn beraten ließ er sich in Angelegenheiten, die er als ›degoutant‹ empfand, von der neuen Mannschaft nicht. Dann aber übergab er, als sei die politische und die juristische Seite des Falles säuberlich voneinander zu trennen, den Vorgang an seinen Persönlichen Referenten, und Gärtner verfuhr, wie es vereinbart war und sich bewährt hatte. Er beauftragte den Rechtsanwalt, den er immer beauftragte, einen geharnischten Brief zu schreiben, mit Unterlassungsaufforderung, Klageandrohung und Schadensersatzbezifferung im Falle des Zuwiderhandelns.

Die Summe war hoch gegriffen. Beleidigungen durch Dramatiker sind teurer als Anwürfe der Hubers, Meiers und Schulzes.

Niemand war da, der warnend darauf hingewiesen hätte, daß es eine Sache ist, irgendwelche Nörgler mit dem Knüppel juristischer Schritte einzuschüchtern, eine andere aber, sich mit einem Literaten anzulegen, hinter dem die Recherchekapazität und der journalistische Beuteeifer publizistischer Großmächte stehen. Bertsch versuchte im Innenministerium, Spechts Tatendrang in geordnete Verwaltungsbahnen zu lenken, Müller-Prellwitz widmete sich Staats- und Sportgeschäften.

Als die Redaktion der Wochenzeitschrift sich weigerte, von ihrer Behauptungen ein Jota zurückzunehmen, gab Breisinger grünes Licht für die Klage. Es schien ein Akt staatskanzleilicher Routine.

Brief an die Eltern

Liebe Eltern, Den 29. Juni 1978

zunächst bedanke ich mich herzlich für Eure Glückwünsche zu meinem dreißigsten Geburtstag. Natürlich habt Ihr recht, wenn Ihr sagt, daß man ein rundes Datum wie dieses eigentlich ordentlich feiern müßte. Und ebenso gut verstehe ich, daß Ihr über mein langes Schweigen unglücklich seid. Ich bin sicher nicht das, was man einen gefälligen Menschen nennen mag. Heike, die sich schon schlafen gelegt hat, hat mir auch schon vorgehalten, sie in letzter Zeit zu vernachlässigen.

Nun, ich will versuchen, einiges, wenn nicht gutzumachen, so doch wenigstens zu erklären. Mit ein paar Sätzen ist das allerdings nicht zu schaffen; Ihr müßt, worin Ihr ja geübt seid, Geduld aufbringen. Eine positive Nachricht habe ich übrigens auch noch, aber die spare ich mir für den Schluß auf. Ohne sie würde ich den Brief vielleicht gar nicht abschicken, wer weiß ... Ich fürchte nämlich, es wird ziemlich viel Seelenmüll, den ich bei Euch abladen werde. Aber das darf man doch auch noch mit dreißig, oder?

Ihr wißt aus den Medien, was sich gegenwärtig bei uns abspielt, besser gesagt: Ihr wißt, was darüber berichtet wird. Das ist aber nur die äußere Sicht der Dinge – eine Art Kriegsberichterstattung hinter der Front. Wir aber sitzen hier mitten drin im Kessel, und es ist alles noch weit traumatischer, als es sich nach außen darstellt.

Ich muß in diesen Tagen und Wochen oft an Dich denken, Vater. Du hast, was ich Dir immer hoch angerechnet habe, über Deine Erlebnisse beim Rußlandfeldzug, über den Krieg insgesamt, nie ein Wort verloren. Du wolltest, glaube ich, weder prahlen noch uns Kinder ängstigen, sondern einfach vergessen und nach vorne schauen. Ich habe diese Stärke nicht. Vielleicht kommt Dir schon der Vergleich, den ich wähle, um unsere Lage zu beschreiben, unpassend und überspannt vor. Was ist ein Krieg der Worte und der Akten, verglichen mit einem ›richtigen‹ Krieg?

Und doch wird es auch hier Opfer geben, dessen bin ich mir sicher, und ein Lebenswerk wird vernichtet werden. Ich hätte mir bis vor kurzem nicht vorstellen können, wie schnell und schonungslos so etwas geschehen kann.

Breisinger verfällt von Tag zu Tag mehr. Wer ihn kennt, merkt es deutlich. Noch schlimmer aber ist für uns, die wir doch immerhin ein ganzes Stück Weg mit ihm zusammen gegangen sind (manche seit zehn Jahren und mehr!), daß sein *Bild* in uns zerfällt, nein, daß es schon zerfallen ist. Und keine Macht der Welt wird es mehr kitten.

Wir sitzen hier auf Trümmern und müssen so tun, als sähen wir sie nicht. Dabei sind es die Trümmer unserer eigenen – ich finde kein passendes Wort dafür, sagen wir: Illusionen. Ja, wir sitzen auf den Trümmern aller Illusionen, an die wir geglaubt haben, und müssen nun ständig neue produzieren, an die keiner mehr glaubt – außer Breisinger vielleicht, und das macht die Sache noch schmerzlicher.

Ich bin gegenüber den Vorwürfen, die jetzt auf Breisinger wie Granatfeuer niederprasseln, besonders empfindlich. Lange wollte ich es nicht wahrhaben, daß auch nur die objektiven Tatsachen zutreffen könnten. Dabei hat mich das erste Urteil, jenes vom Mai 1945, dessen Erwähnung in einem Zeitungsartikel den Stein ins Rollen brachte, noch relativ kalt gelassen. Gut, es mutet seltsam an, jemanden nach dem Zusammenbruch des Dritten Reichs wegen Gehorsamsverweigerung für sechs Monate einzubuchten. Aber die Engländer selbst hatten ja wohl, zur Aufrechterhaltung der Disziplin im deutschen Gefangenenlager in Oslo, Order gegeben, die seitherigen Befehlsverhältnisse bis auf weiteres bestehen zu lassen. Dann konnte man Widersätzlichkeiten schlecht nach angelsächsischem Recht aburteilen. Und außerdem sind sechs Monate Knast, wenn man ohnehin in Gefangenschaft ist, nicht die Welt, denke ich – oder sehe ich das falsch?

Dann aber kam diese entsetzliche Geschichte, die der Spiegel Anfang Mai aufgedeckt hat. Breisinger beantragt als Vertreter der Anklage gegen einen Soldaten die Todesstrafe wegen versuchter Fahnenflucht und wohnt ihrer Vollstreckung im März 1945 bei. Es will mir bis heute nicht in den Kopf, daß es keine Möglichkeit gegeben haben soll, durch Winkelzüge die Hinrichtung bis über das absehbare Ende des Krieges hinauszuschieben, wenn man es denn nur gewollt hätte.

Kann man so etwas vergessen, Vater? Stumpft das Töten im Krieg so sehr ab, daß auch die Erschießung eines wehrlosen jungen Mannes keine Spuren in einem hinterläßt? Fast wünschte ich, Du hättest mir doch von Deinen Erlebnissen in Frankreich und in Rußland erzählt, vielleicht fühlte ich mich dann nicht ganz so ratlos.

Breisinger ist für uns, seine Mitarbeiter, ein Mann des Widerstands gewesen. Das Wissen um die mutige, untadelige Vergangenheit dieses Mannes war wie ein moralisches Gütesiegel, das in die Gegenwart hineingewirkt und manches legitimiert hat, was politisch effizient, aber nicht gerade demokratisch und fair gewesen ist. Ich habe mir gedacht: Wer in Zeiten äußerster Bewährung so standhaft für Recht und Freiheit eingetreten ist, der hat auch das Recht, die machtpolitischen Möglichkeiten der Parteiendemokratie bis an ihre Grenzen auszuloten, denn seine Gesinnung und sein Gewissen stehen außer Zweifel; sie werden ihm die Schranken, die ihm gesetzt sind, jederzeit aufzeigen.

Das ist nun dahin. Und was die Sache ganz unerträglich macht, ist das Feilschen um die guten Taten, die Breisinger angeblich oder auch wirklich als Student, als Referendar, als Richter und als Wasweißich begangen hat. Diese fieberhafte, entwürdigende Jagd nach positiven Grammgewichten, die seine Vergangenheit aufwiegen sollen. Dazu treibt er uns an, rücksichtslos, als sei unser einziger Daseinszweck, ihm das Überleben zu sichern.

Wir suchen und befragen Zeugen, Pfarrer, Professoren, Söhne von Wehrmachtsoffizieren, die bereit sind, ein gutes Wort für ihn einzulegen. Die von ihrem Vater – und der womöglich wieder von einem Dritten – gehört haben, der Stabsrichter B. sei von ›antinationalsozialistischer Grundsatztreue‹ gewesen. Witwen und Töchter werden ausfindig gemacht, die von Gesprächskreisen und Dichterzirkeln wissen, in denen Hitler und seine Gesellen gezaust wurden (meist war das allerdings schon Anfang der dreißiger Jahre), und die versichern, Breisinger habe diesen literarisch-konfessionellen Runden angehört.

Die Korrespondenz mit Historikern, vermute ich mal, füllt inzwischen Bände, und wenn die Herren Verständnis für die Situation eines Richters in einer sich auflösenden Armee äußern, empfängt man sie wie Könige. Unablässig reisen Beamte zu Archiven – unser Justitiar kennt den Weg zum Bundesarchiv in Kornelimünster, wo militärische Strafverfahrensakten aus der NS-Zeit verwahrt werden, schon auswendig –, unablässig finden Besprechungen mit Anwälten statt, unablässig konferiert der Ministerpräsident mit Greisen, die ihm Rat und Hilfe andienen; die Leserbriefe schreiben und mit Leidenschaft das Gestern zum Leben erwecken wollen.

Die Vergangenheit, Vater, ist auferstanden bei uns. Es ist eine schreckliche, eine ängstigende Vergangenheit, der es mühelos gelingt, auch uns Heutige einzuschüchtern und zu deformieren. In Kornelimünster erhält unser Justitiar nur für Sekunden Einblick in die Akten, denn sie sind noch immer vertraulich. Er wagt nicht, sich Notizen zu machen, meint aber, weitere

Urteile Breisingers, Todesurteile, entziffert zu haben. Breisinger dagegen hat öffentlich erklärt, nur an dem einen, vom Spiegel aufgedeckten Todesurteil mitgewirkt zu haben. Was soll der Beamte nun machen, soll er seinem Sekundeneindruck oder seinem Dienstherrn trauen?

Die Juristen der Fachabteilungen kauen alte Strafverfahren durch, bei denen Breisinger gegen zu harte Urteile Einspruch eingelegt hat, Milderungen von Untaten werden zu Wohltaten. Wir in der Pressestelle verbiegen uns zu Meistern der Verdrängung, der tägliche Pressespiegel gaukelt Normalität und heile Welt vor. Der Fall B. findet gar nicht oder nur auf den letzten Seiten statt, um die labile Psyche des Ministerpräsidenten nicht noch mehr zu belasten.

Seit Wochen leben wir in einem Ausnahme- und Belagerungszustand. Bunkermentalität, wohin man blickt. Die Montage und Donnerstage sind Angsttage, denn dann erscheinen die großen politischen Magazine, und keines läßt eine Woche verstreichen, ohne sein Steinchen zum Mosaik des menschlichen Ungeheuers, als das sie Breisinger entlarven wollen, beizutragen. Oft schreiben sie nur um, was andere Presseorgane Tage zuvor formuliert haben, doch immer wieder gelingt es ihnen auch, alte Artikel, Briefe, Verfügungen auszugraben, die Breisinger in die Nähe der damaligen Machthaber rücken sollen. Bis wir die Dinge durch Rückfragen beim Ministerpräsidenten geklärt und eine Sprachregelung gefunden haben, die er akzeptiert, ist das nächste Blatt auf dem Markt, und der Kampf gegen die Hydra beginnt von neuem. Sie spielen sich die Bälle zu, um uns nicht aus der Defensive entkommen zu lassen, und es gelingt ihnen perfekt.

Mit jeder Verteidigung wachsen die Zweifel im eigenen Lager. Der Chor der Getreuen wird dünner, die Solidaritätsadressen nehmen formelhafte Züge an. Erste Absetzbewegungen sind erkennbar. ›Es darf nun aber nicht mehr viel kommen‹, heißt es in der Partei. Specht, der Innenminister, den viele für den Kronprinzen halten, gibt hin und wieder Erklärungen ab, die so deutlich als Pflichtübungen zu erkennen sind, daß es für Breisinger besser wäre, Specht sagte gar nichts. Auch in der Fraktion grummelt es. Die Nervosität steigt von Tag zu Tag.

Ich fühle mich wie in einem Alptraum befangen. Die Realität ist uns abhanden gekommen, plötzlich, von einem Tag auf den anderen. Statt Landespolitik wird Bewältigungspolitik von uns gefordert. Kein Wunder, daß wir darin schlecht sind, zumal Breisinger die Erfahrensten von uns hat ziehen lassen.

Der Sieg vom 3. April letzten Jahres war zu groß für ihn und für uns, das steht fest. Wir bezahlen jetzt die Rechnung dafür, daß wir bedingungslos polarisiert haben, daß aus Gegnern Feinde wurden und politischer Kampf in Gesinnungskrieg umschlug. Wir haben jede Schwäche der anderen ausgenutzt und kein Pardon gegeben – nun widerfährt uns dasselbe.

Insoweit geht das, was jetzt geschieht, politisch in Ordnung. Aber ich sehe keinen Sinn darin, meine weitere Tätigkeit dem monomanen Verlangen eines einzelnen, vor der Geschichte zu bestehen, unterzuordnen. Ob das Bild, das er von sich entwirft, ein Trugbild ist oder nicht, interessiert mich inzwischen fast nicht mehr; zerbrochen ist es sowieso. Alles, was ich will, ist, zurück in die Gegenwart zu finden und die erstickende Luft vergilbter Akten und wiedererweckter Toter nicht mehr atmen zu müssen.

Was du mir erspart hast, Vater, warum soll es ein anderer von mir fordern dürfen?

An meinem Geburtstag, von dem er natürlich nichts wußte, hat Innenminister Specht bei mir angerufen und mich gefragt, ob ich Lust hätte, für ihn zu arbeiten. Ganz überraschend kam sein Angebot nicht, denn im Frühjahr hatte sein Pressereferent Wiener mir dieselbe Offerte schon einmal unterbreitet. Da ich von beiden danach nichts mehr hörte, hielt ich die Sache für erledigt. Specht indessen knüpfte an dieses Gespräch an, als wäre es gestern gewesen, und er tat so, als hätte ich bereits fest zugesagt. Der Mann kann einen sogar am Telefon schwindlig reden!

Ich habe nur kurz überlegt und dann zugestimmt. Es war wie eine Erlösung, wie ein Rettungsring, den mir jemand zugeworfen hat. Ob wir zwei überhaupt miteinander zurechtkommen werden, ob Günter Bertsch, der seit einem halben Jahr Verwaltungschef im Innenministerium ist, mich in Gnaden aufnimmt, ob ich zu Tom Wiener, dem Intimus Spechts, einen Draht finden werde – all das ist ungewiß. Aber es ist die normale Ungewißheit des Zukünftigen, der man mit Optimismus entgegensieht, nicht das qualvolle Umherirren im Schattenreich der Geschichte, das uns selbst zu Schimären macht.

Am 1. September beginne ich meinen neuen Dienst, vorher ist keine Stelle frei. Ich freue mich darauf und nehme es als gutes Omen, daß die Entscheidung fiel, als ich dreißig wurde.

Die Herren von Monrepos haben meinen Entschluß, sie zu verlassen, mit Groll quittiert. Ich bin nun auch ein Fahnenflüchtiger, der von Bord geht, wenn das Ende naht. Sei's drum! Ein Fahnenflüchtiger mehr oder weniger, das spielt in diesem gespenstischen Reigen keine Rolle mehr. Allerdings würde ich mich gerne von Breisinger persönlich verabschieden; ich verdanke ihm viel.

War dies die gute Nachricht, die ich angekündigt habe? O nein, wie könnt Ihr das glauben! Es gibt, denke ich, noch Wichtigeres im Leben als das berufliche Fortkommen. Ja, es ist soweit, Heike und ich werden heiraten! Die Überlegung, den Schritt zu wagen, trug ich schon längere Zeit mit mir herum, doch der durch die Politik verdorbene Junggeselle in mir flüsterte immer wieder dazwischen: ›Freiheit statt Heirat!‹ So färben Parolen ab, es ist nicht zu glauben.

Am Geburtstagsabend aber, als wir weit über unsere Verhältnisse essen gingen, habe ich mir einen Stoß gegeben und den alten Störenfried mit einem Fußtritt verabschiedet. Wenn schon Trennung, dann richtig! So habe ich Heike bei Kerzenschein einen regelrechten Antrag gemacht, und sie hat ihn in aller Form angenommen. Allerdings erst nach dem Dessert, weil sie ein systematisch denkender Mensch ist und es nicht liebt, Äpfel und Birnen zu vermengen.

Es ist inzwischen drei Uhr morgens. Ich habe mir den Brief noch einmal durchgelesen, und die Zweifel, ob ich ihn wirklich absenden werde, wachsen. Wie wild geht es darin durcheinander – Tod und Heirat, Verzweiflung und alberne Scherze! Doch bin ich zu müde, ihn neu zu schreiben. Und wahrscheinlich spiegeln die Zeilen meine zwischen Schmerz und Freude schwankende Gemütsverfassung ziemlich genau wider. Monrepos war, trotz allem, meine Heimat.

Heike schläft fest. Ich werde noch einen Spaziergang machen und es dem Zufall überlassen, ob ich unterwegs einen Briefkasten finde.

In Liebe, Bernhard

Ausgezählt

Anfang Juli berichtete ein politisches Fernsehmagazin, Breisinger habe, entgegen seinen Beteuerungen, an einem weiteren Todesurteil mitgewirkt. Im April 1945 habe er einen Deserteur zum Tode verurteilt. Breisinger sei damit der Lüge überführt.

Der Ministerpräsident räumte ein, objektiv Falsches gesagt zu haben, verwahrte sich aber gegen den Vorwurf der Lüge. Das Urteil, erst nach der geglückten Flucht des Angeklagten gefällt und deshalb von vornherein nicht vollstreckbar, wäre seinem Gedächtnis entfallen gewesen.

Die öffentliche Diskussion, ob ein demokratischer Politiker Todesurteile, auch wenn sie nur auf dem Papier stehen, vergessen und verdrängen darf, war gerade entbrannt, als ein weiteres Todesurteil Breisingers bekannt wurde. Gegen einen Obergefreiten war es ergangen, der seinen Kommandeur erschossen und sich dann abgesetzt hatte. Auch dieser Richterspruch war ›in absentia‹ gefällt und nie vollzogen worden, und materiellrechtlich konnte wenig dagegen eingewandt werden. Doch wieder mußte Breisinger einräumen, den Fall vergessen zu haben. Zu seinen Gedächtnislücken bekannte er sich, ein Lügner aber, ein Lügner sei er nicht.

Die Verteidigungsstrategie, dem Volk einen wegen seines stillen Wirkens verkannten Hitlergegner zu präsentieren, der im Rahmen juristischer Möglichkeiten die Schlupflöcher des Unrechtsstaates zur Rettung von Menschenleben genutzt hatte – sie brach nun endgültig zusammen und interessierte niemanden mehr. Die Charakterfrage, das Psychogramm eines unerschütterlich sich im Recht Wähnenden, rückte in den Vordergrund.

Eine Meinungswoge erhob sich, Millionen von Wertungen, Millionen von Urteilen überspülten den, der als einziger darauf beharrte, nicht um Wertungen gehe es, sondern um Fakten, und die Fakten sprächen für ihn.

Aber auch die Fakten wurden immer komplizierter. Die Pressestelle mußte eine von ihr herausgegebene Pressemitteilung mehrfach korrigieren und die Zeitungsredaktionen bitten, die vorigen Fassungen nicht zu verwenden, weil man verschiedene Todesurteile durcheinandergebracht hatte. Spechts Nachfolger im Amt des Fraktionsvorsitzenden, Deusel, begehrte Auskunft darüber, wo, um Gottes willen, der Ministerpräsident ›noch überall herumgerichtet‹ habe. Natürlich sickerte auch durch, daß der Justitiar der Staatskanzlei die Akten des Bundesarchivs längst eingesehen und Breisinger über die weiteren Todesurteile informiert hatte, bevor sie öffentlich bekannt wurden. Zum Vorwurf des Vergessens trat der des Verschweigens.

Monrepos, das einstmals mächtige und stolze Schiff, trieb wie ein Floß Schiffbrüchiger. Die Notraketen, die man abschoß, verglühten. Oskar Specht wartete zu, Tom Wiener sondierte unter den Abgeordneten die Nachfolgefrage. Staatssekretär Müller-Prellwitz befand sich mit seinem Fußballclub auf einer vierzehntägigen Südamerikareise und lehnte es ab, vorzeitig zurückzukehren.

Dennoch gab Breisinger nicht auf: Rücktritt wäre Schuldbekenntnis gewesen – worin aber bestand seine Schuld, was hätte er bekennen sollen? Niemand war durch seine Hand zu Tode gekommen, das ließ sich belegen, einige verdankten ihm ihr Leben, dafür gab es Zeugen, die ganze Kampagne würde in sich zusammenbrechen, wenn er nur lange genug durchhielt ... Das größte Risiko war jetzt die Partei, diese wankelmütige, pfründenängstliche Partei, die Solidarität für eine sozialistische Vokabel hielt. Noch ein Todesurteil, hieß es, dann ist es soweit, dann stürzt er, unweigerlich. Als hätte jeder in der CDU drei Todesurteile frei. Die Perversion dieser Argumentation aber wurde niemandem bewußt, alle akzeptierten sie, das Auszählen im Ring hatte begonnen.

Breisinger verlangte vom Bundesarchiv den vollständigen Überblick über seine Gerichtsverfahren und erhielt ihn. Und siehe da, er hatte tatsächlich noch ein Todesurteil beantragt, gegen einen Plünderer, aber auch dieses vierte Urteil war nicht vollstreckt worden. Breisinger selbst hatte dafür gesorgt, daß es in eine Freiheitsstrafe umgewandelt worden war. Als er die Flucht nach vorn antrat und das Urteil, das er beantragt und dann doch verhindert hatte, von sich aus der Öffentlichkeit bekanntgab, fühlte er sich in seinem Selbsturteil, ein Pfeiler der Humanität gewesen zu sein, bestätigt.

Die Partei, die Medien und die öffentliche Meinung aber zählten nur auf vier, ohne Rückkoppelungsmodell und Persuasionseffekt taten sie es; vier Todesurteile hatte er vergessen oder verschwiegen, eins zuviel. Die Gremien tagten, es reichte nicht einmal mehr zu Lippenbekenntnissen.

Müller-Prellwitz suchte den Ministerpräsidenten südamerikagebräunt in seinem Haus auf und legte ihm nahe zurückzutreten. Breisinger nannte ihn einen Brutus und wies ihm die Tür.

Als Rudolf Breisinger in der überfüllten Bibliothek des Schlosses Monrepos, vom Blatt ablesend, seinen Rücktritt erklärte, um dem Amt und der Partei weitere Belastungen zu ersparen – nicht ohne hinzuzufügen, ihm sei schweres Unrecht angetan worden und die Haltlosigkeit der gegen ihn geführten Kampagne werde sich bald erweisen –, stand Bernhard Gundelach eingezwängt auf der winzigen Wendeltreppe, die zur Galerie emporführte. Neben ihm, heftig atmend und mit gerötetem Gesicht, preßte sich Dr. Weis gegen das Geländer.

Andreas Kurz hatte auf der Empore Platz gefunden. Er deutete, während Breisinger sprach, auf den Parkettboden und ließ den Arm ruckartig sinken. Gundelach schüttelte den Kopf. Die Falltür, auf der mehrere Kameraleute ihre Geräte aufgebaut hatten, war ein Relikt aus alten Zeiten. Wahrscheinlich funktionierte sie gar nicht mehr.

Eine Woche später wurde Oskar Specht von der CDU-Fraktion des Landtags zum neuen Ministerpräsidenten gewählt. Er trat sein Amt am 30. August an.

Gundelach begegnete Specht, als er, zusammen mit dem neuen Pressesprecher der Landesregierung, Tom Wiener, die Treppe zu seinen künftigen

Amtsräumen hochstieg. Specht kam direkt von der Vereidigung und trug einen anthrazitfarbenen Nadelstreifenanzug.

Herzlichen Glückwunsch, Herr Ministerpräsident, sagte Gundelach. Übermorgen fange ich im Innenministerium an.

Blödsinn, sagte Specht. Sie bleiben hier.

Auch gut, dachte Gundelach, und nach langer Zeit fiel sein Blick wieder auf die kleine, nackte Marmorgöttin.

Drittes Kapitel

Wir werden das Land umkrempeln!

Der ganze alte Scheiß fliegt raus!
Oskar Spechts Arm sichelte waagrecht durch die Luft.
Es gibt ein hübsches Programm von Knoll International. Schreibtischplatte und Stühle dunkelrot, verchromter Stahl dazwischen, der Couchtisch wesentlich niederer wie dieses Monstrum und mit weißem Marmor eingelegt. Beim Tramp in seinem Büro steht so'ne Garnitur. Würde hier reinpassen, was meinst du?

Kann ich mir gut vorstellen, antwortete Tom Wiener. In dem Gerümpel hier könnt ich's jedenfalls keine Woche aushalten. Da muß man ja den Draht zum normalen Leben verlieren. Das muffige Mobiliar zeigt die ganze Verkrustung des Alten!

Mein Gott, was habe ich in diesem Raum schon gelitten! Breisinger immer dort auf dem Sofa, genau in der Mitte, das Kreuz stockfest durchgedrückt, vor sich auf dem Tisch eine Akte, auch wenn er gar keine brauchte, und dann dieses Ich-bin-aber-der-Ministerpräsident-Gesicht. Immer hoheitsvoll und immer beleidigt. Warnt mich rechtzeitig, bevor ich auch so werde!

Wiener und Gundelach lachten. Nein, die Vorstellung lag zu fern, um ernstgenommen zu werden: Oskar Specht in der Pose des unnahbaren Landesvaters. Wie er dastand, angelehnt an den ungeliebten Empire-Schreibtisch, Hände in den Hosentaschen, Beine übereinandergeschlagen, fröhlich und pfiffig, dabei vor Unruhe bis in die Schuhspitzen wippend, glich er einem Manager, der, kaum daß er eine Firmenübernahme abgeschlossen hat, schon die nächste plante.

Tatsächlich sagte Specht, während Gundelach den Gedanken noch nicht zu Ende gebracht hatte: Einen vollen Tag hab ich gebraucht, um die unerledigten Akten aufzuarbeiten! Ihr könnt euch nicht vorstellen, was da alles zum Vorschein gekommen ist! Scheinbar hat Breisinger in den letzten Wochen überhaupt keine normale Post mehr angeguckt. Aber jetzt bin ich fertig und weiß nicht, was ich tun soll. Regieren ist ein geruhsames Geschäft, Tom. Kein Vergleich zu früher.

Es war halb sieben Uhr abends, und Oskar Specht war seit zweiunddreißig Stunden Ministerpräsident. Die tiefstehende Sonne leuchtete ins Zimmer und zerschnitt es scharfkantig in helle und dunkle Streifen.

Mr kennet ja hoimganga, sagte Wiener spaßhaft. Aba da kenn ick ooch schon alle!

Seckel.

Danke, jenücht.

Wieder lachten sie, Specht und Wiener in innigem Einverständnis, Gundelach eher pflichtschuldig. Er hatte das Gefühl, durch seine Befangenheit zu stören. Doch Specht hatte ihn ausdrücklich rufen lassen, zusammen mit seinem Sprecher. Also blieb er.

Ist hier immer so trockene Luft? fragte Wiener. Mann, das schmeckt förmlich nach Aktenstaub.

Sag's doch gleich, daß du schon wieder Durst hast. Herr Gundelach, holen Sie bitte mal Gläser. Irgendwo im Vorzimmer müssen welche sein. Fang bloß nicht an, als Regierungssprecher einen auf vornehm zu machen, Tom. 's glaubt dir doch keiner.

Ha woischt, jetzt als Beamter ... Übrigens mußt du mal mit der Personalabteilung sprechen. Die machen ein Geschiß wegen meiner Ernennung zum Ministerialdirigenten! Angeblich gibt es da irgendwelche Wartezeiten, die einzuhalten sind. Ich hab dem Zucker gesagt, das ganze bürokratische Gekacke soll er ganz schnell vergessen, sonst kriegt er'n Riesenärger.

Gundelach brachte drei geschliffene Weingläser, die er in einem Wandschrank gefunden hatte. Oskar Specht öffnete ein Schubfach der seitlich des Schreibtischs stehenden Kommode und entnahm ihr einen flachen Geschenkkarton.

Ein Bordeaux, sagte er. Kein Spitzenjahrgang, aber nicht schlecht. Hat mir der französische Konsul zum Einstand geschickt.

Er öffnete die Flasche, zog den Korken genießerisch an der Nase vorbei, nickte zustimmend und schenkte ein. Prost, sagte er. Auf gute Zusammenarbeit.

Sie tranken, und Gundelach dachte: Bei Breisinger wäre das unmöglich gewesen. Ich glaube nicht, daß er Müller-Prellwitz oder Bertsch jemals zu einem Glas Wein eingeladen hat. In seinem Arbeitszimmer bestimmt nicht.

Mit dem Zucker rede ich. Das kriegen wir schon hin. Kommt, setzen wir uns.

Specht nahm auf dem Sofa Platz, Wiener rückte seinen Stuhl dicht an ihn heran. Gundelach, zur Linken, hielt etwas Abstand.

Das Problem hier ist der Apparat überhaupt, sagte Specht. Die Beratung und die Pressearbeit der letzten Monate waren eine Katastrophe. Hätten die führenden Leute etwas getaugt, säße ich jetzt nicht hier. Den Müller-Prellwitz nehm ich aus, auf den hat Breisinger zum Schluß nicht mehr gehört, weil er ihm mißtraut hat. Aber sonst ... und am schlimmsten ist der Bolder!

Die Arroganz von dem bringt mich um, sagte Wiener. Dieses ewige besserwisserische Gehabe. Gab's denn keine Möglichkeit, ihn gleich abzuschieben?

Ja, Mensch, wohin denn? Es ist im Moment nirgendwo eine Abteilungsleiterstelle frei, und erschießen kann ich ihn schließlich nicht. Jetzt parken wir ihn erst mal bei der Grundsatzabteilung, da richtet er den wenigsten Schaden an.

Das stimmt schon, entgegnete Tom Wiener. Aber vergiß nicht, die Vierer waren Breisingers ideologische Kaderschmiede. Da sitzen noch jede Menge Leute, die in Feindbildern und Konfrontation denken.

Die senkrechte Furche auf Spechts Stirn wurde tiefer; wie ein Blitzableiter stand sie über dem schwarzen Dach seines Brillengestells.

Jetzt mach dir doch nicht in's Hemd wegen ein paar Ministerialräten, Tom! Der erste, den ich bei einer Illoyalität erwische, fliegt raus. Fertig, aus, Ende. Wär mir sogar recht, ich bekäm bald Gelegenheit dazu, dann wissen alle, woran sie sind. Im übrigen ist es auch dein Job, darauf zu achten, daß sowas nicht passiert.

Is okay, is okay, sagte Wiener beschwichtigend.

Spechts hohe bleiche Stirn gab noch nicht Entwarnung.

Wenn ich könnte, würd ich die ganze Grundsatzabteilung sofort auflösen! Grundsätze hab ich selber, da brauche ich keine Abteilung. Wie ich denen ihre Vermerke gelesen habe, die sich auf dem Schreibtisch stapeln, ist mir schlecht geworden, sag ich dir. Ein Vorschlag idiotischer wie der andere. Aber wenn ich das jetzt mache, sagen die Leute, so haben wir uns das vorgestellt, kaum ist der Specht im Amt, läßt er Köpfe rollen und zerschlägt alle Strukturen. Du mußt auch an die Partei denken, deren Vorsitzender Breisinger immer noch ist. Die hat jetzt erst mal ein furchtbar schlechtes Gewissen, weil sie ihn fallengelassen hat.

Tom Wiener blickte zu Gundelach herüber. Sein angestrengtes Lächeln endete unter der Nasenspitze.

Oskar, du brauchst dich gar nicht aufzuregen, es gibt überhaupt keinen Grund dafür. Die Sache mit Bolder ist reibungslos gelaufen, die Versetzung von Müller-Prellwitz und Büscher auch – hast du übrigens die Karikatur in der ›Zeitung‹ gesehen? Du, mit dem Tennisschläger vor Monrepos, und ein beleidigt sich trollender Müller-Prellwitz, den Fußball unterm Arm geklemmt. Unterzeile: Ihr Sport ist jetzt nicht mehr gefragt, Herr Müller-Prellwitz! Gut, nicht?

Oskar Specht griff zum Glas. Seine Miene glättete sich.

Sie bedienen sich bitte selbst, sagte er an Gundelach gewandt. Ja, da schwingt viel Erleichterung mit. Die Leute haben einfach genug von dem ideologischen Kriegsgeschrei, die Scharfmacherei hängt ihnen zum Hals raus. Als Staatssekretär im Finanzministerium muß sich Müller-Prellwitz jetzt mit Zahlen rumschlagen statt mit Linken, und seine Energie kann er im Finanzausschuß austoben. Aber man darf ihn nicht aus den Augen lassen. Deshalb hab ich ihn zu unserem Beauftragten im Vermittlungsausschuß von Bundestag und Bundesrat gemacht. Da ist er mir nämlich direkt unterstellt!

Spechts Augen blitzten hinter den Brillengläsern. Gundelach sah es, lächelte, und die Freude, die sich auf Oskar Spechts Zügen ausbreitete, zeigte ihm, daß er es hatte bemerken sollen.

Ich meine, in einem hat der Wiener schon recht, fuhr Specht fort und lehnte sich entspannt zurück. Wir müssen aufpassen, daß die verkrusteten Strukturen, die jetzt überall sichtbar werden und die von vielen gerade hier an der Staatskanzlei festgemacht werden, ob mit Recht oder nicht lasse ich jetzt mal dahingestellt, nicht so fortwirken, daß der Wille, daran etwas zu ändern, gewissermaßen gar nicht zum Vorschein kommt oder nur wie der krampfhafte Versuch wirkt, etwas Neues zu machen, aber nicht wie eine grundlegende und langfristige Neugestaltung der Politik, die dann auch vom Bürger draußen so verstanden wird und die, und das ist das Entscheidende, von denen, die sie mitvollziehen müssen, also Verwaltung, Kommunen und auch das Parlament, das ohnehin viel zu viele Gesetze nur noch in Verlängerung des Bundes und der Ministerien macht, auch begriffen und aus Überzeugung mitgetragen wird. Also zum Beispiel das Abwasserverbandsgesetz. Ich hätt große Lust, es einfach zu kassieren, obwohl die Leute dann sagen werden, du selbst warst es doch, der das vor drei Jahren als Fraktionsvorsitzender durchgeboxt hat, also räumst du jetzt ein, daß du dich damals geirrt hast. Und dann muß ich den Mut haben zu sagen, na und, ich sehe, daß es nicht so funktioniert, wie wir alle uns das vorgestellt haben, und darum muß ich jetzt, wo ich als Ministerpräsident die Möglichkeit habe, die Konsequenzen daraus ziehen und es wieder beseitigen, bevor es sich zu einer Struktur verfestigt, die nur noch Bürokratie und Formalismus produziert, das ist für die Bürger nämlich glaubwürdiger, wie wenn ich mich hinstelle und sage, Gesetz bleibt Gesetz, auch wenn es Quatsch ist. Nur, das ist mit den alten Strukturen, wie wir sie hier haben, und mit Leuten, die noch die Denkschablonen vom Breisinger im Kopf haben, nicht zu machen.

Genau! rief Tom Wiener begeistert, während Gundelach damit beschäftigt war, das Gehörte zu verdauen. Er fühlte sich wie vom Strahl einer Feuerwehrspritze getroffen und wußte in seiner Verwirrung nicht, ob Oskar Specht schneller wie oder schneller als jeder andere gesprochen hatte, dem er bisher begegnet war.

Specht aber, die Arme wie Seitenruder auf die Oberkante der Sofalehne ausbreitend und auf diese Weise anscheinend (oder scheinbar? noch immer schwirrte es in Gundelachs Kopf!) den Gipfelpunkt seines Wohlbefindens erklimmend, spann das Thema unbeirrt fort, wobei er gewissermaßen vom Konkreten zum Allgemeinen voranschritt.

Dahinter, sagte er, wird natürlich was ganz anderes sichtbar und das müssen wir anpacken, auch weil es unsere große Chance ist, wieder aus der Defensive rauszukommen, und deshalb wollte ich, daß Sie, Herr Gundelach, von Anfang an dabei sind und daß wir es in Ruhe zusammen entwickeln können, denn das muß dann auch der Kern meiner Parteitagsrede sein, in vierzehn Tagen in Waldsee. Da gibt es natürlich zunächst mal eine Riesenmitleidsarie für Breisinger, das ist klar, und den großen Schulterschluß mit ihm als Landesvorsitzender, das haken wir gleich zu Beginn ab. Aber dann sagen unsere Leute, so, das war die Pflichtübung in Sachen Solidarität und Pressebeschimpfung und jetzt, Specht, sag uns, wie geht's weiter. Und da muß ich im Grunde das Bild einer neuen Gesellschaft entwerfen, in der mehr Flexibilität und Eigenverantwortung und auch mehr Toleranz herrscht, in der also, wenn man so will, genau das nicht mehr passieren kann, was unter Breisinger passiert ist, und das muß in allen großen gesellschaftlichen Bereichen von der Steuerpolitik bis zur Sozialpolitik sichtbar werden, als strukturelle Gesamtumschichtung, gewissermaßen. Und der erste Bereich, wo das durchschlägt und wo wir es auch am leichtesten steuern können, das ist der Staat selber. Wir fangen also bei uns selbst an und zeigen damit, daß wir von niemandem mehr verlangen wie von der eigenen Regierung und ihren Beamten. Ich möchte eine große ›Aktion Bürgernähe‹ starten und alle aufrufen, sich daran zu beteiligen und mir Vorschläge zu schikken, wo man Verfahrensabläufe in der Bürokratie vereinfachen kann. Und dann setzen wir eine ›Kommission Bürgernähe‹ ein und sagen: prüft mal alle Gesetze und Verordnungen durch auf das, was wir wirklich noch brauchen, und vielleicht bilden wir auch noch eine eigene Projektgruppe, die speziell die Ministerien unter die Lupe nimmt. Und dann gehen wir an den Landtag ran und fordern ihn auf, seinen Teil beizutragen, indem er sich zum Beispiel bei jedem geplanten Gesetz überlegt, ob das überhaupt nötig ist. Damit nehmen wir nämlich denen den Wind aus den Segeln, die sagen, wir würden ja gern pragmatischer sein, aber ihr Politiker zwingt uns pausenlos mit neuen Gesetzen zu noch mehr Bürokratie. So. Das ist der eine Komplex.

Oskar Specht hatte sich vorgebeugt. Er trank einen Schluck Bordeaux und behielt, die Ellbogen auf die gespreizten Oberschenkel gestützt und mit den Händen einen imaginären Gegenstand umfassend, einen Ball vielleicht oder einen Globus, diese Haltung bei. Die Finger waren aufgespannt wie die Rispen eines Fächers, und Gundelach dachte, daß es schöne, gepflegte Finger waren, deren gerade und männliche Modellierung die Kontur des übrigen Körpers übertraf.

Wenn wir das so machen, dann kriegen wir natürlich, und das ist das zweite, das Freiheitselement gewissermaßen, die Legitimation zu sagen, wenn ich, der Staat, auf Reglementierung verzichte, dann muß dafür aber auch die Gesellschaft ihre Freiräume für mehr kreative Lösungen nutzen. Nicht wahr, früher haben sich die Nachbarn gegenseitig beim Hausbauen geholfen, heute legt jeder gegen die Baugenehmigung des anderen erst mal Widerspruch ein und akzeptiert die Entscheidung nicht unter der dritten Instanz. Oder jeder stöhnt über die Perfektion der Verwaltung, aber keiner verzichtet darauf, nachprüfen zu lassen, ob nicht noch irgendwas fehlt. Solche Dinge gehen dann nicht mehr, und das müssen wir den Bürgern sagen. Und genauso müssen wir den Beamten sagen, wir entlasten euch jetzt von einem Haufen Kleinkram, aber dafür erwarten wir von euch, daß ihr mehr Fantasie und Leistungsbereitschaft entwickelt und gewissermaßen ein partnerschaftliches Verhältnis zum Bürger aufbaut statt die Füße auf den Schreibtisch zu legen und zu sagen, laßt die mal eine Weile rumwurschteln, die kommen von alleine wieder. Wir sollten also sowas wie ein Programm zur Leistungsverbesserung in der öffentlichen Verwaltung ausarbeiten mit mehr Aufstiegs- und Beförderungschancen für die Leistungswilligen, und da von Anfang an alle, auch den Beamtenbund, mit einbeziehen, das Gespräch mit dem Sturm und seinem Vorstand terminiere ich gleich morgen, dann kriegen wir nämlich auch die nötige Akzeptanz für das Bürgernäheprogramm, und da ergibt sich dann auch die logische Querverbindung zum Parlament und zu den Kommunen. Ich werde den Landtag auffordern, spätestens bei der Etatberatung einmal über sein Selbstverständnis nachzudenken, und zwar grundsätzlich, ob es eigentlich noch dem Sinn des Föderalismus entspricht, sich durch immer mehr Gesetze quasi zum Ausführungsorgan des Bundes machen zu lassen oder ob es nicht viel sinnvoller wäre, sich alte Kompetenzen zurückzuholen, beispielsweise bei der Krankenhausfinanzierung und den Gemeinschaftsaufgaben, um dadurch wieder mehr Gestaltungsspielraum zu gewinnen, der den Bürgern zeigt – das Subsidiaritätsprinzip ist ja im Grunde ein christliches Prinzip –, daß das, was auf unterer Ebene geleistet werden kann, tatsächlich auch unten geleistet wird. Dann wird's für den einzelnen nämlich erst wirklich durchschaubar, was wir eigentlich wollen.

Jetzt hielt es Tom Wiener, der eifrig mitgeschrieben hatte, nicht mehr – er mußte seiner Bewunderung, die sich bis in die Backentaschen aufgestaut hatte, Luft verschaffen.

Fantastisch! jubelte er, das gibt *die* Bombe, ich sag's euch! Die CDU und die Jungs von der Presse werden den Breisinger so schnell begraben, das gibt's gar nicht. Die warten doch alle bloß drauf, daß endlich einer das Signal zum Aufbruch gibt und –.

Zu Gundelachs Erstaunen unterband Specht Wieners Eloge mit einer unwirschen Handbewegung, bevor sie sich in voller Pracht entfalten konnte.

Später, Tom, nicht jetzt. Nachher kannst du dich daran begeilen, wie gut wir sind. Jetzt laß mich erst mal meinen Gedankengang zu Ende bringen.

Er sammelte sich, führte den ausgestreckten linken Zeigefinger an die Nase, blickte Gundelach ebenso durchdringend wie geistesabwesend an und fuhr fort: Das Ganze hat allerdings einen gewaltigen Schönheitsfehler und der ist, daß, wenn es uns nicht gelingt, die Steuerpolitik, die der Bund macht, fundamental neu zu gestalten, daß wir dann mit unserer Gesellschaftspolitik herumturnen können wie wir wollen, es wird die Leute furchtbar wenig beeindrucken. Weil sie sagen, jetzt haben wir zwar mehr Freiheit vom Staat, aber immer noch nicht das Geld, um damit was Vernünftiges anzufangen, im Sinn von mehr Eigenvorsorge und Zukunftssicherung, und da haben sie absolut recht. Also, um es mal ein bißchen philosophisch zu sagen, zum Freiheitselement gehört notwendig das Gerechtigkeitselement, und beides zusammen ergibt erst die solidarische Gesellschaft – das können Sie übrigens, Herr Gundelach, schon bei Müller-Armack nachlesen, durch den ich sogar im Grunde zur CDU gekommen bin, und vielleicht sollten wir das eine oder andere von dem zitieren, damit unsere Leute sehen, wir denken nicht weniger grundsätzlich wie Breisinger, im Gegenteil, wir besinnen uns wieder auf die wichtigsten Tugenden der Partei, und dazu gehört ja auch ganz stark die Soziallehre, nur eben jetzt viel konkreter und praktischer! Und darum ist die Diskussion, die jetzt von der Bundes-CDU um das geplante Steuerpaket der Regierung Schmidt geführt wird, absoluter Blödsinn, weil die immer bloß gegen die Mehrwertsteuererhöhung polemisieren, aber niemals sagen, wie eine echte Steuerreform aussehen müßte. Und genau das müssen wir zu unserem Thema machen und mit unseren landespolitischen Reformen verknüpfen, dann gibt das nämlich eine Konzeption aus einem Guß. Darum werd ich selbst in den Bundestag gehen und für die Unionsländer sprechen – da staunst du, Tom, was, während du noch deinen Rausch von gestern ausgeschlafen hast, hab ich schon sämtliche CDU-Ministerpräsidenten telefonisch aufgescheucht, wobei die im Grund alle gottfroh waren, daß ich das mach, denn von Steuerpolitik versteht von denen keiner was. Ich werd also vier Bedingungen für die Annahme des Steuerpaktes stellen: Erstens, die progressionsbedingten heimlichen Steuererhöhungen müssen an die Bürger zurückgegeben werden, und zwar vollständig. Zweitens, der Familienlastenausgleich wird deutlich verbessert, durch Kinderfreibeträge oder durch eine Kinderbetreuungskomponente, über beides läßt sich reden. Drittens, es gibt eine Umschichtung von den ertragsunabhängigen zu den ertragsabhängigen Steuern, um den Mittelstand zu entlasten, das heißt zum Beispiel, die Gewerbekapitalsteuer fliegt raus. Und viertens, die Umsatzsteuerverteilung zwischen Bund und Ländern wird neu verhandelt und zwar so, daß die Gemeinden für den Abbau der Gewerbesteuer einen höheren Anteil an der Lohn- und Einkommenssteuer kriegen. Das deuten wir in der Parteitagsrede aber nur an, Herr Gundelach, da brauch ich erst noch genaue Zahlen. So, und jetzt komm ich zurück zum Ausgangspunkt, denn da schließt sich der Kreis. Mit so einem Konzept, mehr Freiheit vom Staat, mehr Eigeninitiative, mehr steuerliche Entlastung für Familien, Selbständige und Kommunen, sprechen wir alle die Zielgruppen an, die wir für die nächsten Wahlen brauchen, darauf baun wir unsere Strategie auf und dann sehen die Leute, da ist ein Ministerpräsident, der redet nicht bloß, sondern der will was bewegen, der hat klare Vorstellungen und dem können wir vertrauen. Na?

Zufrieden sank Oskar Specht nach hinten, gelöst breitete er die Arme wieder auf der Sofalehne aus, leger schlug er die Beine übereinander. Vergnügt schaute er von einem zum andern – jetzt seid ihr platt, was, fragte seine Physiognomie.

Wiener ließ den Kugelschreiber noch ein paar Zeilen weit nacheilen, dann legte er ihn behutsam beiseite. Gundelach erwartete, daß er jetzt an das anknüpfen werde, was er vorhin hatte sagen wollen und nicht dürfen. Doch der frischgebackene Pressesprecher schwieg ergriffen.

Also, ich muß das erst mal verdauen, sagte Gundelach wahrheitsgemäß. Hoffentlich bringe ich das in der Parteitagsrede alles richtig auf die Reihe. So, daß Sie sich wiedererkennen, meine ich.

Wir müssen viel miteinander reden, erwiderte Specht sachlich. Damit Sie meine Gedanken und die Zusammenhänge, die ich sehe, von Anfang an begreifen. Am besten wird sein, Sie begleiten mich so oft wie's geht. Dann ergibt sich vieles von allein.

Tom Wiener schaltete sich ein.

Der Gundelach soll jetzt mal 'nen Entwurf vorlegen, den wir dann gemeinsam anschauen. Im Prinzip braucht er ja nur das aufzuschreiben, was du eben gesagt hast. Schade, daß Sie nix notiert haben.

Die Zurechtweisung kränkte Gundelach. Aber er verzichtete auf eine Entgegnung, weil er für Wieners Bedürfnis, ihm gegenüber den Chef hervorzukehren, ein gewisses Verständnis aufbrachte. Wiener selbst wurde von Specht manchmal mit ziemlich rüdem Charme behandelt, fand er. Besser, man geriet nicht zu tief in das Spannungsfeld einer möglicherweise komplizierten Zweierbeziehung.

Ich meine, sagte er vorsichtig, die Rede sollte ein breites Themenspektrum haben. In allen politischen Bereichen muß ein neuer Geist sichtbar werden, der die Erstarrung überwindet, in die wir geraten sind. Statt gegenseitiger Blockade: ein konstruktiver Wettbewerb der Ideen. Und dann voller Selbstvertrauen sagen: Diesen Wettbewerb gewinnen wir, weil wir die besseren Konzepte und die besseren Leute haben.

Oskar Specht sah ihn an und sagte: richtig! Aber Gundelach war sich nicht sicher, ob er zugehört hatte.

Tom, wie hoch ist eigentlich unser Etat für Meinungsumfragen? Laß das mal feststellen. Wir sollten bald eine Umfrage machen und meinen Bekanntheitsgrad ermitteln und die Kompetenzen, die mir die Leute zuschreiben.

Jetzt war es Wiener, der sich befriedigt zurücklehnte.

Sodele, sagte er mit sattem Unterton, damit wären wir wieder bei der Politik, Herr Ministerpräsident. Während du dachtest, daß ich meinen Rausch ausschlafe, hab ich mit Basic Research in Frankfurt telefoniert und mich mit dem Chef von denen Anfang nächster Woche zum Mittagessen verabredet.

Alter Gauner!

Dann hab ich mit dem Vorsitzenden der Landespressekonferenz für

Mittwoch abend ein Hintergrundgespräch verabredet und angekündigt, daß du dabei glasklar die neue Linie der Politik darlegen wirst. Du wirst ein Ministerpräsident zum Anfassen sein, hab ich gesagt. Allein das ist eine Gehaltserhöhung wert.

Spitz, elender!

Dann hab ich noch mit dem Deutschen Presseclub in Bonn ein Mittagessen im Anschluß an deinen ersten Auftritt im Bundesrat vereinbart. Ach ja, und dem Kornet hab ich gesteckt, daß du innerhalb eines Jahres alle Kreise des Landes besuchen wirst und daß wir ein Bürgertelefon einrichten werden, wo jeder, der etwas auf dem Herzen hat, bei uns anrufen kann. Er bringt's morgen in großer Aufmachung.

Du fliegst gleich raus!

Und danach hab ich mich aufs Ohr gelegt und meinen Rausch ausgeschlafen, weil ich wußte, du telefonierst jetzt mit den Großen der Welt und wünschst nicht, gestört zu werden.

Jetzt reicht's – noch ein Ton ...

Specht und Wiener lachten sich an, schelmisch und glücklich wie zwei Lausbuben nach einem gelungenen Streich. Der Wein war ausgetrunken, Abenddämmerung zog auf.

Kinder, sagte der Ministerpräsident, es wird eine gute Zeit, ich spür's. Wir werden das Land umkrempeln. In ein paar Jahren erkennt ihr es nicht wieder.

Specht stand auf, rief seinen Fahrer, verabschiedete sich und ging zur Toilette. Gundelach räumte Flasche und Gläser weg. Tom Wiener beobachtete ihn, die Hände in den Taschen. Sein Gesicht lag im Schatten.

Ich hoffe, Sie wissen, wem Sie es zu verdanken haben, daß Specht Sie nicht zur Breisingertruppe zählt, sagte er betont langsam.

Ja.

Vergessen Sie's nie. Ich bin in diesen Dingen sehr empfindlich.

Ja.

Okay. Gute Nacht.

Annäherungen an einen unfertigen Charakter

Wir werden das Land umkrempeln! hatte Oskar Specht gerufen.

Drei Tage später bebte die Erde. Das überraschte sogar ihn. Um sechs Uhr morgens rumorte und grollte es in den Bergen, und selbst in der

Hauptstadt stürzten die Sammeltassen aus den Regalen. Um acht Uhr kreiste Specht schon im Polizeihubschrauber über einer Kleinstadt, in der kein Haus heil geblieben war. Die Einwohner fluchten und behaupteten, durch die Luftwirbel der tieffliegenden Maschine seien auch noch die letzten Dachziegel heruntergeweht worden. Als sie hörten, wer ihnen den frühen Besuch abgestattet hatte, unterließen sie das Gerede.

Gundelach wurde durch das Erdbeben an seinen ersten Parkspaziergang erinnert. Die Berge, dachte er, haben sich aus ihrer Tiefe zurückgemeldet. Vielleicht hatte es ja doch eine mystische Bewandtnis mit ihnen. Nicht für jeden, aber für die in ihren Tälern und Schluchten Aufgewachsenen. Damals, nach der inneren Erschütterung im Park, hatte Heike plötzlich vor ihm gestanden und ihn zum ersten Mal geküßt. Jetzt schwankte die Erde wie sonst nur in Fernsehberichten aus fernen Ländern, und in drei Wochen war Hochzeit. Das hatte nichts miteinander zu tun und war doch merkwürdig.

Er arbeitete intensiv an der Parteitagsrede. Zunächst versuchte er, Oskar Spechts Redeschwall in gesetzten Worten wiederzugeben. Er hatte sich – auch ohne mitzuschreiben – die geplanten Aktionen und deren Begründung gut gemerkt. Auch den Spechtschen Duktus nachzuempfinden, bereitete ihm wenig Schwierigkeiten. Den nervösen, hyperaktiven Typus hatte er schon als Breisingers Leserbriefproduzent gut draufgehabt. Solche Zeitgenossen dachten und schrieben in Sätzen wie Wollknäuel und webten daraus ihre weltanschaulichen Flickenteppiche.

Doch als er es dann schwarz auf weiß vor sich sah, fand er es für einen Ministerpräsidenten unmöglich. Ohne Übergang, wie Enterhaken, sausten die Gedankensplitter aufs Plankenholz des nächsten Themas nieder. So konnte man in freier Rede sprechen, wenn man es konnte. Das hüpfende Stakkato hatte etwas ungemein Faszinierendes, weil der Zuhörer zu einem atemlosen Wettlauf genötigt wurde, den er, falls er zwischendurch auch nur ein wenig nachdenken wollte, mit Gewißheit verlor. Festgehalten auf Papier aber wirkte es wie eine Parodie. Gundelach erkannte, daß er sich entscheiden mußte zwischen geschriebener Rede und geredeter Schreibe.

Er fand, die Worte eines Regierungschefs, eines neuen, von vielen Hoffnungen begleiteten zumal, sollten ihren Schall überdauern. So entschied er sich für eine völlig neue, weitgespannte Rede, die er mit ›Kontinuität und Neubeginn‹ überschrieb. Sie war gespickt mit visionären Ausblicken und pathetischen Appellen, und Spechts Credo, mehr Bürgernähe wagen zu wollen, war eingebettet in ein stimmungsvolles Gemälde von Land und Leuten.

Breisingers rhetorisches Geschick, heimatliche Klänge anzuschlagen, stand mehr als einmal Pate.

Zu seiner Verblüffung gab Specht ihm den Entwurf mit lobenden Worten und nur wenigen Änderungswünschen zurück. Wiener korrigierte gar nichts.

Auf dem Parteitag in Waldsee feierte Specht mit seiner Rede einen fulminanten Erfolg. Die Delegierten steigerten sich in einen wahren Beifallsrausch hinein und klatschten voller Erleichterung Nazideutschland aus dem Saal. Breisingers Verteidigungsrede dagegen prallte am kollektiven christdemokratischen Empfinden, von vollstreckten oder nicht vollstreckten Todesurteilen die Nase voll zu haben, erbarmungslos ab. Nicht einmal zu höflichem Mitgefühl reichte es mehr. Als seine Aufzählung, wem er nachweislich geholfen und Gutes getan habe, nicht enden wollte, gingen die meisten Nichtzuhörer Kaffee trinken oder unterhielten sich lautstark von Tisch zu Tisch.

Gundelach spürte Breisingers Einsamkeit fast körperlich. Da stand einer, der die Macht so gründlich verloren hatte, daß ihm nicht mal mehr Aufmerksamkeit geschenkt wurde. Ein Ohnmächtiger, Unzugehöriger. Was immer Breisinger an diesem Tag gesagt hätte, es wäre mit ihm in die Sickergrube gestürzt, in der die Partei Verlierer naserümpfend zu ertränken pflegte.

Oskar Specht ließ sich von der unerwarteten Akklamationswoge forttragen; aber noch tat er es eher zögernd, wie ein ungeübter Schwimmer. Als er nach einer Viertelstunde Händeschütteln zufällig Gundelach gegenüberstand, packte er ihn am Arm und sagte: Glückwunsch! Sein Gesicht glänzte vor Freude und Schweiß.

Gundelach stellte ihm Heike Blank vor und verband damit die Nachricht, daß sie nächste Woche heiraten wollten. Er bäte deshalb um zwei Wochen Urlaub, sagte er.

Klar doch, antwortete Specht und gratulierte erneut, diesmal bezog er auch Heike ein. Dann schwemmte ihn die Menschentraube weiter.

Du, der ist in Ordnung, sagte Heike und gab Gundelach einen Kuß.

Als nächster kam Tom Wiener. Er hatte Gundelach gesucht und zog ihn besorgt beiseite.

Nicht verraten, von wem die Rede stammt! forderte er eindringlich. Vor allem kein Wort zu den Journalisten, und auch sonst die Klappe halten.

Gundelachs trotziger Blick signalisierte ihm, daß er Gefahr lief zu überziehen. In diesen Minuten des Triumphs war Wiener der Schwächere. Sein

schmales, taktisches Lächeln, das Gundelach schon kannte, deutete den Rückzug an.
Es muß Oskars Erfolg sein, ganz allein seiner, sagte er werbend. Das verstehen Sie doch. Aber wir zwei wissen natürlich, wem er ihn zu verdanken hat. Tolle Rede, Mensch, wirklich.
Noch immer lag Ängstlichkeit in seinen Augen.
Danke, sagte Gundelach. Ich habe schon verstanden.
Erleichtert wandte sich Wiener ab. Heike Blank hatte er nicht bemerkt.

Am 20. September 1978, einem Mittwoch, heiratete Bernhard Gundelach, dreißigjähriger Regierungsrat, die vierundzwanzigjährige Verwaltungsangestellte Heike Blank. Die standesamtliche Trauung erfolgte im Beisein der Eltern des Bräutigams und einer Tante der Braut, welche die mit zwölf Jahren verwaiste Heike und ihren zehnjährigen Bruder zu sich genommen hatte. Die Verwandten der Brautleute lernten sich erst im Foyer des Rathauses kennen. Nach der kurzen, vom Standesbeamten mit routinierter Feierlichkeit vollzogenen Zeremonie fand im Ratskeller ein Sektfrühstück statt, zu dem außer den Angehörigen Andreas Kurz, Paul Bertram, Anita Strelitz und Annemarie Marcovic geladen waren. Dr. Weis, der ebenfalls eine Einladung erhalten hatte, fehlte wegen Magenverstimmung. Bertram überreichte das Geschenk der Presseabteilung, eine Kaffeemaschine und ein Blumenstrauß. Die Glückwunschkarte war, auch im Namen des Ministerpräsidenten, von Ministerialdirigent Wiener und allen Kolleginnen und Kollegen der Abteilung unterschrieben. Ministerialdirektor Renft hatte gleichfalls einen kurzen handgeschriebenen Gruß übermittelt.
Nach anderthalb Stunden verabschiedeten sich Bernhard und Heike Gundelach. Mit dem Taxi fuhren sie zum Flughafen. Ihr Ziel war Kreta. Eine kirchliche Hochzeit war nicht vorgesehen.

Als Gundelach an seinen Arbeitsplatz zurückkehrte, fand er die Baracke ausgeräumt. Die Pressestelle war in die zweite Etage des Schlosses umgezogen. Die Grundsatzabteilung hatte weichen müssen, sie war in ein angemietetes Gebäude ausquartiert worden. Gundelachs neues Zimmer hatte Dachschräge und war so dunkel, daß auch zur Mittagszeit Neonlicht notwendig war. Das kleine quadratische Fenster zeigte ein Stück bleigrauen Himmels. Man mußte sich auf die Zehenspitzen stellen, um hinter den schwarzen Schieferplatten des Walmdachs das Grün der Baumkronen zu erspähen.

Nebenan lag der Technikraum. Schieborn verhandelte dort mit einigen Männern, Technikern der Hochbauverwaltung und der Firma Siemens. Schieborn sagte, man berate über die Installation eines größeren und schnelleren Fernschreibers und den Anschluß von ausländischen Nachrichtenagenturen. Auch auf dem Flur wurde gewerkelt. Zwei Angestellte montierten einen neuen Kopierapparat.

Tom Wiener unterrichtete Gundelach davon, daß er nach dem Willen des Ministerpräsidenten künftig vorrangig für Reden und Grundsatzfragen zuständig sein werde. Die Redegruppe sei aufgelöst worden; die Fachabteilungen hätten ab sofort ihre Redeentwürfe ihm, Wiener, vorzulegen, der sie dann an Gundelach weiterleiten werde. Gundelach dürfe außerdem an den Kabinettssitzungen teilnehmen. Die Sitzungen fänden jetzt schon montags statt, damit mehr Zeit für die Vorbereitung der Pressekonferenzen zur Verfügung stehe. Specht werde jeden Dienstag um zehn Uhr vor die Presse treten.

Auf Gundelachs Frage erklärte Wiener, Dr. Weis bearbeite künftig Kirchenangelegenheiten.

Der neue Wind blies überall. Der unglückliche Gärtner flog als erster, aber auch sein Nachfolger hielt sich nur wenige Wochen. Dann mußte er den Stuhl des Persönlichen Referenten für einen baumlangen Assessor räumen, Hans Henschke, der Spechts Neigung, seine persönliche Umgebung für alle Unbill des Tages verantwortlich zu machen, mit vorsichtig dosiertem Widerspruch begegnete. Allerdings erlaubte er sich das nur, wenn Spechts Stimmung ›gefestigt‹ war.

Es hatte sich nämlich schnell herumgesprochen, daß Oskar Specht Kritik schwer und in Gegenwart Dritter gar nicht ertrug. Wer dagegen verstieß, hatte einen abgestuften Sanktionsmechanismus zu gewärtigen.

Am glimpflichsten kam davon, wer nur im Beisein von Beamten des Hauses eine abweichende Meinung äußerte. Ihm drohte ein: Entschuldigung, das ist doch Quatsch! Das können Sie vergessen! – was keineswegs ausschloß, daß Specht im Verlauf der Besprechung den abgebürsteten Vorschlag mit eigenen Worten okkupierte. Im Kabinett Widerworte zu geben, war dagegen für Beamte fast schon ein Ding der Unmöglichkeit. Specht hatte die Abteilungsleiter auf die Stühlchen an der Wand verbannt, wo sie nur auf ausdrückliches Befragen und im Stehen zu antworten hatten. Deckte sich der Beitrag nicht mit der Auffassung des Ministerpräsidenten, hatte die Sache als erledigt zu gelten.

Schon in der ersten Ministerratssitzung, bei der Gundelach zugegen sein durfte, erlebte er, wie Specht mit denjenigen verfuhr, die sich begriffsstutzig zeigten. Ministerialrat Winkelmann, ein promovierter Volkswirt, der seinen erkrankten Vorgesetzten vertrat und die veränderten Usancen noch nicht mitbekommen hatte, beharrte auf seinem Standpunkt und führte zur Unterstützung ein Telefonat mit dem Landeszentralbankpräsidenten an, der seine Einschätzung teilte.

Specht machte kurzen Prozeß. Wenn Sie mit Ihrem dummen Geschwätz nicht sofort aufhören, schrie er, schmeiß ich Sie raus! Winkelmann ging von selbst, und Specht blickte triumphierend in die Runde: Genau das wollt ich erreichen!

Kurz darauf fand sich Winkelmann ins Wirtschaftsministerium versetzt.

Derartige Disziplinierungen wirkten stilbildend. Auch die Minister und Staatssekretäre gewöhnten sich an, zunächst die Topographie der Spechtschen Stirnfalte zu studieren, bevor sie es wagten, auf Gegenkurs zu gehen. Meist leiteten sie das riskante Manöver mit beschwichtigenden Formeln ein. Auf die Gefahr hin, Ihren Unmut zu erregen, sagten sie, oder: Im Prinzip, Herr Ministerpräsident, haben Sie völlig recht, aber ich gebe doch zu bedenken ... Erschien dann ein joviales, selten von Spott ganz freies Lächeln auf Spechts angespannten Gesichtszügen, trauten sie sich weiter vor.

Völlig undenkbar wäre es gewesen, Oskar Specht in Gegenwart von Unternehmern, Journalisten und Frauen zu korrigieren. Ohnehin versuchte das keiner, der halbwegs bei Verstand war. Und doch konnte es geschehen, daß ein Unvorsichtiger zu vorgerückter Stunde, vom Alkohol oder der scheinbaren Gelöstheit eines um den Ministerpräsidenten gescharten Kreises angestachelt, auch ein wenig zu glänzen trachtete. Selbst Tom Wiener, der ein begabter Gesellschafter war, der parodieren, Witze erzählen und in Tenorlage singen konnte, ließ sich gelegentlich zu einem derartigen Fauxpas hinreißen. Das Ergebnis war jedesmal gleich niederschmetternd. Oskar Specht duldete kein Licht neben sich, das heller strahlte als er selbst. Irgend etwas in seinem Innern, ein komplizierter Seelenmechanismus, den zu steuern er nicht fähig war, hieß ihn, Aufmerksamkeitserfolge Nachrangiger als Kampfansage aufzufassen. Abende, die seinem Bedürfnis, Mittelpunkt zu sein, nicht entsprachen, endeten in der Regel disharmonisch. War der Schuldige ein Untergebener, wurde er auf der Stelle so gedeckelt, daß die Macht eines Ministerpräsidenten nackt und brutal zutage trat. Verstieß ein Außenstehender gegen den Kodex, brach Specht die Beziehung zu ihm meist ab.

Die andere Seite des gerade vierzigjährigen Senkrechtstarters war eine mitunter frappierende Großzügigkeit. Schlug man sich Tage und Nächte um die Ohren, um eine Konferenz, einen Kongreß oder eine große Rede vorzubereiten, begleitete man ihn rund um die Uhr auf seiner Jagd nach Selbstbestätigung, gab man sich seinem unstillbaren Verlangen, stets der Erste, Schnellste und Beste zu sein, bis zur Erschöpfung hin, dann konnte es geschehen, daß Specht auf eigene Rechnung zu einem Fünfsterne-Essen einlud und den *Grand cru*-Bordeaux mit weltläufigen Erzählungen verkostete.

Ja, er kannte die Großen der Welt, und erstaunlich viele kannten ihn. Fast überall war er schon gewesen und hatte Freunde, Geschäfte und noch mehr Pläne hinterlassen. Hatte mit Singapurs Premierminister Lee Kuan Yew übers Preußentum diskutiert und sich von Imelda Marcos in die Geheimnisse einer obskuren ›University of life‹ einweihen lassen. Hatte an der Amtseinführung des equadorianischen Staatspräsidenten teilgenommen und dem Emir von Kuweit Pläne für einen Parlamentsneubau erläutert. War mit dem reichsten Industriellen Schwedens, Peter Wallenberg, per Du und vom Sonnenaufgang in der Bucht von Rio, den er auf der Yacht des Mercedes do Brasil-Chefs erlebt hatte, so schwärmerisch begeistert, wie man es seinem nüchternen Naturell kaum zugetraut hätte. Er kannte die schönsten Plätze und die teuersten Hotels in Acapulco, Manila und Macao. Und erzählte davon nicht wie ein Tourist, dem die Kamera vorm Bauch baumelt, sondern wie ein Weltbürger, dem exklusive Erlebnisse nur so zufliegen.

Das war umwerfend neu und eröffnete Perspektiven, an die zu Breisingers Zeiten nicht im Traum zu denken gewesen wäre. Für dessen behäbigen, umständlichen Staatstourismus, der es eben mal bis nach Peking und Luxor gebracht hatte, erübrigte Specht nur nachsichtigen Spott. Die Erde war ein Dorf und die Unternehmer wußten das längst, nur die Politiker kapierten es noch nicht.

Der neue Ministerpräsident, so schien es, hatte ein anderes Zeitgefühl als normale Menschen. Er lebte schneller, sprach und dachte schneller als sie. Jeden Tag bepackte er wie einen Lastesel mit Stundensäcken, deren Inhalt sich nicht gleichen durfte, um ihn nicht tödlich zu langweilen. Er durchzischte die Zeit wie ein Komet. Schon nach wenigen Wochen sprach Meppens, sein parlamentarische Gegenspieler, ironisch und doch auch bewundernd davon, daß es Specht mit der Fähigkeit zur Allgegenwart weiter gebracht hätte als sonst ein menschliches Wesen vor ihm. Specht hörte es gern, die CDU-Fraktion war stolz auf ihn.

Gundelach fand, daß sich Abstoßendes und Anziehendes in Oskar Spechts Charakter einigermaßen die Waage hielt. Gewiß: Die Wutausbrüche, deren komplexhafter Ursprung bei näherer Betrachtung niemandem verborgen bleiben konnte, waren peinlich genug. Specht *wollte* sich einfach über den belehrenden Ton eines Ministerialrats aufregen, um ihn mit schneidender Arroganz in Schranken weisen zu können, die er, der Nichtakademiker, setzte. Er wollte alle Vorlagen, die den Haushalt, den Wohnungsbau oder die Wirtschaftspolitik betrafen, ›Scheiße‹ finden, um die Ahnungslosigkeit von Verwaltungsjuristen im Vergleich zu ihm, dem Praktiker, beispielhaft vorführen zu können. *Er* hatte schließlich den Umgang mit Geschäften und Bilanzen von der Pike auf gelernt, ihm hatte kein vermögender Vater den Weg zum Staatsexamen geebnet. Stufe für Stufe hatte er seinen Aufstieg durch Leistung und Risikobereitschaft erkämpfen müssen. Über das Ghetto des öffentlichen Dienstes, aus dem er als Inspektor frühzeitig ausgebrochen war, mokierte er sich, damit Tausende schläfriger Bürokraten ein für allemal den Unterschied zwischen Lebensschiedsrichtern und Lebensstürmern begriffen.

Dieses komplexbefrachtete Wollen gierte nach täglicher Erfüllung. Doch weil es mit einer gewissen Naivität den autobiografischen Hintergrund offenlegte, ließ es sich ausrechnen und ertragen.

Spechts Freigiebigkeit dagegen, sein Verlangen, Momente des Behagens bis an die Grenze zum Verschwenderischen mit anderen zu teilen, kam unvermutet. Der Vorzug, daran teilhaben zu dürfen, war eine Auszeichnung, die in der Erinnerung lange haften blieb.

Gundelach beobachtete Licht und Schatten im Erscheinungsbild seines neuen Meisters genau. Sogar Notizen machte er sich darüber und nannte sie, in einer Anwandlung psychologischen Forscherdrangs, ›Annäherungen an einen unfertigen Charakter‹. Daß diese Etikettierung womöglich auf ihn selbst ebenso wie auf das Objekt seiner Analyse zutraf, wurde ihm erst beim Schreiben bewußt. Oskar Specht und er besaßen zwar Temperamente, deren Gegensätzlichkeit sich krasser kaum denken ließ: hier der Schreiber, dort der Redner; der kleine Wortwelt- neben dem großen Häuserbauer. Aber jeder entdeckte beim anderen auch das, was ihm fehlte. Aus der Symbiose entstanden Ideen, Texte und Programme, die Tom Wiener, kaum daß sie geboren waren, bis in den letzten Winkel des Landes vermarktete.

Das ging mal gut und mal schief, doch immer war es unterhaltsam. Gundelach schrieb eine lange Monographie über Ethik und Politik, weil Specht die von Meppens und anderen Sozialdemokraten entfachte Grundwertediskussion nicht ohne eigene Namensnennung an sich vorbeiziehen lassen wollte. Von Thomas Hobbes bis Max Weber marschierten die Heroen politischen Denkens auf wie eine Dankprozession, an deren Spitze Oskar Specht das Weihrauchfaß tiefgründiger Erkenntnisse schwenkte. Während Gundelach noch schrieb und sich ein besonderes Vergnügen daraus machte, auch Sozialdemokraten wie Friedrich Ebert, Johano Strasser und sogar Meppens psalmodierend mitmarschieren zu lassen, beteiligte sich Specht bei einem Volksfest am Kirschkernspucken und belegte einen achtbaren vorderen Platz. Danach bastelte man auf Wieners Geheiß eine Presseerklärung, in der Specht unter Verweis auf seine grundlegenden (und im Sonderdruck erhältlichen) Ausführungen vor reinen Gesinnungspolitikern warnte, die beispielsweise den Ausstieg aus der Kernenergie propagierten, ohne die ernsten Folgen ihres Tuns zu bedenken. Zu aller Freude fühlte Meppens sich angesprochen und versuchte scharfsinnig, den scheinbaren Widerspruch zwischen Gesinnungs- und Verantwortungsethik auf höherer Ebene zusammenzuführen.

Doch da war man längst bei einem anderen Thema.

Das Jahr verging wie im Flug. Die Bürgernähe-Aktion fand in der Bevölkerung großen Anklang, und Wieners Aufruf, jeder solle dem Anfaß-Ministerpräsidenten seine Sorgen und Nöte mitteilen, wurde so zahlreich befolgt, daß das Ministerium Sonderschichten einlegen mußte. Zum Vorsitzenden jener Kommission, die alle Gesetze und Verordnungen auf ihre Notwendigkeit hin zu überprüfen hatte, bestellte Specht Staatssekretär Müller-Prellwitz. Der krempelte die Ärmel hoch und legte schon am Jahresende eine umfangreiche Streichungsliste vor.

Specht begleitete seine Arbeit eine Weile mit Enthusiasmus. Bald aber verlor er die Lust an ihr. Für große Schlagzeilen taugte das Thema nicht mehr, und im Detail war's ein elender ›Bürokratenscheiß‹.

Um so heftiger zog es ihn nach Bonn. Daß ihn der Bundeskanzler bei ihrer ersten Begegnung nicht erkannt und mit den Worten: Ich gebe jetzt keine Autogramme! abgewimmelt hatte, erzählte er zwar aufgekratzt jedem Journalistenkränzchen. Aber es wurmte ihn doch mächtig.

Bis er die Popularität seines Vorgängers erreicht haben würde, war noch ein langer Weg zurückzulegen. Nur vierzig Prozent konnten mit seinem Namen überhaupt etwas anfangen. Das besagte die erste Umfrage des von Tom Wiener beauftragten Instituts. Über Spechts Vorzüge herrschte achselzuckende Ratlosigkeit. Jung war er, der neue Ministerpräsident, und wohl ziemlich umtriebig. Das war aber auch alles.

Du mußt ins Fernsehen, sagte Wiener. Bundesweit. Eine Meldung mit deinem Bild in der Tagesschau ist mehr wert als alles Geschreibsel zusammen.

Klugscheißer, antwortete Specht gereizt, das weiß ich selbst. Warum, meinst du, knie ich mich so in die Steuerdiskussion rein? Aber ich werd noch verrückt in dem Laden hier. Bis ich eine vernünftige Unterlage für die steuerliche Tarifkorrektur und den wirtschafts- und familienpolitischen Entlastungsteil bekomme, ist Weihnachten. Die begreifen überhaupt nicht, um was es mir geht, daß ich an Strukturfragen ran will. Die reagieren immer bloß auf das, was der Bund vorgibt. Zum Kotzen ist das! Aber ich nimm das nicht mehr lange hin! Sowie ich Luft hab, geh ich hier an die Umorganisation. Mach dir auch schon mal Gedanken. – Übrigens, der Müller-Prellwitz gefällt mir immer besser. Der Junge geht ran. Und kann politisch denken. Sein Vorschlag, auch das Thema Steuervereinfachung anzupacken und etwas für die Vereine zu tun, ist gut. Sowas fällt unseren in alle Ewigkeit nicht ein.

Ich nimm das nicht mehr hin... Der Satz gehörte mittlerweile zu Oskar Spechts Standardrepertoire, und niemand, in dessen Gegenwart er fiel, getraute sich, auch nur mit den Brauen zu zucken. Der Diskant, zu dem sich dieses ›Ich nimm‹ emporschraubte, signalisierte jedesmal Gefahr.

Gundelach, der sich für den Bereich Sprachpflege zuständig fühlte (schließlich galt er als der einzige, dessen Schreibstil von Specht akzeptiert wurde), versuchte eine Weile, durch häufigen Verweis auf Positionen des Bundes, die ›nicht mehr hinzunehmen‹ seien, Spechts grammatikalisches Empfinden zu aktivieren. Außerhalb des Landes, im Norden vor allem, reagierte man auf mißhandelte Komparative und Sätze wie: Das müssen wir denen lernen! mit erschrockenem Augenspiel, als hätte sich etwas Ungebührliches zugetragen. Dennoch zeigten gerade die traditionsreichen Zusammenschlüsse der Hansestädte, die Kaufmannsgilden und Außenhandelskammern, der Überseeclub und die Atlantikbrücke ein hohes Interesse an dem quirligen Mann aus dem Süden, dessen wirtschaftlicher Sachverstand Aufsehen erregte. Außer Franz Josef Strauß hatte die Union insoweit ja, leider Gottes, nicht viel zu bieten. Und nun kam die Kunde von einem, der es schon in mehreren Unternehmen zu etwas gebracht hatte, bevor er in die Politik wechselte. Der wie ein Vorstandsvorsitzender dachte und argumentierte, nur daß bei ihm alles viel lustiger klang. Das wurde wie ein Geheimtip weitergereicht, und die Einladungen häuften sich.

Gundelach reiste mit, beobachtete, notierte und traf immer wieder auf dieses: Faszinierend! Wenn nur seine Sprache geschliffener wäre! Da war man halt durch Helmut Schmidt verwöhnt. Aber sonst... fabelhaft!

Er beriet sich mit Tom Wiener. Der sagte: Da ändern Sie nix mehr dran. So lernfähig der Oskar sonst ist, er wird immer ›der Durcheinander‹ sagen und ›der Gehalt‹, wenn er Kohle meint. Das steckt in ihm drin. Aber wir können ihm ja empfehlen, sich nördlich der Mainlinie an Ihre Texte zu halten, damit die Leute ihn besser verstehen. Hier bei uns soll er reden, wie ihm der Schnabel gewachsen ist.

Sie versuchten es und waren besten Willens, alle drei. Im Flugzeug nach Hamburg, Lübeck, Köln oder Düsseldorf arbeitete Specht das Manuskript mit der Akribie eines folgsamen Schülers durch, setzte Atempausen, kennzeichnete Satzzusammenhänge, markierte Betonungen. Stand er dann aber vor dem Auditorium und begann den Text abzulesen, stockend, unglücklich, vor Ungeduld sich verhaspelnd, befreiendes Beifallklatschen herbeisehnend, war sein Elend mit Händen zu greifen.

Nein, es ging nicht. Er irrte durch die bildungsbürgerliche Welt, die nicht die seine war, wie ein herausgeputzter Konfirmand, dem der Anzug zu kurz und der Hemdkragen zu eng ist. Irgendwann explodierte er. Stieg aus der wohlgesetzten Rede aus, die alles enthielt, was er sagen wollte, nur nicht sein Ich, geriet ins Erzählen, fabulierte, machte Witze, gestikulierte, verlor den Faden, kam vom Hundertsten ins Tausendste, provozierte, widersprach sich, verknüpfte in einem Atemzug den Dorfbrunnen und die Vereinten Nationen, erntete zustimmendes Gelächter und triumphierte am Ende über alle Fesseln, die Konvention und Logik ihm hatten anlegen wollen. Er redete die Welt bunt und schillernd wie eine Seifenblase. Entzündete ein riesiges, chaotisches Wortfeuerwerk, nach dessen letzter Kaskade der Beifall knallfroschartig losprasselte. Selbst jene, die es in der Sache besser wußten, waren so begeistert, daß sie sich ihres Besserwissens schämten.

Sie haben, sagte einmal ein dröger Hamburger Reeder erschüttert, das Thema zwar verfehlt, – aber das auf eine ganz ss-taunenswerte Weise!

Der Mann wußte nicht, wie recht er hatte. Specht war immer dann am besten, wenn er im unerschütterlichen Glauben, der einzig Sehende unter lauter Blinden zu sein, danebenlag. Ihn reizte der Weg, kaum je das Ziel. Ergebnisse waren Endpunkte. Dahinter drohte Stillstand.

Stillstand? Alles, nur das nicht! Lieber wollte Oskar Specht gar nicht ankommen.

Bildungswege

Die Untersuchung ergab es zweifelsfrei: Heike war schwanger. Zum traditionellen Christbaumschmücken war sie schon als werdende Mutter angereist, freilich ohne es zu wissen. Vielleicht ahnte sie etwas; fühlte, daß das Ausbleiben der Regel diesmal mehr bedeutete als eine Unsicherheit, für die der Bürostreß oder eine hormonelle Störung verantwortlich zu machen war. Falls sie einen Verdacht hatte, behielt sie ihn jedenfalls für sich.

Gundelach war ganz ahnungslos. Vatergefühle hatte er nicht mal im Traum. Er konnte sie sich einfach nicht vorstellen. Und weil seine Frau die Pille nahm, gab es ja auch keine Veranlassung dazu. Allerdings vertrug sie die kleinen rosa Biester, wie sie den stanniolverpackten gynäkologischen Morgenappell nannte, schlecht. Immer mal wieder Krämpfe, schmerzende Beinvenen und die unterschwellige Angst vor Thrombosen.

Ich nehm sie, obwohl ich die Dinger nicht mag, hatte Heike gesagt. Aber ich garantiere nicht dafür, daß ich's nicht auch mal vergesse.

Klar doch, hatte Bernhard geantwortet. Und im stillen gedacht: Frauen brauchen immer ein Schlupfloch, eine Rückversicherung. Passieren, im Ernst, konnte nichts. Heike war die Zuverlässigkeit in Person, als Sekretärin und überhaupt. Sollte er jeden Morgen im Bad nachprüfen, ob der Wochentag mit dem Östrogenkalender übereinstimmte? Albern.

An Weihnachten war Kinderkriegen also noch kein Thema. ›Ihr Kinderlein kommet‹ konnte man, von der Mutter am Klavier begleitet, ganz unbefangen singen. Heike vielleicht ein bißchen weniger unbefangen. Aber sie sang mit, exakt und hell, und auch die mütterliche Tante, die nach langem Drängen der anverwandtschaftlichen Einladung gefolgt war, verstärkte den Chor mit resoluter Altstimme.

Es war harmonisch und auf entspannende Art langweilig. Der Gang zur Christmette fehlte nicht und die mit Brataäpfeln und Maronen gefüllte Gans auch nicht. Selbst das Tranchieren des Vogels geriet wie früher zur Staatsaktion, wenn dem Vater feine Zornesröte über die hausfraulichen Ratschläge der Mutter auf die Stirn trat. Nach dem Essen dann der Spaziergang oder ein Mittagsschlaf. Heike fühlte sich nicht wohl und legte sich auf die Wohnzimmercouch, auf der sie auch nächtigte.

Bernhard schlief wieder in seinem Zimmer. Er wachte während der Nacht kein einziges Mal auf. Die Jugendtraum-Requisiten blieben stumm und leblos. Heike hörte ihren Mann durch zwei Türen schnarchen. Lange lag sie wach und horchte in sich hinein. Die Tante logierte in einem Hotel Garni.

Eigentlich wollten sie nach den Festtagen noch in die Schweiz zum Skifahren. Aber daraus wurde nichts. Heike klagte über Schwindel und Übelkeit. Es zog sie nach Hause. Dort, im Sessel kauernd, den grobmaschigen Pullover fröstelnd bis über die Knie gezogen, sprach sie zum ersten Mal von ihrer Vermutung.

Möglicherweise, sagte sie, bin ich schwanger. Sie müsse schleunigst zum Arzt, um Gewißheit zu haben. So, wie sie es sagte, stimmte es nicht ganz. Keine Sekunde zweifelte sie mehr. Aber sie wollte ihrem Mann Zeit lassen, sich an den Gedanken zu gewöhnen.

Bernhard Gundelach reagierte nach Männerart. Im ersten Schreck versuchte er, das Faktum wegzudiskutieren, beim zweiten dachte er an die Folgen. War sie wirklich sicher, vor zwei Monaten die Pille mal vergessen zu haben? Und wann, genau, sollte denn das gewesen sein? Und selbst wenn: eine einzige kleine Nachlässigkeit konnte doch kaum ausreichen, um gleich schwanger zu werden! Das war doch ganz unwahrscheinlich!

Er redete, bohrte und dozierte, sie hörte mit wachsender Erbitterung zu. Schließlich rief sie: Mein Gott, du hättest Lehrer werden sollen oder Staatsanwalt! und lief hinaus.

Ihm war klar, daß er versagt hatte. In solchen Fällen nimmt ein Mann seine Frau in den Arm. Wenn schon nicht jubelnd, dann wenigstens so, daß ihr Schutzbedürfnis befriedigt wird. Das weiß man und richtet sich danach. Du weißt doch sonst immer alles.

Aber die Folgen! Heike mußte aufhören zu arbeiten. Ein Gehalt fiel weg. Specht hätte im familienpolitischen Teil seiner Standardrede gesagt: Als Doppelverdiener ohne Kinder reicht der Gehalt, um dreimal im Jahr Urlaub im Süden zu machen, wenn aber ein Kind kommt und die Frau sich entschließt, nur noch Mutter zu sein, ist nicht mal mehr eine Woche Bayrischer Wald drin und die Ansichtskarten von Teneriffa kommen von denen, die drauf vertrauen, daß andere für sie im Alter die Rente zahlen. Recht hatte er, und auch Gundelach schrieb es in jede gesellschaftspolitische Rede rein, nur nützte das jetzt nichts. Die Schweiz rückte in weite Ferne. Eine größere Wohnung würde auch bald fällig werden. Und jede Menge Ausgaben.

Also, das mindeste, was er verlangen mußte, war, schnellstens zum Oberregierungsrat befördert zu werden. Er mußte sich sofort bei der Personalabteilung erkundigen, wann seine Wartefrist ablief. Und dann Druck machen, bei Wiener, notfalls auch direkt bei Specht. Vielleicht gab es sogar Tricks, um die Wartezeit abzukürzen. Wenn die Personalfritzen nur wollten, brachten sie alles zuwege. Sich selbst beförderten sie ja auch dauernd.

Er zählte, rechnete und verhandelte. Das Kind, um das es ging, blieb ein Abstraktum.

Als Heike endlich wieder aus dem Bad herauskam, blaß und mit rotgeränderten Augen, stürzte Gundelach auf sie zu, die Arme wie Flügel aus gebreitet. Ein riesiger Käfer im Landeanflug auf seine geknickte Blume. Verstört ließ sie es geschehen.

Freust du dich wenigstens ein bißchen? fragte sie leise. Noch nie hatte er sie so schwach erlebt. Die überlegene, spöttische Heike Blank, die den Blick geradewegs stehen lassen konnte, so daß man es nicht mehr aushielt und wegsehen mußte: das war einmal.

Das Kind, dachte er, macht sie schutzlos. Vielleicht war das ja sogar ihre Absicht gewesen. Vielleicht hatte sie eines Abends oder Morgens beschlossen, die aufdringlichen Begleiter ihres ehegeschäftlichen Tagesablaufs einfach zu ignorieren.

Sie würde es ihm nie verraten.

Aber kam es darauf überhaupt an?

Natürlich freue ich mich, sagte Gundelach. Ich liebe dich. Und schloß endlich die Arme um seine Frau.

Am nächsten Tag begleitete er sie zum Arzt. Anschließend bummelten sie durch die Babyausstattungs-Abteilungen mehrerer Kaufhäuser.

Oskar Specht nutzte die Feiertage auf seine Weise. Mit dickem Filzschreiber malte er Kästchen auf Papierbögen, füllte sie mit Namen, strich einige wieder durch und ersetzte sie durch andere. Ministerien und Politikbereiche wurden den Namenskästchen zugeordnet, die Gesamtarchitektur mit Linien und Pfeilen verstrebt.

Bis das Gebilde fertig war, bedurfte es etlicher Telefonate. Spechts Amtsnachfolger im Innenministerium, der es schon unter Breisinger zum Justizminister gebracht hatte, nachdem Dr. Rentschler ausgeschieden war, mußte ebenso befragt werden wie Kultusminister Professor Dukes, der sich mit dem neuen Wissenschaftsminister Angel, einem ehemaligen Universitätsrektor, das Erbe des zähen Baltus teilte. Mit dessen Kondition verbanden Specht eigene Erfahrungen. Wenige Monate vor seinem Sturz hatte Breisinger ihn beauftragt, den störrischen Kultusminister davon zu überzeugen, daß es unumgänglich sei, aus Altersgründen zurückzutreten. Worauf Baltus den Kollegen zu einer mehrstündigen Bergwanderung einlud, an deren Ende der fast dreißig Jahre Ältere seinen entkräfteten Partner fragte, ob er diese Begründung immer noch aufrecht erhalte. Genützt hatte ihm der alpine Fitneßnachweis freilich nichts. Politisches Überleben entscheidet sich selten an frischer Luft.

Tom Wiener wurde gleichfalls in die Rundrufaktion einbezogen, ebenso der für Müller-Prellwitz in die Staatssekretärssuite nachgerückte frühere Geschäftsführer der CDU-Fraktion. Wer bei Specht etwas werden oder bleiben wollte, tat gut daran, Urlaub als telefonischen Bereitschaftsdienst aufzufassen. Renft dagegen blieb unbehelligt. Es genügte, ihm die Ergebnisse mitzuteilen.

Anfang 1979 lag die neue Struktur der Staatskanzlei vor. Die Grundsatzabteilung wurde aufgelöst, eine neue landespolitische Abteilung geschaffen, die Pressestelle ausgebaut. Ministerialdirigent Bolder fand sich als Leiter der Verwaltungsabteilung wieder. Deren Chef, Ministerialdirigent Dr. Zucker, durfte sich künftig Europabeauftragter des Ministerpräsidenten nennen.

Zuvor jedoch verschaffte sich Zucker einen Abgang, der lange für Gesprächsstoff sorgte. Dem allgegenwärtigen terroristischen Menetekel zu begegnen, war seine große Leidenschaft. Auf allen Balkonen der Nachbarschaft hatte er schon gestanden und über einen Stock visierend mögliche Schußwinkel ausgekundschaftet. Wo immer sein scharfes Auge einen Durchblick auf die Zufahrt zum Schloß erspähte, rückten anderntags Baumpflanzkolonnen des Botanischen Gartens an. Monrepos wurde zügig von Edelgehölzen umstellt. Den freundlichen Alten, um die es sich bei den Wohnungsinhabern zumeist handelte, half es nichts, ihre staatstreue Gesinnung zu beteuern. Einige zeigten sogar unaufgefordert den Mitgliedsausweis der CDU. In Sachen Sicherheit war Dr. Zucker unerbittlich. Und unerbittlich verstärkte er an allen strategischen Punkten die Umgrenzung des Parks mit dickwandigen Wachtürmen, auf denen freilich kaum je ein Polizist gesichtet wurde. Ein aufwendiger Schleusenbetrieb mit Panzerglastüren konnte zudem das ganze Schloß sekundenschnell in eine Festung verwandeln. Wegen des Widerstands der Belegschaft unterließ man es jedoch, die zum täglichen Betrieb notwendigen Codekarten auszugeben, weshalb die Schleusen während Zuckers Amtszeit nie in Dienst gestellt wurden.

Seinen ausgeklügelten Sicherheitsmechanismus als Investitionsruine vergammeln zu sehen, traf den Verwaltungschef schmerzlich. Deshalb löste er wenige Tage vor seinem Wechsel nach Brüssel eigenhändig Alarm aus, ohne eine Menschenseele vorher zu informieren. Kampfbereitschaft läßt sich eben nur unter Echtheitsbedingungen überprüfen. Sofort war die Landeshauptstadt erfüllt vom Geheul der Polizeisirenen. Alle Straßen im Umkreis von Monrepos wurden hermetisch abgeriegelt. Das Verkehrschaos war unbeschreiblich. Und die gesamte Mannschaft des Schlosses, Specht inklusive, saß drinnen fest; die Schleusen funktionierten tadellos.

›Rucki-Zucki‹, der seinem Spitznamen ein letztes Mal alle Ehre gemacht hatte, genoß den Triumph mit der bittersüßen Selbstgenügsamkeit des verkannten Künstlers. Danach packte er seine Sachen.

Die neuen Abteilungsleiter holte sich Specht aus dem Innen- und dem Kultusressort. Dafür versetzte er zwei Beamte, die nach Müller-Prellwitz' Aufstieg und Pullendorfs Weggang an die Spitze aufgerückt waren, in die dortigen Häuser. Die Zeit der Stellvertreter war vorbei. Juristen, die in jeder Suppe ein Büschel Haare fanden, waren das letzte, was Oskar Specht ertrug. Bedenkenträger auf Lebenszeit nannte er sie. Zu Breisinger mochten sie gepaßt haben. Zu ihm nicht.

Er wolle nicht wissen, warum etwas nicht gehe, sagte er immer wieder, sondern wie das, was er wolle, in die Tat umgesetzt werden könne. Das möge man, bitteschön, endlich begreifen.

Bolder zum Beispiel begriff es nicht. Schon als Specht sich beim Kirschkernspucken maß, hatte er aus dem Urlaub eine Postkarte geschrieben: Er habe das Bild des spuckenden Ministerpräsidenten in der Zeitung gesehen und könne nur hoffen, daß es sich dabei um eine Verwechslung handle, im Interesse der Würde des Amtes. Nach einigen weiteren Unbotmäßigkeiten war auch seine Zeit auf Monrepos abgelaufen. Er wurde, kaum daß er die Verwaltungsabteilung übernommen hatte, als Parlamentarischer Berater der Fraktion in die Landtagsverwaltung expediert.

So ordnete Oskar Specht seinen ›Laden‹.

Tom Wiener, der jetzt offiziell als Regierungssprecher firmierte und jeden Mitarbeiter anwies, sich diesen Terminus zueigen zu machen, um früher übliche Verunzierungen seiner Position als ›Leiter der Pressestelle‹ ein für allemal aus dem Sprachgebrauch zu tilgen – Wiener also, mit den Insignien eines neuen Briefkopfes ausgestattet, der dem des Staatssekretärs täuschend ähnlich sah, lud eines Tages, kurz nachdem das Revirement abgeschlossen war, seinen gerade zum Oberregierungsrat aufgerückten Untergebenen Bernhard Gundelach zu sich und sagte, den Blick bedeutungsvoll zur Decke gerichtet:

Wir müssen uns mal grundsätzlich darüber unterhalten, wie es mit dem Oskar weitergehen soll.

Gundelach verstand nicht und schaute ebenfalls fragend nach oben.

Ich meine, es muß jetzt langsam Linie in seine Politik reinkommen, setzte Wiener erläuternd hinzu. Bisher rennt er ja bloß mit einem Bauchladen voller Einfälle rum und erfindet jeden Tag was Neues. Begreifen Sie noch, was er mit der Steuergeschichte eigentlich will? Na also. Mal erhöht er Verbrauchssteuern, mal möchte er welche abschaffen. Mal sind es dreißig Milliarden, die der Staat angeblich zu viel kassiert, dann wieder fünfzig. Und immer wird die Knete gleich wieder ausgegeben, je nachdem, was ihm gerade wichtig ist. Finden Sie das überzeugend?

Nein, sagte Gundelach. Aber es kommt gut an.

Das schon, und bis zur Landtagswahl können wir's auch so laufen lassen. Trotzdem müssen wir uns schon jetzt Gedanken machen, was danach kommt. Oskars Bekanntheitskurve steigt rapide. Bis Jahresende liegt sie bei fünfundneunzig Prozent, schätze ich mal. Dann ist der Teil abgehakt. Aber irgendwann fangen die Leute an zu fragen, wofür der Specht denn nun eigentlich steht. Inhaltlich, meine ich.

Tja, sagte Gundelach nicht ohne inneres Behagen, auf *die* Antwort sind wir alle gespannt.

Wiener lachte. Passen Sie bloß auf, sagte er gutgelaunt. Ich nimm das nicht mehr lange hin. Nächstes Mal versetze ich Sie ins Archiv.

Auch das war ein Spechtscher Wunschtraum: widerborstige Beamte im Handumdrehen versetzen zu können. Ins Archiv zum Beispiel. Archive galten ihm als Inbegriff der Nutzlosigkeit. Lauter totes gestapeltes Wissen. Und bleiche, spitznasige Gesellen, die den Muff verwalteten, mit Ärmelschonern und gebeugtem Nacken. Archive kamen gleich nach Friedhöfen. Jemanden dorthin strafzuversetzen, hieß in Spechts Verständnis, ihn legal umzubringen. Er drohte es so oft an, daß ihm der Chef der Archivverwaltung eines Tages einen langen, empörten Brief schrieb. Da er ihn auch an die Öffentlichkeit lancierte, machte Specht eilends einen Rückzieher und versicherte dem Gekränkten, daß er seine Arbeit für außerordentlich verdienstvoll halte. Dann erzählte er es den Journalisten und amüsierte sich königlich.

Die Auflösung der Grundsatzabteilung, fuhr Wiener in ernsthaftem Ton fort, ist natürlich eine zweischneidige Sache. Die Maßnahme an sich ist hundertprozentig richtig. Als ideologische Tugendwächter, wie unter Müller-Prellwitz, haben die Vierer ausgedient, und als bürokratische Bremser, wie unter Bolder, können wir sie nicht brauchen. Aber die Optik ist schädlich. Specht, ein Mann ohne Grundsätze und ohne intellektuellen Tiefgang. Das setzt sich schnell in den Köpfen fest.

Gundelach war erstaunt über die Eindringlichkeit, mit der Wiener seine Überlegungen vortrug. Er hatte, seit er mit ihm zusammenarbeitete, nicht den Eindruck gewonnen, daß den Pressechef etwas anderes als die Häufigkeit täglicher Spechtmeldungen interessierte.

Ich sehe bisher niemanden, der den MP so, wie Sie das befürchten, angreift. Außer der Opposition natürlich, aber das ist deren Pflicht. Ansonsten nur Faszination und Aufbruchstimmung, von der Wirtschaft bis zu den Journalisten. Oder täusche ich mich?

Ein überlegenes Lächeln, das zu unterdrücken er vergaß oder nicht für notwendig erachtete, flog über Wieners Gesicht.

Junge, sagte er gönnerhaft, wenn Sie in der Politik etwas sehen, ist es zu spät. *Riechen* müssen Sie es, im Bauch spüren. Nur dann überleben Sie in diesem Scheißjob. Ich sag Ihnen was: Sie und ich, wir saßen letzte Woche bei dieser komischen Richtertagung, die Specht eröffnet hat. Erinnern Sie sich an den Moment, als Oskar aus Ihrem Manuskript den Satz *Audiator et altera pars* vorgelesen hat? Erinnern Sie sich, wie er die Silben betont hat? Ich bin vor Schreck fast vom Stuhl gekippt. Und das Zucken um die Mundwinkel der Herren Juristen, die verstohlenen Seitenblicke – Mann, geben Sie's doch zu, Sie haben das genauso registriert wie ich. Zwei falsch betonte Silben, zwei von ein paar Tausend – und die ganze gescheite Rede war futsch. Wollen Sie das so einfach hinnehmen, he? Glauben Sie, daß das auf Dauer gutgeht?

Wohl nicht, sagte der Oberregierungsrat.

Na also. Und das ist doch nicht der einzige Fall. Sie waren noch nicht auf Auslandsreisen mit Specht, Sie haben ihn noch nicht englisch reden hören. Er übersetzt sein: Das müssen wir denen lernen! gnadenlos mit: We have to learn them! Gottseidank sind die Amis fröhliche Menschen, die sich über jeden freuen, der sich in ihrer Sprache versucht. Aber wenn Specht international reüssieren soll, muß er diese Klippen überwinden. Und wir müssen ihm dabei helfen!

Einverstanden. Aber wie?

Wiener beugte den Oberkörper vor.

Der Specht ist ein Pfundskerl – das mal vor der Klammer. Er kann Leute begeistern und mitreißen wie kein zweiter Politiker, außer Strauß. Aber Oskar hat nicht das Wissen und auch noch nicht die Erfahrung von Franz Josef. Ihm fehlt die Breite und die Tiefe. Die Folge ist, daß er immer hektischer wird. Er hat zwar tausend Ideen, aber keine Übersicht. Wenn wir ihn so weitermachen lassen, läuft er sich in zwei, drei Jahren zu Tode.

Hm, machte Gundelach beeindruckt. Das mag ja stimmen. Aber wir können einen Ministerpräsidenten doch nicht auf den zweiten Bildungsweg schicken. Er –.

Doch, unterbrach ihn Tom Wiener. Wir können und wir werden. Genau das. Das einzige Problem ist, es so hinzukriegen, daß er's nicht merkt.

Ich weiß nicht recht, sagte Gundelach zögernd. Die Vorstellung, einen Ministerpräsidenten – und mochte es zehnmal zu dessen Nutzen sein – zu manipulieren, bereitete ihm Bauchschmerzen. Wenn Specht die Absicht durchschaute, war der Teufel los. Dann konnte man sich schon mal im Hauptstaatsarchiv oder beim Staatsanzeiger nach einem warmen Plätzchen umsehen.

Manchmal schien es, als könnte Wiener Gedanken lesen.

Sie haben Angst um Ihre Karriere, was, sagte er mit einem Anflug von Schadenfreude. Keine Sorge, Junge, es geht nicht schief. Aber unabhängig davon – wir haben gar keine andere Wahl. Entweder wir steigen mit Specht oder wir fallen mit ihm. Dazwischen gibt's nix. Und so, wie ich Sie kennengelernt habe, wollen Sie auch lieber steigen als fallen, wie?

Wieners letzte Bemerkung war eine Bosheit. Schlimm nur, daß sie zutraf. Gundelach schwieg wie ein ertappter Sünder.

Wir tun ja nichts Unrechtes, sagte Wiener nach einer Pause, in der er die Wirkung seiner Attacke ausgekostet hatte. Im Gegenteil: Wir tragen dazu bei, daß Specht seine Fähigkeiten erst so richtig entfalten kann. Der Mann ist ein Juwel, ich schwör's Ihnen. Er hat eine unglaubliche Auffassungsgabe und eine ungeheure natürliche Intelligenz. Das muß jetzt bloß gefördert und in vernünftige Bahnen gelenkt werden. Dann kann er alles werden, sogar Bundeskanzler. Nee, wirklich, ohne Witz! Und das sind doch hübsche Perspektiven, auch für Sie, oder?

Es reicht jetzt! wollte Gundelach auffahren. Doch er sagte leise: Nun erzählen Sie schon, was Sie vorhaben.

Es gibt da eine Stiftung, antwortete Tom Wiener bedächtig. Nichts übertrieben Großes, aber für unsere Zwecke genau das Richtige. Der Stifter ist ein netter alter Herr, Sören Tendvall. Tendvall-Werke, vielleicht haben Sie schon mal davon gehört. Produzieren irgendwelche komplizierten Geräte. Tendvall hat den Oskar bei seinen ersten Wahlkämpfen finanziell unterstützt, als er das noch brauchte. Sie wollten wohl sogar mal ein Buch zusammen machen. Der alte Herr ist nämlich ein verkappter Wirtschaftswissenschaftler, der sich Gedanken über Vermögensbildung und soziale Sicherung macht. Mit dem Buch hat's zwar nicht geklappt, weil der Oskar kein Typ fürs Schreiben ist. Das hindert den alten Tendvall aber nicht, ihn mit rührender Anhänglichkeit zu verfolgen. Er ist nämlich felsenfest davon überzeugt, Spechts politisches Talent als erster entdeckt und gefördert zu haben, und vielleicht stimmt's sogar. Jedenfalls, Tendvall ist absolut in Ordnung, ein Original, das Sie unbedingt kennenlernen müssen. So, und jetzt brauchen Sie bloß zwei und zwei zusammenzuzählen. Tendvall ist stolz darauf, daß sein Schützling Ministerpräsident geworden ist und will ihm was Gutes tun, und Specht kann sich's gar nicht erlauben abzulehnen, ohne undankbar zu erscheinen. Der eine hat Geld, der andere Ideen. Und wir finden eine Form, in der beides zusammenfließt. Das ist Politik, sag ich Ihnen. Mann, ick könnt mir selber küssen, wie jut wa sind ...

Wiener verschränkte die Arme hinter dem Kopf. Sein Gesicht strahlte rosig.

Ich nicht, sagte Gundelach. Weil ich's immer noch nicht begreife.

Wirklich nicht? Dann sind Sie doch nicht so clever wie ich dachte. Ist doch klar, wie das laufen muß. Wir lassen uns von der Tendvall-Stiftung eine Veranstaltung sponsern, die Specht mit der deutschen Wirtschafts- und Geisteselite zusammenbringt. Vom mächtigen Industrieboß bis zum nobelpreisverdächtigen Professor. Dazu Specht als einziger Politiker. Da muß er zuhören und hat gleichzeitig die Chance, groß rauszukommen, weil wir die Diskussionsthemen vorgeben und ihn perfekt vorbereiten. An zwei Tagen kriegt er mehr nützliche Kontakte als sonst in einem Jahr und lernt 'ne Menge dazu. Sie werden sehen, er wird das alles aufsaugen wie ein Schwamm und es hinterher in politische Aktionen umsetzen, denn das ist seine absolute Stärke.

Hört sich gut an, sagte Gundelach. Fragt sich nur, ob die Hochkaräter kommen, wenn wir sie einladen. Die könnten ja auch was Besseres zu tun haben, als einen neuen Ministerpräsidenten zu beraten.

Wieder war es da, das überlegene Grinsen, das Gundelachs Puls hochjagte.

Junge, was wetten wir? Eine Kiste Schampus? Nein, das wäre unfair, das machen wir, wenn Sie Ministerialrat sind. Sie würden hochkant verlieren, mein Lieber. Für Bonzen und Gelehrte gibt's nämlich nichts Schöneres, als Politik machen zu können. Die Chance, so wie Sie und ich täglich in Spechts Zimmer stiefeln zu können, wäre manchem ein Vermögen wert. Und jetzt bieten wir ihnen dieses Vergnügen an zwei Tagen kostenlos, in feinster Umgebung, versteht sich, und mit prominenter Gesellschaft. – Übrigens habe ich bei meiner Aufzählung die Gewerkschaften vergessen, die sind auch sehr empfänglich für solche Konstellationen.

Sie haben sicher alles schon bis ins kleinste vorbereitet, sagte Gundelach mutlos.

Nicht die Bohne, erwiderte Wiener fröhlich. Das wird Ihr Job. Als erstes treffen wir uns mit Dr. Gerstäcker in Düsseldorf. Der hat dort eine große Kanzlei und berät die Tendvall-Stiftung. Auch ein Supertyp. Er unterstützt uns, wo er kann. Danach bereden wir die Geschichte mit dem alten Tendvall selbst. Beim ersten Mal muß Oskar mitkommen, später reicht es, wenn wir beide den Kontakt pflegen. Fangen Sie aber schon mal mit den Vorbereitungen an, damit wir Gerstäcker ein fertiges Konzept präsentieren können. Das Protokoll soll Ihnen die Spitzenhotels im Land zusammenstellen, das Wirtschaftsministerium eine Liste aller industriellen Dachverbände und die Namen der wichtigsten Vorstandsvorsitzenden von Konzernen. Gerstäcker wird wahrscheinlich auch noch ein paar Wünsche äußern, was seine eigene Klientel betrifft. Da müssen wir flexibel sein. Und machen Sie sich Gedanken über interessante Themen und ein, zwei Professoren, die kurze Einführungsreferate halten können.

Themen? Gundelach verzog das Gesicht. Das ist ein weites Feld. Etwas genauer sollte ich die Richtung schon kennen.

Denken Sie sich was aus, Mensch, sagte Wiener unwillig. Was Zukunftsweisendes. Wo Specht Visionen entwickeln kann. Und nicht zu speziell, damit jeder mitreden kann.

Das Telefon klingelte. Wiener nahm den Hörer ab und sagte: Moment noch! Gundelach stand auf.

Zum Beispiel ›Die Bundesrepublik in den achtziger Jahren?‹ fragte er.

Nicht übel. Noch besser wäre: ›Europa in den achtziger Jahren‹. Da haben wir noch die Außenpolitik mit drin.

Dann nehmen wir doch gleich: ›Die Welt auf dem Weg ins Jahr Zweitausend!‹ Das schreit nach Visionen.

Gundelach betrachtete es als Scherz.

Sehr gut, sagte Wiener ohne jedes Lächeln. So langsam begreifen Sie, worum's geht. – Hallo? Ach, Edi, du bist's, grüß dich, altes Haus. Sag mal, was für einen Scheißkommentar hast du denn da neulich geschrieben? Ja, der zur Wohnungsbauförderung. Der Oskar sagt, du hättest nicht die geringste Ahnung davon ...

Ja, der Wohnungsbau! Die Stadt- und Dorferneuerung! Der Straßenbau! Die Mittelstandsförderung! Der Technologietransfer! Die Energiepolitik! Und zum werweißwievielten Mal: Die Steuerpolitik!

Einstweilen schien Oskar Specht mit dem Umkrempeln des Landes noch ausgelastet. Wiener hatte ihm ja auch zwei bis drei Jahre Frist gegeben, um sich totzulaufen. Doch bis dahin, eine gewonnene Wahl im Rücken, reichlich gesammelte Erfahrungen im Umgang mit Geist- und Machteliten im Hinterkopf, würde Specht ruhiger werden. Gelassener, souveräner. Vielleicht sogar weniger rechthaberisch. Tom Wieners Programm war auf lange Sicht angelegt.

Vorerst hielt Specht das Land und die Medien aber noch in Atem und brachte seine Minister und die Verwaltung auf Trab. Ein Museumsdirektor meinte in schmerzlicher Erinnerung an die Kaiserausstellung und ihren Gipfelpunkt Friedrich II., den man schon zu Lebzeiten *stupor mundi*, das Staunen der Welt, genannt hatte: Jetzt hat das Land wieder ein stupor mundi. Nur weiß er nicht, was das ist.

Es war der Hochmut der klassisch Gebildeten, die Breisinger nachzutrauern begannen. Abschätzig nannten sie seinen Nachfolger: Oskarle. Es sollte sich rächen. Jahre später fühlte sich Specht stark genug, den Geisteswissenschaften den Kampf anzusagen. Er verhöhnte sie als Diskussionswissenschaften und strich ihnen Geld und Lehrstühle. Niemand machte sich über einen Oskar Specht ungestraft lustig.

Das Greifbare war seine Welt. Beim Greifbaren fühlte er sich unangreifbar. Vom Wohnungsbau hatte bisher niemand in der Regierung etwas verstanden, auch nicht der zuständige Minister. Siebzehntausend Wohnungen besaß das Land. Wozu, um Gottes willen? Die Mieter sollten gefälligst anfangen, ihre Wohnungen als Eigentum zu erwerben.

Dann fließt mehr privates Geld in den Investitionssektor statt in den Konsum, sagte er, das kommt der Vermögensbildung zugute, bremst die Inflationsrate und belebt das Ausbaugewerbe. Die Leute kaufen eine neue Einbauküche und holen sich ihren Sonnenbrand daheim auf dem Balkon statt auf Mallorca, und der Staat bekommt Geld in die Kasse, das er sinnvoller als für Mietsubventionen einsetzen kann, zum Beispiel für die Stadt- und Dorfsanierung.

Alles stimmte also an dem Konzept. Bei fünfzehnhundert Landeswohnungen lief die Zins- und Belegungsbindung aus, sie wurden privatisiert. Prompt verlangte die Opposition neue Sozialwohnungen. Da kam sie an den Richtigen!

Also, sagte Specht am Rednerpult des Landtages, lassen Sie uns mal rechnen. Der Bau einer Sozialwohnung, hundert Quadratmeter, kostet in Ballungsgebieten dreihundertfünfzigtausend Mark, mindestens. Ergibt bei den gegenwärtigen Zinsen, Abschreibungen, Rückstellungen undsoweiter eingerechnet, eine Jahreskostenmiete von, grob gerechnet, dreißigtausend oder eine monatliche Kostenmiete von zweifünf oder eine Miete pro Quadratmeter von fünfundzwanzig Mark. Richtig? So. Von den fünfundzwanzig Mark zahlt der Mieter sechs und der Staat neunzehn. Knapp dreiundzwanzigtausend Mark schenkt der Staat also jedes Jahr dem, der das Glück hat, eine Sozialwohnung zu kriegen. Ist das etwa sozial gerecht? Das ist ein in Raten ausbezahlter Sechser im Lotto, nichts anderes!

Meppens, der Stille, in Ethik- und Grundwertfragen ungleich besser als in den Derbheiten des täglichen Lebens Bewanderte, versuchte dagegen zu halten: Specht kümmere sich beim Straßenbau ja auch nicht um das Kostenmoment, sagte er, und die Verteilungsgerechtigkeit zwischen Autobesitzern und Umweltschützern habe ihm noch nie schlaflose Nächte bereitet. Aber in Spechts technokratischem Weltbild hätte das Auto eben einen höheren Stellenwert als eine wohnungssuchende Familie.

Ha! Specht, erneut auf die Rednerliste gesetzt, konnte es kaum erwarten, zum Zweitschlag ausholen zu dürfen.

Er nehme es dem Kollegen Meppens ja nicht übel, daß der von den strukturellen Unterschieden zwischen Hoch- und Tiefbau noch nie was gehört hätte, sagte er. Aber er empfehle ihm doch, seine Inkompetenz nicht so deutlich zur Schau zu stellen, daß die wenigen verbliebenen Arbeiter unter den SPD-Wählern auch noch davonliefen. Während nämlich beim Wohnungsbau die preisunempfindliche öffentliche Hand mit der privaten Wohnungswirtschaft konkurriere und eine kumulierte staatliche und private Baunachfrage die Kosten in die Höhe treibe – was man gegenwärtig erlebe und was zur Folge habe, daß der Eigenheimbau drastisch zurückgehe, wodurch wiederum weniger Mietwohnungen für Nachrücker frei würden, denen, nach Meppens Philosophie, der Staat dann weitere Sozialwohnungen bauen müßte, was die Preise weiter nach oben drücken würde, ein absurder Wettlauf, bei dem immer weniger Wohnungen immer mehr kosteten, so daß sich am Schluß nur noch Reiche den Luxus eigener vier Wände leisten könnten: ob das denn wohl die sozialpolitische Wunschvorstellung der SPD wär? –, mit anderen Worten, während also im Wohnungsbau das Kostenmoment eine enorme wirtschaftliche und gesellschaftliche Rolle spiele, hätte es der hochrationalisierte Tiefbau mit einer völlig anderen Situation zu tun. Dort brauche man gleichmäßige Kapazitätsauslastungen, um die langen Abschreibungszeiträume für Investitionen erwirtschaften zu können. Und wenn die öffentliche Hand diesen Zusammenhang nicht beachte und den Ausbau der Verkehrsinfrastruktur von konjunkturellen Faktoren abhängig mache, passiere genau das, was gerade jetzt wieder passiere, daß nämlich – rief Specht und reckte den Arm beschwörend in Richtung jenes geopolitischen Meridians, auf dem er die Bundeshauptstadt vermutete – die Mittel für den Straßenbau immer dann reichlich fließen würden, wenn die Unternehmen ihren Maschinen- und Personalbestand gerade reduziert hätten, und umgekehrt. Was, von allem abgesehen, auch ein merkwürdiges Licht auf manche Mitglieder der Bundesregierung werfe, die sich auf ihren ökonomischen Sachverstand doch sonst so viel zugute hielten. Im übrigen, sagte er und senkte dabei Stimme und Hand, bis beide gewissermaßen wieder heimische Bodenberührung hatten, verfolge seine Regierung ohnehin das Prinzip Ausbau vor Neubau, nur könnte sie das noch viel konsequenter tun, wenn nicht immer wieder die Abgeordneten der Opposition darauf drängen würden, in ihrem Wahlkreis eine neue Umgehungsstraße oder Ortsdurchfahrt bauen zu lassen.

Nein, es war nicht ratsam, Oskar Specht im Plenum herauszufordern. Die Atmosphäre behagte ihm. Das schulbubenhafte, schadenfrohe Gelächter seiner Fraktion, die unter Deusels Führung bewundernd an seinen Lippen hing und nach jeder Pointe losklatschte, spornte ihn an. Hinter sich, auf der Galerie, wußte er die Zunft bonmotgieriger Journalisten, denen er, wenn er Proben seines Könnens abgelegt hatte, beifallheischend zuzwinkerte.

Er saß in der ersten Reihe der Regierungsbank, nächst dem Landtagspräsidenten, erhöht. Die Abgeordneten mußten zu ihm aufschauen. Seine Spitzenbeamten hockten im zweiten Glied und hatten den Hintern zu heben, wenn er, kaum den Kopf wendend, Weisungen erteilte. Parlamente sind hierarchische Spiegel des Volkes. Oben ist oben und hinten ist hinten.

Nur einer, der wie Oskar Specht von unten gekommen war und sich den sehnlichsten Wunsch, das Gymnasium bis zum Abitur zu durchlaufen, ohne eigenes Verschulden nicht hatte erfüllen können, wußte, was es heißt, auf andere herunterzublicken und Akademiker in gebückte Arschlupfhaltung zu zwingen.

Macht ist wie ein großer Weinjahrgang. *Grand cru.*

Gestern, heute und morgen

Du, ich brauch einen Smoking!

Bernhard Gundelach deutete auf die Einladung: ›Festliche Abendkleidung erwünscht‹.

Heike stand in der winzigen Küche und schüttete Nudeln ins kochende Wasser. Wieder sechshundert Mark futsch, sagte sie ohne aufzuschauen. Sie schaltete den Dunstabzug ein.

Mein Gott, ja, was soll ich machen? Vielleicht als einziger unter dreihundert Herren im grauen Anzug rumrennen?

Noch immer hielt er das cremefarbene Büttenpapier hoch, als müsse er es zu seiner Rechtfertigung vorlegen. Zorn stieg in ihm auf.

Du kannst wirklich nicht behaupten, daß ich in eigenen Angelegenheiten verschwenderisch bin! Wenn ich mir den Koffer anschaue, mit dem ich bei Auswärtsterminen unterwegs bin –.

Ich sage ja gar nichts.

Alle anderen, der Henschke, der Wiener, kommen mit ihrem Samsonite daher –.

Reg dich doch nicht auf! Ich sagte, ich sag ja gar nichts!

Nun aber erging es dem jungen Ehemann nicht anders als seinem ungestümen Chef: er wollte sich aufregen. War doch in letzter Zeit zwischen Heike und ihm eine unterschwellige Gereiztheit zu spüren, die ihn, wie ein Gefäß, Tropfen für Tropfen mit schleichender Erbitterung füllte. Ein unausgesprochener Vorwurf lastete im Raum. Jetzt wäre die resolute mütterliche Tante als Sprachvermittlerin nützlich gewesen; die aber hielt sich mit Besuchen und sogar mit telefonischen Lebenszeichen zurück. Sie wolle die jungen Leute nicht mit dem Geplapper eines alten Weibes belästigen, hatte sie schon zu Weihnachten gesagt. Das war ehrenvoll, aber schade. Gundelach mochte die Ziehmutter seiner Frau auf Anhieb.

Das Problem bestand im Kern wohl darin, daß Heikes Weg allmählich aus der Staatskanzlei hinausführte, während Bernhards Lebensmittelpunkt, wie es schien, sich unaufhaltsam in den innersten Kreis des Machtzentrums verlagerte.

Kaum ein Tag verging, an dem er nicht zu diesem oder jenem Gespräch hinzugezogen, für dessen Geschehnisse er nicht als geschwinder Vermelder benötigt wurde. Er besaß – und wußte es bald auf den Punkt einzuschätzen – ein fast unfehlbares Gespür dafür, was Oskar Specht in seinem täglich aufs neue loswirbelnden Terminkarussell wortstark bewegen, welche Botschaften er auf die Öffentlichkeit abfeuern wollte. Vor Kirchenvertretern erwärmte sich Specht für ›vergessene Gruppen‹ und erklärte die Bundesrepublik zur Freude der grundgütigen Herren in Schwarz zum Einwanderungsland (nur hatte es, wie üblich, noch keiner gemerkt). Den Landräten und Bürgermeistern sprach er wenig später mit der Forderung, den Zustrom von Asylanten und das Anwachsen der Sozialhilfeleistungen zu bremsen, aus dem knausrigen Kämmererherzen. Betriebsräte verließen den Gobelinsaal gestärkt in der Gewißheit, den neuen Ministerpräsidenten beim Kampf gegen Rationalisierungsfolgen auf ihrer Seite zu haben. Das kurze Zeit später zum abendlichen Buffet geladene Unternehmerlager durfte aus der Bibliothek die Überzeugung mitnehmen, endlich den kompromißlosen Technologiepolitiker gefunden zu haben, der der japanischen Herausforderung unerschrocken ins schräggeschnittene Auge sah.

Und es war, in diesen wie in anderen Fällen, beileibe kein Verrat im Spiel. Das Leben selbst, dieses komplizierte Geflecht gesellschaftlich-ökonomischer Zwänge, diktierte die Bedingungen, denen die Politik, so sie etwas taugte, ordnend und steuernd, aus ganzheitlicher Sicht gewissermaßen, zu entsprechen hatte. Niemand konnte das eindrücklicher darlegen als Specht, und keiner verstand es besser in schlagzeilensichere Sätze zu fassen als Gundelach.

Ein flimmerndes Kaleidoskop war Bernhard Gundelachs Tageslauf. Das Leben, es quoll aus der Tube. Und Heike? Sie saß mit langsam sich rundendem Bauch im ewiggleichen Halbdunkel ihrer Dachschräge und konnte sich des Eindrucks nicht erwehren, von allem, was ihrem Mann wichtig war, abgeschnitten zu sein. Plump und unbedeutend wirkte ihr Dasein, verglichen mit der strudelnden Hektik ringsum.

Und jetzt verbrühte sie sich auch noch am kochenden Wasser, während er über festliche Kleidung und vornehme Koffer räsonnierte!

Man kann das eine nicht ohne das andere haben, beharrte Gundelach streitsüchtig. Erfolg, Aufstieg, Karriere – dafür muß man Opfer bringen, gerade am Anfang. Und bei einem Chef wie Oskar Specht doppelt.

Deswegen brauchst du ihn trotzdem nicht anzuhimmeln. Und auch nicht meinen, jeden Abend als Letzter im Büro das Licht ausknipsen oder ihn bis vor die Haustür begleiten zu müssen. Die wird er noch alleine finden.

Aha! Da also lag der Hund begraben!

Das ist ja lächerlich. Ich himmle ihn doch nicht an! Ich mache meine Arbeit und die endet eben nicht um halb fünf wie bei einem Postbeamten.

Das weiß ich auch. Aber damit ist noch lange nicht gesagt, daß du dich wie ein Leibeigener von ihm zu jeder Veranstaltung kommandieren lassen mußt. Meines Wissens gibt es noch mehr Leute auf Monrepos, und es können nicht nur Idioten darunter sein.

Das wird ja immer schöner! Leibeigener! Kommandieren lassen! Ja, glaubst du, ich schlage mir die Abende aus Jux und Tollerei um die Ohren? Und was die Häufigkeit der Termine betrifft: Da schau dir bitte mal Wieners Pensum an. Der ist wirklich keinen Abend zu Hause.

Er wird seine Gründe haben, sagte Heike kühl. Außerdem verdient er doppelt so viel wie du. Aber das ist mir wurscht. Ich bin mit dir verheiratet und nicht mit ihm.

Ach, wäre Bernhard Gundelach nur ein halbwegs erfahrener Ehemann gewesen! Er hätte das Friedensangebot bemerkt, das in Heikes letzten Sätzen lag. Aber er begriff nichts. Sein gekränktes Ich sprudelte wie das Wasser auf dem Herd.

Früher warst du stolz auf meine Erfolge, bemerkte er mit vor Selbstmitleid zitternder Stimme. Da konnte es dir gar nicht schnell genug gehen. Wenn wir bei den Stadtfesten zum Landesjubiläum vom Landrat und vom Bürgermeister persönlich begrüßt wurden, hast du es in vollen Zügen genossen. Da war kein Abend zu lang und kein Anlaß zu unwichtig. Der Unterschied ist nur, daß du damals dabei warst und jetzt nicht.

Heikes Antwort kam schneidend.

Der Unterschied, mein Lieber, besteht darin, daß du damals als Person aufgetreten bist und etwas gegolten hast, während du jetzt nur noch als Anhängsel im Troß mitreist. Der Specht braucht sein Gefolge, den Schreiber, den Schleppenträger, den Marktschreier. Irgendwann wird er sich auch noch einen Hofnarren zulegen, und ich bin gespannt, wen er mit dieser ehrenvollen Aufgabe betraut!

Willst du damit sagen –

Ich will damit sagen, daß ich im sechsten Monat schwanger bin und keine Lust habe, ein Kind auf die Welt zu bringen, das seinen Vater nur sonntags, wenn es Glück hat, zu Gesicht bekommt. Und genauso wenig Lust habe ich, meinem Kind später erklären zu müssen, warum sein Vater zwar Zeit hatte, sich um Smoking und Samsonites zu kümmern, nicht aber um eine Wohnung mit Kinderzimmer und einem Spielplatz in der Nähe. Vielleicht denkst du auch mal darüber nach!

Das saß. Wie ein auf dem Rücken mit den Beinen zappelndes Insekt kam Bernhard sich vor. Und natürlich wußte er, daß seine Frau im Recht war. Eigentlich tat er gar nichts für das Kind. Samstags las er pflichtschuldig in der Zeitung den Wohungs- und Immobilienteil. Einige Male hatte er bei Hausbesitzern angerufen, deren Telefonnummer angegeben war. Schon deren mißtrauisch-lauernde Vermieterstimme reichte ihm. Heike hatte sich auf chiffrierte Annoncen gemeldet, ohne Antwort zu erhalten. Die Zeit verstrich, Heikes Leib wölbte sich, Bernhard tauchte unter im weiten, warmen Meer dienstlicher Unabkömmlichkeit.

Das Kind ... Specht interessierten private Probleme seiner Mitarbeiter wenig, das war nicht zu leugnen. In der Politik muß man sich mit seiner Frau arrangieren! hatte er einmal zum besten gegeben, nachts, beim Skat mit Wiener und einem Polizisten. Entweder die Frau zieht mit, oder –.

Dann hatte er gereizt, das Spiel gemacht und gewonnen.

Also gut, sagte Gundelach. Ich nehme zur Kenntnis, daß du mich für einen karrieresüchtigen Egoisten hältst, dem die Familie nichts bedeutet und der sich zum eigenen Vergnügen in der Welt herumtreibt. Ich für meinen Teil sehe das anders – als Vorleistung und als Chance, Kontakte zu knüpfen, die man sonst nie bekommen würde. Aber lassen wir das. Es hat keinen Zweck.

Er sprach mit der gestelzten Würde eines zu Tode Gekränkten und war sich der Lächerlichkeit seiner Pose bewußt. Und noch theatralischer wirkte, wie er die flauschige Einladungskarte packte und stumm zerriß. Grotesk. Lachhaft. Aber er konnte nicht aus seiner Haut.

Er wollte nicht mehr zum Überseetag nach Hamburg. Er wollte überhaupt nicht mehr.

Kann man mit dir nicht *einmal* vernünftig diskutieren? fragte Heike und starrte auf die häßlichen Papierfetzen. Warum mußt du immer gleich ausrasten?

Sie schwiegen bedrückt und wußten keinen Rat. Das Kind, noch nicht geboren, schien sich schon zwischen sie zu schieben.

Als Schüler war Gundelach für einige Tage in der norddeutschen Türmestadt gewesen; danach nicht mehr. Damals hatten sie in einer Jugendherberge genächtigt und, anstatt das historische Dichterhaus zu besichtigen, dem Discodampfer im Hafen einen ausgiebigen Besuch bagestattet.

Jetzt war alles anders. Mit einem Privatjet waren sie nach Kiel geflogen, zum Bundesparteitag der CDU, und hatten dort, eher beiläufig, das politische Ende Breisingers miterlebt. Breisinger war nicht mehr ins Parteipräsidium gewählt worden. Schon am Vorabend hatte sich seine Niederlage abgezeichnet. Pörthner meldete besorgt, die nordrhein-westfälischen Delegierten ließen keine Bereitschaft für gegenseitige Wahlabsprachen erkennen. Die Nordrhein-Westfälinger, wie der Parteijargon sie nannte, vereinten über ein Drittel der Stimmen auf sich. Ohne sie lief nichts. Nach Breisingers Rausschmiß beantragte Specht, den Altministerpräsidenten, der nur noch selten aus seiner maskenhaften Starre erwachte, wenigstens in den vielköpfigen Parteivorstand aufzunehmen. Es klappte, und die Delegierten erfreuten sich abends an barbusigen Gogo-Girls, die der Generalsekretär zur Entspannung aufgeboten hatte.

Tom Wiener und Bernhard Gundelach ließen sich unterdessen nach Hamburg ins Hotel Vier Jahreszeiten fahren. Dort wartete Dr. Gerstäcker auf sie. Er hatte mit dem achtundsiebzigjährigen Sören Tendvall den Besuch vorbesprochen, den Specht, Wiener und Gundelach nach Abschluß des Parteitags planten.

Der alte Herr sei mit allen Vorschlägen einverstanden, berichtete Gerstäcker. Man könne also darangehen, den ersten Gesprächskreis mit Herrn Specht zu konzipieren. Gundelach zog ein Papier aus der Aktentasche: der Wunschkatalog der Staatskanzlei. Gerstäcker legte gleichfalls eine Liste auf den Tisch – wichtige Geschäftspartner der Tendvall-Werke. Sie verglichen, strichen, hakten ab. Etwa vierzig Namen blieben übrig: Esser, Rodenstock, Stingl, Benda, Emminger, Engels ... Ein Querschnitt durch Justiz, Banken und Industrieadel. Dazu zwei Bischöfe, von jeder Konfession einer, und Professoren, die aber in sparsamer Dosierung. Das passende Hotel zu finden, bereitete wenig Mühe. Im Land gab es noble Unterkünfte mit dem Komfort Schweizer Grandhotels und viel Natur außenherum. Das nobelste war das Kurhotel Unterstein.

Wir nennen das Ding von Anfang an Untersteiner Gespräche, sagte Wiener. Das klingt nach Tradition und Exklusivität, so wie Bergedorfer Gesprächskreis oder Pyrmonter Unternehmergespräche. Und wir bieten nur das Feinste vom Feinen. Da können sich die anderen verstecken. Es wird natürlich nicht ganz billig.

Das kriegen wir hin, sagt Dr. Gerstäcker.

Und das Thema? Ja, darüber mußte man wohl noch einmal sprechen. Da schien Herr Tendvall so seine eigenen Vorstellungen zu haben. Die weltweite Bevölkerungsexplosion trieb ihn um. Dr. Gerstäcker deutete an, daß man insoweit etwas diplomatisch vorgehen müsse. Natürlich komme es nicht in Frage, die illustre Runde gleich zu Beginn damit zu behelligen. Aber Sören Tendvall gegenüber ein gewisses Interesse zu signalisieren, wäre doch hilfreich. Zumal es sich ja wirklich um ein dringendes Problem handle, das man, in anderer Form vielleicht, einmal aufbereiten könnte ...

Wiener nickte verständnisvoll: Also, das Thema lassen wir am besten noch offen, bis Specht selbst mit Tendvall gesprochen hat.

Nach dem Essen tranken sie in der holzgetäfelten Bar Martini und Gin Tonic.

Auf jeden Fall, sagte Dr. Gerstäcker, sollten der Ministerpräsident und Sören Tendvall auch über Bundespolitisches miteinander reden. Die Schwäche Helmut Kohls beunruhige den alten Herrn sehr. Und die Vorstellung, daß Franz Josef Strauß der nächste Kanzlerkandidat der Union werden könnte, noch mehr. Dann doch lieber Albrecht, der niedersächsische Ministerpräsident, obwohl an dem auch manches auszusetzen sei. Aber der komme immerhin an, im Norden.

Tom Wiener rührte skeptisch im Glas. An Strauß führt kaum ein Weg vorbei, sagte er. Und wir im Süden müssen da, schon wegen der Rechtslastigkeit ländlicher CDU-Kreise, besonders vorsichtig sein. Schon der Specht ist vielen zu liberal. Und zwischen Albrecht und ihm gibt es natürlich ein gewisses – Konkurrenzverhältnis. Aber wir werden Oskar vor dem Treffen mit Herrn Tendvall noch etwas einstimmen. Keine Bange, in solchen Situationen ist er glanzend.

Gegen elf Uhr verabschiedeten sie sich. Dr. Gerstäcker quittierte die Rechnung. Als Gundelach an der Rezeption nach dem Zimmerschlüssel verlangte, sah er Wiener und den Rechtsanwalt beiseite treten und ein paar Worte wechseln. Sie wünschten ihm eine gute Nacht, ohne ihm zum Fahrstuhl zu folgen.

Am nächsten Morgen wurden sie von einem Fahrer der Tendvall-Werke im marineblauen Mercedes abgeholt. Gundelach saß während der Fahrt vorne auf dem Beifahrersitz und beobachtete die grasenden Kühe und Pferde seitlich der Autobahn. Wiener und Dr. Gerstäcker unterhielten sich halblaut im Fonds. Daß sie sich jetzt duzten, war trotzdem nicht zu überhören.

Die Tendvall-Werke, in einem Vorort der Stadt gelegen, erstreckten sich mehrere hundert Meter entlang der Hauptstraße. Das Verwaltungsgebäude, ein schmuckloser Klinkerbau, verdeckte die Sicht auf die Labor- und Produktionsanlagen, die hintereinander gestaffelt bis zu einem stillgelegten Kanal reichten. Vorne, im Innenhof des Bürotrakts, stand eine alte Linde. Ihre Zweige berührten fast das rostbraune Mauerwerk.

Eine Empfangsdame führte die Besucher zum Besprechungsraum. Es war eine freundliche Geste, denn Dr. Gerstäcker kannte sich selbstverständlich aus. Das Zimmer war spartanisch möbliert. An den Wänden hingen vergilbte Patenturkunden und kolorierte Merianstiche. Dazwischen das Porträt eines hageren Mannes in steifem dunklem Gehrock.

Während sie warteten, erläuterte Dr. Gerstäcker, daß es sich bei dem schwarz gekleideten und ein wenig schwermütig dreinblickenden Herrn um den Firmengründer, Sören Tendvalls Großvater, handele.

Kurz darauf betrat Sören Tendvall den Raum. Gundelach erschrak, wie klein und zerbrechlich er wirkte. Sein schmaler Körper steckte in einem nachlässig aufgebügelten Anzug mit Weste, der hohe Hemdkragen stieß an einen dünnen, faltigen Hals.

Mit trippelnden Schritten näherte sich Tendvall der Gruppe und begrüßte zuerst Tom Wiener, dann Dr. Gerstäcker und Gundelach. Seine Stimme klang zirpend. Es bereitete ihm Mühe, zu den Besuchern empor zu schauen. Der Kopf schaffte es nicht, wohl aber die Augen. Es waren die leuchtendsten Augen, die Gundelach je gesehen hatte, braunschwarz, von jünglingshaftem Glanz. Die Augen hatten sich geweigert, den Verfallsprozeß des Alters mitzumachen; sie verbaten sich jedes Mitleid. Im übrigen sah Sören Tendvall seinem Großvater lächerlich ähnlich.

Ich freue mich, daß wir uns kennenlernen, begann Tendvall. Bitte setzen Sie sich, ich nehme an, Sie haben wenig Zeit und wir wollen eine Menge besprechen. Bis Herr Specht eintrifft, können wir das meiste schon erledigen, so daß wir ihn von den Ergebnissen unterrichten können. Es ist nicht nötig, daß ein Regierungschef die Details kennt, das Resultat muß stimmen. Adenauer wußte das, Erhard schon nicht mehr. Wissen Sie, Erhard war im Grunde sehr mittelmäßig, aber das gehört zu den großen Tabuthemen unserer Zeit, wie die weltweite Propagierung der Einkindfamilie als einziges Mittel, um die Bevölkerungsexplosion zu stoppen. Ein Kind und Schluß, und wer sich daran hält, bekommt vom Staat ein Haus, das kurbelt die Konjunktur an und ist immer noch billiger, als Milliarden durchfüttern zu müssen. Aber man darf es nicht schreiben, und Herr Specht kann sich damit nicht identifizieren, auch wenn er vielleicht der Meinung ist, daß die Verbindung von Geburtenkontrolle und Heimstättenprogramm sogar ganz vernünftig wäre...

Dr. Gerstäcker räusperte sich vernehmlich.

Ihre Ideen, unterbrach er, sind außerordentlich originell, und wir werden sicherlich eine Möglichkeit finden, sie in den politischen Raum einzubringen. Aber wir müssen Schritt für Schritt vorgehen und erst einmal ein Forum schaffen, in dem solche strategischen Überlegungen überhaupt diskutiert werden können. Wie ich Ihnen bereits sagte, geht es zunächst darum, die Wende in der Wirtschafts- und Gesellschaftspolitik einzuleiten und Herrn Specht, von dem wir uns alle doch außerordentlich viel versprechen, eine Plattform zu verschaffen. Wir –.

Ja, sagte Sören Tendvall mit strahlenden Augen, Herr Specht versteht viel vom Wohnungsbau und kennt die Welt von seinen Reisen. Es ist zwar ganz unwahrscheinlich und eigentlich ganz und gar unmöglich, aber vielleicht könnte Herr Specht einmal damit anfangen, in seinem Land ein Heimstättenprogramm aufzulegen, ohne es so zu nennen, natürlich, damit die Leute sehen, es funktioniert, so daß am Ende sogar Helmut Schmidt sagt: Schade, daß uns das nicht eingefallen ist!

Wir sind gerade dabei, ein Stadt- und Dorfentwicklungsprogramm zu konzipieren, warf Tom Wiener ein. Da gibt es durchaus Parallelen zu Ihren Ideen, Herr Tendvall, die ich übrigens ungeheuer faszinierend finde.

Sören Tendvall sah ihn dankbar lächelnd an.

Ich habe nichts geleistet in meinem Leben, sagte er heiter. Was Sie hier sehen, ist das Werk meiner Mitarbeiter. Hervorragende Ingenieure und Wissenschaftler. Mein Beitrag ist ganz unbedeutend. Eigentlich wollte ich Schafzüchter werden. Aber nach dem Tod meines Bruders mußte ich die Firma übernehmen. Daß sie so groß geworden ist, dafür kann ich nichts. Mein einziges Verdienst ist, gute Leute zu finden und sie für mich arbeiten zu lassen. Herrn Specht habe ich auch entdeckt, als jungen Mann schon ...

Er weiß es auch und ist Ihnen dafür zeitlebens dankbar, sagte Tom Wiener artig.

Das ist sehr freundlich, ja, aber es ist nicht wichtig. Auf mich kommt es nicht an, ich bin ein ›going man‹, an der Schwelle zum Jenseits. Was bleibt, sind Ideen. Ich habe schon Herrn von Papen 1932 ein staatlich finanziertes Beschäftigungsprogramm vorgeschlagen, aber er hat es nicht begriffen. Wissen sie, ich bin einer der Wegbereiter des Keynesianismus in Deutschland gewesen, man kann es nachlesen in meinen Schriften: ›Vom deficit spending zur Volkswohlfahrt‹ und: ›Kaufkraft für alle‹. Ein vorübergehendes Ansteigen der Staatsschulden zur Finanzierung investiver Ausgaben schadet nämlich gar nichts, im Gegenteil. Man kann dadurch Hunderttausende von Wohnungen bauen und Millionen Arbeitsplätze schaffen, wie auch Keynes nachgewiesen hat. Bei vierhundert Milliarden Schulden der öffentlichen Hand und fünf Prozent Kaufkraftschwund kann der Staat – einen Augenblick ...

Aus seiner Anzugjacke fingerte Tendvall ein zerknittertes Blatt und einen Bleistift hervor und warf mit zittriger Hand Zahlen aufs Papier.

Wiener beugte sich zu Gundelach und fragte halblaut: Wie heißt der Typ, von dem er redet?

Keynes, ein bekannter Ökonom, aber schon gestorben.

Können wir mit dem was anfangen?

Nein, es ist das Konzept der SPD, Konjunkturprogramme, Nachfragesteuerung, wachsende Verschuldung.

Ach, du lieber Gott! Was rechnet er denn da dauernd?

... kann der Staat jährlich vierzig Milliarden investieren, ohne die Schuldaufnahme real zu erhöhen. In zehn Jahren wären das dann vierhundert Milliarden –.

Zwanzig Milliarden, sagte Gundelach. Es sind zwanzig Milliarden pro Jahr, Herr Tendvall!

Wie?

Erneut senkte sich Sören Tendvalls Greisenhaupt, bis die Nasenspitze fast die Tischplatte berührte. Die von Altersflecken übersäten Hände mühten sich mit dem Schreiben der Nullen.

Ja, zwanzig Milliarden, das sind in zehn Jahren –.

Wir sollten zunächst das aktuelle Projekt unter Dach und Fach bringen, sagte Dr. Gerstäcker. Darf ich fürs Protokoll festhalten, daß Sie mit der Finanzierung eines Gesprächskreises durch die Tendvall-Stiftung einverstanden sind? Die Themen werden jeweils vorher einvernehmlich festgelegt, die inhaltliche Vorbereitung übernimmt die Staatskanzlei. Über den Tagungsort und die Einladungsliste haben wir uns bereits verständigt. Wir werden die Stiftungssatzung möglicherweise ändern müssen, das lasse ich prüfen. An der Genehmigung durch die Aufsichtsbehörde habe ich keinen Zweifel.

Ja, sagte Sören Tendvall. Die Hände hielten den Bleistift umklammert.

Das ist alles nur ein Anfang! rief Tom Wiener. Wir können große, internationale Symposien zusammen machen und eine Schriftenreihe aufbauen, die Sie und Oskar Specht gemeinsam herausgeben. Deutschland braucht eine Politik der geistigen Erneuerung, und Europa genauso. Schauen Sie sich den desolaten Zustand der EG doch nur mal an, die Sklerose des alten Kontinents ist doch beängstigend –.

Ja, sagte Tendvall melancholisch. Wir sind ein aussterbendes Geschlecht.

Noch nicht, Herr Tendvall, noch nicht. Männer wie Sie und Specht können es verhindern!

Jetzt öffnete der alte Mann die Augen. Ein dünner Film trübte die Pupillen, deren Leuchtkraft sich wie in einem Schleier verfing.

Man müßte ein Menschheitsprogramm machen, sagte er träumerisch. Zielsetzung: Nicht mehr als eine Milliarde Menschen. Das kann die Erde tragen. Einkindfamilie, Geburtenkontrolle, dafür großzügige Entwicklungshilfe. Wohnungen für alle. Dann hören die Flüchtlingsströme auf. Und die Kriege. Ich will Ihnen etwas verraten ...

Seine Stimme wurde noch leiser, so daß die Zuhörer die Hälse strecken und die tonlosen Worte von seinen Lippen abpflücken mußten.

Ich habe den Entwurf globaler Leitlinien in meinem Schreibtisch verwahrt. Zehn universale Gebote für ein friedliches, humanes und ökologisches Miteinander der Nationen. Wenn ich nicht mehr bin, kann Herr Specht sie als sein Programm ausgeben. Vielleicht kann er auch Helmut Schmidt dafür gewinnen, das wäre gut. Schmidt ist nur in der falschen Partei, das ist sein Problem. Aber er denkt global und versteht etwas von Wirtschaft, im Unterschied zu Herrn Kohl. Herr Specht muß CDU-Vorsitzender werden und mit Helmut Schmidt eine große Koalition eingehen, um die großen Menschheitsfragen zu lösen. Und um Franz Josef Strauß auszuschalten. Strauß ist gefährlich. Aber Schmidt und Specht zusammen können es schaffen. Und sie haben dann ein Programm, das Programm eines Mannes, den schon der grüne Rasen deckt, den niemand mehr kennt, und sie können sagen: Das ist unser Programm, mit dem wir die Menschheit voranbringen ...

Nach diesen nur noch zu erahnenden Worten schlief Sören Tendvall ein, ohne seine aufrechte Haltung zu verändern.

Dr. Gerstäcker und Tom Wiener verständigten sich mit den Augen und gingen hinaus auf den Flur. Gundelach folgte ihnen. Er empfand für den schlafenden alten Mann, dessen Gesichtszüge sich nicht entspannt hatten, eine Art wehmütiger Zuneigung.

Wenige Minuten später traf Oskar Specht, aus Kiel kommend, ein. Man unterrichtete ihn in groben Zügen. Specht lachte vergnügt über die ihm zugedachte weltpolitische Rolle.

Früher, sagte er, war Sören Tendvall eine Größe. Er hatte das Zeug zum Minister.

Eine Sekretärin wurde beauftragt, Tendvall vorsichtig zu wecken. Dann ging Specht zu ihm. Das Gespräch dauerte keine fünf Minuten. Als sich die Tür wieder öffnete, wartete schon der Fahrer mit Mantel und Hut über dem Arm, um seinen Chef nach Hause zu bringen.

Es ist alles besprochen, flüsterte Tendvall. Auf Wiedersehen, meine Herren. Ich danke Ihnen und bitte mich jetzt zu entschuldigen.

Der Fahrer half ihm in den Mantel; es dauerte quälend lange. Mit steifen Beinen, die er, um nicht schlurfen zu müssen, bei jedem Schritt ein wenig hob, was seinem Gang den schwankenden Takt eines Metronoms verlieh, entfernte sich der Ehrenvorsitzende des Aufsichtsrats der Tendvall-Werke. Specht und die anderen eilten in die entgegengesetzte Richtung. Dr. Christoph Tendvall, der älteste Sohn Sören Tendvalls und Vorstandsvorsitzende des Unternehmens, erwartete sie in seinem Büro.

Sören Tendvall wandte sich auf halbem Weg noch einmal um. Mit gezogenem Hut wollte er seine Gäste verabschieden. Er grüßte den leeren Flur.

Ende April trat Rudolf Breisinger als Landesvorsitzender der CDU zurück. Das Ereignis löste nirgends mehr Betroffenheit aus. Es fügte sich nahtlos in den unaufhaltsamen Aufstieg Oskar Spechts, der keine Mühe zu haben schien, alles, was er anpackte, in den Griff zu bekommen: die Partei, die Fraktion, die Opposition, das Land.

Auch Meppens' Stern sank. Er verbiß sich ins Thema Kernenergie und geriet in immer tiefere Gegnerschaft zur Bundesregierung. Specht dagegen konnte sich des Wohlwollens von Kanzler Schmidt sicher sein, wenn er den weiteren Ausbau der Atomkraftwerke forderte und die Erprobung des Schnellen Brüters in Kalkar begrüßte. Nur er wußte, daß für ihn der heiß umstrittene Standort Weihl bereits erledigt war; doch hütete er sich, es zu äußern. Die Zeit würde das Problem von selbst lösen.

Dringlicher waren andere Dinge. Die Lehrer probten den Aufstand. Weil tausend ›ausgebildete Lehramtskandidaten‹ - schon das Wort genügte, um Spechts Blut in Wallung zu bringen - nicht in den Schuldienst übernommen werden konnten, hagelte es Proteste und Streikandrohungen. Als hätte man ihnen nicht gerade erst zwei schulfreie Samstage im Monat beschert, krakeelten die gewerkschaftlich organisierten Pädagogen, daß einem schlecht werden konnte.

Die Achtundsechziger-Generation auf ihrem Marsch durch die Institutionen! ereiferte sich Müller-Prellwitz im Kabinett. Aber wir fassen sie ja noch mit Samthandschuhen an, wenn sie uns schon auf den Rost legen! Und durchbohrte dabei den gemütvollen Professor Dukes mit denselben wilden Blicken wie seinen Amtsvorgänger Baltus.

Specht assistierte, indem er seine gefürchtete Ich-nimm-das-nicht-mehr-hin-Miene aufsetzte und dem für Wissenschaft und Kultus verantwortlichen ministeriellen Hochschullehrer die Stirnfalte in ihrer ganzen Schärfe darbot.

Die Beamten blieben ein hoffnungsloser Fall. Für die Einführung der Vierzigstundenwoche hatten sie nicht mal ordentlich Danke gesagt. Aber man konnte - und, im Hinblick auf die nächste Landtagswahl: mußte - sie isolieren. Wenn alle anderen Bürger, die rechtschaffenen, flexiblen, risikobereiten, zufrieden waren, fielen hunderttausend pensionsberechtigte Neinsager nicht ins Gewicht. Sie sollten sich über Spechts Kreativität noch wundern!

Nach und nach purzelte ein Bouquet Gaben aus dem Füllhorn des Schloßherrn von Monrepos auf den Tisch einer freudig überraschten Bevölkerung, die Weihnachten schon hinter sich zu haben glaubte: Familiengeld für nicht berufstätige Mütter. Höhere Kindergartenzuschüsse, die Kirchen und Kommunen froh stimmten. Ein Stadt- und Dorfentwicklungsprogramm für anderthalb Milliarden, das Bürgermeistern und Gemeinderäten glänzende Augen bereitete. Kulturelle Förderprogramme, die selbst eingefleischte linksintellektuelle Künstler am schwarzen Feindbild irre werden ließen. Ein Technikmuseum für hundertfünfzig Millionen. Neue Wirtschaftsprogramme, an denen sich die gerade erst mit Spechts Hilfe von der Gewerbekapitalsteuer entlasteten Unternehmer delektierten.

War noch jemand ohne? Ja, die Jugend, die einen merkwürdigen Hang zu einer Bewegung zeigte, die sich ›Die Grünen‹ nannte. Bei der ersten Direktwahl zum Europäischen Parlament schafften sie auf Anhieb 4,5 Prozent und gründeten, vom Erfolg beflügelt, im September 1979 eine Landespartei. Die Jugend nahm die Umwelt auf einmal furchtbar ernst und führte Schlagworte wie Landschaftsversiegelung im Mund, von denen bis dahin niemand je gehört hatte.

Bei Schlagworten sind wir unschlagbar, erklärte Tom Wiener und erfand als Gegenbegriff das ›Ökologische Straßenexamen‹, mit dem nichts anderes gemeint war als die seit jeher erfolgte Prüfung, ob ein geplantes Bauvorhaben nötig und finanzierbar sei.

Hohberg, der Finanzminister, ließ sein rollendes *Ceterum censeo* gegen die um sich greifende Spendierfreudigkeit nur noch selten ertönen. Er war müde geworden und wußte, daß er von der neuen, jungen Riege nur noch bis zum Ende der Legislaturperiode geduldet wurde. Auch machte ihm der plötzliche Tod Dr. Rentschlers, der einen Hirnschlag erlitten hatte, zu schaffen. In ihrer fast schon antiquiert wirkenden Art, das ›C‹ im Parteinamen als moralische Verpflichtung aufzufassen, waren sich Rentschler und Hohberg sehr ähnlich gewesen.

Specht schlug sich mit dem unbequemen Bekenntnisbuchstaben auf andere Weise herum. Im Ringen der christlichen Schwesterparteien um die Nominierung eines gemeinsamen Kanzlerkandidaten hätte er, der Evangelische mit ausgeprägt liberalem Image, eigentlich den protestantischen Parteiflügel und damit seinen niedersächsischen Kollegen Albrecht unterstützen müssen. Wenn er den Norden Deutschlands bereiste, spielte er denn auch gerne das fröhlich-pragmatische Weltkind in der Mitte. Doch Specht mochte den glatten, kühlen Ex-Keksmanager Albrecht nicht. Er witterte in ihm einen Konkurrenten, dessen wirtschaftliche Kompetenz dasselbe innerparteiliche Spektrum abdeckte wie er selbst. Und überdies imponierte ihm der Bayer Strauß mächtig, und er setzte alles daran, möglichst häufiger Begegnungen mit dem ungekrönten Alpenkönig teilhaftig zu werden.

Bis andere Grüß Gott gesagt haben, hat Franz Josef schon begriffen, worum es geht, teilte er Wiener und Gundelach ehrfürchtig mit.

Schließlich war da noch, worauf Tom Wiener schon Dr. Gerstäcker hingewiesen hatte, die katholische Klientel in den Hochburgen der Landespartei, deren wachsendes Wohlwollen für Specht nicht durch eine geographisch und konfessionell verwerfliche Parteinahme gefährdet werden durfte. Solange Breisinger noch Landesvorsitzender der rund neunzigtausend Parteichristen gewesen war, brauchte Oskar Specht den Zwiespalt, in dem er steckte, nicht aufzudecken. Er konnte – was ihm bei kontroversen Diskussionen, deren Ausgang er nicht exakt einzuschätzen wußte, sowieso das liebste war – ein lockeres Sowohl-als-auch-Gefühl vermitteln und augenzwinkernd auf seine Unzuständigkeit bei der Kür von Kanzlerkandidaten verweisen.

Nach Breisingers Rücktritt war es indes vorbei mit unverbindlichen Spielereien. In Sachen Strauß kontra Kohl und Albrecht mußte Specht Farbe bekennen. Er legte sich auf Strauß fest, nachdem auch die Landesgruppe der CDU-Bundestagsabgeordneten in einer Probeabstimmung mehrheitlich für den CSU-Vorsitzenden votiert hatte.

Anfang Juli nominierten die Unionsparteien Kohls Gegenspieler zu ihrem bundespolitischen Hoffnungsträger. Wenige Tage später kürten die Delegierten eines Sonderparteitages mit neunzig Prozent der Stimmen Ministerpräsident Specht zum neuen Landesvorsitzenden der CDU.

Rudolf Breisinger wurde das Altenteil mit dem obligaten Ehrenvorsitz versüßt.

Bernhard Gundelach verfolgte das Parteigeschehen ohne größere Anteilnahme. Für den Sonderparteitag schrieb er die fällige programmatische Rede und fertigte, um sich lästige Rückfragen Willi Pörthners zu ersparen, auf CDU-Kopfbogen gleich noch die zugehörige Pressemitteilung. Im übrigen wahrte er Distanz.

Er hatte genug um die Ohren. Heike stand kurz vor der Niederkunft. Sie war nun auf anrührende Art hilfebedürftig, und er empfand sich in ärgerlichem Maße als hilflos.

Um ordnungsgemäß Vater zu werden, bedurfte es offenbar eines mehrwöchigen Spezialkurses, in dem all die lebenspraktischen Dinge gelehrt wurden, die er bisher beiseite geschoben hatte. Vom Kinderwagenkauf bis zur Änderung der Steuerklasse. Vor allem benötigte man Zeit, unglaublich viel Zeit. Die aber hatte er weniger denn je.

Die Zusammenarbeit mit der Tendvall-Stiftung weitete sich aus. Wohl wahr, es gab unangenehmere Lasten. Tom Wiener hatte – wahrscheinlich schon an jenem Abend im Vier Jahreszeiten – mit Dr. Gerstäcker eine Vereinbarung getroffen, wonach er und Gundelach der Stiftung als wissenschaftliche Berater verbunden sein sollten. Auch die Honorare hatte er ausgehandelt. Dank dieser unverhofften Einnahmequelle konnte Gundelach daran denken, eine größere Wohnung in einem Vorort der Landeshauptstadt anzumieten. Nach langem Umherrennen fanden sie eine geräumige Vierzimmerwohnung in ruhiger Lage, mit einem großen Balkon und Obstbäumen hinterm Haus. Heike schwelgte im Glück. Einziehen konnten sie allerdings erst im September. Aber man besaß jetzt immerhin eine Perspektive.

Mindestens einmal im Monat reiste Gundelach fortan nach Norden, um Sören Tendvall bei der Abfassung neuer Schriften zur Bevölkerungsentwicklung, zum Wohnungsbau und zur globalen Abrüstung behilflich zu sein. Nie hatte Gundelach reinere, idealistischere Visionen angetroffen als die des zerbrechlichen Greises; nie aber auch einen größeren Ehrgeiz, vor den strengen Kriterien der Wissenschaft bestehen zu können. Er liebte den fast schon körperlosen Enthusiasmus, mit dem sich Sören Tendvall seiner Berufung hingab. Das Tragische an dem verzweifelten Bemühen des alten, reichen Mannes empfand er freilich auch: Im Geistigen, welches ihm zeitlebens mehr bedeutet hatte als sein Vermögen, wollte er überdauern.

Auch die gemeinsamen Projekte der Staatskanzlei und der Stiftung nahmen immer umfangreichere Formen an. Tom Wiener war die treibende Kraft dabei. Wie sich herausstellte, hatte er die Sache mit der publizistischen Kooperation und den internationalen Symposien durchaus ernst gemeint. Sein Drang, den Ministerpräsidenten endgültig im elitären Kreis des deutschen Gelehrtenadels zu etablieren, war ungebrochen. Im Nu war der Beschluß gefaßt, Reden, Aufsätze und Monografien von Oskar Specht in einer Schriftenreihe fortlaufend zu publizieren. Titel: *Heute und morgen.*

Durchforsten Sie mal Ihre Reden, forderte Wiener seinen Mitarbeiter auf. Für Band eins wählten sie ein kulturphilosophisches Thema. Es wies Oskar Specht als engagierten Karl Popper-Fan aus. Sören Tendvall bestand darauf, im zweiten Band zu Wort zu kommen – am liebsten mit seinen globalen Bevölkerungsrichtlinien. Rundheraus abschlagen konnte man ihm den Wunsch nicht; schließlich bezahlte er alles. Aber Specht durfte als Mitherausgeber auch keinen unkalkulierbaren politischen Risiken ausgesetzt werden. Man beschloß, ein eigenes Diskussionsforum für die Probleme der Dritten Welt zu schaffen. Jedes Jahr im Herbst sollten sich Fachleute in einer norddeutschen Kleinstadt versammeln, um über Strategien gegen die Bevölkerungsexplosion zu beraten. Oskar Specht konnte dabei als Gastredner auftreten.

Die Wahl fiel auf Eutin. Zu aller Erleichterung willigte Sören Tendvall ein. Er hatte sich schon immer gern in Eutin aufgehalten.

Specht ließ sich über die Vorgänge gelegentlich berichten und versah sie mit amüsierten Anmerkungen. Was da in oder unter seinem Namen geschrieben wurde, interessierte ihn wenig. Bücher las er meist im Urlaub. Hatte ihn jedoch ein Werk fasziniert, machte er es nach der Rückkehr aus den Ferien umgehend seinem Kabinett und den leitenden Beamten zur Pflichtlektüre. So auch 1980, als er begeistert von einer Neuerscheinung berichtete, die man unbedingt gelesen haben mußte: Alvin Toffler, ›Die Zukunftschance‹. Die Ablösung der Industriegesellschaft durch ein High-Tech-Schlaraffenland. Der visionäre Wälzer wurde für geraume Zeit seine Bibel; Toffler sein Prophet, den er unablässig im Munde führte.

Jeder Minister bekam das Buch zugeschickt und wußte, daß es ratsam war, zumindest das Inhaltsverzeichnis zu überfliegen, um informiert zu erscheinen.

Gundelach las es ganz. Es gefiel ihm gut – am besten der Titel.

Ein Junge, es ist ein Junge!

Die Stimme, die ihn da aus der Telefonmuschel ansprang, hart und ungeduldig, schien mit begriffsstutzigen Vätern Erfahrung zu haben. In den elementaren Situationen des Lebens benahmen sich die meisten Männer wie Idioten, und entsprechend mußte man sie behandeln. Schwester Anneliese verbarg ihre Einschätzung, daß Bernhard Gundelach keine Ausnahme bildete, nicht, als sie auf sein fragendes Gestammel langsam und wie zum Mitschreiben Geschlecht, Gewicht und genaues Geburtsdatum seines Kindes durchgab. Gesund sei er, der Bub, und kräftig und habe seine Mutter arg geplagt. Acht Stunden lang. Jetzt schlafe sie. Er könne also in Ruhe Rosen kaufen gehen, ade.

Sonntag war es, Sonntag der 29. Juli 1979. Ein warmer, aquamarinblauer, sommerferienträger Sonntag. Die Großstadt döste noch. Das war wohltuend, denn Gundelachs Schädel brummte wie ein Bienenkorb. Gestern hatte er, wieder einmal, Sören Tendvall besucht, war aber schon am Abend wieder zurückgekehrt, unruhig und eigentümlich depressiv. Seit über einer Woche lag Heike im Krankenhaus; die Wehen hatten vorzeitig eingesetzt. Die leere Wohnung grauste Gundelach, das Warten zerrte an den Nerven.

Mit Tendvall hatte er diesmal gar keine Geduld gehabt. Der alte Mann war erst traurig gewesen, dann störrisch wie ein Kind. Sie stritten um das Heimstättenprogramm, und Gundelach verstieg sich in seinem Ärger dazu, Tendvall darüber aufzuklären, daß Oskar Specht von staatlicher Wohnungsbauförderung rein gar nichts halte. Tendvall verstummte daraufhin und schloß die Augen. Das verfolgte Gundelach noch auf der Heimfahrt.

Dann besuchte er Heike, die blaß und apathisch im Bett lag. Sie hatte Schmerzen und wohl auch Angst. Ihm fiel nichts Tröstendes ein. Krankenhausatmosphäre lähmte ihn seit jeher. Der Schwester nannte er, bestimmt zum fünften Mal, seine Telefonnummer und nahm ihr das Versprechen ab, ihn sofort anzurufen, wenn ›irgendwas passiert‹. Zum fünften Mal nickte sie, unterdrückte das Seufzen aber nicht mehr.

Samstagabend allein, das war unerträglich. Erst jetzt wurde ihm bewußt, daß er überhaupt keine Freunde besaß, nur Kollegen. Der Job fraß alles Private auf. Eine Beziehung nach der anderen war eingeschlafen; er hatte ja nie Zeit.

Gundelach rief zu Hause bei Andreas Kurz an, vergeblich. Er probierte es unter der Nummer Paul Bertrams. Der automatische Anrufbeantworter schaltete sich ein: In bemühtem Hochdeutsch ließ Bertram wissen, daß er einer Sitzung wegen außer Hauses sei. Wozu, um alles in der Welt, benötigte Inspektor Bertram einen Anrufbeantworter? Ach ja, er war Stadtrat. Und Vereinsvorstand. Sein wirkliches Leben trug sich jenseits des Dienstes zu. Offenbar ging das auch, und nicht schlecht.

Irgendwer mußte ihm aber jetzt Gesellschaft leisten.

Schieborn? Nein, Schieborn war verheiratet und hatte eine kleine Tochter, da störte man nicht am Wochenende. Außerdem redete er fast nur noch über Technik. Digitale statt analoge Kommunikationstechnik, breitbandige Verteilernetze, Glasfaser, Kabelfernsehen, Bildschirm- und Videotext. Das war seine Welt. Schieborn schien eine eigene Nabelschnur zur Zukunft zu besitzen, er und die Techniker von Bundespost, Siemens und SEL, die jetzt ständig im Schloß herumsprangen. Verglichen mit ihnen kam sich Gundelach wie ein trauriger Nachlaßverwalter des Wortes inmitten einer anschwellenden Flut elektronischer Signale und geheimnisvoller Kürzel vor. Ähnlich mochte es Dr. Weis ergangen sein, der schon mit Oskar Spechts Breitbandwurm-Kommunikation nichts mehr anzufangen wußte.

Weis! Dankwart Weis, der abgeschobene, dem Schicksal still ergebene Philosoph. Der als einziger in der Baracke verblieben war, weil niemand mehr ihn brauchte; ihn und seine humanistische enzyklopädische Bildung. Weis, das Opfer. Wenn man es messerscharf sah: Gundelachs Opfer. Egal. Ihn brauchte er jetzt. Philosophen rächen sich nicht, sie sind keine Politiker.

Am Apparat eine leise, müd-monotone Frauenstimme. Nein, ihr Mann sei nicht zu Hause. Ja, er sei fortgegangen. Wie war noch mal der Name? Ach ... Schweigen. Wie kann jemand nur so entsetzlich schweigen? Dann: Probieren Sie's im ›Träuble‹. Aufgelegt.

Fast fiebrig fuhr Gundelach zur Gaststätte. Dr. Weis saß allein an einem Ecktisch, vor sich eine Karaffe Rotwein. Die dunkle Holztäfelung der Wand umrahmte sein ausgebleichtes Gesicht wie ein altdeutsches Porträt. Sogar die Firnisrisse waren da. Gundelach bemühte sich nicht einmal, überrascht zu tun. Mit ungestümer Direktheit steuerte er auf Weis zu, grüßte, nahm Platz, fing an zu reden. Sie tranken, und Weis hörte zu. Oder hörte jedenfalls nicht weg. Irgendwann sagte er: Du brauchst dich nicht zu entschuldigen. Wenn du nicht gekommen wärst, hätte ein anderer mich verdrängt.

Gundelach weigerte sich, das zu akzeptieren. Er wollte sich schuldig fühlen an diesem Abend, um wiedergutmachen zu können. Entwarf Strategien, wie Weis besser eingebunden werden könnte. Faselte von einer neuen Redengruppe.

Mein Gott, Dankwart, der Specht braucht dich doch dringender denn je! Und Wiener und alle anderen auch! Wir mit unserer beschissenen Halbbildung!

Laß gut sein! sagte Weis, es hat keinen Zweck. Ich will nicht mehr. Aber du, paß du auf dich auf!

Wie meinst du das? fragte Gundelach, schon benebelt.

Nun, antwortete Weis unerschütterlich gelassen, Breisinger und Specht sind sich in einem recht ähnlich. Der eine hat zuviel Vergangenheit und der andere zu wenig Zukunft. Spring rechtzeitig ab, bevor Specht dich mit hinabzieht. Oder dich wegwirft. Mir scheint, er hat eine Neigung zu beidem.

Dann rülpste er, endlich hörte Gundelach sein konvulsivisches Rülpsen wieder, und ihm war, als sei es genau das gewesen, was ihm gefehlt hatte, zuletzt.

Irgendwie hatte der Ton sich in seinen dumpfen, einsamen Schlaf eingenistet; hatte als Schwingung in der Ohrmuschel überdauert, so daß, als das Telefon anschlug, der unwissende Vater sich noch ein Weilchen im Niemandsland der Ungebundenheit wähnen konnte, ehe ihn Schwester Annelieses schneidiger Weckruf übergangslos in die Zukunft beorderte, wo es von nun an gelten würde, für drei Gundelachs Sorge zu tragen.

Benjamin sollte das jüngste Familienmitglied heißen, so es ein Junge wäre. Benjamin, genannt Benny. Willkommen, Benny, murmelte Bernhard Gundelach deshalb beim mühevollen Rasieren immer wieder, voll zärtlichem Stolz, willkommen, Benny. Er konnte sich beim besten Willen nicht vorstellen, wie dieser Benny, dieses trotz aller Eingewöhnungsversuche immer noch rätselhafte Produkt seiner selbst, aussehen mochte.

Im Bahnhofs-Blumenladen kaufte er langstielige rote Rosen, fünfzehn Stück. Das Krankenhaus lag still wie die Stadt; Besuchszeit war erst am Nachmittag. Gundelach klopfte zaghaft an die Tür zu Heikes Zimmer, die Stimme ihrer Bettnachbarin antwortete. Heike schlief noch immer. Bestürzend blaß sah sie aus, eingefallen und auf den Tod erschöpft. Er stand angewurzelt vor Schreck.

Sie hat viel Blut verloren, sagte die Nachbarin gedämpft, aber es ist alles gut gegangen. Dann weinte sie ein bißchen, denn sie hatte vor zwei Tagen ein totes Kind geboren.

Gundelach nickte und packte die Rosen aus, setzte sich auf einen Stuhl und wartete. Seltsamerweise dachte er überhaupt nicht mehr an das Kind. Nur darauf, daß seine Frau die Augen aufschlüge, wartete er, daß sie aus dieser furchtbaren Starre endlich erwachte.

Dann ging alles schnell und gleichzeitig. Die Tür wurde ruckartig aufgestoßen, Schwester Anneliese schob ein Bettchen herein, grüßte und gratulierte, Heike öffnete verwirrt die Augen, begriff und streckte mit trockenem Schluchzen die Arme aus, Gundelach sank aufs Bett, und aus dem weißen Wägelchen ertönte ein dünnes, verzweifeltes Krähen: Benjamin.

Das also war Benny. Eine winzige, schrumpelige Rothaut mit langen schwarzen Igelhaaren. Wie ein Baby aus der Werbung sah er nicht aus. Eher wie ein kleines zottiges Stofftier, dem man bis in den Hals schauen konnte.

Während Bernhard Gundelach seinen Sohn betrachtete, breitete sich eine Art feierlicher Stille aus. Es war, als erwarteten die Frauen sein Urteil.

Nur Benny schrie und wurde, weil er darüber das Luftholen vergaß, noch röter.

Gefällt er dir? fragte Heike leise.

Sehr, antwortete ihr Mann. Aber wie kommen Sie darauf, daß es ein kräftiges Kind sei?

Bei irgend jemandem mußte er seine Ratlosigkeit abladen.

Weil es so ist, sagte Schwester Anneliese bestimmt. Wenn Sie ihn bekommen hätten, würden Sie diese Frage nicht stellen.

Nun gut. Im übrigen: Was hieß das schon – gefallen? Kam es darauf an? Es war mehr eine Frage der ... Gewöhnung. Und Bennys Äußeres würde sich ja wohl noch etwas verändern. Glätten. Entfalten. Proportionieren. Ganz klar.

Die Rosen! Mein Gott, ich hab sie ganz vergessen –.

Abends, in der Wohnung, schlief Gundelach fast schon vorm Fernseher ein. Der Tag hatte ihn geschafft. Nichts würde in Zukunft mehr sein wie ehedem – das stand fest. Unerbittlich bohrte sich diese Gewißheit in sein Inneres, höhlte es aus. Etwas in ihm war unwiederbringlich abgeschlossen und vorbei. Nur was? Er war zu träge, um es in Gedanken zu fassen.

Der Nachrichtensprecher verlas die Meldung, daß der Philosoph Herbert Marcuse, der auf die Studentenbewegung der sechziger Jahre maßgeblichen Einfluß genommen habe, einundachtzigjährig in Starnberg gestorben sei.

Marcuse. Die Kritische Theorie. Der Eindimensionale Mensch ... Horkheimer, Habermas, Adorno, die Frankfurter Schule ...

War es das?

Ach nein, es löste ja gar nichts mehr aus. Nicht einmal mehr eine Erinnerung, die haften geblieben wäre.

Hummer und Haferflocken

Oskar Specht war während des Sommerurlaubs nach Mexiko, Peru, Chile, Argentinien und Brasilien geflogen. Kaum zurück, bereitete er sich auf die nächste Reise vor. Sie führte nur an die Ostküste der USA, nach Washington, New York und Massachuesets, besaß aber besonderes Gewicht, weil es sein erster offizieller Auslandsaufenthalt als Ministerpräsident war.

Landtagsabgeordnete, Unternehmer und Journalisten drängten in die Delegation – begierig darauf, zu erfahren, wie der Neue seine internationalen ›connections‹, über die phantastische Gerüchte kursierten, handhabte;

lüstern auch auf die Chance, sich dem immer heller strahlenden Kometen, dessen Schein das bislang eher verschlafene Land ins Licht unverhoffter allgemeiner Aufmerksamkeit tauchte, als kompetenter, weltläufiger Partner zu empfehlen.

Specht spürte den Erwartungsdruck und trieb seinen Stab an, ein Besuchsprogramm erster Güte zustande zu bringen. Zwar war auf ein Shakehands mit Präsident Carter vernünftigerweise nicht zu hoffen. Doch das konnte einleuchtend mit innenpolitischen Turbulenzen begründet werden, denen sich der von Rezession, Energiekrise und Inflation gebeutelte Mann aus Georgia ausgesetzt sah. Vizepräsident und Außenminister dagegen oblagen weltpolitischen Geschäften, wozu ein Kamingespräch mit Oskar Specht leider noch nicht gehörte.

Dafür wurde ein gewisser Mr. Newson, Staatssekretär für politische Angelegenheiten, angeboten.

Eine Frechheit! Niemand hatte je von diesem Menschen gehört. Das Auswärtige Amt und die deutsche Botschaft in Washington wurden mit Telexen zugedeckt. Specht verlangte Minister als Gesprächspartner. Schließlich führte er Vertreter von Daimler Benz und anderen Konzernen, potentielle Investoren allesamt, mit sich.

Daimler Benz? Den Namen kannten selbst die Schnösel vom State Department. Dann war Neil der Richtige für den Nobody aus Daimler Benz-Country, Neil Goldschmidt, der Verkehrs- und Transportminister. Der war gerade erst ernannt worden und vorher Bürgermeister von Portland in Oregon gewesen. Hatte nicht in der von der deutschen Botschaft übersandten Vita des Mr. Specht gestanden, er sei auch mal Bürgermeister gewesen? Na also.

Goldschmidt war gebont. Und bei Licht betrachtet, war er ein bedeutender Zeitgenosse. Schließlich wurde im amerikanischen Kongreß gerade heftig über Jimmy Carters Energiesparprogramm gestritten, das die Ausweitung des Omnibusverkehrs und die Entwicklung benzinsparender Autos propagierte. Über sechzehn Milliarden Dollar standen zur Verteilung an. Daimler Benz baute doch auch Omnibusse.

Die Sache hatte allerdings einen Haken: Der Konzern war gar nicht daran interessiert, in Amerika zu produzieren. Andere Spurbreite, unterschiedliches Achslast-Höchstgewicht – es rentierte sich nicht. Und Benzinsparen gehörte auch nicht zur obersten Firmenpriorität. Trotzdem reiste natürlich ein Vorstandsmitglied mit. Man entzieht sich nicht, wenn die Politik ruft.

Ein Minister war besser als nichts, aber immer noch zu wenig. Wieder glühten die Drähte. Wenn man schon mit hochkarätiger Wirtschaftsprominenz über den Teich flog und dem neuen amerikanischen Nahverkehrsprogramm die Ehre gab, durfte man wohl erwarten, über das ganze Energiesparprogramm aus erster Hand informiert zu werden. Seufzend gab die Botschaft dem Drängen nach, und siehe da: Auch Energieminister Charles Duncan hatte ein halbes Stündchen Zeit.

Das war nun schon eine Sache, die sich sehen lassen konnte. Einhundertzweiundvierzig Milliarden Dollar wollte Carter ausgeben, um seinen Landsleuten die ungewohnte Disziplin des Energiesparens nahe zu bringen. Den ›massivsten Einsatz von Mitteln und Ressourcen Amerikas in Friedenszeiten‹ hatte er das ehrgeizige Projekt genannt. Und Oskar Specht unmittelbar am Puls des Geschehens, während noch die Schlacht im Kongreß und im Repräsentantenhaus tobte!

Außerdem war Charles Duncan nicht irgendwer. Stellvertretender Verteidigungsminister war er zuvor gewesen, sein Geld hatte er als Präsident von Coca Cola gemacht, und Jimmy Carter kannte er schon, als der noch Gouverneur und Erdnußfarmer in Georgia gewesen war.

Duncan, sagte Tom Wiener, läßt sich prima verkaufen.

Es gehörte zu Oskar Spechts Stärken, niemals zufrieden zu sein. Energiesparen gut und schön – aber war das die einzige Botschaft, die er von seinem ersten offiziellen USA-Trip als Regierungschef eines der wichtigsten deutschen Bundesländer mit nach Hause nehmen sollte? Der deutsche Zeitungsleser und Fernsehkonsument verband vor allem Außen- und Sicherheitspolitisches mit Amerika – das im Juni mit der Sowjetunion abgeschlossene Abkommen über die Begrenzung strategischer Waffen zum Beispiel, oder den in Camp David zustande gekommenen ägyptisch-israelischen Friedensvertrag. Das waren die Themen, die den Globus bewegten!

Von Bonn ließ sich insoweit keine Unterstützung erhoffen. Genscher und das Auswärtige Amt wachten eifersüchtig über ihre Domäne, die Außenpolitik. Sie hatten, das mußte man zugeben, das Grundgesetz auf ihrer Seite; die Pflege auswärtiger Beziehungen ging die Bundesländer rein gar nichts an.

Die Länder vielleicht nicht, Oskar Specht dafür um so mehr. Er brauchte einen Termin im Weißen Haus, auf Biegen und Brechen. Am besten mit Hamilton Jordan, dem Stabschef und engsten Carter-Vertrauten. Jordan erwies sich als unzugänglich. Die Georgia-Gang, deren Kopf er war, hatte mit Europa nicht viel am Hut. Man mußte es über das europäisch gebildete Ostküsten-Establishment versuchen.

Von seinen früheren geschäftlichen Zeiten her kannte Specht Gerald Silverman, dessen Vater in der jüdischen Weltorganisation eine bedeutende Rolle spielte. Silverman war Professor für Europäische Studien an der Harvard Universität. Er saß im Board verschiedener amerikanisch-deutscher Vereinigungen und war befreundet mit Gott und der Welt – auch mit Michael Blumenthal, dem Finanzminister, und mit Zbigniew Brzezinski, Carters Berater für nationale Sicherheit. Blumenthal war im Zuge einer Kabinettsumbildung gerade geschaßt worden, weil er Hamilton Jordan zu oft in die Quere gekommen war. Brzezinski dagegen hatte sich halten können.

Silverman wurde aktiviert, ein Besuch in Harvard vereinbart. Das tat Spechts Renommee in heimischen Wissenschaftskreisen gut, Silverman konnte seinen Studenten aktuelle Informationen über Deutschland und die CDU bieten, und der Weg zu Brzezinski ebnete sich.

Silverman seinerseits hatte auch ein Anliegen: Er war Mitglied des Board of Directors für das Leo-Baeck-Institut in New York, das in der Bundesrepublik eine Hochschule für jüdische Wissenschaften unterhielt. Die Hochschule hatte Zuschußbedarf, ein Antrag an die Kultusministerkonferenz der Länder war gestellt, aber noch nicht beschieden.

Specht baute einen Besuch des Leo-Baeck-Instituts ins Reiseprogramm ein und gab Anweisung, sich um die Finanzierung zu kümmern. Es klappte. Und wenn er denn schon in New York war, wollte er auch mit Bürgermeister Koch reden, an der Steuben-Parade Ende September als Ehrengast teilnehmen und einen Abstecher ans Massachuesets Institute of Technology in Boston machen.

Zu guter Letzt war doch noch ein Paket geschnürt, das wenig Wünsche offen ließ. Oskar Specht konnte den Journalisten, die er zu mitternächtlicher Stunde im Hotel zum ›Briefing‹ um sich zu versammeln pflegte, die Einschätzung der amerikanischen Regierung zu den wichtigsten innen- und außenpolitischen Problemen (das waren die, welche er mit seinen Gesprächspartnern erörtert hatte) authentisch übermitteln. Im verschlüsselten Bericht der Botschaft ans Auswärtige Amt wurde der Aufenthalt des Ministerpräsidenten als ›sehr erfolgreich‹ bewertet und die überdurchschnittliche Beachtung hervorgehoben, die er in amerikanischen Regierungskreisen gefunden habe.

Nur während der Steuben-Parade gab es eine kleine Panne. Der Englischlehrer, den Specht einige Wochen vor der Reise engagiert hatte, ein germanophiler Schotte namens Gordon Croy, mißverstand seine Rolle vollständig und winkte, von der begeisternden Atmosphäre fortgerissen, den vorbeimarschierenden Deutsch-Amerikanern so heftig zu, daß diese ihn für den Ehrengast hielten und freundlichst zurückgrüßten.

Nach dem Heimflug war er seinen Job los.

Bernhard Gundelach hatte Spechts Reden geschrieben, staatsmännische Ausblicke auf Deutschland und Europa in den achtziger Jahren. Aus Kostengründen durfte er aber nicht mitreisen. Da die nunmehr dreiköpfige Familie gerade erst umgezogen war und Benny sich als quicklebendiger Nachtmensch entpuppte, störte ihn das in diesem Fall nicht. Doch nahm er sich vor, mit Wiener demnächst ein grundsätzliches Gespräch zu führen. Daß er tagaus, tagein in seinen fünfzehn Quadratmetern Schieferblick hockte und sich die Finger wund schrieb, während andere die Welt bereisten, kam nicht in die Tüte.

Bislang war das, was er sich aus vertraulichen Dossiers des Auswärtigen Amtes oder aus Fachzeitschriften anlas, immer genug, um vor den Chambers of commerce und Foreign councils bestehen zu können. Sollte Specht jedoch in diesem Tempo fortfahren, das diplomatische Parkett zu bohnern, würde er bald einen Informationsvorsprung besitzen, den Gundelach nie und nimmer mehr einholen konnte.

Für den Papierkorb aber arbeitete er nicht. Entweder bekam er die Chance, mit aus der Quelle zu trinken, oder Oskar Specht und Tom Wiener durften künftig selbst zur Feder greifen. Es schien ihm überhaupt an der Zeit, etwas bestimmter aufzutreten. Nach und nach hatte sich im Schloß ein Kreis von Mitarbeitern etabliert, die Specht aus seiner Fraktionszeit oder noch davor kannte. Ihre besondere Qualifikation bestand in der intimen Kenntnis des dichten Netzes kumpelhafter Beziehungen, die Oskar Specht in seinem Wahlkreis unterhielt. Diese Kontakte, um die er sich jetzt als Ministerpräsident nicht mehr so intensiv wie früher kümmern konnte, vor dem Erkalten zu bewahren, war der hauptsächliche Daseinszweck der Gruppe.

Sie wußte sich rasch mit einer Aura des Geheimnisvollen zu umgeben und tagte meist hinter verschlossenen Türen. Allgemeinzugängliche Akten wurden so gut wie nicht geführt, dafür mit um so größerer Hingabe telefoniert. In den Jackentaschen jede Menge CDU-Mitgliedsanträge, verwaltete man unter anderem Konten, auf denen Spenden für den Abgeordneten Specht oder für seinen Kreisverband eingezahlt werden konnten.

Bei Gustav Kalterer liefen die Fäden zusammen. Kalterer, dachte Gundelach, war für seine Aufgabe auf die Welt gekommen. Irgendwann hatte er zwar eine Prüfung abgelegt, die ihn in die Verwaltungslaufbahn reihte. Doch wenn er je normale Bescheide bearbeitet hatte, mußte er sie schon damals als geheime Kommandosache behandelt und vor neugierigen Blicken abgeschirmt haben. Hinter einer randlosen Brille kauerte ein Paar kieselgrauer Augen, der dünne, konturenarme Mund verschloß sein Wissen wie die Schalen einer Auster.

Kaum im Amt, legte sich Kalterer mit Willi Pörthner und der CDU-Landesgeschäftsstelle an. Die Voraussetzungen dafür waren günstig. Eingekeilt zwischen Staatskanzlei und Fraktion, Parteivorstand und Kreisgeschäftsführern, mußte Pörthner jeden Tag aufs neue um seine Position kämpfen. Zudem hatte der Landesverband Schulden in Millionenhöhe. Es war ein leichtes, jeweils eine Gruppe, die sich schlecht behandelt fühlte, gegen Pörthner aufzustacheln und Oskar Specht von dem Unmut, der sich da zusammenbraute, zu berichten.

Gundelach beobachtete das Treiben der parteipolitischen Prätorianergarde mit wachsendem Unbehagen. Zwar durfte er sich, solange Specht und Wiener seine Dienste schätzten, vor Kalterers Zugriff sicher fühlen. Daß Oskar Specht aber überhaupt einen Mann in seiner Nähe duldete, der einem Geheimdienst zur Ehre gereicht hätte, paßte nicht so recht ins Bild des jovialen Ministerpräsidenten, an dem man unter Zuhilfenahme der Medien erfolgreich arbeitete.

Ähnlich den Zuträgern aus seinem einstigen, immer noch wärmenden Wahlkreismilieu, gewannen einige Unternehmer an Einfluß, die dem jungen Abgeordneten Specht mit Rat und Tat bei der Erstürmung der Festung Monrepos geholfen hatten.

Soweit Gundelachs Einblick reichte, waren es vor allem gesellschaftliche Privilegien, die sie als Gegenleistung beanspruchten: das Recht, auf kurzem Weg mit Specht korrespondieren zu dürfen; die Aufnahme in alle wichtigen Einladungslisten des Protokolls; die Bevorzugung, bei Geburtstagen oder Firmenjubiläen den Ministerpräsidenten als Freund und Ehrengast begrüßen zu können. Specht kam diesen Verpflichtungen gewissenhaft nach. Im Tagesplan, dem für Mitarbeiter zugänglichen Terminkalender, tauchten die Präsenzschulden meistens unter dem Stichwort ›Privat‹ auf. Manchmal war auch nur eine Adresse angegeben, ohne Namensnennung.

Gundelach, damit beschäftigt, die durch kurzfristige Absagen etwas dünn gewordene Besetzung des ersten Untersteiner Gesprächs zu komplettieren, prüfte die Verwendungstauglichkeit der neuen VIP's für die Veranstaltung. Das Ergebnis war wenig verheißungsvoll.

Elmar Berghoff zum Beispiel hatte er bisher nur über Torfabbau und Blumenerde reden hören. Ungefähr zur selben Zeit, da Oskar Specht die ersten Schritte unternahm, das zu eng gewordene Verwaltungshemd abzustreifen, hatte Berghoff begonnen, Erde in Tüten abzufüllen und auf dem Markt zu verkaufen. Vor ihm hatte das noch niemand probiert. Wer Pflanzen kaufte, bekam auf Wunsch etwas Humus dazu, kostenlos. Heute war Berghoff der größte Blumenerdeproduzent der Welt und besaß Werke in Skandinavien, Kanada und Amerika. Er war sympathisch und natürlich, beschränkte seine gesellschaftskritischen Anmerkungen jedoch auf mittelständische Themen. Ein anderer, der über ungeheuer viel Zeit zu verfügen schien, ratschlagte zwar unentwegt, wie ›der Oskar‹ gemanagt und die Bundesregierung geknackt werden müsse, doch eignete seinen ins Telefon gedröhnten Empfehlungen die Schlichtheit säbelschwingender Hurra-Attacken. Den Bauunternehmer Tramp schließlich kannte Gundelach bislang nur vom Hörensagen.

Specht selbst zeigte sich ebenfalls nicht darauf versessen, seine lebenstüchtigen Freunde der Nagelprobe duldsamer Diskurse mit professoralen Theoretikern und abgehobenen Vorstandsvorsitzenden auszusetzen. Deshalb stellte Gundelach die Suche rasch wieder ein. Es gab, das wurde immer deutlicher, sehr gegensätzliche Facetten in Oskar Spechts Psyche – die brillierende und die zum Taktieren neigende, die weltmännische und die untergründige, die visionäre und die für Winkelzüge empfängliche. Und für alle Eigenschaften seines Charakters hatte er Pendants oder suchte sie, zielstrebig.

Besser, man vermischte das nicht.

Das Jahr neigte sich und brachte, wie Dankwart Weis, hätte er noch geschrieben, es vielleicht formuliert hätte, Aufbruch und Abschied mit sich.

Ach nein, es war nicht Weis, dieser inzwischen vollends verstummte Philosoph, der das sagte, sondern Renft, der silberhaarige, vom Bluthochdruck gezeichnete Ministerialdirektor. Korrekt, den ihn anfliegenden Hitzewallungen nicht die kleinste Konzession im Habitus zugestehend, durchs Öffnen eines Kragenknopfes etwa, führte er sein Amt zu Ende. Korrekt und im Bewußtsein tragischer Würde, wie es ihm als zuletzt unzeitgemäßen Humanisten wohl anstand.

Reichlich Schiller zitierte er in seiner Abschiedsrede, aber auch Homer und Dostojewski, solchermaßen das ganze Europa, wie es den jungen, heftigen Barbarenstürmen zum guten Schluß denn doch noch immer widerstanden hatte, zu kulturellem Zeugnis aufrufend. Er gehe freudig und ohne

Wehmut in Pension, sagte er. Italien, das Land seiner Träume von Jugend an, warte. Ein verhaltenes Kichern durchraunte bei diesen Worten die zu seinen Ehren einberufene Personalversammlung. So sei denn, fuhr er unbeirrt fort, auch für ihn der Abschied ein Aufbruch – gemessen an dem, den das Land unter der dynamischen Stabführung des neuen Ministerpräsidenten erfahre, freilich ein ganz und gar unbedeutender.

Das war fein und nobel bemerkt, untadelig wie das blütenzarte Spitzentaschentuch, das sein blaues Revers zierte. Ein bißchen langatmig war es allerdings auch, und Specht, die auszuhändigende Gedenkmedaille in der Hand, schaute unruhig auf die Uhr. Renft aber mußte noch der Vorgesetzten gedenken, denen zu dienen er in seiner langen Laufbahn das Glück gehabt hatte, und er ließ sie, bis hin zu Breisinger, Revue passieren. Breisinger, der nun auch schon in Öl gemalt neben seinen Vorgängern in der Bibliothek hing und sich, wie es schien, beim Anblick des fußwippenden Nachfolgers einer gewissen verkniffenen Schadenfreude nicht enthalten konnte.

Und daß er nie den Ehrgeiz besessen hätte, es seinen jungen, in die Politik stürmenden Kollegen gleich zu tun, sagte Renft auch. Da war denn Staatssekretär Müller-Prellwitz, obzwar nicht eingeladen, ganz nahe, man sah ihn förmlich gleich Oskar Specht ungeduldig auf die teure Armbanduhr schielen.

Endlich hatte Renft ein letztes, ein allerletztes ungemein passendes Zitat gesprochen, und Specht, fünf Sätze in einen verschachtelnd, sprang hinzu, offerierte die blankpolierte Auszeichnung und meinte, mit Renft gehe unwiederbringlich eine Epoche zu Ende. Womit er zweifellos recht hatte. Dann mußte er sich, das Glas Sekt zur Hälfte leerend, mit großem Bedauern empfehlen. Der Hubschrauber wartete.

Sie flogen mit Getöse ins stille Untersteiner Tal, direkt vor die Auffahrt zum Kurhotel, dessen betagte Gäste, es war November, zu Tisch saßen und sich an ihrer Schonkost fast verschluckten. Das gab Gesprächsstoff, unbezahlbar. Die Hoteldirektion stand vollständig Spalier und erstattete Bericht; hotelseits war alles für das Wohl der illustren Gäste vorbereitet. Wiener und Gundelach marschierten sofort zum Konferenzraum, Specht ließ sich zuvor noch in seine Suite geleiten, zum Frischmachen. Wahrscheinlich warf er einen letzten Blick in die Unterlagenmappe. Sein fotografisches Kurzzeitgedächtnis erlaubte ihm, ganze Passagen wörtlich wiederzugeben.

Das Konferenzzimmer war bereits gut gefüllt. Dr. Gerstäcker hatte seinen Platz an der Stirnseite des aus zusammengeschobenen Tischen gebildeten Rechtecks eingenommen und verteilte Scherzworte in die Runde. Man war eine Viertelstunde über der Zeit. Jemand sprach fragend vom akademischen Viertel. Das war das Zeichen für Tom Wiener, noch während des Entrées die Verspätung zu entschuldigen, Specht anzukündigen und ihn als Mann des Volkes, ohne akademische oder sonstige Allüren, vorzustellen. Als Wiener sich setzte, hatte er die Stimmung schon im Griff.

Gundelach ließ die Augen wandern. Gut, die ganz großen Namen aus der Industrie fehlten. Ein Zahn, ein Prinz von Daimler Benz, ein Merkle von Bosch waren nicht zu kriegen gewesen, auch ein Emminger von der Bundesbank nicht oder Friedrichs, der Chef der Dresdner Bank. Das mußte sich entwickeln. Aber doch schon ein Rodenstock und Vorstände von Mannesmann, Thyssen und Veba. Dazu Präsidenten, daß es einem warm ums Herz werden konnte – des Bundesverfassungsgerichts, des Bundesarbeitsgerichts, der Bundesanstalt für Arbeit.

Daß Stingl zugesagt hatte, war besonders wichtig. Über die Zukunft des arbeitenden Menschen im Deutschland der achtziger Jahre wollte man diskutieren, ein Thema, das zwischen Bodenhaftung und Perspektive die Mitte hielt. Stingl, zweifellos, vertrat die schwergewichtige Bodenhaftung. Von Edzard Reuter, dem Arbeitsdirektor bei Daimler Benz, hieß es dagegen, er verfüge über geschliffene, zum Visionären fähige Eloquenz. Specht konnte, je nach Situation, der einen oder der anderen Seite zuneigen; so lautete die Regie.

Reuters Einladung war zunächst etwas umstritten gewesen. Schließlich war er Sozialdemokrat, wenn auch ein gemäßigter. Doch als Sohn des legendären ersten Regierenden Bürgermeisters von Berlin war Reuter gewissermaßen prominent. Tom Wiener, der Berliner aus Leidenschaft, wollte ihn unbedingt. Reuters Anwesenheit dokumentiere parteipolitische Offenheit, argumentierte er. Specht und Dr. Gerstäcker ließen sich schließlich überzeugen.

Eingestreut zwischen den Männern des Kommerzes saßen die Professoren: Juristen und Nationalökonomen, der Chance, leibhaftigen Wirtschaftsbossen auf Tuchfühlung nahe zu kommen, dankbar entgegenblickend. Mit gezücktem Füllfederhalter und aufgeschlagenem Kollegheft vor sich, waren sie erkennbar präpariert. Ein milde lächelnder evangelischer Bischof scherzte mit einem verschmitzten Monsignore.

Ganz unten, denkbar ungünstig an der Ecke plaziert, verharrte ein winziger, weißhaariger Mann, mit dem niemand so recht etwas anzufangen wußte, schweigend, doch mit strahlenden schwarzen Augen. Gundelach grüßte und wußte instinktiv, daß in Sören Tendvalls ausgebeulter Jackentasche ein Kuvert mit so vielen Banknoten steckte, daß er anderntags die Rechnung würde bar begleichen können.

Endlich hielt Oskar Specht Einzug. Falls er aufgeregt war, wußte er es gut zu verbergen. Die von den Fachabteilungen der Staatskanzlei zusammengetragenen Vermerke und Statistiken über Wirtschaftslage und Beschäftigungsprobleme würdigte er keines Blickes. Er packte sie nicht einmal aus. Statt dessen sprach er von der Einmaligkeit der politischen Situation in Deutschland und in Europa, die ihn und die Tendvall-Stiftung bewogen hätten, dieses Gremium führender Vertreter des öffentlichen Lebens einzuberufen.

Die USA, die er gerade erst besucht habe, würden sich Europa gegenüber mehr und mehr abschotten, sagte Specht. Ihre Haushalts- und Währungspolitik nehme auf internationale Stabilitätsbelange keinerlei Rücksicht mehr, das Handelsinteresse konzentriere sich immer stärker auf Japan und den pazifischen Raum, und die Abrüstungsverhandlungen mit der Sowjetunion verfolgten eindeutig bilaterale Zwecke, um die Europäer zu einem höheren Eigenanteil an den Verteidigungslasten zu zwingen und damit der amerikanischen Industrie, die seit langem über die wettbewerbsverzerrende Subventionspraxis in der EG klage, Entlastung zu verschaffen. Das habe ihm Präsident Carters Sicherheitsberater Brzezinski in einem langen Vier-Augen-Gespräch ganz unverblümt bestätigt. Und wer wissen wolle, wie strategisch Amerika sich auf den technologischen Wettlauf mit Japan vorbereite, der brauche nur das Massachuesets Institute of Technology in Boston zu besuchen oder mit Harvard-Professoren zu diskutieren, wie er das unlängst wieder getan habe. Europa besitze demgegenüber gar kein Konzept, weder politisch noch wirtschaftlich. Der Bundeskanzler denke nur in monetären Zusammenhängen und halte die Probleme mit der Einführung des Europäischen Währungssystems für gelöst. Und die Deutschen könnten mit Europa als politischer Idee nichts anfangen, wie die schwache Beteiligung an der ersten europäischen Direktwahl gezeigt hätte. Und das schlimmste sei, sagte Specht, daß die scheinbare konjunkturelle Erholung, die jetzt zu beobachten sei, die wirklichen Strukturprobleme überdecke, so daß noch mehr Zeit verstreiche, bis etwas geschehe, und der Rückstand der Europäer noch größer werde. Womit er beim eigentlichen Thema sei, zu dem er erst mal gar nichts sagen, sondern bloß zuhören wolle, denn er fühle sich, was die Zukunft der Arbeitsplätze in Deutschland betreffe, furchtbar unsicher. Er habe nur das ungute Gefühl, daß noch niemand so richtig begriffen habe, was der Prozeß weltweiter

Arbeitsteilung für den deutschen Maschinen- und Fahrzeugbau tatsächlich bedeute, von der Stahlindustrie und der Elektronikbranche ganz zu schweigen. Und daß auch die Zahlen, die periodisch von der Bundesanstalt für Arbeit und den wirtschaftswissenschaftlichen Forschungsinstituten veröffentlicht würden, Herr Stingl und die Herren Professoren sollten ihm verzeihen, die strukturelle Dramatik der Veränderungen, vor denen man stehe, überhaupt nicht wiedergäben. Er kenne diese Zahlen und Prognosen alle, seine Leute hätten sie ihm, wie es sich für tüchtige Beamte gehöre, zur Vorbereitung des Gesprächs gewissenhaft aufgeschrieben. Nur glaube er nicht, daß sich daraus für eine langfristige, konzeptionell angelegte Politik Honig saugen lasse. Aber öffentlich werde er, Specht, das natürlich niemals sagen.

Da saßen sie nun, die Professoren, Präsidenten und Industriebosse, und sahen sich ihrer wichtigsten Stütze, des von viele Helfern zusammengetragenen Datenkranzes, auf einen Schlag beraubt. Specht erklärte das ganze Faktenmaterial schlicht für politisch unbeachtlich. Beamtentypische Zustandsbeschreibung, bestenfalls. Nabelschau, die mit dem, was draußen in der Welt vor sich ging, nichts zu tun hatte. Wer wollte sich da noch als Kleingeist entblöden, der den Tellerrand für einen Erdmeridian hielt?

Stingl polterte ein bißchen und Reuter hielt die Ehre der Industrie hoch, die der Politik, was das Denken in internationalen Maßstäben betreffe, eher voraus- als nacheile. Die Professoren aber beugten sich schnell und willig dem Primat der Politik, dem sie allenfalls Entscheidungshilfe, nicht aber Handlungsanleitungen anbieten könnten. Und die Kirchenmänner mahnten, über allem den Menschen nicht zu vergessen.

Oskar Specht konnte sich entspannt zurücklehnen und genußvoll eine Davidoff ›Number one‹ rauchen.

Abends versammelte man sich in einem abgegrenzten Teil des Französischen Restaurants, dessen Stern, gleich dem des Ministerpräsidenten, bundesweit immer heller zu strahlen begann, und nahm nach dem Champagner-Aperitif ein sechsgängiges Menue zu sich. Terrine von Lachs und Sankt-Jakobsmuscheln mit Kaviarcreme, getrüffelte Wintersalate mit zart angebratener Gänseleber, Kanadischen Hummer, Medaillons vom Lammrücken mit Kräuterkruste, Ratatouille und Champagnerkartoffeln, Käse vom Wagen und Limoneneismousse mit Erdbeeren.

Nach dem Hauptgang dankte Specht in einer kurzen Rede den Teilnehmern für die engagierten Diskussionsbeiträge, kündigte für den nächsten Vormittag die Suche nach konkreten Lösungen zur Arbeitsplatzsicherung an und lud zum lockeren Ausklang an die Bar.

Sören Tendvall, dem er besonders herzlich Dank sagte, hörte die Eloge nicht mehr. Er hatte sich schon aufs Zimmer zurückgezogen und aß Haferflocken mit Milch, sein tägliches Abendessen seit Jahrzehnten.

Viertes Kapitel

Aus der neuen Welt

Flugzeit neun Stunden. Zwischenstop in Miami, Florida. Ankunft nachts, irgendwann, in Kingston, Jamaica. Transfer mit Botschaftswagen ins Hotel Pegasus.

Die Triebwerke der DC 10 übertragen ein angenehmes Ermüdungsgeräusch ins Kabineninnere. Ein monotones Mach-dir-keine-Sorgen mit vibrierendem Freu-dich-schon-mal-Unterton. Die Eiswürfel im Scotch klirren nicht, so ruhig fliegt die Maschine. Die Stewardessen sind freundlich, auch in der Economy Class. Da kann man nichts sagen. Sicher, in der First Class bringen sie sich fast um vor Liebenswürdigkeit. Gleich den Mantel auf den Bügel, das Handgepäck verstaut, ein Glas Champagner zur Begrüßung, kaviarbelegte Appetithappen auf silbernem Tablett. Behaglich, aber nicht lebensnotwendig. Später mal, vielleicht.

Wenn er die Augen schließt, weiß er, was hinter dem Vorhang, den geschlossen zu halten die Crew peinlichst genau besorgt ist, vor sich geht: nichts Besonderes. Specht weit zurückgelehnt, ohne Jacket, die Beine lang ausgestreckt, in plauderndem Small talk mit Sabine Bressheim, der attraktiven Bauunternehmerin, sich entspannend.

Die Bressheim sitzt neben ihm, keine Frage. Das gebietet die Höflichkeit. Sie wird auch nur ›ganz wenig‹ von ihren laufenden Bauprojekten berichten, viel dezenter und rücksichtsvoller wird sie während des langen Fluges mit ihrem prominenten Nachbarn umgehen als die mitreisenden Stahl- und Elektronikmanager, die schon nach einer halben Stunde sämtliche Zoll- und Einfuhrprobleme der Branche vor die Füße des Landesvaters gekippt hätten, wenn man sie denn ließe. Irgendwann werden sie es trotzdem probieren, hoch überm Atlantik, aber dann müssen sie im Gang stehen und dauernd der Chefstewardess ausweichen, was lästig ist und Specht die Möglichkeit gibt, sie auf später zu vertrösten. Wenn er dann nicht ohnehin gerade ein Nickerchen macht oder sich mit Frau Bressheim über Helmut Schmidt und Alex Möller unterhält, mit denen sie, wie man weiß, sehr gut befreundet ist.

Aber auch da wird es um nicht viel mehr gehen als um Möllers legendäre Whiskey-Sammlung oder um Schmidts Umstieg auf Menthol-Cigaretten ... Allenfalls wird Specht sich besorgt darüber zeigen, daß auch das jüngste Treffen des Bundeskanzlers mit Ronald Reagan in Washington nicht dazu beigetragen hat, die Spannungen zwischen der Bundesregierung und den USA abzubauen.

Wiener sitzt einige Reihen vor Gundelach. Natürlich stinkt es ihm, auch bloß zweiter Klasse fliegen zu dürfen, wie Henschke, Gundelach und Dr. Kramny, den man als hauseigenen Dolmetscher mitgenommen hat. Aber die Reisekosten-Vorschriften sind streng. Auch Ministerialdirigenten haben diesseits des Vorhangs zu bleiben.

Ja, wenn Wiener, wie allgemein erwartet, nach der Wahl Staatssekretär geworden wäre –!

Die Wahl ... Überhaupt, die beiden letzten Jahre. Vieles hat sich ereignet, und rasend schnell, dem Spechtschen Stakkato angepaßt, ist alles zugegangen.

Gundelach kippt den Sessel bis zum Anschlag zurück und stülpt sich die Kopfhörer über. Classic-Rock zum zeitenthobenen Träumen. Neun Stunden Unterschied zwischen altbekanntem Januarfrost und nie erlebter Frühlingsmilde. So unwirklich wie das Leben. So aufregend wie das Leben. Da vorn sitzt einer, dessen Geist von der Vorstellung plötzlicher Ruhe gepeinigt wird wie von einer furchtbaren Drohung. Ein Veränderungssüchtiger, der das Überraschungsmoment braucht wie eine Droge. Der jeden Auftritt zum Bühnensolo stilisiert und den Applaus in sich hineintrinkt, in das unergründliche, offenbar nie zu füllende Gefäß seines Anerkennungsdrangs. Der Neues sucht, immer wieder Neues, als habe er Angst, irgendwann von etwas nicht Verwundenem angerufen und gestellt zu werden.

Dieses Unstete in Specht, sagte Tom Wiener neulich klagend. Da waren sie wohl wieder mal aneinander geraten, der Meister und seine Stimme, die sich mittlerweile ab und zu allein artikulieren, aber niemals den Anschein allzu großer Selbständigkeit erwecken darf.

Dieses manische Bedürfnis, überall im Mittelpunkt zu stehen, immer der Schnellste, Klügste und Gerissenste zu sein! Und dabei – sagte die Stimme, die offenbar jemanden brauchte, der ihr zuhörte, um sich nicht ganz aufzugeben –, dabei immer dieses unkritische Bewundern von Unternehmern! Die benutzen ihn doch bloß.

Das konnte man so sehen oder auch anders; Gundelach mochte da nicht Schiedsrichter spielen. Immerhin war Specht erst neulich in Japan gewesen und hatte mit den Bossen des Keidanren, der mächtigsten Unternehmervereinigung Nippons, gesprochen. Er weiß, was dort abgeht. Die denken in globalen Strategien, sagt er, und wir diskutieren unsere Probleme auf hohem theoretischem Niveau. Uhren, Kameras, Unterhaltungselektronik – das war erst der Anfang. Sie werden den Weltmarkt für ihre Autos, Werkzeugmaschinen und mikroelektronischen Produkte genauso aufrollen, wie sie das, milde belächelt, mit den Fotoapparaten gemacht haben. Inzwischen lächelt niemand mehr – außer den Japanern.

Seltsam nur, daß er selbst sich des Diskutierens, so oft er es öffentlich auch verhöhnt, keineswegs enthält.

Seit einem Jahr leistet man sich zum Beispiel ein exklusives wissenschaftliches Beratungsgremium, dem sogar Philosophieprofessoren angehören. Specht saugt die eloquenten Dialoge in sich auf – Tom Wiener hat es exakt vorhergesagt –, speichert Aphorismen und streut sie in seinen frei gehaltenen Reden wie wahllos gegriffene Perlen aus einem überquellenden Wissensschatz unters Volk.

Auch die Untersteiner Gespräche haben sich etabliert; gerade erst hat man sich über die Auswirkungen neuer Technologien die Köpfe heiß geredet. Und zwei Symposien mit internationaler Besetzung waren dem Verhältnis von Ökonomie und Ökologie und den Exportchancen der deutschen Wirtschaft gewidmet. Specht selbst hat jede Menge Expertenkommissionen eingesetzt. Vom Export bis zu den neuen Medien reicht der professorale Bienenfleiß. Das erste ›Eutiner Symposium‹ zu Fragen der Weltbevölkerungsentwicklung ist auch glücklich überstanden. Vollkommen seriös war es, doch ohne einen Gedanken an Heimstättenprogramme für Enthaltsame. Sogar das Bundesministerium für wirtschaftliche Zusammenarbeit war durch einen Staatssekretär vertreten. Ob Sören Tendvall mit dem Ergebnis zufrieden gewesen ist, steht auf einem anderen Blatt.

So gesehen, fördert Oskar Specht das Diskutieren in diesem Land wie kein Ministerpräsident vor ihm. Genauer gesagt: Er läßt diskutieren, und zwar auf hohem theoretischem Niveau.

Mit untrüglichem Instinkt, denkt Gundelach träumerisch, hat er die Marktlücke entdeckt, die in diesen politisch und wirtschaftlich bedrückenden Zeiten Intellektuelle wie Unternehmer gleichermaßen schmerzt: den Mangel an Orientierung. Die hilflose Sprachlosigkeit der traditionellen Politik gegenüber einer wirtschaftlich-technischen Revolution, die immer mehr Branchen zu Boden wirft. Krise der Werften, Krise der Schwerindustrie, Krise an Rhein und Ruhr. Sterbende Regionen, zerstrittenes, gespaltenes Deutschland, paralysiertes, bis zur Lächerlichkeit ohnmächtiges Europa.

Und mittendrin macht Oskar Specht seine Politik, die wie eine Widerstandsbewegung gegen den allgemeinen Fatalismus wirkt. Die unablässig forschen und begutachten läßt und mit perspektivisch funkelndem Kometenschweif von Klausur zu Klausur eilt. Das schafft eine Atmosphäre des Aufbruchs, ein optimistisch stimmendes Credo, daß in unserem Land die Uhren anders gehen als im Rest der Republik. Und die geisteswissenschaftlichen Zauderer, die er selbst in seine Gremien beruft, dienen Specht als Folie, vor der sein solitärer Glanz als handelnder und nicht bloß klagender Politiker noch heller strahlt.

Ach, es ist wahr: einfacher, geradliniger ist der mittlerweile dreiundvierzigjährige Ministerpräsident in vier Jahren Amtszeit nicht geworden. Berechenbarkeit betrachtet er als Schwäche. Wie einen verfolgten Hasen treibt es ihn immer wieder, Haken zu schlagen. Sein liberales Image strapaziert er in der Ausländerfrage ungeniert, um es bei nächster Gelegenheit mit größter Selbstverständlichkeit erneut zur Schau zu stellen. Vor der Landtagswahl hat er gegen die angebliche Asylantenflut getrommelt, hat Sammellager und ein Arbeitsverbot für Asylbewerber durchgeboxt und damit an vielen Stammtischen Wähler gewonnen. Nach der Wahl läßt er ein großes Kontingent Cap-Anamur-Flüchtlinge ins Land. Er unterschreibt bereitwillig den Friedensappell des Deutschen Gewerkschaftsbundes, der die Rüstungsspirale geißelt, und unterstützt im gleichen Atemzug den Nato-Nachrüstungsbeschluß. Der Radikalenerlaß bleibt aufrechterhalten, die Polizei wird, wie in Bayern, mit CS-Reizgas ausgerüstet. Die Kunstförderung aber wird von allen Sparmaßnahmen, die der Konjunktureinbruch erzwingt, ausgenommen. Und dem Kabelfernsehen begegnet der technologieversessene Regierungschef mit soviel Skepsis, daß sogar die SPD ihm dafür Beifall zollt.

Weiß Specht, was er will?

Er jedenfalls ist überzeugt davon. Und es ist wahr: Jeden Schwenk kann er irgendwie einleuchtend begründen. Mag eine Entscheidung noch so widersprüchlich zum bisher verfolgten Kurs erscheinen – Specht erläutert ihren trickreichen Hintersinn mit diebischer Freude an der Überraschung, die sie auslöst.

Wie bei der Kabinettsumbildung nach der Wahl.

Da lagen alle Auguren daneben. Ausgerechnet der liberal-konservative Kultusminister Professor Dukes, Hochschullehrer bis in die feinsten Verästelungen seines altfränkisch-barocken Gemüts, wurde Innen- und Polizeiminister. Specht hatte nichts dagegen, daß die Presse das als Zugeständnis an jene wertete, die sich mehr rechtsstaatliche Transparenz, besonders beim Datenschutz, wünschten. Als Dukes' Nachfolger aber installierte er, zum Entsetzen vieler, Staatssekretär Müller-Prellwitz, der linke Lehrer schon in seiner Monrepos-Zeit mit dem Löffel gefressen hatte.

Ja, Müller-Prellwitz war nun Herr über hunderttausend Pädagogen, und die Gewerkschaft Erziehung und Wissenschaft hatte ihr neues Feindbild! Vorbei war es mit langhaarigen Studienräten, die meinten, gesellschaftskritischen Turnschuhunterricht halten zu können. Der Lehrer als Vorbild, wertkonservative Erziehung, Lernen statt Diskutieren, Vermittlung staatstragender Gesinnung – so lauteten jetzt die Maximen des Kultusministeriums. Büscher, nebenbei, ist jetzt dort Zentralstellenleiter.

Gundelach wird aus seinen Erinnerungen gerissen. Die Stewardess serviert das Mittagessen. Er stöpselt sich von der Musik ab und blickt aus dem Fenster: endloses, dunstiges Grau des atlantischen Meeres.

Fast zwei Wochen werden sie unterwegs sein: Jamaika, Amerika, Kanada. Ein Riesenprogramm. Die Bressheim-Gruppe baut in Kingston, Daimler Benz hat in Indianapolis einen strategischen Verkaufsstützpunkt für den amerikanischen Mittelwesten, und in Neufundland erwartet sie Blumenerde-Berghoff, um seine neueste Torffabrikation zu präsentieren. Und überall wird Specht Handelskammer-Reden halten und für Investitionen im Land werben. In Kramny-getextetem Schulenglisch.

›The most highly industrialized country in the Federal Republic of Germany. The center of the West German machinery industry. The center of the West German electronic and electrical goods industry. The center of West German automobile industry. The center of the West German precision instruments industry, optics and clock manufacture.‹

Vorweg der übliche Scherz, mit dem die holprige Aussprache entschuldigt wird: Mein Verhältnis zur englischen Sprache gleicht dem, das ich zu meiner Frau habe – I love her but I haven't mastered her yet. Amerikaner wollen lachen, das steigert die Sympathie für den Redner.

Ein normaler Texaner, denkt Gundelach, muß den Eindruck haben, daß in Deutschland außerhalb unseres Landes nur Rüben angebaut werden. Auch gut. Specht wird das Loblied des Landes kompromißlos in jedes ihm entgegengestreckte Mikrofon singen.

Das Essen wird abgetragen. Tom Wiener steht auf, streckt sich und geht nach vorn, Ziel erste Klasse. Bald wird Henschke folgen, und dann auch Gundelach.

Specht erwartet, daß man sich von Zeit zu Zeit bei ihm sehen läßt. Großen Besprechungsbedarf gibt es zwar nicht: Was zur Vorbereitung der Reise zusammengetragen worden ist, die politischen Halbjahresberichte des Auswärtigen Amtes, die Biografien der Gesprächspartner, Problemvermerke, Handelsbilanzen, Firmenporträts, steht alles in den Akten. Doch Oskar Specht will ab und zu seinen Stab um sich scharen. Heike würde sagen: das Gefolge.

Einstweilen gönnt sich Gundelach noch das Alleinsein. Das Jahr ist jung, die Vorausschau angesichts düsterer Prognosen und spannungsreicher Ereignisse weniger verlockend als die Behaglichkeit, sich das Erreichte zu vergegenwärtigen.

Seit zwei Monaten darf er sich Regierungsdirektor nennen. Das ist doch immerhin ein Titel. Die Beförderung hat gerade noch geklappt, bevor die Sparmaßnahmen auch den öffentlichen Dienst erreichten. Specht hat sich zum rigorosen Sparkommissar gemausert. Eine Milliarde Mark Steuerausfälle und das vor der Landtagswahl geleerte Füllhorn lassen nichts anderes zu. Aber wie immer bei ihm: das Ziel muß höher gesteckt sein, als der schiere Sachzwang es erfordert. Im überschießenden Teil erst zeigt sich die politische Meisterschaft. Bis 1985, in drei Jahren also, will Specht die Neuverschuldung des Landes auf Null herunterfahren.

Ein Haushalt, dessen Ausgaben die Einnahmen nicht übersteigen? Das hat es seit des seligen Bundesfinanzministers Julius Schäffer Zeiten Anfang der fünfziger Jahre nicht mehr gegeben. Eine historische Tat, wenn sie gelingt. Die Medien applaudieren ob der Kühnheit des Vorhabens. Die Fraktion schweigt skeptisch. Specht jedoch ist guter Dinge. Haut es hin, ist er der Größte. Verfehlt er die magische Zahl Null, lassen sich genügend Gründe finden, die nicht vorhersehbar waren: überhöhte Tarifabschlüsse, unvermeidliche Transferleistungen im Rahmen des Finanzausgleichs, Investitionsbedürfnisse zur Sicherung der Wettbewerbsfähigkeit.

Auf jeden Fall hat man jetzt erst einmal ein Druckmittel, um Begehrlichkeiten abzuwehren – der CDU-Fraktion, die nach einem Mindestmaß an politischem Handlungsspielraum lechzt, und auch der gefräßigen Beamtenschaft gegenüber. Die hat sich bei der Landtagswahl sowieso schäbig verhalten. Ein Großteil der Stimmenverluste geht auf ihr Konto. Dafür dürfen die Staatsdiener jetzt länger auf den Sprossen der Karriereleiter ausruhen. Alles hat seinen Preis.

Auch Meppens, der ewige Verlierer, hat seinen Preis bezahlt. Nachdem die SPD von den Einbußen der Christdemokraten nicht profitieren konnte, sondern im Gegenteil noch näher an die Dreißigprozent-Angstgrenze heran gerutscht ist, hat er alle seine Ämter zur Verfügung gestellt. Der Abgang vollzog sich schnell, konsequent und leise.

Fröhlich hielten dagegen die Grünen Einzug ins Parlament. Mit Latzhosen, Jeans und Turnschuhen ärgerten sie den konservativen Landtagspräsidenten schon bei der konstituierenden Sitzung. Dem Ministerpräsidenten überreichten sie zur Feier des Tages einen Kaktus. Spechts Augen leuchteten. Der Gag gefiel ihm.

Gundelach bestellt einen Kaffee.

Gut, denkt er, daß die Wahl vorbei ist. Man tanzte auf dünnem Seil. Specht konnte zwar viele Versprechungen vorweisen, aber nur wenige habhafte Erfolge. Die Öffentlichkeitsarbeit mußte das Defizit ausgleichen. Die Pressestelle druckte Broschüren wie nie zuvor. Und auch die Parteiarbeit wurde bis zur demokratischen Schmerzgrenze von Monrepos aus gesteuert. Es ging nicht anders. Doch dabei unterliefen Flüchtigkeitsfehler. Ein Strategievermerk Gundelachs über den Einsatz von Werbematerialien und Argumentationshilfen für die CDU gelangte in die Hände der Opposition. Es blieb, Gott sei Dank, ohne Folgen. Auch eine Klage der SPD vor dem Verfassungsgerichtshof wegen mißbräuchlicher Verwendung von Steuergeldern zu parteipolitischen Zwecken verlief glimpflich. Das Gericht rügte nur wenige Publikationen und erklärte das Schriftstück aus der Staatskanzlei für unbeachtlich.

In Zukunft, sagte Specht, müssen wir vorsichtiger sein. Am eifrigsten nickte Gustav Kalterer; ihm geht Gundelachs freundschaftliches Verhältnis zu Willi Pörthner, das sich im Lauf der Zusammenarbeit eingestellt hat, ohnehin gegen den Strich. Und außerdem wird ihm zuviel geschrieben, was hinterher in den Reißwolf kommt. Kalterer telefoniert lieber. Wenn's sein muß, anonym.

Doch warum jetzt an ihn und sein lautloses Schattentreiben denken? Er ist wohltuend weit weg.

Henschke erhebt sich und strebt ins Erster-Klasse-Abteil. Nun wird es auch für Gundelach Zeit. Die Rangfolge zwischen ihnen ist noch nicht ausgekämpft. Als Persönlicher Referent hat Hans Henschke natürlich den Karrierevorteil, ständig in der Nähe des Chefs zu sein. Ein Zuckerschlecken, allerdings, ist es nicht; am wenigsten morgens, wenn ›der Alte‹ unausgeschlafen seine Launen austobt. Dafür wird man als PR schneller befördert. Henschke, fünfunddreißigjährig, hat es schon zum Ministerialrat gebracht.

Bei der politischen Beratung aber spielt er kaum eine Rolle. Da wacht schon Tom Wiener darüber, der sich ab und zu über Henschkes Versuche, mit schrillem: Herr Specht! Herr Specht! Gehör zu finden, mokiert. Auch der Ministerpräsident achtet darauf, daß niemand die Rollen vertauscht. *Divide et impera.* Einstweilen ist der Lange noch für Terminplanung und Koffertragen zuständig. Später mag sich das wohl ändern.

Gundelach dagegen ist der Mann fürs Grundsätzliche. Denken und schreiben, über den Tag hinaus. Nach der Wahl ist die Pressestelle umbenannt worden. Sie heißt jetzt ›Abteilung Grundsatz, Planung und Information‹. Eine Wortschöpfung Wieners, die Spechts neuem Ehrgeiz, als politischer Vordenker wahrgenommen zu werden, entgegenkommt. Voriges Jahr wurde er ins Präsidium der Bundes-CDU gewählt. Seither interessieren sich auch Spiegel und Stern für ihn. Und viele überregionale Zeitungen. Das verpflichtet.

Wieners Abteilung ist deshalb nochmals größer geworden, und Gundelach hat einige junge Leute zugeordnet bekommen, die ihm helfen, Material aufzubereiten und die vielen Expertenkränzchen zu betreuen. Reden schreibt er nur noch selten, für wichtige Auftritte Spechts im Ausland oder vor politischer Prominenz. Jeden Tag könnte Specht irgendwo reden, so oft wird er angefordert. Aber inzwischen kann man es sich leisten, wählerisch zu sein. Und außerdem geht es ihm nicht mehr – sagt er – um kurzfristige Tageserfolge, sondern um Strukturen. Zukunftsstrukturen.

ZUKUNFT! Das Wort läßt ihn nicht mehr los. Der Begriff bannt ihn wie ein Vexierbild. Tofflers Buch, im Urlaub verschlungen, hat ihm die Augen geöffnet. Die neuen Technologien, Mikroelektronik, Computer, Glasfaser, sind nicht irgendwelche Erfindungen. Sie sind der Schlüssel zu einer neuen Weltordnung, in der Menschen wie Oskar Specht den Ton angeben. Kreative, blitzschnell begreifende Persönlichkeiten, die sich als Teil einer ›borderless world‹ verstehen. Entfernungen, nationale Unterschiede, persönliche Biografien werden nebensächlich. Entscheidend ist, was einer ist, welche Funktion er ausübt im internationalen politisch-ökonomischen Geflecht, welchen Knotenpunkt er besetzt im weltumspannenden Informations- und Kommunikationsnetz. Es gibt eine neue, funktionale Elite, die sich aus der Fähigkeit, in globalen Zusammenhängen zu denken, und aus der Macht, der Erkenntnis Taten folgen zu lassen, definiert. Diese Menschen, ob Unternehmer, Politiker, Naturwissenschaftler, Techniker, finden zwangsläufig zusammen. Ihr Wissen, Pioniere einer neuen Menschheitsepoche zu sein, eint sie. Das Industriezeitalter stirbt, die Informationsgesellschaft zieht auf. Individuelle Optionen statt Massenschicksal, Zukunftschancen statt Traditionsschranken. Dies ist, nach der agrarischen und der industriellen Revolution, die dritte Entwicklungswelle der Zivilisation.

Specht hat, dank Toffler, seinen geschichtlichen Standort und seine Vision gefunden. Er weiß, daß er in der Politik zu den Pionieren zählt, die den fundamentalen Wandel begriffen haben. Das gibt ihm einen kostbaren Vorsprung. Er braucht das Land nur noch nach seinen Einsichten umzukrempeln.

Seltsam ist es schon, denkt Gundelach. Da hat einer plötzlich eine Philosophie entdeckt, die wie eine zweite Haut zu ihm paßt. Die alles, was ihm bei seinem bisherigen Werdegang vorenthalten geblieben ist, für unerheblich erklärt. Der Politiker als Zukunftsunternehmer, als Mittler zwischen Forschungslabor und Investitionskapital. Denn der Fortschritt vagabundiert als vaterlandsloser Geselle, und aus Ländern werden Standorte. Tüchtigkeit, nicht Tradition entscheidet.

Die Idee ist gleichermaßen befreiend und entwurzelnd. Vor allem aber ist sie jung und unverbraucht und deshalb gefällt sie Gundelach. Sie kontrastiert zur allgemeinen Tristesse wie das Farbenspiel von Papageienfedern vor dem Grau eines deutschen Winterhimmels.

Sechs Stunden bis Jamaika!

Gundelach steht auf und schiebt den Vorhang beiseite.

Am Flughafen wurden sie von wundervoll klapprigen Chevrolets und Chryslers abgeholt, deren Fahrer mit lachenden Augen und blitzenden Zähnen baten, die Türen von innen festzuhalten. Nur für Oskar Specht stand ein Mercedes 200 zur Verfügung, der Wagen des Botschafters.

Auf dem Manlay-Airport in Kingston erlebte Gundelach zum ersten Mal das eingespielte Begrüßungsritual, das sich in den nächsten Jahren oft und oft vor seinen Augen entfalten sollte. Der Botschafter stürzt sich auf den Ministerpräsidenten, meldet die aktuellen organisatorischen Vorkehrungen, stellt den Legationsrat Erster Klasse, den Wirtschafts- und den Presseattaché oder wen er sonst zum Empfang beordert hat, vor und eilt mit seinem Gast schnurstracks zum Ausgang. Hinter ihnen folgt, zögernd, der begleitende Troß, zunächst weniger an der politischen Lage als am Verbleib der Koffer interessiert. Jede Menge Kabel- und Lampenträger und ein Kameramann mit musealem Gerät und geschmeidig-geübtem Krebsgang, der filmt, als gälte es das Leben.

Draußen, an der Zufahrt, ein endloses Palaver, wer in welchen Wagen und wohin. Gundelach begriff, warum Henschke sich in aller Ruhe separiert und ans Gepäckband begeben hatte: Bis die Koffer abgeladen waren, passierte unterm nächtlichen Sternenhimmel von Kingston Town, außer mächtigem Geschnatter, nichts.

Dann in verrückter, klappernder, quietschender, hupender Eskorte zum Hotel. Durch die offenen Autofenster quoll ein unaussprechlich süß und fremd duftender Nachtwind. Palmen, Neonlicht, Menschentrauben, Baracken, Hütten, Reklameschilder, aberwitzig vollgestopfte Busse, mitternächtliches Gewimmel wie daheim am Tage nicht. Der leuchtende Hotelkoloß. Die langweilig-standardisierte Enklave des Entrées.

Am nächsten Tag absolvierten sie die politischen Gespräche. Sehr ergiebig waren sie nicht. Was konnte das Land von einer Zucker, Rum und Bauxit exportierenden Insel in der Karibik auch wohl erwarten?

Immerhin, der neue konservative Premier Seaga empfing die Versicherung der Wertschätzung seiner christdemokratischen Schwesterpartei im fernen Westdeutschland aus kompetentem Stellvertretermund. Der Ministerpräsident seinerseits informierte sich über die fortdauernde Präsenz sowjetischer Soldaten auf Kuba und teilte Seaga und dessen Außenminister Shearer mit, daß er – in Übereinstimmung mit der CDU/CSU-Bundestagsfraktion – das neue Karibikprogramm der USA voll unterstütze. Die jamaikanischen Spitzenpolitiker werteten dies als ermutigendes Zeichen internationaler Solidarität, und noch ermutigter waren sie, als sie erfuhren, daß Specht im weiteren Verlauf der Reise diese Position auch gegenüber dem stellvertretenden amerikanischen Außenminister Stoessel und dem neuen UN-Generalsekretär Perez de Cuellar deutlich machen wollte.

Abends lud der Botschafter zum obligaten Empfang in seine Residenz. Unter dem Kreuz des Südens, inmitten einer betörenden Tropenflora, vernahm Gundelach, welch unsägliche Mühen dem Botschafterehepaar die Ersatzteilbeschaffung für einen defekten Kühlschrank bereitete; von der kaputten Wasserpumpe im Mercedes ganz zu schweigen. Das Amt, klagte die verhärmt wirkende Gastgeberin, läßt seine kleinen Botschaften im Stich. Die großen in den europäischen Hauptstädten, in Moskau und Washington kriegen alles! Derweil wehte von fern ein Potpourri aus Reggaerhythmen, Hupen und Gelächter herüber und überspülte Mozarts Londrinische Nachtmusiken.

Es ist unmöglich, sagte die Dame des Hauses bitter, hier auf Dauer zu leben.

Am Morgen brachen sie bei leichtem Regen auf, um die Insel zu erkunden. Quer durchs Gebirge ging die Fahrt, vorbei an blutroten Seen, in die Abraum aus der Bauxitgewinnung gekippt worden war. In den Tälern schlängelte sich die schmale Straße entlang den dunklen Windungen von Flüssen und Bächen, an deren Ufern Frauen mit Kindern hockten und Wäsche wuschen. Der Urwald reichte bis fast ans Herz. Wo er am dichtesten austrieb, erzählte der einheimische Führer, lebten versprengte Nachfahren europäischer Matrosen, blond und hellhäutig, durch Inzucht und Einsamkeit verwirrt und mißtrauisch, von Negern und Mulatten gefürchtet und gemieden. Gegen Mittag erreichten sie Montego Bay an der Nordküste. Auf der Terrasse eines im Landhausstil gebauten amerikanischen Hotels nahmen sie ein feudales, mit Früchten garniertes Essen ein. Specht unterhielt sich, assistiert von Dr. Kramny, mit texanischen Hotelgästen und erklärte ihnen die Vorzüge des Investitionsstandortes Deutschland gegenüber Japan. Wiener, Henschke und Gundelach schwammen in der sanften Dünung des grün fluoreszierenden Meeres.

Gundelach drehte sich auf den Rücken und dachte an Benny. Jetzt hätte er gerne mit seinem Sohn im warmen Sand eine Burg gebaut.

Als sie aus den Bergen wieder ins Zuckerrohr der Ebene eintauchten, versank hinter ihnen schon die Sonne. Der Führer beschrieb die alljährlichen Brandrodungen und genierte sich für die vielen in Hängematten oder auf der Erde schlafenden Männer am Straßenrand.

Unter der neuen Regierung wird alles besser, versprach er. *More competition! More efficiency!* Offenbar hatte man ihn gut vorbereitet.

Jungs, lachte Tom Wiener, den nehmen wir mit. Das ist der erste Schwarze, der Oskar begriffen hat!

Specht fuhr im Mercedes voraus. Staatsmännisch, mit Stander.

Frau Bressheim hatte den Ministerpräsidenten und einen kleinen Kreis deutscher Geschäftsleute zum Dinner eingeladen. Gundelach war nicht dabei. Er beschloß, irgendwo in Kingston ein Bier trinken zu gehen. Werner Kraft, der mitgereiste, für Spechts Sicherheit verantwortliche Polizeibeamte leistete ihm Gesellschaft. Gemeinsam nahmen sie ein Taxi und ließen sich im lauten, üppigen Strom eines unglaublich chaotischen Verkehrs treiben.

An einer Ampel lachte aus dem neben ihnen wartenden Auto eine Mulattin herüber. Gundelach lächelte auch; am meisten gefiel ihm das Weiß ihrer Augen. Von da an folgte der Taxichauffeur dem fremden Fahrzeug, ohne auf Fragen oder Bitten seiner Gäste zu achten. Die Lichter der Stadt wurden spärlicher, die Häuser klein und verwahrlost, die Straßen schmutzig, ohne

Bürgersteige und Asphalt. An Wänden und Mauern lungerten schattenhafte Gestalten. Eine beklemmende Stille lag über dem Viertel.

Das sieht nicht gut aus! sagte der junge Polizist. Der schleppt uns ab und verschwindet.

Genauso kam es. Auf einem lehmigen, nur vom matten Widerschein der Sterne umrissenen Platz hielten die Wagen. Noch während das Taxi ausrollte, stand die Frau neben der Tür und zog Gundelach heraus. Kraft wurde vom Fahrer aufgefordert auszusteigen, dann brauste das Auto davon.

Und wir Idioten haben ihn schon am Anfang bezahlt! sagte Gundelach bang. Man hatte ihnen in der Botschaft geraten, den Fahrpreis sofort auszuhandeln.

Die Mulattin ließ sich auf den Rücksitz ihres Wagens fallen, zog den schwarzen Lederrock hoch und sagte im Fallen mit kehliger Stimme: Ten US-Dollarrr forr each one! Dann begann sie, die Bluse aufzuknöpfen.

No, sagte Gundelach. We have no money.

And we do not want to fuck, ergänzte Werner Kraft mit belegter Stimme.

Ein paar Sekunden lang verharrte die Prostituierte in ihrer gespreizten Arbeitshaltung, dann schloß sie die Knie und hob den Kopf.

What ye're saying, babee? fragte sie ungläubig.

Die Beamten wiederholten ihre Konversation.

Wie eine Tarantel fuhr die Hure aus dem Fonds auf und schrie, daß es die Nacht zerschnitt. Im Nu waren Gundelach und Kraft von acht oder zehn Männern umringt. Sie standen einfach da, ohne daß man sie hätte heranlaufen sehen. Der erste packte Gundelach am Arm.

Ach du große Scheiße, sagte Kraft. Jetzt wird's eng.

Get lost! zischte Gundelach. Damned rats! We are bodyguards!

Here is my colt, sagte Kraft und klopfte auf seine Jacke.

An ambassador's bodyguards, ergänzte Gundelach. The first one to touch me is a dead man!

We shoot without warning, bestätigte Kraft und führte die Hand zum Gürtel.

Schweigend, lauernd standen sie sich gegenüber. Dann öffnete sich der Kreis. Schritt für Schritt, ohne sich umzudrehen, gingen Kraft und Gundelach zurück. Die Jamaikaner folgten ihnen nicht.

Sie mußten elend weit laufen und wußten sich von tausend versteckten Augen in lichtlosen Nischen und Höfen beobachtet, ehe sie wieder in eine beleuchtete Straße fanden. Das erste Auto, das vorbeifuhr, erschien ihnen wie ein Rettungsboot.

Mein lieber Mann, sagte Gundelach schließlich. Wenn ich mir nicht sicher gewesen wäre, daß Sie tatsächlich eine Knarre dabei haben – ich wäre gestorben vor Angst.

Sie sind ein Witzbold, erwiderte Kraft. Meine Pistole ist bei der Flughafenverwaltung deponiert. Man darf keine Waffen in andere Länder einführen. Wußten Sie das nicht?

Gundelach mußte sich an eine Laterne anlehnen.

Kingston, sagte der Presseattaché, dem Gundelach beim Hotelfrühstück sein Abenteuer beichtete, ist die Stadt mit der höchsten Mordrate der Welt. Weit vor Miami und New York. Daß Sie da heil herausgekommen sind, ist eigentlich ganz unwahrscheinlich. Vermutlich haben die Typen eine Falle gewittert, weil sich Weiße niemals, selbst am Tage nicht, in die Slums trauen. An Ihrer famosen Bodyguard-Story kann's jedenfalls nicht gelegen haben.

Daraufhin bestellte Gundelach für den Polizisten und sich eine Flasche Champagner. Noch am Nachmittag, als sie ins Flugzeug nach Houston stiegen, schwankte er wie Zuckerrohr im Wind.

Houston empfing sie mit einem Wald von Kränen. Die Stadt lag im Baufieber und barst vor Selbstbewußtsein.

Specht redete vor der Deutsch-Amerikanischen Handelskammer und pries sein Land als das Texas Deutschlands: Während anderswo über neue Vorschriften nachgedacht werde, planten ›seine‹ Unternehmer neue Produkte. Und ließen sich von all den überflüssigen Diskussionen über den Nato-Nachrüstungsbeschluß überhaupt nicht beeindrucken. Dazu hätten sie auch gar keine Zeit, denn sie müßten investieren und exportieren. Weshalb der Handelssaldo ›seines‹ Landes mit den USA positiv sei, im Unterschied zur übrigen Bundesrepublik.

Er wisse sich auch mit Präsident Reagan absolut darin einig, sagte er, daß Steuersenkungen und Ausgabenkürzungen im staatlichen Bereich das beste Mittel seien, um die Wirtschaft anzukurbeln. Über die zweite Kammer, den sogenannten Bundesrat, habe er schon einige Steuererleichterungen für Unternehmen erreichen können, leider noch zu wenig. Und wie bei Reagan, der den Haushalt bis 1984 ausgleichen wolle, sehe ›seine‹ Finanzplanung bis 1985 die Nullverschuldung vor. Das gebe Spielraum für Investitionen, die der mittelständischen Wirtschaft, the medium-sized industry, zugute kämen. Denn schon heute sei ›sein‹ Land the most highly industrialized country and ... and ...

Gegen Ende der Rede sprach er ohne Manuskript, in unbekümmert-originellem Englisch, und das Auditorium dankte es ihm mit kräftigem Applaus. Nur Dr. Kramny litt schweigend.

Abends waren sie in ein Steakhouse eingeladen, und Gundelach konnte sich nicht entscheiden, was ihn mehr erstaunte: die Qualität der handbreiten Fleischstücke oder die auf einer Bühne am Saalende ablaufende Unterhaltungs-Show. Dort schmalzte eine blonde Sängerin zum begleitenden Geklimper eines kahlen Pianisten traurige Liedchen ins Mikrofon. Das Interesse des Publikums galt aber weder ihm noch ihr.

Gleichzeitig nämlich schwang ein dürres Mädchen in kurzem Ballettrock auf einer an der hohen Saaldecke befestigten Schaukel, knapp über dem Kopf des Spielers und haarscharf am Hintern der Blonden vorbei, auf und nieder, so daß der Kahle sich immer wieder ducken und die Traurige das Becken rhythmisch bewegen mußte, was wohl als Ausdruck besonderer Virtuosität zu gelten hatte. Während das Musizieren seinen elegischen Fortgang nahm, wippte die Kleine mit verbissenem Gesicht immer höher. Als ihre Füße die Holzdecke fast erreicht hatten, erhob sich im Saal aus hundert steakverstopften Kehlen enthusiastisches Geschrei.

Take the bell! Take the bell! riefen die Texaner frenetisch.

Erst da bemerkte Gundelach die kleine Glocke, die das Ziel der gymnastischen Übung war. Sobald das Mädchen mit der Fußspitze die Glocke berührt hatte und ein dünnes Pingping den Erfolg anzeigte, brach die Musik ab, die Schaukelnde pendelte aus, alle drei verbeugten sich, die Steakesser klatschten tosend und griffen wieder zu Messer und Gabel.

Danach forderte der Pianist die Gäste auf, es ebenfalls zu versuchen. Sofort erklomm eine ältere Dame das Podium, verkündete, daß sie heute ihren siebzigsten Geburtstag feierte, sang nach kurzer Absprache mit dem Klavierspieler in fistliger Höhe Glory, Glory Halleluja!, bestieg die Schaukel und schaffte es, mit wehenden Röcken das Haupt des Mannes zu verhüllen. Worauf der Saal raste, stehend Happy birthday intonierte und sich wieder dem Essen zuwandte.

Das, dachte Gundelach beeindruckt, ist wohl wirklich Amerika.

Ehe sie anderntags nach Dallas aufbrachen, besuchten sie noch das ›NASA-Manned Spacecraft Center‹, das Trainings- und Kontrollzentrum der US-Weltraumbehörde südöstlich von Houston. Beim Anblick der Computer, Monitore, Simulatoren, Prüfstände und Raketen bekam Oskar Specht glänzende Augen.

Wir müssen uns mehr um die Weltraumtechnologie kümmern, erklärte er. Henschke notierte, daß der Chef Gespräche mit Daimler, Dornier und der Deutschen Versuchsanstalt für Luft- und Raumfahrt wünschte, Gundelach deckte sich mit Informationsmaterial ein. Er brauchte sowieso mal wieder ein neues Thema für eine Grundsatzrede.

Die Inlandsflüge gestalteten sich für Henschke besonders schwierig. Da er in seinem Handgepäck Dutzende metallischer Geschenkutensilien, von Feuerzeugen bis zu Landesmedaillen, verstaut hatte, schlug die elektronische Schleuse auf den Flughäfen jedesmal an wie ein Hofhund. Während sein Persönlicher Referent ergeben die Stück-für-Stück-Kontrolle über sich ergehen ließ, jagte Specht ungerührt weiter.

Ein ähnliches Schauspiel vollzog sich nach den Landungen. Der unglückselige Seaga hatte Specht als Abschiedsgeschenk zwei Kisten Jamaika-Rum verehrt, die, der Teufel mochte wissen warum, immer zuletzt ausgeladen wurden. Und entgegen aller Hoffnungen kamen sie stets wohlbehalten an. Bis Henschke sie in Empfang genommen hatte, war Specht meist schon im Hotel. Hier in der amerikanischen Provinz wartete kein großer Bahnhof auf ihn – bestenfalls ein schläfriger Konsul oder Handelskammer-Repräsentant, der den VIP nach Vertreterart mit Beschlag belegte und nicht mehr aus den Fingern ließ.

In Dallas hielt Specht im wesentlichen dieselbe Rede wie in Houston, doch war die Reaktion zurückhaltender. Gundelach hatte den Eindruck, daß das stark mit Bänkern durchsetzte Publikum besser über die aktuellen Streitfragen zwischen Bonn und Washington Bescheid wußte und die fröhlich-naiven Pinselstriche, mit denen der Ministerpräsident seine heile Unternehmerwelt ausmalte, eher skeptisch betrachtete.

Specht mußte zum Erdgasröhrengeschäft mit der Sowjetunion Stellung beziehen, ebenso zur Polenkrise, und er geriet dabei insofern in eine schwierige Lage, als sich die Haltung der Union in beiden Fällen von der offiziellen Außenpolitik unterschied.

Schmidt und Genscher wollten sich nämlich weder amerikanischen Sanktionen gegen General Jaruzelski anschließen, der in Polen das Kriegsrecht verhängt und ›Solidarnosč‹-Gewerkschafter inhaftiert hatte, noch waren sie bereit, den gerade ausgehandelten Erdgaslieferungsvertrag mit der UdSSR zu stornieren. Die Union dagegen forderte Bündnistreue gegenüber den USA. Insbesondere Franz Josef Strauß erklärte das Problem zum

Scheideweg deutscher Politik: hier die Allianz, dort ostpolitisches Abenteurertum.

Strauß als CSU-Vorsitzender konnte es sich leisten, diese Position auch im Ausland zu vertreten. Specht dagegen sah sich an die Richtlinien deutscher Außenpolitik gebunden. Andererseits war klar, daß er mit einem bloßen Nachbeten des sattsam bekannten deutsch-amerikanischen Konflikts bei seinen texanischen Zuhörern keinen Blumentopf gewinnen würde. Also verließ er sein frei floatendes Englisch (›the problems are too difficult, so let me fall back in my home language‹) und überschwemmte den vor Verzweiflung schwitzenden Dr. Kramny mit einer Flut komplizierter Dreiviertelsätze, die letztlich in ein kraftvolles Sowohl-als-auch unter generellem Bündnisvorbehalt bei Wahrung berechtigter Eigenbelange mündeten.

Die Mehrzahl der etwas verunsicherten Versammlungsteilnehmer war wohl der Meinung, alle Unklarheiten den mangelnden Übersetzungskünsten des ›interpreter‹ zuschreiben zu müssen. Der haderte noch abends, beim Dinner im Doctor's Club, mit seinem Schicksal.

Wie, fragte er Gundelach düster, soll ich Spechts Gedankenlabyrinth in logisches Englisch fassen, wenn es sich schon auf deutsch chaotisch anhört?

Gundelach empfahl Dr. Kramny, sich die Sache nicht zu Herzen zu nehmen und statt dessen dem vorzüglichen Essen und den französischen und kalifornischen Weinen zuzusprechen. Doch im Innern wußte er, daß dies Kramnys erste und letzte Reise mit dem Ministerpräsidenten sein würde.

Im Unterschied zu Houston gab man sich in Dallas überaus kultiviert. Der Doctor's Club im achtzehnten Stock eines Hochhauses war das Refugium der Bank-, Öl- und Immobilienelite der Stadt, die sich in altenglischem Mobiliar der europäischen Vorfahren entsann, die man hatte oder auch nicht. Auf das südtexanische Establishment sah man dagegen wie auf eine Horde neureicher Wilder herab.

Der Stolz der Clubmitglieder waren Tausende Flaschen französischer, italienischer und kalifornischer Weine. Auf Holzgestellen gelagert, leisteten sie zugleich als Raumteiler zwischen den Tischen und Sitzgruppen nützliche Dienste. Vor jedem Gang des opulenten Menues präsentierte ein livrierter Butler mit weißen Handschuhen den nachfolgenden Wein, indem er eine Triangel schlug und Herkunft, Lage und Alter des Tropfens mit der Würde eines Senatspräsidenten verkündete.

Gundelach hatte erneut Anlaß, sich zu wundern. Der Ton der Triangel aber klang noch lange in ihm nach.

Nächste Station der Reise war Indianapolis. Dort wurden sie gleich am Flughafen von dem deutschstämmigen Generalvertreter der Mercedes-Benz AG abgeholt, und Oskar Specht sah sich in seiner Ansicht bestätigt, daß man im Vergleich zum Organisationstalent eines erfolgreichen Geschäftsmannes sämtliche beamteten Dilettanten des Auswärtigen Amtes vergessen konnte. Ständig waren mehrere Limousinen in Bereitschaft, um allen Wünschen, die seitens der Delegation geäußert wurden, auf der Stelle nachkommen zu können. Auch für den Workshop, den das Wirtschaftsministerium vorbereitet hatte, war der Autokonzern im Vorfeld ungemein rührig gewesen. Einladungen und werbende Schreiben gingen an die weitverzweigte, einflußreiche Klientel der Untertürkheimer im ganzen Mittelwesten.

Gleich nach der Ankunft führte sie der Manager ins Zentrum der Stadt. Im Schnittpunkt der großen Ost-West- und Nord-Süd-Transversalen, von dem aus einst die Trecks der Pioniere aufgebrochen waren, leuchtete der Stern aus Germany.

Specht war angesichts der vielen Geschäftsleute und lokalen Politiker, die sich auf dem abendlichen Empfang des Landes die Ehre gaben, aufgekratzt und nervös-glücklich wie ein Pennäler vor dem ersten Rendezvous. Unablässig erteilte er Aufträge, sammelte Visitenkarten, führte Unternehmer zusammen und scheuchte Mitarbeiter des Wirtschaftsministeriums durch die Räume.

Leider wollte er in seinen Handelseifer auch Tom Wiener mit einbeziehen. Der aber hatte seine eigene kleine Fan-Gemeinde um sich versammelt, die er kabarettistisch unterhielt. Immer neue Lachsalven dröhnten durch den Saal.

Gundelach beobachtete mit Sorge, wie Spechts Stirnfalte mit jedem Mal, da er zu der munteren Gruppe hinübersah, steiler wurde. Er wollte Wiener warnen, doch dafür war es schon zu spät. Unvermittelt schoß Oskar Specht auf seinen Sprecher zu, herrschte ihn an, daß er die Veranstaltung störe, und forderte ihn auf, ins Bett zu gehen. Ehe die verdatterte und peinlich berührte Schar begriff, was geschehen war, hatte ihr der Ministerpräsident schon wieder den Rücken gekehrt.

Nachts klopfte Gundelach an Wieners Tür. Ihre Zimmer im King George-Hotel lagen nebeneinander. Wiener hatte sich angekleidet aufs Bett gelegt und starrte zur Decke empor.

Da hat er wieder seine Schau gehabt, was? fragte er leise.

Gundelach zuckte mit den Schultern.

Eifersüchtig wie eine Katze, murmelte Wiener. Ums Verrecken kann er es nicht haben, daß ein anderer ...

Sie kennen ihn doch, sagte Gundelach. Morgen ist er wieder normal.

Ja, ich kenne ihn. Weiß Gott, ich kenn ihn. Ich sollt mich wirklich nicht mehr aufregen.

Eben, sagte Gundelach. Gehen Sie schlafen, das ist das beste.

Mit einem Ruck setzte sich Wiener auf.

Was ist er denn ohne uns? Nichts! Er lebt von unserem totalen Einsatz für ihn, davon, daß wir uns für ihn verreißen, ihn aufbauen ... und er?

Er nimmt und nimmt. Aber – Gundelach steckte die Hände in die Hosentaschen – wir lassen's ja auch mit uns machen. Niemand zwingt uns.

Wiener blickte ihn mißmutig an.

Das sagt Specht auch immer. Ihr ergänzt euch prächtig. Ich will Ihnen was sagen: Ihr könnt mir gestohlen bleiben, alle beide. Ich brauch ihn nicht und Sie nicht. Niemanden.

Ich glaube, ich gehe jetzt besser, sagte Gundelach. Wiener hielt ihn fest.

Aus der zweiten Reihe sieht sich das ungeheuer lustig an, was? sagte er mit zusammengekniffenen Augen. Aus sicherer Entfernung zugucken, wie einer fertiggemacht wird, das ist doch was, oder? Passen Sie auf, Gundelach, Sie erwischt es auch noch. Eines Tages, wenn es ihm paßt, haut er Ihnen genauso auf den Sack.

Gundelach war schon auf dem Weg zum Flur.

Ich weiß doch, daß Sie an meinem Stuhl sägen! rief Wiener ihm nach. Aber glauben Sie bloß nicht, daß Sie uns auseinanderbringen können ... Wir kennen uns so lang, der Oskar und ich, was ist da ein Streit ... Und damit Sie's nur wissen: Wir lachen uns tot über Sie, über Ihr ganzes scheißvornehmes Getue! Ja, Specht lacht sich tot über Sie!

Gundelach schloß die Tür. Er hatte das dringende Bedürfnis nach frischer Luft. Rannte den Gang entlang, holte den Lift, rannte am grüßend aufblickenden Nachtportier vorbei durch die Eingangshalle, stieß die Glastür auf und atmete tief, wie ein Ertrinkender.

Es war eisig kalt.

Nach dem Frühstück flogen sie nach New York. Tom Wiener war blaß und einsilbig. Den nächtlichen Vorfall erwähnte er mit keinem Wort. Vielleicht, dachte Gundelach, erinnert er sich gar nicht mehr daran. Wahrscheinlich sogar. Er wollte sich mit dieser Vorstellung beruhigen.

Schon kurz nach dem Start verschwand Wiener in der First Class, und er blieb dort bis kurz vor der Landung auf dem Flughafen La Guardia. Seit sich

Frau Bressheim in Houston verabschiedet hatte, stand der Platz neben Specht zur Verfügung. Die Inlandsflüge waren nur mäßig gebucht.

New York! Die Stadt riß Gundelach in einen Taumel kindlichen Staunens und Entzückens. Er vergaß, was er vergessen wollte und ergab sich einer fieberhaften Bewunderung der bizarren Steinschluchten, bis ihm das Genick schmerzte.

Sie wohnten im New York Plaza unweit des Central Park. Wie in einem Tempel wuchtete der Marmor im Foyer himmelwärts; die Säulen hielten den Erdengast klein. Gundelach packte den Koffer (natürlich war es ein Samsonite) nicht aus, sondern warf sich in den wenigen kostbaren Stunden des Ankunftstages, die nicht verplant waren, in den Strom der 57th Street, der Fifth Avenue, der Park Avenue.

Er lief wahllos, tastend, ein Kaspar Hauser der Neuen Welt. Das Gefühl völliger Fremde berauschte ihn. Jeder Wolkenkratzer, jeder betreßte Portier vor den Luxusgeschäften rückte ins Brennglas seines Staunens. Oskar Specht, der alles schon kannte, tat ihm leid. Er, Gundelach, wollte seine Seele aufschlagen wie die leeren weißen Seiten eines Tagebuchs, und die Weltstadt sollte den winzigen, zufälligen Ausschnitt dieses Februartages 1982 darin eintragen wie eine flüchtige Widmung. Zum Schluß trat er mit schmerzenden Füßen in einen kleinen, schmuddeligen Laden und ließ sich ein T-Shirt bedrucken: New York New York – so nice they named it twice.

Die Tüte trug er wie einen Schatz zurück ins Hotel.

Lothar Sparberg, Geschäftsführer von IBM Deutschland, begleitete sie nachmittags nach Armonc, dem Hauptquartier des Giganten. Gemeinsam fuhr die kleine Gruppe zu einem Landeplatz für Hubschrauber am Hudson River und stieg in den gecharterten Helikopter, um dem zeitraubenden Stoßverkehr auf den Highways zu entgehen. Sie waren nicht die einzigen, die sich den Luxus leisteten; wie die Libellen schwebten die wendigen Lufttaxis zwischen den Stahl- und Glasrispen, und wenn der Schiffsverkehr es zuließ, unterflogen sie elegant die Brücken, auf denen sich das Massenblech voranquälte.

Armonc, das Herz und der Kopf von Big Blue, gab sich puritanisch bescheiden. Keine Bürotürme mit ausgeflippter Architektur, sondern locker verteilte Baukastenwürfel biedermännischen Zuschnitts. Schlanke, straff frisierte Herren in dunkelblauen Anzügen, adrette, hochgeschlossenen Liebreiz annoncierende Damen. Das Büro John Opels, der Nummer eins unter fast vierhunderttausend Mitarbeitern, war kaum größer als dreißig Quadratmeter und mit kunststoffbeschichteten Möbeln karg ausgestattet. Das eigentliche hierarchische Privileg, hieß es, bestand darin, daß Opel überhaupt ein abgeschlossenes Zimmer besaß. Der allgegenwärtige Korpsgeist kommunizierte ansonsten stockwerkweit über halbhohe Raumteiler und chlorophyllsatte Grünpflanzen hinweg.

John Opel war der Typ des asketischen, zurückhaltenden Intellektuellen. Gundelach hörte und glaubte es auf Anhieb, daß er jeden Morgen mit einem alten VW-Käfer zum Dienst fuhr. Genauso überzeugt war er aber auch, daß der unscheinbare Chairman in der gefürchteten monatlichen Geschäftsführersitzung mit den nationalen Statthaltern seinen Daumen ohne Zögern senkte, wenn in irgendeinem Winkel der wunderbaren IBM-Welt die Zahlen nicht stimmten. Voll scheuer Ehrfurcht wurde ihnen die Tür zum Besprechungsraum mit der riesigen Leinwand aufgetan, auf der die Konzernspitze das Menetekel der Umsatz- und Verkaufsziffern periodisch verkündete.

Nach einer kurzen Gesprächsrunde, bei der Oskar Specht auf den drohenden technologischen Rückstand Europas und seine bevorstehenden Begegnungen mit amerikanischen Regierungsvertretern hinwies, besichtigten sie noch das Forschungszentrum des Unternehmens und flogen anschließend zurück ins abendliche Lichtermeer New Yorks.

Sparberg lud sie zu Spareribs ins Kellerrestaurant des Plaza ein. Die Erleichterung, den Besuch in der Zentrale ohne Pannen hinter sich gebracht zu haben, strahlte aus seinem Gesicht. Specht zog sich bald zurück und empfahl Wiener und Gundelach, im Hinblick auf das Programm des morgigen Tages ebenfalls ›ins Nescht‹ zu gehen. Sie blieben aber noch bis nach Mitternacht und sangen unter Tom Wieners Stimmführung, daß es am Rhein so schön und der Westerwald so kalt sei. Gelegentlich kam ein Kellner vorbei und murmelte: Gentlemen, it's not allowed to sing in here. Dem pflichteten sie frohen Herzens bei und sangen weiter.

Zum Singen und, wenn sie es denn für nötig befunden hätten, auch zum Bereuen war am folgenden Vormittag ausgiebig Gelegenheit, als sich die fromme Gemeinde internationaler Gebetsfrühstücker zum jährlichen National Prayer's Breakfast im Hilton-Hotel versammelte.

Hunderte runder Tische im riesigen Ballsaal jenes Hotels, vor dessen Portal der amerikanische Präsident neun Monate zuvor von einem Attentäter niedergeschossen worden war, luden zum kollektiven Genuß lauwarmen Kaffees, schwammiger Brötchen und tiefgefrorener Butter. Es ging völkerverbindend-eng zu, und Gundelach traf einige Landtagsabgeordnete der CDU, die sich als eingefleischte Besucher dieser mehr dem Herzen denn dem Magen zugewandten Veranstaltung zu erkennen gaben.

Der Präsident nebst Mrs. Reagan, der Vizepräsident mit Mrs. Bush und so ziemlich die ganze amerikanische Regierung samt Gattinnen saßen auf einer Empore und huldigten den Blicken freudig bewegter Geschäftsleute und ergriffener Provinzpolitiker.

Der Ablauf des gastrospirituellen Ereignisses folgte einem einfach zu begreifenden Schema: Man hatte jeweils zehn bis fünfzehn Sekunden Zeit, um einen Schluck Kaffee oder einen Bissen zu sich zu nehmen, dann unterbrach ein Gebet, ein Bibeltext oder ein Lied das profane Tun. Der Präsident betete für den Weltfrieden, für Amerikas Stärke und gegen den Kommunismus, der Vizepräsident betete für die tapferen Soldaten und für die Politik des Präsidenten, und professionelle Prediger erflehten den Segen für beide.

Nach einer halben Stunde hatte Gundelach eine Tasse Kaffee getrunken, mit seinen Nachbarn Bill und Steven ein freundliches ›Hello‹ getauscht und vergebens die Butter angefordert. Dafür war sein Kreislauf okay, denn Beten und Singen erfolgten im Stehen. Nachdem ein Geistlicher für Mrs. Reagan und ihr schweres Amt um himmlischen Beistand ersucht hatte, startete Gundelach den letzten Versuch, an die Butter zu kommen; nach der Fürbitte für Mrs. Bush und ihr schweres Amt gab er es entmutigt auf. Mit einer gewissen Wehmut dachte er an Houston; dort hatte man während des Programms weiter essen dürfen...

Oskar Specht war zwar auch im Saal plaziert, doch stand sein Tisch strategisch günstig nahe der Empore. Dank einer geschickten, das Ende der Veranstaltung geistesgegenwärtig nutzenden Regie gelang es, den Ministerpräsidenten bei Mr. Reagan, Mr. Bush und Finanzminister Reagan, die sich gerade im Aufbruch befanden, vorbeizulotsen.

Specht konnte sich vorstellen, Hände schütteln und auf seine bevorstehenden Gespräche mit Stoessel und Eugene Rostow, dem Chef der Abrüstungsbehörde, hinweisen. Die Angesprochenen reagierten erfreut und wünschten alles Gute. In der Pressemitteilung, die Wiener abends nach Deutschland absetzte, vermeldete er ein ›informelles Treffen‹ Spechts mit Präsident Reagan, Vizepräsident Bush und Finanzminister Reagan.

Die nächsten zwei Tage waren ein einziger Grüß-Gott-Marathon durch immer neue Gebäude, Vorzimmer und Chefsuiten. Wie die Heuschrecken hüpften sie zwischen Autos und Fahrstühlen hin und her und palaverten im Viertelstundentakt mit Gott und der Welt über Gott und die Welt. Der Uno-Generalsekretär wurde zu Namibia, Afghanistan, Polen und Lateinamerika befragt und über die besonderen Leistungen des Landes in der Entwicklungshilfe aufgeklärt. Zwölf Botschafter aus Entwicklungsländern, Vertreter der Weltbank und der Administrator des ›United Nations Development Program‹ erhielten die freudige Nachricht, Specht werde ihnen Entwicklungshelfer und Unternehmer schicken, die ›konkrete Projekte‹ vereinbaren sollten.

In Washington, der nächsten Station, bewegten sie sich dann endgültig so, als gedächten sie auf den Fluren des State Department und des Repräsentantenhauses zu überwintern. Von Stoessel zu Niles, dem Unterstaatssekretär, von Niles zu Beamten der Europaabteilung, von Hamilton, dem Leiter des Europa-Unterausschusses, zu Mitgliedern und Beratern des Repräsentantenhauses, von denen zu Eugene Rostow.

Specht bekräftigte überall das Festhalten am Nato-Doppelbeschluß, doch er tat es äußerst variantenreich: Mal als Ministerpräsident jenes Landes, in dem die meisten Pershing II - Raketen aufgestellt werden sollten, dann wieder als stellvertretender Bundesvorsitzender der CDU oder als Freund des Berliner Senators für Bundesangelegenheiten, Norbert Blüm, der gerade erst im Auftrag der CDU durch Washingtoner Amtsstuben getourt war. Selten versäumte er den Hinweis, daß seine Reise eng mit dem Auswärtigen Amt Hans Dietrich Genschers abgestimmt sei, und wo ihm ein Schuß Pathos angebracht schien, ernannte er sich zum Vertreter der nicht auf den Straßen demonstrierenden Deutschen, die treu an der Seite des amerikanischen Volkes stünden.

Er kratzte an bundespolitischen Aspekten zusammen, was nur zusammenzukratzen war, um das Odium eines Provinzgouverneurs auf Profilierungstrip zu vermeiden. Stellenweise gelang ihm das ganz gut. Häufiger jedoch hinderte ihn die knappe Zeit, die seine Gegenüber mitbrachten (und je höhergestellt sie waren, um so weniger Zeit brachten sie mit), sich wunschgemäß zu entfalten. Bis er die Höflichkeitsfloskeln der Diplomatie erduldet, die eigenen Funktionen erläutert und die geopolitische Bedeutung seines Landes herausgestellt hatte, war das vorgegebene Zeitbudget oft schon aufgezehrt. Dann reichte es nur noch zu einem weltpolitischen Schweinsgalopp, und die Herren erhoben sich wieder.

Auch waren viele Gesprächspartner beklagenswert uninformiert. Selbst Jahre später, als Oskar Specht sich durchaus einer gewissen internationalen Bekanntheit rühmen durfte, passierte ihm die Peinlichkeit, dem amerikanischen Außenminister Shultz, der offenbar seine Akten nicht gelesen oder sie verwechselt hatte, während einer zwanzigminütigen Unterredung Auskunft über die deutsche Landwirtschaftspolitik geben zu sollen. Er war auf alles vorbereitet gewesen, nur nicht darauf.

Zum Glück waren da aber noch die deutschen Zeitungskorrespondenten, denen man abends beim Cocktail in der Residenz des Botschafters oder auf einer eilig improvisierten Pressekonferenz nachreichen konnte, was dem Diktat des Protokolls zum Opfer gefallen war. Hier schwamm Specht sicher und behende wie die Forelle im Bach. Gab sich bedrückt über bündnispolitische Verstimmungen, ließ Zweifel an der Wirksamkeit von Boykottmaßnahmen gegen die Sowjetunion aufscheinen, empfahl ein konzertiertes Vorgehen bei künftigen Kreditverhandlungen mit dem Ostblock, ermahnte Bundesregierung und SPD zu stärkerer Abgrenzung gegenüber der Friedensbewegung und ordnete all das pauschal der politischen Adressenliste zu, die er vorzuweisen hatte.

Wenn dann der eine oder andere schmidt- und genscherverwöhnte Korrespondent das Fehlen der ganz großen Namen monierte – denn mit dem Prayer's Breakfast durfte man diesen Insidern natürlich nicht kommen –, wurde er von Specht darüber belehrt, daß genau darin die Ursache der Sprachlosigkeit zwischen Bonn und Washington zu suchen wäre: Bonn kümmere sich zu wenig um die einflußreiche mittlere Führungsebene in den Parlamenten und auch nicht genug um die Spitzenbeamten in den Ministerien.

Amerikanische Beamte waren wichtig. Nur hatte das noch keiner gemerkt.

Nach Abschluß der strapaziösen USA-Visite ließen sie es in ihrem letzten Reiseziel Kanada ruhiger angehen. Oskar Specht traf sich in Ottawa mit einigen Regierungsmitgliedern, vereinbarte die obligaten Workshops und hielt beim Besuch des Parlaments eine englische Stegreifrede, deren Mut zur grammatikalischen Unbekümmertheit allgemeine Anerkennung fand. Dr. Kramny ersparte es sich, hinzuhören.

Gundelach machte sich auf die Suche nach Geschenken für Heike und Benny, Henschke verteilte freigiebig die übriggebliebenen Medaillen, um wenigstens einmal unbeanstandet durch die Flughafenkontrolle zu kommen, und Tom Wiener erteilte telefonische Aufträge zur Vorbereitung einer großen Pressekonferenz nach ihrer Rückkunft.

In Ottawa war Elmar Berghoff, der globale Torfverwerter, zu ihnen gestoßen. Soweit es für ihn von geschäftlichem Interesse war, nahm er am politischen Programm teil, kümmerte sich im übrigen aber um die Vorbereitung des großen Abschiedsessens, das er in seinem Haus an der Atlantikküste New Brunswicks ausrichten wollte.

Und so flogen sie denn, alle transatlantischen Verwicklungen, die sich in Kanada ohnehin bescheidener und undramatischer ausnahmen, hinter sich lassend, in der von Berghoff gecharterten Maschine über die riesigen verschneiten Wälder Quebecs, folgten dem eisschollenbeladenen St. Lorenz-Strom, streiften die Südspitze Labradors und landeten auf einer kleinen Piste inmitten der erstarrten Einsamkeit einer scheinbar unberührten Natur.

Angestellte Berghoffs holten sie mit Landrovern ab. Schnurgerade schlug sich die einzige befahrbare Straße durch die Wildnis, vorbei an kilometerweit auseinanderliegenden Hütten einsiedlerischer Holzfäller – denen nahe zu kommen, sagten die Fahrer, die Bekanntschaft mit einer wortlos abgefeuerten Gewehrkugel bedeuten konnte –, bis sie an das riesige, umzäunte Reich Elmar Berghoffs stießen. Dort war alles wieder beruhigend deutsch: blitzsaubere Fabrikhallen, elektronisch gesteuerte Hochregallager und vollautomatische Verpackungsanlagen zeugten vom Sieg der Technik über die Natur und ließen Oskar Spechts Brust vor Stolz und Bewunderung anschwellen.

Das Haus, in dem sie die letzte Nacht verbrachten, bevor es von Montreal aus zurück in die enge Puppenstubenheimat ging, stand abseits des Werks in einem urtümlichen Waldstück. Jedes Gästezimmer besaß sein eigenes Bad, die Küche war auf die Bewirtung großer, geselliger Runden eingerichtet, Fußbodenheizung und offene Kamine hüllten wärmend ein.

Gundelach aber sah vor den Fenstern Ski-doos stehen, massige Metallschlitten, und es zog ihn unwiderstehlich hinaus. Er ließ sich deren Bedienung erklären und startete.

Erst langsam, die Haftung der Kufen auf dem gefrorenen Boden prüfend, dann schneller und schneller, die Schläge des welligen Erdreichs wie eine Kampfansage in sich aufnehmend, glitt er übers Moor. Berauschte sich an der Weite, wurde süchtig nach der weißgrauen Unendlichkeit, die mit dem farblosen Himmel verschmolz. Fühlte sein Gesicht vor Kälte leblos werden, den Atem wie von einer Wand zurückprallen. Fühlte die fremde, gleichgültige, zeitlose Kraft, vor der das Ich wie Glas zerbrach, und wünschte, nie mehr umkehren zu müssen.

So raste er kilometerweit.

Erst im letzten, schemenhaften Licht fand er zurück. Die Erinnerung, wie sehr er außer sich geraten und wie leicht es ihm gefallen war, alles abzuschütteln, verfolgte ihn lange.

Den ganzen Abend über aßen sie Hummer, Hummer in allen Variationen, und tranken Wein und Champagner. Das Leben war königlich. Doch es war nichts gegen die Verlockung, sich irgendwo am Ende der Welt in den Elementen zu verlieren.

Der Rückflug verging in schläfriger Langeweile. Als sie auf dem Frankfurter Flughafen des Gepäck in Empfang nahmen, waberte ihnen süßlicher Geruch entgegen. Sechsunddreißig Botteln Appleton-Special-Jamaica-Rum lagen in Scherben. Nicht eine Flasche war heilgeblieben.

Gundelach fand, daß auch das seine Ordnung hatte.

In Sachen Solidarität

Die Sache mit Benny.

Als Gundelach nach achtzehn Tagen Abwesenheit endlich wieder in der Wohnung stand und eines jubelnden Empfangs harrte, drückte sich sein Sohn scheu und verlegen an die Mutter. Dem Zweieinhalbjährigen war der Vater, der Wochenendvater, schon etwas entfallen. Ohne Kummer hatte er sich mit Heike alleine eingerichtet. Gundelach verspürte einen Stich, der lange brannte. Wie ein Onkel auf Besuch begann er, die Geschenke herauszukramen, den Kermit aus der Sesamstraße und das gefräßige Krümelmonster, um sich durch Neugier das Zutrauen seines Kindes zurückzuerobern.

Dann wurde Benny krank, ernstlich krank. Mit Pseudo-Krupp ist es eine verzwickte Sache. Eigentlich ist es wohl nur ein Husten, nicht einmal ein Keuchhusten, ein starker, krampfhafter Husten eben, der den kleinen Körper mit Vorliebe nachts attackiert. Die Diagnose ist leicht zu stellen und nicht allzu beunruhigend. Man weiß, daß das gequälte Bellen und Jappen und Sichkrümmen in der Regel ängstigender ist als der objektive Befund. Auch liegen feuchte Handtücher und cortisonhaltige Zäpfchen bereit, um die Anfälle zu lindern.

Aber es kann, wenn auch in seltenen Fällen, doch vorkommen, daß die zur Atemnot führende Verengung der Stimmbandritze eine panische Verkrampfung auslöst, die den Erstickungstod zur Folge hat. Auf den allzeitigen Sieg elementarer Reflexe ist nicht hundertprozentig Verlaß.

Wenn das Gesicht blau anläuft, sagte der Hausarzt, dann nichts wie hin ins Krankenhaus.

Eines Abends – Gundelach tagte mit einer Expertenkommission – lief Benny blau an und hatte nur noch wenig Kraft zu röcheln. Heike raste ins

Krankenhaus, wo man das zappelnde Bündel als erstes in Gurte steckte, an den Haken hängte und zu röntgen versuchte.

Als Gundelach nachts heimkehrte, war die Wohnung leer. Er telefonierte wie ein Verrückter, bis er die Bestätigung der diensthabenden Schwester des Sankt-Egidius-Kinderhospitals erhielt, daß sein Sohn stationär aufgenommen worden war. Dann verlangte er nach seiner Frau und schrie sie an, warum sie ihm keine Nachricht hinterlassen hätte.

Sie habe Wichtigeres zu tun gehabt, entgegnete sie mit gefährlicher Ruhe und legte auf.

Gundelach fühlte sich ausgeschlossen, abgefertigt. Wie ein Kunde vor heruntergelassenem Schalter. Voll Trotz legte er sich ins Bett, wartete und tat kein Auge zu. Heike blieb im Krankenhaus. Morgens fand er sie, der sich ohne Duschen und Rasur reumütig ins Auto geworfen hatte, in einem kahlen Zimmer sitzen, wächsern und bleich, mit dem Stuhl wortlos verwachsen, eingesponnen in ihre Angst. Benny lag im Sauerstoffzelt und lachte vergnügt mit seinem Bär.

Schutzfolien überall. An nichts kam Gundelach mehr heran. Das Private zog sich, wie von einem Aussätzigen, langsam zurück.

Oskar Specht hatte schon wieder eine Idee.

Natürlich hatte er immer Ideen, das war er sich und seinem mittlerweile gefestigten Ruf als Kreativpotenz der deutschen Politik schuldig. Oft genügte es ihm, die Einfälle wie Kieselsteine ins Wasser zu werfen und sich an den kleinen Wellen, die sie schlugen, zu erfreuen, bis sie verlaufen waren. Einige Inspirationen jedoch verfolgte er hartnäckiger; diese gehörte dazu.

Wir müssen aufpassen, erklärte er in einer Klausursitzung des Kabinetts, daß wir mit unserer Ausländerpolitik nicht mit den Kirchen und dem stark wertorientierten Teil unserer Wählerschaft übers Kreuz geraten. Die tun sich schwer mit Sammellagern für Asylbewerber und Aufenthaltserlaubnissen für ausländische Kinder. Ich merk das bei verschiedenen Diskussionen. Der Ton ist härter geworden.

Ach, die Sozialapostel, sagte Müller-Prellwitz unbeeindruckt. Wenn sie aber selber Kinder in Schulen mit hohem Ausländeranteil haben, laufen sie dir die Bude ein. Und zeig mir einen Pfarrer, der schon mal einen Eritreer bei sich aufgenommen hat. Mit Worten sind sie immer gleich dabei, aber sonst –.

Walter Wertmann, Staatssekretär im Sozialministerium und Landesvorsitzender der Christlich-Demokratischen Arbeitnehmerverbände, meldete sich, was er selten tat, zu Wort.

Ich finde schon, daß der Ministerpräsident recht hat, sagte er vorsichtig. Die Stimmung draußen bei den Arbeitern ist nicht so ausländerfeindlich, wie wir manchmal glauben. In den Betrieben gehört der Türke, der nebenan am Band schafft, zum gewohnten Bild. Und viele Ältere erinnern sich noch gut daran, wie sie nach dem Krieg als Flüchtlinge hierher gekommen sind. Das darf man auch nicht unterschätzen.

Gundelach konnte sich nicht erinnern, Wertmann jemals so ausführlich sprechen gehört zu haben. Normalerweise stauchte ihn Specht schon nach wenigen Sätzen zusammen. Der graugesichtige, unscheinbare Mann, den man zur Befriedung des aufrechten Häufleins christdemokratischer Arbeitnehmer zum Staatssekretär gemacht hatte, war der Paria am Kabinettstisch. Auch bei seinem eigenen Ressortchef fand er nicht immer Rückhalt. Ja, wenn das noch die herzliche, alles niederzwitschernde Frau Minister gewesen wäre! Die hätte ihn wohl unter ihre schützenden Fittiche genommen. Doch Gerlinde Bries tat neuerdings als Bundesratsministerin (auch auf Briefköpfen waren Frauen inzwischen ministrabel - die Zeiten änderten sich!) in Bonn Dienst, wo sie für ein ganz neues Gefühl politischer Mütterlichkeit sorgte. Seither war Wilfried Schwind Sozialminister, ein karrierebewußter ehemaliger Landrat, dem Specht manches zu danken hatte. Wenn die organisierten Werktätigen in der CDU wieder einmal das Unternehmertum mit sozialen Forderungen verschreckten und Wertmann dafür Kabinettskeile bezog, stand er meist allein. Ein Blitzableiter reichte.

Jetzt aber ruhten Spechts Augen mit einem gewissen Wohlgefallen auf der gedrungenen Gestalt. Müller-Prellwitz indes mochte es keinesfalls hinnehmen, ausgerechnet von Wertmann belehrt zu werden. Er hob zu einer seiner gefürchteten Tiraden an.

Du würdest dich besser darum kümmern, Walter, daß die CDA nicht jedesmal bei den Betriebsratswahlen runterschnappt! rief er erbost. Aber was der Mann auf der Straße denkt, das wißt ihr doch schon gar nicht mehr –.

Wolf, du bist jetzt ruhig, sagte Specht.

Wenn ich in einen Betrieb komme, dann sehe ich dort jede Menge Gewerkschaftsfunktionäre von der IG Metall und höchstens einen von der CDA, und der steht meistens allein in Anzug und Krawatte herum.

Ich sagte, du bist jetzt ruhig!

Ist doch wahr ... wenn nicht mal mehr die eigenen Leute –.

Ruhe, verdammt noch mal!

Die Regierung zog kollektiv den Kopf ein. Müller-Prellwitz aber wechselte, wie häufig, übergangslos in die Rolle des schalkhaften Lieblingsschülers. Das Kinn in die Hand gestützt, fragte er mit sanfter Stimme und aufwärts gerichteten Augen: Haben dich die Sozialapostel so geärgert, Oskar? Oder war's diesmal das Präsidium und Helmut Kohl? Wir üben uns doch nur in lebendiger innerparteilicher Demokratie, der Walter und ich, wie du das gerade erst auf dem letzten Parteitag gefordert hast –.

Er wird immer oben schwimmen, dachte Gundelach beeindruckt. Wir lachen über einen, der uns alle überleben wird.

Demutshaltungen seiner Minister, in welcher Form auch immer, besänftigten Specht augenblicklich.

Leute, im Ernst, sagte er und legte den Zeigefinger an die Nase – was, wie mittlerweile jeder wußte, die Aufforderung zu besonders konzentriertem Zuhören war. Ich überlege die ganze Zeit schon, wie wir der Kritik, die irgendwann auch von einer Seite, wo es uns weh tut, also nicht von der SPD, die schadet sich damit bloß selbst, das kann man laufen lassen, sondern kirchliche Kreise, wo ein hoher moralischer Anspruch auch für den Bürger dahintersteht, wie man das hinkriegt. Und wenn du dir das mal in Ruhe überlegst, isses eigentlich ganz einfach. Ich sag mal ein Beispiel. Wenn ich in meinem Wahlkreis hundert Leute frage, ob wir noch mehr Türken reinlassen sollen, schlagen fünfundneunzig die Hände überm Kopf zusammen. Schon bei Türken tun sie das. Bei Afrikanern oder Pakistanern sind's hundert Prozent, jede Wette. Wenn ich denselben Leuten dann sage, gut, das ist klar, daß wir nicht alles Elend dieser Welt auf unseren paar Quadratkilometern lösen können, aber heißt das auch, daß uns der Rest der Welt nix angeht, dann sagen dieselben Leute: nein, so haben wir das natürlich nicht gemeint. Da muß man schon was machen, helfen und so. Guck dir die Millionen an Spenden an, die jedes Jahr zu Weihnachten zusammenkommen, Misereor, Brot für die Welt, oder wenn im Fernsehen hungernde Kinder gezeigt werden. Dann ist da plötzlich so ein allgemeines Gefühl, daß man dafür, daß es einem hier gut geht, auch etwas abgeben sollte, ich will mal sagen: ein Gerechtigkeits- und Solidaritätsgefühl. Das darf man nicht unterschätzen, auch politisch nicht. Wenn ich in so'ner Situation eine Asylantenfamilie mit Gewalt abschiebe, womöglich vor laufender Kamera, kann es dir ganz schnell passieren, daß dieselben Leute, die dich eben noch beschimpft haben, daß du die alle reingelassen hast, sagen: So geht das natürlich auch nicht. Das heißt, es gibt ein Bedürfnis, sein Gewissen zu beruhigen. Und je mehr dieses Bedürfnis befriedigt wird, um so größer ist die Bereitschaft, dafür dann auch den harten, den ordnungs- und sicherheitspolitischen Teil mitzutragen. Bisher sind wir, die CDU, für den harten Kurs zuständig, und die Leute finden das in Ordnung. Aber die moralisch-ethische Seite überlassen wir den Kirchen und der SPD, weil wir glauben, das verträgt sich nicht mit unserer Linie und führt bloß zur Verwirrung bei der großen Masse. Und genau da liegt der Denkfehler. Wir müssen beides glaubwürdig besetzen, die Wohlstandssicherung und die Solidarität.

Frau Bries, die Bundesratsministerin, zersprang fast vor Freude und Aufregung. In der evangelischen Gemeindearbeit großgeworden, war ihr die krude technokratische Weltsicht Spechts, die mit der wertebetonten Haltung seines Vorgängers so wenig gemein hatte, stets ein Quell heimlichen Grams gewesen. Und nun dieses unvermutete Bekenntnis zum Gewissen!

Oskar, rief sie wogend, ich finde es großartig, was du gesagt hast, und ich möchte dir ganz herzlich danken –.

Gerlinde, unterbrach sie Specht unwirsch, jetzt wart's doch erst mal ab! Du weißt ja noch gar nicht, was ich sagen will!

Was er sagen wollte – und, durch den voreiligen Jubelruf aus dem philosophischen Kontext gerissen, eher griesgrämig und verstimmt zu Ende führte – war dies: Man solle gefälligst hier und jetzt eine große Aktion ›Solidarität mit der Dritten Welt‹ beschließen, zu der jeder Minister und jeder Staatssekretär – jeder – sein Teil beizutragen habe. Veranstaltungen draußen im Wahlkreis mit Pfarrern, Entwicklungshelfern und caritativen Verbänden zu praktischen Themen der Entwicklungspolitik. Kein Wischiwaschi-Gelabere, sondern handfeste Beispiele tätiger Hilfe. Da man das dreißigjährige Landesjubiläum, im wohltuenden Gegensatz zu Breisingers Mammutshow, ohne Tamtam habe verstreichen lassen, könne man ja, gewissermaßen aus den für Feuerwerk und Fressen eingesparten Geldern, trotz sonstiger Sparzwänge die Mittel für Entwicklungshilfe um ein paar Millionen aufstocken. Die CDU-Fraktion und speziell Fraktionschef Deusel kämen gar nicht darum herum, dem zuzustimmen, wollten sie nicht ihre Lieblingsrolle als soziales Gewissen eines wirtschaftshörigen Ministerpräsidenten Lügen strafen. Und in der Partei werde eine Parallelaktion gestartet, in der nächsten Landesvorstandssitzung werde das beschlossen, mit konkreten Patenschaften und Wettbewerben zwischen den Kreisverbänden. Und eine Stiftung der Landes-CDU werde auch gegründet, da könnten sich dann Unternehmen, die mit Spenden an politische Parteien sonst nichts am Hut hätten, engagieren. Das bringe, von allem anderen abgesehen, auch die Partei wieder in Schwung, die in letzter Zeit verdammt faul und träge geworden sei. Die Par-

tei müsse jetzt pausenlos beschäftigt werden, bis zu den nächsten Wahlen, sonst verlerne sie das Kämpfen. So. Und wenn man siebzig, achtzig Veranstaltungen bis zur Sommerpause gemacht habe, dann finde im Juni in der Landeshauptstadt eine zentrale Kundgebung ›Solidarität mit der Dritten Welt‹ statt, und zu der lade er persönlich den Bundespräsidenten und – na?
– Mutter Teresa, die Friedensnobelpreisträgerin aus Kalkutta, ein.
Ungläubiges Staunen.
Mutter Teresa?
Ja. Weiter.
In der zweiten Stufe werde das Thema Solidarität dann nochmals ausgeweitet: Solidarität mit Behinderten, Solidarität mit arbeitslosen Jugendlichen, der Boden dafür sei bis zum Sommer gut vorbereitet. Und dann könne man vom einzelnen Bürger auch wieder mehr Opfer verlangen und notwendige Haushaltskürzungen besser verkaufen. Das nächste Weihnachtsgeld, darauf sollten sich die Kollegen schon mal einstellen, werde für einen gemeinnützigen Zweck gespendet. Und er überlege sich, ob man dasselbe nicht auch von den Beamten verlangen könne, um arbeitslose Lehrer einzustellen, beispielsweise. Da werde sich dann ja zeigen, was die Lippenbekenntnisse des Beamtenbundes wert seien. Und wenn das alles so ablaufe, dann wolle er den sehen, der an der harten Haltung der Regierung in der Ausländerfrage noch herumzumäkeln wage. Die Staatskanzlei koordiniere das Ganze, Tom Wiener mache die Presse heiß (aber nur anfüttern, die Pressekonferenz mach ich selbst, und kein Wort über Mutter Teresa, bis sie zugesagt hat, ich warn dich, Tom!), und Pörthner lade die Kreisgeschäftsführer zu einer Sitzung ein, die er, Specht, selbst leiten werde.
Ende der Rede. Betäubtes Schweigen. Man hatte zur Kenntnis zu nehmen: Solidarität war jetzt angesagt.
Und so geschah es. Punkt für Punkt.
Mutter Teresa kam, barfüßig, gebeugt, in weißem Kattunkleid und grauer Strickjacke, der Bundespräsident kam nadelgestreift, hielt eine längere Rede, Specht überreichte einen Fünfzigtausendmarkscheck, ein paar unverbesserliche Spontis johlten: Heuchelei!, und die kleine Heilige lächelte unendlich gütig und entrückt.
In den Wochen davor und danach kamen auch etliche afrikanische Würdenträger, der Präsident Nigerias, Seine Exzellenz Alhaji Shehu Shagari, der Präsident von Togo, Seine Exzellenz General Gnassingbe Eyadema, der Premierminister des südafrikanischen Homeland KwaZulu, Gatsha Buthelezi ... Für kurze Zeit entwickelte sich ein regelrechter Entwicklungshilfe-Staats-

tourismus. Alle kamen, lobten und wurden gelobt und schauten, bevor sie zurückflogen, noch rasch bei Daimler Benz vorbei.

Sören Tendvalls Hoffnung, sein politischer Zögling Specht werde bei diesen Anlässen wenigstens eine kleine Andeutung über die Notwendigkeit einer Verknüpfung von Geburtenkontrolle und Heimstättenprogrammen machen, ließ sich leider nicht erfüllen. Es war Gundelachs Aufgabe, ihn auf später zu vertrösten.

Zwei Wochen nach Mutter Teresas Besuch einigte sich der Vermittlungsausschuß in Bonn auf Spechts Drängen über ein neues Asylverfahrensgesetz. Der Ministerpräsident hatte sich durchgesetzt, das Land konnte seine Abnahmequote für Asylbewerber um zehn Prozent senken. Das ausländerpolitische Gewissenstonikum, die Balance zwischen Großmut und Härte, hatte gewirkt.

Alle waren zufrieden.

Nicht alle, natürlich. Oskar Specht verbuchte Erfolge inzwischen wie unvermeidliche Begleiterscheinungen eines vorgezeichneten Weges, dessen Richtung, vom Schicksal so bestimmt, nur nach oben führen konnte. Er besaß die Fortune, das Richtige zu tun, weil eine ihm wohlgesonnene höhere Macht wollte, daß er das Richtige tat.

Beispiele dafür hatte er in seinem jungen, wechselvollen Leben zur Genüge erfahren: Die Entscheidung, sich als kaum erwachsener Verwaltungsstift in eine Stadt zu bewerben, deren Bürgermeister ihn wie ein Vater förderte und der ihm im Wohnungsbau nach Managerart frei schalten und walten ließ. Das Angebot, in die Geschäftsführung der ›Neuen Heimat‹ einzutreten, wo er es, unter den hoffnungsvoll auf ihm ruhenden Blicken ›King‹ Albert Vietors bis zum Vorstandsmitglied brachte. Die sichere Ahnung, dem scheinbar unverwüstlichen Konzern schon nach wenigen Jahren wieder den Rücken kehren zu sollen – jetzt, acht Jahre später, stand der Koloß vor dem Ruin. Die Entschlossenheit, für die CDU in einem todsicheren Wahlkreis der SPD zu kandidieren, obwohl er gerade erst in die Partei eingetreten und den Mandatsgewinn so wenig wie die Programmatik seiner neuen politischen Heimat einzuschätzen wußte. Die Chuzpe, als parlamentarisches Greenhorn gegen seinen von Breisinger fallengelassenen Fraktionschef anzutreten und – wieder – zu gewinnen. Der Riecher, ein halbes Jahr vor Breisingers jähem Ende auf den Stuhl des Innenministers zu wechseln, so daß er in der Fraktion noch und in der Regierung schon als der starke Mann galt.

Immer, so schien es, leitete ein leuchtender Stern Spechts Bahn. Und immer belohnte ihn das Geschick für den Mut, anders zu handeln, als es normaler Vernunft entsprach. Bestärkt wurde er darin von einem Hellseher, dessen Existenz nur wenigen bekannt war und dessen Name er stets verschwieg. An ihn wandte sich Oskar Specht zuweilen und gewann, wenn es dessen überhaupt noch bedurfte, die letzte Gewißheit, ein vom Schicksal Auserwählter zu sein.

Als Gundelach das begriffen hatte, wurde ihm klar, daß Specht seine Mitarbeiter nur als Hilfswerkzeuge betrachten konnte, die ihm, dem großen, zum Außerordentlichen berufenen Werkzeug zu Diensten zu sein hatten. Das machte ihn kalt und gleichgültig gegen individuelle Schicksale, die, solange sie mit seinem verknüpft waren, ohnehin nur aus abgeleiteten Funktionen bestanden. Eigentlich interessierten sie ihn nicht; und daß er Menschen, die von ihm abhängig waren, auch seinerseits nötig haben könnte, wäre ihm nicht in den Sinn gekommen.

Merkwürdigerweise kränkte Gundelach diese Erkenntnis nicht. Sie hatte, im Gegenteil, etwas ungemein Beruhigendes: Es war falsch, sich wie Tom Wiener mit allen Fasern und bis zur Selbstaufgabe einem Mann zu verschreiben, der zu seiner Umgebung ungefähr dieselbe Beziehung hatte wie eine Zitronenpresse zu Zitronen. Solange jemand Talente und Eigenschaften besaß, die in Spechts Aufstiegsprogramm paßten, war er willkommen; zeigte er Ermüdungserscheinungen oder zuviel Eigenständigkeit, wurde er ausgewechselt.

Das war eine klare Grundlage, auf die man sich einstellen konnte. Spechts Trick bestand nur darin, diese Distanz durch scheinbare Vertraulichkeit zu überdecken, wenn er sich davon eine erhöhte Einsatzbereitschaft des Adressaten versprach. Darum war es nicht ratsam, sich allzu intensiv darauf einzulassen. Denn in der gleichen Weise, wie er die Illusion tiefwurzelnder Sympathie zu wecken imstande war, vermochte er bei nächster Gelegenheit die alte Rangordnung wiederherzustellen und den Befehlston eines ostelbischen Junkers gegenüber seinem Stallburschen anzuschlagen.

Alles war eine Sache des Kalküls, nichts weiter. Doch die meisten ließen sich durch Spechts hemdsärmelige Direktheit täuschen. Zwischen Himmel und Hölle, glühender Begeisterung und kaum gezügelter Angst, schwankte ihre tägliche Seelenlage.

Selbst Tom Wiener schien dagegen nicht gefeit. Obwohl er, seinen wiederholten Bemerkungen über Spechts Charaktereigenschaften zufolge, manches Abgründige und Zwiespältige an ihm erkannt haben mußte. Auf der anderen Seite aber konnte er nicht ohne emotionale Hingabe leben und arbeiten, das Bedürfnis nach Nähe und Zuneigung verließ ihn auch in den Stunden der Demütigung nicht.

Gundelach kannte sich mittlerweile gut genug um zu wissen, daß Wieners Bereitschaft, sich einem Größeren bis zur Selbstverleugnung aufzuopfern, seine Sache nicht war. Er meinte auch, aus manchen Andeutungen entnehmen zu können, daß Specht anderes von ihm erwartete: eine im Verborgenen gedeihende geistige Partnerschaft, deren Ausübung chiffriert wie die Übermittlung geheimer Nachrichten erfolgen mußte. Specht äußerte eine Idee, gab aber durch winzige sprachliche Einschränkungen – man müßte das mal näher untersuchen! sagte er, oder: Das sollte man natürlich noch verfeinern, – zu erkennen, daß er sich auf diesem Feld noch unsicher fühlte. Gundelach griff das Thema auf, vertiefte sich darin, bis er ein politisch und fachlich schlüssiges Urteil zu haben glaubte, und baute das Ergebnis seiner Recherche bei passender Gelegenheit in eine Rede oder in einen Aufsatz ein, der unter Spechts Namen erschien. Aus der Resonanz dieser Passagen in den Medien leitete Specht dann den politischen Tauglichkeitsgehalt des Gedankens ab und konnte ihn, wenn er wollte, aufgrund der Vorarbeiten zügig in ein Bündel konkreter Maßnahmen umsetzen, das Verwaltung und Bürger gleichermaßen überraschte.

Dies erwies sich als ein außerordentlich wirkungsvolles Verfahren, dessen Vorteile auf der Hand lagen: Specht brauchte seine Ratbedürftigkeit nicht zu offenbaren, Gundelach konnte Widerspruch oder Korrekturen durch die Art der Behandlung des Sujets deutlich machen, und die sorgfältig gewählten Formulierungen bildeten eine tragfähige Grundlage für weitere Aktionen des Apparates, bis hin zu Kabinettsvorlagen und Arbeitsaufträgen an die Ministerien. Vor allem aber: Distanz und Kleiderordnung blieben gewahrt, niemand mußte fragen, niemand wurde belehrt, alles ergab sich gleichsam aus sich selbst.

In dieser freiwillig eingehaltenen Distanz bei gleichzeitig intellektueller Nähe, so folgerte Gundelach messerscharf, lag seine eigentliche Stärke, ja seine Unverwundbarkeit. Andere ließen sich dazu verleiten, Spechts physischem Wunsch nach Begleitung und Umringtsein zu folgen, weil sie sich davon Vorteile erhofften. Die einzig zuverlässige Erkenntnis aber, die aus vielen verhockten Abenden und Nächten zu gewinnen war, bestand nach Gundelachs Überzeugung darin, daß Oskar Specht stets eine Gruppe brauchte, die er dominieren konnte, was entweder mit einer gewissen Geringschätzung der sich widerspruchslos Unterordnenden oder in heillosem Unfrieden endete.

Der umgekehrte Weg, sich äußerlich zurückzuhalten und dafür immer wieder Proben einer mit geringsten Mitteln auskommenden inneren Dialogfähigkeit abzulegen, war demgegenüber ungleich besser. Er verpflichtete Specht zu einem respektvollen Umgang. Im eigenen Interesse, um der Resultate willen.

So also, nach langem und durch viele Beobachtungen erhärtetem Nachdenken, arrangierte sich der Regierungsdirektor Bernhard Gundelach mit einer politischen Welt, die keineswegs so unkompliziert-burschikos war, wie es dem flüchtigen Betrachter, den journalistischen Zaungästen und gesellschaftlichen Polittouristen erscheinen mochte.

Im Grunde handelte jeder auf Monrepos aus purer Berechnung. Nur die Methoden, die den Erfolg bringen oder wenigstens den Absturz verhindern sollten, waren unterschiedlich. Das Ergebnis zeigte sich irgendwann – in Form einer Beförderung oder eines Marschbefehls. Wobei Specht, den durchschnittliche Menschen schnell langweilten, an diesem wesentlich häufiger Gefallen fand.

Den Staatssekretär Schreiner beispielsweise, Nachfolger des mit Politik und Partei zerfallenen Kahlein, hatte es auch schon wieder hinausgeweht. In der nicht unverständlichen Absicht, wenigstens für irgendetwas zuständig sein zu wollen, hatte er sich ausgerechnet die Rundfunkpolitik ausgesucht. Damit kam er Tom Wiener in die Quere. Seine nörgelnden, gekränkten Anmerkungen, daß er in dieser oder jener Frage wieder einmal übergangen worden sei, erregten bald Spechts Mißfallen. Ein Ministerpräsident ist nicht dazu da, Schiedsrichter unter seinem streitenden Gefolge zu spielen. Es bedurfte nur geringer Überredungskünste Wieners, Schreiner nach der Landtagswahl ins Wissenschaftsministerium zu beordern.

An Schreiners Stelle trat der Abgeordnete Rüthers, auch er ein Weggefährte, der darauf pochen konnte, Oskar Specht zu Fraktionszeiten viele Wasserträgerdienste geleistet zu haben. Damit sich jedoch das leidige Identitätsproblem seines Vorgängers bei ihm nicht wiederholte, wies Specht ihm einen Aufgabenbereich zu, der in der Staatskanzlei gewiß keine Abrenzungsstreitigkeiten hervorrufen konnte: er ernannte Rüthers zum Behindertenbeauftragten. In dieser Eigenschaft plagte sich der neue Staatssekretär nun mit dem nicht eben übertrieben kooperationsbereiten Sozialministerium herum, das genügend damit zu tun hatte, für seinen neuen Minister Schwind und dessen Staatssekretär Wertmann Profilierungsnischen aufzuspüren.

Alle, der Betroffene eingeschlossen, wußten, daß Rüthers Gastspiel im Schloß nur so lange währte, bis es Specht gefallen würde, Tom Wieners sehnlichen Wunsch, selbst Staatssekretär zu werden, zu erhören. Deshalb tat der Behindertenbeauftragte das für seine Karriere einzig Vernünftige – er seinerseits behinderte niemanden.

Denselben Grundsatz beherzigte Georg Drautz, Renfts Nachfolger als Ministerialdirektor, in womöglich noch größerer Perfektion.

Er kannte die Machtverhältnisse schon, bevor er seine Urkunde in Empfang nehmen konnte. Denn als es darum gegangen war, die Position des altershalber ausgeschiedenen Amtschefs zu besetzen, hatten Gundelach und Schieborn in Wieners Auftrag eine Dienstreise in jene ländlich-abgeschiedene Region unternommen, der Georg Drautz als volksverbundener und von keiner Menschenseele angefeindeter Landrat vorstand. Sie suchten ihn auf und testeten gesprächsweise, wie Wiener es genannt hatte, seine ›Tauglichkeit‹. Das Resultat war zufriedenstellend.

Und wirklich war von Drautz, solange er sein Amt in der Staatskanzlei versah, nie ein Widerwort oder der Versuch, sich in die Geschäfte der Grundsatz- und Presseabteilung einzumischen, zu verzeichnen. Er fand, statt dessen, immer wieder Anlaß, seiner Begeisterung über die ›einfach glänzenden‹ Ideen Spechts und die ›tollen Burschen‹ um Tom Wiener Ausdruck zu geben. Und er kannte jede Menge Leute, die ihn in seiner Meinung bestärkten und dringlichst baten, diese Einschätzung mit herzlichen Grüßen an die Betroffenen weiterzuleiten.

Da Drautz aber wußte, daß sich auf Dauer von Beifallsbekundungen und Grußbotschaften politisch nicht leben läßt, pflegte er, als Sohn donaudeutscher Eltern, mit besonderer Intensität die Vertriebenenlobby und schaffte es, Jahre später zum Vertriebenenbeauftragten der Landesregierung bestellt zu werden. Damit war seine politische Zukunft gegen die Wechselfälle Spechtscher Launen gesichert.

Nach dem sozial- und entwicklungspolitischen Zwischenspiel, das seinen Zweck erfüllt hatte, widmete sich Oskar Specht mit Vehemenz seinem Lieblingsthema, einer progressiv gestaltenden Technologie- und Industriepolitik.

Aus dem Rinnsal der Untersteiner Gespräche war ein breiter Strom geworden, der sich seinen Weg in die Landespolitik bahnte. In der Tat war es frappierend, wie dürftig und schwerfällig die Kontakte zwischen Hochschulforschung und Wirtschaft bisher verlaufen waren und in welchem Maße es an einer projektbezogenen Zusammenarbeit der zuständigen Ministerien gemangelt hatte.

Die Wissenschaftler und Unternehmer, die sich da im verschlafenen Untersteiner Tal versammelten, begegneten einander wie Angehörige zweier Kulturen, die zu ihrem Erstaunen feststellten, daß sie sich in derselben Sprache verständigen konnten. Es bedurfte nur eines Moderators, der ihnen die Angst nahm, sich in die kommerziellen oder akademischen Sperrbezirke des Gegenüber zu verirren. Ihre eigentlichen politischen Mentoren, der Wissenschafts- und der Wirtschaftsminister, konnten und wollten diese Scheu jedoch so wenig aus dem Weg räumen wie Geistliche die Schwelle zum Konfessionswechsel.

Specht aber, nachdem er die auf den Mann an der Spitze ausgerichtete Politikergläubigkeit beider Gruppierungen erkannt und gekostet hatte, begriff die darin schlummernde Chance virtuos. Er bestellte sich selbst zum obersten ökonomisch-technischen Zukunftskoordinator, schuf außerhalb von Verwaltung und Parlament agierende Expertengremien und machte sich damit in zentralen politischen Gestaltungsbereichen (Gestaltung wurde sein neuer Lieblingsbegriff) vom verhaßten bürokratischen Herrschaftswissen unabhängig.

Im nächsten Schritt verlagerte er die Steuerungs- und Förderkompetenz auf privatwirtschaftlich organisierte Stiftungen und Gesellschaften mit mehrheitlicher Landesbeteiligung, deren personelle Zusammensetzung er persönlich überwachte; und in der weiteren Folge band er die landeseigene Kreditbank, die bis dahin ein verträumtes Schattendasein geführt hatte, in die Finanzierung der wirtschaftsnahen Forschungsinfrastruktur, die ihm vorschwebte, ein.

Ehe sich die Minister und Abgeordneten versahen, waren sie des Einflusses auf ein Kernstück der Landesentwicklung beraubt. Der Vorstand der Landes-GmbH saß auf Schloß Monrepos. Doch außer den Grünen, denen in der Wirtschaftspolitik niemand Beachtung schenkte, und einigen Kabinettsmitgliedern, die sich still ergaben, merkte es zunächst keiner.

Das war nun, bei Gott, auch für Gundelach ein pionierhaftes, elektrisierendes Lebensgefühl! Plötzlich bekam Macht, dieses immer nur in den Händen und Augen anderer glitzernde Un-Ding, reale Gestalt, wurde einem selbst zugemessen, war in einem drinnen, hatte sich vom grimmigen Objekt zum köstlichen Subjekt gewandelt. Woran man die Metamorphose erkannte? Nein, nicht an dem, was man tat; so viel hatte sich da nicht verändert. Wen man traf, wer einen treffen wollte, wozu man eingeladen, wie einem begegnet wurde – das waren die untrüglichen Insignien des Zugewinns!

Drei Kommissionen, in kurzer Zeit aus dem Boden gestampft, vereinten alles, was Geist, Geld und gute Beziehungen im Lande besaß. Die Rundfunkanstalten, die Telekommunikationskonzerne, Computerhersteller, Maschinenbauer, Daimler Benz, Industrie- und Handelskammern, die erste Garde der Informatikwissenschaft – sie alle drängten in die exklusiven Zirkel der Forschungskommission, der Außenwirtschafts- und der Medienkommission, witterten Prestige, witterten Aufträge, witterten das Neue, den Ausbruch der Politik aus ihrer puritanischen Enge und Strenge, den Einbruch der Moderne ins Fegefeuer der Krise.

Specht peitschte sie voran. Gundelach, beauftragt, alle Informationsströme zu einem großen, internationalen ›Zukunftskongreß‹ zusammenzuführen, fand sich auf einmal im Schnittpunkt ungezählter Wünsche, Begehrlichkeiten und Eitelkeiten.

Er ging damit um, wie es seiner Art entsprach. Andere hatten aus den Kontakten, die sich mühelos bis in die Chefetagen hinein auftaten, Kapital geschlagen. Ihm genügte es zu wissen, daß er es, wenn er denn wollte, tun könnte. Darin bestand der größere Reiz. Auch hier: freiwillig eingehaltene Distanz. Mit Moralität oder Skepsis hatte sie freilich nichts zu tun. Es war einfach seine Überzeugung, daß mehr Befriedigung darin liege, für einflußreich gehalten zu werden, als es unablässig bestätigen zu müssen. Fäden wollte er spinnen, nicht Netze verkaufen. Das trug ihm, wie er rasch merkte, den Ruf ein, arrogant zu sein. Spechts Unternehmerfreunde fanden wenig Gefallen an ihm.

Dr. Stierle, ein reicher Wirtschaftsanwalt, sagte es ihm auf den Kopf zu, daß er ihn nicht mochte. Es beruhte auf Gegenseitigkeit. Gundelach konnte ihn nicht ausstehen. Schon beim ersten Zusammentreffen in Stierles Penthouse-Wohnung mußte er sich anhören, wie schnell er seine erste Million gemacht und in welchen Zeitabständen er sie vervielfacht hatte. Anschließend las Stierle mit stockender, gepreßt-blecherner Stimme aus einer Art Manifest vor, das er zur Magna Charta eines Gesprächskreises von Unternehmern und Politikern machen wollte – Unterstein, zu dem er nie eingeladen wurde, ließ grüßen – und dessen Inhalt im wesentlichen aus der Forderung bestand, daß jetzt endlich die Unternehmer Politik machen sollten.

Nach Gundelachs Weigerung, Stierles Texte sprachlich und philosophisch zu überhöhen, wurde er nie mehr eingeladen. Tom Wiener dagegen hielt, wie Specht auch, enge Verbindung zu ihm. Ohne Frage war Stierle eine lohnende Adresse. Man konnte über ihn zum Beispiel problemlos Privatflugzeuge buchen. Specht bediente sich dieses Fortbewegungsmittels in wachsendem Maße, um auswärtige Termine zeitsparend abwickeln zu können.

Den Kongreß ›Zukunftschancen eines Industrielandes‹ vorzubereiten, erforderte generalstabsmäßiges Arbeiten. Spechts Erwartungen an dieses Ereignis wurden im Verlauf des Jahres immer größer.

Einige spektakuläre Firmenzusammenbrüche hatten gezeigt, daß die Maschinenbauindustrie des Landes beim Übergang von der Elektromechanik zur Mikroelektronik international ins Hintertreffen zu geraten drohte. Das werbewirksame Fortschrittsimage des Landes und seines Lenkers bekam erste Kratzer. Bayern klotzte fünfunddreißig Millionen in die Erprobung des Kabelfernsehens. Specht hielt mit achtzehn Millionen für einen Höchstleistungsrechner der Universität der Landeshauptstadt dagegen. Der Wettlauf um die Zukunft hatte begonnen.

Als im September die sozialliberale Koalition in Bonn auseinanderbrach und Helmut Kohl am 1. Oktober im Bundestag zum sechsten Kanzler der Bundesrepublik gewählt wurde, war klar, daß das gute alte Strickmuster, für alles föderale Ungemach die falschen Rahmenbedingungen des Bundes verantwortlich zu machen, bis auf weiteres ausgedient hatte.

Stimulieren statt stänkern, hieß jetzt die Devise. Specht wollte mit dem Kongreß bundesweit die Richtung weisen. Als erster, versteht sich. Dazu brauchte er Namen, die für Weltläufigkeit und Strategien, die für Erfolg standen. Gundelach gründete Arbeitsstäbe, reiste, verhandelte, korrespondierte.

Spechts fernöstliche Beziehungen halfen, japanische Politiker, Professoren und Unternehmer an Land zu ziehen. In den USA konnte man an die Februarreise anknüpfen; Opels Stellvertreter Axelrod und der Generaldirektor der amerikanischen Außenhandelsbehörde, Mc. Elheny, gaben sich die Ehre. Minister und Staatssekretäre aus Entwicklungs- und Schwellenländern, von Brasilien bis Tunesien, sorgten für kosmopolitisches Flair; außerdem waren sie leicht zu kriegen.

Gundelach selbst steuerte zum Kongreß einen kuwaitischen Multimillionär bei, den er bei einem Empfang kennengelernt hatte. Daß dessen Familie auch mit Waffen handelte, erfuhr er zum Glück erst später.

Dagegen scheiterte der Versuch, einen Bruder des saudischen Königs

Fahad als Redner zu gewinnen. Der Prinz hielt sich zwar gerade zur Kur im Land auf, doch drang Gundelach, obwohl von Specht persönlich beauftragt, nicht weiter vor als bis in die Nebengemächer der königlichen Suite, wo ihn eine Corona hübscher Französinnen neugierig musterte. Auch eine Immobilienbesichtigung, die er mit dem übellaunigen, schweigsamen Haushofmeister des Prinzen im Cadillac unternahm, weil Seine Königliche Hoheit den Wunsch nach einem eigenen Dach überm Kopf geäußert hatte, verlief ergebnislos. Zehn Schlafzimmer mit dazugehörigen Bädern, wie vom Prinzen verlangt, boten weder eine leerstehende frühere Krupp-Villa noch ein Schlößchen, das Specht einst für die ›Neue Heimat‹ erworben hatte. Es stand seit Jahren leer und hätte durch den königlichen Erwerber einem späten sozialen Zweck zugeführt werden können. Doch der Prinz sah seine Zukunft weder dort noch auf einem langweiligen Kongreß.

Vergleichsweise einfach war es demgegenüber, den neuen Postminister Schwarz-Schilling zur Teilnahme zu bewegen. Und im Gasthaus einer beschaulichen Kleinstadt wurde Gundelach mit einem Fachhochschulprofessor handelseinig, der durch unkonventionelle Modelle wissenschaftlicher Zusammenarbeit mit mittelständischen Betrieben auf sich aufmerksam gemacht hatte. Professor Löwe wurde noch vor Kongreßbeginn zum ersten Regierungsbeauftragten für Technologietransfer in der Bundesrepublik bestellt – ein vorweggenommenes, lebendes Beispiel dessen, was man in der großen Linie anstrebte, sozusagen.

Nachdem die Technischen Universitäten und die Wirtschaft des Landes sich schließlich noch bereitfanden, eine begleitende Ausstellung neuester Technologien zu organisieren, stand das Konzept des Kongresses.

Gundelach schrieb für Specht eine visionäre, aufputschende Rede (nach seiner Ansicht die beste, die er jemals zuwege gebracht hatte), leitete in einem eigenen Kongreßbüro den Ablauf der zweitägigen, vor fast tausend Zuhörern planmäßig und präzise abrollenden Mammutveranstaltung, empfing bei einem Glas Sekt einen der seltenen Glückwünsche des Ministerpräsidenten und legte sich zu Weihnachten 1982 erschöpft und mit fiebriger Grippe ins Bett.

Jetzt, hatte Oskar Specht beim zweiten Schluck Sekt gesagt, bewerben wir uns bei Helmut Kohl um die Ausrichtung des nächsten EG-Gipfels im Sommer dreiundachtzig. Kohl ist ab Januar Ratspräsident, er kann den Tagungsort bestimmen. Eine bessere Visitenkarte als wir hat niemand. Und Specht bekam den EG-Gipfel.

Ach ja, das Thema Solidarität. Die Minister und Staatssekretäre spendeten ihr Weihnachtsgeld an eine gemeinnützige Hilfsorganisation. Die Beamten dagegen pfiffen auf Spechts Appell, dem guten Beispiel zu folgen. Nicht einen Pfennig rückten sie heraus, um neue Stellen für arbeitslose Junglehrer zu schaffen.

Zäh und widerborstig verharrten sie in ihrer alten, engen Welt.

Honoris causa

Sechs Jahre war es her, daß Bernhard Gundelach zum ersten Mal seinen Fuß über die Schwelle des Schlosses Monrepos gesetzt hatte. Sechs Jahre! Das war eine lange, eine kaum glaubliche Zeitspanne. Inzwischen gehörte er zu den dienstältesten Wegbegleitern des Ministerpräsidenten – mit dreiunddreißig Lebensjahren. War das der Grund, warum er manchmal mitten in der Arbeit, von Unruhe ergriffen, aufstand und in den Park hinausging, als müsse er sich vergewissern, daß die kiesbestreuten Wege noch dieselben waren wie einst?

Reden konnte er darüber mit niemandem. Den neuen, aus anderen Behörden hierher versetzten Kollegen galt er als Autorität. Einer, der Zugang zum Chef hatte wie sonst nur noch Tom Wiener. Der auf unerklärliche Weise wußte oder ahnte, was Specht dachte, was ihn bewegte und antrieb. Dem es gegeben war, das Mosaikhafte Spechtscher Ideen wenigstens einigermaßen zum Gesamtbild zu ordnen. Wiener, der es sicher auch zu erklären gewußt hätte, bevorzugte die Darstellung nach außen; er begleitete Specht fast überall hin. So hatte es sich eingespielt.

Breisingers Mannschaft aber war nun auch im zweiten und dritten Glied ausgewechselt. Müller-Prellwitz, der Minister, Bertsch und Reck, die Ministerialdirektoren, selbst Dr. Brendel in seinem Rechnungshofsrefugium – sie zogen ihre früheren Vertrauten nach oder gewährten denen, die es unter der herrischen, hektischen Fuchtel Spechts nicht mehr aushielten, verständnisvolle Aufnahme. Sogar der nuschelnde, unbegrenzt duldsam wirkende Ministerialrat Bauer war weg. Er betreute das Kirchenreferat im Kultusministerium. Auch Schieborn bereitete seinen Absprung vor. Er bastelte an einem Landesmediengesetz für private Rundfunkveranstalter. Zentrale Anlaufstelle sollte eine noch zu gründende Landesanstalt für Kommunikation werden, deren Geschicke ein Geschäftsführer leitete. Der Geschäftsführer würde Schieborn heißen.

Gundelach ertappte sich zuweilen bei sentimentalen Rückblicken, die ihm selbst nicht ganz geheuer waren. Eine Art nostalgischer Wehmut nahm dann von ihm Besitz, und er sehnte sich nach der lauten, lockeren Barackenidylle unter dem strengen Regiment Günter Bertschs. Damals, dachte er, war die Atmosphäre eine andere gewesen. Bunter. Dichter. Menschlicher. Es gab mehr Gespräche, mehr Streit, mehr Gefühle. Man lag sich in den Haaren und in den Armen, zankte miteinander und trank miteinander. Ein Stück Olymp war noch lebendig, mal dyonysisch, mal appollinisch. Dazwischen, kokett und unentschieden, die kleine Marmorgöttin.

War es so? Auf jeden Fall hatte es Menschen gegeben, die es so sahen und sich die Zeit nahmen, darüber nachzudenken. Das Schrecklichste an Oskar Specht war seine Unfähigkeit innezuhalten. Alles floß wie Treibsand dahin. Auch bedeutende Dinge, die zu bewahren gelohnt hätte, erschöpften sich oft im Staub, den sie aufwirbelten.

Specht schien manchmal selbst von Zweifeln befallen, was von seinem Wirken an Substanz übrigbleiben werde. Dann sprach er davon, daß man ein Buch schreiben müßte, in dem ›das Ganze‹ zusammenhängend dargestellt werde. Mit philosophischem Anspruch, sozusagen. Und blickte dabei Gundelach prüfend an. Gundelach wich aus und dachte: Was denn noch alles?

Verstehen aber konnte er den Wunsch. Was sie jetzt trieben, war geistiges Nomadentum. Es gab Augenblicke, da konnte man Monrepos für ein Luftschloß halten.

Wenn er, selten genug, einen der abgewanderten Kollegen traf, spürte er ein feines, nur aus Höflichkeit zurückgedrängtes Mißtrauen, dem wohl auch eine Prise Verachtung beigemischt war. Man betrachtete sie als Gaukler, die mit vielen Bällen jonglierten. Daß sie es gekonnt taten, mußte ihnen der Neid lassen. Aber im Grunde war es eben doch Gaukelei, verführerisch schillernde Kostümkunst unter der Zirkuskuppel.

Bei Bertsch, dem er zuweilen nach der Amtschef-Runde begegnete, die im Kabinettssaal die wöchentlichen Ministerratssitzungen vorbereitete, hatte er dieses Gefühl unbedingt. Bertsch behandelte ihn fast wie einen Fremden. Erst recht, nachdem er als Ministerialdirektor ins hierarchisch-strenge Finanzministerium gewechselt war, weil Reck einen lukrativen Vorstandsposten bei einem Energieversorgungs-Unternehmen ergattert hatte. Wahrscheinlich würde Bertsch demnächst grußlos an Gundelach vorübergehen. Warum? Irgend etwas verzieh die Breisinger-Elite ihren Nachfolgern nicht. Den Erfolg oder die Prinzipienlosigkeit, mit der er erkauft wurde. Wahrscheinlich beides.

Mit Heike darüber zu sprechen, war unmöglich. Von Monrepos wollte sie nichts mehr hören. Ein für allemal nicht. Es interessiere sie nicht, sagte sie, das Thema sei abgeschlossen. Auch Anrufe, wie sie anfangs noch üblich waren, von Anita Strelitz oder der kleinen Markovic, ihren einstigen Schreibzimmer-Leidensgefährtinnen, verbat sie sich irgendwann. Sie gehörte nicht mehr dazu und zog den Trennungsstrich mit kriegerischer Entschlossenheit.

Manchmal hatte Gundelach den Eindruck: auch zu ihm. Dann ging er in den Park, an der stillen, von keinem Tickergeräusch und Kollegengeschnatter mehr belebten Baracke vorbei, bog dieselben Zweige zur Seite, die sie, ihm vorausgehend, zur Seite gebogen hatte, und dachte: Was, um Gottes willen, ist mit uns geschehen?

Der Teich und der Liebestempel, das Dickicht der Sträucher und Bäume, sie waren ohne Zauber. Nichts klopfte und pochte, kein Raunen und Wispern. Auf der steinernen Bank sitzend, fiel ihm auf: er hatte auch keine Träume mehr. Vom lanzettbewehrten, goldenen Zaun umfriedet, kreiste das künstliche Leben in sich selbst. Nur hier konnte es sein, und er mit ihm.

Außerhalb des Zaunes kam er sich hilflos vor wie ein Kind. Schlimmer noch, auch mit sich selber wußte er dort nichts Rechtes anzufangen. Und den Mitmenschen erging es geradeso mit ihm. Erst wenn die Sprache auf Politik kam, schien es lohnend, ihm zuzuhören. Politik war der Schlüssel, mit dem man sein Uhrwerk aufziehen konnte. Gundelach spürte es wohl, und es kränkte ihn. Aber dagegen wehren wollte er sich nicht. Wenigstens war er dann nicht langweilig oder auf befremdliche Art einsilbig, so daß die Leute sagten: Sie arbeiten zu viel. Man sieht es Ihnen an!

Worüber aber mit Heike reden? Den Schlüssel, an dem die anderen drehten, wollte sie nicht benutzen. Sie verabscheute Politik.

Ich will Zugang zu dir als Person, sagte sie unter Tränen. Aber meistens finde ich nur noch einen Karrieristen.

Das Wort Karriere haßte sie inzwischen nicht weniger als die Politik. Es mache sie frieren, sagte sie, es schiebe sich wie ein Panzer zwischen ihren Mann und sie. Und töte das Gefühl, eine Familie zu sein.

Wir haben ein Kind, sagte sie. Verstehst du das überhaupt: ein Kind!?

Gundelach verstand nur zu gut. Jeder, der sich ab und zu Zeit genommen hätte, um mit Benny zu spielen, wäre wichtiger gewesen als er. Ihn würde Benny wirklich vermissen. Seinem Vater dagegen begegnete er nur freundlich.

An der mangelnden Zeit allein lag es freilich nicht. Gundelach wollte sich von Benny nicht vereinnahmen lassen. Zwar liebte er seinen kleinen, frühe Züge nachdenklicher Ernsthaftigkeit zeigenden Sohn über alles. Aber es war eine beobachtende Liebe; keine, die sich einmischte; keine, die sich hineinziehen ließ und der Gefahr aussetzte, ergriffen und festgehalten zu werden.

Es war dieselbe distanzierte Art zu lieben, die er Heike entgegenbrachte. Er wußte, wie sehr er sie dadurch verletzte. Trotzdem gelang es ihm nicht, aus diesem Käfig auszubrechen. Es war zu wenig da, was hätte ausbrechen können.

Das Wollen und Denken, der innere Antrieb eben: er war mit Monrepos verhaftet. Dort existierte er auf die ihm gemäße Weise und war erfolgreich damit. Das ließ sich auch draußen, wo es doch nur Schmerz und Ratlosigkeit erzeugte, nicht verwischen. Schon der Versuch hätte ihn für den besonderen Dienst, den er versah, untauglich gemacht. Und es gab nichts, was Gundelach mehr fürchtete.

Das Priestertum der Macht vertrug offenbar keine engeren Bindungen. Es gehörte wenig Beobachtungsgabe dazu festzustellen, daß es Oskar Specht und Tom Wiener nicht anders erging. Wenn sie erzählten, daß sie nachts bei der Heimkehr nur vom Hund freudig begrüßt wurden, war die brüchige Lustigkeit ihrer Stimmen nicht zu überhören.

Dennoch: zu Weihnachten, als er mit Fieber zu Bett lag, nahm Gundelach sich vor, wenigstens etwas mehr Anteilnahme auf seine Familie zu verwenden. Das, immerhin, sollte doch möglich sein, ohne sich deshalb gleich von der politischen Bühne abmelden zu müssen. Einfach ein bißchen mehr Interesse zeigen, mehr Fantasie entwickeln, mal wieder was unternehmen.

Weihnachten ist eine gute Zeit für solche Vorsätze. Und weil er es nicht geschafft hatte, mit Liebe und Sorgfalt ausgewählte Geschenke zu kaufen – sondern nur Mitbringsel der üblichen Sorte, am Dreiundzwanzigsten mit schwerem Kopf und weichen Knien im Kaufhaus zusammengeklaubt –, schrieb er noch schnell einen Gutschein für ein ›tolles Wochenende‹ im Kurhotel Unterstein und legte ihn unter den Weihnachtsbaum.

Dort blieb der Zettel liegen, bis ihn Benny in die Finger bekam, eifrig und still mit seinen neuen Wachsmalstiften bearbeitete und, vom Ergebnis nicht restlos überzeugt, in buntes Konfetti verwandelte.

Heike kehrte die Reste schweigend zusammen.

Dann war der Urlaub vorüber, und Gundelach pünktlich genesen. Erneut galt es, die Koffer zu packen. Sie flogen nach Saudi-Arabien, Kuwait und Ägypten.

Über zwanzigtausend Mark hatte das silberbeschlagene Gewehr gekostet, das seiner Majestät, König Fahad Bin Abdul Aziz Al Saud, zugedacht war – und nun empfing der Herr sie nicht einmal!

Dieselben Manieren wie sein Bruder, dachte Gundelach bissig.

Offiziell war Fahad unabkömmlich, doch jeder in Riyadh wußte, daß Seine Majestät geruhte, auf Falkenjagd in der Wüste zu weilen. Besonders schmerzlich war, daß Postminister Schwarz-Schilling (wenn es wenigstens Außenminister Genscher gewesen wäre!) nur zwei Wochen vorher eine, wie die Deutsche Botschaft eilfertig vermeldete, ›ungewöhnlich lange Audienz‹ bei König Fahad erhalten hatte, in der dieser sein lebhaftes Interesse an einer ›Cooperation on the highest level‹ mit der Bundesrepublik Deutschland bekundet hatte. Sprach's und entschwand ins feudale Sandleben.

Was aber tun mit der doppelläufigen Flinte, deren Transport nichts als Scherereien bereitete? Den internationalen Sicherheitsbestimmungen gemäß, mußte sie vor jedem Flug dem Captain ausgehändigt werden, der sie im Cockpit verstaute. Denselben Zirkus auf dem Weg nach Kuwait, nach Kairo und zurück in die Heimat veranstalten zu müssen, hatte etwas entschieden Lächerliches.

Die Botschaft erbarmte sich und versprach, das sperrige Gastgeschenk dem König zukommen zu lassen, wenn er wieder zurück war von der Jagd. Ein Dankeschön allerdings traf nie ein.

Auch sonst verlief nicht alles nach Plan. Unter den Mitreisenden befand sich ein Stahlindustrieller, Fritz Knoop, dessen vielfach verschachteltes Imperium gerade erst mit Getöse auseinandergebrochen war. Specht selbst hatte Anfang des Jahres noch versucht, Knoops Gläubigerbanken zum Stillhalten zu bewegen – vergebens. Da das Land seinerseits nicht bereit war, eine Bürgschaft für vierzig Millionen Mark zur Rettung der Knoop-Gruppe zu leisten, und auch der Bund die Taschen zuhielt, hatte Knoop den Banken wenig zu bieten.

Daraufhin beschloß man, den Industriellen fallen zu lassen, das im Land befindliche Stahlwerk mit neunhundert Arbeitsplätzen jedoch zu retten. Dessen Geschäftsleitung wurde aufgefordert, auf eigene Faust einen Vergleichsantrag zu stellen, um die einheimische Aktiengesellschaft aus einem eventuell nachfolgenden Konkursverfahren des gesamten Konzerns herauszuhalten zu können. Der Vorstand beugte sich dem Druck. Der Antrag wurde, ohne Knoops Wissen, an einem Wochenende bei Gericht eingereicht. Unmittelbar danach bewilligte die landeseigene Bank, wie zuvor abgesprochen, einen Kredit von fünfunddreißig Millionen Mark.

Nachdem auf diese Weise eines der wenigen noch Gewinn erzielenden Unternehmen des Knoopschen Imperiums herausgelöst war, lag dessen Überschuldung offen zutage. Fritz Knoop mußte für das ganze zerbrechliche Konstrukt Vergleich beantragen. Betroffen davon waren auch Gesellschaften in Jeddah und Riyadh, an denen Saudi-Arabien, und ein Stahlwerk in Kuwait, an dem der kuwaitische Staat Anteile hielt.

Genau besehen, brachte man also den orientalischen Herrscherhäusern als Morgengabe ein paar Millionen Mark Miese mit. Vielleicht wollte der saudische König deshalb nichts von der Karl-May-Büchse wissen. Oder er hatte schon eine.

Als besonders befremdend wurde indes die Tatsache empfunden, daß Knoop nach dem Debakel nicht etwa schmollend und zähneknirschend zu Hause blieb, sondern sich ungerührt der Reisegesellschaft zugesellte und dem Ministerpräsidenten, als wäre nichts geschehen, freundlichst Davidoff-Zigarren und mitternächtliche Skatpartien andiente.

Die Häme der pikierten Manager und Mittelständler kannte keine Grenzen. Kann der sich das überhaupt leisten? feixten sie bei jeder Gelegenheit und empfahlen Specht, mit Knoop höchstens noch um Zehntelpfennige zu spielen.

Auch Specht fühlte sich nicht ganz wohl in seiner Haut. Für das erklärte politische Reiseziel, die wirtschaftliche und technische Stärke des Landes herauszustreichen und auf Industrie-Messen in Jeddah und Riyadh um zahlungskräftige Kundschaft zu werben, war Knoops Anwesenheit nicht gerade ein Aushängeschild. In allen Gesprächsunterlagen der Staatskanzlei fand sich denn auch der warnende Hinweis: Von uns nicht anzusprechen: der Fall Knoop! – was, jenseits des diplomatischen Sprachgebrauchs, soviel bedeutete wie: Finger weg, da haben wir schlechte Karten.

Auf der anderen Seite hatte man Knoop mit in den Sumpf hineingestoßen, in dem er jetzt steckte, und mußte ihm nun wohl zubilligen, daß er zu retten versuchte, was noch zu retten war. Das Prestige, trotz des Fallissements im Troß der Vorzeigeunternehmer mitreisen zu dürfen, mochte auf seine morgenländischen Geschäftspartner vertrauensbildend wirken, zumal bei deren ausgeprägtem Sinn für symbolträchtige Gesten. Und außerdem hatte er in guten Zeiten nie geknausert. Vor zwei Jahren erst war Specht auf seine Einladung hin in die USA geflogen und hatte dort jede Menge Topleute, von David Rockefeller bis ITT-Chef Araskog, getroffen. Auch das war ja dem Land zugute gekommen, irgendwie.

Specht entledigte sich der delikaten Aufgabe mit bemerkenswertem Geschick. Am Ende konnte er es sich sogar leisten, den Generaldirektor des saudischen Unternehmens, das Mehrheitsgesellschafter an Knoops dortigen Stahlwerken war, zu einem Gegenbesuch im Land einzuladen. Hier möge er sich, warb Specht, von der Leistungsfähigkeit der Wirtschaft und insbesondere der kleinen und mittleren Unternehmen überzeugen. Das war schön und zutreffend gesagt und versöhnte die begleitenden Maschinenbauer und Consultants mit vielem. Denn auch Knoop zählte ja jetzt wieder zu den Kleinen.

Vergleichsweise einfach gestaltete sich demgegenüber der kuwaitische Abstecher. Auch Emir Scheich Jaber Al-Ahmad Al-Jaber Al-Sabah konnte sich zwar zu den mittelbar Landesgeschädigten zählen, da er bei der deutschen und der amerikanischen Knoop-Holding ›shareholder‹ war. Ob er das aber überhaupt wußte? Kein Sterbenswort verlor er jedenfalls bei Spechts Höflichkeitsvisite über die leidige Angelegenheit. Und er hatte es, was ihm besonders hoch anzurechnen war, auch gegenüber Bundeswirtschaftsminister Graf Lambsdorff nicht getan, als der kurz vor Weihnachten seine Aufwartung machte.

Den Emir plagten wohl auch andere Sorgen. Nach einem durch betrügerische Manipulationen ausgelösten Börsencrash, der den kuwaitischen Finanzmarkt an den Rand des Zusammenbruchs getrieben hatte, kursierten Gerüchte, wonach Kuwait zur Abdeckung der riesigen Verluste ausländische Investments überprüfen und Kapitalbeteiligungen, zum Beispiel bei Daimler Benz und Hoechst, auflösen müsse.

Alles lachhaft, natürlich. Specht verschwendete keine Silbe daran. Schweigst du mir, schweig ich dir. Da die Kuwaiter, im Unterschied zu den quengelnden Saudis, auch kein Interesse an größerem deutschen Kriegsspielzeug wie dem neuen Leopard-Panzer zeigten, ließ sich mit ihnen aufs angenehmste plaudern.

Schade, daß Scheich Jaber ein Jagdmuffel zu sein schien – ihm hätte man das Gewehr gegönnt. Statt dessen empfing Oskar Specht aus seiner Hand ein feinziseliertes Krummschwert. Es landete, wie anders, beim Weiterflug im Cockpit.

Gundelachs Sympathien lagen eindeutig auf Seiten der Kuwaiter. Sie erschienen ihm offener, herzlicher als die Saudis, gemäßigter im Umgang mit ihrem märchenhaften Reichtum. Ein Milliardär wie Scheich Juffali, der saudische Partner von Daimler Benz in Jeddah, demonstrierte seinen Mammon noch in den massivgoldenen Knöpfen der Seidengewänder, die er um sich drapierte. Der Emir von Kuwait, dem der Laden doch zu vierzehn Prozent gehörte, tat das nicht. Das eben war der feine Unterschied.

Außerdem kannten die Kuwaiter das Gefühl der Angst und scheuten sich nicht, es zu zeigen. Angst vor den unheimlichen Nachbarn Iran und Irak, die in einen mörderischen Krieg direkt vor ihrer Haustür verwickelt waren. Angst vor sechzig Prozent Fremdarbeitern, Palästinenser zumeist, von denen ihr öffentliches Leben abhing. Angst vor der Verletzlichkeit ihrer Meerwasser-Aufbereitungsanlage, ohne die sie verloren waren.

Angst macht menschlich. Kuwait war menschlich – auch wenn die Luft nach Öl stank und die Kadaver verendeter Tiere auf dem Weg zwischen Flughafen und Kuwait City nicht recht zur orgiastischen Freßkultur passen wollten, mit der man die deutschen Gäste traktierte.

Im Wasserturm-Restaurant hoch über der Stadt, an Deck eines alten, halb im Meer und halb an Land liegenden Handelsschiffes, auf den Teppichen eines klimatisierten Beduinenzeltes, an kniehohen vergoldeten Tischchen im Palast: überall gab es fette, scharfe oder klebrigsüße Speisen in endloser Folge, die der Konzern mit dem Stern meist noch dadurch bereicherte, daß er sein Markenzeichen als wagenradgroße Torte dazustellen ließ.

So fühlte man sich immerzu heimisch und nie ganz verloren.

Ehe sie nach Kairo weiterflogen, lud der Botschafter zum Dinner. Deutsches Bier, wie Alkohol überhaupt eine Rarität in diesen Breitengraden, floß reichlich. Die Stimmung war glänzend, die Unternehmer nun endgültig voll des Lobes. Specht erläuterte seine Technologiepolitik, die Versäumnisse der Bundesregierung bei der wirtschaftlichen und politischen Zusammenarbeit mit arabischen Ländern und das absehbare Schicksal des ›Fes-Planes‹ von König Fahad, der logischerweise zu Verhandlungen mit Israel führen und deshalb am Widerstand Libyens und Syriens scheitern werde.

Alle hörten zu, bis auf zwei Damen, die mehr Gefallen an Tom Wieners halblaut dazwischengeworfenen Späßen fanden und herzhaft lachten.

Gundelach beobachtete Spechts Stirn und dachte sich seinen Teil. Und wirklich inszenierte Specht, kaum daß man sich zum Mokka erhoben hatte, wieder dieselbe Strafaktion wie im amerikanischen Mittelwesten. Die Gastgeber hielten es für einen Witz, doch Wiener fügte sich.

Eingedenk der Erfahrungen von Indianapolis hütete sich Gundelach, an Wieners Tür zu klopfen. Statt dessen legte er sich in die kreisrunde Marmorwanne seines Bades, schaltete die Düsen des Whirlpools ein und sinnierte, warum Tom Wiener so viel Ungemach klaglos erduldete.

Vielleicht, dachte er, steckt ja auch bei ihm Kalkül dahinter. Noch in dem, was sich Specht ihm und nur ihm gegenüber herausnimmt, kommt ihre besondere Beziehung zum Ausdruck. Morgen schon wird Specht ihn wieder, für alle sichtbar, bevorzugen. Wahrscheinlich nimmt er nur ihn zum Gespräch mit Ägyptens Staatschef Mubarak mit, ganz sicher sogar. Wiener darf das Ergebnis dann unter seinem Namen verkaufen, und es hat gute Chancen, bundesweit zu laufen. So gesehen, ist er vielleicht viel gerissener, als wir alle denken, und schlägt noch aus Spechts Marotten Kapital. Jeder schaut, wo er bleibt – wie du selbst auch, mein Lieber ...

Dann schlief er ein, die Hand an der vergoldeten Armatur, und als er erwachte, fror ihn.

In Kairo fanden die politischen Gespräche tatsächlich im kleinsten Kreise statt. Gundelach hatte ausgiebig Gelegenheit, den Suk, die Al Azhar-Moschee und die Zitadelle zu besichtigen. Auch die Unternehmer waren wenig beteiligt, manche reisten früher ab als geplant. Für Sight-seeing sei ihnen die Zeit zu schade, sagten sie, und außerdem wäre in Ägypten sowieso nichts zu holen. Wenn man das Marriot-Hotel verließ und durch die verstopften, staubigen oder von Wasserrohrbrüchen lehmig verschlammten Straßen fuhr, war man geneigt, ihnen zu glauben.

Gundelach erschrak über die vielen bettelnden Blinden, deren Augen die Bilharziose in milchigweiße Flecken entstellt hatte. Schon bei Kindern konnte man die beginnende Krankheit erkennen. Sie drängten herbei, als Specht eine vollautomatische Fladenfabrik besichtigte, die ein Unternehmen des Landes mit Entwicklungshilfegeldern errichtet hatte, mitten in einem Elendsviertel.

Ringsum starrte alles vor Schmutz. Doch die chromglänzende Anlage erfüllte höchste Hygieneanforderungen und verschweißte sogar die Fladen in luftdichte Folie. Auf Eselskarren wurden sie dann zur Verteilung abtransportiert. Sehr zum Ärger des stolzen Firmenvertreters, der die Führung organisiert hatte, war die Maschine allerdings an einer Stelle defekt. Zwei fröhliche Ägypterinnen hockten mit nackten Füßen auf dem Metallzylinder und schaufelten den Teig mit bloßen Händen in den nächsten Behälter. Bis zu den Ellenbogen tauchten sie in die Knetmasse und freuten sich über das unvermutete Glück, Arbeit gefunden zu haben.

Es würde nicht lange währen. Noch an Ort und Stelle wurde der Firmeningenieur zusammengestaucht und beauftragt, schleunigst für das fehlende Ersatzteil zu sorgen.

Zum Abschluß besuchten sie Luxor und die Pyramiden, das Tal der Könige und den Tempel der Hatschepsut. Zu den Pyramiden fuhren sie nachts, um dem Lärm der touristischen Film- und Musikanimation zu entgehen.

Wie Gebirge erhoben sich die Pyramiden und stießen mit ihrer Spitze an einen mondbeglänzten Himmel, der sich ihnen als ebenbürtige Geschwister distanzlos zuneigte. Gottheiten unter sich, ungeheuerlich entrückt, äonenlang schweigend, das Schattennetz der Ewigkeit mit mathematischer Präzision auswerfend.

Vergiß das nie, dachte Gundelach, der sich von der Gruppe entfernt hatte und am Cheopsberg hinaufsah, bis er glaubte, von ihm erschlagen zu werden. Vergiß das nie. Das ist das Absolute. Die Vereinigung von Macht und Kunst, Materie und Geist, bis zur Selbstauflösung. Es gibt Fenster zur Transzendenz. Das hier ist eins.

Das dachte er noch, als er den anderen zur Einnahme des Nachtessens ins berühmte, den Stil der Kolonialzeit pflegende Restaurant Mena-House folgte. Und selbst die Rückkehr nach Kairo und das Eintauchen ins tosende, stinkende Elend des Molochs konnte die Erinnerung an den Zipfel Göttlichkeit, den er ertastet hatte, nicht auslöschen.

Neuerdings begehrten Spechts Kinder Rolf und Christina Flaschen- statt Tütenmilch für ihr morgendliches Müsli, der Umwelt wegen.
 Das war ein deutliches Signal.
 Specht berichtete dem Kabinett des öfteren von häuslichen Diskussionen, denen er die politische Korrektivfunktion eines unverbrauchten Menschenverstands beimaß, der dadurch immer noch, stellvertretend für Millionen, zu ihm vordrang, wie hoch er mittlerweile auch gestiegen sein mochte.

Auch mit dem schieren Wirtschaftswachstum konnten die Kinder nichts mehr anfangen. Ketzerisch fragten sie, wozu jährliche Steigerungen des Bruttosozialprodukts denn gut sein sollten. Die Antwort: für mehr Konsum! befriedige sie keineswegs, berichtete Specht stolz.

Die Kabinettsmitglieder nickten nachdenklich. Ja, es war einiges im Wandel! Ein Oskar Specht konnte seinen Kindern die komplizierten Zusammenhänge ja noch kompetent erläutern, so daß von daher keine Gefahr drohte – aber wie stand es um die Millionen, denen solches Glück nicht beschieden war?

Die Umwelt also. Gottseidank hatte auch der zuständige Minister rechtzeitig gemerkt, was los war. Er wartete mit einem Waldschadensbericht auf, der die Spechtsche Tütenmilchphobie, bei allem Respekt, denn doch in den Schatten größerer Herausforderungen stellte. (Hätte Oskar Specht allerdings gewußt, was sein Minister wußte, daß die kommunalen Mülldeponien langsam vollliefen und jedes Kilogramm Sondermüll außer Landes entsorgt werden mußte, wäre er dem familiären Frühwarnsystem wahrscheinlich noch entschiedener gefolgt, und das Land hätte ein millionenschweres Recyclingprogramm bekommen).

Der Wald, das war jetzt amtlich, starb. Vierzig Prozent der Tannen, zehn Prozent der Fichten waren krank; Tendenz steigend. Über die genauen Ursachen rätselten die Fachleute noch. Daß aber das Schwefeldioxyd in der Luft zu den hauptsächlichen Übeltätern zählte, stand so gut wie fest. Man hatte es nur noch nicht mit letzter wissenschaftlicher Präzision nachgewiesen.

So lange, das war sonnenklar, konnte man nicht warten. Erst stirbt der Wald, dann stirbt der Mensch. Die Medien bemächtigten sich des gemütsträchtigen Themas mit messianischem Eifer. Förster mutierten zu Propheten, das Menetekel kahler Bannwälder verkündete den nahenden Untergang. Waldbegehung im Lodenmantel geriet zur ersten Politikerpflicht. Große Tiere, kleine Tiere pirschten durch den deutschen Tann.

Specht stürzte sich mit Inbrunst auf das Thema. Es bot alles, was Politik reizvoll machte: Krisenmanagement, Eile, öffentliche Aufmerksamkeit, Interesse der Jugend, bundes- und europapolitische Bezüge, Querverbindungen zur Industrie, Auszeichnungschancen. Als erstes gab Tom Wiener den passenden Begriff vor: ›Ökologische Offensive‹. Dann ging's los.

Die ›Technische Anleitung Luft‹, deren Novellierung die Bundesregierung gerade vorbereitete, sollte verschärft werden. Nicht konsequent genug! sagte Specht und forderte im Bundesrat, die Grenzwerte für Schwefeldioxydausstoß drastisch herabzusetzen. Der Bundesrat lehnte ab.

Die Bundesregierung beschloß den Entwurf einer neuen Großanlagenverordnung zur Abgasentschwefelung in Heizkraftwerken. Unzureichend! sagte Specht und verlangte im Bundesrat, die Anforderungen an die Technik auf japanischen Standard zu erhöhen und alle Altanlagen so schnell wie möglich stillzulegen. Der Bund sperrte sich.

In kleinem Kreis mokierte sich der Bundesinnenminister über den plötzlichen ›Ökofimmel‹ Spechts. Doch der war schon weiter. Man beschloß, alle landeseigenen Heizwerke entsprechend den selbstgesetzten Maßstäben umzurüsten. Kostenpunkt: vierundvierzig Millionen Mark. Die Vorstände der Energieversorgungsunternehmen wurden einbestellt und von Specht so lange bearbeitet, bis sie sich schriftlich verpflichteten, ihre Kohlekraftwerke schnellstmöglich und im Übersoll zu entgiften. Flugs war auch noch eine ›Expertengruppe Energie und Umwelt‹ gegründet, die eilends zu Studienzwecken nach Japan aufbrach.

Specht kümmerte sich derweil um Europa. Er regte ein gemeinschaftliches Aktionsprogramm zum Schutz des Waldes an und empfahl dem Kanzler, es auf dem EG-Gipfel beschließen zu lassen, der im Sommer in der Landeshauptstadt stattfinden sollte. Kohl erklärte sich dazu bereit. Aber ausnahmsweise waren die Brüsseler Bürokraten einmal schneller: Sie hatten die Initiative schon in der Schublade.

Den Umwelt-Präsidenten focht es nicht an. Er erbot sich, im Land ein ›Europäisches Zentrum für Maßnahmen der Luftreinhaltung‹ zu gründen und es mit hundertfünfzig Millionen Mark auszustatten. Zur Bekräftigung reiste er selbst nach Brüssel, verhandelte mit der Kommission und vereinbarte gleich noch ein EG-Symposion über saure Niederschläge im neuen Forschungszentrum. Außerdem empfahl er die Gründung einer Europa-Stiftung zur Waldrettung.

Wieder zurück, ging es dem Heizöl und dem Dieselkraftstoff an den Kragen. Specht drängte den Bund, den Schwefelanteil im leichten Heizöl und beim Diesel-Treibstoff zu halbieren und das Verbrennen schweren Heizöls ganz zu untersagen.

Langsam wurde der Bundesinnenminister mürbe.

Dann wagte sich Specht ans Allerheiligste der Deutschen, ans Auto. Das pustete zwar keinen Schwefel, dafür um so mehr Stickoxyde in die Luft. Auch die bekamen dem Wald offenbar nicht. Specht konferierte mit den Spitzen der Automobilindustrie und hielt ihnen vor, ihre Exportfahrzeuge für USA und Japan erfüllten bereits wesentlich strengere Abgasnormen als im Inland. Die Übernahme der amerikanischen Normen sei das mindeste, was man verlangen könne. Und für die Einführung bleifreien Benzins müsse ein fester Zeitpunkt her.

Die Bosse verschanzten sich hinter technischen Problemen und der Wettbewerbsverzerrung, die eine Ungleichbehandlung in der EG mit sich bringe. Specht erklärte, nach seiner Erfahrung werde die Industrie ungeheuer kreativ, wenn sie nur genügend politischen Druck verspüre. Die Manager suchten ihr Heil beim Bundesinnenminister.

Der äußerte zwar Verständnis, war aber schon etwas resigniert. Er brachte sie dazu, eine für später geplante EG-Richtlinie zur europaweiten Reduzierung von Autoabgasen freiwillig vorweg zu erfüllen.

Specht begrüßte die Entscheidung und forderte die Bundesregierung auf, in Brüssel massiv auf einen festen Terminplan zur Einführung des bleifreien Benzins zu drängen. Dann brachte er die früheren, abgelehnten Entschwefelungs-Initiativen wieder im Bundesrat ein.

Es war ein faszinierendes Hase- und Igel-Spiel, bei dem Specht die Bundesregierung wie einen Spielball vor sich hertrieb. Die Medien, allen voran Spiegel und Stern, verfolgten es mit unverhohlener Sympathie, und Oskar Specht wurde endgültig zur bundespolitischen Figur.

Tom Wiener schlug tagelang seine Zelte in der Bonner Landesvertretung auf, um die Bonner Journaille ins Bild zu setzen. Specht traf sich fortan regelmäßig mit den leitenden Redakteuren der politischen Magazine, spielte mit ihnen zusammen Tennis, dinierte und analysierte die Fehler der Bundesregierung.

Der Wald starb, Spechts Weizen blühte. Endlich einer, der handelte. Einer, der sogar den Mächtigen von Industrie und Eurokratie die Stirn bot. Kein eingetüteter Pappkamerad. Millionen lasen und begriffen es jetzt.

Mit dem Wald hatte Gundelach es nicht so sehr. Vielleicht deshalb, weil er darin aufgewachsen war. Die ersten Ängste, die früheste Trauer, das erwachende Bewußtsein – alles war auf irgend eine Weise mit Tannen, Farnen, ewiglangen Spaziergängen, mit Pferdeschlittenfahrten im peitschenden Schnee, bedrohlich knackenden Ästen und wehmütig stimmenden Liedern verbunden.

Gundelach glaubte dem Wald nicht, daß er sich anschickte zu sterben. Er hielt es für eine Finte des alten, grimmigen Waldgeistes, der sich wieder mal schuppte und kratzte wie alle paar Jahrhunderte, wenn zuviel Gewürm, Getier oder Gemensch an seinem Borkenkleid nestelte. Kein Grund zur Aufregung. Der alte Pflanzenwucherer hatte mehr Samen in seinem Schoß als alle Männer, die jetzt bataillonsweise ausschwärmten, ihn zu retten. Die ihn kalkten, düngten und bis in die Kapillarspitzen analytisch befragten.

Der Wald, da war sich Gundelach sicher, lachte sich eins in die Wipfel. Aber natürlich sagte er es niemandem. Man hätte ihn für verrückt erklärt. Und im übrigen fand er es durchaus in Ordnung, daß für ein paar tausend Tonnen Schwefel weniger in der Luft gesorgt wurde, der menschlichen Lungen und Stimmbandritzen wegen.

Benny war noch immer kruppgefährdet.

Statt den Wald zu retten oder Minister Zimmermann zu ärgern, widmete sich Gundelach der Wissenschaft. Die durfte sich durch den ›Zukunftskongreß‹ und die Arbeit der emsigen Kommissionen plötzlich vom Aschenputtel zur Märchenprinzessin befördert sehen – allerdings nur, wenn sie mit neuesten technologischen Reizen aufwarten konnte. Doch daran mangelte es nirgends. Selbst altehrwürdige Universitäten, die sich ihren geisteswissenschaftlichen Ruf bisher zur Zierde hatten gereichen lassen, versteckten die philologischen und philosophischen Muttersöhnchen plötzlich schamhaft in den Rockfalten der Alma mater, als handle es sich um rotznäsige Bastarde, und schoben an ihrer Stelle die pausbäckigen Laborbuben nach vorne, denen so offenkundig die ganze Liebe des technikbegeisterten Landesvaters galt.

Amerika hat die Mikrochips, Frankreich die Kernenergie, und wir haben die Diskussion, hatte Oskar Specht orakelt. Damit war klar, wen er künftig zu alimentieren gedachte und wen nicht. Das schmerzte zwar den Wissenschaftsminister, der gerne mal zwischendurch einen Klassiker im lateinischen Urtext las und zu allem Überfluß auch noch daraus zitierte. Doch da er Minister bleiben wollte, fügte er sich. Suckelte an seiner Pfeife und schwieg.

Binnen weniger Monate waren ein Zenrum für Opto- und Mikroelektronik, ein Forschungszentrum Informatik, ein Zentrum für Lasertechnik, ein genetisches Zentrum, Institute für Konstruktionskeramik, Produktionsautomatik und Polymerforschung, Forschungsschwerpunkte für Industrieelektronik und Bioverfahrenstechnik, ein CAD/CAM-Plan und ein Forschungspool konzipiert, außerdem war der Kauf zweier Höchstleistungsrechner beschlossen und waren die Hochschulen von jeglicher Stelleneinsparung befreit.

Dr. sc. nat. Alice befand sich mit einem Schlag im Wunderland. Wieviele Millionen das alles kostete, darüber besaß nicht einmal mehr der Finanzminister einen Überblick; etliche hundert waren es aber schon. Das hehre Ziel der Nullverschuldung erlitt das Schicksal seines amerikanischen Verwandten, es verschwand in der Versenkung. Im übrigen fragte auch keiner mehr danach.

Dafür genoß das Land den Ruf, an der Spitze des Fortschritts zu marschieren – und die Spitze der Spitze bildete Oskar Specht. Daß Tom Wiener, schon den nächsten Wahlkampf im Visier, den Slogan ›Unser Land ist spitze!‹ kreierte, war deshalb fast eine Tautologie. Doch politische Werbung richtet sich ohnehin an die geistig etwas Schwerfälligeren.

Man hätte wohl erwarten können, daß soviel Großmut die Herren Universitätsrektoren und -dekane, wie Müller-Prellwitz lästerte, zum knieenden Gebet des Freudenreichen Rosenkranzes veranlassen würde.

Doch weit gefehlt. Sie nahmen lediglich die Lautstärke ihrer Klagen, die denen einer orientalischen Trauerversammlung in nichts nachstanden, um einige Dezibel zurück und erwiderten jedes Geschenk mit der herzzerreißenden Versicherung, daß es nicht ausreiche und so, in dieser Unvollkommenheit, die Probleme eher vergrößern werde.

Gundelach war sich nicht schlüssig, ob die akademische Elite von ihrem politikerprobten Ritual einfach nicht lassen wollte – sowenig es einen morgenländischen Händler zufriedenstellt, wenn der Tourist auf seinen Wucherpreis mir nichts, dir nichts eingeht –, oder ob sie mit feiner Witterung spürte, daß neben Spechts Fortschrittsbegeisterung auch persönliche Kompensationsbedürfnisse eine Rolle spielten, deren Befriedigung gewissermaßen von staatspolitischem Nutzen war.

Jedenfalls bedienten sich die Rektorenkränzchen im biedermeierlichen Ambiente Unterteins tellerweise vom hochschulpolitischen Kuchenbüffet und waren erst dann einigermaßen satt, wenn der oberste Zuckerbäcker auf die Cremetorte neuer Institute und Apparate noch die Sahnehäubchen geringerer Lehrverpflichtungen und großzügigerer Drittmittelregelungen (das betraf den Zugang zu den begehrten Industrie- und Stiftungstöpfen) draufgehauen hatte.

Sie nannten es: Verbesserung der Rahmenbedingungen. Seit jener Zeit konnte Gundelach, sooft er den Begriff hörte, nicht anders, als dabei zugleich ans ungenierte Rahmabschöpfen zu denken. Und doch: Es gab nicht nur dies.

Eines Tages ließ Tom Wiener Gundelach rufen und hielt ihm einen Brief unter die Nase. Darin fragte der Dekan einer wirtschaftswissenschaftlichen Fakultät mit knappen Worten an, ob der Ministerpräsident bereit wäre, die Ehrendoktorwürde der Universität entgegenzunehmen.

Es handelte sich um eine der großen Universitäten des Landes, und der Ruf der Fakultät war ausgezeichnet.

Was meinen Sie dazu? fragte Wiener.

Naja, sagte Gundelach. Bislang sind solche Angebote nur von obskuren amerikanischen und asiatischen Hochschulen gekommen, wo man sich den Doktorhut für ein paar tausend Dollar kaufen kann. Das hier ist auf alle Fälle was Reelles.

Kennen Sie den Mann? Professor ... Wrangel, Werner Wrangel.

Nur dem Namen nach. Eine Kapazität, ohne Zweifel.

Zeigen Sie noch mal her: ›Institut für Mathematische Wirtschaftstheorie und Operation Research‹ ... Wat is'n det?

Gundelach kratzte sich am Kopf.

Genau kann ichs Ihnen auch nicht sagen. Eine bestimmte Fachrichtung der Nationalökonomie, glaube ich, die für Banken und Versicherungen große Bedeutung hat.

Hat der Wrangel schon mal was von uns wollen? Penunze, Stellen, Orden?

Nicht daß ich wüßte. In Unterstein oder hier bei uns bin ich ihm jedenfalls noch nie begegnet.

Merkwürdig –.

Wiener drehte das Papier hin und her.

Und wenn? Vielleicht steckt ja wirklich nichts weiter dahinter. Wissen Sie was, fahren Sie doch mal hin und schauen Sie sich den Vogel an. Aber keine Zusagen machen! Und erkundigen Sie sich zur Sicherheit beim Wissenschaftsministerium.

Gundelach nickte und ging mit dem Schreiben zur Tür. Wieners Stimme holte ihn ein. Noch ehe er sich umdrehte, spürte Gundelach, daß sein Chef von einem Ohr zum anderen feixte.

Mal ehrlich. Können Sie sich das vorstellen: Doktor Oskar Specht?

Ach Gott, sagte Gundelach gedehnt und wie immer auf der Hut, wie man's nimmt ... Ein bißchen erkenntlich können sich die Herren Professoren für den vielen Zucker schon zeigen, den wir ihnen hintenrein blasen.

Und genau den Eindruck fürchte ich! Ja, wenn der Oskar der Typ wäre, dem die Leute so was abnehmen! Aber da paßt doch der Topf nicht zum Deckel –.

Er ist ja nur *honoris causa*, sagte Gundelach und mußte seinerseits grinsen. Der Deckel.

Raus, Sie Armleuchter! Und machen Sie einen großen Bogen ums Archiv!

Professor Wrangel empfing Gundelach wie einen alten Bekannten. Er war klein und hager, das braungebrannte Gesicht kokettierte mit einem eisgrauen Stoppelhaarschnitt. Sein Händedruck hatte die Kraft eines Schraubstocks.

Ich habe uns ein Mittagessen im Gästehaus bestellt, sagte er. Da sitzt man gemütlicher.

Gundelach spürte auf Anhieb, daß Professor Wrangel ein völlig anderes Kaliber war als die habilitierten Berufsnörgler, denen er bisher begegnet war. Wrangels Gang war federnd, die Hände schienen nur aus Knochen und Sehnen modelliert. Wenn er lächelte, verengten sich die metallfarbenen Augen zu scharfkantigen Schlitzen. Wrangel mochte an die sechzig Jahre alt sein, doch sein Körper war alterslos-zäh wie der eines austrainierten Judoka.

Treiben Sie Sport? fragte Gundelach, während sie vom Fakultätsgebäude zum Bungalow hinüberwechselten, in dem sich das Kasino befand.

Ein wenig, antwortete Wrangel. Früher war ich ein begeisterter Bergsteiger. Leider hat das zu einigen Trümmerbrüchen geführt, so daß ich es jetzt ruhiger angehen lasse. – Und Sie?

Och, ein bißchen Tennis. Nichts Besonderes.

Ein schöner Sport, sagte der Professor höflich. Der MP spielt auch Tennis, nicht?

Gundelach bejahte und wunderte sich über die Selbstverständlichkeit, mit der Wrangel vom ›MP‹ sprach.

Kennen Sie Herrn Specht näher? fragte er und genierte sich, weil Wrangel ihm die Glastür aufhielt.

Nur vom Fernsehen und aus den Zeitungen. Wieso?

Weil – nun, weil Sie so locker vom ›MP‹ sprechen ...

Wrangel blieb stehen und zeigte seine Zähne.

Habe ich etwas falsch gemacht? Das täte mir leid. Nein, ich finde ihn einfach sympathisch. Klug und sympathisch. Wahrscheinlich ist es die schlechte Angewohnheit von uns Mathematikern, alles auf die kürzestmögliche Formel bringen zu wollen.

Sie nahmen am gedeckten Tisch eines kleinen, elegant möblierten Salons Platz, und ein livrierter Kellner, der Wrangel mit großer Ehrfurcht behandelte, fragte nach ihren Wünschen. Gundelach dachte an das Gejammer der Rektoren über die unzureichenden Rahmenbedingungen ihrer harten Arbeit und bestellte Lachssoufflé.

Dann kam er auf den Anlaß seines Besuchs zu sprechen.

Das Angebot sei sehr ehrenvoll für Herrn Specht, sagte er, aber auch ein wenig überraschend. Deshalb habe man ihn beauftragt, noch etwas mehr über die Motive der Universität in Erfahrung zu bringen, die hinter der angetragenen Ehrendoktorwürde stünden – wenn er das so geradeheraus sagen dürfe.

Professor Wrangel dachte nach.

Tja, sagte er schließlich, wenn Sie mich so direkt nach den Motiven der *Universität* fragen – die kenne ich nicht. Bisher wissen weder der Rektor noch der Große Senat Bescheid, genaugenommen nicht mal der Fakultätsrat. Über meine Motive allerdings kann ich Ihnen gerne Auskunft geben, falls Sie das interessiert.

Gundelach saß wie vom Donner gerührt.

Heißt das, die zuständigen Hochschulgremien haben noch gar keinen Beschluß in dieser Sache gefaßt?

Wrangels ledernes Gesicht zerplatzte in ein Faltencraquelée diebischer Freude.

Richtig. Es gibt bis jetzt keinen Beschluß und keinen Antrag. Es gibt nur meine Idee. Und bevor ich die durchsetze – und ich setze sie durch, mit aller Brutalität und Härte, verlassen Sie sich drauf –, muß ich natürlich wissen, ob Ihnen und dem MP eine Promotion politisch überhaupt in den Kram paßt.

Aha.

Das Lachssoufflé wurde serviert. Gundelach war dankbar, während der Pause sein Mienenspiel ordnen zu können.

Wenn Sie mir also, bitte, *Ihre* Motive mitteilen würden, murmelte er und stocherte mit der Gabel in der rosa Fleischmasse.

Ich habe den Brief aus zwei Gründen geschrieben, sagte Professor Wrangel. Erstens imponiert mir die Zielstrebigkeit, mit der Oskar Specht Technologiepolitik an der Schnittstelle von Wissenschaft und Wirtschaft betreibt. Das ist in Deutschland etwas Neues und beschäftigungspolitisch genau das, was wir jetzt brauchen. Zweitens ärgert es mich, mit welcher Selbstverständlichkeit meine Kollegen diese unglaubliche Veränderung der Forschungslandschaft quittieren. Ich wette, von denen hat bis heute nicht einer Danke gesagt.

Nein, sagte Gundelach, in der Tat nicht. Wir sind schon froh, wenn sie, bevor sie wieder etwas fordern, Bitte sagen.

Genauso habe ich mir das vorgestellt. Genau so!

Wrangels Finger hieben auf die Tischplatte, als müßten sie dort Löcher hineinstanzen.

Ich kann den MP nur bewundern, daß er sein Konzept trotz solcher Hosenscheißer durchzieht. Nein, wirklich. Glauben Sie mir, neun von zehn Professoren sind ausgemachte Hasenfüße, das ist die Quintessenz meiner dreißigjährigen Erfahrung im akademischen Lehrbetrieb. Wenn es darum geht, die Hand aufzuhalten, sind alle da – aber wehe, man verlangt von einem, mal hinzustehen!

Gundelach ließ die Gabel sinken.

Und eben dies, sagte er ahnungsvoll, wollen Sie mit Ihrer Initiative erzwingen: Die Gremien Ihrer Universität sollen endlich Farbe bekennen, öffentlich Danke sagen ...

So ist es! rief Wrangel mit blitzenden Augen und lachte, daß er sich verschluckte. Lachte, trank Wasser und verschluckte sich aufs neue.

Ja, das habe ich vor, und ich hoffe nur, Sie machen mir keinen Strich durch die Rechnung. Denn als erstes wird man mich natürlich fragen, ob Specht überhaupt bereit ist, die Ehrung anzunehmen. Wenn es da noch Zweifel gäbe, wäre das für die viele ein prächtiger Vorwand, sich um die Entscheidung zu drücken.

Ich könnte jetzt, dachte Gundelach, die Sache mit wenigen Sätzen beenden. Und dann? Dann wäre ich in den Augen Wrangels ein Hosenscheißer wie alle anderen auch. Und hätte, was noch schlimmer wäre, allen rechtgegeben, die sich feige und angepaßt verhalten. Will ich das?

Angenommen, der MP stimmt zu, sagte er langsam. Wie begründen Sie denn seine Auszeichnung? Es darf auf keinen Fall der Eindruck entstehen, die Ehrendoktorwürde sei eine Art Gegenleistung für das, was auch Ihre Hochschule – und wie Sie wissen, in reichlichem Maße – bekommt.

Statt einer Antwort zückte Professor Wrangel einen Kugelschreiber, faltete seine unbenutzte Papierserviette auseinander und begann, ein Diagramm zu zeichnen.

Sie sind nicht zufällig Volkswirt? fragte er. Macht nichts. Sie werden es trotzdem begreifen. Ich skizziere Ihnen hier die Grundzüge des sogenannten Spechtschen Modells. In der Laudatio werde ich es ausführlich und mathematisch sauber beschreiben. Jetzt geht es nur darum, daß Sie das Prinzip verstehen. Also: Seit Anfang der siebziger Jahre wissen wir, daß das Keynessche Instrument der Globalsteuerung durch staatliche Investitionsmaßnahmen nicht ausreicht, um Vollbeschäftigung zu erzielen. Daraufhin ist die Wirtschaftspolitik weltweit mehr und mehr auf die These Milton Friedmans umgeschwenkt, wonach durch eine Politik des verstetigten Geldmengenwachstums – mit anderen Worten, durch konsequente Inflationsbekämpfung – die Arbeitslosigkeit bis auf einen sogenannten natürlichen Rest reduziert werden kann. Sehen Sie, hier: Die senkrechte Koordinate bezeichnet die Höhe der Inflationsrate, die waagerechte die Zunahme der Arbeitslosigkeit. Nach Friedmans Vorstellung darf sich bei sinkender Inflationsrate die Arbeitslosenquote nicht über die natürliche Arbeitslosenrate hinaus entwickeln, es darf keine Bewegung in Richtung steigender Arbeitslosigkeit geben. Grafisch dargestellt, müßten Inflations- und Arbeitslosenquote parallel verlaufen. Tun sie aber in Wirklichkeit nicht. Empirisch beobachten wir trotz Geldwertstabilität eine Zunahme der Unterbeschäftigung – ab einem bestimmten Punkt biegt die angebliche natürliche Arbeitslosenkonstante in eine unschöne Kurve nach rechts um, weil die Arbeitslosigkeit steigt. Auf dieser ›Phillipskurve‹ – den Namen brauchen Sie sich nicht zu merken – spielt sich beschäftigungspolitisch das ab, was Sie weder durch eine Zinspolitik à la Friedman noch durch Keynessche Nachfragesteuerung in den Griff bekommen, die strukturelle Arbeitslosigkeit. Genau da setzt das Spechtsche Modell an. Der Staat schafft keine künstliche Nachfrage als marktwirtschaftlicher Lückenbüßer, sondern er finanziert eine neue Infrastruktur, die sich kein Einzelunternehmer mehr leisten kann: die schnellstmögliche Umsetzung wissenschaftlicher Ergebnisse in die industrielle Praxis. In unserer Terminologie heißt das, die Kapitalausstattung der Unternehmen wird auf ein qualitativ höheres Niveau gehoben, von dem aus zusätzliche Unternehmensinvestitionen, ein größeres Sozialprodukt und mehr Arbeitsnachfrage möglich sind. Der staatlich geförderte Technologietransfer ist dafür die Initialzündung, nicht mehr, aber auch nicht weniger. Deshalb läßt sich ohne Übertreibung sagen, daß die Spechtsche Modellkonzeption die Nachteile des Friedmanschen und des Keynesschen Modells ausräumt und die strukturelle Arbeitslosigkeit bei unveränderter Geldwertstabilität zurückführt, was wir – er zeichnete einen kräftigen Pfeil von rechts nach links, entgegengesetzt zur Arbeitslosen-Koordinate – so veranschaulichen. – Habe ich mich einigermaßen klar ausgedrückt?

Gundelach starrte auf die Papierserviette. Da stand also nun der Name Oskar Spechts zwischen den Heroen der Wirtschaftswissenschaft und sollte, angedeutet durch ein paar Linien und Kurven, zuwege gebracht haben, woran diese gescheitert waren! Oskar Specht als krönende Synthese von Keynes und Friedman – wohin, um Himmels willen, würde das noch führen?

Man muß das natürlich noch etwas schicker darstellen, ergänzte Professor Wrangel, der Gundelachs Schweigen wohl als Bodensatz wissenschaftlicher Skepsis deutete. Vor allem der Prozeßablauf in dem gesamtwirtschaftlichen Modell muß noch genauer aufgezeigt werden. Aber das wäre jetzt zu kompliziert.

Herr Professor Wrangel, fragte Gundelach leise, ist das mit dem Spechtschen Modell Ihr Ernst?

Mein völliger Ernst. So werde ich es publizieren, mit oder ohne Zeremonie.

Aber ... wie kann jemand ein wirtschaftswissenschaftliches Modell erfinden, von dem er gar keine Ahnung hat?

Indem er's macht, Herr Gundelach! lachte Wrangel und schlug mit der

Handkante auf den Tisch. Indem er's einfach macht! Das ist ja das Geniale an Specht – er diskutiert nicht wie all die akademischen Neunmalklugen, sondern er macht's einfach! Er findet, ohne zu suchen, ohne sich über diesen ganzen wirtschaftsmathematischen Scheiß auch nur eine Sekunde lang den Kopf zu zerbrechen.

Und dafür erhält er die Ehrendoktorwürde?

Naja, wir werden das schon noch etwas garnieren. Es gibt doch sicherlich Aufsätze von ihm zum Thema Technologietransfer, Infrastrukturförderung, Rolle des Staates in der Wirtschaftspolitik – und so?

Oh ja, jede Menge, sagte Gundelach mit einem leichten Seufzer und überschlug im Geiste die Liste der Arbeiten, die in den letzten Jahren unter Spechts Namen veröffentlicht worden waren.

Na, also – dann haben wir doch auch eine wissenschaftliche Bibliografie, aus der ich zitieren kann. Also, was ist: Stimmen Sie zu?

Gundelach holte Luft. Dann sagte er: Ja, doch, ich glaube schon –.

Professor Wrangel sprang auf und umarmte Gundelach. Sein Gesicht strahlte wie das eines Jungen, dessen sehnlichster Weihnachtswunsch in Erfüllung gegangen ist.

Sie sind mir sympathisch, Mensch, ungeheuer sympathisch. . . . Ach was, du bist mir sympathisch! Ich heiß Werner!

Bernhard –.

Herr Ober, bringen Sie uns eine Flasche Champagner! Du wirst sehen, Bernhard, das wird eine verrückte Geschichte. Oskar Specht hat es verdient, er hat es weiß Gott verdient. Und dann möchte ich denjenigen sehen, der es noch wagt, danach zu fragen, ob der Doktor Specht wohl Abitur hat . . .

Du machst Politik, Werner, weißt du das?

Wrangel lachte, daß es im Zimmer dröhnte und der Kellner sich nicht getraute, den Champagner zu servieren.

Das ist doch gerade das Spannende! Und meine Kollegen können nichts dagegen unternehmen!

Sie werden es aber versuchen.

Die Faust des Professors schloß sich ums Sektglas, das der Livrierte vor seinen Platz gestellt hatte.

Sollen sie. Sollen sie. Wenn sie mir in die Quere kommen, werde ich sie zermalmen!

Gundelach berichtete Tom Wiener von seinem Treffen mit Professor Wrangel, indem er sich auf das ›Wesentliche‹ beschränkte. Wiener war ohnehin in Eile.

Der Dekan, sagte er, sei wild entschlossen, Specht die Ehrendoktorwürde zu verleihen. Sogar die Laudatio habe er schon so gut wie fertig, und die charakterisiere die Wirtschafts- und Technologiepolitik des Ministerpräsidenten auf höchst beeindruckende Weise. Wrangel gelte im übrigen als einer der führenden Köpfe der mathematischen Ökonomie, eine Ablehnung könne wie ein Affront gegenüber einem ganzen Wissenschaftszweig wirken.

Wiener sagte: Okay, dann machen wir's – und, schon im Gehen: Pinseln Sie 'nen schönen Vermerk für den MP, der seine Bedenken, falls er überhaupt welche hat, zerstreut!

Gundelach tat, wie ihm geheißen. Es wurde, wie er fand, wirklich ein schöner, überzeugender Vermerk. Trotzdem biß Oskar Specht nicht sofort an, sondern ließ, was seine Art sonst nicht war, die Sache eine Weile liegen. Dann verfügte er mit großem, herrischem ›R‹ eine Rücksprache, und Gundelach fragte sich beklommen, ob er nicht gegenüber seinem neuen Duzfreund Werner den Mund zu voll genommen hatte.

Wie sich herausstellte, betraf des Ministerpräsidenten Zögern jedoch vor allem die Außenwirkung einer Promotion honoris causa. Nach dem universitären Verfahrensstand – den Gundelach dann in seiner ganzen abenteuerlichen Unvollkommenheit hätte offenlegen müssen – fragte er zum Glück nicht. Specht sorgte sich, ob ihn der Arbeiter beim Daimler und die Angestellte im Kaufhof, die man gerade erst mit viel Mühe zur CDU herübergezogen hätte, für abgehoben halten könnten, wenn er auf einmal als ›Doktor‹ daherkäme. Auch hatte die Landesregierung gerade erst Rudolf Breisinger zum siebzigsten Geburtstag den Titel Professor verliehen, was in der Öffentlichkeit nicht übermäßig begeistert aufgenommen worden war. Würde die Presse mutmaßen, bei Specht liege ein Nachholbedürfnis an akademischen Weihen vor?

Wiener und Gundelach beruhigten Specht nach Kräften, indem sie ihm versicherten, das Volk werde die fragliche Auszeichnung keinesfalls als etwas dem Menschen Oskar Specht Wesensfremdes auffassen. Vielmehr werde man darin nur die logische Konsequenz seiner Verdienste um die Schaffung und Sicherung von Arbeitsplätzen durch eine zukunftsorientierte Strukturpolitik erblicken. Wogegen auch die Medien, selbst wenn sie wollten, nicht anstinken könnten. Es mache auch Sinn, sagten sie, daß eine Landesuniversität die Ehrung vornehme, weil der Grund eben in der modellhaften Verwirklichung des Neuen, Wegweisenden im Land selbst zu suchen sei.

Tom Wiener fügte noch an: Nach drei Wochen fragt sowieso kein Aas mehr danach, warum und von wem du den Titel hast. Aber er bleibt dir ein Leben lang!

Specht ließ sich bald überzeugen. Man beschloß jedoch, Professor Wrangel zu signalisieren, daß es mit dem Festakt keine Eile hätte, um den zeitlichen Abstand zu Breisingers Titularprofessur zu vergrößern. Gundelach war froh um diesen Aufschub, denn er vermutete, daß Wrangel mehrere Monate brauchte, bis er seinen Willen in allen zu beteiligenden Kollegien durchgeboxt hatte – auch wenn er das, woran Gundelach keinen Zweifel hegte, ›mit aller Brutalität und Härte‹ tun würde.

Schon als er in seinem Büro den Telefonhörer abhob, um Wrangels Nummer zu wählen und ihm die zustimmende Entscheidung des Ministerpräsidenten mitzuteilen, freute er sich auf das begeisterte, dröhnende Lachen seines neuen Freundes.

Glasvogel

Warum tu ich das alles?

Ja, das ist so einfach nicht zu erklären ...

Manchmal, wenn er wach liegt (oft liegt er jetzt nachts lange wach) und Heike neben sich atmen hört, hört er auch ein einzelnes frühes Vogelzwitschern aus einem der Obstbäume vorm Haus. Durch die Jalousien dringt es zu ihm, früher noch als das Licht und seltsam hallend, als gäbe es auf der Welt nur diesen Ton und diese eine fragende, melancholische Stimme.

Manchmal glaubt er dann die Antwort zu wissen.

Aber die Antwort ist zerbrechlich wie Glas, zerbrechlich wie die aufsteigende und in sich zurückfallende Vogelstimme, und wenn die überreizten Sinne sie mit neuen Fragen bedrängen, wenn der unruhige Verstand sich in sie verkrallt, zerspringt ihr eben noch tröstendes Bild zu einem banalen, nichtssagenden Geäder, so wie der Zauber der einen vorauseilenden Stimme zerstört ist, sobald die zweite und dritte sie erreicht.

Es gibt unterschwellige Veränderungen, soviel steht fest. Veränderungen, die zu benennen – und zu fassen erst recht – schwer ist; und doch existierten sie jenseits aller Einbildung.

Wenn er wach liegt und das, was ihm früher in Träumen erschienen sein mochte, sich nun in der Gestalt von Bildern und Assoziationen an ihn herandrängt, denkt er unwillkürlich an das langsame Bröckeln mürben Gesteins oder ans unmerkliche Sichlockern festgezurrter Taue.

Doch was erklärt das?

Die Dreiergemeinschaft zeigt Verschleißerscheinungen. Morgens, im Dunkel, hört man das Knistern haarfeiner Bruchstellen.

Specht hat *etwas* die Lust an landespolitischen Themen verloren. Wiener hat *etwas* von seinem früheren Schwung eingebüßt. Gundelach sieht das, was er tut, *etwas* kritischer.

Da ist es: das erste, schwache Rufen. Einsam und gleich wieder verstummt.

Warum läßt Oskar Specht zuweilen Überdruß erkennen?

Eigentlich läuft alles ganz ordentlich. Die Umsetzung der fulminanten Technologie- und Umweltinitiativen beschäftigt die Ressorts zur Genüge. Von der Kraftwerksentschwefelung bis zur Gründung flächendeckender Technologiezentren, vom Ausbau der Forschungslandschaft bis zur umgestalteten Wirtschafts- und Exportförderung ist alles auf die Schiene gesetzt. Natürlich mit dem üblichen bürokratischen Hickhack, der Specht besonders dann in Rage versetzt, wenn er merkt, daß dahinter nicht bloß beamtete Lahmärsche stecken, sondern manchmal auch ein Minister, der von seinen hergebrachten ordnungspolitischen Überzeugungen nicht lassen will. Dann wird auf teufel-komm-raus mit der Fraktion gekungelt, damit dort die entsprechenden Initiativen gestartet werden. Das Klima im Kabinett ist frostiger, formeller geworden dadurch. Aber Specht muß damit leben. Es ist noch nie seine Sache gewesen, eine Idee bis zu ihrer endgültigen Realisierung zu verfolgen; weder Lust noch Zeit hat er dazu.

Wahrscheinlich ist das die Crux aller visionären Ideenproduzenten: Sie beherrschen die Hügel, aber nicht die Täler. In den Niederungen scharrt und schrummt das Fußvolk, es sorgt dafür, daß die Bäume nicht in den Himmel wachsen und die Kleinen ihr Auskommen neben den Großen haben.

Bäume, die in den Himmel wüchsen, wären leblos, denkt Gundelach und verschränkt die Arme hinterm Kopf. Kein Vogel könnte in ihnen singen.

Die Partei tut das ihre, den Überflieger immer mal wieder zu stutzen. Sie respektiert ihren Ministerpräsidenten, aber sie liebt ihn nicht eigentlich. Auch das spürt Specht. Bei den Landesparteitagen erhält Fraktionschef Deusel, der sich mit sicherem Instinkt für emotionale Bedürfnisse als die bodenständige, wertorientierte Alternative empfiehlt, stets ein paar Sekunden länger Beifall als Specht. Wenn Vorstandswahlen anstehen, wird Deusel immer mit einem etwas besseren Stimmenergebnis in seinem Stellvertreteramt bestätigt als der Landesvorsitzende selbst.

Die Partei will nicht nur eine Stimme hören. Wahrscheinlich fürchtet sie sich sogar davor. Ist sie deswegen undankbar?

Specht sieht es wohl so. Es wurmt ihn mächtig. Er kann beinahe ausrasten, wenn die Fraktion mit der Mehrheit derer, die es trotz Staatssekretärsinflation nicht zu einem Regierungsamt gebracht haben, bei einzelnen Projekten bremst und bockt. Wenn Deusel in den Haushaltsberatungen den Wohnungs- und Straßenbau, diese in Spechts Verständnis überkommenen Relikte einer technikfernen Gesellschaft, mit kalkulierter Widerborstigkeit finanziell aufbessert.

Nicht wenige Kabinettssitzungen sind dann dem ungeschriebenen Tagesordnungspunkt ›Fraktionsbeschimpfung‹ gewidmet. Jeder beteiligt sich daran. Doch keiner würde auch nur eine Sekunde zögern, anderntags vertraulich bei dem gescholtenen Fraktionschef um Rückendeckung nachzusuchen, wenn es gälte, eigene Ressortinteressen gegen Specht und die Staatskanzlei zu verteidigen.

Ergibt das ein Bild? Nein, es ist ein Geäder kleinlicher Linien und Winkelzüge. Nichts weiter.

Sein Mißvergnügen manifestiert der Ministerpräsident durch fein dosierten Liebesentzug. Er macht sich in der Fraktion rar. Regiert immer öfter an der Partei vorbei. Bestellt Deusel zu sich ins Schloß und läßt ihn im Blauen Salon warten. Dessen kantiges, gepreßtes Gesicht wirkt dann noch kantiger, noch gepreßter. Und auch den landespolitischen Chronisten begegnet Specht mit wachsender Distanz.

Diese Stille zwischen den abgebrochenen Sequenzen eines erwachenden Vogels! Hat sie nicht etwas Bedrohliches? Abgrundtief ist sie.

Gundelach zieht die Bettdecke zum Kinn.

Neuerdings gibt es einen Untersuchungsausschuß zur Parteienfinanzierung. Die SPD hat ihn, nach dem Vorbild des Bonner Flick-Tribunals, erzwungen. Die Vorlage aber ist vom Land selbst gekommen. Ein vorwitziges Finanzamt hat einer von einflußreichen Unternehmern gegründeten sogenannten Wirtschaftsförderungs-Gesellschaft die Gemeinnützigkeit aberkannt. Mit der Begründung, sie sei, der umfänglich ausgereichten Parteispenden wegen, in Wahrheit ein politischer Verein. Der Schaden ist nicht wiedergutzumachen: Die Opposition kann sich saubermännisch aufblasen.

Bislang hatte von dem blassen Nachfolger Meppens', einem redlichen Studiendirektor, kaum jemand Notiz genommen – jetzt hat er seine Plattform. Die Journaille ergreift die Chance, sich für manche Düpierung zu revanchieren und beginnt, den finanziellen Wohltaten der Industrie an die Landes-CDU genauer nachzuspüren. Der Bonner Parteispendensumpf ist nicht mehr ganz so weit weg. Das Schlimmste aber: Die Wirtschaftskapitäne müssen öffentlich über ihre parteipolitischen Präferenzen Auskunft geben. Sie werden es Oskar Specht nie verzeihen, daß er, während sie vor dem Ausschuß zappeln, schweigt.

Natürlich schweigt Specht nicht immer und nicht überall. Den politischen Profi Gundelach braucht niemand mehr darüber zu belehren, daß Schweigen nicht gleich Schweigen ist; selbst draußen im Geäst nicht. Im Kabinett tobt der Ministerpräsident über die Unfähigkeit seines Finanzministers, die Steuerverwaltung in den Griff zu kriegen. In Hintergrundgesprächen streut er reichlich Ehrenerklärungen aus für die am Pranger stehenden Manager. Aber öffentlich äußert er sich nicht – und genau darauf warten sie, die ehrpusseligen Herren. In Bedrängnis Geratenen beizustehen und dafür Kratzer am Lack in Kauf zu nehmen, scheint aber im konkurrenzbetonten Aufstiegsprogramm des Oskar Specht bislang nicht vonnöten gewesen zu sein. Das sorgt, begleitet von den irritierenden Umweltinitiativen, ausgerechnet dort für atmosphärische Trübungen, wo bisher das konstanteste Hoch in Spechts Sonnenstaat zu verzeichnen war: In kleinen, logenartigen Unternehmerzirkeln mehren sich gewichtige Stimmen, die meinen, daß es dem erfolgreichen Regierungschef letztlich wohl nur um eins gehe: um die eigene Haut.

Das Befremdlichste an der aufwachenden Natur ist, daß sie nicht deutlich spricht. Jeder Ton bleibt in der Schwebe. Nichts ist klar, nichts wirkt festgelegt. Ein Steigen und Fallen. Dabei: Wo sonst, wenn nicht in der Unschuld des Kreatürlichen, soll Klarheit und Geradlinigkeit denn zu finden sein?

Gundelach hadert mit dem konturenlosen Echo.

Der Alltag hat Oskar Specht eingeholt. Irgendwann hat es so kommen müssen. Irgendwann ist das Feuerwerk abgebrannt. Irgendwann möchten die Menschen ausruhen vom staunenden ›Oooh‹ und ›Aaah‹ und Atem schöpfen. Irgendwann will auch die Presse die andere Seite wieder zu Wort kommen lassen. Man weiß das und findet es generell für richtig. Aber im eigenen Fall tut's weh. Specht und Wiener haben oft darüber gesprochen, wie es sein wird, wenn eines Tages die Normalität Einzug hält. Politische

Routine mit ihren ermüdenden Begleiterscheinungen, mit kleinlichem Gezänk, hämischer Kritik und schlecht verhülltem Überdruß. Da muß man durch, haben sie gesagt, und darf sich nicht beirren lassen.

Jetzt, nach fünf Jahren emsigen Umkrempelns, will Oskar Specht nichts weniger als sich widerspruchslos in diesen Alltag hineinschicken. Er entflieht ihm, so oft er kann. Läßt ihn hinter und unter sich. Bonn ist sein bevorzugtes Ausweichdomizil; Bundespolitik das Stimulans, dessen rauschhafte Wirkung die Provinzialität der heimischen Bretterbühne vergessen machen soll. Helmut Kohl hat die Bundestagswahl vom 6. März 1983 zwar gewonnen – doch er wirkt unsicher und hausbacken. Die Wirtschaftspolitik, von der FDP diktiert, weist wenig Inspiration auf. Ein ideales Profilierungsfeld für einen, der den technologischen Königsweg zur Zukunft gefunden hat! Der die Welt kennt, die Freien Demokraten als quantité négligeable behandelt und mit den sozialdemokratischen Ministerpräsidenten Rau und Börner auf freundschaftlichem Duzfuß verkehrt.

Der EG-Gipfel in der Landeshauptstadt – auch wenn seine politische Ausbeute beklagenswert gering war – hat doch Spechts Tauglichkeit als internationaler Gastgeber unter Beweis gestellt. Jetzt bereitet er sich zielstrebig, bei jeder Gelegenheit seine föderative Eigenständigkeit betonend, auf die Bundesratspräsidentschaft vor, die im turnusmäßigen Wechsel unter den Bundesländern 1985 auf ihn zukommt. Dann wird er eins der protokollarisch höchstrangigen Ämter der Bundesrepublik innehaben. Die Medien, insbesondere die unionskritischen, fangen schon jetzt an, Specht als perspektivische Alternative zu Kohl und Strauß aufzubauen. Wie sollte ihm das nicht gefallen? Kann er auf diese Weise doch jedem, der sich daheim im Erbsenzählen übt, zeigen, wer der kläffende Hofhund ist und wer das Gestirn, das die dörfliche Szenerie mit kaltem, spöttischem Leuchten beglänzt!

So gesehen, denkt Gundelach beeindruckt, hat der Alltag Oskar Specht noch gar nicht eingeholt. Tatsächlich ist er wieder einmal schneller gewesen, schneller als alle, die ihn endlich stellen und auf eine bestimmte Rolle im eigenen kleinen Reich festnageln wollen. Nicht Specht bekommen sie zu fassen, sondern bestenfalls seine Minister. Oder Tom Wiener, der Rede und Antwort stehen muß, wenn die Frösche im Brunnen beleidigt quaken.

Fürs Quaken der Frösche gilt das mit dem unentschiedenen Auf und Ab ja wohl nicht. Sie geben Laut, und fertig. Wie alles, was mit Mutter Erde verhaftet ist. Ist also die Freiheit des Fliegenkönnens der Urgrund für das wohltönende, kräftiger schallende und dennoch nie ganz zu fixierende Solokonzert, dem Gundelach jetzt mit gesteigerter Aufmerksamkeit lauscht?

Tom Wiener darf inzwischen die Mehrzahl der wöchentlichen Pressekonferenzen allein bestreiten. Doch seither befindet er sich in einer womöglich schwierigeren Situation als zuvor. Einerseits kann er, da sein Name nun auch mit politischen Inhalten in Verbindung gebracht wird, endlich ein wenig aus Spechts langem Schatten heraustreten. Andererseits sind die Themen, die ihm der Ministerpräsident überläßt, oft so bedeutungslos, daß darin eine kaum verhüllte Geringschätzung des Auftraggebers dem Medium wie den Medien gegenüber zum Ausdruck kommt.

Warum spielt Specht dieses doppelte Spiel?

Gundelach ist sich fast sicher, daß er insgeheim seinen Sprecher und dessen wachsendes Eigenständigkeitsstreben für die abgekühlten Beziehungen zu einer Klientel, die ihm früher aus der Hand gefressen hat, verantwortlich macht. Indem er Wiener an die Front schickt, kann er ihn für Fehlschläge viel unmittelbarer in Haftung nehmen als früher. Doch auch darin glaubt sich der ruhelos Sinnierende nicht zu täuschen: Tom Wiener, im taktischen Geschick seinem Meister durchaus ebenbürtig, durchschaut und beantwortet das Spiel auf seine Weise: Noch die größten Nichtigkeiten verbreitet er mit soviel emphatischer Lobhudelei auf die ›glasklare‹ und ›richtungweisende‹ Politik Oskar Spechts, daß sich daraus eine bewundernswerte, bis zur Selbstverleugnung reichende Loyalität, aber auch die offenkundige Maßlosigkeit des Adressaten jener Byzantinismen ableiten läßt.

Die Wege Oskar Spechts und Tom Wieners beginnen sich zu trennen. In den nervösen Stunden des Tageserwartens, wenn die Struktur der ihn umkreisenden Probleme transparent wie hauchfeines Glas vor ihm liegt, sieht Gundelach es unzweideutig. Es ist ein langsames, schmerzhaftes Voneinanderlassen zweier Unzertrennlicher mit ungleich verteilten Kräften: das Abstoßen des Stärkeren, der egoistische Entledigungsakt des Härteren auf dem Weg zum Gipfel.

Auch ihn, den Sherpa, stellt das vor eine grundlegende Entscheidung.

Er kann, wenn er will, Wiener verdrängen. Es wird lange dauern, Jahre vielleicht, weil Wiener ein zäher, fintenreicher Kämpfer ist, voll Duldsamkeit und Machtinstinkt. Aber am Ergebnis wird es nichts ändern. Die Etappe, die Specht jetzt in Angriff nimmt, ist eine intellektuelle Herausforderung, keine kommunikative. Er will ein Gegenbild zur konzeptionellen Einfallslosigkeit der neuen Bundesregierung schaffen. Dazu muß er aus dem Puzzle seiner bisherigen Aktivitäten einen überzeugenden gesellschaftspolitischen Entwurf formen, der die von Kohl versprochene und bisher nicht eingelöste ›Wende‹ tatsächlich enthält. Das ist schwierig, unmöglich aber ist es nicht. Doch der Regierungssprecher kann dazu nichts beitragen. Der Schreibtisch ist nicht sein Revier. Programmatik langweilt ihn. Dieses Feld hat er Gundelach überlassen. Und Gundelach hat inzwischen sein eigenes dichtes Beziehungsnetz zur wissenschaftlichen Elite geknüpft, auf das er jederzeit zugreifen kann. Bis hin zu seinem Mentor Professor Wrangel, dem harten grauen Wolf, den er liebt wie einen Vater.

Wrangel sagt: Das machst du. Natürlich machst du das, du hast gar keine andere Wahl. Aber laß dir Zeit. Laß es auf dich zukommen. Schreib Specht bundesweit nach vorn, mehr brauchst du nicht zu tun. Und vermeide die Konfrontation mit Wiener, verletze ihn nicht, es wäre nicht anständig. Und es ist nicht nötig.

Das aber ist leichter gesagt als getan. Längst weiß Tom Wiener, wohin Spechts neuer Ehrgeiz zielt. Längst kennt er die Gefahr, die ihm daraus erwächst. Und verletzt ist er schon. Durch die Rigorosität, mit der Specht das Programmatische bevorzugt, durch die Geringschätzung, mit der er dem politischen Marketing begegnet, als wollte er so seine Wandlung zum ernsthaften Politiker unterstreichen. Nein, Wiener ist kein Dummkopf, er registriert den sinkenden Stellenwert seiner Arbeit genau. Und er macht sich über Spechts ichbezogenes Naturell, über seine Unfähigkeit, für vergangene Dienste Dankbarkeit zu zeigen, keine Illusionen.

War da nicht ein zweiter, zaghafter Weckruf? Ein anderer Klang, der sich der einen zirpenden Stimme unsicher andiente und wieder abbrach, als fürchte er die Herausforderung?

Wiener sucht nach Freiräumen jenseits des Abhängigkeitsverhältnisses, das ihn mehr und mehr bedrückt. Er findet sie im lebhaften, vertrauten Umgang mit Dr. Gerstäcker. Der Berater der Tendvall-Werke verschafft ihm reichlich Zugang zu exklusiven Wirtschaftskreisen in ganz Deutschland. Hier kann Wiener den Nimbus, als engster Vertrauter eines der mächtigsten Männer der Republik zu gelten, ausspielen. Hier wächst ihm jene Bestätigung zu, die ihm Specht immer öfter versagt. Freilich: unter beinahe konspirativen Umständen muß das geschehen. Einmal mißtrauisch geworden, läßt Specht sich regelmäßig Wieners Tagesplan vorlegen. Es ist eine Todsünde der Helfer von Mächtigen, eigene Wege zu gehen. Folglich zeigt Wiener ein noch größeres Interesse als früher an Gundelachs Mitwirkung bei der Tendvall-Stiftung. Das dient ja per definitionem Spechts höherem Ruhme, auch wenn der die Kontakte zur Stiftung mittlerweile eher als lästige Pflichtübung behandelt. Aber ihre Pflege ist unverdächtig und sichert Wiener den notwendigen Spielraum für sein verdecktes Bemühen, sich zu emanzipieren.

Gundelach wiederum weiß, daß es kein besseres Mittel gibt, sich gegen Wieners aufflackernde Eifersucht zu schützen, als ihm wenigstens insoweit behilflich zu sein. Also reist er weiterhin gen Norden, um dem langsam verlöschenden Sören Tendvall, das Ohr den kaum mehr vernehmbaren Worten entgegengeneigt, zuzuhören.

Sören Tendvall. Zerbrechlich inzwischen wie ein Glasvogel. Bald wird er ganz verstummen, und Gundelach wird ihn vermissen. Eine Stimme der Menschlichkeit, trotz aller Mühsal, die sie abverlangt.

Menschlichkeit? Welch ein fremder, unzugehöriger Begriff, denkt Gundelach. Unsere Welt ist aus Kalkül und Kommerz konstruiert. Sobald Politik ins Spiel kommt, wird Menschlichkeit zum Synonym für Schwäche. Man muß sie verbergen wie ein Gebrechen.

Das erste schwache Licht stiehlt sich ins Zimmer. Leckt an den Lamellen der Jalousien wie das Meer an Prielen, wenn die Flut zurückkehrt. Die eine, scheue Stimme hat ihre Gartensamkeit weggezirpt. Ununterscheidbar ist sie ins Konzert der vielen eingetaucht. Vogelgeplapper zuhauf.

Gundelach achtet nicht mehr darauf. Er hört auf das Atmen seiner Frau. Betrachtet ihren weichen Schattenriß. Schläft sie? Lauscht sie? Verketten sich ihre Gedanken wie seine zu immer neuen Querverbindungen und Knotenpunkten, an denen sich irgend etwas entscheidet, ohne daß es zu fassen und festzuhalten ist? Oder denkt sie einfach und klar, das Leben auf den kleinen leuchtenden Mittelpunkt Benny ausgerichtet?

Als er ein Schüler gewesen war, ein Knirps von acht oder neun Jahren, besuchte eines Tages ein Glasbläser die Schule. Mit Genehmigung des Rektors, vielleicht sogar auf Empfehlung des Schulamts, zeigte er seine Kunst und seine Schätze. Für eine Mark hätte man hauchdünn geblasene Glastiere kaufen können, Katzen, Hasen und Vögel. Für zwei Mark gab es große, buntschillernde Vögel, die durch eine kapillarfeine Öffnung ihres Schnabels Wasser aus einer Schale aufsaugen konnten. Bis sie gefüllt waren und schwer wie ein Stein.

Wieder und wieder ließ der Bub den Glasvogel in seiner Hand trinken, wieder und wieder fühlte er ihn warm und schwer werden, als begänne er zu leben.

Dann mußte er ihn dem Glasbläser zurückgeben. Geld, ihn zu behalten, hatte er keins.

Kaskaden und Kurven

Die Monate gingen dahin, mäßig bewegt.

Hans Henschke hatte es geschafft, der Fron des Koffertragens zu entkommen. Als neuer Leiter der Verwaltungsabteilung konnte er sich Spechts totalem Verfügbarkeitsanspruch häufiger entziehen. In Rekordzeit war er zum Ministerialrat de luxe aufgestiegen – jenem schon in der begehrten B-Besoldung angesiedelten Dienstgrad für Spitzenbeamte, in dem Persönliche Referenten nicht mehr eingruppiert sein dürfen.

Specht mußte also sein Büro neu besetzen, und als ihn – wieder einmal – ein Ministerialdirigent verließ, um es anderswo friedlicher und freundlicher zu haben, konnte er sich Henschkes Drängen nach einem Aufgabenwechsel nicht länger entziehen.

Für Henschke Ersatz zu finden, erwies sich als schwierig. Specht wollte sich nicht sofort entscheiden. Schließlich wurden zwei Assessoren eingestellt, die vom ersten Tag an gegeneinander Krieg führten. Erst nach einem Jahr war ihr Machtkampf entschieden – Mendel, der Geschmeidigere, hatte im Wettlauf um die Gunst des Meisters obsiegt. Der betrachtete, bis es soweit war, das Duell seiner Assistenten mit der Kühle eines Buchmachers auf der Rennbahn. Den weniger Anpassungsfähigen, der ihm auch persönlich in die Quere gekommen war, als er mit Spechts Tennistrainerin auf eigene Faust ein Match austrug (er spielte wesentlich besser als Specht), schickte er kurzerhand in ein anderes Ministerium. Statt seiner stieg eine Sekretärin zur zweiten Persönlichen Referentin auf.

Annerose Seyfried, die treue, aber seit Breisingers Sturz mit Bitternis erfüllte Seele, erhielt ein eigenes Zimmer und durfte sich, Spechts Privatkorrespondenz betreuend, fortan Sachbearbeiterin nennen. Ins Vorzimmer rückten jüngere Kräfte ein.

Bernhard Gundelach schaffte Anfang 1984 den Sprung zum ›einfachen‹ Ministerialrat, eine Position, mit der er unter normalen Umständen hochzufrieden gewesen wäre. Schließlich beginnt das Menschsein im Ministerium, einem alten, müden Beamtenspott gemäß, erst ab dieser Rangstufe. Doch im Blick auf den Beförderungsgalopp, den andere hinlegten, hielt sich seine Freude in Grenzen.

Er konnte sich des Eindrucks nicht erwehren, für seinen, wie er fand, überdurchschnittlichen Einsatz nur durchschnittlich entlohnt worden zu sein – eine Einschätzung, in der ihn, wenn auch aus unterschiedlichen Gründen, Heike und Tom Wiener bestärkten. Wiener hielt es seit langem für einen Skandal, wie formalistisch der Ministerpräsident das persönliche Fortkommen seiner engsten Mitarbeiter behandelte. Sich selbst nahm er dabei nicht aus.

Wenn ich mir überlege, raunzte er mißmutig, daß der Drautz mit seinem ewigen: Grüß Gott! und: Großartig, Herr Ministerpräsident! ein paar Tausender mehr verdient als wir, wird mir ganz schlecht!

Warten Sie ab, bis Sie Staatssekretär sind, erwiderte Gundelach. Dann wird sich das zumindest bei Ihnen ändern.

Ja, sagte Wiener, aber ich weiß jetzt schon, daß es dem Oskar wie Spitzgras ist, mich dazu zu machen. Und wenn er sich am Ende doch überwindet, werd ich's jeden Tag büßen müssen.

Manchmal entwickelte Tom Wiener fast hellseherische Fähigkeiten.

Am meisten störte Gundelach, daß auch Gustav Kalterer, der konspirative Experte des Schlosses, mit lautloser Regelmäßigkeit die Treppe hinauffiel. Doch inzwischen hatte er begriffen, daß Kalterer auf seinem Gebiet, dem der verdeckten Ermittlung, für Specht absolut unverzichtbar war.

Es stand nämlich nicht zum Besten um die CDU. Wie vor einem Gewitter zogen graue, bleierne Wolken auf, in denen die Ausläufer der Bonner Parteispendenaffäre ins Land hineinleuchteten.

Bosch, Daimler Benz und andere Firmen hatten jahrelang beträchtliche Summen an sogenannte Berufsverbände gezahlt und sie als Betriebsausgaben von der Steuer abgesetzt. Die Verbände wiederum leiteten einen erklecklichen Teil ihrer Einnahmen an diverse Wirtschaftsvereinigungen weiter, die damit hohe Geldzuwendungen an die großen Parteien finanzierten. So konnte, gleichsam kaskadenförmig, jede Organisation mehr steuersparende Spenden an die Politik abführen, als es sonst nach den Gesetzen möglich gewesen wäre. Etliche der involvierten Standes- und Wirtschaftsvereinigungen hatten ihren Sitz im Land. Und die personelle Verquickung zwischen Managern, die dem einen, und Parteifunktionären, die dem anderen Gremium geschäftsführend vorstanden, war innig. Die meisten gehörten der CDU an, und dorthin floß das Gros der Gelder.

Zunächst führte die Bonner Staatsanwaltschaft die Ermittlungen. Bald aber gab sie eine Reihe von Verfahren an die Staatsanwaltschaft der Landeshauptstadt ab. Geschäftsräume der Konzernzentralen wurden durchsucht, Unterlagen beschlagnahmt, klangvolle Namen der Industrie galten fortan als Beschuldigte.

Das hatte nun noch einmal eine andere Qualität als die ärgerlichen finanzgerichtlichen Besteuerungsverfahren, in denen nur geprüft wurde, ob die Verbände zu Unrecht das Steuerprivileg der Gemeinnützigkeit in Anspruch genommen hatten. Jetzt stand der strafrechtliche Vorwurf der Steuerhinterziehung durch Repräsentanten einer Wirtschaftselite im Raum, die aufgrund ihrer Funktion im öffentlichen Leben wußte oder wissen mußte, wohin die angeblichen Betriebsausgaben letztlich transferiert wurden.

Und es kam noch schlimmer. Auch die CDU-Landesgeschäftsstelle wurde staatsanwaltschaftlich gefilzt. Der ehemalige Schatzmeister der Partei, ein Zigarrenfabrikant, sah sich der Anschuldigung ausgesetzt, als Mitverantwortlicher des ›Zweiten Weges‹ der Parteienfinanzierung bewußt zur Steuerhinterziehung beigetragen zu haben. Schließlich hatte er nicht nur die Spenden entgegengenommen, sondern als stellvertretender Geschäftsführer einer ›Gesellschaft für Wirtschaftsförderung‹ auch dafür gesorgt, daß sie ihr vorbestimmtes Ziel fanden.

Die Frage lag nahe (und sie wurde von den Medien, wenn auch noch vorsichtig, gestellt), was denn die hohen Herren des Präsidiums der Landes-CDU über diese Form der Kassenaufbesserung gewußt haben mochten. Ein Schatzmeister ist kein schweigsamer Trappistenmönch, auch wenn er nicht alle seine Quellen auszuplaudern braucht. Und doch: In jedem Dorfverein hält der Kassenwart den Vorstand auf dem laufenden.

Da die Vorgänge weit in die siebziger Jahre zurückreichten, richteten sich die Fragen in erster Linie an Rudolf Breisinger, den damaligen Landesvorsitzenden. Aber Breisinger war politisch uninteressant geworden. Seinem wirtschaftsfernen Naturell entsprechend, hatte er sich vielleicht wirklich nicht um die schnöden Dinge des Geldeintreibens gekümmert.

Oskar Specht hingegen, 1977 ins Präsidium gewählt und als Fraktionsvorsitzender zuvor schon gelegentlich zu dessen Sitzungen hinzugezogen, sollte gleichfalls nichts gewußt haben – obwohl Steuern und Finanzen erklärtermaßen zu seinen Leib- und Magenthemen zählten?

Opposition und Presse meldeten Zweifel an.

Specht bestand darauf, unwissend gewesen zu sein, und es war ihm nicht zu widerlegen. Er konnte auch darauf verweisen, nach Breisingers Sturz den Zigarren-Schatzmeister in die Wüste geschickt und die Finanzierung der Partei auf eine neue Grundlage gestellt zu haben. Damit war er persönlich fürs erste aus dem Schneider. Aber er mußte sich, um nicht den Anschein eigener Verstrickung zu erwecken, mit Äußerungen zugunsten der geplagten Wirtschaftsklientel noch mehr zurückhalten als ohnehin. Das erhitzte den Grimm einiger Spender zur rachedurstigen Glut. Sie fühlten sich als betrogene Opfer einer staatstragenden Gesinnung, von der die obersten Repräsentanten des Staates plötzlich nichts mehr wissen wollten. Und schlossen daraus, daß mit Politikern solcher Statur kein Staat zu machen sei.

Zu der Zeit, da Bernhard Gundelach erstmals von diesen Dubiositäten hörte und las, war vieles noch unklar und verwirrend. Entsprechend kompliziert gestaltete sich die Suche nach Gegenstrategien.

Am meisten beschäftigte das Kabinett die Unbotmäßigkeit der Staatsanwälte. Was eigentlich nahmen sie sich heraus? Waren sie nicht weisungsgebunden? Konnte Justizminister Dr. Olbrich dem ganzen Spuk nicht mit einem Federstrich ein Ende bereiten?

Specht meinte, er könnte, rein rechtlich gesehen. Ob es politisch klug wäre, stehe auf einem anderen Blatt. Aber man dürfe sich nicht von vornherein in die passive Rolle eines Lamms auf dem Weg zur Schlachtbank drängen lassen.

Die anderen sahen es genauso.

Dr. Olbrich rang die Hände und sagte: Leut, so einfach, wie ihr euch das vorstellt, isch es nun mal nit!

Sein Ministerium besitze gegenüber der Staatsanwaltschaft kein umfassendes Weisungsrecht. Keinem Staatsanwalt sei vorzuschreiben, wie das Ergebnis seiner Ermittlungen auszusehen habe. Und ebensowenig liege es in der Macht des Ministeriums, darüber zu entscheiden, ob ein Verfahren eingestellt werden solle oder nicht. Aber natürlich, setzte er beschwichtigend hinzu, lasse er sich laufend berichten, und alle Beteiligten hätten ihm versichert, mit großer Sensibilität an die Dinge heranzugehen.

Nun, das war nicht eben viel. Es trug nicht dazu bei, die Stimmung der Ministerrunde zu bessern.

Müller-Prellwitz polterte, ihn wundere das alles gar nicht. Die achtundsechziger Generation sitze jetzt bei der Justiz an jenen Schaltstellen, die sie seit ihrer Apo-Zeit anvisiert hätte. Konservative Politiker und erfolgreiche Unternehmer, die Säulen des Systems, würden planmäßig kriminalisiert. Alle würden noch ihr blaues Wunder erleben.

Specht beharrte darauf, daß es zumindest möglich sein müsse, dem strafprozessualen Aussetzungsantrag zu entsprechen, den einige Verteidiger gestellt hatten. Sie wollten für ihre Mandanten bis zur finanzgerichtlichen Klärung der Steuerfragen Zeit gewinnen.

Dr. Olbrich erwiderte traurig, auch das hätten seine Juristen bereits geprüft. Sie wären zu dem klaren Schluß gekommen, daß die Staatsanwaltschaft nach Paragraph 396 der Abgabenordnung zwar aussetzen könne, aber nicht müsse. Dies übrigens in völliger Übereinstimmung mit den Experten des Finanzministeriums.

Specht platzte fast vor Grimm. So, fuhr er auf, habe er sich das vorgestellt! Die Beamten zeigen ihren Ministern, wo's langgeht. So sehe die Kapitulation der Politik vor der Bürokratie aus. Genau so. Bei den nächsten Wahlen werden wir die Quittung dafür bekommen!

Die Stirnfalte erreichte Rekordmaße.

Tom Wiener empfahl dem Justizminister, sich stärker um die Pressearbeit seiner Staatsanwälte zu kümmern. Es wär schon auffällig, wie gut die Medien über jede neue Durchsuchungsaktion informiert seien und wie schnell die SPD darauf reagiere.

Ich wär dir dankbar, Tom, wenn du das direkt mit meinem Pressesprecher bereden würdest, sagte Dr. Olbrich müde.

Die Beamten auf ihren Stühlchen an der Wand hörten den Dialogen verlegen zu und packten vorsorglich schon mal ihre Sachen. Meist wurden sie bei solchen Themen rausgeschmissen. Manchmal vergaß man es aber auch. Dann wurde deutlich, wie groß der Erwartungsdruck war, der auf Dr. Olbrich lastete. Etwas mehr Courage, ein bißchen mehr Bereitschaft, Fantasie und Flexibilität walten zu lassen ... Woanders ging das doch auch! Mußte der Justizminister das mit den verbundenen Augen und der fein justierten Waage wirklich so genau nehmen?

Keiner schien besser geeignet, diese Saat unterschwelliger Unzufriedenheit in den Köpfen von Dr. Olbrichs Mitarbeitern auszustreuen, als Gustav Kalterer. Er telefonierte, fragte, drängte. Ließ sich berichten, äußerte Unmut, sprach Empfehlungen aus, artikulierte Erwartungen. Nein, Weisungen konnte er nicht erteilen, wozu auch. Bei seinen Anrufen schwang das oberstinstanzliche Grollen unüberhörbar mit. Daß es letztlich doch ohne Widerhall blieb, war allerdings auch sein Verdienst: Die Penetranz seiner Interventionen stumpfte das Ministerium bald ab. Die Juristen feixten sich eins. Gustav hat wieder angerufen, sagten sie am Mittagstisch. Was er wollte? Das übliche eben.

Zuweilen ließ Kalterer durchblicken, wie hart er an der Abwehr der Angriffe arbeitete, die unter der Tarnrobe einer linksunterwanderten Rechtspflege ausgeheckt wurden. Mit geheimnisvoller Miene bedeutete er dem ungeliebten Kollegen Gundelach, daß er wieder mit diesem und jenem hohem Beamten Gespräche geführt oder Dr. Olbrich selbst Bescheid gegeben habe. Daß ihm bestimmte Signale aus Unternehmer- und Verteidigerkreisen übermittelt worden waren und wohlmeinende Personen (solche gab es ja gottseidank auch noch) vor einer gefährlichen Entwicklung gewarnt hatte. Konkreter brauchte er nicht zu werden. Es genügte, dem ahnungslosen Schreiberling eine ungefähre Vorstellung vom weitverzweigten unterirdischen Beziehungsnetz zu geben, dessen er sich rühmen durfte.

Er hätte sich die Mühe sparen können. Längst war Gundelach davon überzeugt, daß niemand auf Monrepos frei von Furcht vor Gustav Kalterers gesammeltem Wissen war.

Niemand.

So zog sich das hin, und es war für Oskar Specht gewiß nicht die vergnüglichste Seite des Regierungsgeschäfts. Anderes bereitete mehr Spaß: Staatsbesuche, bundespolitische Profilierungskampagnen, der Schulterschluß mit echten Unternehmerfreunden, die sich von den beleidigten, hochnäsigen Miesmachern nicht anstecken ließen. Und neuerdings die Kultur.

Ja, Oskar Specht hatte die schönen Künste entdeckt, und er suchte sie dort auf, wo sie am schönsten waren: hinter den Kulissen des Theaters und auf dem Schwingboden des Balletts. Da saß er dann leibhaftig im Kreise der Tänzerinnen und Tänzer, ein jugendlicher Landesvater ohne patriarchalisches Gehabe, und diskutierte, wie er den Kollegen stolz berichtete, nächtelang mit jungen, temperamentvollen Feuerköpfen, deren politische Ansichten zwar wirr und naiv, aber eben auch beneidenswert idealistisch waren. Doch wenn er ihnen die politischen Zusammenhänge erklärte, hörten sie zu und wurden ganz zahm, und am Ende argumentierten sie oft konservativer als er, der progressive Schwarze, selbst.

Die kannst du, sagte er, alle für die CDU gewinnen. Von der SPD sind sie restlos enttäuscht. Die ist für Künstler überhaupt keine Adresse mehr und gilt bloß noch als lahmer Bürokratenverein. Und deshalb haben wir eine unglaubliche Chance, da reinzukommen, wir müssen uns nur drum kümmern.

Kunstminister Professor Angel sog an seiner Pfeife und verstand, daß hiermit auch die Schauspielerei und das Ballett zur Chefsache erhoben waren.

Er täuschte sich nicht. Specht versteigerte Primaballerinenschuhe zu gutem Zwecke, warb für Restaurierungsarbeiten am ehrwürdigen Theaterhaus – unverdächtige – Spenden ein und betrieb die Berufung der ersten Tänzerin zur Balletdirektorin, als ob es sich um eine Staatsaktion handelte.

In gewissem Sinn war sie es auch.

Denn als der Ministerpräsident gewahrte, wie sehr die Kunst nach Brot geht, begriff er, wie immer blitzschnell, den persönlichen, politischen und philosophischen Nutzen eines mäzenatischen Staatsverständnisses. Mit vergleichsweise geringem Aufwand ließ sich das Image des Landes und seines Lenkers ins Zeitenthobene steigern. Ein Abglanz von Unvergänglichkeit besonnte die schnell verbleichende Tagespolitik und ihren Schöpfer, ohne daß irgend jemand hätte wagen dürfen, daran Kritik zu üben.

Zunächst stützte er sich noch auf die Erfahrungen und Ratschläge des Ministeriums, dem Professor Angel sinnend und paffend vorstand – ein untrügliches Zeichen, daß er sich in der Materie fremd und unsicher fühlte. Der Leiter der dortigen Kunstabteilung war ein gelernter Schauspieler und Jurist, der in der Kunstszene hohes Ansehen genoß. Behutsam und diskret wie ein Privatlehrer führte er Specht ins verzwickte Musengeschäft ein. Doch kaum hatte sein Schüler, ähnlich wie bei dem Feldzug durch die wissenschaftlichen Hochburgen, die ersten eigenständigen Vorstöße ins kunstbetriebliche Milieu unternommen und festgestellt, daß der landesväterliche Bonus auch hier Wunder wirkte, stand ihm der Sinn nach mehr. Nun suchte er einen Gefährten, der seinen Hang, das Normale, Handwerkliche glitzern und gleißen zu machen, teilte.

In Wolfgang Bönnheim, einem gelernten Musiklehrer, der es zum Hochschulrektor und Festspielleiter gebracht hatte, fand er ihn. Bönnheim war ehrgeizig, kontaktfreudig und sowenig wie Specht von puristischen Zweifeln geplagt, wenn es um die Abgrenzung seines Fachs zu anderen Lebensbereichen ging. Er liebte das Spiel mit der Macht und vermaß die kulturelle *terra incognita* mit derselben fantasievollen Unbekümmertheit wie ein mittelalterlicher Kartograph Westindien.

Spechts Entdecker- und Beuteinstinkt lag blank, wenn Bönnheim ihm die ungeahnten Möglichkeiten einer strategischen Allianz zwischen Politik und Kunst schilderte: Kultur, die verkannte Schwester von Politik und technologischem Fortschritt. Wieder einmal bot sich die Chance, dem Rest der Republik die Hacken zu zeigen.

Als der Vertrag des seitherigen Generalintendanten der hauptstädtischen Staatstheater auslief, bestimmte Specht folgerichtig seinen Freund Bönnheim zum Nachfolger.

Gundelach paßte sich der aktuellen Strömung wie immer an und baute vermehrt kulturphilosophische Betrachtungen in Spechts Festreden ein. Das entsprach zwar seinen eigenen Neigungen, machte aber auch neue, umfängliche Studien erforderlich.

Monatelang las er, was ihm unter die Finger kam. Er las Klassisches und

Modernes, Philosophisches und Anthropologisches, Sozialwissenschaftliches und Kulturtheoretisches, Politologisches und Physikalisches, Historisches und Futuristisches. Las Carl Friedrich von Weizsäcker und Fritjof Capra, Martin Heidegger und Hans Jonas, Kurt Sontheimer und Erich Fromm, Karl Popper und Immanuel Kant, Hilmar Hoffmann und Hermann Lübbe, Karl Dietrich Bracher und Klaus Haefner, Karl Marx und Oswald Nell-Breuning. Zeitweise hatte er das Gefühl, daß es seinen Schädel zu sprengen drohte; und in Augenblicken tiefer Verzweiflung haderte er mit seinem Schicksal, nichts zu wissen, während andere, durch Drucklegung ausgewiesen, fertige Konzepte vorzuweisen hatten.

Allmählich aber formten sich in seinem Kopf, unscharf noch, Ideen, die ihm, auf die Gesellschaft übertragen, originell und nachdenkenswert zu sein schienen.

Er machte sich Notizen darüber und schwieg.

Anfang 1984 teilte Professor Wrangel dem Ministerpräsidenten mit, daß der Fakultätsrat der Fakultät für Wirtschaftswissenschaften einstimmig und ohne Enthaltung beschlossen habe, ihm die Würde eines Doktors der Wirtschaftswissenschaften ehrenhalber (Dr. rer. pol. h. c.) zu verleihen. Damit – schrieb der Dekan – sei das Procedere in der Fakultät abgeschlossen. Es müsse nur noch der Senat der Universität in Kenntnis gesetzt werden.

Aus Gesprächen mit Wrangel wußte Gundelach, daß die Sache, nach anfänglichen Widerständen, gut lief. Trotzdem war er überrascht, wie schnell und geschlossen der Freund die Professoren, Privatdozenten und wissenschaftlichen Mitarbeiter seiner Fakultät hinter sich gebracht hatte.

Das, sagte Wrangel augenzwinkernd, sind eben die Vorteile einer konsequenten Berufungspolitik. Außerdem haben wir einige einflußreiche Honorarprofessoren – Vorstände von Banken, Versicherungen und Bausparkassen. Der Antrag, Specht zum Ehrendoktor zu machen, kam aus deren Mitte, nicht von mir – was dachtest du? Und wer mag sich's mit denen schon verderben! Du kannst übrigens deinem Chef sagen, daß er seit über zwanzig Jahren der erste Nichtwissenschaftler ist, der von uns diese Auszeichnung erhält.

Wieso Nichtwissenschaftler? entgegnete Gundelach heiter. Du vergißt, daß Specht der Vater des berühmten Synthesemodells ist, das Keynes und Friedman auf höherer Ebene zusammenführt, mein Lieber!

Sie vereinbarten, mit der Beratung im Senat, die laut Wrangel nur noch formellen Charakter haben würde, bis zum Beginn des Sommersemesters zu warten und die Ehrung dann im Rahmen eines Festkolloquiums vorzunehmen. Bis dahin hatte Wrangel seine Kurven und Diagramme und hatte Gundelach das Publikationsverzeichnis beisammen, mit dem Spechts Anspruch auf akademischen Lorbeer untermauert werden sollte.

Er war froh, zu diesem Zweck auf die Schriftenreihe ›Heute und morgen‹ zurückgreifen zu können, in der, um sie am Leben zu erhalten, immer mal wieder Aufsätze des Ministerpräsidenten zu Grundsatzfragen veröffentlicht worden waren.

Bei meinem nächsten Besuch, nahm er sich vor, werde ich Sören Tendvall erzählen, daß auch dieses von ihm finanzierte Projekt gute politische Dienste leistet. Doch er war sich nicht sicher, ob der Greis ihn noch verstehen würde. Tendvalls leuchtende Augen begannen stumpf zu werden.

Der neue Kurs, die Kunst und – in Maßen – auch die Sozial- und Geisteswissenschaften für monreposfähig zu halten, schlug sich umgehend in weiteren Zukunftskongressen und in den Untersteiner Gesprächen nieder. Eine von Specht eingesetzte Kommission befaßte sich intensiv mit der Analyse gesellschaftlicher Entwicklungen. Programmgemäß kam sie zu dem Schluß, daß den modernen Technologien enorme Chancen innewohnten, um Arbeit sinnvoller verteilen, die Umwelt schonen und den Menschen ein kulturell höherwertiges Freizeiterlebnis angedeihen lassen zu können. Specht verwendete diese Erkenntnisse mit Vorliebe auf Partei- und Wirtschaftsveranstaltungen, in denen er, dezent aber deutlich, von Helmut Kohl die versprochene ›geistige Wende‹ einforderte und gleich das passende Strickmuster dafür mitlieferte.

Gundelach benützte die professorale Fleißarbeit gleichfalls für eigene Zwecke. Er fühlte, daß die Zeit zu drängen begann. Oskar Specht würde nicht mehr lange Geduld aufbringen, um ›das Ganze‹, wie er es nannte, als seinen Zukunftsentwurf in Buchform präsentieren zu können.

Zuvor aber gönnte der Ministerpräsident sich und seiner Familie noch einen pfingstlichen Segelurlaub in der Ägäis. Er tat es auf Einladung von Dr. Mohr, dem Vorstandsvorsitzenden eines großen Elektronikkonzerns, der es geschafft hatte, in den engsten Freundeskreis Spechts vorzustoßen.

Mohr unterschied sich von der herkömmlichen Freundesschar, den Tramp, Berghoff, Stierle, Schmiedlein und wie sie alle hießen, auf bemerkenswerte Weise. Er war vielseitig interessiert und über das gewöhnliche Maß hinaus zielstrebig. Noch in seiner jetzigen Spitzenposition hatte er, Versäumtes nachholend, zum Doktor der Ingenieurwissenschaften promoviert – nicht ehren-, sondern arbeitshalber. Die technologischen Aktivitäten

Spechts begleitete er aufmerksam wie kein Zweiter aus dessen geldstrotzendem Umfeld. Erst vor wenigen Monaten hatte er die Staatskanzlei auf Firmenkosten mit der Pilotanlage eines Bildtelefons ausrüsten lassen. Zu Gesprächskreisen meldete er sich regelmäßig an, und seine Redebeiträge konnten sich hören lassen. Ging es auf Reisen nach Amerika oder Fernost, war er dabei. Und überall machte er eine gute Figur.

Darüber hinaus führten die Mohrs, wie man früher wohl gesagt hätte, ein großes Haus. Sie gaben stilvolle Einladungen und entwickelten ein gesellschaftliches Leben, in das sie, anders als die meisten Männerfreunde des Ministerpräsidenten, auch dessen Familie mit einbezogen. Man unternahm Ausflüge mit Kind und Kegel und besuchte sich. Und für den Frühsommer hatte Dr. Mohr die verlockende Idee geboren, sich gemeinsam auf einer gecharterten Yacht die Sonne des Südens auf den Pelz brennen zu lassen.

Specht erzählte hinterher begeistert von der großen Freiheit, nach Lust und Laune im Mittelmeer kreuzen und unberührte Buchten ansteuern zu können. Gundelach gönnte ihm das exklusive Erlebnis. Er war der Überzeugung, daß ein schwer arbeitender Politiker auch das Anrecht auf ein paar Vergnügungen der Extraklasse haben sollte. Außerdem spürte er, wie wichtig es für Specht war, gerade jetzt sein ungetrübtes Verhältnis zu Spitzenleuten der Industrie demonstrieren zu können.

Deshalb fand er auch nichts dabei, als Specht, der Urlaubsvakanzen bisher nur für unnütze Politikpausen gehalten hatte, auf die Sommerferien hin bereits den nächsten Familienausflug mit Wirtschaftsbeteiligung plante – diesmal nach Kanada, das man in gemieteten Wohnmobilen zu durchstreifen gedachte.

Kanada war, wie bekannt, Berghoffs Revier. Auch der Spanplattenproduzent Kuster, den Specht als Mensch und Unternehmer sehr schätzte, besaß dort eine Fabrik. Mit von der Partie sollte schließlich noch das Vorstandsmitglied von Daimler Benz, Walter Kiefer, sein. Auch das machte, wie Gundelach meinte, atmosphärisch Sinn; stritt man doch gerade mit der Automobilindustrie heftig über die frühestmögliche Einführung des geregelten Drei-Wege-Katalysators. Specht würde auch das regeln und in der frischen Waldluft Kanadas schon einen Weg finden, Kiefer vom Nutzen derselben zu überzeugen.

Tom Wiener allerdings war gänzlich anderer Ansicht. Er hielt die Optik einer Vermischung von Politik und Wirtschaft für schädlich und beklagte Spechts ›Instinktlosigkeit‹, sich dem Verdacht einer Kungelei mit der Autolobby auszusetzen – ›und das in solch einer Situation!‹

Nun gab es zwar seit geraumer Zeit Spekulationen, daß Oskar Specht es mit Walter Kiefer und Edzard Reuter weit besser könne als mit dem Vorstandsvorsitzenden Breitschwerdt selbst, und manche verstiegen sich sogar zu der Behauptung, Specht strebe insgeheim den Chefsessel beim Untertürkheimer Konzern an. Doch Gundelach, dem Gerüchte wenig bedeuteten, nahm das nicht ernst. Wieners Mäkelei empfand er als Ausdruck wachsender Spannungen mit Specht, die sich kaum mehr verbergen ließen.

Vielleicht hatte er damit, was den psychologischen Hintergrund betraf, sogar recht. In der politischen Bewertung jedoch lag Wiener besser. Der Kanadaurlaub führte zu massivem öffentlichem Ärger, weil Specht nach seiner Rückkehr plötzlich große Aufgeschlossenheit für die Argumente der Autoindustrie zeigte. Das verblüffte alle, Gundelach eingeschlossen. Der hatte noch die markigen Worte im Ohr, Politik müsse der Wirtschaft definitive Ziele setzen, dann würden deutsche Unternehmer ungeheuer erfindungsreich. War Specht in Kanada von Walter Kiefer und den beiden Selfmademillionären ›umgedreht‹ worden? Das neueste Gerücht lautete so. Specht bestritt es vehement: man habe über dieses Thema gar nicht gesprochen. Wie das? Während zweier Urlaubswochen in der kanadischen Waldeinsamkeit redeten der umweltpolitische Chefpropagandist und sein Duzfreund, der Mercedes-Chefverkäufer, kein Sterbenswörtlein über das wirtschafts- und umweltpolitische Thema Nummer eins?

Specht behauptete es, und es war ihm nicht zu widerlegen, wie bei der Parteispendenaffäre auch. Doch Gundelach stellte beunruhigt fest: Die Zahl der Gerüchte wuchs. Die Zahl der Dementis folglich auch.

Was für eine geradlinige, wenn auch fachlich unverständliche Sache war demgegenüber das Festkolloquium im Audimax der Technischen Universität zu Ehren des frischgebackenen Dr. h. c. Oskar Specht! Vor der beeindruckenden Kulisse eines bis aus der Schweiz angereisten akademischen Hochadels und erstaunlich vieler gutwilliger Studenten trug Professor Wrangel in vollendetem Fachchinesisch die innovativen Induktionswirkungen des Specht-Modells vor.

Auf den Folien, die der Overheadprojektor an die Wand warf, wies, umrahmt von Phillipskurve, Hicks-Diagramm, komparativen Analysen und totalen Differentialen, die entscheidende mathematische Funktion, die das Volkseinkommen versinnbildlichte, bei Anwendung der Spechtschen Technologieförderung unzweideutig nach oben. Die neue Politik zeitigte, wie

Professor Wrangel formulierte, eine ›positive Steigung‹, oder, wie Tom Wiener seinem Nebensitzer Gundelach zuraunte: Mit Oskar geht's immer aufwärts, warum und wieso ist scheißegal!

Gundelach hatte Specht in einem Vorbereitungsvermerk die Grundzüge seiner politisch-wissenschaftlichen Pioniertat so gut es eben ging aufgeschrieben. Specht war klug genug, sich in seiner Dankesrede nicht auf dieses Terrain zu begeben. Statt dessen plauderte er über Japan und den Grafen Lambsdorff, der ihm vorgeworfen hatte, marktwirtschaftliche Prinzipien zu verraten. Ha! Er hatte, wie stets, die Lacher auf seiner Seite und nahm anschließend strahlend die Urkunde in Empfang.

Hinterher, beim Stehempfang im Gästehaus der Universität, war Wrangel aufgekratzt wie ein Teenager.

Bernardo! rief er und boxte Gundelach in die Rippen, wir haben es allen Hosenscheißern gezeigt, was? Guck sie dir an, wie sie jetzt um den MP herumschwänzeln!

Du hast es ihnen gezeigt, Werner!

Wir, mein Freund, beharrte Wrangel, und seine schmalen asiatischen Augen glänzten vor Freude und Alkohol, den er, da er ihn selten trank, nicht vertrug. Laß uns genau so weitermachen wie bisher, mit aller Brutalität und Härte. Der Oskar muß nach Bonn, alles andere ist dummes Zeug! Der Kohl schafft das nicht, du wirst sehen, in ein paar Jahren ist er am Ende. Dann führt kein Weg mehr an Specht vorbei –.

Doktor Specht, bitte!

Doktor Specht, jawohl, Bundeskanzler Doktor Oskar Specht, zum Teufel, das wäre doch gelacht –.

Werner, nicht so laut!

Ach was! Ich werde noch viel lauter, wenn's sein muß. Und wenn's ihm hilft, mach ich den Oskar zum Honorarprofessor, du brauchst es mir nur zu sagen...

Tom Wiener stieß zu ihnen.

Jungs, sagte er, macht mal Pause, sonst gerät hier einiges durcheinander. Mein lieber Mann, seid ihr machtgeil!

Kurz darauf erschien der frischgebackene Ehrendoktor in Begleitung von Dr. Pollock, dem örtlichen FDP-Abgeordneten, der zugleich Landes- und Fraktionsvorsitzender seiner Partei und einer von Genschers Stellvertretern war. Pollock hatte an der Technischen Universität, die seinen politischen Kontrahenten gerade ausgezeichnet hatte, Volkswirtschaft studiert. Mit Specht verband ihn ein unverkrampftes, fast freundschaftliches Verhältnis.

Pollock begrüßte Professor Wrangel halb ehrfürchtig und halb belustigt.
Ich habe viel gelernt heute! sagte er schmunzelnd.
Specht zog Wrangel zur Seite. Wrangel nickte, stellte sein Glas ab und verschwand mit Specht und Pollock aus dem Saal. Als er wiederkam, war er nüchtern und bleckte die Zähne.
Specht und Pollock sitzen in meinem Zimmer, sagte er. Sie haben was zu besprechen.
Das Gespräch dauerte über eine Stunde. Die Festversammlung löste sich inzwischen auf. Tom Wiener stieg in seinen Wagen und fuhr zurück ins Büro. Wrangel und Gundelach warteten.
Schließlich erschien Specht, allein und bester Stimmung. Er schüttelte Wrangel lange und herzlich die Hand und forderte Gundelach auf, ihn nach draußen zu begleiten.
So, sagte er, das wär auch geschafft.
Specht schwieg, und es war offenkundig, daß Gundelach ihn fragen sollte.
Was geschafft? Die Laudatio oder das Händeschütteln?
Spechts Gesicht strahlte vor Zufriedenheit.
Ach was, sagte er. Das hier ist doch Kinderkram. Nett und liebenswert, aber letztlich können Sie's vergessen. Nein, ich meine die Sache mit Pollock.
Welche Sache? Gundelach wußte, wie er die Rolle weiterzuspielen hatte.
Oskar Specht platzte fast vor aufgestautem Behagen.
Der Pollock geht aus der Politik raus. Dem paßt die ganze Richtung bei der FDP nicht mehr. Ich weiß das schon länger, und heut hab ich ihm das Angebot gemacht, Geschäftsführer unserer landeseigenen Liegenschafts-Gesellschaft zu werden. Er hat sofort zugestimmt und will jetzt nur noch die Landtagswahl abwarten, um nicht fahnenflüchtig zu erscheinen. Dann gibt er alle Parteiämter auf.
Gundelach war sprachlos. Diesmal spielte er nicht.
Auf die Dauer, fuhr Specht fort, wäre Pollock für uns gefährlich geworden. Die FDP hat eine so dünne Personaldecke, daß sie ihn eines Tages bestimmt als Bundesminister nach Bonn geholt hätten. Das wäre dann für die Liberalen im Land ein gewaltiger Prestigegewinn gewesen. Statt dessen hab ich ihnen heute den Kopf abgehauen. Schon dafür hat sich der Zirkus hier gelohnt!
Gundelach biß sich auf die Lippen. So ist er, dachte er resigniert. Selbst wenn man ihm politisch Gutes tut, muß er umgehend beweisen, daß er zu noch Besserem fähig ist. Nur dann stimmt das Koordinatensystem seines Ichs. Wo Specht steht, ist immer oben. Jetzt hat er es ja sogar schwarz auf weiß, mit wissenschaftlichem Passepartout.

Übrigens, wir müssen uns dringend in Ruhe unterhalten. Planen Sie mal für die nächsten Wochenenden, wenn's geht, nichts ein. Ade!

Gundelach hob die Hand und wandte sich ab, bevor die Autoeskorte anfuhr. Es würde ihm schwerfallen, dem glückseligen Wrangel in die Augen zu blicken. Aber, dachte er, das bin ich ihm schuldig, verdammt noch mal.

Zirkus hin oder her – es dauerte keine zwei Wochen, bis der neue Titel Briefbögen und Visitenkarten des Dr. h. c. Oskar Specht zierte.

Gärten des Menschlichen

Das Hotel, darin waren sich die einschlägigen Gourmetführer einig, gehörte zum Besten, was deutsche Gastronomie zu bieten vermag. Im hügeligen Gelände, welches der Main mit gemächlichen Schleifen durchzog, gemahnten die ausgreifenden Grünflächen und Tennisplätze zwar auf den ersten Blick an die Anlage eines Tennisclubs. Doch wer im Innern des schmucklosen Haupthauses dem französischen Restaurant einen Besuch abstattete, merkte schnell, daß er es hier mit einer Art bewußt verschwiegener Behaglichkeit zu tun hatte. Unterm Dach, in den mit geblümten Vorhängen und honigfarbenem Zirbelkieferholz heimelig ausgestatteten Zimmern, setzte sich dieser Eindruck fort.

Das, hatte Oskar Specht gesagt, ist der richtige Ort, um übers Buch zu sprechen. Ruhe, gutes Essen, erstklassige Weine, und die Tennissachen nicht vergessen.

Vor Tisch plauderte er mit dem Hotelbesitzer über erlesene Gaumenfreuden. Große italienische Weine, bemerkte der bärtige, etwas scheue Mann, können es mit jedem Franzosen aufnehmen. Es ist ein Hobby von mir, jedes Jahr nach Italien zu fahren und Spitzenjahrgänge aufzuspüren. Solange ich denken kann, liebe ich dieses Land und entdecke es immer wieder neu.

Specht war in Gönnerlaune. Ja, sagte er, die Italiener verwenden jetzt mehr Zeit darauf, ihre Weine sorgfältig auszubauen.

Gundelach wußte, was das hieß: An meinen geliebten Bordeaux, den Augäpfeln meines Kellers, lasse ich trotzdem nicht rühren. Dabei, dachte er, hat der Herr Schmitt zu seinen Weinen gewiß ein anderes Verhältnis als der Herr Specht. Er fährt hin, sucht sie auf, sieht, riecht und schmeckt, wo und wie sie wachsen. Er nimmt die Landschaft in sich auf, spricht mit ihren Menschen, lebt unter ihnen und verinnerlicht ihre Kultur. Das hat etwas entschieden Künstlerisches. Specht dagegen, denke ich mal, kauft das Produkt oder bekommt es geschenkt – und vor allem achtet er aufs Etikett.

Kein Zweifel: Gundelach fühlte sich stark. Es ging ums Schreiben, das war seine Domäne. Künstler müssen zusammenhalten.

Ich würde gern einen italienischen Rotwein probieren, den Sie uns empfehlen, sagte er zu Herrn Schmitt gewandt.

Einverstanden, bestätigte Specht. Wenn wir aber ein fünfgängiges Menu nehmen, werden wir dauernd von Kellnern gestört. Am besten, wir bestellen Steak vom Angus-Rind und gratinierte Kartoffeln.

Der Hausherr empfahl einen klassischen Toskaner dazu.

Also, sagte Specht, fangen wir an. Ich meine, es ist jetzt an der Zeit, all das, was wir in den letzten Jahren getan haben, und vor allem das, was die Bundesregierung machen müßte und nicht macht, in einen Zusammenhang zu bringen und den Leuten als Gesamtpolitik zu beschreiben, gewissermaßen als Vision und praktische Politik in einem. Also zum Beispiel der Hickhack um die Steuerpolitik. Statt zu sagen, wir gehen jetzt an eine grundlegende Strukturreform mit einkommensbezogenen Familienkomponenten, mit einer Entlastung des Mittelstands und der neuen technologischen Dienstleistungen, die wir dringend brauchen, und warum soll man nicht den jungen Existenzgründer und denjenigen, der ihm mit hohem Risiko Geld gibt, steuerlich besser stellen wie den Konzern, der aus seinen Zinserträgen mehr Gewinn abschöpft wie aus seinem Produktivkapital, und warum soll man nicht darüber nachdenken dürfen, ob es heute noch gerecht ist, den hochrationalisierten Betrieb, der ganz andere Maschinenlaufzeiten und eine viel größere Produktivität hat, der aber denselben Steuersätzen und Abschreibungsmöglichkeiten unterliegt wie der kleine Handwerker, der die Hauptlast von Ausbildung und Beschäftigung trägt, warum soll man da nicht differenzieren dürfen, ohne daß die Marktwirtschaftler in CDU und FDP gleich schreien: das wäre dann aber die Maschinensteuer und der Einstieg in den Sozialismus! Statt an diese Fragen heranzugehen und eine echte Steuerreform zu machen, fällt denen nichts weiter ein wie die zwanzigste Tarifkorrektur und die nächste Mehrwertsteuererhöhung. Das nur als Beispiel.

Ja, sagte Gundelach. Er kannte das Thema.

Und damit, fuhr Specht fort, hängt natürlich zusammen, daß die Arbeitszeitregelung völlig neu überdacht werden muß. Es gibt ja dazu auch einige Ansätze im letzten Kommissionsbericht über die Zukunft der Gesellschaft. Das müßte man noch vertiefen. Es ist doch völliger Quatsch, so zu tun, als hätte die Arbeitszeit heute noch dieselbe Bedeutung wie vor hundert

Jahren, als die Menschen an den Maschinen tausendmal am Tag dieselben Handgriffe gemacht haben. Der Softwareexperte und der Entwicklungsingenieur, denen fällt vielleicht am Wochenende, wenn sie vom Betrieb nicht gestört werden, am meisten ein, und dafür wollen sie montags und dienstags segeln gehn, was ist daran schlimm? In dem Zusammenhang sollte man auf das Beispiel Japan hinweisen, wo die Forschungslabors der Hightech-Firmen und der Universitäten an den Wochenenden knallvoll sind und die kreativsten Köpfe sogar für ein halbes Jahr oder länger völlig freigestellt werden, um in Ruhe über ein bestimmtes Problem nachzudenken. Der Mittelständler mit seinem Zwanzigmannbetrieb kann sich das natürlich nicht leisten, und deshalb hat für den die Arbeitszeit eine ganz andere Bedeutung, dem geht unter Umständen ein existenzwichtiger Auftrag flöten, wenn drei seiner Leute auf einmal krank sind. Das heißt, wir brauchen viel mehr Flexibilität in diesem Bereich und im Grunde ein viel individuelleres System wie wir's jetzt haben.

Genau, sagte Gundelach. Er wußte, was als nächstes drankommen würde.

Zuvor jedoch kam das Essen, saftiges, zartrosa gebratenes Fleisch mit knuspriger Kruste. Einen guten! sagte Specht. Fangen Sie an.

Er selbst schnitt sich ein großes Stück ab, kaute, legte das Besteck beiseite und sagte: Und damit sind wir beim eigentlichen Thema. Wir nutzen das Potential nicht, das uns die neue Technik bietet. Wir denken noch zu sehr in alten Ordnungen. Acht Stunden Arbeit und Schluß. Mit fünfundsechzig in Rente, ob man will oder nicht. Das sind Strukturen, die in der Industriegesellschaft des letzten Jahrhunderts entstanden sind und dort Sinn machten, weil sie die Menschen vor Ausbeutung geschützt haben, aber jetzt führen sie mehr und mehr zu Verkrustungen. Das muß man einmal darstellen, historisch, philosophisch, und dann aufzeigen, welche gesellschaftlichen Folgen das hat. Also zum Beispiel die Gewerkschaften als kollektive Antwort der Arbeiterklasse auf den Konflikt zwischen Arbeit und Kapital, die hatten ihre Berechtigung, solange es diesen Konflikt gab und der einzelne zu schwach war, sich zu wehren. Diesen Gegensatz gibt es heute nicht mehr, der Arbeiter beim Daimler ist gleichzeitig Kleinaktionär, und der Mittelständler steckt seinem Arbeiter was zu, wenn er mitkriegt, daß dessen Frau krank ist oder das Weihnachtsgeld dafür draufgeht, den Kindern neue Schuhe zu kaufen. Und darum tun sich die Gewerkschaften immer schwerer, überhaupt noch Mitglieder zu finden und die dann auch noch zum Streik zu bewegen, wenn's um einen Arbeitskampf geht. Der Informatiker bei IBM will erstens wissen, warum gestreikt wird, zweitens sagt er, bei schlechtem Wetter streik ich sowieso nicht, und drittens hat er Gleitzeit und denkt nicht daran, morgens um sechs schon vorm Werktor zu stehen. Das meine ich mit Individualismus, verstehen Sie?

Gundelach nickte. Auch diese Beispiele kannte er. In Spechts Reden kamen sie immer gut an.

Probieren wir mal den Wein, sagte Specht und trank nach Kennerart. Nicht schlecht. Aber das schönste sind die Gläser. Unglaublich schöne Gläser. So dünne, hohe Kelche hab ich noch nie gesehen. Sie?

Nein, sagte Gundelach. Noch nie.

Und so ist es im Grunde mit allen großen Konflikten, schloß Specht, dessen Steak abzukühlen begann. Ökonomie gegen Ökologie, alt gegen jung, das sind die Konflikte von gestern. Die Menschen wollen weiterhin autofahren, aber sie wollen auch was für den Wald tun, und darum werden sie fünfzehnhundert Mark für den Katalysator ausgeben, ohne zu murren. Und die Enkel reden wieder mit den Großvätern über die deutsche Geschichte und machen gewaltig Ärger, wenn die alte Generation ins Heim abgeschoben werden soll. Die Gesellschaft wird immer individueller, nur der Staat und die großen Organisationen, die Parteien eingeschlossen, haben es noch nicht gemerkt und versuchen, mit den kollektiven Lösungen von gestern die Probleme in den Griff zu kriegen. Wir sollten demgegenüber das Chancenpotential einer neuen Gesellschaft beschreiben, die den technischen Fortschritt nutzt, um diese Konflikte zu überwinden. Die im Grunde eine Art Versöhnungsgesellschaft ist, die an die Stelle der industriellen Konfliktgesellschaft tritt. Das Wort ›Versöhnungsgesellschaft‹ gefällt mir sehr gut, ich meine, es stammt von Hermann Lübbe oder von Odo Marquard, irgend jemand hat es verwendet beim letzten Untersteiner Gespräch. Ich denke, man könnte es als Oberbegriff nehmen für das, was wir wollen. Was meinen Sie?

Gundelach überlegte, ob er sich als Stichwortgeber für weitere Fragmente aus Spechts Redenrepertoire betätigen oder ihn gleich befragen sollte, wie er denn damit dreihundert Buchseiten zu füllen gedenke.

Er entschied sich dafür, ihn erst einmal essen zu lassen.

Den Begriff Versöhnungsgesellschaft, sagte er, müßte man natürlich noch näher definieren und so konkret wie möglich zu beschreiben suchen. Ohne das wirkt er ziemlich unscharf.

Ganz richtig, erwiderte Specht und speiste.

Er sollte in vielen Lebensbereichen verwendbar sein, nicht bloß in der Politik. Und es darf nicht der Eindruck entstehen, wir wären weltferne Utopisten. Konflikte wird es immer geben, sie gehören zum Meinungsstreit in der Demokratie.

Vollkommen klar, sagte Specht. Keine Eiapopeia-Gesellschaft. Es geht ums Grundsätzliche – Sie wissen schon.

Vielleicht läßt sich der Grundgedanke am leichtesten aus dem Begriff der Ganzheitlichkeit herleiten, fuhr Gundelach fort und versuchte zu ordnen, was ihm bei der Lektüre der letzten Monate durch den Kopf gegangen war. Das Bemühen um eine ganzheitliche Sicht komplexer Zusammenhänge spielt im Moment in vielen Bereichen eine zentrale Rolle, in der Ethik zum Beispiel und sogar bei den Naturwissenschaften. Wenn es gelänge, das auf den gesellschaftspolitischen Raum zu übertragen, zum Beispiel, indem man die gemeinsamen Wurzeln von sozialem und wirtschaftlichem Streben, von Arbeit und Kultur herauskristallisiert –.

Trinken Sie noch was?

Ja, bitte – dann ergäbe sich die Versöhnung scheinbarer Gegensätze gleichsam von selbst als Synthese, als geschichtlicher Auftrag, der jetzt erst, mit Hilfe grenzüberschreitender Technologien, erfüllt werden kann.

Sehr gut, sagte Specht. Das ist der Punkt. Er schob den Teller beiseite.

Das böte uns auch die Möglichkeit, die gegenwärtige politische und gesellschaftliche Diskussion, ihre Eindimensionalität, ihre Zersplitterung und Übersteigerung plastisch darzustellen, als Kontrast, sozusagen.

Ja, sagte Specht. Nehmen Sie noch einen Nachtisch?

Danke, nein. Aber einen Kaffee würde ich trinken.

Specht bestellte zwei Kaffee und zwei Armagnac.

Die Frage ist natürlich, fuhr Gundelach fort, wie weit wir uns mit einer derartigen Analyse vorwagen wollen. Sie könnte auch als Kritik an der Bundesregierung und an Helmut Kohl gedeutet werden.

Das ist mir wurscht, sagte Specht. Entweder Kohl fängt an zu begreifen, daß er so wie bisher nicht weitermachen kann, oder er begreift's nie. Strauß sagt das ja schon ganz offen. Ich hab einfach die Arbeitsteilung satt, daß die SPD für Visionen, die FDP für wirtschaftliche Erfolgsmeldungen und wir für den täglichen Reparaturbetrieb zuständig sind. Das regt unsere Leute allmählich auf, und mit Recht. Übrigens, mit Lambsdorff und seinem Gequatsche vom Spechtschen Staatskapitalismus müssen wir uns auch auseinandersetzen. Der hat ein total antiquiertes Verständnis von Marktwirtschaft, das muß deutlich rauskommen.

Ich hab da noch eine Idee, sagte Gundelach. Sie ist aber noch nicht ausgereift. Selbst die konservativsten Marktwirtschaftler bestreiten doch nicht, daß nicht der einzelne, sondern der Staat für die Schaffung grundlegender Infrastrukturen zuständig ist – Straßen, Eisenbahnen, Schulen und so weiter. Aber wer bestimmt eigentlich, was unter Infrastruktur zu verstehen ist? Das hängt doch ganz davon ab, welchen Entwicklungsstand eine Wirtschaft aufweist. Für die Hansestädte des Mittelalters waren eisfreie Häfen das Wichtigste, bei der Industrialisierung des Ruhrgebiets spielte die Eisenbahn eine zentrale Rolle. Warum sollen nicht Telekommunikation, Glasfaser oder Breitbandverkabelung die entscheidenden Infrastrukturen der Zukunft sein? Wenn wir feststellen: das sind die Schnellstraßen der Informationsgesellschaft von morgen, dann bedeuten staatliche Investitionen in diese Technologien etwas völlig Marktkonformes, was Ludwig Erhard ohne Bedenken quergezeichnet hätte. Es handelt sich in diesem Fall, wie bei Schienen und Straßen, um die Bereitstellung notwendiger öffentlicher Güter, mit dem einzigen Unterschied, daß es derartige Kommunikationsgüter zu Erhards Zeiten noch nicht gegeben hat. Wer aber Infrastrukturen immer nur auf den technischen Stand beschränken will, der sich schon durchgesetzt hat, macht den Staat zum Verwalter des Bestehenden und verzerrt damit den Wettbewerb zu Lasten des Neuen, Innovativen. Das ist doch ein weit größerer Staatskapitalismus...

Der Kaffee kam und, in riesigen Schwenkern, altgolden funkelnder Armagnac. Specht ließ ihn im Glas kreisen und sog genießerisch den Duft ein.

Herrlich, sagte er. Der sowjetische Botschafter hat mir einen Krim-Armagnac aus meinem Geburtsjahrgang geschenkt. Habe ich Ihnen davon schon erzählt?

Nein, sagte Gundelach.

Verbunden mit der offiziellen Einladung, die Sowjetunion zu besuchen. Ich denk aber, ich warte damit bis nächstes Jahr und unternehme die Reise dann als Bundesratspräsident.

Gundelach schwieg. Er ärgerte sich, überhaupt so viel geredet zu haben.

Also, sagte Specht, das ist ein interessanter Gedankengang. Den können Sie an geeigneter Stelle einbauen. Aber nicht zu tief ins Theoretische einsteigen, und den Lambsdorff nicht über Gebühr herausstreichen. Der überlebt die Flickaffaire sowieso nicht, da wette ich. Und jetzt sollten wir noch festlegen, wie wir das mit dem Buch rein praktisch machen. Ich werde natürlich wenig Zeit haben, selbst viel zu schreiben.

Sicher nicht, sagte Gundelach.

Vielleicht können wir's so machen, daß Sie mir bis zu meinem Sommerurlaub eine Gliederung vorlegen und die eine oder andere These schon mal ausformulieren, so daß ich's mir in Ruhe anschauen kann. Danach reden wir darüber, und dann können Sie zu schreiben anfangen und ich nehme mir das, was fertig ist, jeweils in die Ferien mit. Im Herbst will ich eine Woche nach Irland, und über Weihnachten bin ich wahrscheinlich in Berghoffs neuem Hotel im Allgäu. So müßten wir hinkommen.

Ja, sagte Gundelach, so ähnlich dachte ich mir das auch. Ich müßte allerdings in den nächsten Monaten von der Tagesarbeit weitgehend freigestellt sein und auf einen oder zwei Mitarbeiter der Grundsatzabteilung für Recherchezwecke zugreifen können.

Selbstverständlich, entgegnete Specht. Sie sagen, was Sie brauchen. Und übers Finanzielle sprechen wir noch.

Vielleicht wird's ja ein Bestseller, scherzte Gundelach. Haben wir überhaupt schon einen Verlag?

Ich habe einen, sagte Specht und grinste vor Freude bis zu den Ohren. Und das ist der eigentliche Knüller! Der Spiegel ist bereit, das Buch zu verlegen. Die haben jetzt eine neue Taschenbuchreihe. Augstein, mit dem ich vor kurzem in Hamburg fürchterlich verhockt bin, hat es mir selbst angeboten. Der Tom war dabei und auch Böhme, der Chefredakteur. Die sind ganz heiß auf das Ding. Nicht schlecht, was?

Gundelach nickte und dachte: Diese Chuzpe möchte ich haben. Hat noch keine Zeile geschrieben und verkauft das Buch schon an den Spiegel. Was macht er, wenn mir morgen ein Ziegelstein auf den Kopf fällt? Aber mir fällt kein Ziegel auf den Kopf, und Menschen wie er wissen das.

Und weil er das Gefühl hatte, auch etwas Chuzpe zeigen zu müssen, ein wenig nur, versteht sich, Ministerialrats-Chuzpe gewissermaßen, orderte er ohne zu fragen eine Monte Christo, sechzig Mark das Stück, ließ die Zigarre aus der klimatisierten Box holen und fachmännisch über der Kerze vorbereiten, führte sie an den geblähten Nüstern vorbei, befeuchtete sie ausgiebig mit kreisrund gespitztem Gourmetmäulchen und war auch dadurch nicht aus der Ruhe zu bringen, daß Specht, der gerade mal wieder mit dem Rauchen aufgehört hatte, zappelig wurde und nach Herrn Schmitt verlangte, um ihn über den Hersteller der fantastischen Gläser zu befragen; beugte sich dann über die Flamme des Sandelholzspans, den ihm der Kellner darbot, und stieß mit einem Seufzer des Behagens die ersten Rauchwölkchen in die Luft, ihrem bläulichen Schimmer nachblickend, bis er verflogen war.

Sie sagen, was Sie brauchen. Eben.

Anderntags spielten sie Tennis und verließen das Hotel noch vor dem Mittagessen, ohne ein weiteres Wort über das Buch gewechselt zu haben.

Specht freute sich auf die Gläser, die Schmitt in seinem Auftrag bestellen würde, und überlegte, wie er die Ausgabe von mehr als tausend Mark für ein bißchen Glas seiner Frau plausibel machen konnte.

Heikes Reaktion war ebenfalls absehbar gewesen.

Na wunderbar, sagte sie. Dann wissen wir ja jetzt, womit die nächsten Urlaube ausgefüllt sein werden.

Doch so einfach wie beim Redenschreiben ließ sich die Ghostwriterei diesmal nicht an. Zwar stellte sich Gundelach einen Tisch und einen Stuhl in den Garten, den sie zusammen mit den Hausbesitzern nutzen durften, nahm zur Bekräftigung seines ungebremsten Arbeitswillens auch gleich die Schreibmaschine mit, dazu hundert Blatt holzfreien Papiers und mehrere Taschen voller Bücher, ordnete alles auf beeindruckende Weise zu einem intellektuellen Picknick im Grünen – dann aber starrte er in die Luft und horchte auf das Summen der Bienen.

Der Wind fuhr durchs Laub der Obstbäume, Schmetterlinge tanzten, das Gras duftete, und Benny war begeistert, seinen Vater tagsüber bei sich zu haben. Was er im Kindergarten gelernt hatte – mit seinen fünf Jahren zählte er sich nun schon zu den Großen, deren Weg in die Schule einer gewissenhaften Vorbereitung bedurfte –, spielte er vor.

Auch die Vermieter, denen man schwerlich vorschreiben konnte, wie sie sich auf ihrem Anwesen zu betragen hätten, bekundeten lebhaftes Interesse, das Entstehen eines Buchs mitzuerleben. Auf seinen Stock gestützt, setzte der alte Herr Gundelach auseinander, wie *er* mit Demonstrierern verfahren würde, die vor Kasernentoren gegen die Stationierung von Pershing-Raketen protestierten, und hoffte wohl, sich dereinst als Volksstimme gedruckt wiederzufinden.

Gundelach hörte zu und dachte: Zu Breisingers Zeiten hätten wir uns begegnen sollen!

Die Kirschen röteten sich, die Blätter blieben weiß.

Als er Mitte August ins Büro zurückkehrte, hatte er einen halbseitigen Gliederungsentwurf ausgearbeitet und die Überzeugung gewonnen, daß sich politische Bücher nur im Winter schreiben lassen. Auch Oskar Specht, der ohne den versprochenen Vermerk nach Kanada gereist war, brachte keine Notizen oder neuen Ideen mit.

Der Sommer aber war sehr schön gewesen. Gundelach erinnerte sich an viele Beobachtungen, die er seinem spielenden Sohn gewidmet hatte; an das

Gefühl unvermuteten, unverdienten Glücks, wenn Benny plötzlich auf ihn zulief, um ihm etwas zu zeigen, ein Schneckenhaus, einen Regenwurm, den er streicheln sollte. Das hatte es früher nicht gegeben. Auch daß Benny von ihm zu Bett gebracht werden wollte, nicht. Manchmal war sogar Heike in den Garten gekommen und hatte ihre Arme um seine Schultern gelegt.

Dann umfing ihn die Normalität des Lebens wie das wärmende Licht der Sonne. Monrepos war weit weg. Darum ließ er den Tisch im Garten stehen und ergab sich dem Wohlgefühl innerer und äußerer Harmonie.

Selbst als der Urlaub vorüber war, verfügte er noch ein Weilchen auf herrschaftlich-bonvivante Weise über seine Zeit. Ging wann er wollte, kam wann er wollte, gönnte sich ab und zu den Bummel ins Café zu vormittäglicher Zeitungslektüre. Das Wissen, einer außergewöhnlichen Aufgabe verpflichtet zu sein, die mit Maßstäben des Alltags und der Hierarchie nicht zu messen war, zirkulierte in ihm wie eine Transfusion schon vergessen geglaubter geistiger Freiheit und persönlicher Souveränität. Und je mehr ihm die – wohl nur vorgetäuschte – Gleichgültigkeit Tom Wieners und das jede weitere Anteilnahme geflissentlich vermeidende Schweigen Oskar Spechts als unausgesprochene Aufforderung erscheinen mußte, das kleine, literarische Abhängigkeitsverhältnis, welches sein Chef eingegangen war, nicht mit dem großen, existentiellen zu verwechseln, in dem er als Untergebener stand – um so entschlossener übte Gundelach den Stil eines kulturellen Freigängertums, das Specht keinem Monrepos-Bediensteten sonst zugestand.

Doch bald erlahmte dieser Antrieb wieder. Er war, genau besehen, auch nicht recht statthaft. Denn zu schreiben vermochte der Literat während des Herbstes immer noch nicht.

Dr. h. c. Oskar Specht war derweil bis über die Halskrause mit Regieren beschäftigt. Verschiedenes lief nicht, wie es sollte.

Der anfängliche Eindruck, den das Feldwaldundflur-Trommelfeuer der ›Ökologischen Offensive‹ in der Öffentlichkeit hinterlassen hatte, war seit dem überraschenden Rückzieher in Sachen Katalysator verpufft. Vor Spechts Kanada-Urlaub las man's anders! höhnte nicht nur die Opposition und vermutete hinter seiner Kehrtwende Sternstunden der besonderen Art. Selbst CDU-Fraktionschef Deusel war nicht willens, den Sinneswandel des Parteifreundes mitzuvollziehen.

Der Ökolack ist ab! konstatierten Rote und Grüne schadenfroh.

Da half es auch nicht, daß der Ministerpräsident kurz zuvor das Kernkraftwerk Weihl praktisch aufgegeben hatte – freilich, wie es schien, weniger planvoll denn im Sinne einer Freudschen Fehlleistung. Fortgetragen von seiner Lust an seherischen Prognosen, hatte er in einer Pressekonferenz die vorhandenen Stromerzeugungs-Kapazitäten, unter Einbeziehung verfügbarer zusätzlicher Importe aus dem Ausland, für ausreichend erklärt und damit dem umstrittenen Atommeiler die letzte, schwache Legitimationsbasis entzogen.

Nun hatte er in der Sache ja wohl recht; und seiner inneren Überzeugung entsprach der Verzicht, wie Gundelach wußte, schon lange. Aber der Anschein, auf Monrepos werde in einer hochkomplizierten Angelegenheit nebulös wie auf dem Dreifuß des delphischen Orakels geweissagt, führte zu der bei Orakeln üblichen Verwirrung und befriedigte niemanden – außer diejenigen, die sich in ihrer Vermutung bestätigt sahen, daß Specht vor lauter bundespolitischen Ambitionen schon nicht mehr wisse, was im engen Geviert des Landes los sei.

Dem entgegenzutreten, war überlebenswichtig. Die Landtagswahl des nächsten Frühjahrs warf ihre Schatten. Meinungsumfragen sahen die CDU bei etwa fünfzig Prozent. In jedem Fall würde es eng werden.

Die Leute erwarten, daß ich mich wieder mehr ums Land kümmere, sagte Specht in einer Abteilungsleiterrunde. Im Rahmen seiner Möglichkeiten war das die stärkste Form der Selbstkritik, die ihm zu Gebote stand.

Also nahm er die ungeliebten Kreisbereisungen wieder auf und kümmerte sich.

Eine Luft- und Raumfahrtfirma geriet in den Sog interner Zwistigkeiten der Gesellschafterfamilie. Specht führte Gespräche mit dem einen Familienstamm, der Wirtschaftsminister verhandelte mit dem anderen, und jede Seite ließ die Politik wissen, daß Hilfen des Landes für die Verwandtschaft als unfreundlicher Akt gewertet würden. Specht fühlte sein Managementtalent herausgefordert und warb bei den Freunden Kiefer und Reuter für eine industrielle Beteiligung der Daimler Benz AG. Die Angelegenheit zog sich jedoch in die Länge, und vorerst war nicht zu erkennen, daß die Spechtsche Unternehmensberatung bei den Betroffenen auf große Begeisterung stieß. Aber die Region erlebte einen um ihre Nöte besorgten Landesvater, und darauf kam es zunächst an.

Einem anderen Landstrich bereitete seine geografische Randlage Kummer. Der Fördertopf der Hauptstadt war zu fern und Bayern zu nah, beides tat strukturpolitisch nicht gut. Specht besuchte die periphere Metropole und traf auf einen Universitätsrektor, der seine Psyche offenbar meisterhaft kannte. Der Professor zauberte einen Plan ›Universität 2000‹ aus dem Hut, solchermaßen Weitsicht und Werbesinn demonstrierend, und bat um ein paar außeruniversitäre Forschungsinstitute, an denen es, weil die Rahmenbedingungen unzureichend seien, mangele.

Specht versprach Abhilfe, doch reifte in ihm schon ein viel größerer Gedanke: Er wollte eine ganze Wissenschaftsstadt bauen und auf diese Weise vor der weißblauen Haustür Wirtschafts- und Forschungspolitik modellhaft miteinander verschmelzen. Universität und Industrie sollten ein deutsches Silicon Valley bekommen, in dem jeder von jedem profitierte und die Professoren von Patent zu Patent eilten. Später merkte man allerdings, daß die Unternehmen zuvörderst von der Furcht geplagt wurden, daß jeder dem anderen etwas klauen könnte.

So waren Oskar Spechts Tage randvoll ausgefüllt, wie es seine Richtigkeit hatte, und erst im November fragte er, scheinbar beiläufig:

Was macht eigentlich das Buch? –

Es wird, sagte Gundelach und errötete.

Tatsächlich aber war immer noch nichts geschehen, um das mainfränkische Könnte, Sollte, Müßte wenigstens fragmentarisch zu konkretisieren. Jetzt rückte schon Spechts Allgäuer Urlaub nahe, und Gundelach spürte, daß er das Spiel, scheinbar auf Gedankenskizzen oder gar Kapitelentwürfe aus der Feder des Ministerpräsidenten zu warten, nicht mehr lange fortsetzen durfte. Wollte er nicht riskieren, daß Specht lieber das ganze Vorhaben hinschmiß als weiter auf die Güte seines Ghostwriters zu hoffen (was er ihm, schon des Gesichtsverlusts gegenüber dem Spiegel wegen, nie verzeihen würde), mußte er endlich mit der Arbeit beginnen.

Also richtete er sich zu Hause ein neues Schreibnest ein und versuchte als erstes, Ordnung in seine Gedanken zu bringen.

Was wollte er? Er wollte einen Gesellschaftsentwurf liefern, in dem die großen, kollektiven Blöcke – Arbeit gegen Kapital, Natur gegen Technik, Interessengruppen gegen Staat – als historische Relikte der ersten Industrialisierungswelle erklärt und Wege zu ihrer Überwindung aufgezeigt wurden. Er wollte zeigen, daß dies mit Hilfe der neuen industriellen Revolution, der Mikroelektronik, möglich sein mußte, weil dieser Technik ungeahnte Flexibilisierungschancen innewohnten; daß man aber, um diese Chancen wirklich zu nutzen, den Chip und den Computer nicht bloß als irgendeine erfolgreiche Erfindung, sondern als historische Korrektur der individuellen Beeinträchtigungen der ersten, elektromechanischen Industrialisierung zu begreifen hatte.

Und auch dies war noch nicht genug. Erst wenn man verstand, daß die gegenwärtige Erstarrung, die Krise der großen Organisationen, die Entfremdung von Mensch und Arbeit, das folgerichtige Ergebnis einer bestimmten industriellen Produktionsweise waren, konnte man den Blick dafür gewinnen, daß eine grundlegend anders funktionierende, auf Netzwerke und materielose Informationen aufbauende Technik auch grundlegend andere politische und soziale Strukturen hervorbringen mußte. Überspitzt gesagt: Die Dinosaurier und Leviathane, die großen Konzerne, Parteien, Staatsgebilde würden verschwinden oder in kleinere Einheiten zerfallen, der regionale, wirtschaftliche und soziale Selbstorganisationsgrad würde zunehmen.

Gab es dafür nicht schon Anzeichen? Wiesen nicht die naturwissenschaftlichen und philosophischen Diskussionen um Wechselwirkungen, Interdependenzen, wies nicht der globalethische Ansatz eines Hans Jonas, ja wies nicht auch die zunehmende Schwäche des Zentralstaates und der hierarchischen kirchlichen Instanzen in diese Richtung? War also ›das Ganze‹ ein Werk der Evolution, der Menschheitsentwicklung, eine Fortsetzung der Aufklärung, oder, da es doch ohne Zweifel von einer veränderten ökonomisch-technischen Basis seinen Ausgang nahm, ein Marxismus ohne kommunistische Ideologie?

Fröhliche Weihnachten! dachte Gundelach und beschloß, spätestens an dieser Stelle einzuhalten und an die Stelle der staatlichen und kirchlichen Aushöhlung den von Specht gewünschten Überbau einer Versöhnungsgesellschaft zu setzen, der sich ja, bei gutem Willen aller Beteiligten, immerhin als denkbare, optimistische Variante begründen ließ.

Das war die große, die aufregende (jedenfalls ihn regte sie auf) Idee: daß es eine Parallelität gebe zwischen dem, was der menschliche Geist erfunden hatte, indem er sich auf das elektronische Schaltsystem Null und Eins und auf den unscheinbaren Werkstoff Silicium besann, und dem, was ganz andere Denker, Nichttechniker vermutlich, postulierten – die neue Verantwortung des einzelnen. Und daß beides sich zu einer Einheit verknüpfen ließ, nicht zu einer zufälligen, sondern zu einer, die in der Geistesgeschichte bereits angelegt und durch den mechanistischen Zerlegungsprozeß des letzten Jahrhunderts wieder verloren gegangen war.

Ja, und dann wollte er noch ein wenig polemisieren: gegen stumpfsinnige politische Konfliktrituale, gegen das überhand nehmende Denken in Wahlzyklen, gegen grämliche intellektuelle Zukunftsängste, die sich am Orwell-Jahr 1984 berauschten, und mit besonderem Vergnügen gegen tumbe

Bonner Es-geht-wieder-aufwärts-Parolen – letzteres natürlich so, daß die Zielperson nicht allzu deutlich erkennbar wurde.

Gundelach seufzte, als er das erste Blatt in die alte Schreibmaschine einspannte, auf der er schon als Student zu Heidelberg Pamphlete getippt hatte. Daran durfte er nun allerdings nicht denken. Das waren denn doch Traktate anderen Zuschnitts gewesen. Dennoch war es nicht nur ein erwartungsvolles, sondern auch ein erinnerungsschweres Seufzen; eines, das bei den ersten Zeilen, die er herunterklapperte, die Befriedigung nicht ganz zu unterdrükken vermochte, damals ein paar versprengte Kommilitonen und jetzt, fünfzehn Jahre später, Deutschlands größtes Nachrichtenmagazin als Multiplikator an seiner Seite zu wissen.

Das war doch etwas! Das konnte sich als Aufstieg doch sehen lassen, auch wenn sein Name nicht erscheinen durfte! Aber war es seinerzeit anders gewesen?

So begann er zu schreiben, und im Januar, Februar und März schrieb er immer noch. Abends und an den Wochenenden schrieb er, nachts lag er wach und kämpfte mit seinen Zweifeln. Am meisten belastete ihn, sich gegenüber niemandem öffnen zu können. Sein Auftraggeber war an Ergebnissen interessiert, nicht am mühsamen Klärungsprozeß des ›trial and error‹.

Außerdem war Specht unglaublich beschäftigt. Die Wahl mußte gewonnen werden, sie stand auf Messers Schneide.

Wie abgeschnitten fühlte sich Gundelach, auch wenn er tagsüber seinen Dienst versah. Die Gedanken kreisten ums Buch, um etwas nicht Existierendes also, während alle um ihn herum das Aktuelle, Nächstliegende, Dringliche taten. In Spechts Augen waren sie ungleich wichtiger als er.

Nein, er täuschte sich nicht, er verlor an Einfluß. Tom Wieners gelöster Geschäftigkeit, die den alten Abstand wieder hergestellt sah, war es anzumerken. Und Gustav Kalterers frösteln machender Freundlichkeit auch.

Als die Wahl gewonnen und Tom Wieners bevorstehende Berufung zum Staatssekretär durchgesickert war, Gundelach aber nur ein größeres Zimmer beziehen durfte, wußte er, daß er einen kapitalen Fehler begangen hatte: Er hatte sich zu weit von der Meute und ihrem Leitwolf entfernt.

Er schwor sich, den Bettel hinzuwerfen und die hundertfünfzig Seiten, die ihm im letzten, quälenden Vierteljahr gelungen waren, seinem rastlos das Hier und Jetzt durchpflügenden Chef als Torso auf den Knoll-International-Schreibtisch zu knallen, mit freundlicher Empfehlung, den Rest selbst zu besorgen.

Doch gerade da erging Spechts Einladung an ihn, gemeinsam einige Tage im Kurhotel Unterstein zu verbringen.

Ein Gefühl für Gefahren hatte Specht also immer noch. Eine innere Stimme, die ihm riet, den Bogen nicht zu überspannen, sich um Menschen, die er brauchte (ob zum Stimmzettelankreuzen oder Buchseitenfüllen), zu kümmern, bevor sie enttäuscht das Lager wechselten. Der Instinkt, die Herde beisammen zu halten, funktionierte noch.

Unwillkürlich mußte Gundelach an Breisinger denken, dem dieser Instinkt nach seinem triumphalen Wahlsieg vor acht Jahren abhanden gekommen war, was er bitter bezahlt hatte.

Specht war in der eleganten, mit weißen Schleiflackmöbeln und Kristallüstern überladenen Hotelsuite wie ausgewechselt. Er widmete Gundelach so viel Zeit, als hätte er auf nichts sehnlicher gewartet als auf diese Begegnung.

Vom Buch war zunächst nur am Rande die Rede. Specht wußte ja auch nichts darüber, Gundelach hatte ihm das Manuskript erst ausgehändigt, als sie einander in den weißen Ledersesseln gegenübersaßen. Specht bedankte sich und sagte, er sei sehr neugierig und werde abends zu lesen beginnen, und Gundelach antwortete, er solle nicht erstaunt sein, vieles anders vorzufinden, als sie es im letzten Sommer besprochen hätten.

Das war alles zu diesem Thema.

Sie hätten sich, fuhr Specht fort, in den vergangenen Monaten ein bißchen aus den Augen verloren, was nicht schlimm und ganz natürlich sei, bedenke man die unterschiedlichen Jobs, die jeder von ihnen zu erledigen gehabt hätte. Aber jetzt komme es darauf an, den Faden wieder aufzunehmen, der durch den Wahlkampfzirkus (mit einer wegwerfenden Handbewegung unterstrich er diese Bemerkung) etwas verlorengegangen wäre. Er wolle deshalb mit Gundelach vor allem besprechen, wie man die Regierungserklärung aufbauen müsse, um einerseits den programmatischen Rahmen möglichst weit, bis in die neunziger Jahre hinein zu stecken, andererseits aber nicht zuviel von dem vorwegzunehmen, was das Buch bringen werde.

Aha, dachte Gundelach, das ist es also: Ich soll ihm wieder die Regierungserklärung schreiben. Natürlich, wie konnte ich das vergessen! Und nun hat er Sorge, daß mir beides zusammen, Buch und Regierungserklärung, zuviel wird. Deshalb die Seelenmassage.

Fast bedauerte er, sich des unfertigen Werks nicht doch mit Aplomb entledigt zu haben. Seine Nerven waren immer noch nicht die besten. Sie riefen ihm ein Bild in Erinnerung, das ihn an den langen, dunklen Winterabenden des öfteren verfolgt hatte, wenn es mit dem Schreiben wieder einmal stockte und hakte: das Foto eines blinden, ergebenen Grubenpferds, welches er in einem Buch über die Anfänge des Bergbaus gesehen und in einer Mischung von Selbstmitleid und Verzweiflung auf sich und sein Tun übertragen hatte.

Als hätte Specht seine Gedanken erraten, beugte er sich vor und sagte in vertraulich werbenden Ton: Es wird sich einiges im Ministerium ändern, ich brauch nur noch Zeit, es umzusetzen. Den Tom mußte ich zum Staatssekretär machen, das hätte sonst seine Position bei den Journalisten untergraben, die ist sowieso angekratzt. Aber die Sache hat einen Riesenvorteil, und deswegen hab ich's eigentlich gemacht: Wir können jetzt die Aufgaben viel klarer zuordnen wie früher. Der Tom macht das, was er kann, Kontakte pflegen, den Pressebereich abdecken, und er wird mich von vielen Pipifaxterminen entlasten. Aber als Staatssekretär darf er ja keine Abteilung mehr führen, und deshalb können wir den ganzen Bereich neu ordnen. Ich denke daran, mittelfristig, also sagen wir ungefähr Mitte nächsten Jahres, die Pressearbeit und den Grundsatzbereich völlig zu trennen. Dann hört dieser Mischmasch aus kurz- und langfristigem Arbeiten endlich auf, und Sie können sich ganz dem Konzeptionellen widmen und haben viel mehr Freiraum wie jetzt. Und außerdem setze ich ein Signal nach außen, worauf's mir wirklich ankommt.

Da war sie also, die Zuckerstange. Doch hielt Specht sie so hoch, daß nicht einmal die Zunge eines Chamäleons lang genug gewesen wäre, an ihr zu lecken.

Und wie läuft es bis dahin? fragte Gundelach.

Naja, sagte Specht eine Spur kühler und lehnte sich wieder zurück, zunächst mal müssen wir die alte Struktur noch beibehalten. Ich muß das erst mal von der Spitze her ordnen, nicht wahr? Also, den Drautz schicke ich nach Bonn als Leiter unserer Landesvertretung, das macht hier keinen Sinn mehr. Aber in Bonn ist er mit seiner Art genau der Richtige, zumal die Gerlinde ja ausscheiden wird –.

Was ist in den letzten Monaten alles an dir vorbeigegangen! dachte Gundelach bestürzt. Wo hast du gelebt? In Utopia?

... und Olbrich in seiner Doppelfunktion als Justiz- und Bundesratsminister nicht die Zeit haben wird, sich bei jedem Stehempfang und auf jeder Gartenparty in Bonn blicken zu lassen. Aber Drautz schafft das locker, und er kriegt noch den Titel Staatssekretär, das erleichtert sein Entrée. Es ist schon wichtig zu wissen, was in Bonn so geschwätzt wird, bei der bundespolitischen Position, die ich mittlerweile habe!

Gewiß, sagte Gundelach und dachte: Wiener hat wirklich ganze Arbeit geleistet, während ich durch den Garten des Menschlichen lief und träumte.

›Der Garten des Menschlichen‹ hieß ein Buch Carl Friedrich von Weizsäckers, auf das er aufmerksam geworden war. Der Titel hatte ihn an seine kurze, unproduktive Sommervakanz im Freien erinnert, in der er sich den Menschen, mit denen er sonst auf wenige Wochenstunden zusammengedrängt lebte, so nah gefühlt hatte wie nie. Im Winter las er das Buch dann und hütete die Erkenntnisse seiner klugen, skeptischen Analysen aus dem Grenzland von Religion, Wissenschaft und Politik wie ein Geheimnis.

Jetzt fiel es ihm wieder ein, und er sah die Realität.

Für Drautz hole ich mir einen Ministerialdirektor von außen, beschloß Specht seinen Überblick, als reinen Administrator. Da muß ich noch Gespräche führen. Dann gibt es auch keine Überschneidungen mehr zwischen Staatssekretär und Verwaltungsspitze. Und wenn sich das ganze eingespielt hat, gehen wir an die nächste Stufe.

Und wer wird Wieners Nachfolger als Abteilungsleiter? fragte Gundelach. Er bemerkte wohl, daß seine Penetranz Specht mißfiel. Aber, dachte er, der Garten ist jetzt wieder geschlossen. Von außen.

Ach, Sie wissen doch, wie die Situation momentan ist, sagte Specht mißmutig. Schieborn ist mit dem Landesmediengesetz immer noch nicht fertig, und bis er zum Geschäftsführer der Kommunikationsanstalt bestellt werden kann, führt kein Weg an ihm vorbei. Er ist halt Leitender Ministerialrat und Sie sind's noch nicht. Ich habe die Wartefristen und den ganzen beamtenrechtlichen Scheiß nicht erfunden. Wann sind Sie denn dran?

Nächstes Frühjahr, antwortete Gundelach wie aus der Pistole geschossen. Ein Beamter kennt seine Beförderungstermine.

Na also! rief Specht erfreut. Paßt doch alles! Dann werden Sie jetzt stellvertretender Leiter der Presse- und Grundsatzabteilung, und wenn Schieborn geht, das dürfte gerade so März, April 1986 sein, machen wir die Teilung in eine Grundsatzabteilung und eine Pressestelle, und Sie werden Abteilungsleiter Grundsatz und politische Planung. Zufrieden?

Ja, sagte Gundelach. Vielen Dank.

Erst abends, als er allein in seinem Zimmer lag und vor Erregung nicht einschlafen konnte, merkte er, daß er nicht nur seiner künftigen Ernennung, sondern auch der Halbierung seiner Kompetenzen und somit im Vorgriff schon seiner teilweisen Entmachtung zugestimmt hatte. Wahrscheinlich hatte Tom Wiener sich das ausbedungen, um den direkten Zugriff auf die Pressearbeit nicht zu verlieren.

Taktisch bin ich ihm unterlegen, dachte er. Hoffnungslos.

Specht spielte die halbe Nacht lang Skat und war am folgenden Vormittag für politisch Tiefschürfendes nicht empfänglich. Nachmittags telefonierte er, später meldeten sich Besucher an. Die örtlichen Mandatsträger der CDU brauchten ein Bild mit ihm für den Lokalteil ihrer Zeitung.

Den künftigen Innenminister Wilfried Schwind dagegen hatte Specht selbst einbestellt. Schwind, derzeit noch Sozialminister, sollte das Innenressort stabilisieren, das durch die vor kurzem erfolgte Berufung Professor Dukes' zum Bundesverfassungsrichter verwaist war. Zwischen Schwind und Müller-Prellwitz bestand ein kaum verhülltes Konkurrenzverhältnis. Gundelach vermutete deshalb, daß der Wechsel auch den Zweck hatte, Müller-Prellwitz' Einfluß in der Partei einzudämmen. Der Kultusminister nutzte seinen Kampf gegen linke Pädagogen und Lehrerverbände zielstrebig, um sich zum Leuchtturm der CDU Rechten aufzubauen. Vielen paßte Spechts Modernismus, sein Techtelmechtel mit Kunst und Umwelt, die Unbotmäßigkeit gegenüber dem Kanzler, kurzum die ganze Richtung nicht mehr.

Also mußte Specht versuchen, konservative Themen wie die innere Sicherheit oder die Ausländerpolitik wieder stärker in die Gesamtdarstellung der Regierung einzubinden. Der gutmütige, stets etwas phlegmatische Dukes war dafür nicht das geeignete Aushängeschild gewesen. Wilfried Schwind dagegen würde es leisten können – allein schon deswegen, weil er sich so am schnellsten gegenüber Müller-Prellwitz profilieren konnte.

Müßig im Wasser der feuchtschwülen, grottenförmig ausgekleideten Schwimmhalle treibend, ließ Gundelach die Gedanken schweifen. Und obwohl er sich bemühte, sie in jene programmatische Richtung zu lenken, deren Diskussion mit Specht der einzige Zweck seines Hierseins war, flogen sie immer wieder davon und verfingen sich in Spekulationen um Namen und Winkelzüge wie Vögel in den Netzen von Fallenstellern.

Offenbar war es fast unmöglich, zur selben Zeit Politik zu machen und über sie nachzudenken. Wenn aber er, der nur Zaungast der Kabinettsumbildung war, dies schon so stark empfand, um wieviel mehr mußte die Ungleichzeitigkeit von Tun und Denken, der tägliche Sieg der *vita activa* über die *vita contemplativa*, für einen Mann wie Oskar Specht gelten!

Keine Zeile würde Specht selbst schreiben können, weil ihm die innere Ruhe dafür fehlte. Weil er stets fürchten mußte, daß irgendein Ehrgeiziger, nicht zum Zuge Gekommener die Verwundbarkeit, die geistiges Ringen mit sich bringt, ausnutzte, um ihm in den Katakomben der Partei den Rang streitig zu machen oder im Minenfeld der öffentlichen Meinung Stolperdrähte auszulegen.

Gundelach begriff, daß Oskar Specht gar nicht gesammelt nach vorn blicken konnte. Daß er sich immerfort nach rechts und links vergewissern mußte, ob das Geröll, auf dem er schritt, noch trug; ob es nicht irgendwo wegbrach, wegrutschte.

Das Aufsehen aber, das er mit seinem Buch wecken wollte, war demnach nichts anderes als ein weiterer Sproß seines Urtriebs, der erste zu sein, dem das Unmögliche doch gelang: Ein Vordenker zum Anfassen wollte er werden. Ein visionärer Tagespolitiker. Das prinzipienfeste Schlitzohr. Der Machtmensch als *homme de lettres*. Das war wie klassischer Bordeaux in futuristischen Gläsern.

Und dort ging es doch auch.

Als sie sich am nächsten Morgen verabschiedeten, hatte Specht immer noch nichts gelesen, Gundelach noch immer nichts erklärt. Doch trennten sie sich in der stillen Übereinkunft, weiterzumachen wie bisher.

Wenig später erreichte Gundelach ein vierseitiges Diktat Spechts mit viel Lob, einigen Anmerkungen, Fragen und Vorschlägen. Es war kein Problem, die Hinweise im Verlauf des Weiterschreibens einzuarbeiten.

Mein Gott, sagte Gundelach. Doch nicht mit dieser Krawatte!

Wieso nicht? fragte Tom Wiener.

Weil sie scheußlich grün ist und zum dunkelblauen Anzug paßt wie die Faust aufs Auge, und weil ›Die Kriminalpolizei rät: Vorsicht!‹ draufsteht. So geht man nicht zur Vereidigung als Staatssekretär.

Scheiße, sagte Tom Wiener. Ich hab aber keine andere dabei. Übrigens – was für ne Farbe haben eigentlich meine Socken?

Blaulila, sagte Gundelach. Eher lila.

Na, gute Nacht. Aber die Hose rutscht sowieso, da isses wurscht.

Haben Sie heut morgen beim Anziehen noch gepennt? fragte Gundelach.

Wiener machte eine hilflose Handbewegung.

Ich bin farbenblind, sagte er. Das ist immer Glückssache, was ich erwische.

Zum ersten Mal seit jener Nacht im King George-Hotel verspürte Gundelach wieder Mitgefühl mit Wiener.

Sie können meine Krawatte haben, sagte er. Aber die Socken nicht.

Während sie die Krawatten tauschten, fragte Wiener: Gehen Sie mit in den Landtag?

Nein, keine Zeit. In einer Woche ist Abgabetermin fürs Buch, und ich sitze noch am Schlußkapitel.

Die helle, warme Junisonne schien in Wieners leergeräumtes Zimmer. Gundelach half ihm, den Knoten zu binden.

Hat der Specht in der Zwischenzeit mal was gelesen? fragte Wiener.

Er nimmt das Manuskript mit in den Sommerurlaub. An den Fahnenabzügen können wir immer noch Korrekturen anbringen, wenn's sein muß.

Mein lieber Mann, murmelte Wiener. Ich bin ja einiges gewöhnt. Aber das...

Gundelach zuckte mit den Schultern.

Zunächst mal bin ich froh, daß die Plackerei ein Ende hat.

Das glaub ich. Was gibt er Ihnen denn dafür?

Genügend.

Wieviel?

Sie haben Sorgen! sagte Gundelach gereizt. In einer halben Stunde beginnt die Sondersitzung des Landtags.

Nun sag schon. Ich erfahr's ja doch!

Specht ist nicht kleinlich. Er muß schon ein paar Tausend verkaufen, damit für ihn was übrigbleibt.

Tom Wiener schaute Gundelach an und lächelte. Es schien, als wollte er ihm einen väterlichen Rat geben. Doch dann sagte er nur:

Der Oskar... Da! Die Krawatte steht Ihnen gut, ich schenk sie Ihnen!

Und tippte dabei leicht auf die gelbe Inschrift.

Gundelach begleitete Wiener die Treppe zum ersten Stock hinunter. Er wollte in Spechts Büro dessen genauen Urlaubstermin erfragen. Auf dem roten Läufer vor Wieners künftiger Staatssekretärs-Suite stapelten sich die Kisten.

Wiener warf einen kurzen Blick auf das Durcheinander und hielt inne.

So –, sagte er gedehnt. Der Rüthers sitzt jetzt auch schon im Ernährungsministerium und kümmert sich um den Wasser- und Bodenschutz. Ich wette, der ist gottfroh, daß er das Theater mit dem Behindertenbeauftragten hinter sich hat.

Gundelach schwieg. Er wartete darauf, sich verabschieden zu können.

Eins sag ich euch gleich: Mich könnt Ihr nicht aushungern. Ich weiß, was für ein Scheißjob das ist, als Staatssekretär. Kein direkter Zugriff mehr auf die Abteilungen. Um jede Handreichung bitten müssen. Und immer die Ausrede: Wir sind mit dem, was wir für den MP tun, voll ausgelastet ... Kenn ich alles! Das Zimmer liegt nicht umsonst in der hintersten Ecke. Aber ich lasse mich nicht in die Ecke stellen. Klar?

Klar, sagte Gundelach. Und dachte: Seit sechs Jahren hat er auf diesen Tag hingearbeitet, und jetzt lamentiert er, als ob ihm das größte Unglück widerfahren wäre.

Er dachte aber auch an die Begründung, die Specht Journalisten gegenüber gebraucht hatte: Den Wiener hab ich nur zum Staatssekretär gemacht, damit ich ihn jederzeit entlassen kann!

Es hatte lustig klingen sollen. Aber niemand fand es so recht zum Lachen.

Sie müssen jetzt gehen. Wirklich.

Okay, sagte Wiener. Also, tschüß.

Langsam stieg er die Stufen der dunklen Granittreppe hinunter. Gundelach lehnte oben am Geländer.

Auf halber Höhe blickte Wiener noch einmal hinauf, als hätte er etwas zu fragen vergessen. Sekundenlang verharrte er reglos wie die kleine Marmorgöttin, von der ihn nur der messingglänzende Handlauf trennte.

Dann bog er um die Ecke, dem Ausgang zu.

Rückkehrer

Zwiesel war wieder da!

Und Pullendorf ging neuerdings ein und aus und spielte den Verwaltungszampano.

Also, das mußte erst mal verdaut werden. Schieborn schüttelte den Kopf und murmelte: Ich weiß nicht ...

Niemand wußte so recht. Auch Dr. Weis, auf das siebte Lebensjahrzehnt zusteuernd und nur noch sporadisch in der Kantine anzutreffen, fand keine plausible Erklärung. Aber seine von noch mehr Röte überzogenen Wangen glänzten bei der Erwähnung der vertrauten Namen wie Altgold, und die von Würde, Kummer und Einsamkeit zerrissene Stirn glättete sich für Augenblicke in heiterer Dankbarkeit – als hätte er unter Schutt und Trümmern unversehrte Zeugen der Vergangenheit gefunden.

Wieder einmal hatte Oskar Specht eine Wendung vollzogen. Altes kam zu neuen Ehren. Und Bernhard Gundelach mußte sich eingestehen, erstmals von einem Umschwung in seines Meisters Psyche vollkommen überrascht worden zu sein.

Das war alarmierend. Es bewies, wie weit er sich durchs Schreiben vom tatsächlichen Gang der Ereignisse auf Monrepos entfernt hatte. In seiner siebenmonatigen Klausur hatte er sich in eine visionäre Welt versponnen, die auf Ideen gründete. Jetzt, zurückgekehrt wie nach einer langen, ermüdenden Reise, stellte er fest, daß Specht mehr denn je mit Namen und Beziehungen jonglierte. Das globale Zukunftsbild, mit dem er künftig identifiziert werden wollte, war auf rund dreihundert Seiten entworfen und dem Hamburger Verlag pünktlich zugesandt worden. Dort lag es gut. Monrepos aber war Monrepos, nicht Montparnass.

Mit dem prüfenden, distanzierten Blick dessen, dem das Zuhause fremd geworden ist, weil er noch den Pulsschlag einer anderen Kultur in sich spürt, nahm Gundelach die Veränderungen wahr. Manches in Spechts Umgang mit der Macht erinnerte ihn inzwischen an Breisingers restaurativen Regierungsstil.

Schon die Umstände, die zu Dr. Zwiesels Berufung geführt hatten, waren ein Beispiel dafür. Hans Henschke hatte sich um einen Posten als Oberbürgermeister beworben und war auf Anhieb gewählt worden. Zugleich gerieten Specht und Wiener mit dem Persönlichen Referenten Mendel über Kreuz, der sich, vor allem nach Wieners Geschmack, Journalisten gegenüber zu sehr in den Vordergrund spielte. Um für den Übeltäter eine angemessene Verwendung zu finden, verfiel Specht auf den Gedanken, ihn zum Regierungsvizepräsidenten zu ernennen. Das entsprach in etwa der Gehaltsstufe, die er jetzt innehatte. Alle vier Vizepräsidentenposten des Landes waren jedoch besetzt. Einer mußte also weichen, und nur einer konnte staatskanzleiliche Erfahrungen vorweisen: Zwiesel eben. So fand der erste Exilant aus Breisingers Zeiten den Weg zurück.

Die Sache war trivial und an sich keiner Aufregung wert. Doch noch vor Jahresfrist wäre es undenkbar gewesen, daß ein blasser Verwaltungsmensch wie er in Spechts Überlegungen überhaupt eine Rolle hätte spielen können. Das Haus wunderte sich.

Noch größer war das Erstaunen, welchen Gefallen Specht neuerdings an Pullendorf, dem selbstherrlichen Regierungspräsidenten der Landeshauptstadt, fand. Hatte er sich nicht wieder und wieder über dessen Eigenmächtigkeiten erregt? Nun bestellte er ihn sogar zum Vorsitzenden einer Kommission, die sich um Verwaltungsreformen kümmern sollte. Seit wann war das Bürokratische Spechts Thema?

Auch Dr. Behrens, den er als Nachfolger des nach Bonn beorderten Drautz zum neuen Ministerialdirektor kürte, fügte sich nahtlos ins Bild. Einen leiseren, korrekteren Beamten konnte man sich nicht vorstellen. Mehreren Ministern hatte er bereits als Amtschef gedient und am Primat der Politik keine Sekunde lang gezweifelt.

Es schien, als hätte Oskar Specht seinen Frieden mit der Administration geschlossen. Als wollte er sich, nach Jahren des reformerischen Sturm und Drang, in den Mauern des Schlosses, die ihm früher so eng und wirklichkeitsfremd erschienen waren, komfortabel einrichten; Gutes mit Schönem verbinden und die Annehmlichkeiten seines landesherrlichen Status' endlich voll auskosten.

Tom Wiener witterte Gefahr.

Der Oskar verzettelt sich in immer mehr Kleinkram, sagte er. Um jeden Scheiß, den die Schickimickis an ihn ranschwätzen, kümmert er sich. Die große Linie geht dabei flöten.

Ich hätte ein Buch über die High Society schreiben sollen, erwiderte Gundelach. Das wäre aktueller gewesen.

In der Tat war es erstaunlich, wer jetzt zu Einladungsehren im Schloß Monrepos kam. Der genetische und der monetäre Adel gaben sich die Klinke in die Hand. Man schwelgte in Kulturellem. Überbot sich beim Scheckbuchzücken zur Unterstützung schöner Künste. Spenden für eine Kunststiftung wurden eingeworben, private Fördervereine zur Restaurierung von Theatern gegründet, Pläne zum Neubau von Museen geschmiedet, eine Künstlerakademie konzipiert. Kunstsammler rückten zu VIPs auf, Toto- und Lottomittel flossen in eine neue Denkmalstiftung. Auch der kleine Mann sollte das Gefühl haben, sich kulturell nützlich machen zu können.

Und schon reifte in Specht der fürstliche Gedanke, die biedere Landeshauptstadt mit einer weltläufigen Kulturmeile voll Musentempeln aufzuwerten. Deren Oberbürgermeister baute dann aber, was er ihm nie verzieh, lieber einen Straßentunnel zur Verkehrsberuhigung von Wohngebieten.

Keine Frage, Specht war zum Mittelpunkt der gesellschaftlichen Elite des Landes aufgerückt, und mit beachtlichem Gespür für den Rang des Repräsentativen nutzte er alle Möglichkeiten, die ihm kraft Amtes zu Gebote standen. Wollte er die herrschende Klasse zum höheren Ruhm des Landes zur Kasse bitten, so lud er mit Vorliebe in die Bibliothek. Eingerahmt von den lieblich perlmuttschimmernden Intarsiendamen der kostbaren Wandtäfelung, die ernstfordernden Blicke gewesener Landeshäupter im Nacken und den gegenwärtigen *Majordomus* gestenreich deklamierend vor sich, gab es wenige, die ihm zu widerstehen die Stirn oder auch nur das nötige Sitzfleisch gehabt hätten.

Erst recht bei schwierigen Verhandlungen, auch wenn sie nichts weniger als Schönes und Gutes zum Gegenstand hatten, demonstrierte Oskar Specht die Kunst, Räumliches für Rühmliches zu nutzen, bis zum Virtuosentum. Dann wurde die ganze Palette hoheitlichen Prunks – Kristallüster und Spiegel, schwere Gobelins und goldlackierte Stühle – eingesetzt, um aus Ambition und Ambiente den gewünschten Effekt zu erzielen.

Als die Krise um die Luftfahrtfirma kulminierte, bestellte er beispielsweise die zerstrittenen Familienmitglieder und ihre Rechtsanwälte ins Schloß und traktierte sie zwölf Stunden lang mit immer neuen Ortswechseln, bis sie dem mehrheitlichen Verkauf ihrer Anteile an Daimler Benz zustimmten. Zwischen Bibliothek, Eckzimmer, Blauem Salon, Rundem Salon und Gobelinsaal mußten die Emissäre hin- und hereilen, um das jeweils letzte Angebot der einen Gruppe an die Geschwister und Schwäger, die Bevollmächtigten und Testamentsvollstrecker der anderen Stämme und Linien zu übermitteln. Specht, Kiefer und Reuter dagegen hatten ihr festes Domizil, und wenn sie sich auch des öfteren kundschaftend und vermittelnd zwischen den Fronten bewegten, so war doch zu keiner Sekunde zweifelhaft, wer Herr und wer Fremdling, wer seßhaft und wer in diesen Räumen nur geduldet war. Obendrüber, im Vorraum zum Kabinettssaal, aber saßen die Beamten und warteten vor ihren Aktenstößen, daß irgendwann der Ministerpräsident die Tür aufstieß und mit knapper, herrischer Geste bestimmte Unterlagen anforderte oder eine neue Variante durchzurechnen befahl. Wenn die wechselseitigen Bedingungen und Forderungen der Unversöhnlichen sich aber wieder einmal krisenhaft zuspitzten, bat er zu Einzelgesprächen in seine Amtsräume und ließ die übrigen in der Unwirklichkeit eines nächtlichen Spiegel- und Lüsterglanzes zurück, wie ihn nur ein zur Unzeit illuminiertes Schloß zu verbreiten vermag – voll zermürbender Ungewißheit, welche Hinterhältigkeiten in den benachbarten Kabinetten nun wohl wieder geschmiedet werden mochten.

Einzig eine energische junge Frau, Juristin und Mitbetroffene, zeigte sich von der pomphaften Inszenierung unbeeindruckt. Ein ums andere Mal preßte sie den Vorständen des Autokonzerns Zugeständnisse ab. Das bühnenhafte Spektakel mit Auftritten, Abgängen, Dekorationen, Ortswechseln und falschen Aktschlüssen schien sie nicht zu ängstigen, sondern anzuspornen.

Da wurden dann die Regisseure plötzlich zu Gefangenen ihres eigenen Stücks, denn sie brauchten den Erfolg. Sie brauchten ihn hier und jetzt, um ihre Vision eines Technologiekonzerns Daimler Benz, die sie wenig später durch den Erwerb weiterer Firmen konkretisieren wollten, an der politisch würdigsten Stelle und im Beisein des kompetentesten Visionärs, den das Land aufzubieten hatte, zu begründen. Nur die ebenso gescheite wie hartnäckige Frau hatte gemerkt, daß niemand in der Politik es sich leisten kann, nach derart großem Aufwand an Kulisse und Lichteffekten den Vorhang einfach herunterzulassen und die Vorstellung abzublasen.

Daß er sich mittlerweile in diesen Rahmen so bruchlos einfügte wie kaum einer seiner Vorgänger, schien Specht keineswegs zu beunruhigen. Zählte er nicht auch bundespolitisch längst zum Spitzenestablishment, vergleichbar allenfalls noch Strauß und Stoltenberg – nur daß der siebzigjährige Bayer die ganz große Zukunft schon hinter sich und der farblose Norddeutsche als Bundesverteidigungsminister den Kanzler jeden Tag vor sich hatte? Besaß er, der amtierende Bundesratspräsident, nicht Zugriffsrechte aufs Bonner Protokoll, bis hin zur Flugbereitschaft der Luftwaffe? Stärkten der Wahlsieg des jüngeren Lafontaine, die freundliche Herablassung gegenüber dem jüngeren Barschel nicht sein Empfinden, nach zwei gewonnenen Wahlen zum politischen Felsgestein der Republik zu zählen, das dem sedimentösen Kanzler an Trutz und Härte überlegen war?

Oskar Specht fing an, dem Ordnen und Bewahren Aufmerksamkeit zu schenken. Ein Zug zu historisierender Selbsteinschätzung war unverkennbar. Es drängte ihn, sich um die Nachwelt und um seinen Platz in ihr Gedanken zu machen. Kohl hätte vielleicht gesagt: um die *Gechichte* und um die Pflicht, in die man als Patriot gestellt ist. Ihm freilich genügte das nicht. Geschichte mußte von Zukunftsentwürfen flankiert werden, auch wenn sie nur das Interieur der Macht schmückten, in der er, der Minister- und Bundesratspräsident, der Stellvertretende CDU-Bundesvorsitzende und Reservekanzler, der Wirtschaftsfachmann, Technologiepionier und Kunstmäzen, der schlaue Fuchs und alte Hase die Geschicke lenkte wie eine der Mosaikfiguren zu Füße des Schlosses.

Gundelach aber, der Adlat, hatte sich derweil in die Fiktion eines intellektuellen Neuerers hineingeschrieben, welcher die Welt durch *Denken* verändern will. Spechts Restauration des inneren und äußeren Machtgefüges war ihm glatt entgangen. Und wenn sich auch argumentieren ließ, daß es ein schwieriges Unterfangen ist, konservierende Tendenzen im Innern eines Mannes zu erkennen, dessen Ruf als Vordenker man nach außen gerade zu festigen bestrebt ist, so lag darin doch, wenn überhaupt, nur geringer Trost. Denn es bewies ja gerade, daß man sich so sehr mit einer Wunschvorstellung identifiziert hatte, daß einem die Wirklichkeit abhanden gekommen war.

Hatte er, viele Jahre lag es zurück, diese Erfahrung nicht schon einmal machen müssen?

Für kurze Zeit erwog er, enttäuscht, Monrepos den Rücken zu kehren. Der Schock, vielleicht auch nur die Ermüdung, saß tief. Henschkes Schritt, sich zu lösen, verlockte zur Nachahmung. Im Grunde war es das rationalste, von vielen geübte Verhalten: die Karriereleiter so weit wie möglich hinaufzuklettern und dann abzuspringen.

Hätte er mit Heike darüber gesprochen, wäre das Ergebnis eindeutig gewesen. Sie hätte alles darangesetzt, ihm das Schloß, das ihr inzwischen verhaßt war wie nichts auf der Welt, endgültig zu verleiden. Schon sein Schwanken hätte sie beflügelt, den Neuanfang, den sie weitab vom Dunstkreis der Hauptstadt herbeisehnte, in den leuchtendsten Farben zu schildern. Und da Gundelach in der Zeit des Schreibens, die ihn oft früh nach Hause führte, seiner Frau in einer Art wortlosen Einverständnisses wieder nähergerückt war, hätte er ihrem Werben nur schwer widerstehen können – erst recht, wenn es durch Bennys offenen, den Vater nun nicht mehr scheuenden Blick unterstützt worden wäre.

Doch Gundelach fürchtete sich ebensosehr vor einem Nachgeben, das ihn womöglich zeitlebens reuen würde, wie vor den schlimmen, verletzenden Folgen einer Standfestigkeit, die gerade erst geweckte Hoffnungen zerstören müßte.

Darum verbarg er vor Heike seine Zerrissenheit.

Statt dessen wandte er sich an seinen väterlichen Freund. Wrangel sagte: Du bist überarbeitet, das ist alles. Das Buch, die Regierungserklärung –.

Ach, die –. Ist doch immer derselbe kalte Kaffee!

Siehst du, wie überreizt du bist! Du mußt einfach mal wieder raus. Was anderes sehen als deinen Schreibtisch. Kannst du nicht den Oskar auf einer Reise begleiten? Falls er demnächst ins Ausland fahren sollte, meine ich?

Der Oskar fährt pausenlos ins Ausland, sagte Gundelach und dachte daran, daß Specht in den letzten Monaten, während er am Buch geschrieben hatte, nach New York, Washington, Kansas City, Minneapolis, London, Moskau, Kiew, Oslo, Paris, Warschau und Los Angeles geflogen war. Jede Stadt, die ihm einfiel, machte ihn wütender.

Und wenn ich richtig informiert bin, besucht er in Kürze Kanada und die Volksrepublik China. Aber ich wüßte nicht, daß meine Begleitung irgendwo vorgesehen ist. Es muß ja auch Grubenpferde geben, verstehst du?

Wrangel schaute Gundelach verblüfft und besorgt an. Offenbar hatte ihn der letzte Satz überzeugt, daß Gundelachs Gemütszustand kritisch war.

China? Warte mal. Ich habe da seit längerem eine Einladung von der Technischen Hochschule Kunming. Das ist die Hauptstadt der Provinz Yunnan im Südwesten Chinas. Es wäre kein Problem ... so im Oktober, November ... Was ist, Bernardo, fahren wir hin?

Du ja, aber wieso ich?

Laß das meine Sorge sein. Du bist Berater unserer Universität. Das kriegen wir hin.

Gundelach blickte seinen weißhaarigen, schlitzäugigen Freund lange an. Er ist selbst ein Chinese, dachte er. Ein alter, weiser, verschlagener Chinese. Eine unbändige Lust überkam ihn, zusammen mit Wrangel China zu entdecken. Aber nicht mit Tarnkappe und nicht als Sozius. Ganz offiziell will ich hin, als Vertreter des Landes. Das ist Specht mir schuldig!

Nein, Werner, das machen wir anders, sagte er. Du organisierst die Reise, okay. Und ich gehe zu Specht und lasse mich beauftragen, die Bedingungen für eine Hochschulpartnerschaft zwischen euch und – wie heißt die Stadt –

Kunming!

– und Kunming zu sondieren. Und dann führen wir offizielle Gespräche mit der Provinzregierung. Ich will doch sehen, ob Specht sich traut, mir das abzuschlagen! Was sagst du dazu?

Wrangel breitete die Arme aus.

Bernard, rief er, Mensch! Wenn das klappt! Ach was, es muß klappen! Notfalls rede ich selbst mit dem MP. Aber das wird nicht nötig sein, du schaffst es allein. Und dann – besuchen wir noch Kanton. Und Peking –.

Und Xian, sagte Gundelach. Ich will die Ausgrabungen der Tönernen Armee sehen.

Jawohl, auch Xian! wiederholte Wrangel begeistert. Wohin du willst. Siehst du, jetzt gefällst du mir wieder!

Und Zwiesel, dachte Gundelach, darf meine Reisegenehmigung unterschreiben. Will doch sehen, was er dabei für ein spitzes Mäulchen macht!

Ja, er wollte sehen, viel sehen. Monatelang hatte er sich hinter Büchern vergraben, während Oskar Specht die Welt durchpflügte; hatte seine Phantasie aufgeputscht, um eine griffige Vision der Informationsgesellschaft von morgen zu entwerfen, derweil Specht mit Aktienpaketen und Vizepräsidenten jonglierte; hatte die Abende, Wochenenden, Feier- und Ferientage im Zeilenkampf mit der Schreibmaschine zugebracht und sehnsüchtig der

Stunde geharrt, da er den letzten Satz herauspressen, den Schlußpunkt setzen konnte.

Von alledem wußte Oskar Specht nichts, und es war sein gutes Recht. Sie hatten ein Geschäft vereinbart. Gundelach produzierte, Specht firmierte, der Verlag bezahlte. Aber jetzt war sein Teil erledigt, die Arbeit im Schacht war getan, und nun wollte er entdecken, erleben, um nicht blind und stumpfsinnig zu werden.

Bevor er jedoch seinen Wunsch äußern konnte, verschwand Specht in Urlaub. Das Manuskript nahm er mit.

Statt dessen kam der für die Buchreihe zuständige Spiegel-Redakteur, drückte ihm anerkennend die Hand und sagte: Das Buch ist gut, sehr gut sogar. Wir müssen aber auch noch einen passenden Titel finden.

Sie saßen in Wieners früherem Zimmer – inzwischen hatte es Schieborn bezogen –, tranken Kaffee und dachten nach.

Hat Herr Specht vielleicht schon einen Vorschlag gemacht? fragte der Redakteur.

Nein, sagte Gundelach schroff. Das überläßt er uns.

Schieborn räusperte sich belustigt.

Ich kenne den Inhalt zwar nicht, sagte er. Aber es geht ja wohl um neue Technologien. Wie wär's mit ›Anschluß an die Zukunft‹?

Zu unpolitisch, sagte der Redakteur.

›Anschluß‹ hat auch was Unangenehmes, meinte Gundelach. Man fühlt sich als Objekt. Das Wort Versöhnungsgesellschaft sollte in der Headline vorkommen.

Wieder schüttelte der Redakteur den Kopf.

Das kauft dem Spiegel niemand ab, sagte er. Versöhnungsgesellschaft ... ausgerechnet bei uns!

Aber im Text spielt sie eine zentrale Rolle, beharrte Gundelach.

Das ist was anderes. Ein Titel soll aufreißen, nicht einschläfern. Kann man nicht Helmut Kohl direkt angehen? ›Wo bleibt die Wende!‹ – oder so?

Um Gottes willen! rief Schieborn. Mann, was haben Sie denn da geschrieben?

Was fragen Sie mich? bellte Gundelach zurück. Aber gegen ›Die Wende‹ hätte ich nichts ...

Hätten wir alle wohl nicht, sagte der Redakteur und lächelte anzüglich. Wenn's denn eine wäre, die diesen Namen verdient. Das ist übrigens eine gute Formulierung für den Klappentext.

›Programm einer Wende‹, schlug Gundelach vor. Wie finden Sie das?

Nicht schlecht, aber noch zu theoretisch. ›Programm für Deutschland‹, das schon eher.

Ist mir zu hoch gegriffen, entgegnete Gundelach. Das wird Herr Specht denn doch nicht für sich in Anspruch nehmen wollen.

Warum denn nicht? Na gut, er ist der Autor...

Schieborn schmunzelte in die Kaffeetasse hinein. ›Wende‹ ist sowieso ein problematischer Begriff, befand er nachdenklich. Wer sich umwendet, blickt ja zurück, normalerweise.

Das ist es! schrie der Redakteur. Genau! ›Wende nach vorn‹, so heißt das Buch. Da weiß jeder, wer und was gemeint ist. Das trifft's.

Einverstanden, stimmte Gundelach zu. ›Wende nach vorn‹ klingt gut.

Das mit dem ›Programm für Deutschland‹ kommt aber trotzdem auf den Umschlag, sagte der Redakteur. Es gehört einfach dazu.

Gundelach erhob sich. Mir würde schon ›Programm für Rückkehrer‹ genügen, murmelte er.

Schieborn und der Redakteur sahen ihn verständnislos an.

Der Sommer verlief ruhig.

Der FDP-Vorsitzende Dr. Pollock trat tatsächlich von allen politischen Ämtern zurück und wurde Geschäftsführer der staatlichen Liegenschaftsgesellschaft. Specht freute sich am Überraschungscoup, maß der Sache aber keine allzu große Bedeutung mehr bei. Für die FDP interessierte er sich nur noch, wenn er Graf Lambsdorff oder dessen Nachfolger im Amt des Bundeswirtschaftsministers, Martin Bangemann, angreifen konnte.

Ende Juni legte die Europäische Gemeinschaft Abgaswerte fest, die neun von zehn Autos auch ohne Katalysator erfüllen konnten. Die Landesregierung äußerte ihre Unzufriedenheit, ohne sich jedoch der Pauke zu bedienen. Seit der unerquicklichen Diskussion um die ökopolitischen Folgen des kanadischen Ferienvergnügens hatte das Thema als Werbeträger gelitten, und der Ministerpräsident fühlte sich ohnedies wieder mehr zur Großtechnologie hingezogen. Zum dritten Mal in diesem Jahr reiste er in die USA und kam mit der Gewißheit zurück, daß Deutschland sich am SDI-Programm Ronald Reagans zur weltraumgestützten Raketenabwehr beteiligen müsse, um technologisch zu überleben. Außerdem bestellte er für die Universität der Landeshauptstadt einen Cray 2-Superrechner für siebzig Millionen Mark. Die erforderliche parlamentarische Zustimmung besorgte er sich im nachhinein.

Am 16. Juli starb Heinrich Böll, was in der Politik wenig Widerhall fand. Axel Springers Tod, zwei Monate später, versammelte dagegen eine stattliche politische Trauergemeinde. Der Wimbledonsieg des siebzehnjährigen Boris Becker wiederum gab Anlaß zu überschwenglichen Glücksbezeugungen, denen ein kurzlebiger politischer Aktionismus folgte. Die Zukunft des neuen Medienstars, dessen Karriere durch die Einziehung zum Wehrdienst bedroht schien, wurde alsbald in diversen Chefgesprächen erörtert. Programmgemäß verlief auch der Einstieg der Daimler Benz AG beim Elektroriesen AEG Mitte Oktober. Das Unternehmen kaufte sich zum größten deutschen Konzern hoch. Parallel dazu begannen im Land Sondierungsgespräche für eine Fusion mehrerer Banken, die bei dem eifrig mitmischenden Regierungschef die Hoffnung nährten, neben dem industriellen auch einen finanzwirtschaftlichen Bilanzgoliath aus der Taufe heben zu können. Bereits im August wurde das Hauptverfahren im Flick-Spendenprozeß gegen Lambsdorff & Co. eröffnet. Kalterer bekam Arbeit und schrieb sogar, wie es hieß, Berichte.

Wie gesagt, kein politisch aufregender Sommer. Helmut Kohl allerdings stand tropfnaß im Regen allgemeiner Medienschelte, weil er, wo andere Management by walking praktizierten, Konfliktbewältigung durch Aussitzen zu bevorzugen schien. Selbst in der Union grummelte es.

Da kam Spechts Buch, nun schon im Druck, gerade richtig. Kaum ein Gespräch mit Journalisten, Unternehmern, Gewerkschaftern oder Parteifreunden ließ er noch aus, ohne auf das bevorstehende Ereignis andeutungsvoll hinzuweisen. Gundelach bedrängte deshalb den Spiegel, mit dem Vorabdruck zu beginnen. Die Hamburger aber warteten noch, bis auch Biedenkopf, der zweite Querdenker der Union, ein als ›Neue Sicht der Dinge‹ annonciertes Manuskript zu Ende gebracht hatte. Dann endlich, Ende September, banden sie beide Geistesblüten als Distelstrauß einer offenen programmatischen Opposition gegen den Kanzler zusammen und machten eine hübsche Titelgeschichte daraus, die der CDU spätestens ab 1988 eine ›Zukunft ohne Helmut Kohl‹ verhieß.

Zwei Montage in Folge konnte Gundelach, was ihm zur politischen Kultur einer neuen Gesellschaft aus der Feder geflossen, als angebliches Plädoyer für eine Große Koalition von CDU/CSU und SPD unter Spechts Kanzlerschaft lesen, und es amüsierte ihn nicht wenig. Erst recht, als FDP-Generalsekretär Helmut Haussmann die Eulenspiegelei aufgriff und Specht öffentlich vorwarf, den Koalitionswechsel inhaltlich vorzubereiten. Das Thema, die Diskussion, die kaum erhoffte bundesweite Aufregung war da.

Binnen Tagen füllten sich die Medien mit Berichten, Kommentaren und Spekulationen. Ehe das Buch in der Bonner Spiegel-Redaktion offiziell präsentiert wurde, war die erste Auflage, fünfzehntausend Exemplare, verkauft. Specht hatte mühelos den Spitzenplatz der politischen Herbstliteratur erklommen. Seine Thesen wurden gelobt oder verworfen, in jedem Fall aber erörtert und ernstgenommen. Politiker und Professoren, Verbände und Vorstände analysierten und interpretierten. Der Blätterwald rauschte von Nord bis Süd, raschelte Zustimmung oder Tadel, Häme und Hymne; immer aber hellwaches Interesse. Es roch nach Kampfansage an den Kanzler.

Der aber schwieg. Eisern.

Specht freute sich über den Rummel und gab Interviews fast rund um die Uhr. Den Fehdehandschuh jedoch, den alle im Ring gesehen haben wollten, erklärte er für Sinnestäuschung. Und selbst wenn er dort liegen sollte – er habe ihn ganz bestimmt nicht geworfen.

Wogegen sich wenig sagen ließ.

Anfang Oktober stellte Spiegel-Herausgeber Rudolf Augstein die ›Wende nach vorn‹ in seinem Bonner Büro vor. Specht, Wiener und Gundelach fuhren zunächst zur Landesvertretung, wo sie von Staatssekretär Drautz überschwenglich begrüßt wurden. Anschließend gingen sie gemeinsam zum Redaktionsgebäude hinüber, das nur eine Querstraße entfernt lag. Gundelach trug Spechts Aktentasche. In der Terminmappe befand sich ein Vermerk, in dem der Aufbau und die Kernaussagen des Buchs stichwortartig zusammengestellt waren.

Das Gedränge in dem kleinen, schmucklosen Empfangsraum war beachtlich. Specht wurde von Journalisten umlagert, suchte aber seinerseits sofort Rudolf Augstein, der sich mit Kurt Biedenkopf unterhielt. Die Begrüßung der Drei, von heftigem Fotografieren begleitet, war lausbubenhaftherzlich. Lachen und Lärmen erfüllten das Zimmer. Kurz darauf steigerte sich die Unruhe noch, denn Außenminister Genscher betrat die Szene und steuerte mit dem Ruf ›Wo ist denn der Vordenker?‹ auf Specht zu.

Ein Sektglas in der Hand, stand Gundelach neben dem Büchertisch voller Freiexemplare und beobachtete das Treiben. Außer der politischen Prominenz und dem Redakteur, der mit Schieborn und ihm den Titel ausgeknobelt hatte, kannte er niemanden. Wiener dagegen bewegte sich zwischen den Journalisten wie ein Fisch im Wasser. Er redete und gestikulierte, und wenn sich jemand Notizen machte, registrierte er es mit wohlgefälligem Seitenblick.

Dann verlas Augstein eine kurze Laudatio auf Spechts Veröffentlichung.

Er sprach stockend und unkonzentriert und vermerkte mit einigem Bedauern, daß der Autor sich persönlicher Angriffe auf den Kanzler enthalten habe. Überhaupt lese sich das ganze nicht so ›süffig‹, wie man es von Spechts freier Rede her gewohnt sei. Aber, meinte er, der Inhalt könne sich sehen lassen und stelle eine Herausforderung für Politik und Gesellschaft dar. Zwar habe er, Augstein, mit dem Begriff ›Versöhnungsgesellschaft‹ gewisse Schwierigkeiten, aber er denke doch, daß damit keine Aussitzgesellschaft à la Kohl gemeint sei. Eher schon das geistige Modell für eine Große Koalition, über deren Kanzler er vorerst mal noch nicht spekulieren wolle.

Die Zuhörer lachten verständnisinnig.

Specht antwortete nur kurz und übte sich in Bescheidenheit. (Bei späteren Buchvorträgen und Autorenlesungen schmückte er die Leiden schriftstellernder Politiker anschaulicher aus). Danach gab er Interviews, signierte und genoß den Small talk mit Genscher.

Später zog man sich ins Weinhaus Maternus zurück, aß und trank und holte nach, was der ›Wende‹ an Süffigkeit fehlte. Specht sah sich unter anderem veranlaßt, seine Zurückhaltung in Sachen Kanzlerkritik zu rechtfertigen.

Ich kann doch Helmut Kohl nicht schon in der Mitte seiner ersten Amtsperiode frontal angehen, erklärte er Augstein, und damit den Vorwand für die nächsten miesen Wahlergebnisse der CDU liefern. Das würde nur zu einer Solidarisierung mit Kohl führen oder Stoltenberg ans Ruder bringen. Das sah die Runde ein, zumal Biedenkopf, der professorale Stratege, zustimmend nickte.

Im November wurde die zweite und dritte Auflage gedruckt, im Dezember die vierte und fünfte. Fast siebzigtausend verkaufter Specht-Bücher in drei Monaten und ein ansehnlicher Mittelplatz in den Bestsellerlisten – Oskar Spechts Zukunftsvisionen sorgten für Gesprächsstoff. Sie taugten für politikwissenschaftliche Seminare wie für weihnachtliche Widmungswünsche von Lieschen Müller bis zum Bundespräsidenten. Die zu erfüllen, kostete Specht Stunden, in denen er, eingemauert von silberglänzenden Büchertürmen, seufzend und glücklich an seinem Schreibtisch saß und – schrieb.

Im November flog Gundelach mit Wrangel und dem Prorektor der Universität, Professor Diderichs, nach China. Specht hatte ohne Zögern zugestimmt und ihm sogar ein Empfehlungsschreiben für die Provinzregierung von Yunnan mitgegeben. Und Dr. Zwiesel hatte mit gar nicht mehr so spitzem Mäulchen einen ordentlichen Reisekostenvorschuß bewilligt und gutes Gelingen gewünscht.

Ja, Zwiesel wußte, daß vieles anders geworden war, seit er Monrepos verlassen hatte. Sechs Jahre sind eine lange Zeit. Fast eine Ewigkeit, könnte man meinen.

Schon während des Fluges fiel die Anspannung von Gundelach ab. Ein beinahe unirdisches Gefühl von Freiheit nahm von ihm Besitz und verließ ihn während der nächsten drei Wochen nicht mehr. Die alte Welt schrumpfte zusammen, je länger die DC 10 an der Himalayakette vorbeischwebte, auf deren Gipfeln Licht und Dämmerung wie ein rosenfingriges Perlenspiel durch die Hand eines Gewaltigen glitt.
Da wurde Zeit ganz einfach außer Kraft gesetzt.
Auch Herr Zhao Sungyu, ihr patriotischer Begleiter vom ›Foreign Affairs Office of the Peoples Government of Yunnan Province‹ und all die anderen eifrigen, begehrlichen Chinesen schafften es nicht, das alte Zeitmaß wieder aufzurichten – so sehr sie sich, die unvermeidlichen Notizblöckchen in Händen haltend und die ins Gedächtnis eingemeißelten Produktionsziffern abspulend, darum bemühen mochten. Und nicht bloß der allgemeine Zeitbegriff war durch die alles erdrückenden Zeugnisse des Zeitlosen zum Schweigen gebracht – selbst die persönliche Zeit, das lebensgeschichtliche Einst und Jetzt, geriet in Unordnung. Oder sollte man es etwa für den Ausdruck purer Normalität halten, daß sich in der hochgelegenen, ewigmilden Frühlingsstadt Kunming, wenige hundert Kilometer von Hanoi entfernt, Menschen zur Begründung von Partnerschaften trafen, die vor anderthalb Jahrzehnten noch gänzlich anderen Ideen, Freund- und Feindbildern verpflichtet gewesen waren? Kommunistische Funktionäre, die den Nachschub für den Vietkong mitorganisiert und den Gepeinigten der Kulturrevolution, den Intellektuellen, weiße Schandhüte aufgesetzt hatten und die jetzt, den Namen Mao Tse-tungs schamhaft verschweigend, Seite an Seite mit ihren einstigen Opfern nichts Dringlicheres kannten, als Vertretern des Kapitalismus zu zeigen, wie gut sie das kapitalistische Handwerk beherrschen? Ein christdemokratischer Regierungsvertreter, der vor fünfzehn Jahren als Student ›Ho-Ho-Ho Tschi-Minh‹ skandiert und den Revolutionsimport an deutschen Hochschulen im Visier gehabt hatte und der jetzt, eingerahmt von zwei Magnifizenzen, das erfolgreiche Bildungs- und Wirtschaftssystem seines Landes als Garant raschen Wachstums und Wohlstands pries? Professoren, die mit ihren Bedrohern von einst Brüderschaft bei Reisschnaps und Pflaumenwein tranken, die

Weisheit der Politik lobten und alles ›very tasty‹ fanden, geröstete Heuschrecken und gebratene Schildkrötenköpfe inklusive?

Nein, das einzige, woran man sich festhalten konnte, wenn der in Anfällen europäischer Maßstabssuche zuckende Geist schwindlig zu werden drohte, war die Gewißheit, daß auch Zeitlosigkeit ein Ende hat, so wie die wildeste, berauschendste Karussellfahrt irgendwann doch einmal zum Stehen kommt.

Also nahm Gundelach die Rolle an, die ein fremdes, von Professor Wrangel maßlos fehlinformiertes Protokoll ihm, dem ›Counselor to the German President of the Federal Council‹, zugedacht hatte. Ließ sich von Ministern, Stellvertretenden Ministern und Sektionschefs über Yunnans Bodenschätze, Kohleförderung, Stahlproduktion und Automobilbau informieren. Fuhr mit Chauffeur im Fonds der schwarzen Limousine, Marke ›Rote Fahne‹, zur Besichtigung von Hochöfen und Walzwerken, mal mit Gouverneur He Zhiqiang plaudernd, mal Vize-Gouverneur Zhu Kui lauschend, mal die schweren Vorhänge vor den Seitenfenstern einen Spalt weit öffnend und dem gleichförmigen Gewimmel von lastentragenden Bauern und konzentriert radfahrenden Büroangestellten fassungslos zustaunend. Wurde von weißhaarigen, durch die Erlebnisse der Kulturrevolution schweigsam und rückgratlos gewordenen Rektoren vor den Portalen Technischer Hochschulen empfangen, durchquerte nach Urin und Salpeter stinkende Eingangshallen, in denen Stufenbarren körperliche Ertüchtigung anmahnten, und nahm die Wünsche nach Stipendien und Dozentenaustausch entgegen. Konnte sich an den Anblick gebrauchter Spucknäpfe so wenig gewöhnen wie an die Sitte, allabendlich Trinkfestigkeit bei ›Gambei‹-Toasts demonstrieren zu müssen. Unterzeichnete zusammen mit Professor Diderichs einen Universitäts-Partnerschaftsvertrag, dessen Einzelheiten vorab zwischen den Wissenschaftsministerien beider Länder vereinbart worden waren.

Alles wie im richtigen Politikerleben.

Sogar die Frage, ob Daimler Benz einen leichten, geländegängigen Lastwagen mit speziellen Einspritzventilen für die dünne Höhenluft liefern könne, versprach er prüfen zu lassen.

Und dann stahl er sich doch frühmorgens, von krähenden Hähnen und polterndem Straßenbahngeratter geweckt, aus dem Hotel, vorbei an der mißtrauisch über ihren Schreibtisch lugenden Etagen-Aufseherin, mischte sich unter die Anhänger des Massenfrühsports auf öffentlichen Plätzen, beobachtete scheu die steineklopfenden Straßenbauarbeiterinnen, strich durch den Markt der Händler und Bauern und begegnete den neugierigen Blicken unzähliger, von Mao Tse-tung als Morgenröte der Revolution gefeierter Kinder. Jetzt eher Springflut als Morgenröte. Jeden Tag kamen ungezählte hinzu, trotz staatlich propagierter Einkindfamilie und drakonischer Strafen für ungezügelte Fruchtbarkeit. Den Bauern, die weder studieren noch Strafsteuern vermeiden wollten, weil sie von dem, was sie schwarz verdienten, sowieso nichts abführten, war's egal. Höchstens ersäuften sie erstgeborene Töchter, um die Quote mit mehr Söhnen ausfüllen zu können. Die Städter, zivilisierter, trieben ab, vor und nach dem dritten Monat. Schon der prüfende Blick der Blockwartin genügte meist. Oder die Befragung durch Parteikader in der Fabrik. Und trotzdem Kinder, Kinder. Und Minderheiten. Über hundert verschiedene Volksgruppen lebten in diesem ethnischen Schmelztiegel zwischen China, Tibet, Burma und Vietnam. Waren wie die drei großen zentralasiatischen Gebirgszüge Kuenlun, Tanlha und Himalaya zusammengeströmt, hatten sich wie die kleineren, aufgefalteten Bergrücken zusammengedrängt und durch die enge Pforte ins wirtlichere Hochland ergossen, wo Reis wuchs, Tee gepflanzt und Seide gewonnen und nach Kohle und Erzen geschürft werden konnte.

Aber die Han-Chinesen waren schlau. Sie machten aus der multikulturellen Gesellschaft, die sich da auf engem Raum bildete, kein Problem, sondern förderten sie, hofierten sie, schützten Sprachen und Kulturen, räumten politische Beteiligung ein, gewährten den Fremden mehr Freiheiten als ihresgleichen und ließen sich für ihre pluralistische Toleranz loben.

All das sah Gundelach, erfuhr es aus Vorträgen und Filmen, hörte es im vertraulichen abendlichen Geflüster der Dolmetscherinnen. Deren sehnsüchtiges Interesse aber zielte auf Deutschland, dessen Sprache und Geschichte sie verbissen studiert hatten, ohne reale Aussicht, je dorthin zu gelangen, in den goldenen westlichen Teil schon gar nicht. Oder doch? Sie dienten sich den Herren über Stipendien und Austauschprogramme an, lasen ihnen die Wünsche von den Augen ab und versuchten sie davon zu überzeugen, daß auch sie keine Maschinen waren, sondern auch Frauen aus Fleisch und Blut. Gundelach war froh, als ›Head of the Delegation‹ ein Neutrum sein zu müssen. Werner Wrangel, der ins Ökonomiefach inkarnierte Chinese, kniff die Augen zusammen, zeigte die Zähne und feixte sich eins.

Sie flogen nach Kanton, nach Peking und Xian. Badeten in heißen Quellen, erklommen ätherische, auf Bergspitzen wie hauchdünne Scherenschnitte balancierende Tempel. Tauchten ein in die Tiefe der Kaisergräber, verloren sich in der abweisenden, rostroten Strenge der Verbotenen Stadt, schoben die Leiber durchs Gedränge Tausender auf den Zinnen und Wehrgängen der Großen Mauer. Bestaunten des ersten chinesischen Kaisers Qin Shihuangdi lebensgroße Terrakottaarmee, die nach über zweitausendjährigem Schlaf einer ausgrabungssüchtigen Gegenwart gegenübertrat, stolz, in sich versunken, unendlich gleichgültig.

Als Bernhard Gundelach auf der Besuchergalerie die stummen, dem Kaiser ergebenen Tonkrieger umrundete, jenen winzigen, ans Licht gezogenen Teil eines fürs irdische Vergessen gebauten Schattenreichs, dessen Erbauer – Künstler, Techniker, Arbeiter – die Totenstadt nicht mehr hatten verlassen dürfen, um das ewigkeitssichernde menschliche Vergessen vollkommen zu machen, da wußte er, was ihm beim nächtlichen Anblick der Pyramiden und in der konturenlos weißen Weite der kanadischen Wildnis nur wie eine undeutliche Ahnung überkommen war: daß nichts, was auf Zeit und Leben setzt, Bestand hat, daß Geschichte mit dem Tod beginnt und nicht mit den Werken Lebender. Und daß von seinen wie von Oskar Spechts Bemühungen nichts übrig bleiben würde, weil sie beide werkgläubig waren und sonst nichts.

Gerne hätte er sich auf dem Rückflug, bevor sie wieder von Europas Geschäftigkeit umfangen wurden, mit Professor Wrangel darüber unterhalten. Vielleicht hätte sein Freund ihm widersprochen, was immerhin tröstlich gewesen wäre.

Doch Wrangel schlief oder träumte, mit einem spöttischen Lächeln, das sich in die Falten seines hageren Gesichts eingegraben hatte.

Wetter. Leuchten

Die Tante war gestorben, die mütterliche Tante. Heikes Mutterersatz. Während Gundelach China bereiste, erreichte die Todesnachricht im fernen Deutschland die wenigen Verwandten.

Zu Gundelach drang sie nicht. Weil niemand zu sagen wußte, wie gut oder schlecht telefonische Verbindungen mit chinesischen Provinzen funktionieren, hatte er mit seiner Frau vereinbart, sich nur im Notfall und telegrafisch mit ihr in Verbindung zu setzen. An den umgekehrten Fall, daß zu Hause etwas passieren könnte, hatten sie nicht gedacht.

Nun war die Tante, achtundsechzigjährig, gestorben. Plötzlich, ohne Anzeichen einer Krankheit. Achtundsechzig, sagt man, ist kein Alter fürs Sterben.

Doch rasch stellte sich heraus, daß, wie so vieles, auch die Plötzlichkeit dieses Ereignisses nur Schein gewesen war. Clara Wittmann hatte wohl gewußt, wie es um sie stand. Ein handgeschriebenes Testament, auf ihrem Schreibtisch vorgefunden, begann mit dem Satz: ›Die letzte Untersuchung hat zweifelsfrei ergeben, daß der Krebs schon auf andere Organe übergegriffen hat. Trotzdem werde ich weiterhin keine Chemotherapie oder irgendwelche sinnlosen Operationen zulassen. Nach Auskunft der Ärzte habe ich dann noch eine Lebenserwartung von höchstens einem Jahr. In Kenntnis dieser Tatsache erkläre ich, Clara Luise Wittmann, folgendes zu meinem letzten Willen...‹ Das Testament trug das Datum des 24. Juni 1985. Genau fünf Monate später war sie tot.

Als Gundelach hörte, an welchem Tag die Tante ihre Verfügung getroffen hatte, schauderte ihn ein zweites Mal. Am 24. Juni 1985 hatte er das Manuskript der ›Wende nach vorn‹ abgeschlossen. Zur Feier war er abends mit Heike essen gegangen.

Niemandem hatte die Todkranke von ihrem Schicksal erzählt, auch nicht andeutungsweise. In den wenigen Telefonaten, die sie mit Heike geführt hatte, vier- oder fünfmal zwischen Juli und Oktober, war es stets um Alltägliches gegangen: Familie, Beruf, Wetter. Am meisten hatte sie sich für das Buch interessiert. Als es erschienen war, erbat sie ein Exemplar mit Gundelachs Widmung.

Obwohl er sich genierte, erfüllte er ihren Wunsch.

Hinterher ist stets Zeit der Spurensuche. Versäumtes wird schmerzhaft ausgeleuchtet. Hatte sie nicht stiller gewirkt als sonst? Weniger resolut, ohne die gewohnte Selbstironie, beinah wehmütig? Unsinn wahrscheinlich. Doch Heike klammerte sich mit verzweifeltem Starrsinn daran. Wenigstens für ihre Selbstvorwürfe brauchte sie eine sichere Grundlage.

Sie habe, behauptete sie, sogar zu Bernhard gesagt: Clara ist irgendwie anders als sonst. Ob sie sich über uns geärgert hat? Im August oder September sei das gewesen, nach einem Telefonat. Gundelach erinnerte sich nicht, aber er wagte auch nicht zu widersprechen. Eines, immerhin, traf zu: Im allerletzten Gespräch, Ende Oktober, hatte Clara Wittmann auf die Einladung, Weihnachten bei ihnen zu verbringen, leise und zögernd geantwortet: Vielen Dank, ihr Lieben. Ja, mal sehen...

Ende November fand auf dem Friedhof Hamburg-Ohlsdorf die Beerdigung statt. Heike fuhr mit Benny im Nachtzug hin. Sie traf auf ein Dutzend Trauergäste, von denen sie allein ihren Bruder und einen Onkel kannte, den sie zum letzten Mal gesehen hatte, als sie sechzehn Jahre alt gewesen war.

Gundelachs Eltern ließen sich, der weiten Fahrt und des Wetters wegen, entschuldigen. Dafür hatten sie einen Kranz in Auftrag gegeben: ›Unserer lieben Clara, ein letzter Gruß. Familie Gundelach‹.

Zu der Zeit, als Heike und Benny im Regen vor dem frisch ausgehobenen Grab ausharrten – Heike mit einem Mimosenstrauß in der Hand, den sie nach des Pastors witterungsgemäßem Gebet als erste hinabwarf –, befand sich Gundelach, wie er penibel nachrechnete, von Peking kommend in einer klapprigen ›Iljuschin‹ im Anflug auf Xian. Er erinnerte sich deshalb genau, weil die hohen und steilen Berge Shaangsis der Maschine bedrohlich nahe gekommen waren. Die ›Iljuschin‹ hatte vibriert und gedröhnt und ein paar Mal ruckartig die Flughöhe gewechselt. In solchen Augenblicken geht einem manches durch den Kopf.

Heike und Benny waren dann allein, Hand in Hand, durch den novemberkahlen Park die aufgeweichten Wege entlang zum Taxistand zurückgegangen, und Benny hatte nicht geweint und nichts gefragt, sondern nur die Hand seiner Mutter gedrückt und auf die Pfützen geachtet. Wie ein Erwachsener.

Im McDonald's nahe dem Hauptbahnhof waren sie dann aber doch eingekehrt, weil er so sehnsüchtig durch die Scheiben ins Innere geblickt und auf Heikes Frage, ob er in Hamburg nen Hamburger essen wolle, das Näschen gekräuselt und verhalten gelacht hatte. Das erste Mal, seit er die Mutter nach dem Anruf des unbekannten Onkels hatte weinen sehen.

Gundelachs Erzählungen aus und über China beschränkten sich vor diesem Hintergrund auf das Nötigste. Vom Steinernen Wald Yunnans und den spielenden Pandabären im Pekinger Zoo berichtete er, Benny zuliebe, und das Knacken gerösteter Heuschrecken, die man aus der Tüte knabbert wie bei uns Pommes frites, schilderte er so anschaulich, daß Heike sich schüttelte. Die riesigen Gold- und Jadeschätze des Kaiserpalastes erwähnte er, aber die ungeniert vor den Vitrinen auf den Boden spuckenden Besucher ließ er weg. Der kleine kniende Bogenschütze, das Andenken aus Xian, landete im Bücherregal neben der kobaldblauen Cloisonnévase, die er für Heike in einem kunsthandwerklichen Betrieb Kantons erstanden hatte. Bennys T-Shirt mit dem Aufdruck ›I climbed the Great Wall‹ wanderte fürs erste in den Wäscheschrank, es war einige Nummern zu groß.

Eine seltsame Atmosphäre distanzierter Höflichkeit griff nach Bernhard Gundelachs Rückkehr aus der Ferne in der kleinen Familie Platz, ein gesittet sich informierendes Nebeneinander, das die im Frühjahr und Sommer während des Schreibens neu aufgekeimte Vertrautheit überfror.

Als Bernhard Heike darauf ansprach, sagte sie: Ach, weißt du – du hast mich allein gelassen, als ich mein Kind bekommen habe, und du hast Benny und mich allein gelassen, als wir meine zweite Mutter beerdigten. Ich sage das ohne Vorwurf, denn du kannst nichts dafür, aber so ist es eben. Und nun stellen wir uns halt darauf ein, notfalls auch ohne dich zurechtzukommen. Was willst du anderes erwarten?

Kurz vor Weihnachten traf ein Schreiben des Nachlaßgerichts ein. Es besagte, daß Heike von Clara Luise Wittmann zur Alleinerbin eingesetzt worden sei. Sie besaß nun eine Eigentumswohnung in Hamburg-Uhlenhorst und ein Barvermögen von rund dreihunderttausend Mark.

Spechts Wahrsager hatte für 1986 reichlich Probleme prophezeit, und er hatte nicht übertrieben. Am 20. Januar fegte ein Orkan übers Land und schlug in Wälder und Siedlungen Schneisen der Verwüstung wie seit Menschengedenken nicht.

Doch anders als beim großen Erdbeben des Jahres 1978 folgte dem Aufruhr der Natur nicht der Rotorlärm eines helikoptergestützt regierenden Ministerpräsidenten. Specht durcheilte in der zweiten Januarhälfte Indonesien, Thailand und Indien, und mehr als die atmosphärischen Luftwirbel daheim beunruhigten ihn, den Weltpolitiker, die explosive Lage auf den Philippinen und die gewaltigen religiösen und sozialen Spannungen, denen sich sein Ministerpräsidentenkollege Rajiv Gandhi gegenübersah.

Die Rückreise unterbrach er deshalb schon in Amsterdam und ließ sich mit einer Privatmaschine, die Freund Stierle gechartert hatte, zur CDU-Bundesvorstandssitzung nach Bonn fliegen, um den Kanzler ins Bild zu setzen. Das war, wenn man so wollte, seine nationale Pflicht. Immerhin lag er nunmehr auf der Beliebtheitsskala des ZDF-Politbarometers gleichauf mit Stoltenberg an der Spitze – 0,9 Punkte vor Kohl. Mit solchen Werten gehört man nicht mehr nur einem Bundesland, sondern dem ganzen Volk.

Anderntags allerdings mußte er heim in die Landeshauptstadt. Das Auto feierte hundertsten Geburtstag. Aus diesem Anlaß versammelten sich die Konzernchefs von Detroit bis Tokio und die politische Prominenz der Republik an der Wiege neuzeitlicher Mobilität. Erstmals seit langer Zeit hatte Gundelach wieder intensiv an einer Rede gefeilt, und erstmals hielt sich Oskar Specht wieder daran. Der Beifall für seine optimistische Verknüpfung von Technik, Umwelt und Freiheit war allgemein. Am Abend jenes schönen, von einer Galaaufführung des Balletts gekrönten Tages aber explodierte in

Cape Canaveral die amerikanische Raumfähre Challenger und schleuderte sieben Menschen ins Meer.

Wie ein Menetekel stach der riesige weiße Rauchpilz ins Blau des Himmels und ins Gemüt Millionen Technikgläubiger.

Kaum vierundzwanzig Stunden später produzierte Daimler Benz vor Millionen wütender Zuschauer mit einer dilettantischen, aus den Fugen geratenen Jubiläumsshow den Fernsehflop des Jahrzehnts. Tausende eingezwängter, gemarterter Ehrengäste fluchten in der Enge der hauptstädtischen Festhalle, und selbst der allzeit beherrschte Bundespräsident verlor die Contenance. Es war zum Verrücktwerden. Oskar Specht schämte sich abgrundtief für das Versagen seines Vorzeigekonzerns. Nach diesem Debakel, entschied er, sei dessen Vorstandsvorsitzender nicht mehr zu halten. Und er kannte auch schon den geeigneten Nachfolger. Die Deutsche Bank, vertraute er Wiener und Gundelach an, werde ihren Widerstand gegen den Sozialdemokraten Edzard Reuter bald aufgeben. Und das sei nötig, denn nur Reuter denke in strategischen Dimensionen. Freund Kiefer bleibe, bei aller Wertschätzung, ein Autobauer, ein Macher. Für den Umbau zum weltweit operierenden High-tech-Konzern aber bedürfe es eines ebenso politischen wie visionären Kopfes.

Gundelach sah Specht fragend an.

Specht lächelte und sagte, er werde in Kürze mit Alfred Herrhausen, dem neuen Vorstandssprecher der Deutschen Bank, über das Thema beraten. Herrhausen und er hätten dieselbe Wellenlänge. Auch Herrhausen sei ein unglaublich guter Typ. Wenn die kleinkarierten Bänker des Landes doch nur etwas von seiner Dynamik und Weitsicht besäßen! Dann wäre die Bankenfusion längst unter Dach und Fach.

Die Bankenfusion war Spechts zweites großes Thema. Ähnlich wie Daimler Benz durch Firmenkäufe zum führenden deutschen Produktionsbetrieb aufgestiegen war, sollte eine aus vier bislang selbständigen Unternehmen zusammengeschweißte Landesbank bundesweit für Furore sorgen. Wenn es gelang, die Dachinstitute des Sparkassenverbandes und die größte Girokasse der Landeshauptstadt mit der Förderbank des Landes zu vereinigen, besaß man auf einen Schlag ein Finanzierungsinstrument, das über hundert Milliarden Mark Bilanzsumme aufwies und hinter der Westdeutschen Landesbank Platz zwei im öffentlich-rechtlichen Geldgeschäft belegte. Selbst die starken Geschäfts- und Hypothekenbanken in Frankfurt und München, die jetzt unter den wohlhabenden Mittelständlern des Landes reiche Beute fanden, mußten eine solche Konkurrenz fürchten. Und welche

Perspektiven eröffneten sich erst zur Finanzierung kultureller und infrastruktureller Projekte, mit denen die Krämerseelen des Landtags den Haushalt nicht belasten wollten!

Doch die Krämerseelen hockten überall, nicht nur im Parlament. Als Landräte, Vorstände und Direktoren saßen sie in den Gremien und bangten um ihre Pfründe. Dachten in Zweigstellen- und Regionalproporz, hatten den verbandsinternen Klüngel im Kopf und die Personalvertretungen im Nacken. Gundelach, der den zähen Verhandlungen in der Bibliothek des Schlosses als stummer Beobachter beiwohnte, bewunderte Spechts Gabe, mit Zahlenspielereien sogar Zahlenmenschen konfus zu rechnen. Genauso staunte er allerdings über die Fähigkeit der blaubetuchten Herren, wortreich Wohlwollen zu beteuern, ohne konkret etwas zu sagen. Sie kopierten die Politik perfekt.

Am Ende jeder Sitzung hatte man den Eindruck, der Wurstzipfel, nach dem der Ministerpräsident schnappte, hänge schon unmittelbar vor seinen manikürten Fingern. Man roch ihn förmlich. Beim nächsten Treffen jedoch stellte sich heraus, daß die meisten von der Wurst, um die es ging, noch nie etwas gehört haben wollten.

Dann teilte der Stirngraben wie eine Gletscherspalte Spechts fahles, übernächtigtes Gesicht. Doch er beherrschte sich.

Er wußte, daß er im Land endlich wieder einen durchschlagenden Erfolg brauchte, um dem Gerede, ihm sei mit der Lust am kleinparzellierten Regierungsgeschäft auch das Geschick dazu abhanden gekommen, ein Ende zu bereiten. Deshalb war es gerade jetzt und auf diesem Feld wichtig nachzuweisen, daß sich große Ideen auch mit einem Haufen Erbsenzählern verwirklichen lassen. Das strengte an. Es war, wie Specht zu seufzen sich angewöhnt hatte, nicht vergnügungssteuerpflichtig. Der Umgang mit der CDU-Fraktion war es im übrigen auch nicht. Ständig mußte man sie, wie ein Dompteur mit drohend erhobener Peitsche, in Schach halten. Denn die Zahl der Unzufriedenen wuchs.

Zum einen waren da die Anhänger Helmut Kohls, die Spechts Attacken auf die Bonner Koalition als unsolidarische Profilierungskampagne verurteilten und sich durch das ›Wende‹-Buch neuerlich bestätigt fühlten. Verwerflicher noch als der Inhalt, den die meisten gar nicht kannten, war die Tatsache, daß das Buch beim Spiegel erschienen war. Der Kanzler weigert sich, das Blatt zu lesen, und sein Stellvertreter schreibt sogar darin! Auch die Parteirechten, denen Spechts Reformeifer von jeher zu weit ging, nährten ihren Argwohn. In ideologischen Fragen hielten sie ihn stets für einen unsicheren Kantonisten. Bestärkt wurden sie von Apparatschiks, die Spechts nachlässigen Umgang mit der Landes-CDU als Mißachtung der Partei rügten, und Ländlich-Bodenständigen, denen der Ministerpräsident zu oft in der Luft weilte. Das traf, in übertragenem Sinne, auch auf jene Mittelständler zu, die in Spechts Hinwendung zu Kunst und Konzernen den Beweis sahen, daß er abgehoben und den Sinn fürs Schwarzbrot mühsamen Geldverdienens eingebüßt hatte.

Offen ins Gesicht sagte ihm das freilich niemand. Wer wollte sich auch um Kopf und Kragen reden? Dafür lud man es bei Fraktionschef Deusel ab. Dem aber trieb schon der Gedanke an die frustrierenden Frühstückstreffen im Blauen Salon des Schlosses die Zornesröte auf die Stirn.

Gundelach fühlte, daß es hohe Zeit wäre, Spechts Bitte zu entsprechen, die er vor sieben Jahren geäußert hatte: Warnt mich rechtzeitig, bevor ich so werde wie Breisinger!

Aber war das damals überhaupt ernst gemeint gewesen? Und warum sollte ausgerechnet er die undankbare Aufgabe übernehmen?

Warum nicht Tom Wiener, der sich mehr und mehr aufs Reisen und Repräsentieren verlegte, um dem verletzenden, herablassenden Umgangston, den Specht ihm gegenüber anschlug, zu entfliehen? Wiener, der sich zum Landesbeauftragten für die Siebenhundertfünfzig-Jahrfeier Berlins hatte bestellen lassen und jede freie Minute nutzte, seiner alten Heimatstadt und allen Kumpeln aus früheren, glücklichen Tagen nostalgische Besuche abzustatten. Der zu Ostberlins Kirchen-Staatssekretär Gysi verschwiegene Kontakte knüpfte, in dem Wunsch, Spechts emotionslose Festschreibung der deutschen Teilung allmählich aufzuweichen. Der auf eigene Faust mit der oberitalienischen Region Friaul-Julisch Venetien Partnerschaftsgespräche aufnahm, bis Specht die Sache platzen und ihn im Regen stehen ließ, zur Warnung und Erinnerung, wo seine Grenzen lägen. Der seinen Pressekonferenzen zu zweitrangigen Verwaltungsthemen immer weniger Gewicht beimaß und Gundelach des öfteren vor dem Termin fragte: Zu was für nem Scheiß red ich nachher überhaupt?

Warum also nicht Tom Wiener, der von seinem Nimbus als Specht-Intimus doch immer noch ganz gut lebte? Oder der stille Ministerialdirektor, der sich aus allen Streitereien fein heraushielt? Oder Minister Müller-Prellwitz, der bei Journalisten ohnehin als Mann des furchtlosen Wortes galt?

Gundelach kam zu dem Schluß, daß es genügend Berufenere und besser Besoldete gäbe, denen die Pflicht, Specht die Wahrheit zu sagen, vor ihm, dem einfachen Ministerialrat, abzuverlangen war. Wenn die sich nicht mucksten, bestand für ihn auch kein Anlaß, den Helden zu spielen. Zumal er seit dem anhaltenden Bucherfolg einen Gipfelpunkt landesväterlichen Wohlwollens erklommen hatte, den zu gefährden blanke Idiotie gewesen wäre. Das Landesmediengesetz hatte endlich auch die letzte parlamentarische Hürde genommen, die Berufung Schieborns zum Direktor der neuen Landeskommunikationsanstalt stand kurz bevor. Dann war Specht am Zug, sein Versprechen einzulösen und Gundelach zum Abteilungsleiter zu befördern.

Specht würde es nie und nimmer verstehen, wenn ich ihm in dieser Situation vors Schienbein träte, sagte er sich und schwieg. Doch nahm er sich vor, in seiner künftigen Funktion für Korrekturen zu sorgen. Das Richtige zu tun und nicht bloß darüber zu reden, war ohnehin die beste Form von Loyalität.

So beruhigte er sein Gewissen. Wenn man es lange genug versucht, gelingt es, wie man weiß, fast immer.

Am 1. April 1986 brachte der Landesdienst der Deutschen Presse-Agentur eine kurze Meldung:

Der Chef-Ghostwriter von Ministerpräsident Oskar Specht, Ministerialrat Bernhard Gundelach, ist zum neuen Leiter der Abteilung Grundsatz und Planung der Staatskanzlei bestellt worden. Gundelach löst damit Ministerialrat Schieborn ab, der vor kurzem zum Direktor der Landesanstalt für Kommunikation gewählt wurde. Ausgegliedert aus der Grundsatzabteilung der Regierungszentrale wurde die Presse- und Öffentlichkeitsarbeit. Für sie wurde eine Stabsstelle eingerichtet, die Regierungssprecher Thomas Wiener direkt unterstellt ist.

Die Nachricht war insofern unvollständig, als sie zu erwähnen vergaß, daß Gundelach zugleich mit seinem neuen Amt auch die Ernennungsurkunde zum Leitenden Ministerialrat erhalten hatte. Ansonsten stimmte alles.

Einer der ersten Gratulanten war Andreas Kurz.

Darf ich noch Du oder muß ich jetzt Sie sagen?

Sei nicht albern, erwiderte Gundelach. Setz dich. Doch der Oberamtsrat blieb stehen.

Weißt du, Bernhard, sagte er, das ist nicht so einfach für mich. Bisher warst du ein Kollege, dessen enge Beziehung zum MP zwar allgemein bekannt ist. Aber du hattest formal keine Funktion inne, die dich herausgehoben hätte. Seit heute ist das anders. Du bist Chef einer wichtigen Abteilung und Vorgesetzter etlicher Kollegen. Man wird im Haus genau beobachten, zu wem du besondere Kontakte unterhältst. Und viele fänden es wahrscheinlich ... na ja, sagen wir: merkwürdig, wenn du weiterhin Duzfreundschaft mit jemandem wie mir pflegen würdest, der rangmäßig so weit unter dir steht. Deshalb ... bin ich gekommen, um dir von Herzen zu gratulieren und dir das Sie wieder anzubieten.

Er stand gerade wie ein Soldat und zuckte verlegen mit den Fingern.

Gundelach packte ihn an den Schultern.

Andreas, alter Schafskopf, sagte er leise. Haben dich die Jahre hier so verbogen und krumm gemacht, daß du nur noch in Hierarchien denkst? Ausgerechnet du? Der mich damals so menschlich aufgenommen hat wie sonst keiner?

Das ist lange her, antwortete Kurz. Seitdem ist viel passiert. Selbst das Loch in den Bäumen, durch das man den Landtag sehen konnte, ist zugewachsen.

Ist das wahr? Das tut mir leid. Das ist schade, wirklich!

Einen Augenblick lang empfand Gundelach ein Schuldgefühl, als hätte er persönlich es versäumt, über die Fortführung der skurrilen Tradition zu wachen. Dabei hatte vermutlich nur jemand aus der Verwaltungsabteilung im Zuge der zahlreichen personellen Wechsel vergessen, sein Wissen als verschwiegene Verpflichtung weiterzugeben. Vielleicht schon Dr. Zucker, dem freie Durchblicke stets ein Greuel gewesen waren.

Aber sonst, Andreas, sagte Gundelach bittend. Sonst ist doch vieles beim alten geblieben. So wie du es mir gezeigt hast. Das meiste. Eigentlich fast alles, oder? Selbst Zwiesel ist wieder da ...

Der Oberamtsrat löste sich aus seiner starren Haltung und lächelte.

Weißt du, was man sich im Haus erzählt? Daß es nicht mehr lange dauern wird, bis du in die erste Etage umziehst.

Und wohin dort?

Na, in Wieners Zimmer natürlich. Daß es zwischen Specht und ihm nicht mehr stimmt, merkt doch jeder. Es heißt, Specht wolle dich gezielt zu seinem Nachfolger aufbauen und deine jetzige Position sei nur der erste Schritt dazu.

Unsinn! sagte Gundelach heftig. Mit solchem Geschwätz wird mir meine Arbeit nur erschwert. Und ins Eckzimmer gehe ich sowieso niemals. Dort habe ich bisher nur Politiker sterben sehen. Kahlein, Schreiner, Rüthers –

– und Wiener, wolltest du sagen.

Nein. Wollte ich nicht.

Im übrigen vergißt du Müller-Prellwitz. Der erfolgreichste deiner Vorgänger in dem Amt, das du jetzt bekleidest.

Müller-Prellwitz ... Für Sekunden schien es, als stünde die gedrungene Gestalt mit dem scharf geschnittenen Gesicht leibhaftig im Zimmer. Nein, als fliege die Tür auf und eine herrische Stimme riefe: Günter, ich brauch dich eben mal dringend! Und wie damals am Tag seiner Bewerbung, umringt, eingekesselt von den Herren Bertsch, Brendel, Bauer und Wickinger, hinabgedrückt in die demütigende Polstertiefe des schwarzen Ledersofas, erschreckt von der breit pendelnden, zitronengelben Krawatte jenes Mannes, dem er als Chef der politischen Planungsabteilung nachzufolgen sich anschickte, wie damals, da er ein Nichts, ein Parzifal voll naiver Gralssehnsucht gewesen war, fühlte Gundelach die Angst wieder in sich aufsteigen, die Angst vor der Allwissenheit einer Behörde, in deren mächtiger Grundsatzabteilung alle Informationsströme über sozialistische und außerparlamentarische Umtriebe zusammenflossen ... Fühlte die Angst, entdeckt, davongejagt zu werden, als wäre eine unruhige, schlaflose Nacht seither vergangen und nicht die kleine Ewigkeit eines Dezenniums mit all seinen lindernden, heilenden, Erfolg und Mißerfolg in die Waagschale werfenden Ereignissen...

Müller-Prellwitz ist nicht mein Vorgänger, sagte er trotzig. Und schon gar nicht mein Vorbild. Das waren andere Zeiten. Ich will keinen ideologischen Kaderverein, sondern intelligente Sachpolitik. Die Bürger glauben hohlen Phrasen ohnehin nicht mehr. Wenn die Politik das nicht begreift und sich nicht von innen heraus wandelt, jagt man uns irgendwann zum Teufel.

Andreas Kurz schwieg und griff nach der Türklinke.

Das ist ein guter Vorsatz, Bernhard, sagte er, sich umwendend. Und ich wünsch dir Glück bei dem Versuch, ihn auszuführen. Aber dazu mußt du viel härter werden, gegen dich und gegen alles, was noch vom alten Holz ist. Wie ich, zum Beispiel. Sag dir immer wieder: Nichts ist geblieben, wie es war. Gar nichts. Sag dir das immer wieder und schau nicht zurück.

Andreas?

Ja?

Ich weiß, daß du gerne in der Grundsatzabteilung gewesen bist, bevor man dich zum Protokoll ... versetzt hat. Würdest du zu mir zurückkommen? Ich hab eine freie Stelle. Du könntest sogar zum Regierungsrat aufsteigen!

Der Oberamtsrat öffnete die Tür.
Vielen Dank, sagte er. Vielen Dank, Herr Gundelach. Ihr Angebot ist ehrenvoll. Aber ich möchte es doch lieber nicht annehmen!

Intelligente Sachpolitik. Wandel von innen heraus. Das ließ sich hübsch und gefällig sagen und auch flott niederschreiben wie in der Regierungserklärung vom 23. April, in der Gundelach den Apparat, der ihm jetzt zur Verfügung stand, erstmals voll nutzte. Die Flut aller ökonomischen, wissenschaftlichen und technischen Maßnahmen der letzten Jahre wurde zu einem beeindruckenden Gewässer aufgestaut, in dem sich die Spitzenpositionen des Landes spiegelten wie Berggipfel in einem Gletschersee.
Das Land hatte den strukturellen Wandel der achtziger Jahre unter allen Bundesländern nachweislich am besten und schnellsten bewältigt. Punktum. Wer etwas anderes behauptete, mußte Zahlen und Statistiken, die ein Heer von Beamten und Forschern auf Weisung des Abteilungsleiters Politische Planung in Windeseile in die Fangnetze der Grundsatzabteilung geschwemmt hatte, widerlegen.
Die Opposition konnte einem fast leid tun.
Die Qualität des Parlaments verkommt immer mehr, sagte Specht zufrieden und schaffte es so wenig wie sein Gehilfe, eine staatspolitische Sorgenfaltenmiene aufzusetzen.
Doch drei Tage später explodierte in der fernen Ukraine das Kernkraftwerk Tschernobyl. Und zwei Wochen danach waren Wiesen, Äcker und Spielplätze verstrahlt, und in den Dörfern des Landes mußten Polizisten wie Amtsbüttel des neunzehnten Jahrhunderts Warnungen an die Bevölkerung ausschellen, weil es kein schnelles, direktes Kommunikationsnetz innerhalb der Verwaltung gab.
Immerhin half die Katastrophe, ein schwärendes Begründungsproblem zu lösen. Das Bundesverwaltungsgericht hatte letztinstanzlich entschieden, daß das Kernkraftwerk Weihl gebaut werden dürfe. Die Justiz bescherte der Politik einen unerwünschten Etappensieg. Bisher hatte man sich hinter dem Argument, die Rechtslage sei ungeklärt, verstecken können. Nach dem Richterspruch ging das nicht mehr. Jetzt drängten die Energieversorgungsunternehmen zum Handeln. Besonders das ›Rhein-Werk‹, Antragsteller für die Genehmigung des umstrittenen Atommeilers, tat sich dabei hervor. Ungerührt, als hätte es zu Breisingers Zeiten in und um Weihl nicht schon bürgerkriegsähnliche Zustände gegeben, beharrte es auf seinem Vorhaben und

argumentierte, scheinbar unpolitisch, mit Grundlastdeckung und Kostendruck. Die deutsche Steinkohle wurde zu teuer.

Der Vorstandsvorsitzende des ›Rhein-Werks‹ aber war niemand anders als jener Dr. Renz, der bis 1977 die Bundesratsabteilung auf Schloß Monrepos geleitet hatte. Renz machte keinen Hehl daraus, daß er nicht daran dachte, Specht, den er wenig schätzte, auf billige Weise aus dem politischen Obligo seines Vorgängers zu entlassen. Natürlich sagte er das nur unter der Hand. Offiziell operierte er mit Zahlen und Prognosen. Daß dies sonst Spechts ureigenstes Metier war, steigerte sein Vergnügen. Umgekehrt trug Specht sich mit dem Gedanken, den Landesanteil am Aktienkapital des ›Rhein-Werks‹ zu verkaufen, um einige hundert Millionen Mark Liquidität in die Staatskasse zu schwemmen und Renz der kalten Zugluft eines rein privatwirtschaftlichen Unternehmens auszusetzen. Doch dann hätte wiederum der Finanzminister sein dortiges Mandat als Aufsichtsratsvorsitzender verloren.

Die Sache war kompliziert.

Tschernobyl entschärfte die Lage. Selbst die hartgesottensten Atommanager sahen ein, daß Forderungen nach neuen Reaktoren nicht in eine radioaktiv verseuchte Landschaft paßten. Hätte Renz weiter nach einem baldigen Baubeginn in Weihl verlangt, wäre er bei seinen Kollegen, die in der öffentlichen Diskussion mit dem Rücken an der Wand standen, untendurch gewesen.

Specht ergriff die Chance unverzüglich und konnte acht Wochen nach dem Unglück in Übereinstimmung mit allen Energieversorgungsunternehmen bekanntgeben, daß das Land in den nächsten zehn Jahren kein neues Kernkraftwerk brauche. Damit hatte er die leidige Angelegenheit endgültig vom Hals.

Schau nicht zurück ... Andreas Kurz, der wie ein Partisan nach der Brückensprengung ins unerreichbare Hinterland zurückgekehrte Ex-Gefährte, hatte gut reden. Das Alte, Unabgeschlossene schien wie Moos in die Ritzen eines Gemäuers einzudringen, hinter dem man den gesellschaftlichen Übergang in die neunziger Jahre plante. Zwar wurde der graue Stein des Schlosses von Handwerkern mit Sandstrahlgebläsen entschlackt und in den hellen, gelblich-rötlichen Urzustand zurückversetzt, in dem er, als das Jahrhundert noch jung gewesen, die Dächer der Hauptstadt frisch und provozierend überglänzt hatte.

Doch so einfach ging es mit der politischen Entschlackung nicht. Nicht immer treibt eine apokalyptische Wolke von Osten her und setzt neue Maßstäbe.

Gegen Jean Tramp, den langjährigen Freund und Reisegefährten Spechts, lief seit Ende 1985 ein staatsanwaltschaftliches Ermittlungsverfahren. Subventionsbetrug und Bestechung bei Grundstücksgeschäften, lautete der Anfangsverdacht. Specht erklärte erregt im Kabinett jeden für verrückt, der glaube, daß ein Unternehmer, welcher Milliardenumsätze mache und jährlich Millionengewinne nach Steuern verbuche, es nötig hätte, wegen zehn Millionen Subventionen krumme Touren zu reiten.

Alle sahen das so, auch der Justizminister. Aber die Staatsanwälte... Man wußte es ja inzwischen.

Bald, sagte Specht, sind wir in diesem Staat so weit, daß jeder, der noch was bewegen will, mit einem Bein im Gefängnis steht. Unerträglich ist das. Hört euch doch mal bei den Unternehmern um. Die Stimmung war noch nie so schlecht. Und dann noch die Bonner Politik!

Dr. Olbrich war bereit, einiges an Schuldzuweisungen auf sich zu laden. Aber doch nicht alles.

Leut, sagte er, ich hab das, was jetzt passiert, nit erfunden. Das einzige, was ich tun kann isch, im Rahmen von Dienstgesprächen mit den zuständigen Beamten die Frage zu klären, ob es im Einzelfall wirklich zur Anklage kommen muß oder ob sich die Sache nit mit einem Strafbefehl aus der Welt schaffen läßt. Nur - sagte Dr. Olbrich und hob beschwörend beide Zeigefinger - dann müssen eben auch die Herren Unternehmer mitspielen und dürfen nit von vornherein erklären, daß sies auf jeden Fall auf ein Gerichtsverfahren ankommen lassen wollen, um möglichst viele Politiker und am Ende gar den Ministerpräsidenten als Zeugen vorführen zu können. Das isch dann freilich nit mir oder den Staatsanwälten anzulasten!

Wenn der Justizminister aufgeregt war, sagte er ›isch‹ und ›nit‹. Das klang, fand Gundelach, auf rührende Weise hilflos.

Lästige Staatsanwälte, murrende Abgeordnete, renitente Unternehmer ... Selbst Kahlein, der passionierte Zeitungsleser, war neuerdings wieder im Gespräch. Manche meinten, er, der von der Politik enttäuschte Firmeninhaber, werde aus seiner Kenntnis als CDU-Präsidiumsmitglied der siebziger Jahre in der Parteispendenaffäre noch etliches nach außen tragen, was die Presse interessieren und die zur Schau gestellte Ahnungslosigkeit gewisser Politiker erschüttern dürfte ...

Überhaupt, die Presse. Sie zeigte deutliche Abstumpfungserscheinungen gegen Erfolgsmeldungen aus dem Olymp. Daß das Land überall ›spitze‹ und die Politik Spechts ›glasklar‹ sei, wie Tom Wiener somnambulisch wiederholte, war hinlänglich bekannt und oft genug zitiert. Weitere Spitzenmeldungen hatten den Neuigkeitswert eines bayerischen Jodlers.

Spechts privatwirtschaftliche Aktivitäten in der Frühzeit seiner politischen Karriere reizten da schon mehr. Immer wieder mal tauchten überraschende Querverbindungen auf.

Wie jetzt bei Jean Tramp. Reporter entdeckten, daß Specht in jungen Jahren Mitglied im Beirat seines Unternehmens gewesen war.

Na und? Das lag lang zurück und mußte nach den damals gültigen Landtagsregeln nicht offengelegt werden.

Oder die Sache mit Spechts ›Projecta‹ - Beteiligung zwischen 1970 und 1972. Uralte Kamellen. Die ›Projecta‹ kaufte treuhänderisch Grundstücke für die ›Neue Heimat‹, die als Erwerber nicht direkt in Erscheinung treten wollte, weil sonst die Preise sofort anzogen. Klar. Später erfolgte die Weiterveräußerung an den Gewerkschaftskonzern. Specht, sowohl bei der ›Neuen Heimat‹ als auch bei der ›Projecta‹ engagiert, legte Wert darauf, daß die ›Projecta‹ der ›Neuen Heimat‹ nur Zinsen und Bearbeitungsprovision in Rechnung stellte. Als er erfuhr, daß sie darüber hinaus erhebliche Gewinnausschüttungen an die Gesellschafter vornahm, verzichtete er auf seinen Anteil und schied aus.

Saubere Sache: Gehalt von der ›Neuen Heimat‹ und ›Projecta-Gewinn‹ geht zusammen nicht.

Oder die Verbindung zur städtischen Wohnungsbaugesellschaft, die Specht als rühriger Bürgermeister gegründet hatte. Weder als ›Projecta‹-Gesellschafter noch als Vorstandsmitglied der ›Neuen Heimat‹ hat er je Grundstücke von seiner früheren Wohnungsbaugesellschaft erworben.

Glasklare Trennung: Auch während der Hamburger Vorstandstätigkeit bei der ›Neuen Heimat‹ hat Specht mit der ›Projecta‹ kein neues Geschäft mehr getätigt, nur noch laufende Verpflichtungen abgewickelt, obwohl er da bei der ›Projecta‹ schon ausgeschieden war.

Überkorrekt, beinahe. Und als er sich 1974 entschloß, dem Gewerkschaftskonzern zugunsten der Politik den Rücken zu kehren, verlangte er nicht mal eine Abfindung; dabei wäre sein Vertrag noch bis Ende 1977 gelaufen.

Wo gibt's das sonst noch!

Wahrscheinlich war es gerade die Fugenlosigkeit dieser Beweisführung, die Journalisten immer wieder zu Recherchen über Spechts berufliche Aufstiegsperiode anstachelte. Das ewige sich rechtzeitig gelöst Haben ging ihnen auf die Nerven. Seine Aussage, finanzielle Vorteile, die ihm eigentlich zugestanden hätten, wieder und wieder verschmäht zu haben, widerstritt gewöhnlichem menschlichen Empfinden so sehr, daß nicht wenige sich fragten, ob hinter so viel Edelmut die traumwandlerische Sicherheit eines Glückskinds oder die furchterregende Cleverness eines Glücksritters zu suchen sei.

Denkbar schien beides; sicher war nichts. Deshalb wurde oft spekuliert, doch selten etwas geschrieben. Nur wenn man es auf irgendeine andere Geschichte draufpacken konnte, fielen ein paar vorsichtige Zeilen über Spechts außerparlamentarische Geschäftstüchtigkeit ab. Gundelach verstand die Nervosität, die sich dann ausbreitete, nicht. Wenn doch alles in Ordnung war?

Trotzdem legte er sich einen Handordner an, in dem er Spechts privatwirtschaftliche Ein- und Ausstiege und die jeweiligen Begründungen, wie sie offizieller Lesart entsprachen, dokumentierte. Für alle Fälle, und weil es ja nun noch mehr als früher zu seinen Aufgaben gehörte, wachsam zu sein und auf das Knacken im Unterholz zu horchen. Auch wollte er in diesen Dingen nicht stärker von Gustav Kalterer abhängig werden als unbedingt nötig.

Kalterer war jetzt, als Mitglied der Grundsatzabteilung, formal Gundelachs Mitarbeiter. Er nahm an Abteilungsbesprechungen teil und hielt bei Reise- und Urlaubsanträgen den Dienstweg korrekt ein. Doch im übrigen ließ er sich so wenig in die Karten gucken wie zuvor.

Von Specht war in dieser Hinsicht keine Hilfe zu erwarten. Warum auch? Gundelach war, wie er es gewollt hatte, in eine Führungsposition aufgerückt. Nun mußte er damit klarkommen. Auch mit Altlasten, Anfeindungen und Intrigen.

Das ist Ihr Problem, hätte er achselzuckend gesagt, wenn Gundelach ihn gefragt hätte. Oder auch: Wem es in der Küche zu heiß wird, der muß aus der Küche rausgehen.

Darum fragte Gundelach erst gar nicht, sondern nahm sich vor, soviel wie möglich selbst zu kochen. Zum Selbstschutz, nicht des Genusses wegen. Der war, bei realistischer Betrachtung, kaum höher zu veranschlagen als der Verzehr verkochter Nudeln.

Dennoch: es war eine produktive Zeit, dieses katastrophengeschüttelte, am Horizont wetterleuchtende erste Halbjahr 1986. Themenkreise aus Vergangenheit und Zukunft überschnitten sich wie Wellenringe. An den Schnittstellen entstanden neue, die Fantasie anregende Muster.

Aus dem letzten ›Zukunftskongreß‹ über das Verhältnis von Umwelt, Wirtschaft und Gesellschaft zueinander war die Idee überkommen, den Wasserverbrauch zu verteuern und das Geld den Landwirten für eine nitratarme, ökologisch verträgliche Bodenbewirtschaftung zur Verfügung zu stellen. Fast alle waren dagegen: Industrie, Bauernverbände, Kommunen, Bürger.

Also mußte im Kern etwas dran sein an dem Modell.

Während die Landespolitische Abteilung in zäher Kleinarbeit die Details des ›Wasserpfennigs‹ ausarbeitete, nahm die Grundsatzabteilung schon die Planungen für den nächsten Kongreß auf. ›Architektur, Städtebau, Landschaftsentwicklung‹ hieß der Generalnenner. Gundelach, der die Sitzungen der Vorbereitungskommission leitete, merkte rasch, daß er es mit einer Ansammlung empfindsamer Individualisten zu tun hatte, deren Kreativität erst im Stadium gekränkter Eitelkeit und wechselnder Zerwürfnisse voll erblühte. Ihm gefiel das. Es hatte etwas Künstlerisches, das der Bürokratie sonst fremd war. Um der Sache zusätzlichen Pep zu verleihen, schrieb man gleich noch einen internationalen Wettbewerb für die fernere bauliche Gestaltung der Landeshauptstadt aus.

Deren geduldiger, philosophisch gefestigter Oberbürgermeister ließ es mit unterdrücktem Seufzen geschehen.

Europa war ein anderes Objekt ihres expandierenden Betätigungsdrangs. Daß die Bundesländer von der EG überhaupt nicht zur Kenntnis genommen wurden, widersprach dem Selbstbewußtsein Spechts. Zwar hatte sich vor kurzem ein Kränzchen europäischer Regionen und Provinzen zu einer ›Vereinigung der Regionen Europas‹, kurz VRE genannt, zusammengefunden, und das Land war darin in der würdigen Gestalt des Parlamentspräsidenten vertreten. Doch der Ministerpräsident hatte für dieses Konglomerat nur wenig übrig. Reise- und Spesentourismus das Ganze, nichts weiter. Keine angemessene Bühne für einen, der gerade erst das protokollarische Zepter des Bundesratspräsidenten aus der Hand gelegt, mit Polens General Jaruzelski und Frankreichs Premier Fabius im Laufe einer Woche, in einem Aufwasch sozusagen, konferiert, Indonesiens Suharto und Indiens Gandhi beraten und den türkischen Regierungschef Özal sowie die widerborstige, ausländische Gäste mit protokollarischer Pinzette auswählende Margret Thatcher fest im Terminplan hatte.

Europas Regionalismus, wenn er erfolgreich sein wollte, mußte von wenigen, aber starken Partnern vorangetrieben werden. Industrielle Macht, wissenschaftlich-technisches Know how und eine konstitutionelle Eigenständigkeit, die, wo nicht verfassungsmäßig verbürgt, doch wenigstens an einer eingewurzelten Streitlust gegenüber jeder Art zentralstaatlicher Gewalt erkennbar sein mußte – das waren die Kriterien, anhand deren er Auftrag gab, den alten Kontinent zu durchforsten.

Vergleichende Tabellen über Bruttosozialprodukte, Forschungskapazitäten, hochtechnologische Einrichtungen entstanden. Gliedstaatliche Eigengewichte wurden mit kritischem Blick überprüft. Am Ende blieben drei für ebenbürtig erachtete Motoren einer subnationalen Widerstandsbewegung gegen Brüssels Zentralitätspolitik übrig: das traditionell madridzwistige Katalonien mit seiner vor Wirtschaftskraft berstenden Hauptstadt Barcelona, die reiche, ständig am Rande des Verfassungskonflikts lavierende Lombardei, in deren pulsierender Metropole Mailand das Herz Norditaliens schlägt, und die französische Region Rhône-Alpes, deren Doppelzentrum Lyon und Grenobles genügend industrielles Potential besaß, um in Paris Sonderrechte beanspruchen zu können.

Specht nahm erste, tastende Kontakte auf und buchte, vom Zuspruch ermutigt, für Juni einen Kurzbesuch in Lyon.

Der Gedanke, den deutschen Föderalismus europaweit als ein Modell erfolgreichen regionalen Selbstbehauptungswillens anzuempfehlen, war zweifellos eine Frucht vom Baume seiner Präsidentschaft im Bundesrat. Eine Frucht, deren vielseitige Verwendbarkeit rasch deutlich wurde, weshalb sich Gundelach sofort mit ihr anfreundete.

Man konnte, zum Beispiel, eine Philosophie daraus machen, daß die Nationalstaaten à la longue gesehen immer entbehrlicher würden, weil die fürs Staatsganze wichtigen Entscheidungen ohnehin in europäischer, wenn nicht gar in globaler Kooperation getroffen werden mußten. Die den Bürger unmittelbar berührenden Angelegenheiten aber sollten tunlichst vor Ort, im bewährten Zusammenspiel von Kommunen und Ländern, geregelt bleiben. Deshalb brauchte es für einen langfristig denkenden Politiker kein unbedingt erstrebenswertes Ziel sein, ein Bonner Ministeramt oder gar die Kanzlerschaft ins Auge zu fassen – jedenfalls dann nicht, wenn er, wie Oskar Specht, auf souveränes Regieren allergrößten Wert legte. Das wiederum traf sich vorteilhaft mit der unbestreitbaren Tatsache, daß Helmut Kohl, dem publizistischen Dauerfeuer zum Trotz, fest und scheinbar ungerührt im Sattel saß und die Rufe nach einem Herausforderer à la Specht seltener zu vernehmen waren als noch vor einem halben Jahr. Doch Specht, so ließ sich jetzt von hoher geschichtsphilosophischer Warte herab begründen, wollte ja gar nicht nach Bonn. Andere, erst im Aufbau befindliche und mehr Kreativität verheißende zwischenstaatliche Ebenen boten reizvollere Perspektiven.

Man konnte, des weiteren, mit neuer Argumentation vom Bund Geld fordern, für grenzüberschreitende Glasfaserstrecken und multilaterale Forschungsstätten. Das diente Europa und nützte dem Land. Man konnte, nebenbei, das Auswärtige Amt mit eigenen, quasi-völkerrechtlichen Verträgen ärgern und der EG-Kommission lästig fallen. Und schließlich bot sich auch für die ermüdete Presse neues Futter.

Das Zusammentreffen so vieler Vorzüge machte es Gundelach leicht, Grundsatzreden zu entwerfen, die den neu entdeckten Regionalismus als listige Form identitätsbewahrender Zukunftsgestaltung in einem vereinten Europa feierten. Die bundesstaatlichen Organe samt ihren Amtsinhabern nahmen sich demgegenüber wie Auslaufmodelle des neunzehnten Jahrhunderts aus.

Helmut Kohl war jetzt übrigens drei Jahre im Amt. Oskar Specht gratulierte ihm dazu im ›Deutschland Union Dienst‹ der CDU. Auch diesen Artikel verfaßte sein Chefschreiber, und er tat es mit leichter Hand.

Als der radioaktive Regen den aufbrechenden Frühling apokalyptisch verpestete und dem becquerelgeängstigten Volk vitaminarme Wochen bescherte, kreuzte die Familie Specht auf Einladung der Familie Mohr zum zweitenmal an Bord einer Motoryacht durch die blauen Fluten der Ägäis. Die Reise war, anknüpfend an den fabelhaften Törn des Jahres 1984, lange geplant gewesen und konnte einer Wolke wegen nicht verschoben werden.

Spechts Terminkalender war randvoll gefüllt. Noch im Mai wollte er nach Ostberlin, um der wachsenden Hoffähigkeit Erich Honeckers Tribut zu zollen. Zuvor hatte er mit Ewald Moldt, dem Ständigen Vertreter der DDR in Bonn, eine Ausstellung ›Kunst in der DDR in den achtziger Jahren‹ eröffnet. Eine Delegation des Dresdner Volkseigenen Betriebes ›Robotron‹ hatte ihren Besuch auch schon angesagt.

Ostpolitisch tat sich was, seit Michail Gorbatschow Generalsekretär der KPdSU war. An ihn möglichst schnell heranzukommen, war das eigentliche Ziel des plötzlichen Interesses an Kommunisten jeder Couleur.

So weilte ein gewisser Alexander Fjodorwitsch Kamenew, seines Zeichens stellvertretender Vorsitzender des sowjetischen Staatskomitees für Wissenschaft und Technik, zu einstündigem Politplausch auf Schloß Monrepos. Das Mitglied des Zentralkomitees der KPdSU, Alexander Tschakowsij, brachte es auf anderthalb Stunden. Sowjetbotschafter Wladimir Semjonow erhielt zum 75. Geburtstag ein Glückwunschtelegramm Spechts, in dem sich der alte Fuchs als ›Homme de lettres‹ umschmeichelt sah (im Ostblock gab es sie offenbar, die literarisch beschlagenen Machtpolitiker!). Sein Nachfolger Alexandrowitsch Kwizinskij empfing wenig später eine persönliche Einladung, das Land zu besuchen. Und die Sowjetrepublik Tadschikistan rüstete sich, eine Woche lang Kultur, Folklore und Küchenspezialitäten in der Landeshauptstadt zu präsentieren.

Wie immer, wenn Specht Kurs aufnahm zu neuen Ufern, tat er es unter vollen Segeln.

Etwas verloren wirkten dazwischen die Delegationen der chinesischen Provinzen Jiangsu und Liaoning, die dem Besuchsangebot gefolgt waren, das Specht während seiner letzten Chinareise ausgesprochen hatte; aber die lag ja auch schon ein halbes Jahr zurück. Der Westen war, sah man von einer Stippvisite des portugiesischen Regierungschefs Cavaco Silva und dem kurzen Aufenthalt des schwedischen Königs Carl XVI. Gustaf ab (der Specht bei dieser Gelegenheit in die Königliche Akademie der Ingenieurwissenschaften aufnahm), eher spärlich vertreten. Nur ein republikanischer Kongreßabgeordneter aus New York namens Jack Kemp machte seine Aufwartung. Doch Specht hielt große Stücke auf ihn: seiner Meinung nach konferierte er mit dem Nachfolger des amerikanischen Präsidenten Reagan.

Angesichts dieses Reigens war Gundelach nicht wenig verblüfft, als der Ministerpräsident ihn, von hoher See ans Steuer des Staatsschiffes zurückgekehrt, mit der Idee konfrontierte, ein neues Buch auf Kiel zu legen. Ein Buch über Kulturpolitik. Nicht über irgendwelche Kulturpolitik, versteht sich, sondern über eine neue Art Kulturpolitik.

›High culture‹ hieß sie im Spechtschen Sprachgebrauch. Und er hatte auch schon die zentrale ›message‹ parat: High culture mußte hinter High tech geschaltet werden. Was, in gängiges Deutsch übersetzt, wohl heißen sollte: Nachdem die Sache mit der Technologieförderung sich selbst zwischen Ems und Weser herumgesprochen hatte, drohte sie fad und langweilig zu werden. Eine künstlerische Überhöhung mußte her.

Gundelach war wild entschlossen, dem Ansinnen nicht zu folgen.

Wie dachte sich Specht das Bücherschreiben eigentlich? So nebenher und querdurchdengarten, wie er sprach?

Kaum war es um seinen Erstling ruhiger geworden, dürstete ihn nach neuem Literatenruhm. Und gleich das subtilste, den Robustheiten der Tagespolitik am weitesten entzogene Thema wollte er anpacken! Vermengt womöglich mit der Trivialphilosophie seiner Unternehmerfreunde, die kulturelles Sponsoring als Werbemittel entdeckt hatten und den verständlichen Wunsch, Gewinne zu machen, in den Rang einer ethischen Großtat zu heben suchten!

Schon das jüngste Untersteiner Gespräch hatte sich, Spechts Drängen folgend, mit dem Verhältnis von Kultur und Gesellschaft befaßt. Nicht auszuhalten war es gewesen. Sofort ein allgemeines Gejammer über Gewerkschaften und linke Ideologen. Vorndran Spechts staatsmännische Monologe zum Mäzenatentum. Und immer dieselben buchhalterischen Diskussionen, ob sich's denn volkswirtschaftlich auszahle, wenn eine Gesellschaft arbeitenden Menschen mehr Freizeit zugestehe.

Einzig der elsässische Paradiesvogel Tomi Ungerer, als sachverständiger Zeuge hinzu geladen, hatte für Farbtupfer gesorgt. Die quälend dilettantische Suche nach dem Sinn der Kunst beendete er dadurch, daß er einen Stiefel vom Fuß zog, ihn auf den Tisch hieb und schrie, das größte Kunstwerk, das er kenne, sei ein nackter Weiberarsch.

Den neben ihm sitzenden Weihbischof, welchem er ins wohlgefaßte Wort gefallen, haute es dabei fast vom Stuhl.

Nein, Gundelach war nicht willens, sich der trophäenartigen Einverleibung der Kunst in Spechts Sammlung aufgespießter Themenexponate zu unterwerfen... Warum begnügte sich der Ministerpräsident nicht damit, eine Theaterakademie zu gründen und Wolfgang Bönnheims Festkonzerten beizuwohnen? Warum ließ er nicht den ministeriellen Schauspielerjuristen und dessen bienenfleißige Kunstabteilung in Ruhe ein neues Konzept entwickeln, das Förderung und Risiko, Zuspruch und Zurückhaltung fein ausbalancierte, wie es seit langem angestrebt und auch vonnöten war? Warum reichte es ihm nicht, sich an den strahlenden Dankesblicken der Ballettmitglieder, die er mit Orden schmückte, zu erfreuen? Warum mußte er auch noch im letzten Reservat, das zu durchstreifen sein ungeheurer Betätigungs- und Bestätigungstrieb sich anschickte, den geistigen Okkupator spielen wollen?

So dachte er und grollte. Grollte grundsätzlich, und weil die elende Plakkerei im Kampf mit der Schreibmaschine schon wieder beginnen sollte.

Auf der anderen Seite wußte er aber auch, daß er Spechts ungestillte Liebe zum gedruckten Wort (die vielleicht gerade deshalb so groß war, weil er bei allem Erfolg die Flüchtigkeitswirkung seiner für den Augenblick geborenen Reden schmerzlich empfand) nicht einfach ignorieren konnte. Wie grober Undank würde es wirken; als hielte Gundelach, gerade mal zum Abteilungsleiter aufgestiegen, es schon nicht mehr für nötig, seinem Chef mit den Gaben, um derentwillen er begünstigt worden war, hilfreich zur Seite zu stehen.

Specht würde ihn seine Enttäuschung spüren lassen.

Also sann er auf Möglichkeiten, neue publizistische Aktivitäten zu entfalten, ohne selbst zur Feder greifen zu müssen. Zwar hatte er keinen Lohnschreiber wie Specht. Aber konnte man nicht trotzdem andere zum Ruhme des Ministerpräsidenten und zur eigenen Entlastung einspannen?

Als erstes fiel ihm ein, daß die ›Wende nach vorn‹, im deutschen Sprachraum dem politisch Interessierten nun hinlänglich bekannt, eigentlich ganz gut eine englische Übersetzung gebrauchen könnte. Oder eine französische. Auf jeden Fall eine dem Autor angemessene Internationalität.

Gundelach fragte Werner Wrangel. Wie nicht anders zu erwarten: Wrangel wußte Rat.

Weißt du, sagte er, das ist ganz einfach. Ich kenne den Geschäftsführer eines deutsch-amerikanischen Verlages. Der veröffentlicht in New York immer mal wieder qualifizierte Arbeiten hiesiger Wissenschaftler. Wenn es sich um Angehörige unserer Universität handelt, unterstütze ich das zuweilen durch Druckkostenzuschüsse aus meinem Drittmittelfonds. Ganz legal, im Rahmen der Zweckbindung unserer Geldgeber.

Ich verstehe, sagte Gundelach. Man könnte gewissermaßen vom ersten wissenschaftlichen Werk des Ehrendoktors eurer Fakultät sprechen.

Man könnte nicht nur, erwiderte Wrangel. Man muß.

Wenig später begannen die Übersetzungsarbeiten für ›Towards the future‹. Specht war zufrieden, Wiener vermeldete der Presse, eine amerikanische Ausgabe des Spechtschen Bestsellers sei in Vorbereitung.

Auch für die zweite Idee lieferte Wrangel die Vorlage.

Im nächsten Jahr, sagte er, wird der MP doch fünfzig. Macht Ihr da was?

Wie – was? fragte Gundelach nicht eben intelligent.

Na, eine große Geschichte, um ihn zu ehren. Also, ich hab zum Beispiel vor, eine Festschrift für ihn herauszugeben. Das wird eine fulminante Sache, sag ich dir. Mit Beiträgen von Kohl, Strauß, Herrhausen und dem ganzen Who's who der Wissenschaft. Und keiner wird sich getrauen abzusagen, das geb ich dir schriftlich!

Ich glaub's auch so. Tolle Idee! Und wo erscheint die Festschrift?

Du kannst fragen! sagte Wrangel amüsiert. Natürlich in demselben Verlag, der ›Towards the future‹ druckt.

Oh, Werner ... Manchmal denke ich, wir sollen dich zum Chefpropagandisten machen. Ehrlich!

Du widersprichst dir selbst, antwortete der Professor streng. Das ist nicht gut. Laß mich im Hintergrund arbeiten, das ist mein Part. Ihr schießt an der Front, ich rücke nach. So führt man Krieg.

Krieg?

Krieg. Oder glaubst du, Ihr könnt Bonn im Spaziergang einnehmen?

Gundelach erinnerte sich, in einer Biografie gelesen zu haben, daß Werner Wrangel schon als Zwanzigjähriger Panzerkommandant gewesen war und an der Schlacht um Arnheim teilgenommen hatte. Der unbedingte, messerscharf vorausplanende Siegeswillen seines Mentors beschämte ihn.

Du mußt viel härter werden! Es war wohl doch etwas dran am Abschiedsgruß des anderen, verlorenen Gefährten.

Ob aber Specht selbst die notwendige Härte aufbrachte? Rücksichtslos, verletzend konnte er sein. Doch fast immer traf es Schwächere. Mut vor politischen Königsthronen hatte Oskar Specht bisher nur selten zeigen müssen. Wenn einer mal Ministerpräsident ist, gibt es auch nicht mehr viele Königsthrone über ihm; eigentlich nur noch einen ...

Spechts Fünfzigster! Daß er nicht selbst darauf gekommen war! Der ideale Anlaß für eine Biografie. Die einfachste Art, andere schreiben zu lassen und doch etwas fürs Nachweltgelüste des Chefs zu tun.

Gundelach nahm umgehend Kontakt zu Verlagen auf. Das Interesse war groß, die Ratlosigkeit, wer außerhalb der Staatskanzlei etwas Authentisches zuwege bringen konnte, allerdings auch. Noch während er grübelte, löste sich das Problem mit spielerischer Leichtigkeit. Ein erfolgreiches Autorengespann aus Köln, im Hauptberuf beim Fernsehen tätig, begehrte dringlich einen Termin.

Die Herren wollten ein Buch über Specht schreiben – oder über Biedenkopf. Den Bundespräsidenten, den Bundeskanzler und den SPD-Kanzlerkandidaten Johannes Rau hatten sie schon vermarktet. Mit respektablen Auflageziffern jeweils. Aus der Kohl-Reportage hatten sie gleich noch einen Fernsehfilm ›gemostet‹. Absolut professionell das Ganze.

Schon während des ersten Treffens sagte Gundelach zu. Er wußte, daß Specht diesem Angebot nicht widerstehen würde. Die ›Rahmenbedingungen‹ waren einfach zu gut: der nächstwichtige nach Präsident, Kanzler und Kanzlerkandidat zu sein, oder jedenfalls dafür gehalten zu werden! Vor Genscher und allen Bundesministern, vor Strauß und den übrigen Landesfürsten. Da war der Hinweis auf die drohende Alternative Biedenkopf nur Formsache.

Trotzdem erwähnte Gundelach das biografische Konkurrenzverhältnis sicherheitshalber, als er einen betont unterkühlten Informationsvermerk an den Ministerpräsidenten abfaßte. Und Specht tat so, als müßte er eine Menge Bedenken ausräumen, ehe er sich die Zustimmung abringen konnte. Das gehörte einfach zum Ritual zwischen ihnen.

Dann aber legten die Herren Autoren los. Sie forderten Reden und Adressen von ›Zeitzeugen‹ an, die sie zu befragen wünschten, und ließen sich etliche Gesprächs- und Begleittermine reservieren. Schließlich hatten sie Routine in dem Geschäft. Und Gundelach stellte belustigt fest, daß auch diese Profis Teile ihres Buchs durch Dritte schreiben ließen: Journalisten, die sich ein Zubrot verdienen wollten, Prominente, die den Auftrag, Specht zu charakterisieren, an ihre Referenten weiterreichten. ›Mosaiktechnik‹ nannten es die Herausgeber – eine Tarnbezeichnung für literarische Arbeitsteilung, die, fand Gundelach, zu merken sich lohnte. Sie klang nach Kunst und Mühsal und versprach doch rasche Resultate.

Mit diesen, seine Person und sein Wirken umkreisenden Projekten war Spechts Veröffentlichungsdrang fürs erste gestillt. Das Buch über ›High culture‹ wurde einvernehmlich auf spätere Zeiten verschoben. Es entstand nie, was Gundelach sich stets als Verdienst anrechnete. Je länger er mit Specht zusammenarbeitete, um so mehr kam er zur Überzeugung, daß es wichtiger war, Überspanntheiten zu bremsen, als in den Chor derer, die sie bejubelten, einzustimmen.

Im Juni starb Sören Tendvall.

Fast achtundachtzig war er geworden und zuletzt nur noch ein winziges, skelettiertes Menschenkind gewesen, dessen Geist sich schon zwischen den Zweigen seiner geliebten Parkbäume verflüchtigt hatte. In deren Wurzelwerk wünschte er verewigt zu werden, an einem nur durch einen granitgrauen Findling bezeichneten Fleck.

Trotzdem war die halbe Stadt auf den Beinen, als der Sarg in der Marienkirche aufgebahrt wurde.

Wiener und Gundelach nahmen am Trauergottesdienst teil. Specht hatte sich entschuldigen lassen.

Sie sangen: Lobe den Herrn, den mächtigen König der Ehren! und folgten unsicher der Liturgie. Klein unter dem hohen Kreuzgewölbe der Kirche stand der Sarg, und noch kleiner ruhte darin, was von Sören Tendvalls Erdentagen übrig geblieben. Gundelach hätte gerne gewußt, wie es jetzt um Tendvalls große, dunkle Augen bestellt war; Augen, die immer etwas mehr und durch die Menschen hindurch zu sehen schienen, bis sie zum Schluß ermattet waren von der Mühe, das störend Leibliche vor der Vision hinwegzublicken.

Ja, so isser, sagte Tom Wiener halblaut.

Wer? flüsterte Gundelach.

Er. Oskar.

Wieso? fragte Gundelach, dem die Erwähnung Spechts in diesem Augenblick, da alle Andacht dem Toten gebührte, unpassend erschien.

Heute hätte er doch wenigstens hier sein können, sagte Wiener und verwandte wenig Mühe darauf, die Stimme zu dämpfen. Das wäre doch das mindeste gewesen nach allem, was Sören Tendvall für ihn getan hat.

Naja, murmelte Gundelach. Schon, ja –. Aber nach dem Kladderadatsch der letzten Tage...

Die Seitenblicke der Nebensitzer auf der Kirchenbank genierten ihn.

Ach was, entgegnete Wiener laut und bestimmt. Oskar wär auch nicht gekommen, wenn er zu Hause in Filzpantoffeln rumsäße. Hat jemand ausgedient, interessiert er nicht mehr.

Pssst! sagte Gundelach und war froh, sich erheben und des Pastors Aufforderung zum Gebet folgen zu können.

Sie beteten: Der Herr ist mein Hirte, mir wird nichts mangeln.

Kaum saßen sie, fing Wiener wieder an.

Wenn man's zusammenzählt, sind es Hunderttausende, die Tendvall für ihn lockergemacht hat. Alles dafür, daß Specht jetzt dort steht, wo er ist.

Er sieht das wahrscheinlich anders, erwiderte Gundelach tonlos.

Er sieht gar nichts, sagte Wiener. Er sieht nur sich.

Wir haben uns zuletzt auch nicht mehr um Tendvall gekümmert, wandte Gundelach ein.

Aber wir sind hier und nehmen Abschied von ihm. Darum geht es. Um ein Minimum an Menschlichkeit und Anstand.

Wiener wollte in seinen Betrachtungen fortfahren, doch ein scharf gezischtes: Ganz recht, meine Herren, ganz recht!, dessen Urheber, ein älterer Herr in schwarzem Anzug, erbost den Kopf nach ihnen wandte, ließ ihn verstummen.

Sie beendeten die Zeremonie schweigend und trennten sich vor dem Kirchenportal.

Wiener war mit Dr. Gerstäcker verabredet. Gundelach durchquerte ziellos die Straßen. Die Erinnerung an Sören Tendvall lastete auf ihm. Erinnerung, die eine Nicht-Erinnerung an die letzten Monate war, in denen man ihm bedeutet hatte, daß weitere Besuche angesichts des raschen Verfalls des Moribunden zwecklos wären. Nur zu bereitwillig hatte er es akzeptiert: keine quälenden Sitzungen mehr, kein Feilschen um Programme und Texte, kein Vorspiegeln eines politischen Interesses, das über Eigennutz hinausreichte.

Doch jetzt, da er an den alten Patrizierhäusern emporblickte, die alle den stolzen, störrischen Geist überlebter Geschichte in sich trugen, wurde ihm bewußt, daß er Sören Tendvalls adeliges Menschsein vermißte. Und daß er mit dem Vorwurf leben mußte, im Unwahren vom ihm geschieden zu sein.

In der Ratsstraße wäre er fast mit einem schwarzgekleideten Mann zusammengestoßen, den er, um Entschuldigung bittend, verlegen als jenen wiedererkannte, der Wiener und ihn in der Marienkirche zurechtgewiesen hatte. Auch sein Gegenüber erinnerte sich sofort und versuchte, die Peinlichkeit zu mildern. Höflich verbeugte er sich und sagte: Ich hoffe, Sie verzeihen meine heftige Reaktion vorhin. Es war nur ... ich habe Herrn Tendvall sehr geschätzt.

Ich auch, sagte Gundelach. Nein, Sie hatten schon recht damit. Wir waren sehr laut.

Darf ich fragen ... Sie wollten nicht zufällig dem Tendvall-Haus einen Besuch abstatten?

Nein, erwiderte Gundelach verblüfft. Ich kenne kein Tendvall-Haus.

Nicht? Sie stehen direkt davor. Darf ich es Ihnen, um Vergangenes vergessen zu machen, kurz zeigen?

Entschlossenen Schrittes ging er voraus, öffnete eine schwere geschnitzte Tür und ließ Gundelach in eine geräumige Diele eintreten, die mit zwei wuchtigen, vorspringenden Mahagonischränken eingerichtet war.

Wäscheschränke aus dem späten 18. Jahrhundert, sagte der alte Herr erläuternd. Seinerzeit ein fester Bestandteil jedes vornehmen hanseatischen Bürgerhauses. Wir halten uns, bitte, rechts.

Es zeigte sich, daß der Führer, der sich unter nochmaligem Verbeugen als ›Plönersdorf‹ vorstellte, Verwalter eines kleinen Museums war, welches niemand anderer als Sören Tendvall gestiftet hatte.

Während der Kustos nun also mit einer zuweilen wunderlichen Mischung aus Sachkunde und altertümlich-geschraubten Redewendungen Ausstattung und Zweckbestimmung der einzelnen Räume vortrug, dabei sogar, weil man sich zwischen Rokoko und Louis-Seize bewegte, in ein norddeutsch-näselndes Französisch verfallend von ›Antichambre‹ und ›Cabinet‹ sprach, entstand vor Gundelachs Augen ein neues, sozusagen in die kulturelle Tradition seiner Vaterstadt eingepaßtes Bild Sören Tendvalls, das ihn in eine Reihe stellte mit jenen romanhaft verklärten Senatoren und Konsuln, über die eine eigene kleine Sammlung im Obergeschoß des Hauses literarisch Auskunft gab.

Und das, bemerkte Plönersdorf, als hätte er Gundelachs Gedanken erraten, mit erhobenem Zeigefinger und vor Ergriffenheit gerötetem Gesicht, obwohl noch der Urgroßvater des verehrten Verstorbenen nichts weiter gewesen ist als ein Ziegenhirt, der sich nicht einmal in die Nähe unserer Patrizierhäuser getraut hätte! Der Großvater hielt dann freilich schon einen Kutscher in Lohn und Brot und machte bedeutende Erfindungen, die den Reichtum der Familie begründeten. Niemand aber hat unserer Stadt mehr Gutes getan als der Urenkel jenes Ziegenhirten, und wenn Sie aus diesem Haus, das seinen Namen trägt, wieder hinaustreten und im Sonnenlicht etliche Kirchtürme der Stadt in hellem Gold erstrahlen sehen, so ist auch das sein Werk. Es ist, möchte ich meinen, ein Glanz, der sinnbildlich für ein großherziges Leben steht, das wirken und nicht blenden wollte. Sie werden verstehen – schloß er etwas unvermittelt –, daß mich die akustische Störung in Sankt Marien in einem Zustand tiefsten Schmerzes traf, der mich freilich nicht dazu berechtigte, Sie und Ihren Begleiter dergestalt zu rügen, was ich hiermit nochmals zu entschuldigen bitte.

Damit beendete Herr Plönersdorf die Führung und geleitete Gundelach zur Tür.

Der aber verharrte noch lange im Freien und schüttelte ungläubig den Kopf. Zwei-, dreimal entfernte er sich von dem Gebäude mit dem hohen, barocken Stirngiebel und kehrte, wie von einem Magneten angezogen, wieder vor die kleine Messingtafel zurück, auf der in schön geschwungener Schrift der vertraute Name leuchtete.

Schließlich mußte er sich sputen, um den Zug nach Hamburg und von dort das Flugzeug in die Heimat zu erreichen. Noch auf dem Bahnsteig aber überkam ihn die Idee, daß Sören Tendvall selbst, den man jetzt im Familienkreis zu Grabe trug, ihm Plönersdorf geschickt haben mochte, um ihrer beider Beziehung einen milden, versöhnlichen Ausklang zu gewähren. Ein Ausklang, dem ganz sicher eine Prise nachsichtigen Spottes über die Unwissenheit süddeutscher Überflieger beigemischt war; eine Idee aber auch, die sich bei der Ausfahrt des Zuges mit jedem Turm, der im klaren Sommerlicht aufschien, zu tröstlicher Gewißheit verdichtete.

Der Kladderadatsch, von dem zwischen Wiener und Gundelach im harten Gestühl des Gotteshauses die Rede gewesen war, war, bei Licht betrachtet, weit mehr als das. Eine Katastrophe hatte sich in den mittleren Junitagen ereignet, wieder eine in diesem düster prophezeiten Krisenjahr, und daß es vorderhand nur um einen politisch-regionalen und nicht um einen weltweit-ökologischen Schicksalsschlag ging, machte die Sache zwar für die Menschheit, nicht aber für den unmittelbar Betroffenen erträglicher.

Die Bankenfusion war mit lautem Knall geplatzt.

Man hatte Specht hintergangen, geleimt, sein Ruf als gewiefter Zahlen- und Menschenjongleur war ernstlich beschädigt.

Wenn Parteifreunde tagen, soll man nicht reisen. Diese einfache, in West und Ost gültige Regel hatte er sträflich mißachtet. Seinen Fuß in die europäische Kooperationstür setzend, war er mit etlichem Gefolge nach Lyon aufgebrochen, um dort eine gemeinsame Erklärung zu unterzeichnen, die das Land und die französische Region Rhône-Alpes zu einer zentraleuropäischen Technologieachse zusammenschmieden sollte. Freund Kiefer und ein frischgebackener Nobelpreisträger waren dabei und alles, was sich in Wirtschaft und Wissenschaft Rang und Namen beimaß, dazu Tom Wiener und eine ausgewählte Schar Journalisten (Gundelach lag mit Sommergrippe im Bett und ärgerte sich).

Mit Charles Beraudier, dem beliebt-beleibten Präsidenten der Region, saß man in Paul Bocuses Schlemmertempel zusammen, als der niederschmetternde Anruf aus der Landeshauptstadt eintraf, daß der Traum vom großen Bankenfressen fürs erste ausgeträumt sei. Mit der Stimme des Oberbürgermeisters hatte der Verwaltungsrat der mächtigen städtischen Girokasse beschlossen, bei Spechts Grand mit Vieren auszusteigen. Die Erbsenzähler hatten den Gourmet, der sich seines Erfolges sicher gewesen war, aufs Kreuz gelegt. Spechts Geringschätzung für Gremien – er hatte sie zumeist als führungsfixierte Kollektive kennengelernt – rächte sich. Auch parteipolitisch, denn der Verwaltungsrat galt eindeutig als CDU-dominiert. Nun lag offen zutage, daß die Treue maßgeblicher Parteifreunde zu ihrem Landesvorsitzenden nur eine sehr bedingte war.

›Wertberichtigung‹ überschrieben Wirtschaftsmagazine ihre schadenfrohen Kommentare, und sie bezogen sich nicht bloß auf Bankbilanzen.

Specht reagierte über die Maßen erzürnt und ließ jedermann wissen, daß der provinzielle Bankensektor künftig für ihn erledigt und gestorben wäre. Demonstrativ traf er sich nach dem Eklat mit Alfred Herrhausen und Sparkassenpräsident Geiger, um die Ebene kenntlich zu machen, derer er sich fortan bei geldpolitischen Gesprächen zu bedienen gedachte. Dennoch blieb niemandem auf Monrepos verborgen, daß es politisch höchste Zeit wurde, den Mißerfolgen, Mißstimmungen und Verdächtigungen der letzten Monate mit einer klaren, unzweideutigen Erfolgsmeldung Paroli zu bieten. Und wirklich: Kurz darauf landete Oskar Specht den allfälligen Coup, und er tat es mit Verbündeten, auf die mehr Verlaß war als auf hasenfüßige Pfeffersäcke.

Noch vor der parlamentarischen Sommerpause überraschte er das Kabinett vertraulich mit der frohen Botschaft, daß es ihm nach harten Verhandlungen gelungen sei, Daimler Benz zum Bau eines neuen PKW-Werks im Lande statt in Frankreich oder in Norddeutschland zu bewegen. Er ließ keinen Zweifel daran, daß die Konzernspitze ihre Entscheidung letztlich ihm zuliebe, und weil man sich dem Land eben doch auf besondere Weise verpflichtet fühle, getroffen habe.

Aber, sagte Specht, es war ein schweres Stück Arbeit, bis ich die soweit hatte, das kann ich euch sagen! Die Norddeutschen und auch die Franzosen haben unglaublich gute Konditionen für die Ansiedlung geboten! Das mindeste, was jetzt von unserer Seite kommen muß, ist natürlich, daß Daimler Benz nicht auch noch Geld in die Aufbereitung eines Geländes zu stecken braucht, das sie sonst überall fix und fertig erschlossen auf dem Tablett serviert bekommen.

Hundertzwanzig bis hundertvierzig Millionen werde die Erschließung schätzungsweise kosten, schloß Specht, auf diesen Preis habe er die Herren, die ursprünglich weit höhere Vorstellungen gehabt hätten, heruntergehandelt. Wenn man demgegenüber die Milliardeninvestition, die Folgeaufträge für den Mittelstand, die zusätzlichen Arbeitsplätze und die Steuermehreinnahmen rechne, sei es eines der besten Geschäfte, die das Land je getätigt hätte.

Das sah der Ministerrat genauso und beglückwünschte den Ministerpräsidenten emphatisch. Und auch die Vertreter der SPD- und der FDP-Fraktion, die Specht Anfang August zu sich lud, waren beeindruckt und teilten seine Auffassung, das Geld fließe im Endeffekt nicht einem reichen Konzern, sondern einem strukturschwachen Raum zu.

Die Pressemeldung, von Daimler Benz und der Staatskanzlei gemeinsam herausgegeben und günstig im publizistischen Sommerloch plaziert, schlug ein wie eine Bombe. Specht fuhr gestärkt und zufrieden in Urlaub.

Doch die Welt war nicht mehr wie früher.

Erst mäkelte der Mittelstand, einem Krösus, der hundert Millionen aus der Portokasse aufbringen könne, werde hintenrein geschoben, was jeder Handwerksbetrieb, der bauen wolle, selbst bezahlen müsse. Dann kamen die Naturschützer und beklagten den drohenden Verlust seltener Fauna und Flora. Als die Chefs der Oppositionsparteien aus den Ferien zurückkehrten, erklärten sie, ihre Stallwachen seien von Specht überrumpelt und unzureichend informiert worden. Danach verwahrte sich der Autokonzern öffentlich gegen die Unterstellung, man habe die Landessubvention zur Bedingung für die Standortentscheidung gemacht. Im Landtag mußte sich Specht gegen den Vorwurf, schlecht verhandelt oder lobbyistisch geschachert zu haben, verteidigen. Der Bundeswirtschaftsminister nahm Revanche für manche erlittene Kränkung und kritisierte die Subvention als unnötig und schädlich. Schließlich leitete die EG-Kommission in Brüssel ein Prüfungsverfahren ein, ob es sich bei alldem nicht um eine unzulässige Wettbewerbsverzerrung handle.

Specht stand auf einmal ziemlich allein. Mehr noch: Er hatte Stimmungen falsch eingeschätzt, Risiken übersehen, sich in der Standfestigkeit scheinbarer Verbündeter – wieder einmal – getäuscht. Seine Gereiztheit entlud sich an vielen; aber über niemandes Haupt heftiger als über dem seines Staatssekretärs.

Er fühlte sich von Wiener im Stich gelassen. Während er für die Bankenkonfusion Prügel bezog, für Daimler Benz die Kastanien aus dem Feuer holte, für den ›Wasserpfennig‹ mit Bauernverbänden und Industriebonzen stritt, reiste sein Pressechef zehn Tage lang durch die USA, eröffnete das Oktoberfest eines deutsch-amerikanischen Vereins nahe Los Angeles, dinierte mit Unternehmern in San Francisco und geruhte, in New York mit dem Vorsitzenden der Gouverneursvereinigung, Mr. Earl S. Mackey, zum politischen Meinungsaustausch zusammenzutreffen. Und tat das alles via Pressemitteilung dem deutschen Zeitungsleser kund, damit niemandem die Bedeutung dieser transatlantischen Ereignisse verborgen bliebe.

Nach seiner Rückkehr erhielt Wiener eine Abmahnung. Specht stellte ihn vor die Alternative, sich entweder auf die dienende Funktion eines Mitarbeiters zurückzubesinnen oder sein Amt zu quittieren. Sollte keiner glauben, ein Oskar Specht wäre nach ein paar Rückschlägen schon so geschwächt, daß man ihm auf der Nase herumtanzen könnte.

Lauf jetzt! Sonst kommst du noch zu spät!

Bernhard Gundelach gab seinem Sohn einen aufmunternden Klaps auf den Rücken.

Benny packte die Schultüte fester und hob die Schultern. Der ungewohnte Ranzen drückte. Noch immer aber stand er unentschlossen auf dem Bürgersteig, obwohl Heike seine Hand gefaßt hatte und ungeduldig zog.

Kannst du nicht doch mitkommen? fragte er. Nur so ne halbe Stunde vielleicht?

Ich hab's dir doch erklärt, Schatz. Grad heute muß ich wegfahren, zu einer wichtigen Sitzung. Gleich kommt der Wagen und holt mich ab. Ich hab ihn extra später bestellt, damit ich dir noch Tschüß sagen kann, an deinem großen Tag.

Ach, sagte Benny. Großer Tag ... Lesen kann ich schon, und rechnen auch.

Na hör mal, sagte Gundelach. Ich denke, du freust dich auf die Schule!

Nö. Hab ich das gesagt?

Nicht direkt ... Ich hab's aber fest angenommen, weil Mami mir immer davon berichtet hat, wie toll du ihr vorliest – und so.

Das ist was anderes. Das macht Spaß.

Hört mal, ihr Zwei, schaltete sich Heike ein. Wie wäre es, wenn ihr euch abends mal Zeit nehmen würdet für ein Schwätzchen? Ich habe keine Lust, im Dauerlauf zur Schule zu rennen.

Ein weißer Mercedes bog um die Ecke und rollte neben ihnen aus.

Siehst du, sagte Gundelach. Da kommt schon der Fahrer.

Na gut, sagte Benny. Dann eben nicht.

Der Fahrer stieg aus, grüßte und verstaute Gundelachs Aktentasche und den kleinen, blauen Koffer im Wagen.

Die Aktentasche auf den Rücksitz! rief Gundelach. Ich brauche sie unterwegs.

Also, tschüß, sagte Benny, ohne sich umzudrehen. Vielleicht bin ich noch wach, wenn du heimkommst.

Ich ... übernachte heute auswärts, weißt du? Aber morgen abend, bestimmt!

Sie waren schon einige Schritte entfernt.

Benny?

Er wollte einfach, daß sein Sohn noch einmal den Kopf nach ihm wandte.

Ja?

Soll ich euch bis zur Schule mitnehmen?
Au ja! Benny riß sich los und rannte auf ihn zu.
Heike holte ihn ein.
Kommt nicht in Frage, sagte sie scharf. Mein Sohn fährt an seinem ersten Schultag nicht mit Chauffeur vor.
Der Fahrer sah auf die Uhr. Benny senkte den Kopf. Gehorsam nahm er Heikes Hand. Die Schultüte berührte fast den Boden.
Gundelach stieg ein. Das letzte, was er von Benny sah, war das leuchtende Blau seiner neuen Jeansjacke.

*Zwölf Jahre,
um auf die andere Seite des Tischs zu gelangen*

Orkanböen, zerstörte Häuser, verwüstete Waldschneisen im Oktober. Vergiftetes Rheinwasser, massenhaft tote Aale und bäuchlings treibende Barben im November.
Ungestüm, bedrohlich, wie es begonnen, verstrich das Jahr.
Nach Tschernobyl hatte Landwirtschaftsminister Reiser im Radio allmorgendlich Becquerelgrenzwerte und Empfehlungen für den Verzehr von Gemüse, Milch, Fleisch und Eiern durchgegeben. Etliche Male mußte er sich danach wieder korrigieren, weil das Bonner Gesundheitsministerium Gegenteiliges verlautbarte. Seinem Ansehen bekam das nicht sonderlich gut. Jetzt, nach einem Lagerhallenbrand im Schweizer Chemiekonzern Sandoz, war der Rhein mit pestizidhaltiger Löschwasserbrühe vollgeschwemmt; und wieder stand Reiser im Kreuzfeuer. Er mußte eingestehen, über Hergang und Ausmaß des Desasters wenig bis nichts zu wissen. Die Schweizer mauerten und vertuschten. Tausende toter Fische trieben an der Wasseroberfläche und erklärten sich nicht.
Der Durcheinander, hätte Specht wohl gesagt, war riesengroß.
Doch Specht zeigte wenig Neigung, zu den Unfällen und Katastrophen, die übers Land hereinbrachen, überhaupt etwas zu sagen. Tote Fische schwimmen unterhalb der Erklärungspflicht eines Regierungschefs. Seine Richtlinienkompetenz setzte dort ein, wo es darum ging, grenzüberschreitende, computergesteuerte Umweltnetze für Wasser, Boden und Luft anzukündigen. Das klang gleich ganz anders – perfekt, zukunftsweisend, international. Im Landtag warf ihm die Opposition deshalb vor zu kneifen, wenn es brenzlig werde. Natürlich bestritt er das mit Vehemenz. Aber, dachte

Gundelach, es ist schon auffällig, wie einsam Reiser jedesmal dasteht, wenn etwas schiefgegangen ist.

Nicht das destruktive Wüten der Elemente, sondern eine mit kulturellen Arabesken konstruktiv angereicherte Außenpolitik war Spechts Element. Ende Oktober führte er das lang ersehnte Kamingespräch mit Margret Thatcher, drei Wochen später war er bei Österreichs Bundespräsident Waldheim und Kanzler Vranitzky zu Gast. Er flog in einem von Stierle gechartertem Privatjet nach Wien, mit kunstverständiger Begleitung. Der unentbehrliche Wolfgang Bönnheim war dabei und die Ballettdirektorin, deren Compagnie gerade auf Vermittlung Spechts die ›XXX. Berliner Festtage‹ der DDR durch eine Premiere beglänzt hatte. In Wien erwartete die Reisegruppe, zu der auch Staatssekretär Wiener zählte, neben politischen Repräsentanten eine Galeristin, die mit Stierle eng befreundet war und ihre neueste Vernissage durch Prominenz aufzuwerten wünschte.

Auch international ließ sich also Gutes mit Schönem verbinden. Erst recht, seit Specht nun noch der Titel des deutsch-französischen Kulturbeauftragten schmückte. Die Vorbereitungen zum Antrittsbesuch bei Staatspräsident Mitterrand und Premierminister Chirac liefen bereits.

Gundelach sah in diesen Ausflügen ein Ventil, mit dem Oskar Specht den Überdruck hypochondrischer Unlustgefühle, die nach den Fehlschlägen der jüngsten Zeit von ihm Besitz ergriffen hatten, auszugleichen suchte. Um sich selbst wieder zu motivieren, mußte er ab und zu der heimatlichen Enge entfliehen. Wo Geld keine Rolle spielte und Fantasie sich ausleben durfte, sollte ihm jene Selbstgewißheit neu zuwachsen, die im mäkeligen politischen Umfeld mürbe zu werden begann.

Es gelang nur unvollkommen. Er stand sich selbst im Weg. Seine wesensgemäße Vorliebe für Schwarzweißmalerei, die ihm rhetorisch griffig und plakativ-witzig formulieren half, verführte ihn, die Welt so cassandrisch zu sehen, wie er sie dem Publikum schilderte. Der Staat – reformunfähig. Die Gesellschaft – ein Haufen Egoisten. Die Konjunktur – kurz vorm Kippen. Der Kanzler –.

Störrisch wie ein enttäuschtes Kind übertrug Specht die Schatten seiner Seelenlage aufs politische Panorama. Und wie bei jeder Wendung, erwartete er auch hierbei unbedingte Gefolgschaft.

Er bekam sie. Dem Kabinett bereitete es keine Mühe, die neue, grau-in-graue Periode des Meisters mit einem hübschen kulturpessimistischen Passepartout zu unterlegen, so wie man es, als die Grundstimmung noch rosa gewesen, mit erfolgsgesättigten Hurrameldungen gehalten hatte.

Der Finanzminister erhob homerische Klagelieder über die Ungerechtigkeit des Länderfinanzausgleichs, der Kultusminister gefiel mit psychosozialen Studien über die Erziehungsunfähigkeit der Eltern, der Innenminister erging sich in apokalyptischen Visionen angesichts des wieder wachsenden Zustroms von Asylbewerbern, der Justizminister brauchte nur auf die laufenden Parteispendenverfahren zu verweisen .... . Eine endzeitlich getönte Färbung zeichnete nicht nur das Laub im Park von Monrepos.

Wollte Specht seinem ins kollektive Ungemach behaglich eingebetteten Weltschmerz besonders frönen, kokettierte er auch schon mal mit der Möglichkeit, zurückzutreten und ›was ganz Neues‹ zu beginnen.

Man muß sich das mal vorstellen, sagte er dann elegisch. Ich bin noch nicht fünfzig und nach dem Johannes Rau schon der dienstälteste Ministerpräsident ... Doch, doch – Strauß kam nach mir. Wenn ich heute zurücktrete, krieg ich fünfundsiebzig Prozent meines Gehalts. Ich arbeite also für fünfundzwanzig Prozent, und wenn man das nachrechnet ist's weniger wie ein kleiner Regierungsrat verdient. Da darfst du eigentlich gar nicht drüber nachdenken ....

Irgendwo wird man müde, bestätigte Müller-Prellwitz, der sich zur Unterstreichung seines erschlafften Zustands noch breiter auf den Kabinettstisch fläzte, als er das ohnehin zu tun pflegte. Schau dir demgegenüber die Gehälter in der Wirtschaft an ... Und das Schlimmste ist, daß du dich für das bißchen, was du kriegst, auch noch pausenlos öffentlich entschuldigen mußt. Politik ist bald nur noch für Oberstudienräte interessant – und so sieht sie dann auch aus!

Genau das ist der Punkt, nickte Specht. Die guten Leute wandern aus der Politik ab, und was nachkommt, kannst du vergessen. Sieh dir doch bloß an, was in unserer Fraktion – und bei den anderen ist's ja noch schlimmer – los ist. Da weißt du doch schon alles. Und Deusel ist halt auch nicht der Mann, der Leute mitreißen und motivieren kann, junge gleich gar nicht. Wenn du heut wirklich noch was gestalten willst, mußt du zu einer internationalen Organisation gehen, am besten außerhalb Europas, nach Südostasien ...

Wir bitten, sagte Finanzminister Dr. Kramer mit feinem Lächeln und ebensolchem Gespür für den auffordernden Charakter bestimmter Stichworte, wir bitten den Ministerpräsidenten aber doch herzlich, etwaige Abwanderungsgelüste noch ein Weilchen zu verschieben. Er wird bei uns nämlich dringender gebraucht als in Asien!

Dann schmunzelte Specht versonnen und ein wenig spöttisch, und die Runde war froh, ihn schmunzeln zu sehen.

Die stumm beiwohnende Beamtenkulisse hingegen zeigte wenig Neigung, Spechts selbstverliebten Mollgesängen nachzupfeifen. Anders als ihr dem Alltag überhobener Vormann wußte sie genau, daß jedes aus der Zentrale nach außen dringende Krisensymptom zu einer Schwächung ihrer Position gegenüber den Ministerien führte. Das solidarische Mitleiden der Minister war in ihren Augen lediglich eine trickreiche Variante des immerwährenden Bestrebens der Ressorts, den eigenen Spielraum gegenüber der Staatskanzlei auszubauen. Und wer hätte den Mechanismus dafür besser gekannt als der angeblich so müde Kultusminister oder der die Geschicke des Finanzministeriums lenkende Günter Bertsch!

Auch Gundelach machte sich Sorgen. Gewohnt, von einer Spechtidee zur nächsten gehetzt zu werden, verunsicherte ihn das Ausbleiben genialisch-spontaner Entwürfe mehr als jeder noch so krause Gedankensprung, dessen behutsames Abfedern Stand der staatskanzleilichen Umsetzungstechnik war. Als Leiter der Grundsatzabteilung und Spechts Vertrauter fühlte er sich gefordert, der aktuellen Formschwäche des Ministerpräsidenten zu begegnen.

Das darf ja wohl nicht wahr sein, dachte er, daß jetzt, anderthalb Jahre vor der Landtagswahl, bei Specht der große Frust ausbricht!

Also ging er mit seiner Abteilung in Klausur, und als sie die Abgeschiedenheit ihres Tagungsorts, eines Waldhotels, verließen, hatten sie einen Fahrplan ausgearbeitet, um den Ministerpräsidenten wieder mehr auf die Probleme des Landes zu fixieren.

Der Grundgedanke war einfach. Alle Regionen des Landes sollten einer ›Strukturanalyse‹ unterzogen werden. Den theoretischen Teil lieferten die Beamten, den praktischen die Politiker. Aufbauend auf einem Situationsbericht, in dem alle wichtigen sozialen und wirtschaftlichen Kennziffern der Region aufgelistet waren, erhielt jedes Kabinettsmitglied eine Art Pflichtenheft für Gespräche und Besuche vor Ort. Bevor die Minister und Staatssekretäre ihre Inspektionsreisen antraten, verkündete Regierungssprecher Wiener das Programm. Wenn sie pro Tag drei bis vier Termine absolvierten, kamen gut und gerne fünfzig Visitationen zusammen. Zum krönenden Abschluß fand dann, im Zentrum des politisch durchpflügten Terrains, eine Kabinettssitzung unter Leitung des Ministerpräsidenten statt, auf der alle regionalen Probleme erörtert und konkrete Beschlüsse zur Abhilfe gefaßt wurden. In einer nachbereitenden Aktion hatten die Ressortchefs zwei bis drei

Monate später an Ort und Stelle zu überprüfen, wie es um die Realisierung ihrer Zusagen bestellt war.

›Regierung auf Rädern‹ nannte Gundelach dieses Konzept. Andere sprachen respektlos von Ministerverschickung. Bei insgesamt zehn Regionen und einer durchschnittlichen ›Bearbeitungsdauer‹ von drei bis vier Wochen konnte man, die Ferienzeiten ausgenommen, während des ganzen Jahres 1987 öffentlichkeitswirksam unterwegs sein. Natürlich handelte es sich in den meisten Fällen um Termine, die auch ohne das neue Konzept stattgefunden hätten. Aber jetzt galten sie als Teil einer Gesamtstrategie, mit der das Land politisch vermessen wurde. Das hinterließ einen ungleich nachhaltigeren Eindruck.

Das Fundament für die nächste Landtagswahl war damit lange vor dem eigentlichen Wahlkampf und früher, als die Opposition es ahnte, gelegt. Und die Staatskanzlei bekam ein einzigartiges Kontrollinstrument an die Hand: In regelmäßigen Abständen mußten die Ministerien fortan über ihre Arbeit berichten und die Terminpläne ihrer Chefs, zum Zwecke der Koordinierung, offenlegen.

Oskar Specht war von dieser Strategie sofort angetan. Sie enthielt genügend Elemente, die ihn reizen konnten: kontinuierliche öffentliche Resonanz, Minister und Staatssekretäre, die wie eine Vorhut durchs Land preschten und ihm Meldung erstatteten, ein Pressesprecher, der handwerklich saubere Basisarbeit leisten mußte, eine Opposition, die kalt erwischt und eine CDU-Fraktion, deren eigene Wahlkreisarbeit publizistisch in den Hintergrund gedrängt wurde.

Nur in einem Fall verweigerte er seine Zustimmung. Die zehnte und letzte Regionalbereisung sollte dem Ballungsraum rund um die Landeshauptstadt gelten. Gundelach hatte vorgesehen, aus diesem Anlaß eine Stadt-Umland-Konferenz ins Leben zu rufen. Sie sollte Lösungen für einen besseren wirtschaftlichen Interessenausgleich der benachbarten Kommunen erarbeiten. Damit, so sein Kalkül, hätte man zugleich den ersten inhaltlichen Schwerpunkt für die nächste Legislaturperiode setzen können.

Specht bestritt die Notwendigkeit nicht, den Finanzproblemen der Hauptstadt und der industriellen Abhängigkeit ihres dichtbesiedelten Umfelds mehr Aufmerksamkeit widmen zu sollen. Aber sein Verhältnis zum Oberbürgermeister war seit der geplatzten Bankenfusion getrübt. Umgekehrt zeigte sich der Rathauschef gegen Spechts kulturpolitische Einmischungen zunehmend dünnhäutig. Beide konnten und wollten derzeit nicht miteinander.

Es ist zu früh, sagte Specht. Später. Das machen wir später.

Das Kabinett akzeptierte die Planungen lustlos, aber ohne ernsthafte Gegenwehr. Müller-Prellwitz knurrte ein wenig, doch meinte Gundelach, noch aus seinem Knurren einen Unterton professioneller Anerkennung herauszuhören. Möglich, daß sich der Kultusminister an die Kreisbereisungen erinnert fühlte, die unter seiner Regie erfolgreich inszeniert worden waren. Oder nahm er, wie seine Kollegen auch, befriedigt zur Kenntnis, daß die Wahlkampflokomotive Specht nun wieder mehr auf inländischen Gleisen unter Dampf stehen sollte. Das war schon ein Stück politisches Landfahrertum wert.

Gleichsam gegenläufig zur politisch angerateten Wiederentdeckung heimatlicher Parzellen machte sich Spechts Buch auf den Weg in die weite Welt. Freilich: anders als daheim, war es ein schwieriges Geschäft. ›Towards the Future‹ erschien in New York, doch der amerikanische Markt reagierte nicht so, als hätte er auf die Visionen eines deutschen Governors dringlich gewartet. Mit Hilfe der Tendvall-Stiftung, die seit kurzem über einen transatlantischen Ableger verfügte, und Spechts Verbindungen gelang es immerhin, in universitären Kreisen der Ostküste gemäßigtes Interesse hervorzurufen. Amerika, so zeigte sich wieder einmal, war selbst für einen wie Oskar Specht ein paar Nummern zu groß. Aber es gab ja noch andere Weltmächte.

Auf der Frankfurter Buchmesse, die er als Erfolgsautor besuchte, begegnete Specht durch Wrangels Vermittlung einem alerten chinesischen Übersetzer, der sich umgehend erbot, das ›für alle Chinesen sehr wichtige Werk‹ im Pekinger ›Aufbau‹-Verlag herauszubringen. Specht reagierte erfreut und übertrug die weiteren Verhandlungen Gundelach.

Der merkte schnell, daß Herr Zhiang Hui-wen im Umgang mit Kapitalisten bei Gott kein heuriger Hase war.

Die Marktwirtschaft in der Volksrepublik, sagte Herr Zhiang mit bedauerndem Augenaufschlag, sei leider noch nicht so weit entwickelt, daß man auch bei außerordentlich bedeutsamen Produkten allein auf das Zusammenspiel von Angebot und Nachfrage vertrauen könne. Darum werde es sich nicht vermeiden lassen, für die Druck- und Vertriebskosten und für seine eigenen Aufwendungen einen bescheidenen, natürlich ausschließlich an den Selbstkosten orientierten Zuschuß zu benötigen, dessen Kalkulation er selbstredend genauestens offenlegen werde.

Dann nannte er einen fünfstelligen Betrag und die Kontonummer einer Pekinger Bank.

Als Gundelach ablehnte, erklärte Herr Zhiang, keineswegs irritiert, die Angelegenheit lasse sich auch anders regeln. Er habe sich, wie der hochgeschätzte Professor Wrangel ja wisse, auf Einladung hiesiger Universitäten bereits mehrfach in Deutschland aufgehalten, um seine Sprachkenntnisse zu verbessern. Wenn man ihm einen mehrwöchigen Studienaufenthalt in der Bundesrepublik finanziere, werde das der Qualität der Übersetzung außerordentlich zugute kommen, da etliche vom Autor verwendeten Fachbegriffe in keiner chinesischen Bibliothek zu finden seien und deshalb eingehender Diskussionen, am besten mit einem kompetenten Ökonomen, bedürften. Dabei heftete er seine Blicke kindlich-unbefangen auf Professor Wrangel.

Wieder wollte Gundelach abwinken. Doch Wrangel erklärte, er halte diesen Weg im Rahmen der bestehenden akademischen Austauschprogramme für gangbar und werde umgehend mit Professor Diderichs reden.

Worauf Herr Zhiang die Adresse einer Pekinger Hochschule aus der Tasche zog, an welche die Einladung zu richten sei, und seinen Terminkalender nach der nächstmöglichen Reisegelegenheit befragte.

So erfuhr die ›Wende nach vorn‹ eine – wie immer geartete – ostasiatische Verbreitung, die später sogar auf Nordkorea und Vietnam ausgedehnt wurde, weil deren Staatsverlage gewohnheitsmäßig nachdruckten, was der ›Aufbau‹-Verlag in Peking herausbrachte.

Der Himmel mochte wissen, was die Söhne Ho Tschi Minhs mit dem Idealbild einer deutschen Versöhnungsgesellschaft anfangen konnten.

Bedienen wir uns – die wir lange geschwiegen und des Assessors Gundelach zähen, windungsreichen Aufstieg bis zu diesem Punkt in stummer Zeugenschaft beigewohnt haben – der einfachen Möglichkeit, die Zeit zu beschleunigen und ein Jahr im Fluge zu betrachten, so wie Oskar Specht es zuweilen mit den zahllos wechselnden und sich am Ende doch immer gleichenden Landschaftsbildern tat, die er aus flüchtiger Reisehöhe nach einfachen, vertrauten Erkennungsmustern abzusuchen schien: so sehen wir, daß beinahe alles, was in den Jahren zuvor sich angedeutet hatte, seine bestimmungsgemäße Fortsetzung fand; daß aufging, was lange gekeimt, und abstarb, was lange gewelkt hatte, ohne daß es dazu noch einer großen, merklichen Erschütterung bedurft hätte ... Denn insgesamt verlief dieses Jahr im äußeren

Ablauf eher ereignisarm, als müsse nun ausgetragen werden, was das vergangene Zeugungsgeschehen bewirkt hatte.

Die ersten Tage des Januars verbrachten Oskar Specht und Tom Wiener fernab vom klirrenden Frost der nördlichen Hemisphäre auf einer Luxusyacht in der Karibik. Ein reicher, kränkelnder Industrieller hatte sie eingeladen. Während Specht schon nach kurzer Zeit die Nase voll hatte und froh war, in die heiße Phase des deutschen Bundestagswahlkampfs entfliehen zu können, kostete Wiener die Traumreise aus. Und wo Specht über die Misanthropie seines Gastgebers entnervt Klage führte, schilderte Wiener den bonvivanten Lebensstil, den ein großes Vermögen gestattet, voll wehmütigen Bewunderns. Nach mehr als zwei Wochen Südseeromantik ins winterlichstrenge Hinterland zurückgekehrt, empfand er die Verhältnisse hier, wie er Gundelach anvertraute, als eng und kleinkariert, und nahm die Politik und deren Repräsentanten davon keineswegs aus.

Fortan entwickelten sich die Dinge immer schneller und entschiedener auseinander. Daß die Landes-CDU bei der Bundestagswahl vom 29. Januar 1987 auf 46 Prozent absackte und alle Welt bereits über das bevorstehende Ende seiner Alleinregierung spekulierte, schien Specht gerade jenen Kampfeswillen wiederzugeben, der an ihm zuletzt so schmerzlich vermißt worden war. Er verschärfte die Tonart seiner Angriffe gegen Bonn und lehnte alle Anbiederungen der FDP, die sich bereits als künftiger Koalititonspartner wähnte, brüsk ab. Im Mai entzog er dem unglücklichen Reiser kurzerhand einen Teil seiner Zuständigkeiten und schuf ein neues Umweltministerium, zu dessen Leiter er einen ehrgeizigen Oberbürgermeister berief. Das war zwar ungerecht, aber wirkungsvoll. Die Regionalbereisungen absolvierte er exakt und diszipliniert. Seine Auslandsaufenthalte konzentrierten sich auf europäische Nachbarländer und machten wirtschaftspolitisch Sinn.

Mit Verwunderung und Sympathie vermerkte die Presse, Specht habe die Lust am Landespolitischen wiedergefunden.

Wiener dagegen schlingerte. Er wußte – jeder Tag zeigte es ihm deutlicher –, daß er den dominierenden Einfluß auf Specht endgültig verloren hatte. Auch nach außen ließ es sich nicht mehr verheimlichen. Wolfgang Bönnheim stieg in den engsten Beraterkreis auf und führte, unbekümmert um ministerielle Kompetenzen, kulturpolitische Verhandlungen, vom Erwerb zeitgenössischer Kunstsammlungen bis zum Bau einer Theaterakademie. Nach Moskau und Leningrad flog er als Spechts Sonderbeauftragter und verabredete Gastspielreisen und ›Joint Cultures‹.

Seine Begabung, Spechts technologisches Lieblingsvokabular bruchlos ins Bühnenfach zu transponieren, war beängstigend groß. Selbst in der Fähigkeit zur Plakation hatte Wiener jetzt einen Ebenbürtigen gefunden. Nirgends war er mehr unersetzlich. Ohne das Bewußtsein aber, einem anderen so zu Diensten sein zu können, daß aus der eigenen Aufopferung eine exklusive Abhängigkeit des Größeren resultierte, schien seine Identität zerbrechlich wie Glas. Fehlte diese Zweierbeziehung, in der sich seine Psyche sogar noch im Leiden an der Gewißheit einer symbiotischen Schicksalsgemeinschaft aufrichten konnte, lagen seine besten Talente brach. Denn Wieners besondere Gabe war nicht, etwas Außergewöhnliches zu können, sondern es zu sein: das kleine Ebenbild eines großen Gegenüber. Entzog sich der, traf es ihn, den Zulebenden und nicht bloß Zuarbeitenden, ins Mark.

Das war ihm jetzt geschehen. Immer öfter saß er in seinem Eckzimmer, das mit einer schwarzrotgoldenen Fahne pathetisch drapiert war, und wartete vergebens darauf, gerufen zu werden. Weniger als zehn Meter Entfernung trennten ihn von Spechts Arbeitszimmer. Aber der Abstand zwischen ihnen wuchs mit der Schnelligkeit eines vorbeibrausenden Zuges, der das am Rande liegende Bahnwärterhäuschen hinter sich läßt.

Irgendwann im Frühjahr entschloß er sich, ein Landtagsmandat anzustreben. Es war der letzte, verzweifelte Versuch, Specht an seine Seite zu zwingen. Als Mitglied der CDU-Fraktion hätte er mehr politisches Gewicht besessen und Specht vor die Alternative stellen können, entweder weiter mit ihm zu regieren oder aber einen gefährlich gut informierten Gegenspieler im Parlament fürchten zu müssen.

Specht tat nichts, um Wieners Kandidatur zu stützen. Schweigend, die Lippen zusammengepreßt und die bleiche Stirn gekerbt, ließ er den Freund in eine Falle laufen, die er nicht gebaut hatte, zu deren Beseitigung er aber ebensowenig beitrug. Er sah zu, wie sich Wiener, der in der Provinz dank seiner Position noch leidlich gute Chancen für eine Nominierung besessen hätte, in der Landeshauptstadt bewarb – und einbrach. Ein unbekannter Wirtschaftsprüfer schlug ihn haushoch. Die urbane Parteibasis will entweder den Ersten oder einen Hoffnungsträger – aber keinen, dessen Vollmacht nur abgeleitet ist.

Keinen Finger hat Specht für mich gerührt, brach es aus Wiener heraus, als Gundelach ihn nach der Schlappe aufsuchte. Er wirkte aufgelöst und gealtert. Dem Jüngeren fiel sowenig Tröstendes ein wie bei einem Kondolenzbesuch.

Keinen Finger ... wiederholte er. Zum ersten Mal in fünfzehn Jahren hätte er wirklich etwas für mich tun können. Nichts. Absolut nichts ... Es kotzt mich an.

Das ist allein Toms Angelegenheit, bedeutete Specht dem erschrockenen Gundelach knapp. Wer sich auf dieses Feld begibt, muß wissen, was er tut.

In den folgenden Monaten fehlte Wiener des öfteren. Saß er im Büro, telefonierte er noch häufiger als sonst oder las den Wirtschafts- und Börsenteil überregionaler Zeitungen. Das Pressegeschäft versah er routiniert, aber lustlos.

Im Herbst erschien die Specht-Biografie des cleveren Autorengespanns. Sie erregte auch deshalb Aufsehen, weil die Rechercheure viele Details über eine zerbrochene Aufstiegsgemeinschaft zusammengetragen hatten. Kurz darauf begannen die Vorbereitungen zum fünfzigsten Geburtstag des Ministerpräsidenten. Wrangels tausendseitige Festschrift für Oskar Specht kam pünktlich in die Buchläden. Von Helmut Kohl bis Franz Josef Strauß und Alfred Herrhausen waren alle, die er um Mitwirkung gebeten hatte, mit lobenden Beiträgen vertreten. Wrangel hatte wie immer ganze Arbeit geleistet. Im September erhielt Gundelach seine Ernennungsurkunde zum Ministerialdirigenten. Wenig später holte Specht seinen früheren Persönlichen Referenten Mendel, den er im Tausch gegen Zwiesel strafversetzt hatte, wieder in die Staatskanzlei zurück. Er brauche Mendel, um die Fülle internationaler Kontakte und die Reisen besser als bisher koordinieren zu können, erklärte er den konsternierten Abteilungsleitern. Früher war das Wieners Aufgabe gewesen. Jetzt hatte Specht ihn nicht mal mehr befragt.

An einem regnerischen Oktobertag rief Tom Wiener Gundelach wiederum zu sich. Sein Schreibtisch war aufgeräumt wie immer in letzter Zeit.

Es ist soweit, sagte er. Ich gehe.

Er stand an der Glastür, die zu einem Balkon führte, als beobachte er das Aufspritzen der Tropfen in den Pfützen.

Ich werde Direktor für Öffentlichkeitsarbeit bei Daimler Benz, sagte er, ohne sich umzudrehen. Für den ganzen Konzern, weltweit. Eine fantastische Aufgabe, sage ich Ihnen, eine unglaubliche Herausforderung. Gleich unterhalb der Vorstandsebene. Ich hab mit Edzard Reuter selbst verhandelt und werde ihm direkt zuarbeiten. Und von dem Gehalt können Sie bloß träumen. ... Als ich meinem Sohn davon erzählte und ihn fragte, ob ich's machen soll, wissen Sie, was er gesagt hat? Papa, wat frachste da noch, hat er gesagt.

Eine Pause trat ein. Wieners Aufmerksamkeit galt noch immer dem Regen.

Glückwunsch, sagte Gundelach schließlich. Und der MP weiß Bescheid?
Der MP weiß Bescheid, ja ...

Mit einem abrupt einsetzenden und ebenso endenden Schwung drehte sich der Staatssekretär um.

Wenn er ein Wort gesagt hätte, flüsterte er. Wenn er nur ein Wort gesagt hätte! Nur das Wort: Bitte! Ich wäre geblieben, ich wäre in alle Ewigkeit geblieben.

Gundelach konnte Wieners verletztem Blick nicht standhalten. Er schloß die Augen und sah Spechts verhärtetes Gesicht, den scharfen, abweisenden Mund, die durchschnittene Stirnmauer, die keinem Gefühl erlaubte, sich ihr zu nähern.

Wahrscheinlich hatte Specht gesagt: Du mußt wissen, was du tust, und mit den Schultern gezuckt.

Erst als ihm schwindlig wurde, öffnete er die Augen wieder. Wiener saß in seinem Sessel und tat geschäftig.

Ich muß mich jetzt natürlich um einen Haufen Kleinkram kümmern, sagte er. Die ganzen Fragen der Überleitung aus dem öffentlichen Dienst in die Privatwirtschaft und so. Trotzdem werde ich meinen Job hier bis zum letzten Tag machen, ganz klar. Deshalb darf auch noch nichts nach außen dringen. Einfach business as usual, Pressekonferenzen, die Regionalbereisungen, all der Scheiß. So ist's mit dem MP auch abgesprochen. Sie halten absolut dicht, ja?

Natürlich, sagte Gundelach. – Wann gehen Sie?

Zum Jahresende. Anfang Dezember geben wir's bekannt, dann nehm ich meinen restlichen Urlaub, und das war's dann.

Träumer, dachte Gundelach. In spätestens einer Woche weiß es alle Welt.

Da Wiener zum Telefonhörer griff, fühlte er sich entlassen. Dennoch zögerte er, sich zu verabschieden.

Es tut mir wirklich leid, sagte er. Wir werden Sie vermissen. Und Specht –.

Jaja, schon gut, sagte Wiener. Ich bin etwas in Eile. Übrigens: Über meine Nachfolge haben wir nicht gesprochen.

Er macht's einem leicht, dachte Gundelach. Und wußte nicht, ob er sich freuen oder ärgern sollte.

Nach wenigen Tagen stand die Neuigkeit in den Zeitungen. Tenor der Kommentierung: Nun werde es für Oskar Specht noch schwerer, die nächsten Wahlen zu gewinnen. Und es werde einsam um ihn, nachdem sich der letzte Freund aus seiner unmittelbaren Umgebung zurückziehe. Tom Wieners Diktion war in der Berichterstattung unverkennbar. Das glaubten die Journalisten ihrem langjährigen Duzkumpel, auch wenn sie ihn zuletzt eher bemitleidet als bewundert hatten, schuldig zu sein.

Specht reagierte zunächst nicht. Im Haus wagte niemand, ihn auf die Nachfolge anzusprechen. In der Gerüchteküche aber brodelte es. Auch die Medien ergingen sich in Spekulationen, und immer rangierte Gundelach, der Chef-Ghostwriter, der politische Berater, unter den engsten Anwärtern.

Sein Name tauchte jetzt des öfteren auf, er wurde zeilenweise öffentlich.

Gundelach las die Berichte mit einer merkwürdigen, ihm selbst nicht ganz erklärlichen Distanz. Vielleicht wollte er sich davor schützen, enttäuscht zu sein, wenn Spechts Wahl auf einen anderen fiel? Eigentlich rechnete er nicht damit, berufen zu werden. Warum gerade er? Karrieren, von denen man in der Zeitung las, waren immer fremde Karrieren, Lebensläufe Dritter, für die eigene Person ohne Belang. Die Vorstellung, es könnte nun gegen alle Regel ihn selbst betreffen, hatte etwas Irreales.

Und außerdem wußte er nicht, wie Heike eine solche Entscheidung aufnehmen würde. In letzter Zeit sprach sie nicht mehr viel mit ihm. Gerade war sie mit dem Zug nach Hamburg gefahren, wo sie eine Woche in ihrer Uhlenhorster Wohnung verbringen wollte. Benny war dabei, er hatte Herbstferien.

Gundelach vermißte seine Frau und seinen Sohn. Er lag nachts wach und fühlte sich elend. Aber er wußte, daß er auch nach ihrer Rückkehr die richtigen Worte für seine Gefühle nicht finden würde. Eisbrecher-Worte hätte er gebraucht, doch die standen ihm nicht zur Verfügung.

Bücher, dachte er bitter, kannst du schreiben, aber eine einfache Bitte kriegst du nicht hin. Sowenig wie Specht es gegenüber Wiener vermocht hat … Vielleicht habe ich inzwischen viel mehr von Specht übernommen als ich weiß, und merke es gar nicht mehr. Wenn ich dann noch sein Sprecher würde, stünde für Heike wohl endgültig fest, daß mir an ihr nichts mehr liegt.

Wenigstens das muß ich vermeiden, nahm er sich vor. Und wünschte sich, erst gar nicht in diesen Erklärungszwang zu geraten.

Nachts wünschte er sich das. Nachts spielte er auch mit seinem Sohn und half ihm bei den Hausaufgaben. Nachts, wenn er allein lag, nahm er seine Frau in den Arm.

Anfang November bat Specht Gundelach, ihn nach Bonn zu begleiten. Der Anlaß – Bundesratssitzung, abends Treffen mit der Landesgruppe der Abgeordneten – war eher zweitrangig. Gundelach ahnte, was kommen würde. Es war schon kurz vor Mitternacht, als Specht ihn im Gästehaus der

Landesregierung zu einem Glas Bordeaux auf sein Zimmer lud und übergangslos fragte, ob er Wieners Nachfolge antreten wolle.

Ich denke, sagte Specht, das wird kein großes Problem für Sie. Der Tom hat immer ein Riesentamtam um seine Pressearbeit gemacht, als ob sich's dabei um eine furchtbar schwierige Sache handeln würde. Das ist eine Weile ganz lustig, aber mit der Zeit ist es sogar den Journalisten auf die Nerven gegangen. Die wollen Sachinformationen und Zusammenhänge, und das ist auch für mich das wichtigste, damit die Leute sehen, die Politik, die der Specht macht, ist in sich schlüssig und greift ineinander, Wirtschafts- und Technologiepolitik, Struktur- und Kulturpolitik, Sie kennen das ja. Deshalb ist es auch gut, wenn Sie weiterhin Leiter der Grundsatzabteilung bleiben, so können Sie sich immer auf dem laufenden halten und haben einen personellen Unterbau, der Ihnen zuarbeitet. Und mit den Journalisten kommen Sie zurecht, da hab ich keinen Zweifel. Die Pressestelle wird Sie loyal unterstützen. Ich denke, wir versuchen's mit dieser Konstruktion erst mal bis zu den Wahlen, danach sehen wir weiter.

Ja, antwortete Gundelach benommen und wußte nicht, ob Specht auf die Eingangsfrage, von der er sogleich perspektivisch vorangeschritten war bis zur möglichen Beendigung des noch gar nicht begonnenen Verhältnisses, überhaupt eine Antwort erwartete.

Ja, vielen Dank, Herr Ministerpräsident. Ich bedanke mich für das Angebot, und ich traue mir die Aufgabe auch zu. Ein Hexenwerk ist es sicher nicht, Regierungssprecher zu sein. Aber natürlich eine erhebliche Zusatzbelastung, und deshalb – das muß ja dann auch von der Familie mitgetragen werden – möchte ich zuerst noch mit meiner Frau sprechen, bevor ich mich endgültig festlege...

Sicher. Tun Sie das, sagte Specht, nahm genießerisch einen Schluck Rotwein und schwieg.

Um die Pause, die er nur schwer ertrug, zu überbrücken, fragte Gundelach, ob Wiener mit Spechts Vorschlag einverstanden gewesen sei.

Nein, sagte Specht. Er hat mir abgeraten.

So, wie er die Worte hinwarf, bündig und ohne weitere Erläuterung, klang es fast brutal – und das sollte es wohl auch.

Ach ja, begann Specht, als hätte er eine Kleinigkeit vergessen, das müssen Sie noch wissen: Ich werde Wieners Stelle als Staatssekretär nicht mehr besetzen, sondern sie dem Landtag zur Streichung anbieten. Das ist ein überzeugendes Sparsignal und nimmt der Kritik an der angeblichen Inflation von Staatssekretären Wind aus den Segeln.

Dann wird es also künftig keinen Staatssekretär in der Staatskanzlei mehr geben?

Keine Stelle, korrigierte Specht. Den Titel Staatssekretär, der ja nichts kostet, werde ich wohl dem Ministerialdirektor anbieten müssen, wenn Sie Regierungssprecher sind. Sie verstehen das bitte richtig: Sie können noch nicht Staatssekretär werden, aber durch die neue politische Funktion sind Sie weit herausgehoben, und das wird ja auch nach außen deutlich werden. Behrens hat nun ein bißchen die Sorge, daß seine Position als Verwaltungschef dadurch in den Hintergrund gedrängt werden könnte, was ihm gegenüber den Ministerialdirektoren der anderen Ressorts die Arbeit erschweren würde. Diesem Argument kann man sich nicht ganz verschließen, oder?

Schau an, der stille, zurückhaltende Dr. Behrens, dachte Gundelach. Irgendwie war es doch wie mit den Karrieren, über die man aus der Zeitung erfuhr: Mitgeteilt wurde stets nur das Resultat, nicht das verschlungene Wie, das es hervorgebracht hatte. Bevor er Gundelach fragte, hatte Specht demnach mit Dr. Behrens gesprochen, dessen Meinung erkundet und ihm, um die Gewichte auszutarieren, das Angebot gemacht, sich fortan Staatssekretär nennen zu dürfen. Zuvor hatte er mit Tom Wiener geredet, und wahrscheinlich hatte Wiener ihm geraten, die Stellung des Ministerialdirektors zu stärken, wenn er schon Gundelachs Nachfolge nicht verhindern konnte. Und wer mochte sonst noch mit wem konferiert haben – Wiener mit Behrens, Kalterer mit Wiener, Specht mit Deusel ... Die Felder auf dem Schachbrett waren schon so besetzt, daß es für den Läufer Gundelach nur noch ein Ziehen oder Geschlagenwerden gab.

Als Gundelach Spechts Suite verließ und zu seinem Schlafraum im Erdgeschoß des Gästehauses hinüber ging, traf er Spechts Fahrer und die Sicherheitsbeamten kartenspielend in der Eingangshalle.

Gute Nacht, Herr Regierungssprecher, sagten sie augenzwinkernd.

Es war aber keine gute Nacht, die Gundelach in dem altertümlichen, durchgelegenen Bett des karg möblierten Zimmers verbrachte. Lange schlief er nicht ein. Dann träumte er – und wunderte sich noch im Traum darüber, daß er wieder einmal träumte und nicht bloß in physischer Erschöpfung schlief – von Wäldern ohne Wege, die ein eigentümliches Gemisch waren aus der schwärzlichen Tannentiefe des Harzes und dem lockeren hellen Gesträuch des Monreposschen Parks, wobei zu Gundelachs Erstaunen das frische Laubgrün drohender und undurchdringlicher wirkte als der strenge stille Ernst des Waldes, in dem sich wie in einem gotischen Dom geborgen und auf ein Wesentliches hin gesammelt gehen ließ, während hinter dem

Gesträuch des Parks immerzu ein silbergrauer Strahl aufleuchtete, der von Buchenstämmen oder den schlanken Tempelsäulen oder von rasch entschlüpfenden Schlangen herrühren mochte, und Gundelach kämpfte sich durch beiderlei Art Wildnis mit einem zusammengerollten Bogen Pergament hindurch, den er mal wie eine Machete gegen das Unterholz schwang, mal mit herrischer Gebärde als Zepter, als Marschallstab nutzte, um die Unbedingtheit seines Willens zu unterstreichen: dort, dort will ich es errichtet wissen, man muß roden, man muß Licht und Luft schaffen, doch was dieses geheimnisvolle Es war, wußte er selbst nicht, bis es sich schließlich unter seinen Händen geformt hatte, eine Art Burg mit innenliegendem Theater, ein fensterloser, von äußerster architektonischer Askese durchwalteter Bau, in den er, Tür um Tür aufstoßend, eindrang, dazu nach beiden Seiten die Parole rufend: Specht aber nicht! Specht aber nicht!, was sich als Echo in den umlaufenden Gängen so lange fortpflanzte, bis es ihm wie eine fremde Drohung schneidend entgegenschoß, und gegen diese anschwellende Woge eines infernalisch sich steigernden Lärms ruderte, stemmte Gundelach weiter voran, entkräftet schon und entblößt, auf der Suche nach der innersten, kleinen, kubusförmig abgeschlossenen Bühne, von der allein Ruhe und Erlösung zu erhoffen war, einer Bühne, die keines Tribunen Getöse je entweiht hatte, die er endlich, gegen jede Hoffnung und Vernunft, kriechend und mit gebleckten Zähnen die kostbare Inaugurationsurkunde haltend erreichte und von einer am Boden kauernden Frau besetzt fand – Heike war es, die ihm kurz ihr leeres Gesicht zuwandte und sagte: Wozu das alles, Benny ist doch tot.

Naß und zerschlagen erwachte er, und mit müdem Ingrimm setzte er sich an den Frühstückstisch. Specht, der morgens nur Kaffee trank, saß schon da und las Zeitung.

Das mit dem Barschel-Selbstmord wird immer mysteriöser, murmelte Specht ohne aufzublicken. Ich glaub nicht dran.

Tja, sagte Gundelach unbestimmt und interesselos. Er strich sich ein Brötchen, dann fragte er in die Zeitungswand hinein: Um auf das gestrige Gespräch zurückzukommen – Dienstwagen und Fahrer würden mir aber, wie Wiener auch, zustehen?

Klar, antwortete Specht und schlug die Seite um.

Sie schwiegen. Spechts Fahrer kam mit einem Kleidersack überm Arm aus der Suite und grüßte vertraulich.

Ich meine, sagte Gundelach, wenn ich es mache, sollte der Wechsel so schnell wie möglich vollzogen werden. Nicht erst zum Jahresende, wie Wiener sich das wohl vorstellt.

Sie können morgen anfangen, brummte Specht. Aber reden Sie erst mal mit Ihrer Frau.

Dann blätterte er geräuschvoll in seiner Lektüre. Ich will jetzt nicht gestört werden, hieß das.

Gundelach griff sich gleichfalls eine Zeitung, ließ sie aber nach dem nächsten Schluck Kaffee wieder sinken. Irgend etwas reizte ihn, Spechts Geduld auf die Probe zu stellen. Ein Nachwirken jenes schweren Traumes vielleicht, der wie ein frostiger Hauch auf seiner Seele lag.

Wenn Behrens Staatssekretär wird, begann er wieder, muß er auch in Wieners Zimmer umziehen. Könnte ich demnach als Regierungssprecher sein jetziges Zimmer im ersten Stock haben?

Mit einem Ruck beendete Specht die unerquickliche Unterhaltung.

Es ist mir scheißegal, wer in welches Zimmer zieht! rief er aufgebracht und warf die flüchtig zusammengefaltete Zeitung auf den Tisch. Macht das gefälligst unter euch aus. Pfitzer, wir fahren!

Immerhin weiß er jetzt, daß mich sein Angebot nicht vor Begeisterung vom Stuhl haut, dachte Gundelach befriedigt. Er hatte das Gefühl, das mache es ihm leichter, zuzustimmen.

Das Gespräch mit Heike, die gelöst und wie vom frischem Wind einer Insel belebt aus Hamburg zurückgekehrt war, dauerte nur wenige Minuten. Sie hielt Gundelachs Frage, ob er das Amt des Regierungssprechers übernehmen solle, für rein rhetorischer Natur.

Du bist doch schon entschlossen, sagte sie. Also, was soll's?

Um seine Unvoreingenommenheit zu bezeugen, zählte er alle Nachteile auf, die Spechts Vorschlag enthielt: Zwei Jobs für ein und dasselbe Gehalt, keine konkrete Aussage, wie es nach der Landtagswahl weitergehen werde, noch weniger freie Zeit als bisher.

Na, viel weniger freie Zeit als jetzt ist ja wohl kaum vorstellbar, entgegnete sie leichthin. Aber mach dir darüber keine Gedanken. Ich habe mich damit abgefunden, daß der Beruf dein Lebensmittelpunkt ist, und Benny kennt es ohnehin nicht anders. Nur benutze mich bitte nicht als Alibi für eine Entscheidung, die du längst getroffen hast.

Gundelach stellte es erneut in Abrede – er habe sich, sagte er, gegenüber Specht in keiner Weise gebunden.

Darauf Heike: Das glaube ich dir sogar, aber es ändert nichts daran, daß es für dich keine realistische Alternative gibt. Wenn du ehrlich bist, könntest du nicht einmal sagen, was du im Fall einer Absage mit der angeblich fürs Private gewonnenen Zeit anfangen solltest. Im übrigen bin ich überzeugt, daß Specht nicht eine Sekunde an deiner Zustimmung zweifelt, und deshalb braucht er sich auch keinen besonderen Anreiz auszudenken.

Wie zum Trost fügte sie hinzu: Das mit dem Dienstwagen, dem Fahrer und dem neuen Zimmer war sicher das Maximum, was du herausholen konntest.

Ihre kurze, leidenschaftslose Analyse war schlimmer, als wenn sie mit ihm gestritten hätte. Offenbar hielt Heike ihn mittlerweile für einen hoffnungslosen Fall. Und mit seinem Einverständnis, welches er Specht anderntags zukommen ließ, bestätigte er das ja wohl auch – ohne sich noch ernsthaft dagegen wehren zu können.

Ein gewisser Fatalismus hatte ihn ergriffen, der in krassem Gegensatz zu all den Glückwünschen stand, die auf ihn einstürmten, als Spechts Entscheidung öffentlich bekannt gegeben wurde. Alle hatten es von Anfang an gewußt. Alle fanden es das einzig Richtige. Alle waren einer erfolgreichen Zukunft Gundelachs gewiß. Alle wollten Termine.

Tom Wiener tat sich schwer mit der Übergabe.

Seiner letzten Pressekonferenz verlieh er Züge des Burlesken, indem er sich aus der vorangegangenen Kabinettsitzung das nebensächlichste aller Themen, eine Verordnung zur zeitweisen Bejagung von Rabenkrähen und Elstern, herausgriff. Ohne mich wird es in der Pressepolitik fortan mittelmäßig und langweilig zugehen, war seine Abschiedsbotschaft an die Journalisten, die der Peinlichkeit des Auftritts nach kurzem Händeschütteln entflohen. Auf Spechts offizieller Geburtstagsfeier blieb er gerade so lang, daß es nicht als glatter Affront aufgefaßt werden konnte.

Dafür sparte er nicht an symbolischen Abschiedsgesten, welche die Bedeutung seines Wechsels in die Spitze eines weltweiten Technologiekonzerns sinn- und augenfällig machten. Erst umrundete ein Oldtimer-Korso knatternd und hupend das Rasenrondell vor Schloß Monrepos, dann röhrte ein Rennwagen die Serpentine hoch, und im Angesicht staunend spalierstehender Amtsboten wurde Tom Wiener in das Glitzerparadies seiner neuen, schönen Welt entführt.

Am 1. Dezember trat Gundelach sein Amt an, schon zwei Tage später erfolgte der Umzug auf die erste Etage. Staatssekretär Dr. Behrens nahm widerstrebend vom Seitenflügel Besitz, dessen politisch wechselvolle Belegung ihm, dem uberzeugten Beamten, in tiefster Seele suspekt war.

Doch Gundelach hatte sich nicht erweichen lassen.

Regierungssprecher Gundelach kam an diesem Donnerstag erst gegen zehn Uhr ins Büro. Er parkte seinen Wagen an der Straße, die entlang des unteren, lanzettbewehrten Zaunes führte, und ging zu Fuß die schmale Serpentine hinauf. Mit der Auswahl seines persönlichen Fahrers wollte er sich Zeit lassen. Die Personalabteilung sollte ihm Vorschläge machen. Zwiesel selbst sollte sich, bitte schön, darum kümmern. Auch um die Besetzung der Sekretärinnenstelle. Und um die Anschaffung eines dienstlichen Fernsehgerätes und eines Videorecorders. Vielleicht brauchte man auch einen eigenen Telefax-Anschluß. Er würde Dr. Zwiesel am Nachmittag zu einem Gespräch zu sich bitten. Die Bäume im Park standen entlaubt. Vor fast zwölf Jahren glänzten sie in hellem, sprossenden Grün. Aber das sagte ihm sein Verstand; bemerkt hatte er es, aufgeregt und betäubt, wie er damals gewesen war, nicht. Zwölf Jahre. Es hatte keinen Zweck, darüber ins Grübeln zu verfallen. Und doch war es irgendwie zum Verwundern, wie wenig sich seither verändert hatte. Dieselben Bäume. Derselbe verschlungene, graue Aufstiegspfad. Und innen im Schloß setzte sich das ja fort. Die heroischen Mosaikjünglinge lenkten unverdrossen ihre schwarzweißen Streitwagen. Des brüchigen Gobelins Jagd- und Schäferszenen bleichen vor sich hin. Das Weiß der Marmornymphe oder -göttin schimmerte durchs Weihnachtsbaumgeäst, welches sich immer im Dezember in der Eingangshalle breitmachte. Wie niedlich stach ihr Hintern, von der Treppe aus betrachtet, gegen den überladenen Lamettakoloß ab! Niedlich und rein. Und still war es, menschenleer, wie je. Nicht einmal Andreas Kurz. Nicht einmal Paul Bertram. Nicht einmal Dankwart Weis. Der rote, sich verzweigende Teppich, die geschlossene Doppelflügeltür zum Kabinettssaal. Da würde er allerdings, nächsten Dienstag erstmals mit am Kabinettstisch sitzen. Nicht mehr auf einem Stühlchen an der Wand, sondern auf Wieners Sessel neben Dr. Behrens. Die Kollegen Abteilungsleiter im Rücken. Und mittwochs gibt er seine erste Pressekonferenz. Auch im Kabinettssaal, dann aber auf Spechts Sessel Platz nehmend. Die Fernsehkameras von ARD (Regionalschau) und ZDF (Länderspiegel) am unteren Tischende aufgebaut, auf ihn gerichtet. Mit großem Journalistenandrang ist zu rechnen. Gespannt ist er, aber nicht wirklich aufgeregt. Präzise vorbereitet wird er sein. Und gleich von Anfang an klarmachen, daß es mit dem bombastischen Wortgeklingel, dem ›spitze‹ und ›glasklar‹ und ›messerscharf‹ ein Ende hat. Konzentrierte Information statt hohlem Schwulst, Sachpolitik anstelle von weihrauchgeschwängertem Personenkult. Ob Specht sich das wirklich so vorgestellt hat? Man wird sehen. Der direkte Zugriff jedenfalls auf Grundsatzabteilung und Pressestelle ist Gold wert. Schon hat er Aufträge gegeben, die Bilanz der investiven Sonderbauprogramme und der Luftreinhaltemaßnahmen zu aktualisieren. Das sind neue, in Zeit und Konjunkturlage passende Zahlen. Für die Pressestelle allerdings braucht er noch einen jungen, motivierten Mann, einen Kämpfertyp, der ihm das Nachrichtenmaterial aus den anderen Abteilungen und aus den Ressorts eintreibt. Mit brutalem Druck, wenn's sein muß. Nur so wird sich die absehbare Blockade der Minister überwinden lassen. Auch darüber muß er mit Zwiesel reden. Jetzt rechts. Am Fahrstuhlschacht vorbei bis zu Renfts Vorzimmer. An der Tür zum Vorzimmer anklopfen, das schwache, verhuschte ›Herein‹ abwarten. Nichts. Natürlich nichts. Renft in Pension – wie lange schon? Seine scheue, unterwürfige Vorzimmerdame verstorben – wie lange schon? Sein Chefzimmer. Schau dich um. Die moosgrüne Seidentapete. Der venezianische Lüster. Die Empire-Sitzgruppe um den Besuchertisch aus Nußbaum-Wurzelholz mit eingelegter Intarsienplatte. Die gute Canaletto-Kopie im goldenen Rahmen überm Sofa. Der falsche Kamin aus grauem Marmor. Die stumme, viersäulige Spieluhr auf dem Sims. Und natürlich der gewaltige Schreibtisch; unverändert die Abdeckung aus grünem Leder, unverändert die beiden zierlichen Stühle an seiner Frontseite. Wie geht es Ihnen, wie haben Sie sich eingelebt? Danke, Herr Ministerialdirektor. Man lebt. Zwölf Jahre sind eine lange Zeit, aber man lebt. Und knüpft Kontakte. Sammeln Sie und knüpfen Sie, immer frisch drauf los, vielleicht sitzen Sie sogar eines Tages auf meinem Stuhl, was ich Ihnen nicht unbedingt wünsche. Ja, Herr Ministerialdirektor, und jetzt ist es soweit, denken Sie. Zwölf Jahre, um auf die andere Seite des Tischs zu gelangen. Etwas lächerlich, nicht? Eigentlich eine riesige Zeitverschwendung. Und doch auch wieder nicht, denn das meiste ist ja geblieben wie es war, also kann soviel Zeit, soviel Veränderungszeit gar nicht ins Land gegangen sein. Sie wissen das, Sie sind ja auch noch da, und offenbar besaßen Sie sogar ein wenig die Gabe der Prophetie, was Ihrem überaus korrekten Habitus, dem Nadelstreifenanzug, dem Spitzentaschentuch, der bordeauxroten Krawatte nun allerdings in keiner Weise anzumerken war. Bordeaux wird jetzt bei uns getrunken, nicht mehr getragen. Und wissen Sie, wer heute nachmittag auf diesem Stühlchen sitzen wird? Richtig, der Herr Zwiesel. Ich lade Sie ein, mir über die Schulter zu schauen und sich schadlos zu halten, Herr Ministerialdirektor. Wir geben's ihm beide. Vielleicht aber auch nicht. Vielleicht lohnt es die Mühe gar nicht. Vielleicht ist das einzige, was lohnt, ab und zu ans Fenster zu treten, in den Park hinauszuschauen und am Sprossen und Fallen der Blätter die Jahreszeiten abzulesen. Denn das ist das schönste an Ihrem schönen, der Zeit und ihrem Wechsel entrückten Zimmer: daß man ab und zu aus der Unwandelbarkeit des Toten heraustreten und das Lebendige in seiner lautlosen, fließenden Überlegenheit betrachten kann.

Es klopfte.

Noch ehe Gundelach sich vom Fenster abgekehrt hatte, standen zwei junge Männer in karierten Hemden, Felljacken und Jeans im Zimmer.

Können wir schon aufbauen? fragten sie und breiteten Metallkoffer, Gestänge und Kabel auf dem Teppichboden aus. Sie wissen ja, um elf Uhr, das Interview zur Person, für die Regionalschau heute abend!

Fünftes Kapitel

Mono-Logisches

Koalition? Die Frage einer Koalition stellt sich nicht.

Aber, Herr Gundelach –.

Nein, wirklich nicht! Wir kämpfen um die absolute Mehrheit, und wir werden sie wieder schaffen.

Die SPD hat eine Meinungsumfrage veröffentlicht, wonach die CDU, wenn jetzt gewählt würde, nicht mehr als 45 Prozent bekäme. Und die FDP bietet dem Ministerpräsidenten schon jetzt Koalitionsgespräche an. Da können Sie doch nicht –.

Ich kenne die Umfrage der SPD. Ich kenne auch das Institut, das für die SPD arbeitet. Da müssen Sie von vornherein zwei Prozentpunkte für uns draufsatteln, um zu einigermaßen objektiven Ergebnissen zu gelangen. Und außerdem haben Sie bei nur tausend Befragten eine Fehlerquote von drei Prozent. Aus der Umfrage läßt sich also ebensogut der erneute Wählerauftrag für eine Alleinregierung ableiten. Im übrigen orientiert sich unsere Politik nicht an der Demoskopie, sondern an Inhalten.

Trotzdem: Was passiert, wenn Sie im Frühjahr Ihr Wahlziel nicht erreichen? Steht Herr Specht auch für eine Koalitionsregierung mit der FDP zur Verfügung?

Wie ich schon sagte, handelt es sich um eine rein hypothetische Frage. Es gibt soviel Wichtigeres zu tun, daß wir uns darüber im Moment wirklich nicht den Kopf zerbrechen müssen.

So, das Thema ist genügend abgehandelt. Ich muß aus der Defensive rauskommen. Vermeiden, daß die Schlagzeile morgen heißt: Regierungssprecher läßt Koalition mit FDP offen. Mist, daß unsere eigenen Umfrageergebnisse erst nächste Woche vorliegen.

Man hat ja allgemein den Eindruck, daß Herr Specht gegen die Bonner Koalition nicht weniger heftig zu Felde zieht als die SPD. Ist das nur ein abgekartetes Spiel, oder hoffen Sie wirklich, auf diese Weise die fehlenden Prozente zu kriegen?

Weder das eine noch das andere. Wir machen Wahlkampf hier im Land.

Aber wir lassen uns von niemandem daran hindern, die Interessen unserer Bürger offensiv zu vertreten, ob in ein paar Wochen gewählt wird oder nicht. Und es gibt nun mal Ungerechtigkeiten im neuen Gesetzentwurf zur Steuerreform. Denken Sie an die geplante Besteuerung der Jahreswagenrabatte oder der gemeinnützigen Vereine ...

... wovon vor allem CDU-Wähler betroffen wären, nicht wahr?

... ich sehe mit Vergnügen, daß Sie den Arbeiter beim Daimler, der ehrenamtlich im Sportverein tätig ist, ganz selbstverständlich der CDU zurechnen. Übrigens teile ich diese Einschätzung.

Lachen. Gut. Punkt gemacht. Jetzt nachstoßen, angreifen.

Daß aber die Herren Lambsdorff und Bangemann seit geraumer Zeit in geradezu unerträglicher Weise gegen uns polemisieren ...

Nicht zu weit vorwagen! Besser, es Specht in den Mund legen ...

... wirft nach Auffassung des Ministerpräsidenten ein bezeichnendes Licht auf den inneren Zustand der FDP. Während sie uns auf Landesebene umwirbt, tritt ihre Bonner Verwandtschaft uns unablässig gegen das Schienbein. Was sollte das wohl für eine politische Ehe geben!

Das war's. Das reicht. Die Zeitplanung für den Redaktionsbesuch ist sowieso schon überschritten. Müßte aber morgen ein paar nette Überschriften geben.

Leider muß ich jetzt aufbrechen. Der nächste Termin wartet. Ich bedanke mich, wünsche Ihnen eine gute Zeit – und am Wahlabend sehen wir uns alle zur Siegesfeier wieder!

Nichts wie weg zum Wagen.

Hallo, Herr Herrmann. Zum Mödinger Hof. Wir sind spät dran, treten Sie aufs Gas. Und wählen Sie mal die Nummer meines Büros!

War alles okay? Kein falscher Schlenker? Specht oft genug erwähnt? Glaube, er sähe sich gerne noch öfter zitiert. Aber ...

Ja, ich bin's. Was gibt's Neues? Nein, diese Woche auf keinen Fall. Buderius und Raible sollen sich gegen siebzehn Uhr zur Besprechung der Managerkonferenz bereithalten. Hat Eckert angerufen? Geben Sie seinem Vorzimmer die Nummer des Mödinger Hofes. Es sei dringend. Bleibt es heut abend beim Termin mit dem MP? Gut. Ich hab aber noch keinerlei Unterlagen über die Rußlandreise. Rufen Sie bitte noch mal bei Mendel deswegen an. Wie? Es rauscht so. Das Fax mit dem Stern-Interview des MP ist gekommen? Raible soll es kritisch durchlesen. Aber keine Freigabe, bevor ich's gesehen – weg!

Diese Interviews ... Verdammt dünnes Eis, auf dem Specht seine Pirouetten dreht! Immer in der Pose des Besserwissers. Der König des Konjunktivs: müßte, könnte, sollte. Provoziert die Journalisten, ihn nach Kohls Fehlern zu fragen, um sich dann staatsmännisch aufs Ratschlagen zu verlegen. Im Hintergrund ist er nicht so pingelig. Da drückt er dem Kanzler kräftig ins Wachs, was alles falsch läuft. Und liefert gleich die Patentrezepte mit. Wie der abflachenden Konjunktur auf die Sprünge zu helfen wäre. Wie Sozialleistungen gerechter verteilt werden müßten. Wie Blüms Gesundheitsreform aussehen sollte. Wie die Renten langfristig zu sichern seien. Schmeißt ein paar Brocken hin und erweckt den Eindruck, dahinter verberge sich ein Gebirge exakten Wissens. Fata morgana, aber gekonnt. Und die Journaille spielt das Spiel mit, weil's immer amüsant ist, Bonn zu ärgern. Jetzt, im Wahlkampf, ideal. Aber hoffentlich nimmt ihn nicht mal einer beim Wort. Dreht den Spieß um und sagt: Jetzt spring, du ewiger Kanzler im Wartestand, bekenn Farbe, zeig Flagge!

Doch wie, hat Meppens einst gefragt, soll ein Chamäleon Farbe bekennen?

Nimm dich zusammen, Bernhard. Think positive! Betracht's mal so rum: Ohne Spechts bundespolitischen Ehrgeiz hättest du viel weniger Freiraum für deine Pressearbeit. Bist häufiger mit Meldungen auf dem Markt als mancher Minister. Kriegen deswegen des öfteren einen roten Hals im Kabinett, die Herren, wenn ihnen wieder ein Thema weggenommen wird. Wir verkaufen es ›unter Specht‹ – das zieht immer. Da muckt keiner gegen auf. Und immer häufiger triffst du Leute, denen dein Name bekannt ist. Dieses: Ach, *Sie* sind das ...! Automatisch fällt die Verbeugung tiefer aus. Merkwürdige Sache, sich prominent fühlen zu dürfen. Einladungen stapelweise. Sechstagerennen, Stammtisch hier, Stammtisch dort. Konsularische Empfänge. Der röhrende, nervende Schmiedlein mit seinen norwegischen Fisch- und Aquaviteinladungen. Fast wohltuend dagegen, daß zwischen Stierle und mir die knallharte Abneigung geblieben ist. Keine Einladung zur Feier des Großen Bundesverdienstkreuzes, das Specht ihm umgehängt hat. Allerdings auch kein Glückwunsch von mir. Mein Gott, warum hältst du dich mit solchen Nebensächlichkeiten auf? Es ist Wahlkampf, mein Lieber. Der härteste, ungewisseste, den du je mitgemacht hast. Und diesmal bist du vornedran. Wenn es schiefgeht, wirst du einer der Hauptschuldigen sein. Deine Pressearbeit. Deine Beiträge zum Wahlkampfkonzept. Wenn's schiefgeht, wäre unter Wieners Regie alles besser gelaufen. Da warten einige nur drauf. Nicht nur Kalterer. Specht hört in allen Ehren auf, dich köpft man. Zu schnell zu hoch gestiegen. Schnell? Daß ich nicht lache. Manchmal denk ich, ich bin fünfundfünfzig und nicht knapp vierzig. Müde, von innen raus müde. Dann braucht man Aufputschmittel. Nicht Pillen, sondern Publikum. Öffentlichkeit. Rampenlicht. Immer mehr, immer stärker. Die Journaille weiß, wie abhängig Politiker von ihr sind. Daher ihre geheime Verachtung, ihre kumpelhafte Arroganz, die Lust, Leute hochzuschreiben und wie Strohpuppen wieder zu verbrennen, die ewig unbefriedigte Sucht nach neuen Gesichtern. Im Spitzenkandidaten der SPD hat sie jetzt wieder eins gefunden. Unverbraucht, mit Bonner Profibonus, gut aussehend, groß, schlank, blond. Gefährlich, hochgefährlich der Körner. Specht dagegen geradezu zerknittert. Müssen bei den Plakaten höllisch aufpassen. Retuschieren, aber nicht zu stark: weiche Farben, heller Hintergrund.

Am besten gleich festlegen. Sind sowieso da.

Hallo! Sorry wegen der Verspätung. Willi, guck nicht so mürrisch. Herr Kalterer, Herr Bornemann, meine Herren – womit fangen wir an? – Gut, erst mal ein kurzer politischer Überblick. Also, ich glaube, von der Themenseite her brauchen wir uns keine großen Sorgen zu machen. In allen Bereichen, mit Ausnahme des Umweltschutzes, haben wir bei den Bürgern Kompetenzvorsprünge vor den anderen Parteien. Das zeigen die Umfragen, mit sehr stabiler Tendenz. Besonders ausgeprägt natürlich in der Wirtschafts- und Arbeitsmarktpolitik. Deswegen setzen wir hier ja auch einen Schwerpunkt, ich komm noch darauf zurück. Nicht ganz so gut sieht es bei der Sozialpolitik aus, da werden wir aber nachlegen – ich nehm mal als Beispiel die öffentliche Anhörung zur Seniorenpolitik. Dann, Stichwort Gesundheitsreform, Bildung einer Arbeitsgruppe mit den Ärzten, mit den Kassen – der Blümsche Konfrontationskurs ist eine einzige Katastrophe, wir dürfen uns da in nichts reinziehen lassen, sonst kriegen wir eine sozialpolitische Denkzettelwahl, daß es knallt. Deswegen auch strikte Ablehnung aller Sparüberlegungen in Richtung Kindergeld und Vorruhestand. Das hauen wir der FDP um die Ohren, bis sie schwarz wird. Dann, ganz wichtig, die Kampagne fürs ungeborene Leben. Kündigt Specht nächste Woche selbst an, um den rechten Flügel vor der Wahl ruhigzustellen. So. Zusammen mit der familienpolitischen Leistungsbilanz werden wir die wesentlichen sozialen Zielgruppen damit erreichen. Und hier muß die Partei massiv mit reingehen, mit Informationsmaterial, mit Argumentationshilfen, mit Rednerdiensten, mit gesponserten Anzeigen, weil bei diesen Themen teilweise große Verunsicherung herrscht. Und immer eine klare, harte Sprache sprechen, ohne Rücksicht auf Bonn. Gut läuft die Steuerreformgeschichte, seit wir sie auf Jahreswagenrabatte, Vereine und Veräußerungsgewinne, also auf die Themen des kleinen Mannes und des Mittelstands, zugespitzt haben. Die Sozen wissen, warum sie aufheulen. Gilt natürlich erst recht für das Asylthema. Auf kommunaler Ebene raufen sich die Genossen die Haare über die Blauäugigkeit ihrer Oberen. Wir fahren das voll ab. Ich werd jeden Monat die neuesten Asylbewerber-Zugangszahlen veröffentlichen wie der Franke in Nürnberg seine Arbeitslosenstatistik. Damit komme ich nochmal zurück zur Wirtschaftspolitik. Hier hat Specht den größten Kompetenzvorsprung, selbst bei sozialdemokratischen Wählern. Das blasen wir auf, bundesweit. Sechs Wochen vorm Wahltag kommt dann der große Doppelschlag: Erst ein zweitägiger Managergipfel auf Monrepos, mit Alfred Herrhausen, Edzard Reuter, Mark Wössner von Bertelsmann, Gert Lorenz von Philipps, Helmut Maucher von Nestlé, Rainer Gut von der Schweizerischen Kreditanstalt und einem Dutzend weiterer Topleute. Hartmut Eckert von McArthur organisiert das Treffen zusammen mit uns. Wird eine Riesensache mit internationaler Resonanz, das verspreche ich euch. Denn die Besetzung ist kanzlerlike. Am Ende lassen wir eine gemeinsame Erklärung verabschieden, die ›Monrepos-Deklaration europäischer Wirtschaftsführer zur Zukunft Europas‹, das ist dann zugleich der Eckpfeiler unseres künftigen Wirtschaftsprogramms. Und kaum ist der ökonomische Gipfel vorüber, setzen wir uns ins Flugzeug und fliegen mit einer hochkarätigen Wirtschafts- und Wissenschaftsdelegation nach Moskau und Leningrad, dazu ein Sack voll Chefredakteure, treffen dort die Spitzen der Sowjetunion und Rußlands, und zum krönenden Abschluß parliert Specht im Kreml mit Gorbatschow. Und danach möcht ich sehen, was von der vielgerühmten Wirtschaftskompetenz des Herrn Körner in der Öffentlichkeit noch übrig geblieben ist.

Klingt gut und schlüssig. Bornemann guckt auch ganz beeindruckt. Ist ein netter Typ. Offen, manchmal fast ein bißchen träumerisch. Hoffentlich bringt seine Agentur, was wir uns von ihr versprechen. Auch so ein Risikofaktor: meine Präferenz für eine neue Werbeagentur mit modernem Konzept. Willi Pörthner pumpt schon wieder vor lauter Ungeduld. Und Kalterer – keine Miene. Typisch. Zum Kotzen.

Dankeschön, Bernhard. Trotzdem muß ich dir sagen, daß unsere Leute draußen langsam nervös werden, weil der Körner überall gut ankommt, vor allem bei den Weibern. Und die SPD-Ortsverbände engagieren sich für den viel stärker, als sie es zuletzt für Meppens getan haben. Das merkst du überall, da ist ein Ruck durch die Partei gegangen. Die Roten sind aufgewacht, und unsere wissen nicht so recht, wie sie ihren Vormann packen sollen –.

Das ist doch deine Aufgabe, Willi! Da muß der Landesgeschäftsführer den Kreisgeschäftsführern halt so lange Feuer unterm Hintern machen, bis sie verkohlen oder zu kämpfen anfangen!

Mein lieber Gustav Kalterer, lehre du mich nicht, wie man mit der Partei umzugehen hat, ja! Wer ist denn jeden Samstag und Sonntag im Land unterwegs –.

Würdet ihr bitte eure Streitereien beenden?

Na, das muß ich jetzt schon noch sagen dürfen. Ich laß mir hier doch nix anhängen! Und wenn wir schon dabei sind: Wie die Parteispendensache gerade läuft, das ist ja wohl das letzte. Zwei Strafbefehle und zwei Geldauflagen innerhalb weniger Wochen, im nächsten Monat die Hauptverhandlung gegen Eberswalde, übernächsten Monat die Hauptverhandlung gegen Tramp wegen Subventionsbetrug – das macht Stimmung bei den Unternehmern! Da kannst noch eher mit dem Klingelbeutel in der Kirche rumgehen als Spenden einsammeln. Und die jungen Leut sagen, ist doch alles ein und derselbe Filz, steckt's in den Sack und haut drauf – die lachen dich doch aus, wennst mit am Aufkleber von der Jungen Union kommst! So schaut's aus! Ich denk, du telefonierst dauernd mit deinen Freunden von der Justiz, Gustav – ich jedenfalls merk nix davon, und die Partei auch nicht –.

Ich sagte, es ist Schluß jetzt! Herr Bornemann, wir sollten heute noch das Logo, die Plakate und den Terminplan für die MP-Spots besprechen. Die Zeit drängt.

Widerlich, das Gekeife. Und doch auch wieder schön. Erfrischend, wie Pörthner Kalterer eins eingeschenkt hat! Ich wollte, ich könnt mich auch so vergessen. Einfach lospoltern, ohne Rücksicht auf die Folgen. Und Willi hat völlig recht, gegen Körner ist uns noch nichts Gescheites eingefallen. Weil wir ihn offiziell ja gar nicht zur Kenntnis nehmen, um ihn nicht aufzuwerten. Das ist taktisch richtig, aber nur für begrenzte Zeit. Muß mit Specht darüber reden. Die Schonfrist muß ablaufen, bevor die Partei unruhig wird. Mobilisieren heißt polemisieren. Körner, der Bonn-Import? Zu kompliziert. Außerdem verbinden viele mit Bonn immer noch was Positives, Respektheischendes. Trotz Koalitionsquerelen und miesem Kohl-Image. Also doch das Schreckgespenst einer rotgrünen Koalition an die Wand malen? Specht hat dafür den genialen Begriff Tomatenkoalition gefunden: weiche Rote und unreife Grüne. Perfekt. Nur glauben die Leute nicht, daß es dazu überhaupt kommen wird, weil die SPD nie und nimmer so viel zulegen kann. Darum berührt's den Körner auch wenig. Viel größer ist die Gefahr, daß unsere Anhänger sagen, eine Koalition mit der FDP, so wie in Bonn, tut dem Specht mal ganz gut. Dann kehrt er wieder auf den Boden zurück und regiert weniger selbstherrlich. Die Konservativen, die Kohl-Anhänger denken so. Sogar die FDP wirbt ungeniert damit. Nun gut, das haben wir besprochen. Kurz vor der Wahl holt Specht den Hammer raus und erklärt: Für eine Koalition stehe ich nicht zur Verfügung. Sollen sie Erpressung oder Bluff schreien, das ist egal. Hauptsache, der Schlag sitzt. Aber dann muß auch genügend Angstpotential da sein vor der Alternative, und die heißt halt Körner. Sind damit wieder am Ausgangspunkt. Der Junge darf einfach nicht zu lieb, zu harmlos rüberkommen. Darf sich nicht festsetzen in den Köpfen mit seinem unverbrauchten, unpolitischen Dressmangesicht ...

Halt! Was ist das?

Hab ich doch grad gesagt: Das erste Körner-Plakat, das ich gesehen hab, bei mir daheim in Oberwangen. Weiß nicht, warum es jetzt schon da hängt, ob als Test oder weil mich die Roten besonders ärgern wollen. Scheint aber so zu sein, daß die SPD heuer früh anfängt zu plakatieren und wahnsinnig viel Geld reinsteckt, auch für Großflächen. Hab's auf jeden Fall gleich fotografiert.

Interessant ... nicht schlecht gemacht. Herr Bornemann, was meinen Sie? Sag mal, der Körner hat ja auf dem Bild einen Mantel an, einen Trenchcoat oder so was!

Ja, sieht ein bißchen nach Humphrey Bogart aus: Kragen hochgeschlagen, lässige Haltung – schau mir in die Augen, Kleines. Ein typisches Plakat für junge Zielgruppen, würde ich sagen. Alter zwanzig bis vierzig, selbständig, beruflich emanzipiert. Moderne Frauen vor allem, denen die CDU, entschuldigen Sie, zu antiquiert ist.

Dann muß die Plakatierung vor deiner Haustür ein Versehen sein, Willi!

Sauhund, elendiger!

Körner. Mantel. Körner im Mantel. Ungewöhnlich. Steckt ein Fehler in dem Konzept, eine Blöße. Welche? Ganz ruhig. Genau überlegen. Ein Mann im Mantel schützt sich vor Kälte. Herr Körner weiß, daß er sich warm anziehen muß bei dieser Wahl. Darum hat er den Mantel gleich anbehalten. Sorgt für schadenfrohes Gelächter. Geht aber noch besser –.

Seid doch mal ruhig!

Moment mal. Körner hat doch immer noch nicht rausgelassen, ob er nach der Wahl im Land bleibt oder nach Bonn zurückkehrt, wenn die SPD weiter Opposition spielen muß. Zögert, sich jetzt schon festzulegen. Das ist es! Körner glaubt selbst nicht an den Erfolg der SPD. Zieht den Mantel gar nicht erst aus. Verschwindet nach der Wahlschlappe wieder Richtung Bonn, still und leise.

Ein Mann im Mantel ist ein Mann auf der Durchreise!
Wie?
Schon gut!
Werd es nachher beim Mittagessen im Parkhotel der Kreibaum stecken. Journalistinnen haben ein Gefühl für sowas. Kann es als hübsches Aperçu in ihrer Freitagskolumne bringen. Ist aber fast zu schade. Der Einfall verdient Besseres. Soll mich, wenn das Plakat überall hängt, auf der Pressekonferenz nach Körner fragen. Aufhänger dafür findet sich. Dann schieß ich's ab und hab es landesweit. Der Mann im Mantel. Der Mann auf der Durchreise. Ein Zugvogel, nicht wählbar. Muß der Kreibaum natürlich was anbieten dafür. Irgend eine schöne Exklusivgeschichte. Na, erst mal die Wahl gewinnen –.

Entschuldigung die Störung, ein Herr Eckert ist am Telefon für Herrn Gundelach!

Augenblick, ich komme. Geht um den Managergipfel im nächsten Monat. Macht schon mal ohne mich weiter.

Kreml – Astrologie

Die Soldaten grüßten, als der Wagen das Tor durchfuhr. Der Schnee knirschte unter den Rädern. Die Menschen auf dem großen, verschneiten Platz kümmerten sich nicht um das schwarze Regierungsfahrzeug. Sie gehörten selbst zur Regierung, waren Beamte, Dolmetscher, Experten und arbeiteten im Zentrum einer Weltmacht. Das Bewußtsein, zu einer mikroskopisch feinen Schicht zu zählen, ließ sie in elitärer Gelassenheit ihres Weges gehen.

Auf einmal tauchten die Türme der Kremlkirchen auf. Dicht gedrängt, auf- und niedersteigend wie Orgelpfeifen, mit goldenen Kuppeln und Kreuzen, denen ein Hauch weißen Glitzerns wie ein diaphaner Schleier beigegeben war.

Dort rechts ist die Kathedrale der Zwölf Apostel, sagte der Botschafter. Links vor uns der Glockenturm Iwan des Großen. Dahinter – jetzt – die Erzengelkathedrale und die Kirche Mariä Verkündigung.

Gundelach hatte den Eindruck, daß Meyer-Landruts Erläuterungen vor allem dazu dienten, Spechts Nervosität zu dämpfen. Ihm selbst war vor Aufregung ganz elend zumute.

Das sind ja mehr Kirchen als rund um den Petersplatz, sagte er. Und so etwas im Zentrum des Atheismus!

Ja, und mehr Kreuze als Sowjetsterne. Auf einigen Tortürmen entlang der Kremlmauer sind Sterne aus rubinrotem Glas angebracht. Aber die Türme heißen trotzdem Sankt Nikolaus oder Dreifaltigkeit oder Erlöserturm, und kein Zentralkomitee würde daran etwas zu ändern wagen. – Wir sind da.

Der Chauffeur ließ den Wagen ausrollen. Genau vorm Hauptportal des Großen Palastes kam er zum Stehen. Gundelach warf einen kurzen Blick auf die elegante weiß-gelbe Fassade, dann wurde auf Spechts Seite die Tür geöffnet. Ein freundlich lächelnder Bediensteter führte sie ins prunkvolle Innere des Sitzes des Obersten Sowjet.

Beklommen stiegen sie die breite Treppe zum Obergeschoß empor, vorbei an riesigen Kristallvasen und einer Kolonnade schimmernder Marmorpfeiler. Gegenüber, die ganze Wandseite ausfüllend, ein Kollosalgemälde: Lenin in leidenschaftlicher Rednerpose vor einer Masse andächtig lauschender Menschen.

Lenin vor dem Dritten Komsomol-Kongreß, sagte der freundliche Führer in akzentfreiem Deutsch, ohne stehen zu bleiben.

Durch ein vergoldetes Portal gelangten sie in einen langgestreckten Saal, dessen stuckverzierte Rundbogendecke von mächtigen Säulen getragen wurde. In den Nischen standen vielarmige goldene Leuchter und seidenbespannte Diwane. Von der Decke hingen ausladende Lüster. Die Hölzer des ornamentgeschmückten Parkettbodens schimmerten rötlich und braun.

Am Ende der Halle warteten die Journalisten. Alle Chefredakteure, die sie auf dieser Reise nach Moskau und Leningrad begleiteten, waren versammelt, dazu einige Moskau-Korrespondenten westdeutscher Tageszeitungen und Nachrichtenagenturen.

Der Zeitpunkt für ein Zusammentreffen mit Michail Sergewitsch Gorbatschow, den achten Führer der Sowjetunion und unbestrittenen Medienstar, schien günstig. Noch frisch in Erinnerung war sein Washingtoner Gipfeltreffen mit dem amerikanischen Präsidenten Ronald Reagan, auf dem die vollständige Vernichtung aller Mittelstreckenraketen der Supermächte vertraglich vereinbart worden war. Und mit dem Angebot, die strategischen Atomwaffen auf beiden Seiten um die Hälfte zu verringern, hatte er die USA ein weiteres Mal in Zugzwang gebracht. ›Glasnost‹ und ›Perestroika‹, Offenheit und Umgestaltung, die Schlüsselworte seines gesellschaftlichen Reformprozesses, waren in den westlichen Sprachgebrauch eingegangen wie Ketchup und Coca Cola. Plötzlich wehte der frische Wind der Veränderung aus dem Osten. Reagens Amerika wirkte dagegen wie eine gepuderte alte Dame mit falschen Zähnen.

Man begrüßte und unterhielt sich flüsternd. Anders als in den Räumen der Deutschen Botschaft war es kein vorsichtiges Flüstern, sondern ein respektvolles, das sich dem geschichtlichen Prunk des Ortes eingeschüchtert unterwarf. In der Botschaft gab es eine abhörsichere Stahlkabine, die man zum Zweck der freien Rede aufsuchen konnte. Hier ging es nicht um Geheimnisse, sondern um Größe. Jedes Wort, dessen Echo zwischen den weißen Pilastern des Ordenssaales des Heiligen Georg ziellos umhergeirrt wäre, hätte banal geklungen.

Wo sind die Kameraleute? fragte Gundelach seinen jungen Stellvertreter Raible, den er nach Wieners Weggang als ›Ausputzer‹ in die Pressestelle geholt und gleich mit einer Führungsfunktion betraut hatte – Raible zerriß sich dafür vor Eifer.

Sind schon in den Empfangsraum dirigiert worden, wo auch der Roboter steht.

Ja, der Roboter! Solch ein Einfall konnte wohl nur Oskar Spechts Gehirn entspringen. Was bringt man dem zweitmächtigsten Mann der Welt mit, der überdies ein untrügliches Gespür für effektvolle Auftritte besitzt? Eine Weltzeituhr, ein Zeiss-Fernglas wie kürzlich Franz Josef Strauß? Wie einfallslos und langweilig! Wahrscheinlich stapelten sich diese Spielereien in der Asservatenkammer des Kreml oder zirkulierten bei den Schwiegersöhnen und Enkeln der Politbüromitglieder. Wenn Oskar Specht, der Techno-Dynamiker, Michail Gorbatschow, dem Polit-Dynamiker, seine Aufwartung machte, mußte mehr geboten werden – Sinnfälliges, optisch Opulentes.

Lange hatten sie gegrübelt, dann brachte ein Firmenbesuch Specht auf die zündende Idee. Ein deutscher Spielzeugroboter sollte es sein, gesteuert von einem sowjetischen Computer, der den Materialfluß in einer vollautomatischen Fabrik simulierte. Ein west-östlicher technologischer Diwan sozusagen, auf dem jedoch kein Dichter und kein Sänger, sondern ein frohgemuter Ingenieur Platz nahm, welcher seinen kleinen Portalroboter zwischen modellhaft nachgebildeten Bohr-, Fräs- und Stanzmaschinen hin- und herflitzen ließ. Und das nach den Befehlen eines, mit Verlaub, vorsintflutlichen Rechners.

Die Botschaft hatte den Vorschlag übermittelt, das Büro des Generalsekretärs ihm nach diversen Rückfragen zugestimmt, und nun stand das symbolträchtige Demonstrationsobjekt irgendwo zwischen Marmor, Gold und Seide und funktionierte hoffentlich im entscheidenden Augenblick.

Und für die anschließende Pressekonferenz in der Botschaft ist alles vorbereitet?

Klar. Wir haben über fünfzig Anmeldungen. Wird brechend voll.

Hoffentlich, dachte Gundelach dauert das Gespräch nicht bloß eine Viertelstunde. Hoffentlich ist es mehr als ein höflich-interesseloses Geplauder des Mächtigen. Das alte George-Shultz-Syndrom: Fünfzehn Minuten inhaltsleeres Gefasel über Agrarpolitik ... Vor internationalen Journalisten in der Botschaft nichts Berichtenswertes zu sagen zu haben, wäre tödlich. Andererseits: Was soll eine Weltfigur wie Gorbatschow eigentlich veranlassen, mit Oskar Specht länger als eine Viertelstunde Belangloses zu schwätzen, wenn er ihm schon die Ehre gibt? Wird weiß Gott Wichtigeres zu tun haben. Wenn er wollte, könnte er unser Ländchen im Baikalsee ersäufen, Computer hin oder her. Computer! Also, die Zeit für die Vorführung wird auf jeden Fall mitgerechnet, ganz klar. Hoffentlich dauert's recht lang. Hoffentlich klappt's überhaupt ...

Gundelach trippelte. Specht trippelte. Meyer-Landrut lächelte gelassen.

Dann wurden die Journalisten aus dem Saal gebeten. Specht, Meyer-Landrut, Mendel und Gundelach blieben mit einem Herrn des sowjetischen Protokolls zurück. Er bedeutete ihnen, sich noch für wenige Minuten zu gedulden, und verschwand. Der Botschafter berichtete, daß nach seinen Informationen die Unterredung mit dem Generalsekretär im offiziellen, sonst nur für Staatsempfänge reservierten Raum stattfinden werde, was als besondere Auszeichnung zu gelten hätte. Specht mochte es nicht glauben. Auch er unterhielt sich nur flüsternd.

Specht sah auf die Uhr. Gundelach sah auf die Uhr. Kurz vor elf, Moskauer Zeit. Personen der Weltgeschichte legen sich nicht auf die Minute fest.

Legen sie sich überhaupt auf irgendwas fest? Was am meisten an den Nerven zerrt, ist die Ungewißheit. Am Hof des Kaisers kann alles *so* kommen oder auch ganz anders. Wer wollte einem Gorbatschow Vorschriften machen? Was bedeuten wochenlange mühevolle Absprachen gegenüber einem spontanen imperialen Entschluß, einem plötzlich geänderten Kalkül? Wer blickt hinter die endlose Flucht der Goldportale, wer durchdringt die Geheimnisse der Nomenklatura?

Allein der gestrige Tag, denkt Gundelach schaudernd. Ein Wechselbad der Gefühle zwischen Hoffen und Bangen. Gleich nach der Landung der Sondermaschine auf dem Flughafen Scheremetjewo 2 das erste Entsetzen: Statt des angekündigten Vitalij Worotnikow, seines Zeichens Vorsitzender des Ministerrats der Russischen Föderation, erscheint dessen Stellvertreter Tabejew zur Begrüßung, ein Unbekannter mit lächelndem Tatarengesicht.

Worotnikow, der offizielle Gastgeber, sei erkrankt und lasse sich entschuldigen.

Erkrankt? Lange Gesichter, vereinzelt glimmende Schadenfreude. Wer glaubt in der Diplomatie an Erkrankungen? Wird Spechts ostpolitischer Höhenflug schon jetzt zur Bauchlandung? Hat nicht auch der Besuch von Franz Josef Strauß vor sechs Wochen, dieser brachial durchgesetzte Prestigetrip eines nicht zu steuernden Hobbypiloten, mehr Schaden als Nutzen gestiftet, weil Strauß sich nach dem Gespräch mit Gorbatschow wie der Kanzler persönlich gerierte? Und ist der sowjetische Außenminister Schewardnadze nicht gerade erst enttäuscht und grimmig aus Bonn abgereist, weil Helmut Kohl die Einladung ausschlug, im ersten Halbjahr 1988 nach Moskau zu fahren? Kohl, der unverbesserliche Dickschädel. Wollte mit Gewalt erzwingen, daß Gorbatschow ihn, den deutschen Kanzler und amtierenden Ratspräsidenten der Europäischen Gemeinschaft, zuerst aufsucht. Ging gründlich daneben.

Muß Specht jetzt die Suppe auslöffeln? Läßt man ihn, den stellvertretenden Bundesvorsitzenden der CDU, den Zorn einer gekränkten Hegemonialmacht spüren?

Die Botschaft glaubt es nicht. Die Botschaft glaubt, daß Worotnikows Krankheit echt ist. Außerdem ist da noch der Brief, den man per Eilkurier dem Büro des Generalsekretärs übermittelt hat. Der Brief des Kanzlers an Gorbatschow, den Specht im Reisegepäck mitführte. Gundelach weiß, was drinsteht: Der Kanzler erklärt sich bereit, spätestens im Oktober die UdSSR zu besuchen. Nun also doch.

Specht mißt sich großen Anteil am Sinneswandel des Pfälzers bei: im Präsidium habe man Klartext mit ihm geredet. Am Tag vor der Abreise dann der Brief, die erlösende Zusage, die einstweilen noch als geheime Kommandosache behandelt wird. Vielleicht hat sie aber den Adressaten noch gar nicht erreicht? Vielleicht ist das Protokoll, wie es Protokolls Art ist, zu unflexibel, um auf die jüngste Wende zum Besseren schon reagieren zu können?

Wohl doch nicht. Die Unterredung mit Silajew, dem stellvertretenden Vorsitzenden des Ministerrats der UdSSR, verläuft planmäßig und in guter Atmosphäre. Bei der Kranzniederlegung am Grab des Unbekannten Soldaten an der Kremlmauer geraten die des Russischen mächtigen Korrespondenten und Botschaftsangehörigen gar in erstaunte Aufregung: erstmals habe der diensthabende Offizier in seiner Meldung nicht von ›Opfern des Kampfes gegen den Faschismus‹ gesprochen, sondern allgemein vom ›Kampf für Frieden und Freiheit‹. Eine Geste, die Specht als politischen Vertreter der deutschen Nachkriegsgeneration würdigen soll? Ein verschlüsseltes Dankeschön dafür, daß er den Kanzler vorigen Herbst brieflich aufgefordert hat, auf die Modernisierung der Pershing-Raketen zu verzichten? Oder aber eine generelle neue Sprachregelung?

Zeiten des Wandels, Zeiten der Astrologie.

Danach wieder quälende Ungewißheit: Specht im Außenministerium, und Edward Schewardnadze läßt auf sich warten. Grollt er? Kommt er am Ende gar nicht? Er kommt, verspätet, und ist förmlicher, kühler, als man ihn vom letzten Zusammentreffen in der Bonner Botschaft der Sowjets in Erinnerung hat. Beklagt sich, wieder einmal, über die ›verdammte Cocom-Liste‹, die den Export hochtechnologischer Güter in kommunistische Länder verbietet. Zeigt sich verstimmt über die Aufstellung einer deutschfranzösischen Militärbrigade. Sagt auffallend wenig über das morgige Spitzenereignis. Specht wiegelt nach Kräften ab, ist aber deutlich verunsichert, als der Außenminister ihn nach einer halben Stunde zur Tür geleitet. Gundelach spürt das. Eine halbe Stunde Unterredung ist nicht berauschend. Man hatte erheblich mehr Zeit eingeplant.

Wenn schon der Außenminister so wenig Engagement zeigt, wie wird das erst bei seinem Chef werden? Hinter den Schläfen pulsiert die Viertelstundenangst.

Den Journalisten erzählt man Staatsmännisches. Beim Abendessen im Haus der Russischen Föderation hellen sich die Mienen wieder auf. Nicht Tabejew vertritt diesmal Worotnikow, der einflußreiche ZK-Sekretär Anatolij Dobrinyn gibt dem Gast die Ehre. Dobrinyn, der Deutschlandkenner, der Außenpolitiker. Gorbatschow hält große Stücke auf ihn. Und Dobrinyn sprüht vor guter Laune. Das läßt hoffen. Die Hoffnung trägt bis ins Pressezentrum des Außenministeriums, wo routinemäßig ein Empfang für Spechts journalistischen Begleittroß gegeben wird. Wird genährt, befeuert, als Anatolij Frenkin erscheint.

Der gute Frenkin! Ganze Arbeit hat er geleistet, mehr als Gundelach je zu hoffen wagte. In der Wochenzeitung des russischen Schriftstellerverbands ›Literaturnaja Gaseta‹ hat er Oskar Specht hymnisch als den ›dynamischsten und tüchtigsten deutschen Christdemokraten‹ gepriesen, über den in der Bundesrepublik ›offen als künftiger Kanzler‹ gesprochen werde. Und das staatliche Fernsehen, heißt es, habe diese Formulierung in einem Vorbericht übernommen.

Was will man mehr? Gundelach kennt Frenkin seit dessen Bonner Korrespondentenzeit. Hat ihn des öfteren auf Schloß Monrepos eingeladen, hat ihm ein Exemplar der ›Wende nach vorn‹ mit langer, persönlicher Widmung Spechts verschafft. Frenkin ist begeistert von dem Buch, er will es unbedingt ins Russische übersetzen. Es kursiere, sagt er, sogar im Zentralkomitee. Wie zum Beweis dafür hat Tabejew bei der Begrüßung Spechts aus der ›Wende nach vorn‹ zitiert. Das macht Eindruck; Frenkins Eloge, vom Sprachendienst der Deutschen Botschaft eilends übersetzt, noch mehr.

Wrangel, denkt Gundelach, wäre zufrieden mit mir. Und er umarmt den kleinen, schwarzhaarigen Frenkin, der jetzt Chefredakteur der ›Literaturnaja Gaseta‹ ist, mit der Herzlichkeit eines Bruders.

Im Pressezentrum summt es wie in einem Bienenkorb. Frenkin sagt, er habe Gorbatschows engste Berater mehrfach auf die Wichtigkeit des Specht-Besuchs hingewiesen. Eigentlich sei es aber gar nicht mehr nötig gewesen. Auch Valentin Falin, der frühere Sowjetbotschafter in Bonn, der jetzt bei Gorbatschow wieder hoch im Kurs stehe, zeige sich von Spechts bundespolitischer Zukunft überzeugt ...

Dann entsteht Unruhe, ja Hektik. Die Journalisten drängen vor einen Fernsehapparat. Gorbatschow verliest eine Erklärung. Die Sowjetunion, sagt er, wird im Mai damit beginnen, ihre Truppen aus Afghanistan abzuziehen. Binnen eines dreiviertel Jahres soll der Abzug vollständig abgeschlossen sein. Eine Sensation! Ein neuer Coup dieses ungeheuren, offenbar keinerlei Tabus kennenden Dynamikers.

Die Journalisten stieben auseinander. Es gibt jetzt Wichtigeres zu tun, als Canapees zu futtern.

Welch ein Tag, der Tag vor dem Tag!

Und da soll der Kremlgewaltige heute Zeit haben für ein Plauderstündchen mit einem Herrn Specht?

Die Tür am Kopfende des Georgiewskij-Saales öffnete sich. Der Protokollbeamte bat sie, nun sehr steif und ernst, ihm zu folgen. Specht ging voraus, Meyer-Landrut, Mendel und Gundelach folgten mit leichtem Abstand. Sie durchschritten mehrere Räume, und immer taten sich die goldenen Portale wie von Geisterhand auf. Gundelach sah wie im Taumel riesige vergoldete Spiegel, rote Seidentapeten, malachitgrüne Säulen und Kamine. Vor den Flügeln einer bereits offenstehenden Tür gebot ihr Führer mit einer Handbewegung Halt.

Der Katharinen-Saal! flüsterte Meyer-Landrut. Nur der Bundespräsident ist bisher hier empfangen worden.

Und Strauß? flüsterte Gundelach.

Strauß war im Arbeitszimmer des Generalsekretärs.

Langsam wurde die gegenüberliegende Tür aufgezogen. In einem taubenblauen Anzug, straff und gebräunt, erschien Gorbatschow. Auf einen Wink des Protokollbeamten setzten sie sich in Bewegung. Etwa in der Mitte des Saals schüttelten Specht und Gorbatschow einander die Hände.

Das einsetzende Blitzlichtgewitter machte Gundelach auf die Journalisten aufmerksam, die sich hinter einer Absperrung entlang der Wand drängten. Vor ihnen, auf einem Rokokotisch, war der Spielzeugroboter nebst sowjetischem Computer plaziert.

Die Begrüßung verlief kurz und korrekt. Gorbatschow, vom Vorsitzenden der sowjetischen Außenhandelskommission Kamenzew begleitet, schien nur mäßiges Interesse an dem kleinen Monstrum zu haben, das sich, von einem Techniker der Herstellerfirma in Betrieb genommen, mit ruckartigen Schwüngen in Bewegung setzte.

Specht sagte, die Anlage simuliere den Produktionsablauf in einer modernen Fabrik. Gorbatschow erwiderte, er hoffe, daß man ihm die Konstruktion später noch erklären werde. Offenbar wollte er weitschweifigen technischen Darlegungen zuvorkommen. Die Kameras surrten, die Journalisten reckten die Hälse. Spielt er mit dem Ding? Lobt er die westliche Technik? Sagt er wenigstens was zum Symbolgehalt des Geschenks?

Nichts dergleichen. Gerade so lange, wie es den Bedürfnissen der Pressefotografen entsprach, hielt er vor dem Tisch inne, dann wandte er sich ab und sagte: Nun müssen wir leider wieder arbeiten.

Sein mondgesichtiger Dolmetscher übersetzte es.

Sie nahmen an einem länglichen vergoldeten Tisch Platz. Die Medienleute umringten sie. Gorbatschow sagte, er habe die Landeshauptstadt schon einmal besucht, als Parteichef von Stawropol, auf der Durchreise zu einer Veranstaltung der Deutschen Kommunistischen Partei in Nürnberg. Am 8. Mai sei das gewesen, dem Tag der deutschen Kapitulation. In seinem Hotelzimmer habe er morgens die Glocken einer nahegelegenen Kirche gehört.

In einer solchen Situation denkt man: Wo wird das wohl noch hinführen? War darin eine Ermunterung zu sehen, ihn offiziell einzuladen? Specht zögerte mit der Antwort.

Vielleicht, sagte er unbestimmt, finden Sie einmal Gelegenheit, die Eindrücke Ihrer damaligen Reise nachzuempfinden.

Meyer-Landrut nickte zustimmend. Die Journalisten wurden energisch hinausgebeten. Die großen Türflügel schlossen sich.

Sofort eröffnete Gorbatschow das Gespräch. Er saß gerade, die Unterarme auf die Tischplatte gestützt, doch ohne Steifheit. Seine Augen waren auf Specht gerichtet. Der Eindruck federnder Präsenz, den Gundelach schon beim ersten Anblick gewonnen hatte, verstärkte sich im direkten Gegenüber. Der Mann besaß Charme und Willenskraft und die Gabe, beides kontrolliert einzusetzen; dazu eine jünglingshafte Ungeduld, der alles Floskelhafte zuwider schien.

Er habe, sagte Gorbatschow, bei der Vorbereitung zu diesem Treffen mit Freude gelesen, daß der Handelsaustausch zwischen der UdSSR und dem Heimatland seines Gastes im letzten Jahr stark gestiegen sei. Dies sei ein gutes Beispiel für die Wende von der Konfrontation zur Zusammenarbeit, welche die Sowjetunion anstrebe. Mit dem erfolgreichen Abschluß der Verhandlungen über den Abbau und die Vernichtung aller atomaren Mittelstreckenwaffen sei ein erster, wichtiger Schritt getan.

Dann begann er, die aktuellen abrüstungspolitischen Themen aus Sicht der Sowjetunion zu erläutern. Die DDR bezog er in die angestrebte Reduzierung der konventionellen Waffen und der taktischen Atomwaffen jeweils mit ein. Es sei nötig, sagte er, eine Zone des Vertrauens zu schaffen, in der man sich nicht mehr mit Mauern voneinander abgrenzen müsse. Die Sowjetunion werde ihre Verteidigungsausgaben um mehr als zehn Prozent senken. Und mit ihrer Teilnahme an der Konferenz über Sicherheit und Zusammenarbeit in Europa habe sie ihren Willen zur Entspannung ja bereits nachhaltig unter Beweis gestellt.

Er sprach lebhaft und in einem angenehm fließenden Rhythmus. Dem Dolmetscher blieb wenig Zeit, seine Mitschrift in rauhem Deutsch zu verlesen. Wiederholt setzte Gorbatschow zu neuen Ausführungen an, während das Mondgesicht noch übersetzte.

Specht kritzelte ab und zu Stichworte in eines der kleinen braunen Notizhefte, die vor ihren Plätzen auflagen. Meyer-Landrut, der noch am Nachmittag einen detaillierten Bericht ans Bonner Außenministerium zu kabeln hatte, und der Dolmetscher des Auswärtigen Amtes, dessen Aufgabe es war, Spechts Einlassungen ins Russische zu übertragen, schrieben ausführlicher. Auch Mendel und Gundelach füllten Blatt um Blatt. Gundelach warf nebenher immer wieder verstohlene Blicke auf seine Armbanduhr und registrierte mit Freude, wieviel Zeit bereits verstrichen war. Und Gorbatschow war mit seinen einleitenden Bemerkungen, die den Bogen, um seines Gesprächspartners geringe bundespolitische Kompetenzen unbekümmert, weit spannten, noch keineswegs am Ende!

Er straffte seine Haltung und ging zum Angriff über.

Leider, sagte er gemäß des Dolmetschers gleichbleibend monotoner Wiedergabe, erkennen wir bei der BRD und der Nato bisher keine Bereitschaft, unsere Vorleistungen mit ähnlich konkreten Maßnahmen zu beantworten. Die westliche Doktrin der Abschreckung ist seit dem Harmel-Bericht von 1967 unverändert geblieben, sie gilt heute wie damals. Auch im Verhalten der Bundesrepublik gibt es Zweideutigkeiten, die nicht zu übersehen sind. Das jüngste Beispiel dafür sind die Überlegungen, die man bei Ihnen zu atomaren Gefechtsfeldwaffen und den Folgewaffen für Lance-Raketen anstellt. Hier gibt es doch überhaupt keinen Entscheidungsbedarf! Es entbehrt jeder Logik, zugleich abzurüsten und aufzurüsten. Ein Zögern bei der Abrüstung der Waffensysteme bis 500 Kilometer Reichweite kann gefährliche Folgen haben, denn es bestehen eindeutige Zusammenhänge mit dem Bereich der strategischen Offensivwaffen. Werden die taktischen Waffen beibehalten, führt das unweigerlich auch zur Destabilisierung der strategischen Lage.

Gorbatschow blickte bei diesen Worten sowohl in Spechts als auch in Meyer-Landruts Richtung. Gundelach hatte das Gefühl, diese Passage sei vor allem für den fälligen Rapport an die Bundesregierung bestimmt. Offenbar sah sich die Sowjetunion nach den Vereinbarungen über den Abbau ihrer modernen SS-23-Raketen durch die technologische Überlegenheit des Westens bei nuklearen Kurzstreckenwaffen in einer geschwächten Position.

Doch wer, dachte er, kennt sich beim Zählen der Sprengköpfe und Raketen schon wirklich aus?

Gundelach rieb die ermüdenden Finger. Gorbatschow bemerkte es, lächelte und behielt den gelassen-aufgehellten Gesichtsausdruck bei, als er, den militärischen Exkurs fürs erste beendend, seine Lieblingsvokabel vom ›gemeinsamen europäischen Haus‹ aufgriff und die Fortschritte lobte, die beim Handelsaustausch und im humanitären Bereich zu verzeichnen seien. Seine Berater hätten ihm mitgeteilt, fuhr er fort, daß es sich bei Spechts Heimatland um das wirtschaftsstärkste Gebiet der Bundesrepublik handle. Das auf über eine Milliarde Mark angestiegene Handelsvolumen mit der UdSSR belege diese Einschätzung. Die UdSSR befinde sich gerade in intensiven Vorbereitungen zum nächsten Parteitag und verfolge ehrgeizige Ziele. Er hoffe, daß sich viele Firmen aus der Bundesrepublik und insbesondere aus dessen technologisch am weitesten vorangeschrittenem Teil an der Modernisierung der sowjetischen Wirtschaft beteiligten. Aus Gesprächen mit der Führung der DDR wisse er, daß Specht auch dort einen guten Ruf als Wirtschaftsfachmann genieße, und das könne dem Verhältnis der beiden deutschen Staaten nur zugute kommen. Nach dem Besuch des Staatsratsvorsitzenden Honecker im Herbst 1987 sei ohnehin eine neue Phase des Dialogs und der humanitären Erleichterungen erreicht.

Einen solchen Besucherstrom zwischen der BRD und der DDR hat es doch noch nie gegeben! rief er und nannte zum Beweis eine Zahl von über zehn Millionen Menschen, die als Reisende die Grenze passiert hätten. Jetzt kommt es darauf an, pragmatisch vorzugehen und die beim Besuch von Herrn Honecker unterschriebenen Abkommen mit Leben zu erfüllen. Denn – schloß er etwas sibyllinisch – man kann Geschichte nicht umschreiben.

Dann lehnte er sich zurück, stützte die Hände leicht auf die Tischkante und blickte sein Pendant ruhig und forschend an.

Nun war die Reihe an Oskar Specht. Der legte zunächst eine Kunstpause ein, indem er in seinem Notizblock zurückblätterte. Dann räusperte er sich entschlossen und dankte für die freundliche Einladung. Doch verwandte er darauf nicht mehr Emphase, als ihm in Anbetracht der erkennbaren Neigung Gorbatschows für konzentrierte Sachdebatten wohl geboten schien.

Gundelach war gespannt, ob Specht an Gorbatschows wirtschafts- und deutschlandpolitische Bemerkungen anknüpfen oder sich auch auf das weite Feld der Abrüstungspolitik trauen werde, auf dem er keinerlei politische Kompetenz besaß. Doch schnell wurde klar, daß der Ministerpräsident nicht daran dachte, sich irgendwelchen innenpolitischen Zwängen zu unterwerfen.

Er teile die positive Bewertung Gorbatschows hinsichtlich des Abkommens über den Abbau aller Mittelstreckenraketen, sagte Specht und schlug dann einen großen Bogen zu allen Fragestellungen, die der sowjetische Staats- und Parteichef angesprochen hatte. Als er darauf hinwies, daß es für den Westen einen engen Zusammenhang zwischen atomaren Kurzstreckenwaffen und den konventionellen Streitkräften gebe, bei denen der Ostblock ein deutliches Übergewicht besitze, verschloß sich Gorbatschows Gesicht. Aber er schwieg.

Nun beugte sich Specht vor und nahm beschwörend die Hände zuhilfe. Natürlich, sagte er eindringlich, muß die NATO ihre Verteidigungsphilosophie weiterentwickeln, natürlich kann sie nicht bei den strategischen Grundsätzen des Harmel-Berichts stehenbleiben! Was heißt denn Abschreckung in heutiger Zeit? Abschreckung in Mitteleuropa kann doch nicht mehr die Fähigkeit zum Erstschlag bedeuten, bei dieser Kleinräumigkeit, bei diesen gewaltigen Zerstörungspotentialen. Jeder Einsatz von nuklearen Waffen unter 500 Kilometern Reichweite gefährdet doch den Angreifer selbst! Nachdem wir uns so weit auf den Prozeß eines qualitativen und quantitativen Abbaus der Angriffsfähigkeit eingelassen haben, ist dieser Weg unumkehrbar, Herr Generalsekretär. Sie dürfen versichert sein, daß die Bundesrepublik dabei als treibende Kraft auftritt, denn uns ist sehr wohl bewußt, daß wir die Hauptleidtragenden eines Überraschungsangriffs wären!

Gundelach sah mit Erleichterung, wie sich Gorbatschows Mimik entspannte.

Auch Specht schien den Eindruck einer den militärischen Erläuterungen des Kremlgewaltigen ebenbürtigen Replik zu haben. Er lockerte seine Haltung und meinte, die Menschen seien der Politik im Willen zur Zusammenarbeit sowieso weit voraus. Ein bedeutendes Unternehmen seines Landes habe bereits fertige Pläne für die Umrüstung der sowjetischen SS-23-Lafetten zu mobilen Baukränen ausgearbeitet. Der Geschäftsführer befinde sich in seiner Delegation und sei bereit, der sowjetischen Seite ein konkretes Angebot zu unterbreiten.

Ausgezeichnet! rief Gorbatschow und lachte, wie auch Kamenzew, zustimmend. Specht wurde zusehends sicherer.

Vertrauen, sagte er, ist in der Tat die Grundlage jeden Fortschritts. Leider gibt es bis in die jüngste Zeit hinein immer wieder Zwischenfälle an der Berliner Mauer, Schießereien von DDR-Grenzsoldaten, bei denen Menschen zu Tode kommen. Man kann es uns nicht verübeln, wenn wir angesichts solcher Ereignisse Zweifel an der Vertrauenswürdigkeit der DDR-Führung hegen. Gerade in einem gemeinsamen Haus ist es wichtig, daß sich die Beziehungen der unmittelbaren Nachbarn gut entwickeln und jene Kräfte unterstützt werden, die konstruktiv und guten Willens sind. Der Reise- und Besucherverkehr, den Sie erwähnt haben, Herr Generalsekretär, ist für uns ein besonderer Gradmesser dieses guten Willens. Wir wären deshalb dankbar, wenn die lockere Handhabung der DDR-Vorschriften durch die dortigen Behörden nicht nur vorübergehend erfolgen, sondern auf Dauer fortgesetzt würde.

Es gab keinen Widerruf! warf Gorbatschow mit einem Unterton von Verwunderung ein. Ich wüßte jedenfalls nichts davon.

Das ist erfreulich zu hören, antwortete Specht, der inzwischen jede Befangenheit abgelegt hatte. Und es stellt eine gute Voraussetzung für den Besuch des Bundeskanzlers dar, den er Ihnen in seinem persönlichen Schreiben für September oder Oktober dieses Jahres vorgeschlagen hat. Helmut Kohl hat mich darüber hinaus vor meiner Abreise gebeten, Ihnen seine besten Grüße zu übermitteln.

Ich darf Sie schon jetzt bitten, dem Herrn Bundeskanzler besonders herzliche Grüße meinerseits zu überbringen und ihm zu sagen, daß ich mich auf seinen Besuch freue!

Eine Pause trat ein. War das ein Zeichen zum Aufbruch? Das Gespräch dauerte bereits über eine Stunde. Andererseits: ›Schon jetzt‹ hatte Gorbatschow, der seine Worte sorgfältig wählte, gesagt ... Und Wirtschaftsfragen waren überhaupt noch nicht behandelt worden.

Noch ein halbes Stündchen, dachte Gundelach, dann hätten wir Strauß übertroffen! Mach weiter, Oskar, mach einfach weiter!

Und Specht machte weiter.

Lässig, als wäre er mit der prunkenden Atmosphäre des Kreml jetzt erst so richtig vertraut geworden, setzte er zu einem umfänglichen Diskurs über den Zustand der Weltwirtschaft an, deren beherrschendes Merkmal der rapide wachsende Zwang zur internationalen Arbeitsteilung sei. Für die Europäer verschärfe und beschleunige sich das Problem durch den heranrückenden Binnenmarkt, sagte er, doch sei dies ein heilsamer Zwang. Die Firmen würden nämlich auf diese Weise frühzeitig mit der Tatsache konfrontiert, daß sie nur mit Produktionen von gewaltiger Wertschöpfung und wirtschaftlich-technischen Kooperationen überleben könnten.

Er frage sich immer wieder, fuhr er, den Finger an die Nase führend, fort, warum solch eine arbeitsteilige und kostensparende Zusammenarbeit eigentlich nur mit den USA oder mit Asien möglich sein solle, nicht aber mit Osteuropa oder mit Betrieben der DDR. Es gebe nach seiner Überzeugung keine prinzipiellen, sondern nur praktische Schwierigkeiten, und die seien überwindbar. Wenn es gelinge, ein paar ökonomische Gemeinschaftsprojekte auf die Beine zu stellen, werde das eine enorme Sogwirkung ausüben, da kenne er seine Unternehmer genau. Deshalb werde er morgen mit der Industrie- und Handelskammer von Leningrad die Durchführung gemeinsamer Managementseminare vereinbaren, und er könne sich gut vorstellen, daß man auch ein Seminar über Weltmarktstrategien abhalten könne ...

Da war Oskar Specht also nun in seinem ureigensten Element. Mehrfach mußte ihn der Dolmetscher bitten, im Redefluß innezuhalten, um ihm die Chance zur wortgetreuen Wiedergabe zu lassen. Auch Kamenzew schrieb eifrig mit, und sogar Gorbatschow hatte einige Male zum Füllfederhalter gegriffen.

Wahrscheinlich hatte Specht noch eine Reihe weiterer Ideen ausbreiten wollen. Doch Gorbatschow, nun wieder Führer einer Weltmacht, zog das Gespräch an sich und resümierte.

Ich stelle mit Befriedigung fest, sagte er, daß zwischen uns in Fragen der Friedenssicherung weitgehend Übereinstimmung besteht. Ich möchte nochmals unterstreichen, daß die Sowjetunion bereit ist, große Anstrengungen zu unternehmen, um bei der konventionellen Abrüstung zu raschen und deutlichen Fortschritten zu gelangen. Wir sind zu einer erheblichen Reduzierung unseres Waffenpotentials, auch im Mehrfach-Verwendungsbereich, bereit. Wir müssen jedoch auf der anderen Seite Klarheit über die Zukunft der atomaren Kurzstreckensysteme haben. Sogar Herr Strauß und Herr Dregger haben in jüngster Zeit darauf hingewiesen, daß Raketen unter 500 Kilometern Reichweite für die Sowjetunion eine besondere Bedrohung darstellen.

Er legte eine Pause ein, dann fügte er mit veränderter, leiserer Stimmer hinzu: Wer von uns hätte noch vor zehn Jahren zu hoffen gewagt, daß sich die Beziehungen zwischen unseren Ländern und Gesellschaftssystemen so entwickeln werden?

Was die von Specht angesprochenen Vorfälle an der Berliner Mauer betreffe, erklärte er, seine Notizen geschäftsmäßig abarbeitend, so kenne er die Vorgänge nicht genau und könne deshalb ihren Wahrheitsgehalt nicht beurteilen. Auch sei er nicht verantwortlich für die Informationspolitik des deutschen Bundesnachrichtendienstes. Sein Verteidigungsminister habe ihm jedenfalls, anders als noch vor zwei Jahren, definitiv versichert, für DDR-Grenzsoldaten gebe es keinen Schießbefehl. Und was den Besucher- und Reiseverkehr betreffe, könne er mit Sicherheit sagen, daß die Zügel weiterhin locker gelassen würden.

Botschafter Meyer-Landrut nickte befriedigt und schrieb. Gorbatschow, offenbar froh, mit dieser Erklärung das unangenehme Thema verlassen zu können, lehnte sich zurück und wandte sich den wirtschaftlichen Fragen zu.

Ich stimme, sagte er zuvorkommend, Ihren Gedanken und Vorschlägen, Herr Ministerpräsident, im Prinzip zu. Doch müssen wir die Gewißheit haben, daß wir bei verstärkten Handelsbeziehungen nicht durch westliche Embargovorschriften behindert werden. Die Sowjetunion ist kein Flohmarkt, und wir haben kein Interesse an irgendwelchem Trödelkram –.

Mein Land, Herr Generalsekretär, hat keinen Trödelkram zu verkaufen, unterbrach ihn Specht. Dafür sind andere zuständig!

Dann ist es gut, antwortete Gorbatschow ernsthaft. Ihre Unternehmen können durchaus mit unseren Kombinaten direkt verhandeln, sie brauchen nicht erst die zuständigen Ministerien zu fragen. Ein gemeinsames Auftreten auf den Weltmärkten liegt im originären Interesse der Sowjetunion. Zuvor muß aber ein intensiver Erfahrungsaustausch erfolgen, um die Spielregeln der gegenseitigen Wirtschaftssysteme besser kennenzulernen.

Gundelach hatte den Eindruck, daß der Herr des Kreml mit dem Herzen nicht mehr so recht bei der Sache war. Eher formelhaft klang sein Bekenntnis zu mehr wirtschaftlicher Gemeinsamkeit. Oder lag es daran, daß er sich auf diesem Gebiet nicht so gut auskannte? Hatte man ihn vielleicht sogar gewarnt, dem ›Wirtschaftsfachmann Specht‹, der von Anatolij Frenkin so emphatisch gelobt worden war, zu schnell und unbedacht entgegenzukommen?

Er sah auf die Uhr und dachte: was soll's? Dreizehn Uhr vorbei. Seit über zwei Stunden sitzen wir hier. Unglaublich. Franz Josef absolut in den Schatten gestellt! Das gibt ein riesiges Medienecho. Bundesweit, international. Und das sechs Wochen vor der Landtagswahl!

Specht schien das wirtschaftliche Privatissimum indessen noch eine Weile fortsetzen zu wollen. Erst pries er die Exportstärke seines Landes, das mit einem Ausfuhrvolumen von über hundert Milliarden Mark sogar die Schweiz und Schweden in den Schatten stelle. Dann merkte er in ungewohnter Bescheidenheit an, trotz dieser Erfolge habe auch die heimische Wirtschaft mit dem Tempo der internationalen Marktveränderungen erhebliche Probleme.

Gorbatschow lächelte, als wollte er sagen: Deine Sorgen möcht ich haben! Dann breitete er die Arme aus und rief mit gespielt großer Geste: Der Markt von der Elbe bis zum Stillen Ozean steht Ihnen offen!

Die Audienz war beendet. Gorbatschow reichte Specht über den Tisch die Hand, dankte ihm für die ›außerordentlich informative Unterredung‹ und bat ihn nochmals, dem Herrn Bundeskanzler seine besten Wünsche zu übermitteln.

Man erhob und verabschiedete sich. Die Tür des Katharinen-Saals wurde geschlossen. Derselbe Bedienstete, der sie in Empfang genommen hatte, brachte sie zum Ausgang, wo die schwarze Limousine wartete.

Im Auto sprachen sie wenig, obwohl ihre Hirne und Münder zum Bersten gefüllt waren. Aber man wußte ja, daß der sowjetische Geheimdienst KGB mitfuhr. Dafür strahlten die Kuppeln und Kreuze der Kremlkirchen doppelt so hell wie bei der Ankunft, und die üppige Ornamentik der Basiliuskathedrale am südlichen Ende des Roten Platzes leuchtete in allen Farben des Regenbogens.

In schneller Fahrt, die doch nicht schnell genug sein konnte, ging es auf dem Mittelstreifen der großen, grauen Straßen zur Deutschen Botschaft. Gundelach lief, während Specht noch kurz ›um die Ecke‹ biegen wollte, geradewegs in den hoffnungslos überfüllten Konferenzsaal, in dem es wie in einem Opernhaus, dessen Vorhang sich nicht heben will, rumorte. Lief und schüttelte Hände, lachte und sagte immer wieder: Zwei Stunden, dreiundzwanzig Minuten! Zwei Stunden, dreiundzwanzig Minuten!

Und diese Zahl, die, sagen wir, im großen und ganzen stimmte, höchstens die Fahrtzeit über den Roten Platz noch mit einbezog, machte wie ein Lauffeuer die Runde und war, neben der Ehre des Katharinen-Saals, der zweite, endgültige Beweis für die Exzeptionalität des Ereignisses, dem er gerade beigewohnt hatte. Eines Ereignisses, das seinen Rang und Wert nun unverrückbar in sich trug, egal wie viel oder wenig Specht anschließend sagen würde.

Und das war gut so. Denn Specht sagte, bei Licht besehen, nicht allzu viel. Als wäre er im Hauch des Weltpolitischen, der ihn angeweht hatte, erstarrt, druckste und wand er sich, flüchtete in Allgemeinplätze und mied, des Schicksals eingeschüchterter Augen- und Ohrenzeuge, jede Festlegung.

Doch ehe sich Enttäuschung breitmachen oder Spekulationen über unerhörte, der Wiedergabe nicht zugängliche Mitteilungen ins Kraut schießen konnten, wurde ein Fernschreiben hereingereicht – und siehe da: Gorbatschow selbst, der Medienprofi, trug das Geschehen in schöner, klarer Sprache über die Nachrichten-Agentur TASS auf den Markt der Öffentlichkeit.

Specht überflog die Meldung, lächelte schmal und sagte:

Na also, da steht alles Wesentliche drin.

Abends saß man in der Wohnung des ARD-Korrespondenten Gerd Ruge beisammen; trank Wodka und Bier und redete sich über Gorbatschows Chancen, das Militär und die Partei in Schach zu halten, die Köpfe heiß.

Gundelach hütete die TASS-Rolle wie einen Schatz; er kannte sie bald auswendig. Als dann noch die Fernsehnachrichten zur besten Sendezeit mit Spechts Visite aufmachten und ihr geschlagene sechs Minuten widmeten, kannte die ins Ehrfürchtige mutierende Begeisterung keine Grenzen.

Unwahrscheinlich, murmelte Specht mit schwerer Zunge. Es war wirklich unwahrscheinlich!

So endete die Sternstunde im Leben des Oskar Specht. Und Gundelach konnte in seinem großen überheizten Zimmer im Hotel Moskwa nicht einschlafen, weil ihn die Frage, ob sich Michail Sergejewitsch Gorbatschows Aufmerksamkeit an die Person oder an den Übermittler Oskar Specht gerichtet, mit anderen Worten: ob sie dem künftigen Kanzler oder dem Vorboten des jetzigen gegolten hatte, mit einer Intensität beschäftigte, wie sie sich nur durch eine völlig überreizte Fantasie erklären läßt.

Als er sie endlich entschieden zu haben meinte, schlief er ein, und plötzlich saß Werner Wrangel auf der knarzenden Bettkante und boxte ihm lachend in die Rippen.

Sagen und Nichtsagen

Nein, er hätte nicht geglaubt, daß es so leicht gehen würde.

Früher dachte er, ein Mensch, der sich von einer privaten zur öffentlichen Person wandelt, müsse dabei auch im Innern eine Veränderung spüren. Eine Spaltung des Ich in einen nach außen gekehrten, zugänglichen und einen tief in der Brust verborgen gehaltenen Teil. So las man es ja zuweilen in idyllischen Berghütten-Interviews mit Prominenten. Eigentlich waren die immer ganz anders, nur durften sie es nicht zeigen. Und auch bei Specht klang dieses postromantische Zwei-Seelen-Motiv immer mal wieder an. Etwa, wenn er den introvertierten Genuß einer Zigarre, eines Bordeaux oder eines abstrakten Gemäldes für das höchste Glücksgefühl erklärte oder seine Wahlkampfreden mit der abfälligen Bemerkung versah, er selbst stehe dabei neben sich und schlafe.

Gundelach hatte nicht das Gefühl eines Zwiespaltes. Wahrscheinlich war er noch zu neu im Geschäft. Er fand es leichter, einen mit öffentlichen Terminen vollgestopften Tag zu absolvieren, als an der Schreibmaschine zu sitzen, Reden und Bücher für andere zu verfassen und sich selbst und der Familie den Grund der Müdigkeit, des Zweifels, der Depression erklären zu müssen.

Jetzt erklärte sich alles von außen her, objektiv und nachprüfbar. Man war, was man machte, und er machte viel: Pressekonferenzen, Redaktionsbesuche, Interviews, Vorträge. Specht ließ ihn gewähren.

Der Wahlkampf nahm an Schärfe zu und konzentrierte sich auf die Frage, ob Oskar Specht beim Verlust der absoluten Mehrheit zurücktreten werde oder nicht. So hatten sie es haben wollen. Specht erklärte kategorisch, für eine Koalition nicht zur Verfügung zu stehen. Die FDP versuchte, seine Drohung als taktische Finesse herunterzuspielen. SPD und Grüne beklagten das mangelnde Demokratieverständnis des Ministerpräsidenten.

Wieder einmal drehte sich alles um Oskar Specht.

Der aber war nach dem Treffen mit Gorbatschow und einem pompösen Aufgalopp europäischer Spitzenmanager auf Schloß Monrepos in die lichten Höhen des landespolitischen Übervaters entschwunden. Es ging nicht mehr darum, die CDU zu wählen – das Volk war aufgerufen, Specht zu halten. Fürs tagespolitische Ungemach dagegen blieb der Kanzler in Bonn zuständig.

Die SPD merkte spät, welche undankbare Arbeitsteilung man ihr aufgezwungen hatte. Plötzlich war ihr unverbrauchter Bonner Hoffnungsträger keine bereichernde Novität mehr, sondern der an der Haustür klopfende

Vertreter des alten, müden Systems. Gundelach streute mit Genuß den Mantel-Slogan. Körner beeilte sich zu erklären, auch als Oppositionsführer werde er im Land bleiben. Damit beschrieb er seine Niederlage selbst.

Ende März erfolgte die Landtagswahl. Die CDU erhielt entgegen dem allgemeinen Trend 49 Prozent der Stimmen. Keine Oppositionspartei konnte zulegen; die FDP schaffte die Fünfprozent-Hürde nur knapp. Specht triumphierte.

Als Gundelach am Abend der Wahl im unbeschreiblichen Gedränge des Landtags Körner begegnete, zuckte er zusammen. Der jugendliche Plakatheld war leichenblaß, schwankte und hatte Tränen in den Augen. Schnell ließ sich der Regierungssprecher von der Woge der Begeisterung, die den Erfolgreichen umschmeichelt, weitertragen.

Machen wir einfach so weiter wie bisher, sagte Specht an einem der nächsten Tage, als sich die allgemeine Aufregung gelegt hatte.

Gundelach nickte. Er sah ein, daß es zu früh war, Ansprüche anzumelden. So lange wie Wiener wollte er sich aber nicht gedulden. Um das schon mal anzudeuten, bat er Specht, ihn anstelle des Ministers Olbrich in den Fernsehrat des Zweiten Deutschen Fernsehens zu entsenden. Specht akzeptierte. Als Gundelach dann erstmals an der Sitzung des Gremiums in Mainz teilnahm, stellte er fest, daß er der einzige Ländervertreter ohne Minister- oder Staatssekretärsrang war.

Das Kabinett ließ Specht weitgehend unverändert. Gundelach hielt es für einen Fehler, doch wußte er, daß Specht darüber nicht diskutieren würde. Er schien mit seiner einfach zu berechnenden und leicht zu steuernden Mannschaft zufrieden. Im übrigen, sagte er, hindere ihn niemand daran, zur Mitte der Legislaturperiode neue Leute zu berufen. Und Wolfgang Bönnheim werde schon dafür sorgen, daß sich auf Monrepos keiner langweile.

Das war die einzige und eigentliche Neuigkeit, auch wenn man sie kaum als Überraschung bezeichnen konnte: Generalintendant Bönnheim durfte nun auch am großen, dicht an dicht bestuhlten Kabinettstisch Platz nehmen und sich mit dem Titel Staatsrat schmücken.

Gundelach wußte, daß Bönnheims Ziel eigentlich die Leitung eines neugeschaffenen Kunstressorts gewesen war und Specht ihm das anfänglich auch in Aussicht gestellt hatte. Mit leuchtendem Dirigentenauge und verschwörerisch geschürztem Politikermund hatte Bönnheim es ihm während eines Fluges anvertraut.

Die CDU-Fraktion aber bremste und bockte. Sie mochte keine Überflieger, die es auf Anhieb zu höchsten Weihen brachten, ohne der Ochsentour in Partei und Parlament Tribut gezollt zu haben. Außerdem: Kunst allein trägt kein Ministerium, das wäre denn doch des Guten zu viel. Hätte man aber Bönnheim weitere Kompetenzen eingeräumt, wäre er noch mächtiger geworden, als er es infolge Spechts Musenbegeisterung schon war. Der Kultusminister und leidenschaftliche Vereinsfreund Müller-Prellwitz, dem die Laien- und Volkskunst unterstand, der Wissenschaftsminister Professor Angel, dem die Musikhochschulen und Kunstakademien zugeordnet waren, und viele andere hatten Grund, die einfachen, bei der Regierungsbildung wieder nicht zum Zuge gekommenen Abgeordneten in ihrer Abneigung gegen laut zwitschernde Paradiesvögel zu bestärken.

Blieb für Bönnheim also nur die honorige Funktion eines ehrenamtlichen Staatsrats für Kunst und die vage Aussicht, irgendwann einmal bessere Karten beim Postenpoker zu besitzen.

Gundelach konnte den Kabalen vor und hinter der politischen Bühne nur wenig Aufmerksamkeit schenken. Denn Specht entwickelte, kaum hatte er sein Umfeld bestellt, einen verblüffenden Eifer, jene zu bestrafen, die ihn in den kritischen Tagen und Wochen vor der Entscheidung, wie er meinte, im Stich gelassen oder schlecht behandelt hatten.

Als ersten traf es Willi Pörthner. Specht bestellte ihn zu sich und eröffnete ihm ohne Umschweife, daß er sich von ihm trennen werde. Er machte ihn für Pannen und Spannungen im organisatorischen Gefüge der Landes-CDU verantwortlich, die es während des Wahlkampfs unbestreitbar gegeben hatte. Doch waren sie weder neu noch ausgeprägter als früher. Massiver als je hatte dagegen Gustav Kalterers seine Geschütze gegen den ungeliebten Geschäftsführer aufgefahren. Gundelach sah darin den durchsichtigen Versuch, die eigene Verantwortung für den Fall einer Niederlage abzuwälzen, und er vertraute darauf, daß auch Specht diesen Zusammenhang durchschauen werde. Doch Specht nahm offenbar für bare Münze, was Kalterer ihm einflüsterte. Vielleicht war er, nachdem er gerade erst das Kabinett in seiner Stromlinienförmigkeit belassen hatte, die Pörthnersche Widerborstigkeit auch endgültig leid und *wollte* Kalterers Anklagen Glauben schenken.

Gundelach war wie vor den Kopf geschlagen. Kalterers siegessicheres Lächeln verhieß nichts Gutes. Es schien sich nicht nur auf Vergangenes, sondern auch auf Kommendes zu richten.

Dem Rundfunk wandte sich Specht als nächstes zu. In der Tat waren von dort die kritischsten Kommentare und bissigsten Seitenhiebe zu hören gewesen. Gundelach ärgerte sich zwar, tröstete sich aber mit der Erinnerung, daß man dies schon zu Breisingers und Bertschs Zeiten nicht zu verhindern vermocht hatte – obwohl man damals die Intendanten und Chefredakteure beschwerdehalber noch einzubestellen pflegte. Doch hatte es je etwas genützt? Waren, umgekehrt, die journalistischen Schrapnelle je im Ziel gelandet, solange die Bevölkerung das Gefühl hatte, im großen und ganzen ordentlich regiert zu werden? Schwerer, fand er, war die scheinheilige Freundlichkeit zu ertragen, mit der sich manche Journalisten jetzt wieder an die Mächtigen heranpirschten, nachdem feststand, daß sie vier weitere Jahre mit ihnen auskommen mußten.

Specht aber war nicht bereit zu vergeben. Der Zeitpunkt für eine Revanche schien günstig. Die deutschen Rundfunkanstalten litten wieder mal unter Geldnot und drängten die Ministerpräsidenten, einer vorgezogenen Gebührenerhöhung zuzustimmen. Etliche Rechnungshöfe hatten dies als nicht erforderlich bezeichnet. Es gebe, meinten sie, noch genügend ungenutzte Einsparmöglichkeiten in den Funkhäusern. Specht zögerte nicht, sich dieses Hebels zu bedienen, und verweigerte seine Einwilligung zur Finanzaufstockung. In Gelddingen machte ihm niemand etwas vor.

Und dann hatte er noch eine spezielle Idee.

Wir machen, sagte er zu Gundelach, in dieser Legislaturperiode eine Fusion unserer beiden Landesrundfunkanstalten. Auf der Basis einer Strukturuntersuchung durch die Unternehmensberatung McArthur. Ich hab schon mit Eckert gesprochen, der ist bereit dazu. Die Sender sind auf Dauer zu klein, die Kosten zu hoch. Bei der Werbung verlieren sie immer mehr Anteile an die Privaten, und in der ARD werden sie vom Westdeutschen und Bayerischen Rundfunk an die Wand gedrückt. Wenn wir aber nur noch eine Anstalt haben, rangiert die sogar vor den Bayern.

Gundelach fand, das lasse sich hören. Der Widerstand werde allerdings beträchtlich sein.

Na und? sagte Specht. Deshalb machen wir's ja jetzt und nicht vor den nächsten Wahlen. Stellen Sie einen Mann dafür frei. Ich rede mit Deusel und mit Ministerpräsident Vogel, wegen dem Staatsvertrag.

Und mit den Intendanten.

Später. Sagen Sie Zwiesel, er soll beim Finanzministerium überplanmäßige Mittel für das McArthur-Gutachten beantragen.

Ein genießerisches, fast verträumtes Lächeln umspielte Spechts Mund.

Und wenn wir das geschafft haben, murmelte er mehr zu sich selbst, gehen wir nochmal an die Bankenfusion. Die krieg ich schon noch klein, verlaß dich drauf.

Im Frühsommer kamen dann die ersten anonymen Anrufe. Wann genau, hat Bernhard Gundelach nie erfahren, denn Heike schwieg sich darüber aus. Erst nach Bernhards Rückkehr vom CDU-Bundesparteitag Mitte Juni in Wiesbaden sagte sie knapp: Es hat wieder jemand angerufen. Schöne Grüße, und er wolle mir nur mitteilen, daß du mit deiner Sekretärin in Wiesbaden ein Doppelzimmer bezogen hättest.

Gundelach mußte sich setzen.

Sag das nochmal, stammelte er.

Nein. Ich will es nicht wiederholen, und ich will eigentlich auch nicht weiter darüber reden. Selbst wenn es so wäre, was könnte ich ändern?

Es ist aber nicht so! schrie Gundelach. Morgen zeige ich dir die Buchung. Es war ein Einzelzimmer, hörst du, ein Einzelzimmer!

Schrei nicht so. Du weckst Benny auf. Im übrigen ist es ziemlich egal, ob Einzel- oder Doppelzimmer.

Da hast du hast recht, erwiderte Gundelach, ruhiger werdend. Ich versuche, präziser zu sein. Ich habe kein Doppelzimmer gebucht und mein Einzelzimmer mit niemandem geteilt.

Heike blickte zu Boden.

War Frau Wolf in Wiesbaden dabei? fragte sie wie beiläufig.

Ja, sagte Gundelach, sie war dabei. Du weißt, daß wir zu Parteitagen immer eine Sekretärin mitnehmen, falls Specht einen aktuellen Redebeitrag an die Presse verteilen will. Normalerweise macht das Frau Barth von der CDU-Geschäftsstelle, aber die ist kurzfristig erkrankt, und für sie ist meine Sekretärin eingesprungen. Das ist alles.

Aha.

Heike saß auf dem Sofa, die Beine schräg angewinkelt, so daß die Knie fast an die Brust stießen. Den linken Arm auf die Lehne gestützt, in der Rechten ein Buch haltend, eine leichte Decke trotz der milden Witterung über die Füße gebreitet. Fröstelnd, abgewandt, das Bild einer Schnecke. Sie las Marcel Prousts ›In Swanns Welt‹. Las oder hielt den blauen Umschlag auch bloß vors Gesicht.

Hör mal, sagte Gundelach, so können wir das Thema doch nicht beenden.

Wieso nicht?

Weil es eine ungeheure Sauerei ist, was da passiert! Wer ist der Anrufer? Hast du seine Stimme erkannt?

Sie ließ das Buch noch immer nicht sinken. Prousts kalkiges, konturenarmes Gesicht mit den starren Augen unter schweren Lidern blickte ihn an, sah durch ihn hindurch.

Ich weiß nicht, sagte Heike langsam. Er verstellt jedes Mal seine Stimme. Wahrscheinlich hält er ein Taschentuch vor den Hörer.

Es war also nicht der erste Anruf? Und du hast mir bisher nichts davon gesagt! Na wunderbar! Was erzählt er denn sonst so, der feine Herr?

Laß. Ich will darüber nicht reden. Er ist jedenfalls immer sehr präzise. So präzise wie du.

Gundelach fühlte eine kalte Angst in sich aufsteigen.

Ist es jemand aus der Staatskanzlei?

Endlich legte sie das Buch beiseite.

Das ist nicht das Problem.

Jetzt sah sie ihn gerade und ruhig an.

Was ist dann das Problem?

Es wäre besser, wir würden an dieser Stelle aufhören zu diskutieren. Bitte.

Nein.

Sie stritten ein Weile, bis Heike, bedrängt von ihrem Mann, verzweifelt ausrief: Das Problem ist, daß ich nicht mehr weiß, ob es mir noch etwas ausmachen würde, wenn die Verdächtigungen wahr wären!

Dann zog sie mit beiden Händen die Decke über ihren Körper, breitete sie aus, als gelte es, ein Möbelstück in einer verlassenen Wohnung sorgfältig zu verhüllen und zog die Decke schließlich ganz über den Kopf.

Es braute sich etwas zusammen.

Jemand will mich vernichten, dachte Gundelach, und ich weiß, wer dieser Jemand ist. Ich müßte mir jetzt Zeit nehmen fürs Private, viel Zeit. Mit Heike reden, geduldig und ernsthaft. Mich um Bennys Fragen mehr als nur floskelhaft kümmern. Mit meiner Seele zu denen zurückkehren, die an mir zu zerbrechen drohen. Am besten wäre es, sofort Urlaub zu beantragen, um zu retten was zu retten ist.

So dachte er, während er stumm auf die Konturen unter der Decke starrte, die sich ab und zu hoben und senkten und leicht erzitterten; und wußte doch, daß nichts von dem geschehen würde.

Gerade jetzt gab es unendlich viel zu tun. Die Regierungserklärung (die wievielte, inzwischen?) mußte geschrieben werden, eine mühsame Angelegenheit, weil man im Grunde nichts Neues zu bieten hatte. Das einsetzende Tauziehen um die Rundfunkfusion deutete auf erbitterte politische und publizistische Auseinandersetzungen hin. Specht suchte tastend nach Themen und Profilierungsfeldern, konnte sich aber nicht recht entscheiden. Mal forderte er eine Art sozialen Arbeitsdienst für junge Arbeitslose, mal ließ er unverholene Sympathien für den jungen Wilden der SPD, Oskar Lafontaine, erkennen. Ein deutsch-französischer Fernsehsender, Kulturkanal genannt, sollte konzipiert und die legendäre Bildersammlung des Barons Thyssen-Bornemisza, für die der Schweizer Milliardär eine neue Bleibe suchte, in die Landeshauptstadt geholt werden, damit deren schaffiger Biedersinn durch ein wenig Münchner Pinakothekenflair aufgelockert werde. Und jede Menge Interviews waren vereinbart worden, in denen Specht, der Wahlsieger, das betuliche christdemokratische Weltbild durcheinanderwirbeln wollte.

Es gab zwei Kraftzentren. Das eine hatte die laute Gewalt eines Taifuns. Das andere wich schweigend zurück.

Im heißesten Juli reisten sie nach Syrien. Zuvor machten sie per Privatjet einen Umweg über Paris und beredeten während des Fluges mit einem Redakteur des Spiegel die bundespolitische Lage.

Damaskus war ein Glutofen, die Berge ringsum von nachtlagernden Familien bevölkert, die der Hitze des Kessels entrinnen wollten. In den Palästen wehte die sterile Kühle der Klimaanlagen. Kühl und steril verlief auch die Unterredung mit Staatspräsident Hafiz al-Assad, dem Allmächtigen. Assad sah älter und fahler aus als auf den Transparenten, die Damaskus' Straßen und Hauswände ödeten. Er wies jede Verbindung zu arabischen Terrorgruppen von sich und gab sich nicht viel Mühe, Interesse an den Besuchern zu heucheln.

Militär überall. Im staubigen Flimmer des Golan, zwischen den Trümmern der Gästestadt Kuneitra, im träge dösenden Weichbild der Metropole. Operettenhaft betreßte Ordonnanzen auf den Fluren des Verteidigungsministeriums, wo General Mustafa Tlass Audienz hielt. Auf seinem riesenhaften Schreibtisch erigierte das Modell einer Rakete phallisch zur Decke.

Tlass produzierte sich als Künstler und Literat. Ihm sei es, sagte er, in seinem neuesten Buch gelungen, die ›Auschwitzlüge‹ unwiderlegbar zu entlarven, wofür ihm das inbrünstig bewunderte deutsche Volk sicher dankbar sein werde. Specht lächelte unbestimmt und schwieg. Abends ließ ihnen der General silberbeschlagene, bis zur Brust reichende Wasserpfeifen als Gastgeschenke ins Hotel bringen.

Gundelach nahm sich vor, sein Exemplar zu Hause dem Fahrer zu schenken.

Auf dem Rückflug betrachtete er gerade das im Sonnenlicht gleißende Zypern, als Specht ihn durch seinen neuen Persönlichen Referenten Welker ins First Class-Abteil rufen ließ. Dort eröffnete er ihm ohne längere Vorrede, daß er gedenke, ein Buch über Europapolitik zu veröffentlichen.

Es müsse, erklärte er, Visionen enthalten, welche die Menschen wieder für die europäische Idee begeistern könnten. Dazu bedürfe es eines genauen Fahrplans für die politische Einigung des Kontinents. Und die Rolle der Regionen in diesem Prozeß müsse auch neu definiert werden, etwa in dem Sinne, daß sie die eigentlichen Bausteine der europäischen Entwicklung seien, während die nationalen Regierungen eher als Überbleibsel des vorigen Jahrhunderts zu gelten hätten.

Er werde sich, fuhr Specht fort, Anfang August für zwei Wochen ins Kurhotel Unterstein zurückziehen. Gundelach sei eingeladen, dort ebenfalls einen Kurzurlaub zu verbringen. Dann könnten sie die Konzeption des Buches ausführlich besprechen und auch schon Kernaussagen skizzieren.

Am besten machen wir eine Mischung, sagte er und nippte am Champagner, den die Chefstewardess ihm gereicht hatte. Eine Mischung aus Utopie und Fakten. Europa 2000. Die Geschichte, Konrad Adenauer, Jean Monnet, dann die Bürokratie, die Krisen, die Agrarlastigkeit. Brüssel nivelliert alles, was man national und regional besser erledigen könnte, während die Dinge, die eigentlich vereinheitlicht gehören, Forschungspolitik, Hochgeschwindigkeitszüge, Telekommunikation, die laufen weiter neben- und gegeneinander. Das muß deutlich rauskommen. Dann das Verhältnis zu den USA, die fehlende gemeinsame Außen- und Verteidigungspolitik. Natürlich auch die Währungspolitik, das Europäische Währungssystem funktioniert ja immer schlechter. Und die ganzen Veränderungen in Osteuropa, die fehlende Antwort auf Gorbatschows Initiativen, da müssen wir ein Modell der schrittweisen Annäherung entwickeln. Dann natürlich auch Japan, Südostasien, der ganze pazifische Raum mit seiner ungeheuren Aufbruchstimmung, die Rolle multinationaler Unternehmen, die bei ihren Standortentscheidungen Regierungen gegeneinander ausspielen. Europas Antwort muß die politische Einigung sein, der Bundesstaat. Am besten wäre es, wir würden eine ganz konkrete Verfassung entwerfen und das dann auch ein bißchen bunt und lebendig schildern, die Feiern am 1. Januar 2000, zum Beispiel, wenn der Traum von Europa Wirklichkeit wird ...

Specht sprach noch eine Weile weiter. Gundelach stand und hörte nicht mehr zu.

Er blickte aus dem Kabinenfenster und wünschte sich, jetzt mit Benny an einem der Strände Zyperns Ball zu spielen. Zu baden und den Duft von Sonnenöl einzuatmen, wie Tausende Touristen tief unter ihm es auch taten.

Während sie in Damaskus geschwitzt hatten, war Jean Tramp verhaftet worden. Das Landgericht folgte dem staatsanwaltschaftlichen Antrag und bejahte Fluchtgefahr.

Specht war außer sich vor Zorn. Kalterer telefonierte mit dem Justizministerium und lief mit noch geheimniskrämerischer Miene herum als sonst. Nach vierzehn Tagen kam Tramp gegen Hinterlegung einer millionenschweren Kaution wieder frei. Specht erzählte im Kabinett, daß Tramp sofort nach seiner Inhaftierung dem Gefängnischor beigetreten sei und den Mithäftlingen ein großes Aquarium gestiftet habe. Es gebe nämlich in der Anstalt eine sehr rührige Gruppe von Zierfischfreunden.

Wenn der Tramp noch vier Wochen länger dort gewesen wär, sagte er, hätte er den ganzen Laden von Grund auf umorganisiert. Da hat ihn die Justiz lieber laufen lassen, das war denen zu gefährlich.

Gundelach begann mit den Vorarbeiten für das neue Specht-Buch. Er tat es wider besseres Wissen. Weder hatte er Zeit dazu noch spürte er irgendeinen inneren Antrieb, sich in den nächsten Monaten mit europäischen Visionen zu befassen. Es gab vieles, was ungleich wichtiger war.

Die geplante Rundfunkfusion hatte nicht nur die betroffenen Journalisten gegen die Regierung aufgebracht; auch die CDU-Fraktion fühlte sich von Specht übergangen und munitionierte die Journaille hinter seinem Rücken mit kritischen Argumenten. Die Unternehmensberater von McArthur zeigten sich von der Aufgabe, Hörfunk- und Fernsehprogramme an betriebswirtschaftlichen Kriterien zu messen, überfordert. Gundelachs Mitarbeiter, der Medienreferent Märker, mußte ihnen des öfteren die Hand führen. Eigentlich hätte er sich aber um die Privatsender kümmern sollen, die inzwischen wie Wildwuchs wucherten, weil sich die neue Landeskommunikationsanstalt mit ihrer Aufsichtsfunktion schwer tat.

Auch nach Bonn hätte Gundelach häufiger fahren sollen. Seit dem Wahlsieg war das Interesse der Medien an Oskar Specht wieder gestiegen. Seine Anwartschaft auf Kohls politisches Erbe war fast schon unbestritten. Kohl allerdings fühlte sich als Enkel Adenauers und nicht als Erblasser. Heiner Geißler, der Generalsekretär der CDU, profilierte sich immer stärker als eigenständige Kraft innerhalb der Union. Neben seiner machtbewußten intellektuellen Schärfe wirkte Kohls Regierungsstil tumb, Straußens Pomp provinziell.

Specht setzte auf Geißler, mehr denn je. Er teilte Geißlers Kritik am Bonner Regierungs-Establishment und reklamierte in der Bundes-CDU die Bereiche Wirtschaft und Zukunftssicherung für sich. Der Spiegel schrieb diese Rollenverteilung als Zukunftsmodell einer modernen CDU fest, vor dessen Verwirklichung nur ein dickfellige Hindernis stand: der Kanzler.

Gundelach spürte, daß die journalistischen Erwartungen an Specht drängender und konkreter wurden. Doch der Ministerpräsident versuchte immer noch, allen und allem gerecht zu werden. Den Meinungsmachern präsentierte er sich als ideenreicher Kritiker, der sich nur aus taktischen Gründen nach außen bedeckt hielt. Geißler, Norbert Blüm und Rita Süßmuth durften ihn zur eigenen Riege liberaler Querdenker zählen. Im Parteipräsidium aber muckte er, wie die anderen auch, nur selten gegen Kohl auf. Niemand wußte so recht, woran er bei Specht war. Doch jeder konnte ihn, wenn auch mit leisen Zweifeln, auf seiner Seite wähnen.

Vielleicht war das in der jetzigen Situation wirklich die einzig mögliche Strategie, um sich alle Optionen offen zu halten. Aber sie erforderte äußerste Wachsamkeit und ein schnell funktionierendes Informationsnetz. Der arglose Drautz besaß es nicht. Gundelach, der mittlerweile über einen guten Draht zum Spiegel verfügte, war weit weg vom Schuß. Und nun sollte er auch noch ein Buch schreiben.

Keine Frage, es lag ein Fehler in diesem Konzept. Doch Gundelach wehrte sich nicht. Fast schien es, als hätte die Apathie des Grubenpferdes wieder Besitz von ihm ergriffen.

Nach Unterstein fuhr er allein, obwohl Specht Heike und Benny ausdrücklich eingeladen hatte. Heike zog es jedoch vor, mit Benny die zweite Hälfte der Sommerferien an der Nordsee zu verbringen. Ehe sie zurückkehrte, machte sie in Hamburg Station und kaufte für ihre Uhlenhorster Wohnung eine neue Küche. Aber davon erzählte sie nichts.

Die Gespräche mit Specht verliefen kaum anders als vor Jahren im mainfränkischen Tennishotel. Specht überließ Gundelach ein paar Zettel mit handschriftlichen Notizen und redete sich einen Abend lang fusselig. Im übrigen telefonierte er und empfing Besuche.

Wolfgang Bönnheim kam fast täglich und hatte es wie immer wichtig und eilig. Er platzte schier vor Stolz: Es war ihm gelungen, Hans Heinrich von Thyssen-Bornemisza zur Ausstellung eines Teils seiner wertvollen Bilder in der Staatlichen Kunstgalerie der Landeshauptstadt zu bewegen. Ende November sollte die Schau ›Meisterwerke des 14.–18. Jahrhunderts‹ feierlich eröffnet werden.

Thyssen-Bornemisza habe sich beinahe schon entschieden, seinen Milliardenschatz nicht dem Prado in Madrid zu überlassen, berichtete Bönnheim. Von den häuslichen Verhältnissen des Milliardärs plauderte der Staatsrat so anschaulich-vertraut, als frühstückte er zweimal wöchentlich in Bornemiszas Villa Favorita am Luganer See. Nur Tita, die spanische Gemahlin des Kunst-Tycoons, müsse man noch rumkriegen. Die wolle halt in der Madrider Gesellschaft aufgewertet werden und habe auch schon sichere Aussicht auf einen hohen spanischen Orden, wenn es ihr gelinge, Hans Heinrich doch noch für Madrid zu erwärmen. Der halte aber das Angebot Spechts für seriöser und die Räumlichkeiten in der Staatlichen Galerie für geeigneter, seinen riesigen Kunstbesitz zu verwahren. Und sein Sohn sehe es auch so. Im November könne man, mit etwas Glück, die Sache klarziehen.

Gundelach schlug spöttisch vor, die Baronin dann gleich mit der Landesmedaille zu empfangen. Er erinnerte sich an eine Einladung, die Specht für Thyssen-Bornemisza in seiner Dienstvilla gegeben hatte. Dort hatte der umworbene Baron mit marineblauem Jacket und Goldknöpfen auf dem schon etwas betagten Sofa der Familie Specht gesessen und artig-unverbindlich gelächelt. Festgelegt hatte er sich aber auf gar nichts. Doch Specht und Bönnheim träumten unverdrossen davon, mit Hilfe des Krösus in der Landeshauptstadt eine zweite Pinakothek zu gründen.

Wenn Bönnheim nicht von Lugano sprach, sprach er von Moskau, Leningrad oder Paris. In Vorbereitung des Kanzlerbesuchs bei Gorbatschow wollte Specht noch einige kulturelle Austauschprojekte mit Rußland unter Dach und Fach bringen. Auch mit dem französischen Kulturminister Jack Lang, der aussah wie ein Filmschauspieler, und seiner Staatssekretärin Madame Tasca, die sich schnell den Beinamen ›Die Eisenharte‹ erwarb, liefen Verhandlungen. Die Errichtung des deutsch-französischen Kulturfernsehens stand auf der Tagesordnung. Bönnheim flitzte zwischen den Metropolen hin und her und rapportierte die Kunststücke, die er vollbracht hatte.

Auch Gundelach bekam in Unterstein Besuch.

Werner Wrangel, den er seit dem Frühjahr nicht mehr gesehen und nur einige Male vom Autotelefon aus angerufen hatte, fragte, ob er sich mit ihm und dem MP zum Mittagessen im Kurhotel treffen könne.

Machen Sie das mit Wrangel, sagte Specht, als er vom bevorstehenden Besuch seines ›Doktorvaters‹ erfuhr. Vielleicht hatte er wirklich keine Zeit. Manchmal kam es Gundelach aber so vor, als wolle Specht an Werner Wrangel nicht mehr allzu konkret erinnert werden. In gewisser Weise war es wie mit den Büchern. Wenn das gewünschte Ergebnis vorlag, hatte der Urheber dahinter zurückzutreten.

Gundelach erschrak, als Wrangel ins Restaurant trat. Er sah blaß und müde aus, sein Lächeln wirkte gezwungen. Der Magen, sagte er, mache ihm etwas zu schaffen.

Er aß eine Suppe, nahm mehrere Tabletten und ließ das Hauptgericht stehen. Gundelach beschwor ihn, sich rasch ärztlich untersuchen zu lassen.

Ich rufe jeden Tag an und erkundige mich, ob du beim Röntgen warst, sagte er.

Irgendeine Veränderung in Wrangels Wesen, die er fühlte, ohne sie benennen zu können, machte ihm angst. Etwas Zerbrechliches hatte sich in des Freundes Körper eingeschlichen. Das war so fremdartig, daß Gundelach Mühe hatte, sich auf die Unterhaltung zu konzentrieren.

Wrangel berichtete von Kontakten, die er zu Hochschulen in der DDR aufgenommen hatte. Dort sei einiges im Wandel. Es gebe eine Art um sich greifender intellektueller Emanzipation vom Führungsanspruch der SED. Das müsse man genau beobachten und behutsam darauf reagieren. Ob Gundelach meine, daß Specht sich dafür interessieren werde?

Gundelach dachte an Spechts europäischen Baumeisterehrgeiz, seine Kulturverliebtheit und die fortwährenden innerparteilichen Profilierungsübungen. Trotzdem sagte er Ja. Specht wäre allerdings gerade ziemlich beschäftigt. Er werde ihm aber von Wrangels Hinweisen berichten. Das war nicht gelogen, nur unvollständig.

Als sich Wrangel verabschiedete, glaubte Gundelach in seinen Augen eine Spur Enttäuschung zu erkennen. Aufglimmende Trauer, die sich nicht gestattete, deutlicher zu werden.

Das Nichtsagen greift um sich, dachte er, als er wieder in sein Zimmer zurückgekehrt war und ins Untersteiner Tal hinunterblickte, das sich an der Nordseite des Bergrückens in ersten Schatten verdunkelte. Ich sage Werner nicht, wie wenig sich Specht noch für ihn interessiert, er sagt mir nicht, daß er es längst weiß und daß es ihn schmerzt. Nicht mal auf Kohl hat er geschimpft. Ich sage Specht nicht, daß ich es für Unsinn halte, jetzt ein Buch zu schreiben, Specht sagt mir nicht, daß er mich auf diese Weise wieder zurückstutzen und ins Glied bringen will. Ebensowenig sagt er mir, daß er sich regelmäßig mit Tom Wiener trifft, obwohl er wissen muß, daß ich davon erfahre. Dabei befragt er Wiener sicher auch, wie er meine Arbeit beurteile. Und Wiener sagt ihm, er solle aufpassen, daß ich nicht zu selbstherrlich werde, mir aber nichts von seinen Ratschlägen erzählen. Specht sagt Helmut Kohl nicht, was er von ihm hält, auch wenn der es ganz genau weiß, vermutlich von denselben Parteifreunden und Journalisten, denen es Specht zu nächtlicher Stunde unter dem Siegel der Verschwiegenheit anvertraut ...

Und Heike sagt mir nicht, was sie mit Benny an der Nordsee macht und was sie überhaupt vorhat.

Das Nichtsagen ist die Sprache der Fremdheit.

Anfang Oktober fuhr Gundelach auf Einladung der Tendvall-Stiftung für drei Tage nach Toronto, um einer Konferenz beizuwohnen, die der amerikanische Zweig der Stiftung organisiert hatte. Er überbrachte Grüße von Specht und wehrte alle Fragen, wie lange es in Deutschland mit Kanzler Kohl denn noch gut gehen und wann Oskar Specht ›antreten‹ werde, mit floskelhafter Glätte ab. Inzwischen hatte er keine Mühe mehr damit.

Nach seiner Rückkehr erfuhr er, daß Franz Josef Strauß gestorben war. Beschämt erinnerte er sich daran, daß er es unterlassen hatte, Werner Wrangel nach dem Ergebnis seiner ärztlichen Untersuchung zu befragen. Noch auf dem Frankfurter Flughafen rief er ihn an.

Wrangels Stimme klang sanft und kam wie von fern.

Lieber, sagte er, danke, daß du anrufst. Ich habe Krebs. Es sieht nicht sehr gut aus.

Gundelach verschlug es die Sprache.

Nächste Woche beginne ich mit der Chemotherapie. Man kann wohl nicht mehr operieren, weil der Tumor schon zu sehr mit dem Gefäßsystem verwachsen ist.

Der Magen?

Um den Magen herum, ja. Aber mach du dir keine Sorgen deswegen. Und laß dich vor allem nicht davon ablenken. Ihr habt Wichtigeres zu tun. Grüß mir deine Frau und Oskar Specht – wenn du willst.

Betäubt und niedergeschlagen ließ Gundelach sich nach Hause fahren. Sein Fahrer berichtete ihm, Spechts Fahrer Spitzer habe gesagt, der Chef sei ›kreuznarret‹ gewesen, daß Gundelach in der Weltgeschichte herumreise, während daheim die Kacke am Dampfen sei. Er fange schon an, sich wie Tom Wiener aufzuführen, nur daß es bei dem länger gedauert hätte, bis er größenwahnsinnig geworden wäre.

Wieso? fragte Gundelach abwesend. Er hat doch gewußt, daß ich eingeladen worden bin.

Der Fahrer zuckte die Achseln.

Ich wollt Sie nur warnen, sagte er.

Gundelach dachte an Wrangel, der einsam kämpfen und den Kampf am Ende doch verlieren würde, und die besitzergreifende Eitelkeit der Politik widerte ihn an.

Was sind wir doch für Arschlöcher, sagte er laut. Sein Fahrer blickte in den Rückspiegel.

Zu Hause erwartete ihn niemand. Gundelach räumte den Koffer aus und goß sich ein Bier ein. Auf dem Küchentresen lag verstreut die Post der letzten Tage. Rechnungen, Einladungen und ein Brief der örtlichen Grund- und Hauptschule, in dem Bennys Abmeldung vom Unterricht bestätigt wurde.

Gundelach verstand nicht. Wieso Abmeldung? War Benny nicht ein guter Schüler? Und überhaupt: es besteht doch Schulpflicht!

Er las das Schreiben nochmals und bemerkte erst jetzt, daß es an Heike gerichtet war. Wieso nur an sie? War er nicht Bennys Vater? Hatte er gar nichts mehr zu melden?

Langsam, wie durch eine dicke ölige Flüssigkeit, schlich sich die Wahrheit an ihn heran. Sickerte unentrinnbar auf ihn zu, tropfte ins Hirn, füllte den Raum, der so gerne leer und dumm geblieben wäre, mit ätzendem, wühlendem, überschwappendem Schmerz.

Heike verließ ihn, und Benny nahm sie mit. Oder hatte sie ihn schon verlassen?

Plötzlich rannte er los. Riß im Kinderzimmer den Schrank auf, riß im Schlafzimmer den Schrank auf. Nichts fehlte. Die T-Shirts und Pullis in den Fächern, die Kleider auf den Bügeln.

Er setzte sich aufs Bett. Bevor Hoffnung den Ölfilter Dummheit durchdringen konnte, klapperte ein Schlüsselbund gegen die Haustür. Heike. Noch auf dem Bett sitzend wußte Gundelach, daß sie allein war. Noch auf dem Bett sitzend wußte er, was sie ihm sagen würde.

Er wußte auch, daß er wiederum keine Kraft haben würde, die richtige Antwort zu finden. Was sie vielleicht noch hätte umstimmen können, war zu einer fremden Sprache geworden, die er nicht mehr beherrschte.

So blieb er einfach sitzen und wartete darauf, daß sich das Urteil vollzöge.

Thron und Staub

Es ist gut, zu reisen. Du kannst dir nicht vorstellen, wie gut es ist.

Zum Beispiel jetzt. Was versäumst du in diesen Tagen zu Hause? Willst du etwa am Fenster stehen und grämlich dem Nieselregen zuschauen? Wenn du überhaupt etwas siehst, mein Lieber. Wenn nicht der Novembernebel so zäh und dick durch die Straßen wabert, daß du das Gefühl hast, der letzte

Lebende auf einer Insel zu sein. Oder nur die Umrisse eines Baumes siehst, der seine müden entlaubten Zweige nach dir ausstreckt, als wollte er dich mit hinabziehen in seine kalte Todesangst. Stell dir vor, wie der Schleim der Erinnerung auf jedem Ast glänzt. Wie jedes Geräusch eines nahenden Autos dir mitten ins Herz fährt, als würdest du gerufen und hättest keine Stimme, Antwort zu schreien.

Dagegen hier! Gibt es eine mildere Wärme, ein Leben, das eleganter und heiterer wäre? Wie wir durch Lissabon gefahren sind und das prächtige weiße Denkmal der Entdeckungen heiter umrundet haben, innehaltend und übers Meer blickend wie die Armada der steinernen Seefahrer, ein Meer, das schon nach Amerika duftet und dich leichten Schrittes hinauszieht auf den goldenen Steg, den die untergehende Sonne auslegt.

Oder wie wir auf der breiten Balustrade des Palácio de Belém mit den Augen durch den Park gewandert sind und den launigen Erklärungen von Mario Soares gelauscht haben, ein Glas Champagner in der Hand, bevor der Staatspräsident uns zum Essen an einen, ich schwöre es, mit goldenem Besteck gedeckten Tisch im Salon lud. Von dort weiter zum Palácio de Bento des Ministerpräsidenten Cavaco Silva, vorbei am schwelgerischen Barock immer neuer Paläste und Plätze, dann zum Palácio des Necessidades des Außenministers, und in der frühen, taubenblauen Dämmerung, geleitet vom Schattenriß der Palmen, zurück zum Ritz, das leuchtend und still vorm Abendhimmel stand.

Denk auch an das stolze, den Glanz der Renaissance wie ein Vermächtnis hütende Coimbra, zu dem wir nicht ohne Mühe hinaufgefahren sind, an das Ocker der Erde dieser kargen Zentralregion, in deren Herzen unvermutet die älteste, prächtigste Universität aufsteigt, ein Juwel, ein Wunder, herübergerettet aus dem zwölften Jahrhundert mit einem Bibliothekssaal, desgleichen du nie gesehen hast und nie mehr sehen wirst, der reine zeitenthobene Geist, die vollkommene Schönheit der Gelehrsamkeit, die selbst Specht, den Flüchtigen, angerührt und stumm gemacht hat. Und stumm, wie versunken, sind wir in den Garten hinausgetreten, der nichts anderes ist als eine Metamorphose des Geistes im filigranen Geäst der Natur.

Was Benny dazu sagen würde, wenn er wüßte, daß ich hier in einem Palast nächtige, vor dessen Fenster Orangenbäume Früchte tragen? Ich muß es mir merken. Alles muß ich mir merken, um es ihm später erzählen zu können, wenn er alt genug ist, selbst zu bestimmen, wo er leben will. Gewiß wird er reisen wollen, und ich werde ihm zeigen, was ich gesehen habe und sagen, was ich weiß.

In Madrid werd ich zum Beispiel sagen: Ich war hier schon beim König. Doch, glaub's mir! Derselbe Juan Carlos, der immer noch regiert, ein bißchen grauer das Haar, wie meins auch, aber immer noch hochgewachsen und schlank und sehr leger. Überhaupt nicht königlich-arrogant. Laß uns hinausfahren zum Schloß La Zarzuela, ich zeig's dir. Natürlich kommen wir nur bis zum Zaun, vor dem der Posten wacht, aber das macht nichts. Siehst du den Weg, der in Serpentinen den Hügel hinaufführt, vorbei an Korkeichen und Zedern? Dort sind wir gefahren. Rechts und links des Weges äsen Damhirsche und Rehe und wenden nicht mal den Kopf zu dir herüber. Sofia, die Königin, liebt es, Tiere des Waldes im Park zu haben. Sie hatte übrigens gerade Geburtstag, als wir kamen, am 2. November war das, und ihr Mann entschuldigte sie, weil sie an diesem Tag viel um die Ohren hätte. Das hörte sich an, als ob wir unangemeldet bei Lehmanns aufgekreuzt wären und er leicht verlegen gesagt hätte: Meine Frau steht noch in der Küche und backt Kuchen. Wir haben uns in seinem Arbeitszimmer, das mit viel maritimem Krimskrams vollgestopft ist, um den Couchtisch gesetzt, und es fehlte ein Stuhl. Ach je, hat Juan Carlos zu mir gesagt, wären Sie so nett und würden sich aus dem Nebenzimmer einen Stuhl holen? Ein Bourbonenkönig, der ein Land regiert, das einmal ein Weltreich gewesen ist und das strengste höfische Protokoll hatte, das die Welt kannte! Und dann haben wir über Gott und die Welt geredet, über Europa, den Jäger 90 – damit kannst du nichts mehr anfangen, zum Glück – und die verschiedenen Spurbreiten spanischer und französischer Eisenbahnen, am längsten aber über die Olympischen Spiele in Barcelona.

Barcelona schauen wir uns auch an. Das Stadion und das große Tor und die fantastischen modernen Architekturen. Und natürlich den Palast der ›Generalitat‹, in dem wir mit dem katalanischen Präsidenten Jordi Pujol konferiert haben. Ich wette, er ist immer noch Präsident, wenn wir kommen, er ist unverwüstlich. Und immer noch wird nirgendwo eine spanische Flagge zu sehen sein, nur das aufreizende katalanische Rot-Gold. Wie auch hier in der Casa dels Canonges, der Residenz, in der ich wach liege bei offenem Fenster und dir gerne eine Orange stehlen würde.

Aus dem Palast heraus, mein Sohn. Mein ferner Sohn.

Sie hatten vereinbart, mindestens einmal pro Woche miteinander zu telefonieren und sich, wenn möglich, in monatlichen Abständen zu treffen. Es klappte recht gut. Heike war sehr gewissenhaft und hielt den Turnus fast immer ein. Eher kam bei Gundelach mal etwas dazwischen, was er dann, obwohl er es nicht hätte tun müssen, umständlich erklärte.

Es lag ihm viel daran, seine Frau über das, was er tat, auf dem laufenden zu halten. Wahrscheinlich wußte sie jetzt in Hamburg-Uhlenhorst besser über seinen Alltag Bescheid als ehedem.

Benny schien die Trennung gut zu verkraften, mit jener früh erwachsenen Ernsthaftigkeit, die ihm eigen war. Sie hatten ihm gesagt, daß sein Vater in nächster Zeit noch beschäftigter sein werde als sonst, daß er viel reisen und wieder ein Buch schreiben müsse. Da wäre es besser, ihn mal eine Weile ganz in Ruhe zu lassen und lieber, wenn man sich dann sähe, richtig Zeit füreinander zu haben.

Das nahm er hin und fragte nicht weiter. Sagte jedenfalls Heike.

Auch mit der neuen Schule, berichtete sie, gäbe es keine Probleme. Alle seien riesig nett zu ihm, und er werde nächstes Jahr bestimmt eine Empfehlung fürs Gymnasium bekommen. Und die Großstadt gefalle ihm ganz toll, vor allem der Hafen. Sie selbst, sagte Heike, werde sie sich in einigen Monaten nach einer Halbtagsstelle als Sekretärin umschauen. Das sei hier oben gar kein Problem.

Gundelach war es nicht recht. Aber rücksichts- und verständnisvoll, wie ihrer beider Umgangston neuerdings war, verbot er sich jede Kritik.

Entgegen seiner ursprünglichen Absicht informierte Gundelach Specht über die neue Entwicklung nicht. Es war ja noch nichts Endgültiges. Und außerdem fürchtete er, Specht werde, wie nach der familiären Trennung eines anderen Mitarbeiters, auch über ihn sagen: Der Gundelach wirkt jetzt wie befreit. Arbeitet viel konzentrierter. Und dabei an das Europabuch denken, zu dem bislang wenig mehr als eine umfangreiche Stoffsammlung vorlag.

Der soll nicht aus allem Vorteile ziehen, dachte Gundelach und schwieg.

Ende Januar 1989 flog er mit Specht nach Davos zum ›European Management Forum‹. Specht hielt im Kongreßhaus einen Vortrag vor mittelständischen Unternehmern. Gundelach sonnte sich derweil auf der Terrasse des Hotels Belvedere und trank einen Capuccino. Neben ihm saß der Redakteur einer Nachrichtenagentur, den er seit Breisingers Zeiten kannte.

Hier läßt sich's leben, sagte Brenske, der Redakteur, und zog genießerisch an seiner Pfeife. Schade, daß der Oskar jetzt schaffen muß. Worüber redet er eigentlich?

Gundelach badete das Gesicht im gleißenden Licht und zuckte mit den Schultern.

Keine Ahnung, er spricht ohne Manuskript. Ich nehm an, das übliche. Weißt du was, sagte Brenske, laß uns ihm eine Freude machen. Wir produzieren jetzt unter seinem Namen eine fulminante Meldung über internationale Wirtschaftspolitik. Das hast du doch drauf, oder?
Klar, sagte Gundelach. Wie du's brauchst.
Brenske zog seinen Stenoblock aus der Pfeifentasche.
Schieß los, sagte er.
Nach einer halben Stunde hatten sie, unter viel Gelächter, einen mehrteiligen Bericht beisammen, der den Bogen von der europäischen Wettbewerbs- bis zur internationalen Währungspolitik spannte. Einige Sätze legten sie Specht in wörtlicher Rede in den Mund.
Das macht's lebendiger, sagte der Redakteur. Mann, es klingt wirklich gut. Ich geb's nachher gleich nach Hause durch.
Er stopfte die Pfeife neu und dachte nach.
Das einzige, was mich noch stört, ist der Aufhänger. Vortrag vor Unternehmern ... Das ist so nullachtfünfzehn. Hier hält jeder Vorträge. Haben wir nix Besseres?
Naja, sagte Gundelach. Man könnte es auch als Gespräch mit einem Politiker aufziehen. Es laufen ja genügend rum.
Genau! rief Brenske erfreut. Ist nicht der türkische Ministerpräsident Özal in Davos? Den könnte Oskar doch treffen, oder?
Ganz sicher trifft er ihn, sagte Gundelach. Das läßt sich ein Specht doch nicht entgehen. Vielleicht frühstücken sie sogar zusammen.
Wunderbar. Sag mir noch ein paar allgemeine Sätze zu den Handelsbeziehungen mit der Türkei. Ich zieh das nach vorn und häng das andere hintendran.
So erfuhr die Welt von Spechts Gedankenaustausch mit Ministerpräsident Özal.
Abends waren Specht und Gundelach bei einem Firmenchef eingeladen, der in Klosters ein Chalet besaß und als Vorzeigeunternehmer des Landes galt, weil er mit lasergesteuerten Maschinen selbst die japanische Konkurrenz das Fürchten lehrte. Außerdem hatte Dr. Seizinger Funktionen im Verband der Metallindustrie und beim Landesverband der Industrie inne und saß in ungezählten Forschungsbeiräten und Technologiekommissionen der Regierung. Gundelach fragte sich immer, woher Seizinger überhaupt die Zeit nahm, Millionen zu verdienen.
Erst gab es Bündner Fleisch, Schweizer Käseplatte und französischen Rotwein, dann das unvermeidliche sorgenvolle Gespräch über Politik.

Die Union, da war nichts dran zu deuteln, war in einer miserablen Verfassung: Strauß, die große Identifikationsfigur der Rechten, gestorben, der rheinland-pfälzische Ministerpräsident Vogel gerade von der eigenen Partei demontiert und zum Rücktritt gezwungen, das Zerwürfnis zwischen Kohl und Geißler durch einen abmahnenden Brief des Parteivorsitzenden offenkundig geworden. Und nun noch der Schock des Berliner Wahlergebnisses: Sage und schreibe neun Prozent hatte die regierende CDU bei den Wahlen zum Berliner Abgeordnetenhaus verloren. Die FDP hinauskatapultiert, die Macht verspielt. Statt dessen regierten SPD und Grüne mit satter Mandatsmehrheit, und die Republikaner lagen auf Anhieb bei 7,5 Prozent.

Eine Katastrophe, sagte Specht düster. Ich weiß wirklich nicht, wie's weitergehen soll. Im Präsidium der CDU, berichtete er, seien vernünftige Gespräche kaum mehr möglich. Kohl verdächtige fast jeden, hinter seinem Rücken zu konspirieren. Und das Tischtuch zum Generalsekretär sei endgültig zerschnitten.

Wird Geißler es auf einen Machtkampf ankommen lassen? fragte Dr. Seizinger beunruhigt.

Das ist schwer zu sagen. Er wird ihn sicher zu vermeiden suchen. Aber Geißler ist ein Überzeugungstäter. Wenn er das Gefühl hat, daß Helmut Kohl die Partei zugrunde richtet, wird er keine Sekunde zögern und sich öffentlich gegen ihn stellen. Und er wird im Präsidium starken Rückhalt finden.

Gundelach merkte, was der Gastgeber fragen wollte: Und wie steht es mit Ihnen? Leider unterließ er es im letzten Moment und sagte nur vage: Die Unternehmer sind sehr verunsichert. Natürlich auch durch die Parteispendengeschichte. Es ist langsam unerträglich, wie die Justiz mit unseren Leuten umspringt.

Weiß Gott, sagte Specht. Es ist zum Verrücktwerden. Aber da rennen Sie gegen eine Wand. Die Staatsanwaltschaft macht, was sie will. Wie gerade jetzt wieder im Fall Mohr.

Der Fall Mohr ... Im Dezember und Januar hatten Staatsanwälte umfangreiches Aktenmaterial in der Unternehmenszentrale und im Privathaus des Elektronikmanagers beschlagnahmt. Es ging um den Verdacht der Steuerhinterziehung und der Untreue. Anfangs hatte niemand die Aktion sonderlich ernst genommen. Eine Firmenintrige, ausgelöst durch eine anonyme Anzeige, nichts weiter. Die Sache würde im Sande verlaufen. Doch dann, vor zwei Wochen, der Donnerschlag: Haftbefehl des Landgerichts gegen Dr. Mohr! Erst gegen eine Kaution von über zwei Millionen Mark war die Verfügung aufgehoben worden.

Man muß sich das mal vorstellen, sagte Specht. Auf eine eine Denunziation hin setzt unser Staat einen Riesenapparat in Bewegung. Und keiner kann ihn daran hindern.

Das eben ist es, was unsere Leute schwer verstehen, sagte Dr. Seizinger bedächtig. Ein Ministerpräsident müßte doch die Möglichkeit haben –. Hat er aber nicht. Was glauben Sie, wieviele Diskussionen ich mit meinem Justizminister darüber schon geführt habe. Wir sind ohnmächtiger wie jeder Staatsanwalt. Aber das können Sie niemandem begreiflich machen.

Dr. Seizinger schwieg.

Es sieht fast nach einer Kampagne aus, sagte er schließlich. Eine Kampagne gegen Unternehmer, die aber auch die Regierung treffen soll. Ich halte das für sehr gefährlich.

Ich auch, bestätigte Specht. Allerdings sollte man es der Justiz auch nicht so leicht machen wie Mohr.

Wieso?

Naja – würden Sie Aktenordner anlegen mit der Aufschrift: ›Dem deutschen Fiskus nicht bekannt‹?

Um Gottes willen! sagte Dr. Seizinger.

Manchmal schien es, als ob Oskar Specht Gegengewichte brauchte. Ablenkungen. Wenn der Druck der ewig nörgelnden Unternehmer, der ewig unzufriedenen Abgeordneten, der ewig bohrenden Journalisten zu groß wurde, gönnte er sich ein Kontrastprogramm. Lud kunterbunte Paradiesvögel ein oder besuchte sie, und in den ›wilden Diskussionen‹, die er mit ihnen führte, fand er bestätigt, daß er, wenn er nur wollte, immer noch die Freiheit besaß, etwas ganz anderes zu machen als Politik. Glaubte er jedenfalls.

Dann fuhr er spontan und vom Terminplan abweichend nach Straßburg, speiste und zechte die halbe Nacht mit Tomi Ungerer, dem elsässischen Zeichner, und dessen schwarzhaariger, schwarzäugiger Lebensgefährtin. Kam zurück und berichtete vor Begeisterung übersprudelnd, daß man die Idee eines ›Kunstschiffes‹ geboren habe. Eines gemieteten ausrangierten Kahns, der mit wechselnden Ausstellungen den Rhein rauf und runter schippern und Schulklassen ein integriertes Natur- und Kunsterlebnis vermitteln solle. Das möge man prüfen und machen. Mit hunderttausend Mark aus dem Kulturetat sei da schon unheimlich viel zu bewegen – eine lächerliche Summe, verglichen mit dem, was der Staat jedes Jahr für Bilderkäufe ausgebe, die in irgendwelchen Magazinen vergammelten. Überhaupt müsse die Kunst raus aus dem Muff der Museen und hin zu den Leuten, denn sie sei das mobilste, was es überhaupt gäbe.

Wenn dann die Beamten zweifelnd den Kopf schüttelten und als erstes die Haftungsfrage erörterten, falls ein Kunst-Kind über Bord in den Rhein fiel, versteinerte Spechts Gesicht in resignierter Trauer. Er hatte es ja gleich gewußt.

Ein andermal bat er Meister Friedensreich Hundertwasser zum Essen in den Blauen Salon des Schlosses Monrepos. Schärfte Gundelach zuvor noch ein, Hundertwasser unter keinen Umständen mit ›Herr‹ anzureden. Doch das war nicht das Problem. Das Problem war, Meister Hundertwasser am Pförtner und an den Sicherheitsbeamten vorbeizuschleusen.

Er kam, im tiefsten Winter, mit Sandalen an den Füßen, trug einen roten und einen violetten Socken, Flatterhosen, eine schwarzrot karierte Jacke und eine gepunktete Schiebermütze. Gundelach mußte ihn am unteren Tor abholen, sonst wäre der Meister vor Monrepos' Lanzettzaun erfroren oder verhaftet worden. Seine Idee einer Kinderstadt erfror wenig später wirklich, im Eis der Bürokratie. Und auch für Catharina Valente, der Specht den Professorentitel verleihen und einen Showbiz-Studiengang an einer Hochschule des Landes einrichten wollte, erwärmte sich außer ihm und Bönnheim niemand.

Eigentlich war es schade. Gundelach fand den ab und zu ins Paradiesvogelmilieu ausbrechenden, verhinderten Bohemien Specht wesentlich sympathischer als den wichtigtuenden Kunstmäzen, hinter dessen Drang, die bedeutendste Privatsammlung, das vollständigste Beuys-Oeuvre, die schönste Staatsgalerie und was sonst noch alles im Landesbesitz zu wissen, immer etwas Unfreies, Getriebenes zum Vorschein kam – eine künstliche Betriebsamkeit, die das Gegenteil von Spiel, Leichtigkeit und Freiheit war.

Doch die Verwaltung gestattete Specht nicht, ein Friedensreich Hundertwasser der Politik zu werden. Mit ein paar gezielten Nadelstichen brachte sie seine Seifenblasen zum Platzen. Und wenn nicht sie, so schrieb ein gekränkter Feuilletonist dem Ministerpräsidenten die Leviten, weil er den Ernst der Kunstlage nicht begreifen wollte.

Dann verabschiedete sich Oskar Specht, der seine Bildersammlung mit Hundertwasser-Drucken begonnen hatte und mittlerweile einen Chagall, einen Baumeister und manch andere Kostbarkeit sein eigen nannte, von seinen Träumen wie ein ertapptes Kind.

Mitte Januar stattete der Staatssekretär im Außenhandelsministerium der DDR, Dr. Alexander Schalck-Golodkowski, Ministerpräsident Specht einen verschwiegenen Besuch auf Schloß Monrepos ab. Abteilungsleiter Mendel war dabei, Gundelach nicht. Kurz danach, am 6. Februar, wurde in Ostberlin der zweiundzwanzigjährige Chris Geoffroy bei dem Versuch, nach Westberlin zu fliehen, erschossen. Zwei Wochen später besuchten Specht, Bönnheim, Gundelach, Mendel und eine große Delegation von Unternehmern und Wissenschaftlern die Führungsspitze der DDR.

Sie wurden vom Leiter der Ständigen Vertretung der Bundesrepublik in Ostberlin, Staatssekretär Dr. Bertele, im Westberliner Steigenberger-Hotel abgeholt und fuhren zusammen zum Übergang Bornholmer Straße. Dort begrüßte sie der Chef des Protokolls des Außenministeriums der DDR, Botschafter Jahsnowski. Im Eiltempo ging es weiter zum Schloß Niederschönhausen, dem Gästehaus der Regierung.

Gundelach versuchte, Eindrücke von der Umgebung zu sammeln, die an der Wagenkolonne vorbeihuschte; es war so wenig möglich wie in Moskau. Die Ostberliner, das allerdings sah er, kümmerten sich nicht um die schwarze Wageneskorte, der salutierende Vopos an jeder Kreuzung freie Fahrt verschafften. Ein an obrigkeitliche Fremdkörper gewöhntes Volk, dachte er. Es fiel ihm schwer, sich die vermummten Menschen als Landsleute vorzustellen.

Im Schloß Niederschönhausen hatten sie gerade noch Zeit, eilfertigen Bediensteten das Gepäck in die Hand zu drücken. Dann rasten Specht, Dr. Bertele und Jahsnowski im ersten, Mendel und Gundelach im zweiten Fahrzeug zum Gebäude des Staatsrats. Kurz vor elf Uhr (offenbar die im Ostblock bevorzugte Zeit zum Empfang von Kapitalisten) trafen sie ein und nahmen im Empfangssaal Aufstellung. Punkt elf öffnete sich die Tür, und Generalsekretär Honecker, ZK-Sekretär Mittag und Staatssekretär Herrmann, der Leiter der Ostberliner Staatskanzlei, traten ein.

Honecker begrüßte Specht freundlich, Bertele zuvorkommend, die Beamten flüchtig. Ohne weitere Vorrede bat er die Besucher in sein Arbeitszimmer. Man nahm an einem großen runden Tisch Platz, um den in exaktem Abstand sieben Stühle gruppiert waren. Mittig zur Stuhllehne standen sieben Kaffeetassen auf dem Tisch. Protokollchef Jahsnowski hatte sich schon im Empfangsraum verabschiedet und die Tür zum Arbeitszimmer diskret geschlossen. Als sie saßen, erschienen aus einer anderen Tür zwei Serviererinnen und gossen Kaffee ein.

Gesprochen wurde nicht.

Gundelach nutzte die Pause, um sich in Honeckers Arbeitszimmer umzusehen. Es war mit demselben hellen Holz getäfelt, aus dem auch der völlig aufgeräumte Schreibtisch, der Besuchertisch und die Stühle gefertigt waren. Stil der sechziger Jahre, West. An einer Wandseite spannte sich die große schwarzrotgoldene Fahne mit Hammer, Sichel und Ährenkranz.

Die Damen verschwanden, Honecker schlug die vor ihm liegende Ledermappe auf und begann, einen mehrseitigen Vermerk vorzulesen. Er sprach stockend und leise.

Er begrüße den Besuch Spechts, sagte er, den er ja aus Begegnungen in den Jahren 1986 und 1987 bereits kenne, und sehe darin eine gute Möglichkeit zur Vertiefung der gutnachbarlichen Beziehungen zwischen den Staaten der Deutschen Demokratischen Republik und der Bundesrepublik Deutschland. Die DDR sei an der Fortführung des Prozesses der Entspannung in Europa und am Ausbau der wirtschaftlichen, kulturellen und humanitären Zusammenarbeit beider deutscher Staaten, ungeachtet der unterschiedlichen Gesellschaftssysteme, interessiert. Dies habe sie bewiesen durch die konstruktive Mitarbeit am KSZE-Folgetreffen in Wien und durch die Verordnung über Reisen von Bürgern der DDR nach dem Ausland vom 1. Januar 1989 sowie durch die einseitige Abrüstungsinitiative, bis Ende 1990 die Nationale Volksarmee um 10 000 Mann zu reduzieren, 6 Panzerregimenter aufzulösen, 600 Panzer zu verschrotten und 50 Kampfflugzeuge außer Dienst zu stellen. Leider würden diese Vorleistungen wie auch die wiederholten Abrüstungsinitiativen des Generalsekretärs der KPdSU, Genosse Gorbatschow, von militaristischen NATO-Kreisen immer wieder unterlaufen, wie auch deren Forderung nach Entwicklung eines Lance-Nachfolgesystems zeige, das die Fortschritte beim Abbau atomarer Mittelstreckenraketen aushöhlen solle ...

Es war nicht leicht, Honeckers monotonem Aktenvortrag konzentriert zu folgen. Selbst die Passagen, die mit Vorwürfen und Schuldzuweisungen gespickt waren, verlas er müde und haspelnd wie ein überdrüssiger Katechet vor schlafender Gemeinde. Unterschiedslos im Tonfall pries er die wirtschaftliche und technologische Stärke der DDR, bedauerte ›Provokationen‹ an der Staatsgrenze, leugnete irgendeine Form von Schießbefehl, verurteilte das Tun der ›sogenannten Zentralen Erfassungsstelle‹ in Salzgitter, betonte die positiven Auswirkungen des Grundlagenvertrags, unterstrich das Interesse der DDR an weiteren Kooperationen in der Verkehrs-, Energie- und Umweltpolitik, äußerte seine Bereitschaft zu gemeinsamen Projektentwicklungen von VEB-Kombinaten und westdeutschen Unternehmen, und las und las.

Als er endlich fertig war, klappte er die Mappe zu und stärkte sich mit einem Schluck Kaffee. Danach sah er abwechselnd Günter Mittag und Oskar Specht an.

Specht schien von Honeckers marionettenhaftem Bürokratismus eingeschüchtert. Umständlich zählte er auf, wer aus seinem Unternehmerkreis mit welchem DDR-Kombinat eine wie geartete Zusammenarbeit anstrebe. Es hagelte Begriffe wie Blechbearbeitungszentren, Spiralbohrerschleifmaschinen, Bogenoffsetdruckmaschinen, Flachstrickautomaten, unter denen sich kein Mensch in der Runde etwas vorstellen konnte. Doch Honecker nickte jedesmal mechanisch und sagte am Ende der Aufzählung, er sei mit allen Vorschlägen einverstanden. Das vom Genossen Mittag bereits gebilligte Konzept sei sehr gut und könne noch vor der nächsten Leipziger Messe in Angriff genommen werden.

Einzig die Tatsache, daß Specht – wohl abweichend von den zuvor ausgetauschten Papieren – Gespräche erwähnte, die seine Freunde Kiefer und Mohr unlängst mit Repräsentanten der DDR geführt hatten, sorgte für kurzzeitige Unruhe hinter Honeckers matten Augengläsern. Kiefer hatte vor einer Woche vergeblich versucht, einem Hauptabeilungsleiter des DDR-Außenhandelsministeriums die Einfuhr von 190er Mercedeslimousinen schmackhaft zu machen. Und Mohr wollte ein digitales Telefonvermittlungssystem an die DDR verkaufen und hatte Specht um politische Unterstützung gebeten.

Honecker reagierte ablehnend. Man stehe vor anderen großen Investitionsentscheidungen, sagte er und fügte fast trotzig hinzu: Die Deutsche Demokratische Republik wird noch in diesem Jahr den Ein-Megabit-Chip zur Serienreife bringen!

Was das mit Autos und Telefonen zu tun hatte, blieb sein Geheimnis. Doch Specht insistierte nicht weiter und lenkte die Unterhaltung auf einen geplanten ›DDR-Wirtschaftstag‹ in der Landeshauptstadt und mögliche Austauschprojekte im Rahmen des deutsch-deutschen Kulturabkommens.

Honecker entkrampfte sich ein wenig. Offenbar hatte er das beruhigende Gefühl, wieder auf Gleisen angelangt zu sein, die sein Apparat schon befahren und für tauglich befunden hatte.

Nach einer Stunde war die quälende Audienz vorbei, und der protokollarische Teil des Programms schloß sich an. Der Generalsekretär bat zum Mittagessen ins Palais Unter den Linden.

Die Altherrenriege des SED-Politbüros war erstaunlich vollzählig vertreten. Auf Toasts wurde verzichtet. Dafür erzählte Günter Mittag Witzchen zum Verhältnis von Kapitalismus und Kommunismus, bei denen der Kommunismus klippschülerhaft schlecht wegkam. Ost und West lachten jedesmal herzlich ob dieses Ausweises liberaler Selbstironie. Specht berichtete von seinem Vorhaben, der Familie Weimar, Dresden und Meißen zu zeigen. Honecker gab sich informiert: das gewünschte Besuchsprogramm sei den zuständigen DDR-Behörden bereits übermittelt worden. Selbstverständlich werde alles Erforderliche für einen gelungenen Aufenthalt veranlaßt.

Gundelach saß neben Schalck-Golodkowski. Seine Versuche, den massigen Mann mit dem glattgescheitelten Haar in eine Konversation zu verwikkeln, blieben erfolglos. Der Staatssekretär hatte nur Augen und Ohren für das Parlando, das von der Mitte der Tafel über Blumengestecke, Kristallgläser und Gedecke aus Meißner Porzellan zu den Enden hin tröpfelte.

Nachts lag Gundelach lange wach und quälte sich mit der Frage, was er anderntags im Internationalen Pressezentrum des Außenministeriums den Journalisten erzählen sollte. Specht hatte im Anschluß an das Treffen mit Honekker nur ein kurzes Statement abgegeben. Morgen würde er nach einem Besuch der Akademie der Wissenschaften ins Auto steigen und zum nächsten Termin nach Hannover eilen. Die Einzelheiten der Verhandlungen mit Günter Mittag und Wissenschaftsminister Weiz sollte Gundelach verkaufen.

Normalerweise hätte ihn diese Aufgabe gereizt. Durch den Tod Chris Geoffroys aber waren die Journalisten weniger an deutsch-deutscher Blechbearbeitung interessiert als an der Frage, warum die Politik sich taub stellte, wenn Schüsse fielen und ein junger Mensch verblutete. Die einzig befriedigende Antwort wäre die Mitteilung gewesen, daß Specht bei Honecker energisch protestiert und sein Entsetzen zum Ausdruck gebracht hätte. Hatte er aber nicht.

Alle anderen Erklärungen, die Gundelach sich zurechtlegte, überzeugten nicht mal ihn selbst. Und je länger er nach Formulierungen suchte, die gerade noch ausreichend waren, um Betroffenheit zu signalisieren, ohne unwahr oder diplomatisch anstößig zu sein, um so mehr haßte er den Job, der ihm einen solchen Eiertanz abverlangte. Und, sich nicht ausnehmend, Politiker, die es nicht wagten, Meißner Porzellan zu zerschlagen.

Stell dir vor, es wäre Benny. Stell dir nur mal vor, es wäre dein Sohn.

Der Gedanke würgte ihn. Er ging ins Bad, betrachtete das bleiche Gesicht im Spiegel und ließ sich kaltes Wasser über den Kopf laufen.

Es half nichts. Auch der kahle blaugekachelte Raum mit den altmodischen Armaturen und exakt übereinander gestapelten Kernseifepäckchen bereitete ihm Übelkeit.

Scheißstaat. Verkalkte Mörderbande! sagte er laut und hoffte, daß irgendwo hinter dem Spiegel eine Abhöranlage eingebaut war.

Der Druck auf Kohl nahm zu. Man mußte nicht mehr viel tun, um ihn zu verstärken. Alles lief wie von selbst. Nur 34 Prozent hatte die CDU Mitte März bei den hessischen Kommunalwahlen erhalten, sieben Prozent weniger als vor vier Jahren. Die Union in der Krise, der Kanzler auf einem neuen Tiefpunkt seines Ansehens. Die Europawahl am 18. Juni warf lange Schatten voraus. Heiner Geißler schottete die Parteizentrale gegen das Bundeskanzleramt ab und plädierte kaum noch verhüllt für einen neuen Parteivorsitzenden.

Wie die meisten Journalisten ging auch Gundelach davon aus, daß Oskar Specht für Kohls Nachfolge im Parteivorsitz zur Verfügung stünde. Zwar erklärte sich Specht auch im engsten Kreis nicht eindeutig, doch das war nicht verwunderlich. Jedes offene Wort konnte todlich sein in einer Situation, die konsequent auf einen Machtkampf zusteuerte. Als Specht in den Ostertagen mit Geißler, Süßmuth und dem niedersächsischen Ministerpräsidenten Albrecht in der Bonner Landesvertretung zusammentraf, fand das Ereignis sofort den Weg in die Presse: eine Verschwörung, hieß es, mit dem Ziel, Helmut Kohl zu entmachten.

Für Gundelach war klar, wohin die Reise zu gehen hatte. Spechts internationales Renommee mußte gestärkt, seine bundespolitische Position unanfechtbar gesichert werden.

In schneller Folge erschienen Specht-Interviews in der New York Times und der Financial Times. Gundelach flog nach Hamburg und vereinbarte mit dem stellvertretenden Chefredakteur der Wochenzeitschrift Zeit eine Tour d'horizon des Ministerpräsidenten zu außenpolitischen Fragen. Dem Chefredakteur der Tageszeitung Die Welt versprach er ein großes Interview über deutschland- und parteipolitische Themen. Der Spiegel veröffentlichte ein Streitgespräch zwischen Specht und Lafontaine, das keines war, weil beide Mühe hatten, Unterschiede in ihrer Rebellenrolle auszumachen.

Im Spiegel hatte man den mächtigsten Verbündeten – und den gefährlichsten. Sein politischer Einfluß, von dem Specht jahrelang profitiert hatte, reichte weiter als der irgend eines anderen Presseorgans. Entsprechend hoch waren aber auch die Erwartungen des Magazins an seinen Günstling: Er sollte Kohl kippen, sobald die Zeit reif dafür war.

Kohl wußte es, Geißler wußte es, und Specht wußte es auch.

Bisher hatten die Bonner Redakteure, zu denen Gundelach engen Kontakt hielt, Spechts Zurückhaltung als taktische Maßnahme akzeptiert. Wer König werden will, kann nicht zugleich Minenhund spielen. Den Kanzler öffentlich und direkt anzugreifen, war einstweilen noch Journalistensache.

Jetzt aber wurden sie unruhig und wollten mehr. Langsam muß auch mal von euch was Substantielles kommen, drängten sie. Der Specht muß endlich Farbe bekennen. Er kriegt sofort eine Titelgeschichte als Herausforderer, als neuer Hoffnungsträger der Union. Aber dafür muß er endlich erklären, daß er gegen den Dicken antritt! Gundelach wehrte ab. Es ist noch zu früh, sagte er. Und vor den Europawahlen kann Specht die Deckung sowieso nicht verlassen.

Na gut, erwiderten sie. Aber Specht muß aufpassen, daß er nicht den richtigen Zeitpunkt versäumt. Nach dem Weggang von Erich Böhme als Chefredakteur ist die Situation für ihn nicht mehr so unproblematisch wie früher. Einige Kollegen in Hamburg halten ihn für einen Zauderer und Überflieger, und der neue Chefredakteur gehört wohl auch dazu. Wir kriegen immer mehr Druck, unsere Einstellung zu Specht zu überdenken. Klar, wir halten dagegen. Aber dafür brauchen wir Fakten, die zeigen, daß wir recht haben und nicht die Hamburger.

Gundelach berichtete Specht und lud den neuen Spiegel-Chefredakteur ein. Er fand die Einschätzung seiner Bonner Gewährsleute bestätigt. Der Mann war blaß und distanziert, das genaue Gegenteil des journalistischen Vollbluts Erich Böhme. Kaum vorstellbar, daß er mit Specht nächtens am Kamin Flaschen schweren Bordeaux köpfen würde.

Die Monate vor der Sommerpause waren bis zur Besinnungslosigkeit mit Arbeit ausgefüllt. Die Pressearbeit im Land durfte unter dem Versuch, Spechts bundesweites Image auf Hochglanz zu polieren, nicht leiden. Gundelach bestritt die wöchentlichen Pressekonferenzen meistens allein; ab und zu nahm er einen Minister mit. Als Chef der Grundsatzabteilung steuerte er die Umsetzung des Regierungsprogramms und hielt die Ressorts, soweit sie es mit sich geschehen ließen, am kurzen Zügel. Im April wurde mit großem Medienaufwand die zweite Konferenz europäischer Wirtschaftsführer zelebriert. Alfred Herrhausen, Edzard Reuter, der Italiener Carlo de Benedetti, der Franzose Francois-Xavier Ortoli, der Schweizer Helmut Maucher, der Schwede Peter Wallenberg sowie ein Dutzend weiterer Bosse diskutierten über den europäischen Binnenmarkt und verhalfen Specht zum Gruppenbild mit Reservekanzler.

Der amtierende nahm die Herausforderung an und walzte eine Woche später zum Landesparteitag der CDU. Gundelach schrieb für Specht die Rede und beschränkte Konflikte und Komplimente aufs Unumgängliche. Die Delegierten mochten sich nicht entscheiden und verteilten Beifall und Sympathie zu gleichen Teilen auf die breite und schmale Schulter.

Im Mai erklärte Specht in einem Interview mit der Bild-Zeitung, er werde nicht gegen Kohl kandidieren. Man valutierte es zum Bildzeitungskurs und spekulierte weiter.

Zäh und fintenreich schleppten sich auch die Verhandlungen über die Rundfunkfusion voran. Gundelach saß in diversen Kommissionen, und seine Zweifel am Gelingen des Projekts wuchsen. Abends sprach er des öfteren vor lokalen Parteiversammlungen über die Bedeutung der herannahenden Europawahl oder bereicherte regionale Wirtschaftstage, Banken- und Verbandsjubiläen als Festredner. Er konnte sich die Anlässe aussuchen. Schließlich kannte man ihn aus der Presse.

Nachts schrieb er an Spechts Europabuch. Im Herbst, zur Frankfurter Buchmesse, sollte es erscheinen. Nachdem sich Baron Thyssen-Bornemisza undankbarerweise doch für Madrid und gegen die Landeshauptstadt entschieden hatte, mußte wenigstens literarisch bewiesen werden, daß man etwas von Kultur in abendländischen Dimensionen verstand. Und von Ostpolitik, Verteidigungspolitik, Bündnispolitik. Von Wirtschaftspolitik, Währungspolitik, Technologiepolitik, Verkehrspolitik sowieso. Auch vom Kräftespiel zwischen EG-Kommission, Ministerrat und europäischem Parlament. Im September stand der CDU-Bundesparteitag in Bremen an. Gut möglich, daß die Dinge dort auf eine Entscheidung zutrieben. Dann würde das Buch wie eine außenpolitische Regierungserklärung gehandelt werden. Der Verlag stand Gewehr bei Fuß, Specht trieb zur Eile.

Mitte Juni besuchte Gorbatschow die Bundesrepublik. Er machte Station in der Landeshauptstadt. Nicht in München, was Ministerpräsident Streibl, den Nachfolger von Franz Josef Strauß, bis zur Weißglut ärgerte. Gorbatschow wirkte im vertraulichen Gespräch ernst, angespannt, mitunter ratlos. Gundelach fand ihn sehr verändert.

Vielleicht fehlte aber auch bloß die Aureole des Kreml.

Es war gut, nicht zur Besinnung kommen zu müssen. Die leere Wohnung hatte etwas Schreckliches. Auf dem Schreibtisch lagen Bennys Briefe, in denen er von seinen Fortschritten in der Schule und von den vielen neuen

Freunden erzählte. Die Briefe lagen da wie Ikonen. An der Wand hingen zwei farbige Zeichnungen, die Heike geschickt hatte. Segelboote auf der Alster. Schiffe und Kräne im Hafen. Gundelach hatte die Blätter sogleich rahmen lassen. Nachts, wenn er schrieb und manchmal vor Müdigkeit auf dem Stuhl einschlief, fuhr er auf den Schiffen nach Norden. Mit einer ganzen Flotte, wie ein Eroberer. Er kam aber nicht an. Es gelang ihm nicht, siegreich zu sein, bevor er aufwachte.

Die Trennung dauerte nun schon mehr als ein halbes Jahr. Gundelachs Hoffnung, Heike zur Rückkehr bewegen zu können, schwand. Allerdings, so mußte er sich eingestehen, hatte er es auch noch gar nicht ernsthaft versucht. Ein paarmal Anlauf genommen, das ja. Dann aber gleich wieder zurückgesteckt, ängstlich, trotzig, wenn sie so ganz und gar unbeeindruckt schien und weitersprach – am Telefon, bei seinen Wochenendbesuchen in Hamburg oder auch zu Ostern, als sich die Familie zum achtzigsten Geburtstag des Vaters in der kleinen, mit Teppichen und Möbeln vollgestopften elterlichen Wohnung versammelte. Eine Atmosphäre künstlichen Friedens dünstete durch die Zimmerchen und hüllte die Menschen, die den Problemen schauspielernd ausweichen wollten, ein.

Wie in der Politik, dachte Gundelach resigniert. Und wie in der Politik funktionierte es nicht.

Wenn sich bis zum Herbst nichts änderte, wollte er die Wohnung aufgeben und irgendwo ein kleines Appartment mieten. Am besten wieder im Westen, wo kein Garten an Familie und Kinderspiel erinnerte und der Lärm knallender Autotüren und krakeelender Kneipengäste das elend einsame Nachtgefühl betäubte. Nur kein frühes sehnsüchtiges Vogelgezwitscher mehr. Bloß kein durch Rolladenritzen hereintropfendes Morgendämmern. Bis zum Herbst mußte er es noch aushalten. Er konnte es sich gar nicht leisten umzuziehen, solange das Buch nicht fertig war. Der Sommer mußte aus der Besinnung hinausgeschrieben werden. Der Gedanke an Urlaub und Gemeinsamkeit durfte gar nicht erst aufkommen.

Zweimal in dieser Zeit, die zum Bersten voll und zum Sterben leer war, begegnete Gundelach Werner Wrangel. Beim ersten Treffen – sie waren gerade aus Ostberlin zurückgekehrt – berichtete er dem kranken Freund von Spechts wechselseitigem Aktenvortrag mit Erich Honecker. ›Haarklein‹ wollte Wrangel alles wissen und strich sich dabei lachend über den kahlen, von der Krebsbehandlung gezeichneten Schädel.

Wrangel war guter Dinge. Zwar sei die Chemotherapie etwas Fürchterliches, sagte er, man gehe barfuß durch die Hölle. Arnheim sei dagegen ein Scheiß gewesen. Aber die Ärzte in der Heidelberger Ludolf-Krehl-Klinik hätten ihm eine günstige Prognose gestellt, und der Tumor scheine nicht weiterzuwachsen. Möglicherweise könne man sogar operieren, dann müsse der ganze Magen entfernt werden, doch das sei ihm egal. Aus Fressen habe er sich noch nie etwas gemacht.

Sag Oskar, wenn ich das hier überlebe, marschieren wir zusammen nach Bonn. Dann packen wir den Dicken!

Danach hörte Gundelach monatelang nichts mehr von ihm. Er vermutete, daß Wrangel wieder in die Klinik hatte einrücken müssen, scheute sich aber, dort nachzufragen.

Ruf mich nicht an, wenn ich die Chemo kriege, hatte Wrangel gesagt. Es bringt nichts und belastet dich nur. Wenn du Galle kotzt, bist du kein Mensch mehr, bloß ein Stück Vieh, das nicht krepieren kann.

Im Juni, als Gundelach gerade beschlossen hatte, seiner Feigheit ein Ende zu setzen und nach Heidelberg zu fahren, meldete sich Wrangel mit kaum vernehmbarer Stimme von einer Telefonzelle im Hauptbahnhof. Er fragte, ob Gundelach eine halbe Stunde Zeit für ihn übrig hätte. Gundelach ließ alles stehen und liegen und fand ihn im Café des Bahnhofs zusammengesunken auf einem Stuhl sitzen.

Er sah so elend aus, daß einige Gäste ihn verstohlen anstarrten. Der Kopf schimmerte bläulich-weiß, die Augen brannten fiebrig in dunklen Höhlen. Finger und Handgelenke waren nur mehr Skelette. Gundelach fühlte, wie ihm Tränen in die Augen schossen. Er konnte nicht sprechen, nur Wrangels Hände umfassen.

Entschuldige, sagte Wrangel, und man sah, daß er die Worte mühsam formen mußte, daß ich dir das zumute. Ich habe, seit wir uns zuletzt trafen, zwei weitere Chemos hinter mich gebracht. Jetzt ist Schluß. Ich kann nicht mehr und ich will nicht mehr. Soweit ist alles geregelt. Aber sag mir: Ich habe noch einen Haufen Specht-Festschriften daheim rumliegen. Meinst du, Oskar würde sich freuen, wenn ich sie ihm zuschicke?

Gundelach nickte. Dann nahm er Wrangel behutsam am Arm und führte ihn zu seinem Wagen. Er war leicht wie eine Feder.

Bringen Sie den Herrn Professor nach Hause, befahl er seinem Fahrer. Ich brauche Sie heute nicht mehr.

Wrangel wollte protestieren, doch da hatte der Fahrer ihn schon wie ein Kind auf den Rücksitz gesetzt und die Tür geschlossen.

Von außen sah es aus, als wäre der Wagen leer.

Die Europawahl brachte ein unerwartetes Ergebnis. Der CDU-Landesverband verlor über elf Prozent, die Republikaner kamen aus dem Stand auf neun Prozent der Stimmen. Für Specht, den Sieggewohnten, sich unterhalb europäischer Dimensionen kaum mehr Einlassenden, eine herbe Schlappe.

Die Rechten in der Partei, Müller-Prellwitz voran, murrten vernehmlich und forderten, jetzt müsse endlich Schluß sein mit dem Geißler-Süßmuth-Blüm-Getändel, das den eigenen Anhang verwirre. Die CDU des Landes brauche wieder eine klare, konservative Linie.

Jeder wußte, daß die Kritik, auch wenn sein Name nicht genannt wurde, auf Specht zielte. Die Journalisten schrieben schadenfrohe Kommentare über den ›gestrauchelten Kronprinzen‹.

Gundelach warf, wie in solchen Fällen üblich, Vergleichszahlen auf den Markt, die den tiefen Fall relativieren sollten: daß die Landes-CDU, in absoluten Prozenten gerechnet, bundesweit immer noch an der Spitze und die Landes-SPD weiterhin unter dreißig Prozent liege und die Politik des Ministerpräsidenten schließlich und endlich nicht zur Abstimmung gestanden hätte . . .

Es war nicht mehr als ein Haufen weißer Salbe. Spechts Kanzlerlack hatte zum denkbar ungünstigsten Zeitpunkt Kratzer abbekommen.

Danach verlief sich alles in die Sommerferien, und Gundelach schrieb in Tag- und Nachtarbeit Spechts neues Werk ›Vision 2000‹ fertig. Über vierhundert Seiten füllte er und dachte sich, wie gewünscht, einen fiktiven politischen Fahrplan für die Gründung der Vereinigten Staaten von Europa im Jahr 2000 aus. Zum Schluß machte es ihm sogar Spaß.

Als Helmut Kohl Mitte August aus seinem Urlaub am Wolfgangsee zurückkehrte und Heiner Geißler kurz und knapp eröffnete, daß er ihn auf dem Bundesparteitag in Bremen nicht mehr zum Generalsekretär vorschlagen werde, war es mit dem Spaß jäh vorbei. Der Fehdehandschuh lag im Ring, der Kampf war eröffnet. Die ›Verschwörer‹ des CDU-Präsidiums, die von der Entscheidung ihres Parteivorsitzenden genauso überrascht worden waren wie die Öffentlichkeit, mußten aus der Deckung heraustreten.

Zunächst ließ sich die Schlacht verheißungsvoll an. Aus den Landesverbänden hagelte es Proteste. Geißlers Werte auf der demoskopischen Beliebtheitsskala schossen nach oben. Specht blies die Backen auf und schimpfte öffentlich, daß man in der Partei so nicht miteinander umgehen könne. Rita Süßmuth monierte, Kohl mache das Präsidium überflüssig, Ernst Albrecht sah die Geschlossenheit der Parteispitze gefährdet, und Norbert Blüm kritisierte die Art und Weise, wie Geißler kaltgestellt worden war.

Nach hektischen Telefonaten verkündete Specht, er und seine Mitstreiter würden ihre Arbeit im Parteipräsidium einstellen, falls dessen Kompetenzen nicht klar geregelt würden. Damit wurde auch nach außen sichtbar, wer die Speerspitze der Frondeure übernommen hatte.

Bis zum Bundesparteitag in Bremen blieb noch etwas mehr als zwei Wochen Zeit, um die Strategie der Auseinandersetzung festzulegen und die Truppen zu mobilisieren. Gundelach war fest davon überzeugt, daß Specht nunmehr unverzüglich seine Gegenkandidatur um den Parteivorsitz ankündigen und eine Medienoffensive ohnegleichen vom Zaun brechen werde.

Die Pressestelle richtete sich darauf ein, rund um die Uhr Interviews zu terminieren. Spiegel, Stern und die großen, bundesweit erscheinenden Zeitungen sollten für ihre Titelgeschichten und Aufmacher Live-Interviews bekommen. Kleinere Zeitungen würden auf eingereichte Fragen vorgefertigte schriftliche Antworten erhalten. Die Grundsatzabteilung hielt griffige Positionsbestimmungen bereit, die Spechts Kompetenz auf allen wichtigen Politikfeldern untermauerten.

Das Kalkül war einfach: Je schärfer sein Profil als bessere personelle Alternative zu Helmut Kohl gezeichnet werden konnte, desto schwerer würde es dem Parteivorsitzenden fallen, den Konflikt auf das persönliche Zerwürfnis mit seinem Generalsekretär zu begrenzen.

Neue Programmatik statt altem Klüngel, hieß die Devise.

Die verbleibende Zeit war zwar kurz, aber sie mochte ausreichen, um den Personenstreit in eine Richtungsentscheidung umzuwerten. Wenn man es geschickt anfing, ließ sich aus dem engen zeitlichen Korsett sogar ein taktischer Vorteil ziehen: Spechts Parolen und Ankündigungen würden, wie in einem Wahlkampf, nicht verifizierbar sein. Sie mußten hingenommen werden und drängten den Amtsinhaber in die Defensive. Specht und Geißler als die Vertreter einer neuen, nach vorn orientierten CDU – das konnte vielen schwankenden, vom Trauma der Wahlniederlagen geängstigten Delegierten das Gefühl geben, sich für die Zukunft der Partei zu entscheiden, wenn sie Helmut Kohl die Gefolgschaft versagten.

Doch Specht erklärte sich nicht. Wie in einem Katz- und Mausspiel wich er seinen Mitarbeitern, die hochmotiviert und kampfeslustig konkrete Direktiven erwarteten, aus. Alles, was er sich zu dem Thema entlocken ließ, war die im Vorübereilen hingestreute Bemerkung, er müsse erst noch mit dem Präsidium klarkommen.

Gleichwohl nahm er eine Reihe von Interviewwünschen an, bei denen er mit der Politik des Kanzlers außerordentlich kritisch umsprang. In der Öffentlichkeit mußte der Eindruck entstehen, Specht werde auf jeden Fall antreten, wolle die Bombe aber erst kurz vor dem Parteitag platzen lassen. Manche Journalisten hielten das für einen Akt besonderer Klugheit, mit dem eine vorzeitige Demontage durch Kohls Hilfstruppen vermieden werden sollte.

Die Tage verrannen, und Gundelach wurde immer verzweifelter. Allmählich wurde ihm bewußt, daß Specht der Mut verlassen hatte. Um es sich nicht einzugestehen, suchte er einerseits nach Ausflüchten, andererseits agierte er immer noch so, als wäre er entschlossen, die Kraftprobe zu wagen. Das mußte schiefgehen.

Gundelach bat dringlich um eine Unterredung mit Specht. Er bekam keinen Termin. Also lauerte er dem Ministerpräsidenten vor dessen Amtszimmer auf und beschwor ihn, neben ihm die Treppe zum wartenden Auto hinunterrennend, für klare Verhältnisse zu sorgen.

Was wollen Sie! rief Specht entnervt. Mit diesem Präsidium läßt sich doch nicht mal ein Scheißhaus stürmen!

Nicht Blüm, Albrecht oder Süßmuth seien entscheidend, wandte Gundelach ein, sondern die Parteibasis und die Delegierten. Und die warteten auf ein Signal, um sich ihre Meinung bilden zu können.

Selbst wenn Sie in Bremen unterliegen sollten, bekommen Sie in jedem Fall ein achtbares Ergebnis! sagte er beschwörend und hielt Specht die Tür auf. Und danach sind Sie unangefochten die Nummer zwei in der Partei!

Ich will, daß mich das Präsidium offen unterstützt, sonst mach ich's nicht! antwortete Specht erzürnt, und weg war er.

Die letzte Sitzung des Parteipräsidiums vor dem Parteitag war auf Montag, den 28. August, terminiert. Jeder wußte: Wer Kohl ans Leder wollte, mußte spätestens dort aufstehen und es laut und vernehmlich kundtun – eiskalt wie die Nächstenliebe, hätte ein gesunder Werner Wrangel, die Zähne bleckend, wohl gesagt. Tags zuvor wollten sich die Rebellen, von denen einige bereits verdächtig still geworden waren, im Bonner Gästehaus des Landes treffen, um eine gemeinsame Position abzustimmen.

Gundelach beschloß, freitags nochmals einen Versuch zu starten, um Specht zu überzeugen.

Am Freitag wurde ab zehn Uhr im Umweltministerium des Landes ein elektronisches Frühwarnsystem vorgestellt, das Veränderungen in der Wasserqualität anzeigte. Wenn im Rhein überdurchschnittlich viele Flöhe verendeten, blinkten in der Hauptstadt Computerlampen. Das war doch etwas. Specht selbst begab sich zur Demonstration, weniger des Umweltministers oder der Flöhe wegen, sondern weil die Firma McArthur das System mit ausgeknobelt hatte und Freund Eckert eigens aus München eingeflogen war.

Um Viertel vor zehn bezog Gundelach am Eingang des Ministeriums Posten. Zumindest sollte Specht hören, was der Spiegel-Redakteur gestern abend am Telefon gesagt hatte: Wenn Oskar am Montag kneift, weiß er hoffentlich, was das für ihn bedeutet!

Specht kam in Begleitung Eckerts und wurde sofort vom Umweltminister in Beschlag genommen. Schließlich war es seine Veranstaltung. Auch Specht winkte ab: jetzt nicht.

Na gut, dachte Gundelach, dann nachher. Und setzte sich, obzwar nicht eingeladen, in den abgedunkelten Flohzirkus. Um halb zwölf waren genügend Flöhe im Dienst des Landes gestorben. Beamte und McArthurianer geleiteten Specht und Eckert im Pulk hinaus.

Gundelach kriegte Specht am Arm zu fassen und flüsterte: Ich muß mit Ihnen sprechen. Dringend!

Später, sagte Specht. Ich geh jetzt mit Eckert ins Interconti, mittagessen.

Das Hotel Intercontinental lag fünfzig Meter vom Ministerium entfernt. Der Umweltminister und Gundelach, obzwar wieder nicht eingeladen, marschierten mit.

Gundelach murmelte: Sie müssen unbedingt noch heute mit dem Spiegel telefonieren! Wenn Sie am Montag –.

Der Minister unterbrach ihn und rühmte die gute Zusammenarbeit zwischen seiner Verwaltung und der Firma McArthur bei der Konzipierung des elektronischen Frühwarnsystems. Eckert gab das Kompliment zurück und begeisterte sich an seinen ›Topleuten‹, die demnächst auch das Rundfunkfusionsgutachten im Sack haben würden. Eine Supersache werde das.

Dankbar nahm Specht das Thema auf und schüttelte Minister und Regierungssprecher zum Abschied die Hand.

Gundelach ließ sich ins Büro zurückfahren und erledigte Telefonate. Um halb zwei Uhr war er wieder im Hotel und patrouillierte vor dem Salon, in dem Specht und Eckert speisten. Gegen zwei öffnete sich die Tür, Specht wollte auf die Toilette.

Abrupt wandte er sich an Gundelach und sagte, noch ehe dieser den Mund aufgemacht hatte: Eckert hat mich eindringlich davor gewarnt, gegen Kohl anzutreten. Man stürzt keinen CDU-Kanzler, sagt er. Die Wirtschaft hätte dafür überhaupt kein Verständnis. Alle Unternehmer, mit denen er gesprochen hat, denken so. Da ist was dran!

Und schon hatte er die Tür mit dem Männchen hinter sich zugezogen.

Jetzt, dachte Gundelach, hat er endlich sein Alibi. Entmutigt trottete er davon.

Am folgenden Montag forderte Specht in der Präsidiumssitzung mehr Mitspracherechte, Rita Süßmuth lispelte, auch künftig unbequem bleiben zu wollen, und Blüm und Albrecht, so berichteten die Gazetten, hielten sich ganz zurück. Gefragt, ob es in Bremen einen Gegenkandidaten zum Parteivorsitzenden geben werde, antworteten alle mit Nein.

Die Medien überzogen die präsidialen Papiertiger mit Hohn und Spott. Nicht ein einziges Zugeständnis hatte Helmut Kohl machen müssen.

Nachdem das Kind in den Brunnen gefallen war, hatte Specht es eilig, jedem zu erklären, warum es dort lag, weshalb der Sturz unvermeidlich gewesen sei und daß es, genaugenommen, noch immer am Brunnenrand sitze und fröhlich pfeife. Nur interessierte das kaum noch jemanden.

Die täglichen Spiegel-Anrufe blieben schlagartig aus. Als Gundelach, um Schadensbegrenzung bemüht, endlich ›seinen‹ Redakteur am Apparat hatte, sagte der: Sie tun mir echt leid. Specht hat uns alle in die Pfanne gehauen. Jetzt muß er sehen, wie er damit klar kommt. Bei uns ist der Ofen aus. Ich versteh das alles nicht. Er hatte so eine tolle Chance ... In Bremen wird er die Quittung kriegen, da wett ich drauf.

Und Specht erhielt die Quittung, mit all der grausamen Konsequenz, deren ein Politikkollektiv fähig ist. Helmut Kohl präsentierte sich den ›lieben Freunden‹ als ehrliche, wettergegerbte Haut. Heiner Geißler verfaßte einen so schönen Nachruf auf sich, daß seine sofortige Wiedererweckung als Präsidialer kein Wunder, sondern Parteitagspflicht war. Nur Oskar Specht stolperte zwischen den Schlingen, aus denen er sich nicht rechtzeitig hatte lösen können. Der Beifall für seine Rede war dünn, das Mienenspiel der Delegierten caesarisch-düster.

Mit 47,5 Prozent der Stimmen ließ ihn der 37. Bundesparteitag durchfallen und katapultierte ihn aus seinem höchsten Gremium, dem Präsidium, hinaus.

Wie üblich, sickerte das Wahlergebnis vor der offiziellen Bekanntgabe durch. Das aufgeregte Summen in den Reihen schwoll hornissenartig an. Kameramänner, Kabelträger und Mikrofonstrecker stürzten auf Specht zu.

Specht saß allein an einer Flucht zusammengeschobener Tische. Keine zehn Meter entfernt, erhöht auf dem Podium, saß ein anderer und schaute geradeaus: Helmut Kohl. Specht hob den Blick nicht, Kohl senkte ihn nicht.

Thron und Staub.

Gundelach setzte sich neben Specht. Er wußte, daß er ab diesem 11. September an der Seite eines Verlierers leben würde und hoffte inbrünstig, daß Werner Wrangel schon zu geschwächt sein würde, um noch Zeitung lesen zu können.

Unmittelbar nach dem Ende des Parteitags brachen sie zu einer Fernostreise nach Japan, Indonesien und Singapur auf.

Brief an den Sohn

Lieber Benny, Singapur, den 22. September 1989

heute morgen beim Frühstück habe ich mir gesagt: Höchste Zeit, daß du Benny mal einen richtigen, ausführlichen Brief schreibst! Bisher waren's ja immer bloß ein paar Zeilen mit Grüßen, wenn ich Mami geschrieben habe, oder eine Karte von unterwegs. Aber jetzt geht mein Sohn schon ins Gymnasium, und es dauert nicht mehr lange, bis er ein junger Mann geworden ist. Da hat er, dachte ich mir, einen Anspruch darauf, von seinem Vater einen Brief zu bekommen, der nur für ihn bestimmt ist (natürlich darfst Du ihn, wenn du willst, trotzdem Mami zeigen!).

Und so habe ich ein bißchen geschwindelt und zu Specht gesagt, daß mir nicht gut wäre und daß ich mich wieder ins Bett legen will, und das hat er verstanden. In so einem Fall ist Schwindeln doch wohl erlaubt – es dient ja einem guten Zweck!

Ich sitze hier in einem schönen großen Zimmer im 18. Stock eines tollen Hotels – es heißt Imperial – und schaue hinunter auf Hunderte von Frachtschiffen und Tankern, die darauf warten, im Hafen von Singapur entladen zu werden. Wirklich Hunderte, es ist keine Übertreibung – Schiffe, soweit das Auge reicht. Sie fahren durch die Straße von Malakka, das ist der Seeweg zwischen Malaysia und Sumatra, und sie löschen in Singapur ihre Ladung oder nehmen welche auf, und bestimmt sind auch Schiffe aus Hamburg darunter. Vielleicht sogar eins, das wir gesehen haben, als wir am 29. Juli Deinen zehnten Geburtstag gefeiert und die große Hafenrundfahrt gemacht haben? Wer weiß, möglich ist alles.

Schade, daß ich Dich seitdem nicht mehr besuchen konnte, aber Du weißt ja, die viele Arbeit und das Buch ... Gott sei Dank ist es jetzt fertig, im Oktober wird es vorgestellt (ein komisches Wort für ein Buch, findest du nicht?), und danach will ich unbedingt ein Wochenende zu Euch kommen. Es gibt viel zu erzählen, und natürlich bin ich auch gespannt darauf, Deine neue Schule kennenzulernen.

Wir sind jetzt schon acht Tage in Ostasien und haben viel erlebt, das kannst Du Dir denken. Oft habe ich mir gewünscht, Dich bei mir zu haben, Dir die Städte, Bauwerke und Landschaften zu zeigen, die wir besuchten, und dabei Deine Hand in meiner zu spüren. ... Ach, was schreibe ich für einen Unsinn! Als ob Du noch an der Hand geführt werden müßtest wie ein kleines Kind! Aber manchmal tut das immer noch gut, eine Hand zu halten, selbst Erwachsene brauchen das zuweilen und wünschen sich, wie ein Kind den Weg gezeigt zu bekommen. Als ich dreißig Jahre alt wurde – also ein Jahr vor Deiner Geburt – hatte ich dieses Gefühl ganz stark, weil ...

Ach, Benny, ich schweife schon wieder ab und fasel von Dingen, die Dich gar nicht interessieren. Vielleicht kommt das daher, daß es hier furchtbar schwül ist und man wirklich Mühe hat, sich zu konzentrieren. Mein Kopf ist so heiß, als hätte ich Fieber, obwohl doch eigentlich die Klimaanlage funktionieren müßte. Wahrscheinlich ist sie kaputt, ganz einfach kaputt. Ich werde nachher mal den Hotelmanager fragen, aber der wird es bestimmt abstreiten, denn in Singapur hat alles perfekt zu sein, da sind sie ganz erpicht drauf. (Kennst Du das Wort ›erpicht‹ überhaupt, Benny? Es ist ziemlich altertümlich, und ich habe wenig Übung darin, Dir Begriffe oder Dinge zu erklären. Du würdest vielleicht sagen: da sind sie ganz wild oder geil drauf, oder noch anders, ich weiß es nicht).

Kannst Du Dir vorstellen, daß hier jeder, der eine Zigarette oder Papier wegwirft, hart bestraft wird? Die Straßen und Plätze sind blitzblank, ständig fahren Sprengwagen und Kehrmaschinen umher und städtische Angestellte schwingen die Besen, um ichweißnichtwas aufzufegen. Meiner Meinung nach haben sie einen Tick, einen Sauberkeits- und Hygienetick, aber der ist von oben verordnet, denn der Premierminister Lee Kuan Yew, den sie den Preußen Ostasiens nennen, duldet nicht die geringste Unordnung in seinem Staat.

Das gefällt unseren deutschen Unternehmern natürlich, und auch Specht ist von Lee ganz hingerissen, seit vielen Jahren schon. Und dann die hohen wirtschaftlichen Zuwachsraten und die billigen Löhne, und arg viel Demokratie ist auch nicht zu spüren. Dafür um so mehr Ordnung und Sauberkeit. Aber das nur nebenbei, ich will Dich nicht langweilen ...

Ich habe mir sagen lassen, Singapur sei einer der größten Häfen der Welt, und wenn ich aus dem Fenster blicke, glaube ich das sofort. Eine Schiffsschlange bis zum Horizont, wie bei uns zu Ostern auf den Autobahnen. Nur sind es da Autos, richtig, Du Schlaumeier. (Eben hatte ich doch tatsächlich das Gefühl, Du stündest vor mir und zögest die Nase kraus, wie früher, wenn Dir ein spöttischer Gedanke durch den Kopf schoß, den Du für Dich behalten wolltest).

Wir sind von Jakarta aus hierher geflogen, das ist nur ein Katzensprung, zweieinhalb Stunden. Jakarta ist die Hauptstadt Indonesiens, sie liegt auf der Insel Java, und ungefähr neun Millionen Menschen leben in ihr. Können aber auch schon zehn Millionen sein. Am besten schaust Du Dir das mal in Deinem Atlas an, dann siehst Du auch, was für ein riesiges Inselreich das ist. Die gesamte Küstenlänge beträgt 81 000 Kilometer, also zweimal um den Äquator rum!

Aber wenn man mit Specht reist, hält man sich weniger in Badebuchten auf als in Halbleiterfabriken, Regierungsgebäuden und Abflughallen. Trotzdem reichte die Zeit, um von Bandung, wo die Indonesier Flugzeuge und Hubschrauber bauen, einen Abstecher nach Jogjakarta zu machen. Jogjakarta ist die alte Königsstadt Javas; man kann durch wunderbare Paläste und Tempel schlendern und begegnet moslemischen, buddhistischen, hinduistischen und altjavanischen Kunstwerken. Ein buntes Gemisch verschiedener Religionen und Kulturen also, und dennoch fügt sich harmonisch eins zum anderen. Auch die Menschen wirken gelassen und anmutig, manche bewegen sich so graziös, als tanzten sie.

Ich habe auch getanzt, Benny, doch das muß im Vergleich zu den geschmeidigen Schritten und fließenden Gesten der zierlichen Tänzerinnen schlimm ausgesehen haben. Sie ließen aber nicht locker beim abendlichen ›Kulturprogramm‹ und kamen immer wieder zu unserem Ehrentisch, bis Specht sagte: Das fällt unter Öffentlichkeitsarbeit, das machen Sie!

Also hab ich versucht, den leichten, runden Bewegungen zu folgen, die sie auf der Bühne zum Klang von Trommeln, Gongs und Xylophonen vorgeführt haben, und Specht hat sich halbtot gelacht, weil es sicher aussah, als trample ein Elefant durch einen Porzellanladen. Zur Belohnung bekam ich eine große geschnitzte und bemalte Stabpuppe geschenkt, die einen Gott darstellen soll, der Glück bringt. Die Puppe trägt prächtige Gewänder, aber ihr Gesicht ist eine ziemlich furchterregende Maske, und deshalb bin ich mir nicht so sicher, ob das mit dem Glückbringen stimmt. Es gibt nämlich in der fernöstlichen Mythologie nach meinem Eindruck mehr böse als gute Geister – was ja wohl ein getreuer Schattenriß der Wirklichkeit ist. (Den letzten Satz vergißt Du besser, er ist eine typische Erwachsenenphrase!)

Jedenfalls hat mein angeblicher Glücksgott mich nicht davor bewahrt, am nächsten Tag aus Versehen Cola mit Eis zu trinken, und seitdem wird mir immer wieder heiß und kalt, als hätte ich Schüttelfrost. Wir sind ins Landesinnere gefahren, um die 1200 Jahre alte buddhistische Tempelanlage des Borobudur zu besichtigen, ein riesiger Schrein aus schwarzem Lavagestein, der jahrhundertelang unter Vulkanasche begraben lag. Die Sonne heizt Mauern und Skulpturen bis zu über sechzig Grad auf, so daß dir die Kleider am Leib kleben und du froh bist, nach deiner Rückkehr am Fuß des Tempels einen Getränkeverkäufer zu finden. Aber jedes Kind weiß, daß man in den Tropen kein unabgekochtes Wasser trinken darf – nur ich hatte es gerade vergessen.

Was Du jetzt wohl gerade machst, mein Sohn? Sitzt Du in der Schule und hörst aufmerksam zu, oder folgen Deine Gedanken auch den Schiffen in die Ferne, wie es mir ergeht? Es ist so schwer, sich aufs Alltägliche zu konzentrieren, wenn man das Gefühl hat, aus der Realität herausgefallen zu sein. Ich weiß nicht einmal mehr, wie spät oder früh es jetzt bei Euch ist. Und schon beginne ich zu zweifeln, ob ich Dir diesen Brief überhaupt schikken soll.

Den letzten langen Brief, den ich vor elf Jahren an meine Eltern schrieb, habe ich auch nicht abgesandt. Er muß noch irgendwo in meinem Schreibtisch liegen. Auch damals war mir, als wäre ich aus der Wirklichkeit herausgefallen und in eine Vergangenheit abgeglitten, die mit bleichen Armen nach mir greifen wollte.

Das verstehst Du nicht, und Du sollst es auch nicht verstehen. Es ging um Todesurteile und um Schuld, und ich konnte nicht begreifen, daß man junge Menschen erschießen lassen und danach ruhig weiterleben und die Toten vergessen und in der Politik ein großer Mann werden kann. Zehn Jahre später aber wird in Berlin ein Junge erschossen, und ich schüttle dem Mann, der das zu verantworten hat, die Hand, esse an einem Tisch mit ihm und höre mir seine senilen Witzchen an.

Wo ist da der Unterschied? Was macht die Politik aus uns?

Damals hatte ich die Kraft, mich zu lösen. Ich sah eine Zukunft vor mir, und die Zukunft war mit zwei Menschen verbunden: mit Specht und mit Deiner Mutter, die ich kurz danach geheiratet habe. Aber dann hat sich herausgestellt, daß ich eigentlich mit Specht verheiratet bin, und darum hat Deine Mutter mich verlassen. Woher soll ich heute noch die Kraft nehmen, mich zu lösen?

Mein Kopf glüht. Ich bin krank, Benny. Wieder ein Brief, den ich zerreißen oder in die Schublade stecken werde. Warum gelingt es mir nicht, einfach und leicht mit Dir zu reden, wie andere Väter das können? Von Japan wollte ich Dir noch berichten, von der Riesenstadt Tokio, dem Riesenberg Fudjijama und einer Fabrik, in der Roboter Roboter bauen. Statt dessen schiebe ich mich dauernd dazwischen, schiebe mich zwischen Dich und mich und zerstöre alles.

Die Wahrheit ist, daß es niemand mehr lange bei mir aushält, weil ich nur noch in politischen Kategorien denken, sprechen und zuhören kann. Mein hölzerner Dämon, der mich grimmig anstarrt, hat mehr Lebenskraft in sich als ich. Ich bin ein Roboter geworden, der mit Sprache Kunstwelten produziert, obwohl er längst abgekapselt in seiner Burg wohnt und eigentlich tot ist. Darum habe ich mich auch in der lautlosen leeren Maschinenwelt zu Füßen des Götterberges so wohl gefühlt. Maschinen und Götter und nichts dazwischen. Nichts was dir nahe kommt und dich lügen macht. So wird man auf Monrepos, wenn man nicht rechtzeitig flieht.

Siehst Du, mein Sohn, so ist das. Nicht einmal aus der Ferne schaffe ich es, mich Dir zu nähern. Nicht mal Asien und der indische Subkontinent und die arabische Halbinsel und die Meere dazwischen trennen uns weit genug, um einfach nur die Arme nach Dir auszustrecken und Dir zu sagen, wie sehr ich Euch vermisse. Aber vielleicht läßt sich auch das üben. In vier Wochen fliege ich in die USA, Anfang nächsten Jahres bin ich in Thailand und in Siam. Dann will ich Dir wieder schreiben. So lange, bis mir ein Brief gelingt, der ankommt.

Die Buchstaben tanzen vor meinen Augen. Es sieht lustig aus. Du würdest lachen, Benny, wenn du es sehen könntest. Oder die Nase kraus ziehen.

In Liebe

Geschichte und Geschichten

Krank kehrte Bernhard Gundelach aus Südostasien zurück, virus- und seelenkrank, mit einem zerknüllten Brief und einer befremdlichen Puppe im Gepäck, die vom Bücherregal herab wie ein großer bunter Greif seinen fiebrigen Leib bewachte und – da schwankte seine Wahrnehmungsfähigkeit – mal schützend wie ein Adler, mal lauernd wie ein Geier die von fließendem Stoff umflorten Arme ausbreitete.

Wenn aber die Sonne unterging und einen bestimmten Punkt über dem Dach des Nachbarhauses erreicht hatte, glühte auf dem bestickten Brusttuch der Puppe ein ovaler Glasstein wie ein feuriger Opal, und dieses Licht traf den Kranken mitten in die Augen. Es blendete so stark, daß er die Figur nur noch als Silhouette erkennen konnte, ähnlich dem Schattenspiel, das Reisende in Jogjakarta auf pergamentfarbener Leinwand vorgeführt bekommen. In die Blendung hinein begann der Gott zu tanzen und die Arme zu schlenkern, und Gundelach sah ihn mit mächtigen Feinden kämpfen und sie besiegen.

Er schlief fast während des ganzen Tages; wenn aber das Feuer sich zwischen seine Augen bohrte, erwachte er und starrte mit somnambuler Verzückung auf das magische Spiel. Nur mußte er, der wandernden Sonne wegen, jeden Tag ein Stück weiter zur Seite rücken, und eines Tages fiel er aus dem Bett. Da wußte er, daß er, soweit es in den Kräften seines Wächters stand, wieder gesund war, stand auf und ließ sich ins Büro fahren.

In der Zwischenzeit war die Welt eine andere geworden. In der DDR strömten die Menschen auf die Straßen, in Warschau und Prag besetzten sie die westdeutschen Botschaften, der Ostblock geriet in Gärung. Erich Honecker tauschte den letzten Bruderkuß mit seinem Bezwinger Gorbatschow, einen Monat später war er aus der Partei, die ihm achtzehn Jahre lang die Stiefel geleckt hatte, ausgeschlossen. Die Mauer in Berlin fiel, der gesamte Führungsapparat der alten SED brach in sich zusammen, die Geschichte öffnete ihre Schleusen.

Fasziniert beobachtete Gundelach, mit welcher Leichtigkeit der Sturm der friedlichen Revolution, der über den europäischen Kommunismus hinwegfegte, die alten Machtstrukturen zerschlug. Wie welkes Laub wanderten sie auf den Kehrrichthaufen der Vergangenheit, die greisen Bonzen der Politbüros und Zentralkomitees, mit denen man getafelt und konferiert, Phrasen gedroschen und Dokumente paraphiert hatte.

Wir sind das Volk – vier Worte aus Büchners ›Dantons Tod‹, die hundertfünfzig Jahre lang im Theaterschoß geschlummert hatten, entwickelten mehr Sprengkraft als alle Abkommen und staatsmännischen Attitüden. Vier Worte eines Genius, nach anderthalb Säkulen von der Bühne gesprungen und in den Köpfen und Herzen von Millionen zum Leben erwacht, stürzten Regime.

Das, fand Gundelach, rückte manches zurecht.

Auch Spechts Stellenwert rückte es zurecht, und den eigenen natürlich auch. Die Bremer Niederlage konnte nicht einmal mehr als Parteitragödie vermarktet werden, weil es niemanden gab, der sich davon hätte anrühren lassen.

Für Specht war es wahrscheinlich die schlimmste Erfahrung, die er in diesem historischen deutschen Herbst machen mußte: zurückgeworfen zu sein auf das Bedeutungsniveau, mit dem er vor elf Jahren begonnen hatte. Während der deutsche Kanzler in die Weltpolitik eingriff und dabei rasch an Statur und Sicherheit gewann, stand Oskar Specht abseits und schaute zu. Das Regionale war wieder sein steiniger Acker geworden, den er zu pflügen hatte.

Einen Tag vor der Öffnung der Berliner Mauer tagte man in Barcelona, um das mühselige Partnerschaftsgeschäft mit Katalonien, Rhône-Alpes und der Lombardei voranzubringen. Am Tag danach saß man mit dem CDU-Landesvorstand in einem kleinstädtischen Hotel beisammen, das sinnigerweise ›Kette‹ hieß, und bereitete einen ›Kleinen Parteitag‹ vor. Deutschland wuchs, Spechts Aktionsradius schrumpfte.

Helmut Kohl überraschte Freund und Feind mit einem Konföderationsplan für beide deutsche Staaten, Specht hatte auf einer gemeinsamen Kabinettsitzung mit der rheinland-pfälzischen Regierung die Frage zu erörtern, wie die Deichhöhen links und rechts des Rheins am besten anzugleichen wären. Gelangweilt las er während der Sitzung Zeitung, und als Wilhelm Wagner, der dröge Nachfolger des zurückgetretenen Ministerpräsidenten Vogel, ihn vorsichtig fragte, wie denn nun verfahren werden solle, fauchte er über den Zeitungsrand hinweg: Das ist mir vollkommen wurscht, ich nehm an, wenn wir den Damm rechts aufschütten, fließt das Hochwasser nach links, und umgekehrt!

Da half es auch nichts, daß er Anfang Dezember eilends nach Dresden aufbrach, um eines Vier-Augen-Gesprächs mit dem neuen Regierungschef der DDR, Hans Modrow, teilhaftig zu werden. Eine Woche später flog der Kanzler in Dresden ein und wurde vieltausendfach bejubelt: Wir sind das Volk!

Der Strom der Geschichte floß an Specht vorbei. Um die Dämme brauchte er sich in der Tat nicht mehr zu besorgen.

Weitgehend unbeachtet blieb auch die Präsentation des Europabuchs ›Vision 2000‹. Die Wirklichkeit war visionär genug. Der Spiegel lehnte es ab, Auszüge aus dem Werk zu drucken. Gundelach unternahm gar nicht erst den Versuch, die Hamburger Meinungsmacher umzustimmen.

Statt dessen flog er auf Einladung der John-Hopkins-Universität nach Washington, um an einem mehrtägigen Seminar über das Thema ›Vierzig Jahre Grundgesetz‹ teilzunehmen. Dort traf er Professor Dukes wieder, der einen großartigen verfassungsrechtlichen Vortrag in fürchterlichem Englisch abhaspelte, bis es selbst der altfränkisch-duldsamen Natur des Redners zuviel wurde und er, begleitet vom dankbaren Applaus des Auditoriums, um einen Dolmetscher bat. Kanzlerberater Horst Teltschik war da und sonnte sich im Glanz einer das deutsche Schicksal ungewohnt interessiert verfolgenden amerikanischen Aufmerksamkeit. Eher still und brummig beobachtete dagegen der Staatssekretär im Justizministerium, Klaus Kinkel, die Diskutanten, die mit der Stange ratloser Eloquenz im Nebel geschichtlicher Veränderungen herumstocherten.

Gundelach mischte sich unter die beachtliche Schar bundesdeutscher Spitzenbeamter, die den amerikanischen Gelehrten Aufschluß über einen Prozeß geben sollten, den sie selbst nicht verstanden, und absolvierte gewissenhaft alle Lunch- und Dinnereinladungen, die er im Hotelzimmer vorfand. Er verabredete einige ›special meetings‹ mit amerikanischen Ökonomen und Administratoren und hatte in summa das erhebende Gefühl, trotz des auch hier nicht unbemerkt gebliebenen Kurssturzes seines Chefs als Person immer noch wahrgenommen zu werden. Man war bescheiden geworden.

Zum Briefeschreiben kam er nicht. Dafür kaufte er eine poppige Jacke mit NFL-Sticker für Benny. Er wußte nicht, was die Buchstaben bedeuteten, aber alle amerikanischen Jungs, die etwas auf sich hielten, liefen damit herum.

Nach drei Tagen flog er zurück nach Deutschland und wurde von seinem Fahrer in Frankfurt abgeholt. Einer plötzlichen Eingebung folgend, sagte er: Wir fahren zuerst nach Heidelberg, zur Ludolf-Krehl-Klinik. Machen Sie schnell! Als er eine Stunde später das düstere Backsteingebäude betrat und nach dem Patienten Professor Wrangel fragte, bedeutete ihm der Pförtner routiniert-wissend, indem er seinen Blick kurz ins Belegungsbuch senkte, Wrangel liege in einem der Sterbezimmer unterm Dach. Gundelach fand das Zimmer am Ende eines langen dunklen Flurs und trat ohne anzuklopfen ein. Der Raum war noch kleiner, als er ihn sich vorgestellt hatte. Eine Kammer mit winzigem Fenster, graugestrichen, leer bis aufs Bett und den Nachttisch.

Wrangel lag mit geschlossenen Augen auf einem Kissen, röchelnd und pfeifend, Schläuche in der Nase und an den Armen, das Gesicht verändert bis zur Unkenntlichkeit.

Werner, Lieber! flüsterte Gundelach.

Ein Zucken ging durch den Körper des Sterbenden. Er hob, ohne die Augen zu öffnen, mit einer gewaltigen Kraftanstrengung den Kopf. Suchend fuhren die Hände durch die Luft.

Bleib liegen, sagte Gundelach und nahm Wrangels Hände.

Doch der Kranke wollte nicht zurücksinken. Er zog an Gundelachs Händen, als wollte er sich aufrichten, sein Mund formte lautlose Worte.

Sei ruhig, Lieber, sagte Gundelach. Ich bin da, ich verstehe, was du mir sagen willst.

Jetzt endlich entspannte sich der heiße, verkrampfte Leib, der Kopf fiel wie ein abgetrennter Gegenstand aufs Bett. Nur die Hände zuckten und drückten.

So hielt Gundelach Wache, er wußte nicht wie lange, und sagte seinem Freund mit leiser, besänftigender Stimme, daß er bald erlöst sein werde. Daß er ihn liebe und nie vergessen und in seinem Herzen als Freund und Vorbild bewahren werde.

Irgendwann glätteten sich die vom Leid entstellten Züge, Wrangels Arme sanken zur Seite. Endlich konnte Gundelach weinen.

Am Abend starb Professor Wrangel. Zweiundsechzig Jahre alt war er geworden. Die Beerdigung erfolgte eine Woche später. Gundelach hielt die Trauerrede. Specht kondolierte schriftlich.

Tage und Wochen flossen dahin. Gundelach bezog eine Altbauwohnung im Westen der Stadt; Zweizimmer, Küche, Bad, ohne Balkon und Bäume vornedran, wie er es sich vorgestellt hatte. Nur waren die Räume riesengroß, und weil er aus der früheren Wohnung kaum Möbel mitgenommen hatte, plagte ihn das Gefühl des Alleinseins in den hohen leeren Gehäusen erst recht.

Ab und zu flüchtete er in eine der Kneipen, die es in der Nachbarschaft zuhauf gab. Gern hätte er mit Wildfremden über Fußball und Frauen geschwätzt, doch die Wirte erkannten ihn schnell und meinten, mit ihm politisieren zu müssen. Wie ein Stigma klebte das auf seiner Stirn.

Dann versuchte er es mit Einladungen und stellte wieder einmal fest, daß niemand da war, mit dem er sich *einfach so* treffen konnte. Andreas Kurz war im Sommer ins Kultusministerium gewechselt und reagierte auf Gundelachs Anruf höflich, aber unmißverständlich ablehnend. Paul Bertram schob seine Stadtratstätigkeit vor, die ihn abends regelmäßig unabkömmlich mache. Dr. Weis, der während des letzten Jahres im Schloß kaum mehr zu sehen gewesen war, befand sich seit einigen Monaten im vorgezogenen Ruhestand und mied jeden Kontakt. Jüngere Kollegen aber oder jene geschäftsmäßigen Partygänger, denen Gundelach auf jedem Empfang begegnete, betrachteten eine Einladung gleich als gesellschaftliche Verpflichtung. Sie rückten mit Blumen und parfumierten Damen an und stürzten ihn von einer Verlegenheit in die andere. So gab er es schließlich auf, seiner Junggesellengrotte Leben einhauchen zu wollen. Er verstaute Waschsachen und einige Kleidungsstücke in seinem Dienstzimmer und nächtigte des öfteren auf der Chaiselongue.

Doch seltsam – gerade jetzt, da er sozusagen mit Haut und Haaren dem Schloß verfallen schien, kam es ihm vor, als nehme ein neues Lebens- und Freiheitsgefühl von ihm Besitz. Auf dem Parteitag in Bremen war etwas geschehen, dessen Tragweite ihm erst nach und nach bewußt wurde.

Oskar Specht hatte mehr als nur ein Mandat verloren. Seine politische Zukunftsfähigkeit war ihm abhanden gekommen, die Faszination des unbedingten, rücksichtslosen Willens zur Macht. Indem er davor zurückgeschreckt war, seine politische Existenz aufs Spiel zu setzen, um das höchste Ziel zu verfolgen, hatte er zugleich den Anspruch verwirkt, von seiner Gefolgschaft das Absolute zu verlangen. Plötzlich war es erlaubt, Vergleiche zu ziehen und in Relationen zu denken: Wofür hatte man alles Private aufgegeben und sich zum Werkzeug machen lassen? Wofür hatte Werner Wrangel Krieg mit der Universitätsspitze geführt? Wofür hatte Sören Tendvall still gestiftet? Wofür waren all die feinen Netze zu Wissenschaft und Publizistik gesponnen worden?

Soll und Haben ließen sich nach der Enttäuschung, die Specht seiner Mannschaft und vielen im Land bereitet hatte, saldieren. Ab jetzt mußte er teilen. Monrepos gehörte ihm nicht mehr allein.

Gundelachs Distanziertheit, die über lange Jahre hinweg nie ganz geschwunden, aber doch immer ein als Dienst an der Sache sich begreifender Selbstschutz gewesen war, verwandelte sich nach dem Bremer Waterloo in persönliche Entfremdung. Der Oskar Specht, dem er nun als Sprecher und Planungschef zur Seite stand, interessierte ihn nicht mehr so sonderlich. Er war ein Politiker, wie es viele gab. Dafür lohnte es nicht, sich über die Maßen aufzuopfern.

Specht merkte die Veränderung, die sich in Gundelach vollzog, bald. Zunächst begegnete er der ungewohnten Aufsässigkeit, die es mitunter auf Konfrontation geradezu angelegt zu haben schien, duldsamer, als es seinem Naturell entsprach. Das war wohl seine Art, um etwas zu bitten. Als er jedoch keine Resonanz darauf spürte, schaltete er schnell um. Immer stärker stützte er sich auf Gundelachs jungen Stellverteter Raible, dessen Begeisterungsfähigkeit ihn an einstige, hoffnungsvollere Lebensabschnitte erinnern mochte. Öfter als früher bestritt er selbst wieder Pressekonferenzen und kritischer als in zurückliegender Zeit beurteilte er, was Gundelach sprach und tat. Ein Graben begann sich zu öffnen, über den keine Brücke hinreichenden Zutrauens mehr führte.

Gundelach wußte, daß er sich fortan keine Blöße geben durfte. Von Hamburg bis München suchte er die Zentralredaktionen großer Tageszeitungen und Wochenzeitschriften auf, um in Hintergrundgesprächen für Spechts Entscheidung, nicht gegen den Kanzler aufzustehen, zu werben. Mit dem Büroleiter der Bonner Spiegel-Redaktion traf er sich unter beinahe konspirativen Umständen auf dem Flughafen Köln-Bonn und lotete die Chancen einer allmählichen Wiederannäherung aus. Vom Bundeskanzleramt bekam er den Hinweis, daß eine Kohl-Biografie in Vorbereitung sei, in der Spechts Rolle als kleinmütiger Revoluzzer vernichtend dargestellt werde. Er arrangierte eine Unterredung mit dem Autor und erreichte, daß der Ministerpräsident nicht als Täter, sondern als mißbrauchtes Opfer eines Zwergenaufstands charakterisiert wurde.

Trotzdem machte er sich keine Illusionen. Oskar Specht sann auf Möglichkeiten, den unbequem Gewordenen in und irgendwann vor die Schranken zu weisen. Kalterer telefonierte lustvoll mit Journalisten und streute ›vertraulich‹, der Chef suche nach einer neuen Verwendung für den Regierungssprecher, dessen Loyalität zu wünschen übrig lasse.

Ein Katz- und Mausspiel begann, das Gundelach zwar wenig Freude bereitete, in gewisser Weise aber doch befriedigte. Seine Position war zu stark, als daß Specht sich des ungebärdigen Begleiters mit einem Federstrich hätte entledigen können. Pressestelle und Grundsatzabteilung standen hinter ihm, an der Sacharbeit und am Informationsfluß gab es nicht viel auszusetzen. Und einen Eklat hätten die Journalisten als Beweis gewertet, daß sich in Spechts Hofstaat Auflösungstendenzen zeigten, was sein Bild weiter ramponiert hätte. Falls er Gundelach loswerden wollte, mußte er sich schon etwas anderes einfallen lassen.

Ein erster Anlaß bot sich, als Pullendorf, der Regierungspräsident, in die Wüste geschickt wurde. Seiner Eigenmächtigkeiten überdrüssig geworden, hatte ihn der Innenminister schriftlich abgemahnt. Pullendorf verbat sich das öffentlich und verlangte eine Ehrenerklärung, die er nicht bekam; worauf ihm nichts anderes übrig blieb, als um seine Entlassung nachzusuchen, die prompt erfolgte. Nun mußte ein Nachfolger für diesen Posten, der ohne viel Handlungsspielraum zwischen dem Baum kommunaler Selbstverwaltung und der Borke ministerieller Aufsicht klebt, gesucht werden.

Mehrere Tage mied Specht das Thema, dann fragte er Gundelach beiläufig: *Sie* wollen doch nicht etwa Regierungspräsident werden? Nein, sagte Gundelach. *Sie* wollen mich doch nicht etwa loswerden? Nein, sagte Specht. Ich wollte Sie nur nicht übergehen. Aus demselben Grund hab ich auch Mendel gefragt. Der hat ebenfalls abgelehnt. Na, sehen Sie, sagte Gundelach heiter. Und wer wird's denn nun? Ich hab an Zwiesel gedacht. Der war ja schon mal Vizepräsident, und zu uns paßt er doch nicht richtig. Aber als Regierungspräsident kann ich ihn mir gut vorstellen. Vor allem ist es wichtig, daß das Amt nach Pullendorfs Größenwahn wieder auf Normalmaß zurückgeschraubt wird.

Eine sehr gute Wahl! lobte Gundelach und dachte: Nein, so einfach geht das zwischen uns nicht zu Ende!

Eine Weile herrschte Waffenstillstand. Dann besann sich Specht auf ein probates Mittel, Gundelachs Freiheitsdrang zu dämpfen, und verabredete mit dem Münchner Verleger von Ferenczy die Herausgabe eines Buchs über die Notwendigkeit von Eliten.

In der Grünwalder Villa des Medienzaren saß man zusammen, und Gundelach wußte ein ums andere Mal Bedenken vorzutragen. Schließlich einigte man sich darauf, den Kreis der Autoren zu erweitern: Heiner Geißler und der ehemalige Bundesgeschäftsführer der SPD, Peter Glotz, sollten hinzugezogen werden, außerdem renommierte Professoren. So entschwand das Projekt zunächst einmal in nebelhafte Fernen.

Wenig später konfrontierte Specht Gundelach mit der Absicht, ein Buch über die Versöhnung von Ökonomie und Ökologie schreiben zu wollen, und das Spiel wiederholte sich. Parallel dazu übertrug er ihm die Vorbereitungen fürs vierzigjährige Landesjubiläum. Gundelach erinnerte sich des Weges, den er vor vierzehn Jahren mit klopfendem Herzen angetreten hatte, und tat, was Günter Bertsch und Wolf Müller-Prellwitz auch getan hatten: Er delegierte und stellte einen jungen, hoffnungsvollen Beamten des Regierungspräsidiums für diese Aufgabe ein. Zudem gab er Anweisung, Staatssekretär Dr. Behrens in starkem Maße in die Festlichkeiten mit einzubeziehen. Behrens führte immer mal wieder Klage darüber, als Amtschef in der Öffentlichkeit zu wenig wahrgenommen zu werden; er fühlte sich von der Pressestelle links liegengelassen.

Im Frühjahr ergriff zur Abwechslung Gundelach die Initiative. Die CDU in Heidelberg bat ihn, für die im Herbst stattfindende Oberbürgermeisterwahl zu kandidieren. Eine schwierige, aber nicht ganz aussichtslose Geschichte. Gundelach fand, das könnte eine hübsche Rundung seines Lebensbogens werden: vom Steinewerfer in der Ebert-Anlage zum Rathauschef. Und wenn es ihm nicht gelang, so wollte er zumindest den vom Erfolg nicht eben verwöhnten Parteifreunden in der Neckarstadt ein Wahlergebnis bescheren, das sie erhobenen Hauptes zum Schloßberg aufblicken ließ. Im bürgerlichen Milieu konnte er seinen Amtsbonus ausspielen, und mit linken Studenten zu diskutieren, traute er sich auch immer noch zu. Vierzehn Jahre Monrepos machen kalt, ungeheuer kalt.

Also unterrichtete er den Ministerpräsidenten von seiner Absicht, dem Ansinnen der Heidelberger nachzukommen, und Specht sagte: Ja. Machen Sie das. Ich bin einverstanden.

Ein wenig schnell sagte er es, an der Grenze dessen, was Klugheit und Höflichkeit geboten; aber Gundelach war bereit, darüber hinwegzuhören.

Dann aber schob Specht nach: Wenn Sie verlieren sollten, müssen wir uns natürlich etwas Neues überlegen. Dann können Sie nicht mein Regierungssprecher bleiben, das verstehen Sie sicher. Es wäre eine zu große Hypothek in der Öffentlichkeit. Am besten, Sie gehen dann als Ministerialdirektor nach Bonn und sorgen in unserer Landesvertretung für Ordnung.

Und wieder dachte Gundelach: Nein, so nicht. So geht das zwischen uns nicht zu Ende. Dafür habe ich mich in Bremen nicht an die Seite eines Verlierers gesetzt. In einer politischen Gütergemeinschaft trägt man Hypotheken gemeinsam oder gar nicht. Andertags teilte er dem konsternierten Heidelberger Parteivorstand seine Absage mit.

Aneinandergekettet, ohne hinreichendes Vertrauen zu einer befreienden Aussprache, die jeder dem anderen als Schwäche ausgelegt hätte, andererseits aber auch ohne Kraft und Konsequenz, ein Zweckbündnis, das in seiner Blütezeit als beispielhaft gegolten hatte, zu lösen – so durchschritten Specht und Gundelach dieses Jahr, das zwölfte ihrer Weggefährtenschaft. Und niemand, auch der Gutwilligste und Nachsichtigste nicht, hätte behaupten mögen, daß es ein gutes und erfolgreiches Jahr gewesen wäre, eins, das dem Land einen Schimmer jener Dynamik und Aufbruchstimmung zurückgegeben hätte, die es in der zurückliegenden Dekade von seiner politischen Führung eingesogen und – manchmal lächelnd, manchmal kopfschüttelnd, doch immer bereit, sich von Visionen anstecken und begeistern zu lassen – in eigene, beherzte Aktivitäten umgemünzt hatte.

Auch wir haben keine Veranlassung, diesem Jahr mehr Aufmerksamkeit zu widmen als ihm gebührt, und so straffen wir, ein letztes Mal aus der chronistischen Distanz heraustretend, seinen Ablauf, indem wir nüchtern feststellen: Specht und die anderen Akteure der Regierung führten ihre Geschäfte – mehr nicht.

Die Reihe letztjähriger Fehlschläge setzte sich fort, denn auch das zweite große Fusionsvorhaben, die Vereinigung der beiden Landessender, platzte. Die Firma McArthur lieferte ein mit Rechenfehlern behaftetes und sofort von allen Seiten wütend attackiertes Gutachten ab, was Spechts Verehrung für den eloquenten Weltökonomismus ihres Geschäftsführers jedoch keinen Abbruch tat. Immerhin ließ sich Eckerts Begabung, globale politische und wirtschaftliche Zusammenhänge amerikanisierend aufzupusten, gut für die ›Third Top Management Conference 1990‹ nutzen, bei der unter Spechts, Reuters und seiner Regie eine ›Declaration of Interdependence‹ verabschiedet wurde. Deren Kernbotschaft, daß die Welt ungeheuer in Fluß geraten sei, wäre allerdings auch in einfaches Deutsch zu fassen gewesen, wenn man aus den Schloßfenstern in Richtung Bonn oder Berlin geblickt hätte.

Von den dortigen Ereignissen aber war Specht weiter denn je entfernt, und wenn er und Gundelach nach Leipzig und Dresden, nach Davos oder Moskau reisten, um wenigstens einen Schatten der Weltpolitik, die Deutschland besonnte, zu erhaschen, so war es nichts weiter als ein betrübliches Hinterherstapfen in Spuren, die ein Größerer, von der ›Gechichte‹ dazu Ausersehener gezogen hatte.

Gorbatschow erübrigte im Kreml ein knappes Viertelstündchen für Specht, dann mußte er zurück zum Kongreß der Volksdeputierten. Der neue Präsident der Sowjetrepublik Rußland, Boris Jelzin, dem Specht bei seinem Besuch vor zwei Jahren noch aus dem Weg gegangen war, weil er ihn für einen unsicheren Kantonisten hielt, hatte seinerseits nun gar keine Zeit.

In Davos, Anfang Februar, schmuggelte sich Gundelach ins streng abgeschirmte Hotel Belvedere (er kannte sich dort ja aus), um das erste informelle Treffen zwischen Helmut Kohl und DDR-Ministerpräsident Modrow zu beobachten. Mit seinen Getreuen am Tisch sitzend, plaudernd und scherzend, ließ der Kanzler den schmächtigen Sachsen eine halbe Stunde lang nervös auf- und abgehen, ehe er ihn überhaupt eines Blickes würdigte. Gundelach brauchte keine weiteren Studien, um zu wissen, wer wem die Bedingungen diktieren würde.

Wo Kohl sitzt, wirkt alles wie schon entschieden, berichtete er dem Ministerpräsidenten, der das nicht gerne hörte; aber es war die Wahrheit. Blitzbesuch in Moskau, Zwei-plus-Vier-Verhandlungen, Staatsvertrag zur Wirtschafts- und Währungsunion, Durchbruch im kaukasischen Schelesnowodsk, Einigungsvertrag, Wiedervereinigung: Traumwandlerisch sicher preschte da einer durch die aufgelösten Reihen der Weltordnung, von dem zuvor nie Visionäres zu hören gewesen war – während die politischen Visionäre vom Dienst Mühe hatten, aus der Roßäpfelspur die Himmelsrichtung zu erraten, in der die Quadriga des Geschickelenkers davonstürmte.

Das waren bittere Lehrstunden für Specht und Gundelach, und nach einigen halbherzigen Anläufen, mit der zweiten und dritten Garde des ostdeutschen Übergangsstaates politische Nachlese zu halten (was sich als ziemlich sinnlos erwies, weil die Ansprechpartner vor der nächsten Sitzung meistens schon wieder von der Bildfläche verschwunden waren), gaben sie es auf und widmeten sich, nunmehr endgültig, einem zähen, freudlosen Regionalismus, der im überstürzten Gang gesamtdeutscher Ereignisse allenfalls als Fußnote vermerkt wurde.

Es mußte eine besondere Pein für Oskar Specht sein, stunden- und tagelang von gleich zu gleich mit wechselnden, unbekannten Departementchefs, Regionalkammerpräsidenten, Bezirkspräfekten und Landeshauptleuten zu verhandeln. Wenn sich dann aber doch einmal eine Person von provinzübergreifender Bedeutung darunter fand, zog er sich mit dem Betreffenden dankbar in einen Winkel des Konferenzgebäudes zurück und frönte ausgreifenden geopolitischen Gedankenspielen. Er war es sich einfach schuldig, den Schein zu wahren.

Nicht preisgegeben hatte er, selbstredend, auch den Anspruch, seinen Auftritten durch die Wahl des Fortbewegungsmittels staatsmännischen Anstrich zu verleihen. Und so flogen sie in gecharterten Düsenjets, was das Zeug hielt, nach Riva del Garda, um mit Bayerns Max Streibl über die Vorherrschaft bei der ›Vereinigung der Regionen Europas‹ zu streiten, nach Budapest, weil das dortige Demokratische Forum Wahlkampfhilfe erwartete, nach Paris zur Ausstellungseröffnung eines befreundeten Malers, nach Dresden und Wien, Verona und Osnabrück, Nürnberg und Rotterdam. Wo immer das seltsame Geflecht aus Landes-, Partei- und Wirtschaftsinteressen einen brauchbaren Anlaß hergab, schwebten sie ein.

Und natürlich hielt es sie nicht nur in Europa, diesem von den Großen der Welt neu vermessenen Kontinent, in dem ihre Geschäftigkeit, wie sie selbst spürten, eher den Haustürbesuchen von Handelsreisenden denn strategischer Vorstandsarbeit entsprach, sondern sie flogen und flohen auch wieder in Asiens ungezügelte Wachstumsparadiese, nach Thailand, Siam, Singapur, Vietnam und Shanghai, die würzige Luft fremder Optionen gierig einatmend und den Schmerz über verpaßte Gelegenheiten mit dem Opiat exotischer Fortschrittsgläubigkeit betäubend.

Kehrten sie dann aber, was ungeachtet aller Zukunftsnostalgie denn doch unvermeidlich war, ins enge Geviert des Landes zurück, erwartete sie dort nicht nur der übliche schale Gegenwartsverdruß, mit dem sie ein pflichtgemäßes Auskommen zu suchen hatten – nein, es schob sich, langsam und unaufhaltbar, der Mahlstrom einer Vergangenheitsmoräne auf sie zu, deren fatales Kennzeichen wie einst bei Breisinger die plötzliche Wiederkehr längst vergessen geglaubter Personen und Ereignisse war.

Ein Jahr lang zog sich die Hauptverhandlung gegen einen führenden Unternehmer des Landes in Sachen Parteispenden und Steuerverkürzung schon hin, da öffnete der als Zeuge geladene ehemalige CDU-Bezirksvorsitzende und Staatssekretär a.D. Kahlein die Büchse der Pandora und behauptete, selbstredend hätten alle CDU-Präsidialen, die sich da in den siebziger Jahren oft und oft im noblen Gästehaus Schaumberger getroffen hatten, von den Schlichen der Umweg- und Kaskadenfinanzierung, des ersten und des zweiten Weges, der steuersparenden Umwidmung saftiger Unternehmensspenden zu angeblichen Betriebsausgaben für Berufsverbände und Fördergesellschaften gewußt. Schließlich sei über die Frage, wie der Kuchen zwischen dem chronisch klammen CDU-Landesverband und den Bezirksverbänden aufzuteilen wäre, mit schöner Regelmäßigkeit gestritten worden.

Zum Beweis legte Kahlein ein Schreiben des zigarrefabrizierenden Schatzmeisters aus dem Jahr 1973 vor, in dem dieser seinen Landesvorsitzenden Breisinger und die übrigen Präsidiumsmitglieder darüber in Kenntnis setzte, wie und über welche Verbände er ›auf dem zweiten Weg‹ die einzelnen Parteigliederungen finanziell auszustatten gedenke. Weiteres, sagte der ins rächende Unternehmerlager konvertierte Ex-Politiker, könne man gewiß zahlreichen Sitzungsprotokollen entnehmen, die noch in den Aktenschränken der CDU-Landesgeschäftsstelle lagern müßten.

Zwei Monate später fanden sich, von der Verteidigung beantragt, Breisinger, Specht, Innenminister Schwind und andere im Zeugenstand wieder und erklärten mit unterschiedlicher Festigkeit ihr Nichtwissen. Wegen des Verdachts der Teilnahme an der angeklagten Steuerhinterziehung blieben sie unvereidigt. Specht beharrte darauf, nicht gewußt und sich auch nicht dafür interessiert zu haben, was es mit dem ominösen zweiten Weg der Parteienfinanzierung auf sich hatte. Breisinger stritt rundweg ab, daß bei Präsidiumstagungen unter seiner Leitung von Parteifinanzen überhaupt die Rede gewesen sei. Die Staatsanwaltschaft leitete gegen ihn ein Ermittlungsverfahren wegen des Verdachts der uneidlichen Falschaussage ein.

Kahlein bezichtigte Specht brieflich und öffentlich der Falschaussage und forderte ihn auf, seine Einlassung vor Gericht zu korrigieren. Das Gericht legte der Staatsanwaltschaft nahe, das Verfahren gegen den Unternehmer wegen geringer Schuld und mangelndem öffentlichen Interesse an der Strafverfolgung einzustellen. Die Strafverfolger lehnten ab. Wundersamerweise tauchten kurz danach die Protokolle, die in der Landesgeschäftsstelle nicht auffindbar gewesen waren, im Archiv der Konrad-Adenauer-Stiftung in Bonn auf. Sie belegten, daß Finanzprobleme in den siebziger Jahren tatsächlich häufig Gegenstand präsidialer Erörterungen gewesen waren, gaben aber keinen Aufschluß darüber, ob die Instrumente der Umwegfinanzierung in den Beratungen ausdrücklich angesprochen worden waren. Specht, der wie Innenminister Schwind als Zeuge ausgesagt hatte, er glaube nicht, daß von den Präsidiumssitzungen Protokolle angefertigt worden seien, erklärte, er sei ›wegen der Geschichte unglaublich verunsichert‹.

Anfang November 1990 erteilte das Gericht dem Unternehmer wegen tateinheitlicher Körperschafts- und Gewerbesteuerhinterziehung eine Verwarnung und machte ihm zur Auflage, 600 000 Mark an gemeinnützige Einrichtungen zu bezahlen. Man war mit einem blauen Auge davongekommen.

Zwei Wochen später wurde vor einer Wirtschaftskammer desselben Landgerichts die Hauptverhandlung gegen den Vorstandsvorsitzenden Dr. Mohr, mit dem Specht und Familie auf Segeltörn gewesen waren, eröffnet. Die Anklage lautete auf fortgesetzte Lohn- und Einkommenssteuerhinterziehung, Vorsteuererschleichung, Untreue und Betrug. Den Gesamtschaden bezifferte die Staatsanwaltschaft auf drei Millionen Mark.

Gundelach wußte über den Fall Mohr nur, was in den Zeitungen stand. Fragen, ob aus dieser ›Geschichte‹ Unannehmlichkeiten erwachsen könnten, die frühzeitiges Gegenlenken nötig machten, beantwortete Specht mit dem Hinweis, Kalterer kümmere sich darum.

Wie bei den Parteispendenverfahren, verfolgte Kalterer auch diese mündliche Verhandlung als Zuhörer und sprach in den Pausen mit Journalisten. Aus seiner steten Präsenz konnten sie Rückschlüsse auf die Bedeutung ziehen, die Specht den Prozessen beimessen mußte. Was Kalterer von den Journalisten erfuhr, rapportierte er direkt dem Ministerpräsidenten, der es, dadurch die Distanz zu seinem Sprecher unterstreichend, nicht weitergab.

Als Gundelach ihn kurz vor dem Weihnachtsurlaub nochmals auf das laufende Strafverfahren ansprach und um Informationen bat, welche die Pressestelle bei etwaigen Anfragen von außen benötigen werde, sagte Specht: Sie meinen die Geschichte mit den Ägaisreisen. Das ist harmlos. Da kommt nichts. Kalterer hat das schon geklärt.

Auch gut, dachte Gundelach. Dann eben nicht.

Geschichten und Geschichte. Specht in die Vergangenheit zurückgeworfen, mit Papieren und Histörchen konfrontiert, Kohl Dokumente füllend, Historie schreibend, ein Ausgesandter der Zukunft. Ausgerechnet er. Ausgerechnet Kohl. Hunderttausendfache orgiastische ›Helmut-Helmut-Helmut‹ - Rufe in Rostock und Leipzig, verlegene Angaben zur Person im Landgericht. Die Fähigkeit der Geschichte zur Ironie ist unbegrenzt. Ihre Grausamkeit, Spreu von Weizen zu trennen, auch.

Nur selten kreuzten sich noch die Wege von Sieger und Besiegtem: beim CDU-Bundesparteitag in Hamburg Anfang Oktober, wo es niemanden mehr aufregte oder anfocht, daß Specht wieder in den Vorstand einrückte, beim Tauziehen des Bundes mit den Ländern um die Finanzierung des Fonds Deutsche Einheit, am Krankenbett des von einem verwirrten Attentäter niedergestreckten Bundesinnenministers Wolfgang Schäuble.

Da bekam auch Gundelach vor Augen geführt, wessen man ihn noch für wert und wichtig befand. Der Reporter eines Boulevardblattes forderte ihn auf, sich von Schäubles Pflegepersonal die ersten gestammelten Worte des aus der Narkose Erwachenden hinterbringen zu lassen und sie unverzüglich der Redaktion zu melden. Gundelach weigerte sich empört, und der Journalist sagte spitz: In Ordnung, ich brauche Sie nicht. Warten Sie nur, bis Sie uns brauchen!

Der Schlamm, in dem man watete, wurde tiefer, es war deutlich zu spüren. Mit der Fortune wich die Würde, die noch beansprucht werden durfte.

Drei Wochen nach dem Glockengeläut zur Deutschen Einheit erstarrte eine dezimierte, lustlose Unternehmerrunde im Kurhotel Unterstein vor Peinlichkeit, als Specht den Ehrengast, einen alternden französischen Schriftsteller, den er seines einstmals klangvollen Namens wegen selbst ausgesucht und eingeladen hatte, um ein Statement bat. Der Mann, dem von früheren Büchern her der Ruf eines eleganten, sprachgewandten Visionärs anhaftete, entledigte sich eines unzusammenhängenden Schwalls Banalitäten. Es war nicht sicher auszumachen, ob er betrunken oder senil war oder beides zusammen. Man mußte ihn zum Auto führen und mit staatskanzleilicher Begleitung nach Paris zurückfahren, wo er die Adresse seiner Wohnung nicht mehr anzugeben wußte und sich zum Schlafen in einen Rinnstein legen wollte ...

Genug der Erinnerungen, die den Rinnstein der Geschichte wie welkes Laub füllen. Genug des Jahres, von dem wir uns ohne einen Funken Wehmut verabschieden, ja nicht einmal das, von dem wir uns nicht zu verabschieden brauchen, weil es des verbalen Appells nicht bedarf, wo die Elemente der Auflösung und des Verfalls für jeden, der sehen und hören kann, so offen und nackt zutage treten –.

Und doch nicht ganz. Doch nicht in allem.

Eines Morgens, Ende September, hatte in Gundelachs Wohnung früh das Telefon geläutet, und weil Gundelach für den mehrtägigen Bundesparteitag in Hamburg einige Hemden und Unterwäsche zum Wechseln in die Reisetasche packen wollte, nächtigte er in seinem Zuhause, das keines war, und nicht im Schloß.

Als das Telefon klingelte, war es draußen noch dunkel. Oder fast dunkel, denn die ersten Flecken einer farblosen Dämmerung schoben sich gerade durch die Rolläden, so daß Gundelach, als es von fern in die Dumpfheit seines Schlafs hineinläutete und er ohne Verstand die Augen öffnete, für einen Moment meinte, eine erste Vogelstimme habe ihn geweckt und er wache dort auf, wo es frühes, vorausrufendes Vogelzirpen gegeben hatte.

Benny war am Telefon. Mami ist krank, sagte er. Gundelach verstand ihn kaum, so leise und angstvoll war seine Stimme.

Um Gottes willen, was hat sie? Sag, Benny, was ist los mit ihr?

Weiß nicht. Sie hat ganz hohes Fieber und redet komisch. Manchmal ruft sie was. Auch nach dir hat sie gerufen.

Habt ihr einen Arzt? Bekommt sie Medikamente?

Nein. Es hat ja erst gestern abend angefangen. Kommst du?

Natürlich komme ich. Ich wollte sowieso ... ich habe für ein paar Tage in Hamburg zu tun. Paß auf, Benny. Du rufst jetzt – nein, du gehst zur Mami, sagst ihr, daß bald ein Arzt kommt, legst ihr kalte nasse Waschlappen auf die Stirn und um die Füße und hältst ihre Hand. Ich schicke euch einen Arzt, und wenn Mami ins Krankenhaus muß, fährst du mit und bleibst bei ihr im Zimmer. Ich fliege mit der Vormittagsmaschine und bin mittags bei euch. Okay?

Okay. Und was ist mit der Schule? Ich schreib heute Englisch!
Das ist egal. Ich entschuldige dich telefonisch. Noch eins: Wenn der Arzt Mami untersucht hat, soll er mich anrufen, damit ich weiß, was los ist und in welchem Krankenhaus ich euch notfalls finde. Ist das klar, Benny? Bitte vergiß nicht, ihm das zu sagen!
Nein, du kannst dich auf mich verlassen. Jetzt ruft sie wieder ...
Dann geh schnell zu ihr. Sag, daß du mit mir telefoniert hast und daß alles gut wird. Und gib acht, wenn es an der Tür klingelt.
Ja. – Papa?
Ja?
Ich bin froh, wenn du kommst.
Ich auch, Benny. Ich auch, mein Schatz.

Gundelach erfragte über die Auskunft die Nummer des Deutschen Roten Kreuzes in Hamburg und bat dringlich darum, einen Notarztwagen nach Uhlenhorst zu seiner Frau zu schicken. Er packte seine Tasche und zog sich ohne zu duschen an, aus Angst, unter der Dusche das Telefon zu überhören. Die Zeit des Wartens dauerte entsetzlich lang. Mehrmals hielt er den Telefonhörer in der Hand, legte aber wieder auf.

Langsam wurde es hell, der morgendliche Straßenlärm setzte ein, Mülltonnen klapperten. Endlich läutete es. Ein Doktor Hansen meldete sich und sagte knapp: Ihre Frau hat Meningitis. Ich muß sie ins Krankenhaus einweisen. Was passiert mit dem Kleinen?

Er fährt erst mal mit. Ich komme heute mittag und kümmere mich dann um ihn.

Na hoffentlich, sagte der Doktor Hansen, nannte die Adresse der Klinik und beendete das Gespräch. Die Mißbilligung ungeordneter Familienverhältnisse, in denen solche Regelungen notwendig werden, war unverkennbar.

Gundelach landete ein paar Stunden später in Hamburg-Fuhlsbüttel und fuhr, statt zum Congress-Zentrum, wo Partei- und Deutschlandfahnen einem einigungsseligen christdemokratischen Jubelfest entgegenflatterten, vor die Tore eines von düsteren Mauern umsäumten Gebäudekomplexes; rannte durch säuerlich riechende Flure, verirrte sich zwischen Stationen und Geschoßebenen, wich scheu den vorbeischlurfenden graugesichtigen Bademantelträgern und ehrfürchtig dem weißbekittelten Alles-im-Griff-Stand aus; dachte keine Sekunde an das mit irgend jemandem verabredete Mittagessen im Plaza-Hotel und fand seinen Sohn endlich in der Ecke eines Mehrbettzimmers, die Hand der schlafenden Mutter haltend, deren Kopf, wie Gundelach in sturzhaft einsetzender Erinnerung feststellte, genauso totenblaß auf dem Kissen ruhte wie damals, als sie Benny geboren hatte.

Benny blieb auch noch auf der Bettkante sitzen, als er seinen Vater eintreten sah, und er rührte sich nicht, gab die Stellvertretung nicht preis, bis er die Finger, die seine Hand umschlossen hielt, dem Vater überantwortet hatte. Soviel Selbstverständlichkeit lag in seiner fürsorgenden Geste, daß Gundelach sich beschämt fragte, ob er je in der Lage gewesen war, einem Menschen denselben Halt zu geben wie dieser Elfjährige, der ihn jetzt mit Freude und Angst ansah. Als er Benny in den Arm nahm, war es ihm, als stützten dessen schmale Schultern ihn wie eine Mauer.

Es folgten schwere, kritische Tage. Dann kehrte Heikes Bewußtsein langsam zurück, die Starrheit des heißen Leibes wich, der abwesend-dumpfe Glanz der Augen, die sie nun öfter aufschlug, verlor sich.

Sie hat Glück gehabt, sagte der Arzt zu Gundelach. Es war sehr knapp. Wir waren nicht sicher, ob das Gehirn nicht doch schon in Mitleidenschaft gezogen war.

Gundelach genoß den Aufenthalt in Heikes Wohnung wie das Aufwärmen eines halb erfrorenen Körpers am Ofen. Morgens, nach dem Frühstück, brachte er Benny in die Schule und fuhr anschließend zum Krankenhaus. Mittags holte er ihn ab, ging mit ihm essen, wartete, bis er Schularbeiten gemacht hatte, dann besuchten sie Heike gemeinsam.

Wenn sie erschöpft eingeschlafen war, bummelten Benny und er durch Hamburg. Sie schauten den Schwänen und Segelbooten auf der Alster zu und dachten sich Geschichten aus:

Was heißt eigentlich das NFL auf deiner Jacke?
Mein Gott, das weiß doch jeder! National Football League!
Nein. Nach Fuhlsbüttel Laufen, heißt das.
Das ist Quatsch. Dann lieber: Nur Für Lustige!
Na gut, diesmal hast du gewonnen. Aber ich denke mir noch etwas Besseres aus!

Benny war stolz, seinem Vater die große Stadt zeigen zu dürfen – Mönckebergstraße und Michel, Pöseldorf und Blankenese, Hagenbeck und, vergnügt pfeifend, Sankt Pauli.

Es wird Zeit, daß ich zurückkomme, sagte Heike, als sie davon hörte. Du verdirbst den Jungen.

Er mich, sagte Gundelach. Er weiß verdammt viel von der Welt.

Das war so übertrieben nicht. Es zeigte sich, daß Benny einen unstillbaren Hunger an Reiseliteratur entwickelt hatte, an Schilderungen ferner Länder, in die der schwer verständliche Beruf seinen allzeit beschäftigten Vater geführt hatte. Manches wußte er aus früher Erinnerung, anderes dichtete seine Fantasie hinzu. Abends holte er Bücher und den großen beleuchteten Globus, tippte auf einen Kontinent und sagte: Erzähl mir davon!

Er tippte mit geschlossenen Augen, und wenn sein Finger ein Land traf, in dem Gundelach schon gewesen war, mußte der ihm berichten; sonst war Benny an der Reihe.

Gundelach bemühte sich, so anschaulich wie möglich Kanadas Weite und New Yorks Höhe, der Pyramiden Mächtigkeit und des Yangtse spiegelndes Gleichmaß erstehen zu lassen – es war nichts im Vergleich zu der Spannung, die sein Sohn beschwören konnte, wenn er südamerikanische Maya und Azteken oder tibetische Nomaden leben, kämpfen und sterben ließ. Gundelach erzählte von Dingen, Benny von Menschen und Schicksalen.

Zwei Wochen nach ihrer Einlieferung wurde Heike aus der Klinik nach Hause entlassen. Sie war noch schwach, doch bestand kein Zweifel, daß sie vollständig genesen würde. Die Ursache ihrer Gehirnhautentzündung blieb unklar. Kein Zeckenstich, kein verborgener Eiterherd. Ein Virus eben. Die Welt ist voller Viren.

Gundelach wunderte sich nicht allzusehr. Exakt vor einem Jahr war er viruskrank von Java zurückgekehrt, hatte fiebernd und fantasierend im Bett gelegen und seinen kleinen Dämon leuchten und tanzen sehen. Es mußte so sein. Einen besseren Beweis, daß man zusammengehörte, gab es nicht.

Vorsichtshalber hatte er die Puppe mit nach Hamburg genommen. Sie im Krankenzimmer aufzustellen, war ihm allerdings verboten worden. Ärzte und Schwestern meinten, ihr Anblick könnte bei der Patientin einen Schock auslösen. Sie hatten keine Ahnung, aber Gundelach fügte sich. Sollen die ihren medizinischen Teil erledigen, dachte er. Mein Glücksgott besorgt den mystischen.

Oben auf Heikes Wohnzimmerschrank thronte der Dämon und sah bis zum Uhlenhorster Fährhaus hinüber. Benny fand ihn am geheimnisvollsten in der Dämmerung. Dann steige er wie von einem Berg herab und breite die Arme wie Flügel aus.

Das eben zeige, daß er wirklich ein Gott sei, sagte Gundelach. Er komme von oben und helfe. Seine Maske diene nur dem Schutz und der Tarnung. Hundertmal lieber sei ihm das als jenes Zwergengesindel mit Menschengesicht, von dem er als Kind immer geglaubt habe, daß es in den Bergen herumkrabbele und Unfug treibe.

In welchen Bergen? fragte Benny; und Gundelach ging mit seinem Sohn an der Hand noch einmal in die Wälder des Harzes.

Nach Heikes Entlassung aus der Klinik blieb er noch drei Tage lang in Hamburg und erledigte allerlei Besorgungen für sie. Dann mußte er zurückfliegen. Er konnte sich nicht erinnern, wann er in den vergangenen zehn Jahren so lange Urlaub genommen und nicht einen Gedanken an den Job verschwendet hatte.

Unfaßbar war das. Unfaßbar, wunderbar und befreiend.

Specht, hörte er, als er telefonisch seine Rückkehr avisierte, sei absolut sauer. Ihn so hängen zu lassen in entscheidenden Tagen deutscher Politik!

Was kümmerte es ihn?

Proportionen, zurechtgerückt.

Heike sagte nicht viel beim Abschied, doch ihre Arme berührten seine lange genug, um den sanften Druck zu erwidern, das Erkennungszeichen, daß die Starrheit auch der großen und langen Krankheit aus ihren Körpern zu schwinden begann. Und Benny, mit sicherem Gespür für eine notgeborene Chance, die er besser und energischer genutzt hatte als die Erwachsenen, bestimmte: Weihnachten feiern wir hier zusammen. Und Sylvester auch. Sag deinem Chef gleich, er soll sich darauf einrichten!

Weihnachten also. Das war doch immerhin ein Ziel. Ein Anker, der die Kette spannte, wenn Anwürfe, Hauptverhandlungen, Strafbefehle die See aufwühlten, wenn Voyeurismus und Denunziantentum wie blasiger Schlamm nach oben trieben.

Was für eine Geschichte mit den Ägäisreisen, die ihm nicht mitgeteilt zu werden brauchte, weil alles schon bestens geordnet war? Er wollte sie gar nicht mehr wissen. Sollten sie glücklich werden damit oder nicht. Sein Schiff lag neu vertäut.

Mitte Dezember stattete Specht dem französischen Staatspräsidenten Mitterrand seinen Abschiedsbesuch als deutsch-französischer Kulturbevollmächtigter ab. Gundelach begleitete ihn. Die Champs-Élysées erstrahlte im Glanz von Myriaden Lichterketten. Der Kies vor dem Amtssitz am Quai d'Orsay leuchtete.

Im Erdgeschoß des Elysées-Palastes herrschte unprotokollarisches Treiben. Tische und Bänke wurden geschleppt, antike Möbel weggetragen, Bän-

der, Kugeln und Luftballons an Decken und Wänden befestigt. Erhitzte, rotwangige Kinder rannten durch die Räume, lachten und schnatterten wie die Erwachsenen.
Que se passe-t-il ici? fragte Gundelach die Protokollbeamtin, die sie in Empfang genommen hatte.
Oh, excusez! sagte sie mit verlegenem Lächeln. Nous préparons la fête traditionelle de noël pour les enfants de nos employés. Il y a toujours une ambiance gaie et vivace.
Et chaque année vous videz le rez-de-chaussée pour les enfants?
Mais oui! C'est *leur* fête!
Et le chef d'État y participe?
Bien sur. Il se réjouit toujours d'avance de cette fête!
Frankreichs Staatspräsident freut sich darauf, mit den Kindern seiner Mitarbeiter Weihnachten zu feiern, dachte Gundelach beeindruckt. Es geht also doch.
Specht wurde von einem Offizier die Treppe hinaufgeleitet. Gundelach sah nicht einmal hin.
Es geht also doch.

Letzte politische Ölung

Am 28. Dezember, einem Freitag, erschien in der auflagenstärksten Zeitung des Landes ein großer Artikel mit der Überschrift: ›Warum der Name Oskar Specht herausgehalten wird‹.

Mitte Mai 1986, hieß es da, habe Ministerpräsident Specht mit seiner Familie und der des befreundeten Vorstandsvorsitzenden Dr. Mohr eine einwöchige Reise auf einer Luxusyacht durch die Ägäis unternommen. Die Schiffscharter sei mit vierzigtausend, der Flug im Privatjet mit fünfzigtausend zu Buche geschlagen. Die Kosten habe Dr. Mohr über seine Firma als steuermindernde Betriebsausgaben abgerechnet, wobei der auf die Yacht entfallende Anteil zunächst von der Fluggesellschaft übernommen und anschließend über fingierte Rechnungen an sie zurückerstattet worden sei. Das Muster der Manipulation, schrieb der Redakteur, gleiche jenen Privatflugreisen zu Lasten des Unternehmens, derentwegen Dr. Mohr jetzt unter anderem vor Gericht stehe. Seltsamerweise habe aber die Staatsanwaltschaft gerade die Ägäis-Kreuzfahrt mit der Familie Specht aus der Anklage wegen Betrugs und Untreue herausgehalten und das Verfahren insoweit eingestellt.

Zur Begründung werde angeführt, bei umfangreichen Strafverfahren sei es prozeßökonomisch sinnvoll und üblich, das Verfahren auf die wesentlichen Tatbestände zu beschränken. Auch wäre nicht von vornherein auszuschließen, daß Dr. Mohr die Ausgaben für die Familie Specht als betriebsbezogen, weil dem Unternehmen nützlich, eingestuft hätte.

Gundelach erfuhr von dem Vorgang beim Frühstück in Uhlenhorst. Sein Stellvertreter Raible, der Stallwache hielt, rief ihn an und berichtete, er habe gestern eine Anfrage zu der Ägäisreise erhalten und sie nach Rücksprache mit Specht bestätigt. Der MP sehe die Sache außerordentlich gelassen. Es bereite nachgerade Schwierigkeiten, ihn in Berghoffs Allgäuer Hotel Jagdhaus überhaupt für landespolitische Themen zu interessieren.

Specht sei ja auch der Meinung, daß Gustav Kalterer alles im Griff habe, antwortete Gundelach und fragte Raible, ob er von Kalterer informiert worden war. Raible verneinte.

Sie verständigten sich darauf, erst einmal die Reaktionen auf den Artikel abzuwarten und das Ganze so niedrig wie möglich zu hängen. Auf weitere Fragen sollte Raible von einem untauglichen Versuch sprechen, Specht in das Verfahren gegen Dr. Mohr mit hineinzuziehen, und den rein strafprozessualen Charakter der staatsanwaltschaftlichen Einstellungsverfügung betonen.

Im übrigen, merkte Raible an, habe er noch gestern abend versucht, der ganzen Sache den Wind aus den Segeln zu nehmen, indem er von sich aus die Nachrichtenagentur Reuter auf das Thema angesetzt habe, mit entsprechend abwiegelnder Tendenz natürlich. Leider hätte der Autor des Zeitungsberichts aber sofort mit einer eigenen, vorgezogenen Meldung an die Deutsche Presseagentur gekontert.

Gundelach bat Raible, ihn auf dem laufenden zu halten und ging ins Bad, um sich für einen Ausflug mit Heike und Benny fertig zu machen.

In den nächsten Tagen wurde das Thema in den landespolitischen Medien breit, jedoch mit vorherrschender Kritik an der Staatsanwaltschaft, erörtert. Die Oppositionsparteien sprachen von einem ›Tiefpunkt der Rechtspflege‹ und verlangten die Einsetzung eines parlamentarischen Untersuchungsausschusses. Die Verteidiger Dr. Mohrs beantragten die Vernehmung des zuständigen Staatsanwalts als Zeugen. Sie wollten den Nachweis führen, daß ihr Mandant, ähnlich wie im Fall Specht, auch bei den zur Anklage gebrachten Privatflügen auf Firmenkosten betriebsbezogene Gründe geltend machen konnte. Vereinzelt wurde in Zeitungskommentaren Unbehagen darüber geäußert, daß Specht sich durch den gemeinsamen Schiffsurlaub dem Verdacht aussetze, Privates mit Dienstlichem zu vermischen – selbst wenn niemand den Vorwurf unzulässiger politischer Einflußnahme erheben könne oder wolle.

Raible schob die Erklärung nach, auch ein Ministerpräsident habe das Recht, private Kontakte zu pflegen. Selbstverständlich sei Specht davon ausgegangen, daß es sich 1986 um eine private Einladung der Familie Mohr an die Familie Specht gehandelt habe. Im übrigen wäre die Reise keine Neuigkeit. Dieselbe Zeitung, die die Geschichte jetzt so groß aufbausche, hätte schon Mitte Mai 1986 kurz über die Ägäisreise berichtet.

Gundelach rief Specht am 2. Januar 1991 an, um ein gutes neues Jahr zu wünschen und mit ihm die weitere Behandlung der Angelegenheit zu besprechen. Die öffentlichen Reaktionen waren doch so heftig gewesen, daß sich die Frage stelle, wie lange man ohne eine direkte Stellungnahme des Ministerpräsidenten auskommen konnte. Auch gab es Gerüchte, daß noch weiteres im Busch wäre. Sogar in Uhlenhorst hatte sich ein Journalist gemeldet und gewarnt: Nehmt es nicht auf die leichte Schulter. Diesmal kann's eng für euch werden. Die Recherchen, so seine vagen Andeutungen, würden von mehreren Seiten betrieben: vom Spiegel, der Springer-Presse und einigen seit dem Wirrwarr um die Senderfusion besonders kritisch eingestellten Rundfunkredakteuren. Die Informationsstränge liefen wohl zu Dr. Mohrs Verteidigern, vielleicht aber auch schon zu Staatsanwälten, welche sich in der Öffentlichkeit zu Unrecht angegriffen fühlten.

Specht war in dem Telefonat außerordentlich einsilbig, was Gundelach zunächst auf die Spannungen in ihrem persönlichen Verhältnis bezog.

Es läuft schon alles richtig, sagte er. Raible macht das gut.

Sicher macht er das gut, erwiderte Gundelach, aber –.

Mein Gott, ich hab im Moment wirklich nicht den Kopf dafür! rief Specht gequält. Dann erzählte er stockend, daß sein Freund Rudolf Bunse, der Holz- und Zellstoffabrikant, vorgestern nacht vor seinen Augen tot zusammengebrochen sei.

Nachmittags, sagte er, waren wir noch alle zusammen auf Bönnheims Hütte in der Nähe von Oberstdorf. Berghoff mit Frau, Bunse mit seiner Frau und dem kleinen Sohn, meine Frau und ich. Es war eine spontane Idee, ursprünglich wollten wir gar nicht hin, aber dann sind wir doch gefahren, und es war wirklich lustig und nett. Abends sind wir dann zurück ins Hotel, haben gegessen, und Bunse war ungeheuer fröhlich und aufgedreht. Sie kennen ihn ja, er ist sonst eher ein ruhiger Typ. Aber da war er ganz entspannt und fröhlich, hat von seinen Plänen in Kanada und Deutschland erzählt und zu mir gesagt: Morgen rechne ich dir mal aus, wieviele Steuermillionen ich deinem Finanzminister schon abgeliefert habe, damit du diese Zahl allen, die am Landesdarlehen für mein neues Spanplattenwerk rummäkeln, um die Ohren hauen kannst. Er hat nämlich immer einen tragbaren PC bei sich, in den die Finanzeckdaten seiner ganzen Firmengruppe einprogrammiert sind. Berghoff hat gesagt, da schließt er sich gleich an, und so haben wir noch eine Weile rumgeflachst, bis Frau Bunse gesagt hat, der Kleine muß jetzt ins Bett. Dann sind wir alle mitgegangen, um uns frischzumachen für später, wenn die Jagdhornbläser von Isny heraufkommen – die bringen dem Berghoff und seinen Gästen nämlich jedes Jahr zu Sylvester ein Ständchen –, und wie wir im Gang stehen und uns kurz verabschieden wollen, sagt Bunse zu seiner Frau: Nimm mir bitte mal den Kleinen ab, er wird mir so schwer. Gibt ihr seinen Sohn, greift sich ans Herz, fällt um und ist tot. – Und jetzt, sagte Specht leise, muß ich mich natürlich um seine Frau kümmern, da gibt es eine Menge zu regeln und zu klären, und am Freitag ist die Beerdigung, wo ich die Trauerrede halten soll.

Noch nie hatte Gundelach Specht so lange von einem persönlichen Schicksal reden hören, noch nie war der Klang seiner Stimme so brüchig gewesen. Eine Welle der Sympathie für den verletzbaren, menschlichen Oskar Specht, die er nicht mehr in sich vermutet hätte, hinderte ihn daran, auf der Klärung politisch-taktischer Fragen zu bestehen.

Am Wochenende, schlug Specht vor, könne man sich zusammensetzen, und Gundelach stimmte zu.

Anderntags teilte ihm Raible mit, es gebe nun auch Nachforschungen wegen eines gemeinsamen Ferienaufenthaltes von Spechts und Mohrs Töchtern auf einem österreichischen Reiterhof. 1987 sei das gewesen, und wieder habe der Konzern die Rechnung bezahlt. Auch werde jetzt an den vielen Flügen Spechts mit Firmenjets herumgemacht.

Gundelach bat seinen Stellvertreter, Specht die Notwendigkeit einer baldigen persönlichen Stellungnahme vor der Presse nahezubringen und danach unverzüglich den Termin öffentlich bekanntzugeben. Er bekam den Rückruf, Specht wolle sich am nächsten Montag auf einer Pressekonferenz zu allen Vorwürfen äußern. Da man inzwischen mit Gewißheit davon ausgehen konnte, daß der Spiegel in das Thema einsteigen wurde, versuchte Gundelach, seine Kontaktleute im Bonner Spiegel-Büro zu erreichen; sie befanden sich noch im Urlaub.

Am Freitag, dem 4. Januar, flog er in die Landeshauptstadt zurück. Heike und Benny begleiteten ihn zum Flughafen. Es wird nicht lange dauern, sagte er beim Abschied. Ich bin bald wieder da.

Die Presselandschaft war nach den ›Enthüllungen‹ um Christina Spechts fremdbezahlte Reiterferien deutlich düsterer geworden. Verschiedene Kommentatoren meinten, ein Ministerpräsident verdiene genug, um den Urlaub seiner Kinder selbst finanzieren zu können. Auch wenn Dr. Mohr das Tiroler Vergnügen aus eigener statt aus der Firmenkasse bestritten hätte, sei es von Specht instinktlos gewesen, ein solches Geschenk anzunehmen. Die Unabhängigkeit des Amtes verbiete Zuwendungen jeglicher Art. In den Leserbriefspalten gab es ausschließlich negative Stimmen. Die Opposition sprach von ›unerhörten Vorfällen‹, die Staatskanzlei von ›übler Nachrede‹ und dem infamen Versuch, Kinder in eine politische Auseinandersetzung mit hineinzuziehen.

Die Schlacht war eröffnet, der Fall Specht hatte sich verselbständigt. Der Mensch Specht begrub seinen Freund Bunse und war nicht zu erreichen.

Samstags ging der Spiegel mit einem Paket Vorabmeldungen auf den Markt. Stündlich war in den Nachrichtensendungen des Rundfunks zu hören, das Magazin werde am Montag aufdecken, daß Specht sich zahlreiche weitere Reisen von Dr. Mohrs Elektronikkonzern habe finanzieren lassen: bereits 1984 einen Segeltörn in die Ägäis, 1986 einen weiteren Reiterurlaub seiner Tochter, 1987 eine Reise mit Sohn Rolf durch die DDR. Zudem habe Specht von einem Dutzend Firmen Privatjets für seine aufwendige Reisetätigkeit zur Verfügung gestellt bekommen.

Gundelach und Raible ließen sich den ganzen Artikel per Fax zuleiten; die Analyse des umfangreichen Textes fiel verheerend aus. Unterschiedslos wurden die Privat- und Dienstreisen Spechts als ein System wechselseitiger Kungelei gebrandmarkt, bei dem der Ministerpräsident an Annehmlichkeiten einheimste, was er kriegen konnte, während die freigiebige Industrie dafür durch politische Sondereinsätze für lukrative Aufträge entlohnt wurde. Alle je ins Gerede gekommenen Unternehmerfreunde waren säuberlich aufgelistet. Spechts Kanadaurlaub mit Kiefer und die anschließende Kehrtwende beim Einführungstermin für den Katalysator waren ebensowenig vergessen worden wie ein Großauftrag, den Dr. Mohr nach einem Trip mit Specht und Stierle auf die Philippinen an Land gezogen hatte. Auch die Parteispenden-Affäre fand gebührende Erwähnung.

Der Spiegel hatte sein Archiv gründlich durchforstet, und nicht nur das. Die Enthüllung weiterer ›pikanter Details‹ drohe, schrieb er, und schlug damit den Bogen zum Urgrund seiner enttäuschten Liebe: was da in den nächsten Wochen womöglich noch zutage gefördert werde, sei vielleicht die eigentliche Ursache für Spechts schmähliches Einknicken gegenüber Helmut Kohl. Der Mann habe einfach nicht den Rücken frei gehabt, um in den Angriff gehen zu können. Kein Zweifel: Der Spiegel präsentierte Oskar Specht die Rechnung; er legte auf ihn an.

Specht nahm das Fax aus Hamburg fast kommentarlos zur Kenntnis. Man solle darauf hinweisen, daß er in jedem der genannten Fälle von einer privaten Einladung seines gewesenen Freundes Dr. Mohr ausgegangen sei, sagte er, und sich am Sonntag um fünfzehn Uhr in seiner Dienstvilla einfinden. Gundelach, Staatssekretär Dr. Behrens und Raible.

Bevor sich Gundelach am Sonntag auf den Weg machte, rief der Chefredakteur eines Boulevardblattes bei ihm an und schlug folgendes Tauschgeschäft vor: Wenn Specht alles, was er auf der morgigen Pressekonferenz zu seiner Verteidigung vorzubringen gedenke, schon heute exklusiv der Zeitung berichte, so daß man Montag früh damit aufmachen könne, werde ihn die Redaktion so weit wie möglich schonen.

Gundelach versprach, mit Specht darüber zu reden, war aber entschlossen, sich dem Ultimatum nicht zu beugen. Die Chance einer seriösen und überzeugenden Argumentation vor der gesamten Presse durfte nicht um einer Schlagzeile willen verspielt werden. Specht, der ihn an der Tür seines Hauses in offenem Hemd und Pullover empfing, sah es genauso.

Während sie noch berieten, traf Raible ein und hielt eine Ausgabe von Bild am Sonntag in der Hand, die er am Kiosk gekauft hatte. In riesigen Lettern sprang ihnen die Überschrift entgegen: ›Die billigen Traumreisen des Oskar Specht‹.

Im Wintergarten der Villa war eine größere Kaffeetafel gedeckt. Gundelach schloß daraus, daß noch mehr Teilnehmer zur Krisensitzung erwartet wurden. In der Tat erschienen nach Staatssekretär Behrens der Schatzmeister der Landes-CDU, Barner, Innenminister Schwind und Rechtsanwalt Dr. Stierle. Frau Specht folgte der Diskussion rauchend und meistenteils schweigend. Ab und zu schaute Tochter Christina vorbei und umarmte ihren Vater.

Mein Gott, wie soll man hier offen reden? dachte Gundelach. Etwa im geselligen Plauderton fragen, was es mit den weiteren ›pikanten Details‹ auf sich hat? Wie die Andeutungen des Spiegel, vor allem Dr. Stierle habe Fernostreisen für Specht gebucht, zu verstehen sind? Ausgerechnet jetzt, da knallhartes Politikmanagement gefordert war, wich Specht in die wärmende Gemütlichkeit eines familiären Sonntagskaffees aus.

Innenminister Schwind schien von ähnlichem Unbehagen erfüllt zu sein wie Gundelach. Alles muß auf den Tisch, drängte er. Alle Unterlagen müssen her!

Doch Specht wollte durch das lockere Gruppenbild mit Freunden und Familie wohl demonstrieren, daß er absolut nichts zu verbergen habe. Alles ließ sich erklären. Jeder Vorgang war normal und harmlos.

Die Reiterferien etwa. Christina wollte ja gar nicht. Man hat sie regelrecht überreden müssen, um nicht unhöflich zu erscheinen. Und Frau Mohr hat Frau Specht bedeutet, schon der Wunsch, die Kosten zu teilen, komme einer Beleidigung gleich. Oder die Ägäisreisen. Da ist der Einladungsbrief. ›Meine Frau und ich freuen uns sehr auf die gemeinsamen Tage mit Euch vor den Küsten Griechenlands‹. Sieht so ein Firmenschreiben aus?

Selbstverständlich wird alles zurückbezahlt. Auf Heller und Pfennig. Das wird kein kleiner Brocken, und aus eigener Tasche hätten sich die Spechts das nie geleistet. Neunzigtausend geteilt durch zwei für eine Woche Rumschippern. Das wird er morgen auch sagen, daß es ihm nicht leicht fällt, das alles zu bezahlen. Die vierundachtziger Reise kommt ja auch noch hinzu und die war nicht viel billiger. Dann die Reiterferien. Und eine Stereoanlage, die Mohr ihm zum Fünfzigsten geschenkt hat, vermutlich auch auf Firmenkosten.

Und ein paar Salzstreuer! wirft Frau Specht ohne den Versuch eines Lächelns ein.

Das wird alles aufgelistet und dem Konzernvorstand oder dem Aufsichtsrat mit der Bitte zugeleitet, eine Rechnung über die zu erstattenden Kosten zu erstellen.

Die DDR-Reise mit Sohn Rolf dagegen ist schon bezahlt. Da war von Anfang an klar, daß es eine gemeinsam geplante und finanzierte Reise der Familien Specht und Mohr zu historischen Stätten in Ostdeutschland werden sollte, mit Abstechern nach Prag, Wien und Budapest. Nur die Buchung lief einfachheitshalber über Mohrs Persönliches Büro. Dann konnten aber die Mohrs aus terminlichen Gründen nicht mit, Frau Specht wurde krank, Christina mußte bei ihr bleiben, so daß am Ende Vater und Sohn alleine fuhren.

Aber, um mal zu zeigen, wie verrückt so etwas laufen kann: Etwa ein halbes Jahr lang hat Spechts Sekretärin bei Mohrs Sekretariat drängen müssen, bis endlich eine Rechnung geschickt worden ist. 5470 Mark, der Spechtsche

Anteil. Das hat er dann gleich im Februar 1988 mit Scheck bezahlt. Eine Kopie des Schecks, der an Mohrs Büro geschickt worden ist, gibt es gottseidank, sie befindet sich bei den Unterlagen, welche die Sekretärin in Spechts Büro gerade zusammenstellt. So. Damit war die Sache für ihn erledigt.

Zwei Monate später, also im April 1988, kommt dann auf einmal Mohr in Spechts Büro und erklärt aufgebracht, erst jetzt habe er erfahren, daß Specht die DDR-Reise selbst bezahlt habe. Das lasse er auf gar keinen Fall zu, sie wären von ihm, Mohr, eingeladen gewesen und deshalb bestehe er darauf, daß Specht das Geld zurücknehme. Sagt es und legt einen Briefumschlag auf den Schreibtisch. Specht sagt, er nehme das Geld auf gar keinen Fall an, Mohr erwidert, er lasse den Briefumschlag hier liegen, egal was Specht damit mache, und so geht der Hickhack eine ganze Weile weiter. Schließlich erklärt Specht: Dann gebe ich das Geld als Spende an die Landes-CDU und sage, der Spender ist dem Landesvorsitzenden bekannt. Damit ist Mohr einverstanden, und Specht gibt Kalterer das Kuvert mit dem Auftrag, es an die CDU-Landesgeschäftsstelle weiterzuleiten, was der dann auch macht.

Schatzmeister Barner nickt zustimmend.

Nur, soll man diesen Teil der Scheckgeschichte morgen auf der Pressekonferenz auch ausbreiten? Specht hat da gewisse Bedenken. Schließlich weiß man nicht, woher das Geld letzten Endes stammt, nach allem Vorhergegangenen ist nicht auszuschließen, daß es sich auch hierbei um Firmengelder gehandelt hat. Das wäre dann ein weiterer, bisher unbekannter Straftatbestand. Specht will eigentlich, trotz allem, Mohr da nicht auch noch mit reinziehen.

Gundelach denkt, daß dies ein bißchen viel Fürsorge für einen ist, dem sie den ganzen Schlammassel zu verdanken haben, und sagt, seiner Meinung nach gehöre am Montag alles auf den Tisch. Auch um darzutun, daß Specht das Geld nicht angenommen, sondern bloß als Spende weitergeleitet hat, in Mohrs Auftrag, sozusagen.

Dr. Stierle, der Gundelach gegenübersitzt, ist anderer Ansicht. Man solle sich auf das beschränken, was wesentlich sei, es werde sowieso schon viel zu viel geschwätzt.

Specht sagt, er glaube auch, daß man das nicht extra ansprechen müsse, die Sache sei auch sehr verwirrend. Ansprechen wird er aber auf jeden Fall eine mehrtägige Reise nach Ägypten, die er zu Pfingsten 1990 mit der Familie unternommen und bei der er zwar den Flug, nicht aber die Kosten für den Hotelaufenthalt in Kairo bezahlt hat, weil der deutsche Reiseveranstalter ihm das neu erbaute Hotel schon lange mal zeigen wollte und deshalb unter keinen Umständen bereit gewesen war, für die beiden Übernachtungen Geld zu akzeptieren. Im übrigen war das auch eine halb dienstliche Reise, denn Specht ist dabei mit dem ägyptischen Tourismusminister und sogar mit Präsident Mubarak zusammengetroffen, er hätte also zumindest nach Kairo auch auf Staatskosten fliegen können.

Das ist schon ein Problem, sagt Specht, die Sache mit den vielen Firmen-Jets für staatliche oder parteipolitische Zwecke. Ein Problem, das ich morgen einräumen will, auch wenn ganz klar ist, daß daraus keine Abhängigkeiten entstanden sind, aber die Optik ist nicht besonders gut. Man könnte ja anregen, daß sich die Rechnungshofpräsidenten der Länder mal mit den Ministerpräsidenten zusammensetzen, um eine gemeinsame Linie festzulegen, wie das künftig gehandhabt werden soll. Daraus könnte dann beispielsweise eine von den Ländern finanzierte Flugbereitschaft entstehen, ähnlich wie der Bund sie hat, wo sogar jeder Staatssekretär aufs Fluggerät zugreifen kann.

Gundelach schaut Staatssekretär Dr. Behrens an. Behrens zuckt nicht mal mit den Wimpern.

Das wäre dann doch auch ein konstruktiver, weiterführender Vorschlag, meint Specht. Denn daß alle Ministerpräsidenten ab und zu mit Firmenmaschinen zu dienstlichen Anlässen fliegen, das steht nun wirklich hundertprozentig fest. Das weiß er aus vielen Gesprächen, und immer wieder mal trifft er auf irgendeinem Rollfeld einen Kollegen, der gerade aus dem Lear-Jet eines Konzerns krabbelt. Von Franz Josef Strauß selig gar nicht zu reden!

Die Erwähnung dieses Namens lockert die Stimmung spürbar, das Eintreffen des Ehepaares Kiefer noch mehr. Man geht von Kaffee zu Wein über, die Siegeszuversicht steigt.

Gundelach und Raible verabschiedeten sich bald, um auf Monrepos die Pressekonferenz im Detail vorzubereiten.

Am Montag war die Bibliothek lange vor Beginn der Pressekonferenz um vierzehn Uhr zum Bersten gefüllt. An die hundert Journalisten drängten sich in dem Raum, ein Dutzend Kameras war aufgebaut. Der Tisch, an dem Specht Platz nehmen würde, war schwarz und grau vor Mikrofonen. Gundelach erschienen die im Halbrund postierten Kameras wie Maschinengewehre, die Mikrofonständer wie Bajonette: bereit, auf Kommando zu schießen, aufgepflanzt um zuzustechen.

Seit Breisingers Rücktritt hatte er solch eine Szenerie nicht mehr gesehen. Damals hatte er auf der Wendeltreppe gestanden und aus sicherer Entfernung auf einen Gescheiterten heruntergeblickt. Jetzt saß er neben ihm und mußte sein Schicksal teilen. Und doch verließ ihn das Gefühl nicht, daß die Distanz zu Handlung und Hauptdarsteller vor zwölf Jahren geringer gewesen war als heute.

Anderthalb Stunden redete Oskar Specht. Es gelang ihm, manches plausibel darzulegen, anderes mit Emotionen zu füllen und insgesamt den Eindruck zu erwecken, hier und heute werde reiner Tisch gemacht. Die Mehrzahl der Zuhörer schien gewillt, Spechts Versicherung, er habe von Mohrs Machenschaften nicht das geringste gewußt, Glauben zu schenken. Papiere und Kopien selbstbezahlter Rechnungen und privater Korrespondenz, die Specht immer wieder zum Beweis in die Höhe hob, verfehlten ihre Wirkung nicht. So kannte man Oskar Specht oder so hatte man ihn kennen wollen: Fakten präsentierend, mit Zahlen und Daten jonglierend, überzeugend, auch wenn die Zahlen vielleicht nicht ohne weiteres einzusehen und die Fakten in ihrer komplizierten Verknüpfung nur für den Augenblick einleuchtend waren. Das Muster verfing noch immer.

Als Specht allerdings die Kopie des Schecks über 5470 Mark vorzeigte und die Kameras gewitterartig klickten, stockte Gundelach der Atem. Er wußte: Das ist ein Foto, an dem alles festgemacht werden kann. Das Bild mit der größten Symbolkraft: Specht mit Scheck. Alle Vorwürfe gipfelten in dieser Geste, und ebenso Spechts Glaubwürdigkeit, bezahlt zu haben was vereinbart gewesen und noch zu begleichen, was der Anstand jetzt forderte. Und gerade dieser Scheck trug den Makel des Unerklärten, Verschwiegenen! Ausgerechnet diese Botschaft konnte Dr. Mohr, wenn er nur wollte, wenn die Enttäuschung über mangelnde Hilfeleistungen seines ehemaligen Freundes nur heftig genug brannte, mit einer Indiskretion zunichte machen! Wußte Specht, worauf er sich einließ?

Er wußte es nicht. Er war schon wieder weiter. Mit belegter, zitternder Stimme berichtete er von seiner ›unglaublichen Betroffenheit‹, daß nun auch seine Familie, seine Kinder in den Schmutz der Verdächtigungen mit hineingezogen würden. Das treffe ihn hart und habe ihn sogar an Rücktritt denken lassen. Aber weil Rücktritt nach Schuldeingeständnis aussehe, werde er kämpfen.

Der Specht ist nicht käuflich, der Specht ist nicht bestechlich! rief er, am Rande der Erschöpfung. Noch eine kurze Fragerunde, dann schloß Gundelach die Pressekonferenz.

Als er Specht am Dienstag morgen in seinem Amtszimmer aufsuchte, um mit ihm die Reaktion der Medien zu besprechen, wie sie sich im Kommentarteil des umfänglichen Pressespiegels darstellte, fand er Specht vornüber gebeugt und apathisch am Schreibtisch sitzen. Die Blätter des Pressespiegels lagen verstreut auf der rotbraunen Tischplatte. (Es ist immer noch die von Knoll International, dachte Gundelach unwillkürlich. Also, insoweit kann man ihm wirklich keine Verschwendungssucht vorwerfen. Jean Tramp hat inzwischen bestimmt dreimal das Mobiliar gewechselt).

Und? fragte Specht.

Insgesamt nicht schlecht. Die Fakten sind rübergekommen, niemand erhebt einen strafrechtlich relevanten Vorwurf. Die Ankündigung, alles zurückzuzahlen, schafft einen gewissen Goodwill. Mehr war nicht zu erwarten.

Specht schwieg.

Natürlich bleibt was hängen. Das muß man versuchen, Schicht für Schicht abzutragen. Am besten wäre es, sofort damit zu beginnen. Zwei, drei große Interviews, für die Verflechtung von Politik und Wirtschaft in einer modernen Industriegesellschaft werbend –.

Ich glaube nicht, daß es reicht, sagte Specht.

Was?

Das Echo auf meine Pressekonferenz. Ich glaub nicht, daß die Wirkung stark genug war, um aus der Sache rauszukommen.

Auf einen Schlag sicher nicht. Aber wir haben Luft bekommen. Die Reaktion der Opposition war schwach, nicht mehr als eine Pflichtübung.

Deusels Erklärung auch. ›Jedermann wisse, daß ich nicht von wirtschaftlichen Interessen abhängig sei‹ ... Defensiver geht's nicht.

Immerhin hat er überhaupt was gesagt. Von Unternehmerseite hab ich dagegen noch kein Sterbenswort gehört. Der Landesverband der Industrie, der Industrie- und Handelstag, der Verband der Metallindustrie – nichts als vornehmes Schweigen.

Wundert Sie das?

Nein.

Jetzt werden alte Rechnungen beglichen. Ich hab's gewußt, daß es eines Tages so kommen wird.

Vielleicht ist es sogar ganz gut, daß das Unternehmerlager abtaucht. Wenn die jetzt etwas Positives sagen, wird es wahrscheinlich gleich wieder in die Kategorie Filz und Kumpanei eingeordnet. Wir müssen selbst in die Offensive gehen. Der Stern möchte ein Interview mit Ihnen haben. Sollten wir unbedingt machen, so schnell wie möglich. Der Stern war bisher sehr anständig in der Sache. Vielleicht können wir eine gewisse Gegenposition zum Spiegel aufbauen. Ich hab übrigens mit dem Bonner Spiegel-Büro gesprochen. Die sagen, die ganze Geschichte läuft recherchemäßig über die Düsseldorfer Redaktion und wird in Hamburg koordiniert. Sie selbst sind außen vor, werden uns aber rechtzeitig Bescheid geben, ob die Kollegen am nächsten Montag noch mal nachlegen.

Wieso Düsseldorf?

Die Bonner sagen, dort sitzen Redakteure, die über ›special connections‹ zu verschiedenen Staatsanwaltschaften in der Bundesrepublik verfügen.

Specht schwieg und blickte aus dem Fenster in den kahlen Park.

Und? fragte Gundelach ungeduldig. Kann ich dem Stern zusagen?

Ich weiß noch nicht ... Ich denk darüber nach. Noch mehr denke ich allerdings darüber nach, ob ich nicht meinen Rücktritt erklären soll.

Im Laufe des Tages erhielt Gundelach die Mitteilung, Specht sei bereit, dem Stern das Interview zu geben. Morgen vormittag. Raible verständigte die Redaktion.

Gundelach erhielt einen Anruf: Ob er bestätigen könne, daß Specht die 5470 Mark von Dr. Mohr in bar zurückbekommen habe. Gundelach bestätigte es und gab die Version wieder, die Specht am Sonntag ausgebreitet hatte – Mohrs Drängen, das Hin und Her, die Weiterleitung an die CDU. Warum Specht denn montags nichts davon habe verlauten lassen, wollte der Anrufer wissen. Specht habe Dr. Mohr nicht zusätzlich belasten wollen, antwortete Gundelach.

Ab der Mittagszeit hieß die Spitzenmeldung in den Nachrichtensendungen der Rundfunkanstalten: Neue Vorwürfe gegen Ministerpräsident Specht! Specht erhielt Geld von Dr. Mohr zurück! Specht muß frühere Aussagen schon wieder korrigieren!

Die Opposition schäumte: Specht habe vor der Öffentlichkeit die Unwahrheit gesagt. Seine Glaubwürdigkeit werde immer stärker in Frage gestellt.

Auch Raible vermeldete Neues. Die Reise nach Wien, mit Bönnheim, Wiener, Dr. Stierle und der Ballettdirektorin, war bekannt geworden.

Welche Reise? Allmählich hatte Gundelach Schwierigkeiten, die Reisen noch auseinander zu halten. Vor allem, weil er bei denen, die jetzt im Fadenkreuz der Kritik lagen, nicht dabei gewesen war. Bald würde er ein Register benötigen, um den Überblick zu behalten.

Das kommt davon, wenn man sich's mit Herrn Stierle verdorben und den Großen der Industrie nie seine Aufwartung gemacht hat, sagte er zu Raible. Sollten Sie mein Nachfolger werden, lassen Sie sich's zur Warnung gereichen!

Raible lachte. Es war gut, sich nicht immer nur wie auf einer Beerdigung fühlen zu müssen.

Welche Reise also? Und was war so schlimm an ihr? Specht hatte doch nach dem Galeriebesuch bei Stierles Kunst-Bekanntschaft auch noch in Vranitzkys Kanzleramt vorbeigeschaut und dies als den eigentlichen Grund seines Wiener Aufenthalts angegeben!

Raible klärte auf: Stierle hat außer dem Privatflugzeug auch die Übernachtung im Hotel Bristol bezahlt, und zwar für alle. In der Pressekonferenz hat Specht aber auf Nachfrage mitgeteilt, er glaube nicht, daß ihm irgend jemand bei dienstlichen Reisen Hotelkosten bezahlt habe.

Das ließ nur den Schluß zu, daß der Journalist, von dem die Frage am Montag gestellt worden war, bereits die Existenz dieser Reise und die komplette Kostenübernahme durch Stierle gekannt und trotzdem geschwiegen hatte, um Specht ins Messer laufen zu lassen. Das war schlimm, denn es zeigte, daß mehr Wissen bei der Presse angehäuft war, als nach außen sichtbar wurde. Wahrscheinlich waren einige auch schon über die ominöse Fortsetzung der Scheckgeschichte informiert gewesen und hatten darauf gelauert, ob Specht sie während der Pressekonferenz preisgeben würde. Und als er es nicht tat, hüteten sie sich nachzuhaken, setzten sich an die Schreibmaschine und gifteten: Specht hat nicht die volle Wahrheit gesagt. Ein guter Journalist weiß, daß trockenes Holz heller brennt als feuchtes.

Nicht weniger bedenklich war freilich die Tatsache, daß die genauen Umstände der Wiener Staats-Kunstreise überhaupt nach außen dringen konnten. Schließlich hatten nur ganz wenige, ganz enge Freunde daran teilgenommen. Oder gab die Hotelleitung des Bristol Auskunft darüber, wer vor vier Jahren die Suiten bezahlt hatte? Kaum vorstellbar. Blieb nur die Möglichkeit... na dann, gute Nacht.

Natürlich waren die Nächte nicht gut. Für Specht sicher nicht, aber auch nicht für Gundelach.

Wenn er auf der Chaiselongue seines Dienstzimmers lag und zur Decke hochstarrte, hörte er das Rattern der Fernschreiber wie fernes Gewehrfeuer. Auch wenn er sich hundertmal sagte, daß es nur Schlachtviehpreise oder Börsennotierungen von der anderen Seite des Erdballs seien, die da in der

Dunkelheit auf die Papierrolle gehämmert wurden, klang es doch immer nach neuen Enthüllungen im Fall Specht.

Und dann drang da noch ein anderes Geräusch zu ihm, direkt aus dem Boden schien es zu kommen; ein Klopfen und Schaben, als machten sich welche im Hügel zu schaffen, auf dem Monrepos erbaut war. Horchte er dann noch angestrengter, glaubte er sogar, die Herkunft des emsigen Grabens und Wühlens in der Unterwelt, wie Andreas Kurz den Keller einst genannt hatte, zu erkennen: Unter den dahinfliegenden Knaben des Fußbodenmosaiks und dem Sockel der nackten Marmorgöttin zog es sich geradewegs zur Falltür in der Bibliothek und zum Fluchtstollen, der jetzt voll hinterhältigen Partisanentums steckte.

Eingezwängt zwischen verschlüsselten Signalen aus Vergangenheit und Zukunft, wartete Gundelach auf das späte Heraufdämmern des Morgens. Noch sehnlicher wartete er auf eine wachend-träumende Vogelstimme. Aber es war Winter, eisige Stille lag über dem Park. Wenigstens einen Glasvogel, dachte er, sollte man jetzt haben. Einen hauchdünnen, schillernden Glasvogel, der sich in der Hand wärmen ließ.

Mittwoch morgen waren die Zeitungen voll wütender Schlagzeilen und zorniger Kommentare. Specht saß noch geduckter an seinem Schreibtisch als tags zuvor.

Es hat keinen Zweck mehr, sagte er, als Gundelach eintrat. Lassen Sie uns darüber sprechen, wann und wie ich meinen Rücktritt erkläre.

Ihren Rücktritt können Sie jederzeit erklären, erwiderte Gundelach. Aber Sie werden viele enttäuschen, wenn Sie nicht wenigstens gekämpft haben. Sie sind der dienstälteste Ministerpräsident. Erinnern Sie sich, was Strauß alles überstanden hat. Letztlich ist er jedes Mal gestärkt daraus hervorgegangen, sein Nimbus und seine Popularität sind gewachsen, weil die Leute gesagt haben: Das ist halt ein Kerl, der nicht nur austeilen, sondern auch was einstecken kann.

Ich glaube nicht, daß ich die Kraft habe, das durchzuhalten.

Vor Jahren haben Sie einmal gesagt, Sie hätten bisher noch keine große Bewährungsprobe bestehen müssen. Nun, hier ist sie. Wenn Sie das hinter sich bringen, haut Sie nichts mehr um.

Die CDU –.

Die CDU ist ein ängstlicher Hühnerhaufen, das weiß man doch. Was rät denn Ihre Frau?

Meine Frau sagt, ich soll weitermachen. Jetzt erst recht.

Sehen Sie.

Aber ich hab die Nerven nicht mehr dazu, Gundelach. Ich bin fertig. Gundelach drehte den Kopf zur Seite, weil er das Glitzern in Spechts Augen nicht sehen wollte.

Lassen Sie uns einen Kompromiß schließen, sagte er hart. Am Samstag wissen wir, was der Spiegel noch auf der Pfanne hat. Für Sonntag ist ohnehin die Klausursitzung des CDU-Präsidiums in Berghoffs Jagdhaus angesetzt. Dann sehen wir klarer, was noch kommen wird und welche Unterstützung Sie haben. Bis dahin sollten Sie auf jeden Fall kämpfen. – Wir tun es ja auch, fügte er mit kalkulierter Boshaftigkeit hinzu.

Spechts ausdrucksloser Blick verriet nicht, ob die Provokation ihr Ziel erreicht und seine Lebensgeister geweckt hatte.

Das Interview mit dem Stern geriet zur schieren Katastrophe. Specht zögerte und stockte, zeitweise verbarg er sein Gesicht in den Händen, etliche Fragen mußten wiederholt werden, weil er sie nicht verstanden zu haben schien. Gundelach erkannte ihn nicht wieder. Auch die Redakteure waren betroffen.

So schlimm haben wir uns das nicht vorgestellt, sagten sie beim Abbauen der Mikrofone, als Specht den Raum verlassen hatte. Der Mann ist ja richtig kaputt! Wir schicken Ihnen den Text des Interviews zur Freigabe.

Schicken Sie mir lieber das, was Sie drumherum schreiben, sagte Gundelach.

Mittags flog Specht nach Bonn, um an einer Konferenz des Bundeskanzlers mit den Ministerpräsidenten teilzunehmen. Gundelach telefonierte mit Fraktionschef Deusel und dem Oberbürgermeister der Landeshauptstadt. Er finde es an der Zeit, sagte er, daß die Meinungsführer der CDU aus ihrer Reserve herausträten und Specht eindeutig den Rücken stärkten. Beide versprachen, umgehend zu reagieren. Tatsächlich lief kurz darauf eine Erklärung des Oberbürgermeisters über den Ticker, daß er ›das Kesseltreiben gegen den Ministerpräsidenten unmöglich‹ finde. Gundelach war zufrieden: es war die klare Sprache eines Anteilnehmenden.

Deusel ließ sich mehr Zeit. Endlich setzte die Deutsche Presseagentur ein längeres Statement ab, dem deutlich anzumerken war, wie mühevoll und rückversichernd daran herumgefeilt worden war. Die Vorwürfe gegen Specht stünden in keinem Verhältnis zu seinen Leistungen (als ob das jemand behauptet hat, dachte Gundelach), und die Fraktion wehre sich gegen Vorverurteilungen, auch wenn es das gute Recht der Opposition sei, die

Einsetzung eines Untersuchungsausschusses zu verlangen. Schließlich eine Art Ehrenerklärung: die Fraktion sei von Spechts Redlichkeit, Unabhängigkeit und persönlicher Integrität überzeugt.

Wissen Sie, sagte Gundelach zu Raible, der ihm die Meldung brachte, Ehrenerklärungen von Parteifreunden sind sowas wie die letzte politische Ölung. Und selbst für die müssen wir sorgen.

Nachmittags kam der versprochene Rückruf aus dem Bonner Spiegel-Büro. Es werde erneut an einer größeren Sache gestrickt, teilte der Redakteur mit. Einzelheiten dürfe er natürlich nicht nennen, aber die Geschichte könne ›ziemlich unappetitlich‹ werden.

Was er unter unappetitlich verstehe, wollte Gundelach wissen.

Der Redakteur wand sich. Gundelach solle sich nicht so begriffsstutzig stellen, sagte er. Es sei doch klar, worum es gehe. Bangkok, Malaysia und so. Offenbar habe Stierle Reisen organisiert und finanziert, bei denen es ziemlich fidel zugegangen und Specht unter falschem Namen mitgeflogen sei.

Hört mal, rief Gundelach aufgebracht, jetzt kommen wir an eine Grenze, wo der Spaß endgültig aufhört. Gegen solche Art Journalismus kann man sich nicht mehr politisch, sondern nur noch rechtlich wehren, und das dauert in einer akuten Krise viel zu lange. Ihr habt euch bisher immer an die Spielregel gehalten, das Privatleben eines Politikers in die politische Auseinandersetzung nicht mit reinzuziehen. Warum begebt ihr euch ausgerechnet bei Specht auf diese Ebene?

Mein Gott, ich weiß auch nicht ... Es geistern halt so viele Gerüchte herum. Über Fotos, Tonbänder und –.

Dann legt die Dinger vor oder vergeßt sie! Ist denn der Spiegel eine Klatschkolumne geworden, verdammt noch mal?

Na gut, sagte der Redakteur, ich will mich nochmal drum kümmern. Aber versprechen kann ich nichts. Der Specht steckt jedenfalls ganz tief in der Scheiße. Warum ist er auch so unvorsichtig gewesen, Mann! Sich mit all diesen Typen einzulassen –.

Ich will euch was sagen: Wenn ihr plötzlich anfangt, euch als moralische Anstalt aufzuspielen, dann kotzt mich das an. Da kauf ich mir lieber das ›Deutsche Allgemeine Sonntagsblatt‹, die sind in diesen Dingen weit kompetenter als ihr. Und im übrigen: Wie war das denn mit Rio und Sao Paolo, wo ihr mir immer erzählt habt, wie toll das dort in den Bars gewesen ist, he? Muß man euch mitnehmen, um euer Schweigen zu erkaufen, oder wie?

Ist ja gut, ist ja gut! Wir werden schon nichts schreiben, was ... Aber die Fakten, wer bezahlt hat und wer dabei war, die können wir nicht unter den

Teppich kehren. Da gibt's ganz eindeutige Belege und Aussagen, auch von Hotelmanagern. Und außerdem recherchieren schon viel zu viele Leute daran rum. Sagen Sie dem Oskar nen schönen Gruß, und er soll die Ohren anlegen!

Witzbold!

Gundelach rief einen bekannten, auf Pressefragen spezialisierten Rechtsanwalt an und bat dringend um eine Unterredung. Sie vereinbarten sich auf Donnerstag vormittag. Vorher sei es beim besten Willen nicht möglich, sagte der Anwalt. Er habe heute noch einen längeren Gerichtstermin. Gundelach hatte aber auch den Eindruck, daß die Andeutung, es gehe um Specht und den Spiegel, den Professor tief durchatmen ließ.

So, dachte er, als er auflegte. Jetzt bist du also genau so weit wie damals die Breisinger-Mannschaft. Anwälte, Jagd nach Dokumenten, vielleicht Klageandrohungen.

Weit hast du es gebracht. Einmal im Kreis rum und Ende.

Donnerstags sah das Pressebild, erstmals wieder seit Tagen, relativ normal und undramatisch aus. Es waren keine neuen Vorwürfe bekannt geworden, die Solidaritätsadressen aus der Partei fanden breiten Abdruck. Die Hamburger Zeit allerdings schrieb: ›Specht am Ende‹. Und Bild titelte: ›Deutschland, deine Nassauer‹. Aber inzwischen war man Schlimmeres gewöhnt.

Um so erstaunter war Gundelach, Specht in keiner besseren Verfassung anzutreffen als am Tag zuvor. Er überflog sein Presseexemplar nur kurz, dann sagte er:

Was halten Sie von folgender Idee. Morgen abend ist doch der Neujahrsempfang der Landesregierung. Ich halte eine nette, launige Rede, und am Ende erkläre ich dann meinen Rücktritt. Vor zweitausend Leuten. Von denen verabschiede ich mich gewissermaßen stellvertretend für alle Bürger. Das wäre doch ein würdiger Rahmen, oder?

Gar nichts halte ich davon, sagte Gundelach und dachte: Langsam hängt mir dieses Theater wirklich zum Hals raus. Wir reißen uns die Beine für ihn aus, und er denkt bloß darüber nach, wie er einen starken Abgang inszenieren kann.

Und warum nicht?

Weil die Leute, die morgen kommen, der Meinung sein werden, daß sie zu einem fröhlichen Ereignis eingeladen sind und nicht zu einer Beerdigung. Und da haben sie auch recht.

Aber es muß ja gar nicht traurig zugehen! Ich sagte doch, ich halte eine launige Rede. Und am Schluß sage ich: Ich bin fröhlich und begeistert in dieses Amt gekommen, Sie haben mich zwölf Jahre lang als engagierten Ministerpräsidenten kennengelernt, der mit den Leuten schwätzt, der die Bodenhaftung nie verloren hat, und deswegen sage ich jetzt in Ihrer Mitte, daß ich aufhören werde, und nicht vor irgendwelchen Millionärszirkeln, mit denen mich gewisse Medien ständig in Verbindung bringen wollen. Der Specht bleibt der Specht, so wie Sie ihn kennen, und darum verabschiedet er sich hier und heute von seinen Bürgern und nirgends sonst!

Er hat die Rede fertig im Kopf, dachte Gundelach. Ist ja grauenhaft.

Laut sagte er: Und dann?

Dann ist Schluß.

Dann ist eben nicht Schluß. Die CDU wird sich betrogen fühlen, daß Sie sich davonmachen, nachdem man gerade erst von der Spitze bis zur Basis bekräftigt hat, zu Ihnen zu stehen. Ich bin weiß Gott kein Parteihengst, aber ich meine schon, daß die CDU einen Anspruch darauf hat, von ihrem Landesvorsitzenden informiert zu werden, bevor er als Ministerpräsident zurücktritt. Wenn Sie aber zum Beispiel morgen mittag das Präsidium einweihen, ist die Sache eine halbe Stunde später als Eilmeldung auf dem Ticker und anschließend in den Nachrichten. Dann kommen die Leute abends wirklich zu einer Beerdigung, und die wird nicht fröhlich, da können Sie reden wie Sie wollen!

Specht schwieg. Es war ein unzufriedenes, gekränktes Schweigen.

Sie haben die Samstagsschlagzeilen, mehr nicht, schob Gundelach nach. Aber das ist kein Kunststück, denn genügend Schlagzeilen macht Ihr Rücktritt allemal. Nur werden diese Schlagzeilen sehr schnell überlagert sein von einer anderen, die in den Nachrichten läuft: Spiegel erhebt neue Anschuldigungen gegen Specht. Und dann sagen die Leute, ach, deswegen ist er gestern abend noch schnell zurückgetreten, das hätte er uns auch gleich sagen können. Da er es nicht getan hat, muß wohl doch was dran sein an den Geschichten. Damit ist auch der letzte Effekt beim Teufel.

Specht sah seinen Peiniger mit einer Mischung aus Wut und Verzweiflung an.

Was sind das für Geschichten, die der Spiegel bringt?

Ich weiß nichts Genaues. Es geht um irgendwelche Reisen mit Stierle nach Fernost. Ich habe Rechtsanwalt Professor Tetzel auf heute vormittag bestellt, um die rechtliche Seite mit ihm zu beraten.

Schwerfällig stand Specht auf und trat ans Fenster. Seine Schultern zuckten. Gundelach wollte gehen.

Bleiben Sie, sagte er tonlos und drehte sich um.
Es hat doch keinen Zweck. Die wissen doch alles!
Was? wollte Gundelach fragen. Was wissen die alles? Er brachte es nicht über sich.
Ich bleibe bei meinem Vorschlag, sagte er. Wir warten erst mal ab, was der Spiegel bringt. Vielleicht kommt es gar nicht so dick. Die wissen, daß sie vorsichtig sein müssen mit dem, was sie behaupten. Und wenn Ihnen die CDU-Führung danach wieder das Vertrauen ausspricht und die nächste Woche einigermaßen gut vorübergeht, machen Sie Urlaub. Schlicht und einfach Urlaub. Weit weg, mit Ihrer Familie. Und lesen einfach mal keine Zeitungen.
Sie haben vielleicht Vorstellungen! murmelte Specht.

Um elf Uhr kam Rechtsanwalt Professor Dr. Tetzel, ein Herr mit feinen, vergeistigten Gesichtszügen und sorgfältig gestutztem Bart. Vorsichtshalber trug er den Presserechts-Kommentar, den er selbst verfaßt hatte, mit sich.
Sie haben's gut, begrüßte ihn Gundelach. Wenn Sie in Ihrem Werk nachschlagen, hilft es Ihnen wenigstens!
Tetzel lächelte unsicher.
Gundelach unterrichtete ihn kurz über seine Informationen aus dem Bonner Spiegel-Büro und sagte, ihn interessiere vor allem die Frage, wie weit der Schutz der Intimsphäre im Falle eines Politikers reiche. Es könne doch nicht angehen, meinte er, daß das Grundrecht der Pressefreiheit auch zu einer Einschränkung des grundgesetzlich ebenso geschützten Persönlichkeitsrechts eines Politikers führen dürfe. Irgendwo müsse doch eine Grenze sein, an der auch bei einer sogenannten Person der Zeitgeschichte das öffentliche Interesse ende und der Privatbereich beginne.
Tetzel seufzte und erwiderte erwartungsgemäß, so einfach wäre das alles nicht. Die Meinungs- und Pressefreiheit sei ein überragendes Rechtsgut, und gerade ein Politiker begebe sich bewußt und im übrigen freiwillig in eine Sphäre, die besonderer öffentlicher Aufmerksamkeit unterliege. Was die Politiker, solange sie Nutzen davon hätten, ja auch gerne in Anspruch nähmen. Natürlich müßten alle Vorwürfe, die ein Presseorgan erhebe, wahr und nachweisbar sein, und gerade wenn es sich um irgendwelche ›Schmuddelgeschichten‹ handle, würden bei einer eventuellen gerichtlichen Auseinandersetzung hohe Anforderungen an die Beweispflicht gestellt. Aber, kurz und gut, eine Rechtsprechung, wonach das öffentliche Interesse quasi automa-

tisch vor dem Schlafzimmer eines Politikers haltzumachen habe, gebe es nicht. Er sehe deshalb wenig Chancen, die Veröffentlichung des Spiegel-Artikels durch eine einstweilige Verfügung zu unterbinden. Zumal Gundelach noch gar nicht genau wisse, welchen Inhalts die neuerlichen Vorwürfe seien, deren Unterlassung man bei einem gerichtlichen Antrag fordern müßte.

Es gehe ihm nicht um eine einstweilige Verfügung, sagte Gundelach, sondern um den Versuch, nachzuvollziehen, welche Ratschläge die Justitiare des Spiegel der Redaktion erteilten, um die Sache gerichtsfest zu machen. Daraus ließen sich vielleicht Rückschlüsse auf den Konkretisierungsgrad der zu erwartenden Verdächtigungen ziehen. Und weil die Hamburger Juristen im Zweifel auch den Kommentar zu Rate zögen, dessen Verfasser jetzt gerade vor ihm sitze, erhöhe sich die Chance einer treffsicheren Prognose.

Tetzel lächelte geschmeichelt und meinte, nach seiner Überzeugung werde in dem Artikel mehr zwischen den Zeilen stehen als Definitives behauptet werden. Auch Wertungen, welche in die Nähe einer Verleumdung rückten, würden die Verfasser sicher sorgfältig vermeiden. Dazwischen allerdings gebe es für gute Schreiber ein weites Feld nichtjustitiabler Andeutungen, und auf diese Kunst verstehe sich der Spiegel bekanntermaßen vorzüglich.

In diesem Punkt, sagte Gundelach, sind wir einer Meinung.

Noch während sie diskutierten, wurde er dringend am Telefon verlangt. Der Redakteur, dessen Artikel den Stein ins Rollen gebracht hatte, konfrontierte ihn mit der Behauptung, es gebe sichere Hinweise, daß Specht entgegen seinen bisherigen Angaben auch die Kanadareise mit dem Ehepaar Kiefer im Jahr 1984 nicht selbst bezahlt habe. Zumindest die Flugkosten seien von Daimler Benz übernommen worden. Ob Gundelach diese Meldung, die er jetzt über den Rundfunk absetzen wolle, bestätige oder dementiere.

Ich bestätige oder dementiere gar nichts, sagte Gundelach. Wer ist Ihr Informant?

Na, hören Sie, entgegnete der Journalist. Das fällt unter den Informantenschutz. Wissen Sie doch.

Dann fragen Sie Ihren Informanten gleich, ob er bereit ist, seine Aussage vor Gericht zu beschwören. Ich werde nämlich umgehend eine einstweilige Verfügung gegen Sie und den Sender beantragen

Das glaub ich nicht.

Das können Sie aber glauben. Unser Rechtsanwalt, Professor Tetzel, sitzt gerade neben mir. Wenn Sie wollen, hole ich ihn ans Telefon. Er berät Sie sicher gerne, allerdings auf Ihre Kosten. Wollen Sie?

Pause. Dann kam die Antwort: Okay, dann ziehe ich zurück. Kann man nichts machen. Schade.

Gundelach wandte sich wieder seinem Besucher zu. Sie haben ihr Geld schon verdient, sagte er. Die Burschen versuchen mit allen Mitteln, das Ding am Kochen zu halten. Weil sie wissen, daß jeder Tag, an dem nicht eine neue Skandal-Schlagzeile die Runde macht, Spechts Chance zu überleben erhöht. Es ist ein Scheißgeschäft, finden Sie nicht?

Professor Tetzel nickte verlegen.

Gundelach traf Specht beim gemeinsamen Mittagessen mit dem Sachverständigenrat zur Begutachtung der gesamtwirtschaftlichen Lage. Ein lange geplanter Termin, den Specht mit zunehmender Lebhaftigkeit absolvierte. Na also, dachte Gundelach, er ist ja fast wieder der alte. Anschließend informierte er ihn über das Gespräch mit Professor Tetzel.

Nach Tetzels Einschätzung, sagte er, wird der Spiegel über Andeutungen nicht hinausgehen. Ich glaube das auch. Außerdem habe ich gerade eine weitere Sache mit der Androhung gerichtlicher Schritte unterbunden. Das wird sich schnell herumsprechen und zumindest die landespolitischen Journalisten zu größter Vorsicht veranlassen. Langsam aber sicher gewinnen wir Boden.

Specht zögerte, dann sagte er: Die Zeitung will doch ein Interview mit mir. Rufen Sie an, sie sollen morgen vormittag kommen. Ich bin dazu bereit.

Wunderbar. Und heute nachmittag halten Sie eine kämpferische Rede vor der Industrie- und Handelskammer und betonen, daß Sie diese Kampagne durchfechten werden. Das ist das richtige Publikum, und Sie werden sehen, wie die Leute hinter Ihnen stehen!

Sie lassen nicht locker, was?

Nein.

Freitag morgen war Gundelach nach der Durchsicht des Pressespiegels sehr zufrieden. Das Präsidium der Landes-CDU hatte sich in einer ausführlichen Erklärung hinter Specht gestellt. Der Vorstand der Jungen Union bekannte sich uneingeschränkt zu ihm. Aus den Ortsverbänden kam starke Rückendeckung. Der Wirtschaftsminister prangerte die Sprachlosigkeit der Unternehmensverbände an. Specht selbst hatte vor der Industrie- und Handelskammer erklärt, er werde die Sache durchstehen.

Die Voraussetzungen für ein möglichst vielstimmiges samstägliches Medienkonzert schienen erfüllt. Erst sollte Specht in dem Zeitungsinterview Flagge zeigen, dann würde Landwirtschaftsminister Reiser, der in einer Stadthalle volksfestartig seinen 60. Geburtstag feierte, den Ministerpräsidenten der einmütigen Unterstützung des Kabinetts versichern (und nebenbei den zahlreich versammelten Journalisten ans Schienbein treten), und abends konnte Specht, wenn er nur halbwegs gut drauf war, den Neujahrsempfang zu einer Sympathiekundgebung für sich umfunktionieren.

Aus alldem ließ sich ein Stimmungsbild komponieren, das Specht gefestigt und eingebunden in eine täglich größer werdende Solidargemeinschaft zeigte. Sollte der Spiegel am Samstag wieder mit einer Vorabveröffentlichung auf den Nachrichtenmarkt drängen, würde die Meldung wenigstens nicht alleine stehen. Konnte man schlechte Botschaften schon nicht verhindern, war es immer noch am besten, sie mit möglichst vielen positiven zu garnieren.

So dachte sich Gundelach das. Wie bei einem Häuserkampf richteten sich seine Anstrengungen nur noch auf das am nächsten liegende Ziel. Jeder überstandene Tag war ein erobertes Haus, welches Deckung bot. Das Interview mit der Zeitung sollte wieder ein Stück Landgewinn bringen.

Doch schon die einleitenden Sätze Spechts, der den Redakteuren fahrig und bleich gegenübersaß, machten alle Hoffnungen zunichte. Er, der jahrelang Journalisten mit Wortkaskaden schwindlig geredet hatte, verhaspelte sich schon bei den ersten kritischen Fragen und blickte stumm, wie ein Schüler, der seinen Text nicht aufsagen kann, zu Boden.

Die Redakteure witterten ihre Chance. Sie trieben ihn in die Ecke und schlugen ihm ihre Fragen rechts-links wie Fäuste an den Kopf. Und endlich hatten sie ihn so weit, daß er etwas von Rücktritt stammelte, an den er unablässig denke, den er nicht ausschließe, nein, keinesfalls, vielleicht schon am Wochenende, wenn der Druck, der unerträglich sei, unerträglich für ihn und seine Familie, weiterwachse ... Da hing er in den Seilen, hatte das kleine Einmaleins des verbalen politischen Boxkampfs vergessen, bot sich ungeschützt und mit hängenden Armen dar, war nur noch ein verzweifelter Mensch, der um Menschlichkeit bat und sie nicht bekam.

Gundelach brach ab.

Er packt's nicht, sagte er später zu Raible. ›Angst essen Seele auf‹, das ist es. Die wissen doch alles. Das macht ihn fertig, das hat ihm die Seele, die wir kennen, geraubt. Jetzt ist er nur noch ein gehetzter Mensch, der seinen Frieden haben will. Es geht ihm gar nicht mehr um das Amt, er hat es längst verloren gegeben. Wir haben's die ganze Zeit über bloß nicht gemerkt. Er will seine Familie nicht verlieren, die Achtung seiner Freunde nicht einbüßen. Dagegen kann man nichts tun. Und eigentlich auch wenig sagen.

Sie beschlossen, das Interview, koste es was es wolle, zu unterdrücken. Die Zeitung selbst lieferte ihnen die passende Begründung dafür, als sie, von der bevorstehenden Rücktrittsschlagzeile berauscht, die redaktionelle Fassung des Gesprächs der Deutschen Presseagentur anbot, ehe es von der Pressestelle freigegeben worden war. Gundelach bestritt gegenüber der Agentur, daß Specht seinen Rücktritt in Aussicht gestellt hätte, und zog anschließend das ganze Interview zurück.

Die Zeitung schäumte.

Merken Sie sich eins, sagte der Leiter der landespolitischen Redaktion, mit dem Gundelach bis dahin gut zusammengearbeitet hatte, von heute an sind Sie für mich gestorben. Wenn mich künftig jemand nach dem Herrn Gundelach fragt, werde ich antworten: Gundelach? Nie gehört.

Noch einmal war es gelungen, Spechts wahre Seelenverfassung nach außen geheimzuhalten. Aber Gundelach wußte, daß es das letzte Mal gewesen war.

Das Fax aus Hamburg traf am frühen Nachmittag des folgenden Tages ein. Der Spiegel berichtete, Specht habe auf Einladung Stierles unter falschem Namen mehrere Reisen nach Fernost unternommen, sogenannte B-Reisen, bei denen er selten das Zimmer verlassen und stets größten Wert auf Diskretion gelegt habe. Fotografien zeigten ein Strichmilieu in Bangkok. Außerdem habe Stierle ihn auf seine Farm in Irland eingeladen. Alle anderen Fakten boten nichts Neues.

Nüchtern betrachtet, handelte es sich bei dem Artikel um einen Aufwasch größtenteils bekannter Tatsachen, dem durch die Andeutung fernöstlicher Diwane das schwüle Rot eines un-christdemokratischen Sittengemäldes beigemengt war. Es wurde wenig Konkretes gesagt, doch man konnte sich viel Allgemeines dabei denken.

Gundelach und Raible stimmten in der Analyse überein, daß der Angriff zu parieren sein würde. Der Ministerpräsident besaß aus Sicherheitsgründen tatsächlich einen Paß mit Decknamen, den er benutzen sollte, wenn ihn keine Leibwächter begleiteten. Warum sollte er nicht auf Diskretion Wert gelegt haben? Und was hieß das überhaupt? Mutmaßen konnte man viel, Beweise aber hatte der Spiegel nicht vorgelegt.

Aber sie wußten auch, daß es darauf nicht mehr ankam. Specht, der

›Global Player‹, war auf den Punkt privatester Ängste gebracht. Es gab keinen Politiker mehr, dem zu raten oder für den zu taktieren gewesen wäre.

Als Specht nach der Lektüre des Spiegel-Artikels fast routinemäßig sein Es-hat-keinen-Zweck-mehr sagte, widersprach ihm Gundelach nicht mehr. Zwar wies er darauf hin, daß das Material dürftig und der Spiegel offenbar an der rechtlich zulässigen Grenze seines Enthüllungsjournalismus' angelangt sei, aber er sagte auch: Sie *müssen* nicht zurücktreten, aber Sie *wollen* es. Und das ist allein Ihre Entscheidung.

Seltsamer- oder bezeichnenderweise war Specht mit dieser Auskunft unzufriedener als mit Gundelachs tagelanger Widerspenstigkeit. Seinen Rücktritt einfach zur Privatsache zu erklären, schien sein Empfinden für die staatspolitische Dramatik eines solchen Schrittes denn doch zu verletzen. Und so entfaltete er bis in die Nacht hinein ein hektisches Krisenszenario, das seiner Vorstellung, wie es zuzugehen hat, wenn Elefanten sterben, entsprechen mochte. Landwirtschaftsminister Reiser und Innenminister Schwind wurden zu Beratungen herbeigerufen, Hans Henschke, der frühere Persönliche Referent, und ein Duzfreund-Manager fanden sich plötzlich ein, viele Telefonate hinter verschlossener Tür folgten, mit Stierle, mit Kiefer, mit Eckert, sicher auch mit Tom Wiener, dazwischen Gespräche in kleinen und in großen Gruppen – ein ernstes, todesgeschäftiges Hin- und Hergerenne setzte ein, dem Gundelach, sofern er nicht ausdrücklich zitiert wurde, demonstrativ fernblieb.

Spät am Nachmittag traf auch Spechts Familie ein, und nun geriet das politische Krankenlager endgültig zur Intensivstation. Lange mußten die Angehörigen in Spechts Vorzimmer warten, während die Mitglieder des Consiliums teilnehmend-abwesenden Blickes vorüberhasteten. Bis Frau Specht der Kragen platzte und sie, resolut die Zigarette ausdrückend, rief: Was ist hier eigentlich los? Darf man schon nicht mal mehr rein zu ihm?

Dies, fand Gundelach, war der erste normale Satz, den er seit Stunden gehört hatte. Er fragte Frau Specht nach ihrer Meinung.

Wegen so etwas tritt man nicht zurück, sagte sie. Das macht man unter sich aus.

Tief in der Nacht verkündete Oskar Specht endlich als entschieden, was in seinem Innern längst entschieden war, und diktierte mit einem Satz sein Rücktrittsschreiben an den Landtagspräsidenten.

Gundelach befand sich zu dieser Zeit bereits in seinem Büro, um persönliche Sachen auszuräumen.

Am Sonntag, dem 13. Januar, flogen sie mit einem Polizeihubschrauber ins verschneite Allgäu, direkt vor Berghoffs Hotel. Das Fernsehen war da und filmte die Ankunft der Landespolitiker, die dem CDU-Präsidium angehörten. Wie es sich gehörte, verweigerten sie jede Stellungnahme. Berghoff empfing sie im feschen Trachtenanzug mit trauriger Miene und geleitete sie in einen kleinen Tagungsraum. Derweil lud Raible in der Landeshauptstadt die Presse auf achtzehn Uhr in den Kabinettssaal des Schlosses Monrepos.

Specht teilte seinen Entschluß zurückzutreten mit und begründete ihn vor allem mit den im nächsten Jahr anstehenden Landtagswahlen. Die Auseinandersetzungen um seine Person, sagte er, könnten sich noch monatelang hinziehen und die Partei an einem wirkungsvollen, sachbezogenen Kampf gegen den politischen Gegner hindern. Das wolle und dürfe er der Partei nicht abverlangen, auch wenn er sich persönlich nichts vorzuwerfen hätte außer der Tatsache, bei Dr. Mohr einem falschen Freund aufgesessen zu sein. Er könne sich nach seinem Rücktritt wesentlich freier und unbelasteter dem parlamentarischen Untersuchungsverfahren widmen, und er sage jetzt schon voraus, daß das Ganze ein großer Flop und die Opposition keinerlei Gewinn daraus ziehen werde. Im übrigen habe er gerade in den letzten Tagen von vielen Parteifreunden große Unterstützung erfahren, für die er sich bedanken wolle.

Kaum hatte Specht geendet, ergriff Fraktionschef Deusel das Wort. Mit bewegter Stimme versicherte er, wie schmerzlich Spechts Rücktritt für ihn persönlich, für das Präsidium, den Vorstand und die ganze Partei wäre. Man respektiere die Entscheidung, aber man hätte, das wolle er deutlich unterstreichen, auch jede andere Entscheidung in voller Solidarität mitgetragen. Spechts Rücktritt als Ministerpräsident bedeute einen herben Verlust für die Bundes- und Landespolitik und für die gesamte Union, und er wolle Oskar Specht heute schon bitten, der Partei auch weiterhin mit seiner großen Erfahrung zur Verfügung zu stehen.

Danach würdigte Deusel in gerafftem Überblick Spechts Verdienste, und Gundelach konnte sich des Eindrucks nicht erwehren, daß sich der Fraktionsvorsitzende auf dem Weg ins Allgäu sorgfältig für diesen Auftritt präpariert hatte. Allerdings wurde seine Konzentration auf die schöne, flüssige und zu Herzen gehende Lobrede durch scharrende Geräusche beeinträchtigt, die Deusels Füße unterm Tisch vollführten.

In ähnlichem Sinne, wenn auch weniger ausgefeilt, äußerten sich die anderen Präsidiumsmitglieder. Spechts sorgenzerfurchte Stirn glättete sich zusehends. Fast heiter und gelöst bedankte er sich und erklärte, selbstverständlich auch künftig seine Parteiämter aktiv wahrnehmen und die CDU tatkräftig unterstützen zu wollen.

Dann gab er zu Protokoll, wie er sich den Übergang auf seinen Nachfolger vorstelle: Es werde jetzt furchtbar viel spekuliert werden, aber davon dürfe man sich nicht irritieren lassen. Er schlage vor, ›in aller Ruhe‹ den Meinungsbildungsprozeß in Fraktion und Partei abzuwarten und dann, so etwa in zwei Wochen, über die Nachfolge zu entscheiden. Bis dahin werde Reiser als stellvertretender Ministerpräsident die Geschäfte führen. Ein solches Verfahren werde der Bevölkerung zeigen, daß es sich bei dem Amtswechsel um einen ganz normalen, undramatischen Vorgang handle, den die CDU souverän bewältige.

Gundelach traute seinen Ohren nicht. War Specht tatsächlich so naiv anzunehmen, die Zeit werde stillstehen, bis er das richtige Datum, den Wechsel zu vollziehen, für gekommen hielt? Hatte er wirklich die Illusion, Deusel werde am nächsten Dienstag, wenn die CDU-Fraktion turnusmäßig tagte, übers Wetter reden und Ruhe für die erste Parteipflicht erklären? Bemerkte Specht nicht, daß er schon jetzt nichts mehr zu sagen hatte?

Nach einer halben Stunde war die Sitzung beendet. Sie flogen zurück in die Landeshauptstadt. Punkt achtzehn Uhr traten Specht, Reiser und Gundelach in den überfüllten Kabinettssaal, der in heißes, gleißendes Scheinwerferlicht getaucht war. Specht erklärte seinen Rücktritt und ließ keine weiteren Fragen zu. Reiser umarmte ihn gerührt und geleitete ihn hinaus. Gundelach folgte als Letzter und gab Specht, der sich anschickte, auf die ihm nachgerufenen Fragen doch noch zu antworten, einen Schubs.

Er fand, es war genug. Endgültig.

Gundelach fuhr in seine Wohnung und begann, Koffer zu packen. Außerdem schrieb er einen Brief, mit dem er das Mietverhältnis zum Quartalsende kündigte. Am Montag morgen informierte er Staatssekretär Dr. Behrens, daß er seinen in den vergangenen Jahren aufgelaufenen Urlaub von etwa hundert Tagen in einem Zug nehmen und danach aus dem Staatsdienst ausscheiden wolle.

Behrens zeigte sich überrascht und empfahl Gundelach, sich den Schritt reiflich zu überlegen. Gundelach erwiderte, dazu hätte er genügend Gelegenheit gehabt. Dann solle er sich wenigstens die zweijährige Rückkehroption, die ihm zustehe, schriftlich bestätigen lassen, meinte der Staatssekretär.

Ich wußte gar nicht, daß es sowas gibt, sagte Gundelach. Aber warum nicht? Man kann nie wissen.

Die Personalabteilung wurde angewiesen, die Entlassungsurkunde so schnell wie möglich auszufertigen und von Minister Reiser als dem amtierenden Ministerpräsidenten unterschreiben zu lassen.

Dienstags legte sich die CDU-Fraktion auf Deusel als neuen Ministerpräsidenten fest. Seinen einzigen denkbaren Konkurrenten, den Oberbürgermeister der Landeshauptstadt, hatte Deusel gleich nach der Präsidiumssitzung am Sonntag aufgesucht und ihm mitgeteilt, daß er sich auf jeden Fall bewerben werde. Der Oberbürgermeister hatte erklärt, er hege keine eigenen Ambitionen.

Gundelach ließ sich zum Bahnhof fahren, um seine Koffer nach Hamburg aufzugeben. Unterwegs hörte er im Radio, seine Ablösung als Regierungssprecher sei beschlossene Sache. Während der Rückfahrt rief ihn Deusel im Auto an und versicherte, die Meldung stamme nicht von ihm. Zwar werde Gundelach nicht Regierungssprecher bleiben können, aber er, Deusel, habe keinen Zweifel, daß man eine ›gute Lösung‹ für ihn finden werde.

Gundelach bedankte sich und sagte, er werde Schloß Monrepos verlassen.

Ah ja, sagte Deusel verblüfft. Dann hat sich das Problem ja schon erledigt.

Im Schloß verabschiedete sich Gundelach von seiner Sekretärin und seinem Fahrer. Anschließend rief er den Staatssekretär an und erfuhr, daß seine Entlassungsurkunde bereits vorliege. Er bat, sie ihm gleich auszuhändigen.

Er ging den Flur entlang, am Kabinettssaal und den verwaisten Amtsräumen des Ministerpräsidenten vorbei und dachte: So ist das. Jetzt ist das vielgeschmähte Eckzimmer das einzige, das noch Leben hat. Es wird wohl alles etwas ruhiger zugehen künftig, geordneter. Vielleicht auch langweiliger. Die Welt wird nicht mehr umgekrempelt, und sie wird es nicht mal merken. Wie ich Deusel kenne, hat er für alles eine ordentliche Schublade. Wie Behrens auch, darum wird Deusel ihn mit Sicherheit behalten. Das Mobiliar seines Vorgängers aber wird er rausschmeißen. Das als erstes.

Dr. Behrens überreichte Gundelach die Urkunde und sprach ihm, dem Text gemäß, den Dank der Landesregierung für die geleistete Arbeit aus. Er fragte, ob Gundelach noch für eine Tasse Kaffee Zeit habe.

Das ist sehr nett von Ihnen, sagte Gundelach, aber ich bin etwas in Eile. Mein Zug fährt in einer Stunde.

Wenn ich jünger wäre, sagte Dr. Behrens, würde ich auch noch mal von vorne anfangen. Aber so –

Nein, nein, sagte Gundelach. Sie müssen bleiben. Sie werden hier gebraucht. Alles Gute!

Der Staatssekretär wollte Gundelach hinausbegleiten, doch der wehrte ab. Er lief die Granittreppe hinunter, gab der Marmorgöttin einen aufmunternden Klaps und zog den schweren Flügel der Eingangstür hinter sich zu.

Gemächlich folgte er der schmalen, grauen Serpentine bergabwärts. Auf halber Höhe blieb er stehen und schaute, ob aus dem dunklen Geäst ein andeutendes Weiß des kleinen Tempels hervorschimmerte; doch der Wald stand wie eine Wand.

Unten nickte ihm der Pförtner zu. Er bewegte die Lippen, aber seine Worte waren hinter dem Glas der Fensterscheibe nicht zu verstehen. Dann öffnete sich das Tor, die goldenen Lanzettspitzen schwenkten zur Seite.

Auf der Straße begann Gundelach zu laufen. Ihm war, als hätte er von ferne das Klingeln einer Straßenbahn gehört. Er erreichte die Haltestelle, kurz bevor sich der Wagenzug mit der Aufschrift ›Hauptbahnhof‹ näherte.

Hastig steckte er Geld in den Fahrkartenautomaten und drückte auf einen Knopf. Es rührte sich nichts. Ungeduldig sah der Fahrer herüber.

Kann ich Ihnen helfen? fragte ein kleiner, dunkelhaariger Junge. Er mochte elf oder zwölf Jahre alt sein.

Ja bitte, sagte Gundelach.

Der Junge lächelte, berührte eine Taste und zog den Fahrschein. Er trug eine rote NFL-Jacke wie Benny.

Danke, sagte Gundelach. Weißt du übrigens, was das hier heißt? und tippte auf die goldbestickten Buchstaben.

Klar. National –

Nein. Nicht Frieren. Leben. So heißt das.

Gundelach stieg ein. Die Türen schlossen sich.

Eine wiederentdeckte, gar nicht verstaubte Bürger- und Stadtsatire aus dem Jahre 1821. Voller Esprit. Einfach zum Genießen.

Gerd Brinkhus (Hrsg.)
Ein Spaziergang durch Krähwinkel.
Nebst einigen Briefen aus demselben.
Von dem quiesc. Runkel-Rüben-Commissions-Assessor Sperling.
*1995. 293 Seiten, geb. mit zahlr. Abbildungen aus dem Kladderadatsch
39,– DM / 289,– öS / 38,– sfr
ISBN 3-9803240-3-6*

verlegt von Klöpfer & Meyer

Dieser Sperlingsche Spaziergang durch Krähwinkel ist wahrlich ein entdeckenswertes und überaus vergnügliches Kabinettstückchen übers ›Menschliche‹ und ›Allzumenschliche‹, das an ›Zeitgenössischkeit‹ nichts verloren hat: eine trefflich-süffisante Zeitkritik fürs Jetztzeitalter.

»Der Witz Jean-Pauls geistert durch diese Seiten. Ein satirisches Sprachfeuerwerk, dem nichts heilig ist – nur der Humor: subtil, sprachwitzig, mit Sympathie fürs Groteske. Ein Lesevergnügen, zu Recht neu aufgelegt.« *Neue Zürcher Zeitung*

»Ein aufwendiges, leserfreundliches Buch: eine literarische Entdeckung, mitunter geradezu valentinesk.« *Schwäbisches Tagblatt*

»Mit spitzer Feder wird die bürgerliche Lebensart seziert. Eine überraschend aktuelle Satire, ein liebevoll ausgestatteter Band.« *Rheinischer Merkur*

»Ein literarisches Kabinettstückchen, ein Genuß der ganz besonderen Art.« *Schwarzwälder Bote*